*Romain
Gary*

Les racines du ciel

Les racines du ciel
Romain Gary

Copyright ⓒ 1956 by Éditions Gallimard
Korean Translation Copyright ⓒ 2007 by Moonji Publishing Co., Ltd.
All Rights Reserved.

This Korean edition was published by arrangement with Éditions Gallimard
through BookLien Agency.

이 책의 한국어판 저작권은 BookLien Agency를 통해 Éditions Gallimard와
독점 계약한 ㈜문학과지성사에 있습니다.
저작권법에 의해 보호 받는 저작물이므로 무단 전재 및 복제를 금합니다.

Les racines du ciel
로맹 가리 지음 · 백선희 옮김

문학과지성사
2007

로맹 가리 소설
하늘의 뿌리

1판 1쇄 2007년 12월 28일
1판 13쇄 2020년 2월 25일
2판 1쇄 2022년 11월 15일
2판 2쇄 2025년 2월 17일

지은이 로맹 가리
옮긴이 백선희
펴낸이 이광호
펴낸곳 ㈜문학과지성사
등록번호 제1993-000098호
주소 04034 서울 마포구 잔다리로7길 18(서교동 377-20)
전화 02) 338-7224
팩스 02) 323-4180(편집) 02) 338-7221(영업)
전자우편 moonji@moonji.com
홈페이지 www.moonji.com

ISBN 978-89-320-1831-7

책 머리에 6 | 제1부 9 | 제2부 205 | 제3부 383 | 옮긴이의 말 624 　차례　 *Les racines du ciel*

책머리에

이십사년 전에 출간된 뒤로 사람들은 이 책을 최초의 '생태학적' 소설이며, 위협 받는 우리의 생태계를 위해 최초로 구조를 요청한 소설이라고 말하고들 싶어 했다. 그러나 당시로서는 나도 계속되는 생태계 파괴의 정도와 그 위험의 폭을 제대로 가늠하지 못했다.

1956년, 내가 저명한 기자 피에르 라자레프와 함께 자리하게 되었을 때는 누군가가 이미 '생태학'이라는 말을 사용한 이후였다. 그 자리에 있었던 스무 명의 사람들 가운데 네 사람만이 그 의미를 알고 있었다……

1980년인 오늘날, 지금껏 걸어온 행보를 되짚어보자. 지구 곳곳에서 여러 세력이 결집되고 결의에 찬 청년들이 투쟁의 선봉에 나서고 있다. 물론 그 청년들은 이 투쟁의 선구자이자 내 소설의 주인공인 모렐의 이름을 알지 못한다. 그건 중요치 않다. 마음이라는 것엔 다른 이름이 필요치 않으니까. 게다가 그들은 자신이 가진 최상의 것을 언제나 내놓았다. 삶이 아름다움을 간직할 수 있도록. 자연적 아름다움을……

1956년까지도 여전히 '프랑스령 적도 아프리카(AEF)'라 불리던 곳을 나는 이야기의 배경으로 삼았다. 그곳이 내가 살았던 곳이며,

그리고 아마도 그곳이 내게 어떤 곳이었는지를 잊지 않았기 때문이다. 그곳은 포기와 좌절에 맞서는 호소에 최초로 응답한 곳이며, 인간의 나약함과 우리에게 주어진 엄격한 법에 복종하기를 거부한 내 소설의 주인공이 내 머릿속에서 다른 전설적 시간들과 만나는 곳이다……

이 책이 출간된 이후로 달라진 것은 없다. 우리는 여전히 법이라는 이름으로 너무도 쉽게 사람들을 부리고 있으며, 자기 자신조차 마음대로 처분하고 있다. 자연보호 의식도 인간의 '비인간성'이라 부르면 좋을 것에 부닥치고 있다. 내가 이 글을 쓰고 있는 이 순간에도 다른 종의 주거지를 보호한다는 명목하에 1,200마리의 코끼리들이 짐바브웨에서 몰살되었다. 이것은 그 어떤 사상이나 종교가 해결하지 못한 근본적 모순의 문제이다.

자연보호를 보다 일반적이고 보편적인 측면에서 보자면 물론 특별히 아프리카의 특성을 띠는 건 아니다. 우리가 마치 산 채로 껍질 벗겨진 사람들처럼 비명을 질러대고 살아온 지도 오래되었다. 인권 역시 흘러간 지질학적 시대, 즉 휴머니즘의 시대에서 살아남은 거추장스러운 무엇이 되어버린 듯하다. 따라서 내 소설의 코끼리들은 결코 비유가 아니다. 그들은 바로 인권이나 마찬가지로 살과 피로 된 존재들인 것이다……

어려운 여건 속에서 이 소설을 쓰는 동안 끈기 있는 우정으로 나를 지지해준 이들에게 다시 한번 감사드리고 싶다. 클로드 에티엔 드 부아랑베르, J. E. 드 우른 교수, 르네 아지드 교수, 그리고 장 드 립코프스키, 레이 굿맨, 로제 생토뱅과 앙리 오프노에게 이 책을 바친다.

1956~1980.

Les racines du ciel

1

대나무와 잡풀이 우거진 언덕으로 이어지는 길에 새벽부터 말과 그 위에 탄 사람이 나타났다가 어느 순간 감쪽같이 사라지곤 했다. 그러다 흰 헬멧을 쓴 예수회 신부의 머리가 다시 나타났다. 남자답고 조소하는 듯한 입술 위로 불거진 큼지막한 코와 예리한 눈은 성무일과서보다는 무한히 펼쳐진 지평선을 떠올리게 했다. 그의 큰 키는 타고 있는 키르디산 조랑말과 균형이 맞지 않았다. 등자가 너무 짧아 구부린 그의 다리는 사제복과 예각을 이루었고, 몸은 때때로 안장 위에서 위태롭게 흔들거렸다. 정복자 같은 옆얼굴을 갑자기 들어 올려 울레 산의 풍광을 바라보는 그의 얼굴에서 행복감을 읽어내기란 어렵지 않았다. 그는 벨기에와 프랑스 고생물연구소들을 위해 발굴을 진두지휘하던 곳을 사흘 전에 떠나왔다. 그리고 지프차를 타고 한참을 달리고 나서 다시 말을 타고 안내인을 쫓아 사십팔 시간째 덤불숲을 달린 뒤 생드니가 있으리라 여겨지는 곳을 향해 가고 있었다. 아침부터 안내인을 보지 못했지만 길은 갈림길이라곤 없는 외길이었다. 이따금 앞쪽에서 풀잎 스치는 소리와 말발굽 소리가 들리곤 했다. 때때로 깜빡 졸곤 했는데 그러고 나면 기분이 언짢았다. 그는 일흔이라는 자신의 나이를 떠올리고 싶지 않았다. 하지만 안장 위에서 일곱 시간을 시달리고 나니 절로 몽롱해졌다. 종교인이라는 의식과 학자 정신이 그 몽상의 모호함과 나른함을 거부하고 있었다. 이따금 그는 멈춰 서서 뒤따라오는 소년과 말을 기다렸다. 말에는 그가 최근 발굴한 몇 가지 흥미로운 잔해들과 어딜 가나 가지고 다니는 원고가 든 트렁크가 실려 있었다. 언덕은 그다지 높지 않고, 경사가 완만한 편이었다. 때때로 언덕 중턱이 살아 움직이기 시작했다. 코끼리 떼였다. 하늘은 여느 때처럼 도무지 건널 수 없을 것처럼 보였으며, 안개가 낀 듯하면서도 환했고, 아프리카 대지의 온갖 땀으로 가로막혀 있는 듯했다. 새들도 길을 잃은 것처럼 보였다. 길은 계속해서 오르막이었다. 어느 길모퉁이에서 신부는 언덕 너머로 오고(Ogo) 평원을 바라보았다. 그는 그 평원의 빽빽하고 곱슬곱슬한 덤불숲을 좋아하지 않았다. 적도지방 밀림에 비교해볼 때 그 덤불은 우아한 머리칼에 조잡한 털을 비교하는 것이나 마찬가지로 보였다. 정오에 도착하리라고 계산해두었는데 두시경이 되어서야 언덕 꼭대기에 다다랐다. 그곳에서 그는 행정관의 텐트와 타다 남은 모닥불 앞에 쪼그리고 앉아 식기를 닦느라 여념이 없는 소년을 보았다. 텐트 속으로 머리를 들이밀자 야영침대에서 졸고 있는 샌드니가 보였다. 신부는 그의 잠을 방해하지 않고 자신의 텐트가 쳐지기를 기다렸다가 세수를 하고 차를 마신 뒤 한숨 잤다. 잠에서 깨자 온몸이 노곤해져왔다. 그는 잠시 그대로 누워 있었다. 자신이 이토록 늙었다는 사실에 약간 서글퍼졌고, 이제는 시간이 많이 남아 있지 않으며, 아마도 이젠 이미 알고 있는 것으로 만족해야 하리라는 생각이 들었다. 그는 텐트에서 나와 샌드니에게 갔다. 샌드니는 아직 해가 지지는 않았지만 이미 그럴 기미를 보이고 있는 언덕을 마주 보며 파이프를 피우고 있었다. 그는 키가 작은 편에 대머리였고, 얼굴은 제멋대로 난 수염으로 덮여 있었으며, 광대뼈가 불거진 여윈 얼굴을 철제 안경이 온통 가리고 있었다. 구부정하고 좁은 어깨는 아프리카 짐승 떼의 마지막 수호자라는 직무보다는 사무직을 연상시켰다. 그들은 두 사람이 함께 아는 친구들과 전쟁과 평화에 대한 풍문에 대해 잠시 얘기를 나누었다. 그러고 나서 샌드니는 타생 신부에게 그의 작업에 대해 물었는데, 특히 최근에 로디지아〔아프리카 남부의 옛 영국 식민지로 현재는 잠비아나 짐바브웨로 독립했다— 역주(이후 모든 주석은 역주임)〕에서 행한 발굴 이후로 아프리카를 인류의 참된 요람이라고 주장할 수 있냐고 물었다. 마침내 신부는 품고 온 질문을 꺼냈다. 지극히 고명한 교단의 높으신 일원으로, 인간의 영혼보다는 과학적인 근원에 한층 더 관심을 갖고 있는 것으로 선교사들 사이에 정평이 난 일흔의 그가 한 여자에 관해 물어보기 위해 이틀 동안이나 말을 타고 와야 하는 이 여행을 주저하지 않았다는 사실을 알고도 샌드니는 그다지 놀라는 것 같지 않았다. 그렇지만 수백만 년의 세월과 지질학적 연대를 헤아리는 데 길든 학자의 머릿속에서 그 여자의 아름다움이나 젊음이 큰 자리를 차지했을 리는 없다. 따라서 그는 솔직하게 대답했다. 점점 더 허심탄회하게 털어놓으면서 야릇한 안도감마저 느꼈는데, 나중에는 타생 신부가 오로지 그를 짓누르고 있던 고독과 추억의 막중한 무게를 덜어주기 위해 온 게 아닐까 하는 생각마저 들 정도였다. 하지만 신부는 거리감이 느껴질 정도로 예의를 지키며 말없이 듣고 있었다. 한순간도 위로의 말을 건네려고 하지 않았다. 그의 종교가 유명한 이유는 바로 위로에 있건만. 그런 가운데 어느새 밤이 되었다. 하지만 샌드니는 말을 멈추지 않았다. 단 한 번, 소년 은골라에게 불을 켜라고 시키기 위해 말을 멈추었을 뿐이다. 불을 켜자 하늘에 남아 있던 것이 자취를 감췄다. 언덕과 별들을 보려면 불 곁에서 약간 떨어져야만 했다.

2

"아닙니다, 제가 그 여자를 제대로 알았다고는 말할 수 없습니다. 그 여자 생각은 많이 했지요. 그것도 함께하는 방법이니까요. 그 여자가 제게 솔직하지 못했고 정직하지도 못했던 건 사실입니다. 제가 무척 애착을 가졌던 지역의 행정직에서 벗어나서 이 광대한 아프리카 동물 보호구역의 책임을 맡게 된 것도 다 그 여자 때문입니다. 제가 일에서 보여준 신뢰와 순진성이 인간보다는 동물을 다루는 데 더 적합하다고 판단되었던 모양입니다. 그래서 불평하는 건 아닙니다. 오히려 사람들이 제게 무척 친절히 대해주었다고 생각합니다. 절 아프리카에서 먼 곳으로 보낼 수도 있었을 텐데 말이죠. 이 나이에 그런 고립을 겪으면 살아남지 못할 수도 있지요. 모렐에 대해서는 숱한 말이 있었습니다. 저는 그 사람이 고독에 있어서는 다른 누구보다도 멀리 간 사람이라고 생각합니다. 말이 나왔으니 하는 말이지만 대단한 위업이라 할 수 있죠. 고독의 기록을 깨는 일에 있어서는 우리 모두가 챔피언이라 자처할 테니 말입니다. 잠 못 이루는 밤이면 종종 그가 저를 찾아옵니다. 헝클어진 머리칼 아래로 반듯하고 고집스런 이마에 세 가닥의 깊은 주름이 팬 초췌한 얼굴을 하고 오지요. 그리고 손에는 자연보호를 위한 탄원서와 선언문들이 가득 든, 그의 손에서 떨어지는 법이 없는 그 유명한 가방을 들고서 말이죠. 사람들 말처럼 교육 받은 사람답지 않은 변두리 말투로 그는 거듭 제게 이렇게 말하곤 하지요. '간단한 사실이에요. 개로는 이제 부족한 겁니다. 사람들은 너무도 외롭다고 느껴서 동반자가 필요한데, 훨씬 더 덩치가 크고 강한 무언가가 필요한 겁니다. 기대어도 버틸 수 있을 무언가가 말이죠. 더는 개로 충분치 않고 사람들에게는 코끼리가 필요한 겁니다. 그래서 저는 사람들이 코끼리를 건드리는 걸 원치 않아요.' 그는 매우 진지하게 이 말을 하고서는 자기 말에 무게를 주려는 듯 늘 캘빈 총의 개머리판을 치곤 했지요. 사람들은 모렐이 인간에 대해 화를 내고 있으며 극단적인 감수성 때문에 총을 들고 인간에 맞서고 있다고들 말했지요. 그가 다른 사람들보다 훨씬 멀리까지 가기로 작정한 무정부주의자이며, 사회뿐만 아니라 인류 전체와 인연을 끊으려 한다고 심각하게들 말했지요. '절연 의지'며 '인류로부터 벗어나려는 의지' 따위가 그 사람들이 가장 흔히 사용하던 표현들입니다. 이런 객쩍은 소리로는 부족했던지 포르아르샹보에서 우연히 제 손에 떨어진 한두 개의 낡은 잡지에는 유별나게 현학적인 설명이 실려 있더군요. 모렐이 옹호하는 코끼리들은 전적으로 상징적이며 시적이기까지 하고, 그가 아무래도 역사 속에 일종의 보호구역을 두고 싶은 모양이라는 겁니다. 사냥이 금지되고, 서툴면서 좀 기괴스럽기도 하고 스스로를 옹호할 능력이 없는 우리의 낡은 정신적 가치들과 흘러간 지질학적 시대의 진정한 유물인 우리의 낡은 인권이 우리 증손들의 주말 교육과 눈요기를 위해 고스란히 보존될, 아프리카 보호구역에 비교할 만한 그런 곳 말입니다." 샌드니는 고개를 저으며 조용히 웃음 지었다. "이쯤에서 그만둡시다. 저 역시 이해하고 싶지만 그 정도까지는 아닙니다. 대개 저는 생각보다 더 괴로워하는 편인데 이건 기질의 문제입니다. 그리고 제 생각에 때로는 이런 식으로 더 잘 이해하는 것 같습니다. 그러니 제게 더 심오한 설명일랑 요구하지 마십시오. 제가 신부님께 말씀드릴 수 있는 건 몇 가지 파편적 사실들이 전부입니다. 저도 그 파편 가운데 하나이지요. 나머지는 신부님께 맡기겠습니다. 신부님은 발굴과 복원 전문가이시니까요. 신부님께서는 본인이 쓰신 글에서 우리 인류가 전적인 영성과 전적인 사랑을 향해 진화하고 있다고, 그것도 곧— 아마도 이 '곧'이라는 단어는 인간적 고통의 언어가 아닌, 고생물학의 언어로 수십만 년을 뜻할 테지요— 이룩되리라고 얘기하면서, 우리의 낡은 기독교적 구원의 개념에 생물학적 변이라는 과학적 의미를 부여하신 것 같더군요. 그처럼 원대한 전망에 가련한 한 여자가 어떤 자리를 차지할 수 있을는지 저로서는 솔직히 알지 못하겠습니다. 이 세상에서 결코 영적이지 못한 욕망을 채우는 일이 주된 운명인 것처럼 보이는 여자이니 말입니다. 미나에 대해서는 그렇다 칩시다. 성서에서도 창녀들이 비천하지만 꼭 필요한 역할을 하고 있다는 사실을 저도 모르지 않으니까요. 그런데 어찌 하비브 같은 사람이 신부님의 이론이나 호기심의 대상이 될 수 있는지요? 그자가 선원 모자를 쓰고 차디앙 테라스의 긴 의자에 퍼질러 앉아 불도 안 붙인 축축한 시가를 물고 미국제 청량음료 상표가 찍힌 종이부채로 연신 부채질을 해대며 로곤 강의 반짝이는 물을 바라볼 때, 하루에도 여러 차례, 그것도 까닭 없이 검은 수염 사이로 곧잘 피어오르는 그 조용한 미소에 어떤 의미를 부여할 수 있단 말입니까? 신부님께서 그 터무니없는 웃음의 의미를 알기 위해 오신 거라면 이틀이나 말을 타고 오신 것이 완전히 헛된 일은 아닐 것입니다. 제 나름의 설명을 해드릴 수는 있으니까요. 거기에 대해서는 꽤 많이 생각해보았지요. 텐트에서 자다가 문득 잠이 깰 때도 있어요. 그럴 때면 세상에서 가장 아름다운 풍경—아프리카의 밤하늘 말입니다—을 홀로 대하고서 하비브 같은 건달이 그렇게 무사태평하고 환한 미소를 짓게 되는 이유에 대해 자문하게 되지요. 저는 이 레바논 사내가 감탄스러울 정도로 삶과 밀착된 사람이며, 만족스러워 보이는 그 환한 웃음은 삶과의 완벽한 결합을, 상호 이해를, 그 무엇도 흩뜨러뜨릴 수 없는 조화를, 한마디로 행복을 드러내 보이는 것이라는 결론에 이르게 되었습니다. 그 둘은 멋진 단짝을 이루죠. 어쩌면 신부님께서는 이 말에서 젊은 제 동료들과 같은 결론을 내릴지도 모르겠군요. 샌드니가 거만하고, 외롭고, 까다로우며 고약한 늙은이가 되었군, 하고 말이죠. '이제 우리와는 다른 사람'이니, 보호구역의 야생동물과 함께 지내는 것이 제게 기막히게 들어맞는 자리라고 말하실지도 모르겠군요. 행정청이 저를 이 자리에 보낸 건 신중한 배려였다고 말이지요. 그렇지만 하비브에게서 자주 볼 수 있는 건강하고 쾌활한 표정을 대하면서 강한 인상을 받지 않을 수 없지요. 헤라클레스 같은 힘과, 땅을 굳건히 딛고 선 건장한 다리, 특별히 어느 누구를 향한 것이 아니라 삶 자체를 향한 듯 보이는 조롱기 어린 윙크를 대하다 보면 말입니다. 그리고 이 건달 같은 사내의 화려한 경력을 알고 나면 어떤 결론을 내리지 않기도 힘들지요. 아마 저처럼 신부님도 그자가 젊은 친구 드 브리와 함께 포르라미의 차디앙 호텔의 운명을 손에 쥐고 있을 때 그를 알았을 것입니다. 그 호텔은 그때까지 두세 번 주인이 바뀐 상태였죠. 사업이 그다지 썩 잘되지 않았으니까요. 적어도 하비브와 드 브리가 올 때까지는 그랬죠. 그들은 바를 만들고, '호스티스'를 불러왔고, 강으로 난 테라스에 무도장까지 만들었죠. 점차 번창해가는 듯했죠. 진짜 원인은 나중에 가서야 알게 되었지만 말입니다. 드 브리는 거의 사업에 신경을 쓰지 않았습니다. 포르라미에서는 그를 보기가 힘들었죠. 그는 대부분의 시간을 사냥하는 데 보냈답니다. 동료가 어디 갔는지 누가 물으면 하비브는 그저 조용히 웃다가 입에서 시가를 떼며 강을 향해, 해질 무렵 모래톱에 와서 앉는 펠리컨과 다리 긴 새 들, 그리고 카메룬 강가에서 통나무처럼 꼼짝 않는 카이만 악어들을 향해 그저 넉넉한 몸짓을 해보이곤 했죠.

'어쩌겠어요. 그 친구는 자연과 그다지 잘 사귀는 편이 아닌걸요. 자연과 싸우느라 시간을 보내지요. 이곳 최고의 사수이니까요. 외인부대에서는 그 솜씨를 제대로 보여주었는데 요즘은 보잘것없는 사냥감에 만족할 수밖에 없지요. 그 친구는 여러 모로 스포츠맨이라 할 수 있죠.' 하비브는 자기 동료에 대해 말할 때 언제나 경탄과 비웃음과 때로는 증오심까지 뒤섞인 어조로 말하곤 했습니다. 두 사람의 우정이 그들의 의지와는 무관한 어떤 비밀스런 관계에 따르고 있다고 느끼지 않을 수 없었어요. 저는 드 브리를 단 한 번밖에 만나지 못했어요. 정확히 말하자면 포르아르샹보 근처 길에서 딱 한 번 마주쳤지요. 그는 직접 지프차를 몰면서 사냥에서 돌아오는 길이었죠. 그 뒤를 작은 트럭 한 대가 따르고 있었어요. 그는 마른 데다 자세가 곧았고, 곱슬곱슬한 금발 머리를 하고 있었죠. 프로이센 사람처럼 퍽 잘생긴 얼굴이었어요. 그가 창백한 푸른 눈을 내게로 돌렸는데, 슬쩍 보고도 강렬한 인상을 받았습니다. 그는 석유통을 들고 길에서 석유를 넣고 있었지요. 제가 도착했을 때는 거의 다 넣은 참이었습니다. 그가 무릎 위에 총을 올려놓았던 것도 기억나는데, 개머리판이 은으로 장식된 그 근사한 총에 저는 흠칫 놀랐죠. 그는 내 인사에는 대답도 않고 트럭을 남겨둔 채 떠나갔습니다. 저는 멈춰 서서 잠시 사라 인 운전수와 얘기를 나누었죠. 간다 지방으로 탐험을 갔다 오는 길이라며, '주인님은 허구한 날 사냥만 하셨죠, 비 오는 날조차도요'라고 하더군요. 무슨 호기심에 사로잡혔던지 저는 트럭의 포장을 들추어 보았습니다. 정말 엄청나더라고 말하지 않을 수 없더군요. 트럭에는 말 그대로 '전리품'이 가득 실려 있었습니다. 상아, 꼬리, 머리, 가죽들 말입니다. 더욱 놀라운 것은 새들이었습니다. 그 야말로 각양각색의 새들이 있었지요. 드 브리가 그것들을 박물관을 위해 수집한 건 분명 아닌 것 같았습니다. 왜냐하면 대부분이 형체를 못 알아볼 정도로 총탄 세례를 받은 상태였으니까요. 어쨌든 눈요깃거리는 못 되겠더군요. 우리의 사냥 규칙에는—그걸 옹호하려는 건 아닙니다만—어떻든 그러한 무자비한 살생을 정당화해줄 허가가 없습니다. 운전사에게 슬쩍 물어보았더니 '주인님은 재미로 사냥하시지요'라고 말하더군요. 나는 아프리카의 수치라고 할 수 있는 식민지 흑인들의 프랑스 어가 끔찍이도 듣기 싫어 사라어로 말했죠. 십오 분쯤 얘기하고 나니 드 브리의 스포츠 취미에서 비롯된 행각에 대해 꽤 많이 알게 되더군요. 제가 포르라미로 돌아갔을 때에는 그에게 하느님의 벌금을 물릴 수 있을 정도로 말이죠. 그렇다고 달라진 건 전혀 없었습니다만. 신부님도 아시겠지만 자신들 영혼의 내적 욕망을 충족시키기 위해서라면 언제라도 그 정도의 대가는 치를 준비가 되어 있는 사람들이 있잖습니까. 차디앙 테라스에서 그의 보호자에게 한바탕 퍼부어 댔죠. 그 젊은 친구의 기분풀이를 자제시켜달라고 부탁했죠. 그가 호탕하게 웃으며 말하더군요. '어쩌겠어요? 고상한 영혼이니, 순수에 대한 욕구니, 이런 것 때문에 자연과 충돌하는 것 아니겠소? 어쩔 수가 없어요. 일종의 영원한 보복인 셈이니까. 여러 수렵협회의 회원인 데다 여러 차례 상까지 받았고, 하느님 앞에 선 대사냥꾼이니. 하느님께서 숨어 계시니 다행이지 그렇지 않았더라면 어쩔 뻔했소⋯⋯.' 그러곤 다시 웃으며 말하길, '그러니 중간 정도의 수확물인 하마나 코끼리나 새들을 잡는 걸로 만족해야죠. 진짜 큰 사냥감은 여간 신중한 게 아니어서 눈에 잘 띄지 않죠. 안타까운 일이지 뭐요. 총 솜씨가 기막힌데 말이죠! 딱하지만 그런 사냥은 꿈에서나 해야죠. 레몬 음료나 한잔 하시지요. 제가 낼 테니.' 그는 한결같은 그 긴 의자에 푹 파묻혀 연방 부채질을 해댔죠. 전 그를 그 자리에 남겨두고 나왔습니다. 그의 집이었으니까요. 떠나오는데 그가 내뱉듯 말하더군요. '벌금에 대해서는 신경 쓰지 마시오. 내야 된다면 까짓것 내죠. 사업도 잘 풀리고 있으니까요.'

 실제로 사업은 잘 되었습니다. 차디앙 호텔의 경영자들이 겪어왔던 재정 실패를 아는 사람으로서는 납득하기 힘든 그 번창함은, 전혀 예기치 않은 방식으로 해명되었습니다. 레몬 음료 상자들을 실은 트럭 하나가 오고 동쪽에서 사고를 당했죠. 레몬 음료 가스만으로는 완전히 설명되지 않는 폭발이 있었던 겁니다. 그 사고로 인해, 하비브와 드 브리가 잘 알려진 몇몇 출발지들에서 아프리카 내륙 깊숙이까지 노예 상인들이 다니던 옛길들을 따라 무기 밀수단에 적극적으로 가담해온 사실이 드러났지요. 아프리카 대륙의 운명이 걸린 암투가 벌어지고 있다는 건 신부님도 모르지 않으실 겁니다. 이슬람은 정령을 숭배하는 부족들에 대해 한층 더 압박을 가하고 있고, 인구가 과밀한 아시아에서는 팽창의 꿈이 서서히 일고 있으며, 삼 년 전부터 영국인들이 케냐에서 벌이고 있는 해결책 없는 싸움의 교훈은 아직 잊히지 않은 상태였지요. 하비브는 그 긴 의자에 자리 잡은 것보다 훨씬 편안하게 이런 모든 정세 속에 자리 잡고 있었죠. 그의 전과 기록을 조회해보니 그야말로 속세에서 부르는 승리의 노래 같더군요. 하지만 그 순간 그는 이미 자연의 적이라 할 수 있을 그 잘생긴 동업자와 같이 달아난 뒤였지요. 아마도 아프리카에서는 언제나 때맞춰 날아오는 것 같은 신비스런 메시지가 그들에게 위기를 알렸나 봅니다. 그렇지만 일부 아랍 상인들의 무심한 얼굴에서 초조감이나 불안이 느껴진 적은 결코 없었지요. 그들은 자신들의 가게 그늘에 앉아서 마치 이 혼란스런 세상의 동요나 소음에서 완전히 떠난 듯 꿈꾸는 평화로운 얼굴을 하고 있었죠. 그러니까 이들은 그렇게 사라졌다가 전혀 예기치 않게 — 그렇지만 잘 생각해보면 당연한 일인 것도 같습니다만 — 다시 나타난 겁니다. 모렐의 별이 절정에 이르렀을 때 그 아름다움에 딱 어울릴 이 지상의 마지막 영광의 빛을 받아들이기 위해 다시 나타난 겁니다."

3

"어쨌든 차디앙 호텔을 사들이자마자 네온으로 장식하여 댄스홀을 겸한 바로 개조해서 이곳의 황량한 분위기에 활기를 불어넣을 생각을 한 건 하비브였지요. 그곳은 온통 고독으로 뒤덮인 카메룬 강변, 선사시대 짐승에게나 걸맞을 것 같아 보이는 드넓은 하늘과 더불어 테라스가 특별히 마음에 와닿는 곳이었습니다. 그러니까 그는 여자를 끌어들여 지나칠 정도로 애잔한 그곳의 분위기에 활기를 불어넣으려 했던 거지요. 그는 일찍부터 단골손님들에게 자신의 계획을 알렸어요. 손님 테이블에 앉을 때마다 되풀이해서 말했지요. 큼지막한 손 때문에 유난히 경박해 보이는데도 손에서 내려놓는 법이 없는 광고용 부채로 연신 부채질을 해가며 말이죠. 그는 자리에 앉으며 마치 우리가 좀더 버틸 수 있도록 기운이라도 불어넣으려는 듯 어깨를 툭 치며 우리에게 관심을 쏟았지요. 그러더니 누군가를 불러 오기로 한 겁니다. 이건 그가 짜둔 계획의 일부였어요. 헤픈 매춘부가 아니라 그저 상냥한 누군가를 부르려고 했던 겁니다. 그는 친구들이, 특히나 벽지에서 나오는 데 오백 킬로미터를 달려 나와야 하는 사람들이 위스키를 혼자서 홀짝이는 데 진력이 나 있다는 사실을 알고 있었지요. 그들에게는 함께할 누군가가 필요했죠. 그는 무겁게 몸을 일으키더니 다른 테이블로 옮겨가서 허풍을 늘어놓았지요. 귀가 솔깃하게 기다려지는 분위기를 만드는 데 꽤 성공했다고 말하지 않을 수 없군요. 사람들은 빈정거림과 일말의 동정이 섞인 투로 대체 어떤 여자가 속아서 오게 될지 궁금해했죠. 우리 가운데 몇몇 가련한 사내는 은근히 꿈을 꾸기도 했지요. 보십시오, 제가 신부님께는 숨기는 게 아무것도 없지 않습니까? 이렇게 해서 미나는 나타나기도 전에 이 차드 벽지에서 화젯거리가 된 겁니다. 그녀가 실제로 나타나는 데 걸린 시간 동안 우리 가운데 몇몇은 벽지에서 보낸 몇 년 간의 고립된 생활도 끈질긴 희망을 어찌할 수는 없으며 장마가 한창인 계절에 100헥타르의 땅을 개간하는 것이 우리 상상세계의 내밀한 구석을 개간하는 것보다 쉽다는 사실을 다시 한번 확인할 수 있었지요. 그리하여 어느 날, 얼굴은 평범했지만 몸매는 기막힌 그녀가 베레모를 쓰고 나일론 스타킹을 신은 모습으로 여행가방을 들고서 비행기에서 내렸을 때, 상황을 봐서 충분히 이해가 되는 약간의 불안감이 없진 않았지만 어쨌건 모두가 그녀를 기다리고 있었죠. 하비브는 튀니스에서 카바레를 운영하고 있는 한 친구에게 편지를 썼던 모양입니다. 미나는 당시 그 카바레에서 '스트립 쇼'를 하고 있었고요. 그는 어떤 여자가 필요한지 설명을 했지요. 갖출 건 다 갖추었으면서 몸매도 잘 빠지고 금발이면 더욱 좋겠고, 바를 맡아 노래도 하고 무엇보다 손님들에게 상냥하며— 그래요, 무엇보다 다소곳한 귀여운 여자가 필요했던 겁니다— 중요한 건 말썽을 일으키지 않아야 한다는 것이었죠. 그렇지만 창녀는 원치 않았어요. 그런 여자는 이 집에 맞지 않았으니까요. 다만 하비브가 특별히 부탁하는 사내에게 이따금 상냥하게 대해주는 여자면 되었죠. 튀니스의 카바레 주인은 미나가 금발이라는 사실에 주목했을 것이고, 아마도 그녀가 독일 여자이며 그녀의 여권에 문제가 있다는 사실, 따라서 순종할 수밖에 없다는 점을 떠올리고 그녀에게 제안을 했을 것입니다.

— 그래서 당신은 그 제안을 바로 받아들였던 겁니까?

'하비브와 드 브리가 사라지고 그들이 관여한 수상쩍은 활동이 밝혀지고 난 뒤 벌어진 조사과정에서 이 질문을 그녀에게 던진 건 쉴세르 사령관이었습니다. 그는 오르시니가 내건 혐의들을 밝히려고 미나를 자기 집무실로 불렀던 겁니다. 조사는 경찰이 맡아서 했지만 얼마 전부터 군부도 리비아 국경지대에 단단히 무장한 반도들이 처음으로 출현한 사실에 신경을 곤두세우고 있었기에, 따라서 하비브가 튀니스와 다른 곳에 가지고 있을지도 모를 지부들에도 각별한 주의를 기울여야 했던 겁니다. 낙타부대의 선봉에 서서 십오 년에 걸쳐 사하라에서 진데르, 차드에서 티베스티에 이르는 사막을 횡단한 쉴세르 사령관보다 국경지대를 잘 아는 사람은 드물 것입니다. 그가 이끄는 낙타부대가 먼 지평선에 모래바람을 일으키면 온갖 유목 부족들이 와서 인사를 하곤 했지요. 그는 일 년 전부터 처음으로 차드 지방 지사의 특별 보좌관이라는 사무직을 맡고 있어요. 지사는 현대 무기가 밀림 깊숙이까지 밀려드는 것 때문에 불안해하고 있었죠. 미나는 두 병사의 호위를 받으며 사령관 사무실에 도착했습니다. 경찰청에서 받은 심문 때문에 온통 겁에 질린 모습으로 말입니다. 그녀는 이상할 정도로 자신이 집착하고 있는 이 구석에서 이제 쫓겨나게 되었다고 믿고 있었죠.

— 저는 여기가 좋아요. 무슨 말인지 아시겠어요? 아침에 창문을 열고 로곤 강가의 모래톱에 선 수천 마리의 새 떼들을 보면 행복해요. 그 이상 전 바라지도 않아요…… 전 여기가 좋아요. 게다가 제가 어디로 가겠어요……

절로 인상을 찌푸리게 만드는 독일 억양이 섞인 말로 흐느끼며 그녀가 쉴세르에게 외쳤죠.

쉴세르는 어떤 종류의 것이든 인간의 비애를 눈앞에 대하고 조롱

섞인 생각을 하는 기질의 사람은 아니었지만 그렇다고 터져 나오는 웃음을 억누르기도 힘들었지요. 프랑스령 적도 아프리카에서 체류가 금지될지도 모른다는 걸 마치 지상낙원에서 추방되기라도 한 것처럼 여기는 사람은 처음 보았으니까요. 아마도 그럴 만한 과거가, 그다지 행복하지 못한 과거가 있나 보다고 짐작했겠죠. 사령관이 보인 태도는 동정심에 가까운 것이었지, 그 이상은 아니었습니다. 그는 미나가 주인의 비밀스런 행보에 대해 전혀 알지 못하고 있으며, 차디앙 호텔의 화려한 시설, 테라스의 키 작은 종려나무 두 그루, 레몬 음료 판매, 전축, 낡은 음반들, 저녁이면 어쩌다 눈에 띄는 춤추는 남녀들과 마찬가지로 그녀가 간판의 구실을, 눈속임의 구실을 한다는 사실을 금세 알아차렸죠. 그는 그녀를 위해 커피와 샌드위치를 가져오게 했습니다. 자고 있던 사람을 새벽 다섯 시에 침대에서 끌어내 왔으니까요. 그가 더는 질문을 던지지 않는데도 그녀는 불안한 눈에 화난 듯하면서도 고분고분한 표정으로 잔뜩 찌푸린 얼굴을 하고서 계속 해명하려고 애쓰고 있었죠. 자신을 믿어주길 바라는 간절한 마음에 이따금 고함칠 정도로 목소리가 높아지기도 했습니다. 어쩌면 그녀는 남자들의 시선에서 자주 접하지 못했던 호의를 쉴세르의 눈길에서 읽었는지도 모르죠. 그리고 누군가의 공감이 필요했던 건지도 모르고요. 그녀는 어떡해서든 자신이 알고 있는 전부를 모조리 털어놓으려고 했고, 정말이지 가책 받을 일은 전혀 없다고 힘주어 말했죠. 자신에게 어떤 혐의도 부과되는 걸 원치 않는다고 했죠. 그녀는 자신이 혐의를 받을 만한 입장에 있다는 것은 충분히 이해하고 있었어요. 사실 제대로 된 증명서도 없는 독일 여자가 어떻게 해서 차드까지 오게 되었을까 하는 의문이 들 수 있으니까요. 하지만 그렇다고 해서 무기 밀매상들을 도왔다고, 오갈 곳 없는 그녀에게 포르라미에서 베풀어준 호의를 악용했다고 비난할 수는 없는 일이었죠…… 그녀의 입술이 떨렸고, 뺨으로 눈물이 또다시 흘러내렸어요. 쉴세르는 몸을 숙여 그녀의 어깨에 손을 부드럽게 얹으며 말했죠.

— 진정하세요. 당신을 비난하는 사람은 없어요. 다만 당신이 왜 차드에 왔는지, 하비브를 어떻게 알게 되었는지만 말해봐요.

그녀는 손수건에 코를 묻은 채 얼굴을 들어 망설이는 듯한 눈길로 사령관을 오래도록 쳐다보았어요. 마치 이런 얘기를 털어놓아도 되는지 마음을 정하려는 듯했죠. 그녀는 더 견딜 수 없어서, 너무도 온기가 필요해서, 그리고 동물들을 사랑하기 때문에 차드에 왔다고 말했습니다. 그런 설명이 설득력 없다는 것을 그녀도 잘 알고 있었지만 달리 어쩔 도리가 없었죠. 그것이 사실이었으니까요. 쉴세르는 놀란 표정도, 의심하는 표정도 짓지 않았습니다. 한 인간이 온기와 우정을 필요로 한다는 게 결코 놀랄 일은 아니었으니까요. 그런데 아프리카 땅의 온기와 몇몇 길들인 짐승의 우정에 만족할 정도라면, 이 가련한 여자는 정말이지 가진 거라곤 없는 모양이었습니다. 이따금 지평선에 나타나는 경이로운 코끼리 떼 외의 다른 경이로움은 꿈도 꾸지 않을 정도라면 말입니다. 그 가련함의 증거에 그는 무심할 수가 없었죠. 그는 그녀가 완전히 무방비 상태이며, 그가 만났던 다른 어떤 유랑자들보다 외로운 처지라고 생각했죠.

— 하비브는 어떻게……?

그 점에 대해서도 그녀는 설명할 준비가 되어 있었죠. 그런데 제대로 설명을 하자면 몇 년은 거슬러 올라가야 했어요. 열여섯 살 때 베를린 폭격에서 부모님이 죽는 바람에 그녀는 평소 만나지 않고 지내던 삼촌 집에 가서 살게 되었죠. 삼촌은 혼자 남게 된 조카를 맡아 주긴 했지만 카바레에서 노래를 부르게 했죠. 그녀가 고백하듯 목소리가 그다지 좋지 못한데도 말입니다. 그렇게 해서 그녀는 1년 동안 '카펠'에서 사람들 앞에 모습을 드러냈죠. 전쟁은 이미 진 거나 다름없었고, 사내들은 여자들을 필요로 하던 때였죠. 그러다 소련군이 수도를 점령했고, 그녀는 다른 베를린 여자들과 같은 운명을 겪었죠. 그건 사실상 며칠 동안의 일이었습니다. 전투가 끝나고 사령부가 부대를 통제하게 될 때까지 말입니다. 그러고 나서는…… 그녀는 거북한 듯, 아니 죄스러운 듯 말을 멈추고 열린 창문을 잠시 바라보았습니다. 그 후로 그녀에게 예기치 않은 일이 닥쳤던 거죠. 러시아 장교를 사랑하게 된 겁니다. 그녀는 다시금 말을 멈추고 공손하게 쉴세르를 바라보았습니다. 마치 그에게 용서라도 구하려는 듯했죠. 그녀는 그가 무슨 생각을 하는지 잘 알고 있었지요. 사람들이 그녀 면전에 대놓고 쏘아붙이곤 했으니까요. 사람들은 외쳤죠. 러시아 남자라고? 그런 일을 당하고도 어떻게 러시아 남자를 사랑할 수 있지? 그럴 때면 그녀는 약간 기분이 상해서 어깨를 으쓱하곤 했죠. 당연히, 사랑을 하면서 국적을 고려했던 건 아니니까요. 하지만 동포들은 그녀를 무척이나 비난했죠. 이웃들은 길에서 만나도 그녀를 빤히 보며 인사조차 하지 않고 지나쳤지요. 용기 있는 사람들은 혼자 있는 그녀를 만나면 큰소리로 자신들의 생각을 말했죠. 이를테면 군대 선봉에 서서 그녀를 짓밟고 지나간 사내를 어떻게 사랑할 수 있느냐고 말입니다. 그녀에게 그런 말을 한 사람들은 비유적으로 그렇게 말한 것이었겠지만, 그녀는 그것을 문자 그대로 받아들이는 것 같았습니다. 그건 전혀 확실치 않은 일이라고 그녀는 쉴세르에게 열심히 설명했죠. 물론 그런 일이 일어났는지도 모르는 일입니다. 한두 번 이고르— 그 장교의 이름이죠— 와 그 얘기를 했지만 그들은 어느 쪽도 그 사실에 대해 전혀 알지 못했어요. 그리고 솔직히 말해 그들에겐 그런 건 아무래도 상관없었던 겁니다. 그 장교도 일이 벌어진 빌라들 가운데 하나에 들어간 일이 있긴 했지요. 그는 삼 년 전부터 전선에 있었는데, 그의 가족은 그전에 이미 독일군들에게 총살당했고, 게다가 그는 약간 술이 취한 상태였죠. 그리고 그녀는 군인들의 얼굴을 기억하지 못했고요. 그녀의 기억 속에 각인된 것은 오직 벨트의 버클뿐이었습니다. 사람들을 성행위로 판단할 수는 없는 일이지요. 특히나 기진맥진한 전쟁터에서는 말이에요…… 그녀는 쉴세르를 향해 다시 눈을 들었습니다. 하지만 사령관은 아무 말도 하지 않았어요. 할 말이 없었던 거죠. 그녀는 계속해서 자기 애인 이고르 얘기를 했지요. 보자마자 그가 마음에 들었다고 했어요. 많은 러시아 인들이나 미국인들이 그렇듯이 그의 얼굴에는 어딘지 명랑하고 호감 가는 데가 있었다고 했죠. 프랑스 인들도 그렇죠, 하고 그녀는 뒤늦게 덧붙였습니다. 그녀가 그를 만난 건 삼촌 집에서였습니다. 일 층은 군대가 점령하고 있었죠. 그는 처음에는 꽃을 가져온다든지 먹을 것을 나눠먹으면서 수줍게 그녀 마음에 들려고 애썼어요…… 그러던 어느 날 저녁, 마침내 그가 서툴게 그녀의 뺨에 키스를 했지요. 그녀는 웃으며 뺨으로 손을 가져가 첫키스의 지점에 갖다 대었죠. 그러곤 다시금 쉴세르를 향해 맑은 눈을 들어 올리며 말했습니다. '첫키스였어요.'

4

생드니는 하던 이야기를 중단하고 공기를 깊이 들이마셨다. 갑자기 차가운 밤공기가 필요해지기라도 한 것처럼. 그가 말했다. "저는 무엇으로도 말살할 수 없고 영원히 온전하게 남는 무언가가 있다고 생각합니다. 정말이지 그 무엇도 인간들에게 타격을 줄 수 없다고 믿습니다. 인간이란 쉽게 이길 수 없는 종입니다." 예수회 신부는 불 쪽으로 몸을 숙이더니 나뭇가지를 하나 집어 담배에 갖다 댔다. 순간, 불빛이 그의 길고 흰 머리칼과 신부복과 뼈가 불거진 얼굴을 훑고 지나갔다. 그의 얼굴은 그가 땅속 깊이에서 지칠 줄 모르고 그 흔적을 쫓고 있는 석상들처럼 도끼로 깎은 듯했다. 밤이 내린 뒤로 그는 온통 별에만 주의를 기울이는 것 같아 보였다. 생드니는 하늘에서 무한의 묵주를 짚어가며 초연함을 가르치는 듯한 신부의 시선이 고맙게 느껴졌다. "네, 신부님. 제가 집착을 버리도록 인도하심이 옳습니다. 제겐 질문을 던지는 것보다 그저 얘기하는 것이 점점 더 힘든 일이 되어가고 있는 게 사실입니다. 제아무리 별이 총총한 밤하늘일지라도 그저 아름다움만을 제공할 뿐, 대답은 주지 못하더군요. 그렇지만 미나 얘기로 돌아갑시다. 이 울레 지방 골짜기, 제가 맡고 있는 코끼리 보호구역 언덕으로 예수회의 저명인사께서 행차하신 건 그녀 때문이니까요. 지금까지는 선사시대에 관한 연구가 예수회의 유일한 세속적 관심거리였는데 말입니다. 그런데 어쩌면 저명한 예수회가 조사 의뢰를 받아 신부님께 서류를 꾸미라고 맡긴 건 아닌지요. 예수회 신부들에 대해선 사람들 얘기가 이러쿵저러쿵 하도 많아서 말입니다!" 그가 슬그머니 웃었다. 타생 신부는 점잖게 미소를 지었다. "미나 얘기로 돌아갑시다. 그 여자는 여섯 달 동안 아주 행복하게 살았다고 합니다. 그 후 장교는 다른 곳으로 전속되었지요. 예측할 수 있는 일이었는데도 두 사람 중 어느 누구도 그런 일이 있으리라고 미처 생각지 못했었죠. 그들은 자신들의 행복이 너무도 완전한 것이어서 그것이 끝나리라는 걱정일랑 조금도 하지 못했던 모양입니다. 장교에게는 전속을 준비할 시간이 사십팔 시간 있었는데, 그는 즉각 준비를 했죠. 탈영해서 그녀와 함께 프랑스 영토로 달아나기로 마음먹은 겁니다. 그들이 프랑스 영토를 택한 것은, 프랑스 인들이 남달리 사랑 이야기를 잘 이해한다는 평판 때문이었다고 그녀는 말했습니다. 물론 그들에게는 공모자가 필요했지요. 그들이 삼촌에게 자신들의 계획을 말한 것은 큰 실수였습니다. 그들로서는 불법적인 일에 몸담고 있는 삼촌이 자기들을 돕기에 적합해 보였던 모양입니다. 삼촌은 이고르를 친구 집에 숨긴 뒤 러시아 경찰에 신고했지요. 그가 그렇게 행동한 정확한 이유를 알기란 불가능한 일이었습니다. 어쩌면 애국심에서 그런 것인지도 모르지요. 어쨌건 러시아 장교가 한 사람 줄게 되는 일이었으니까요. 아니면 반대로 소련 당국과 잘 지내려는 마음에서였는지도 모르죠. 그것도 아니면 육체적으로 그녀를 마음에 두고 있었던 건지도 모르죠…… 이 마지막 말을 그녀는 마치 지나가는 말처럼 흘렸죠. 그 말이 깊은 구렁을 연다는 사실을 전혀 짐작조차 하지 못하는 듯이 말입니다. 쉴세르는 잠자코 있었습니다. 연신 파이프만 피워대고 있었지요. 파이프의 친근한 열기를 제대로 느끼려는 듯 그저 손으로 파이프를 감싸 쥘 뿐이었죠. 어쩌면 이때 이미 그는 마지막 결심을 했는지도 모릅니다. 그를 아는 모든 사람들을 깜짝 놀라게 할 결심 말입니다. 뭐든 예견한다고 말하지 않을 수 없는 하스만 빼고 말이지요. 하스는 말했지요. '옛 낙타부대들은 어쩌다 드물게 포르라미에 잠깐 머물게 되면 모두가 푸코 신부('사하라의 은자'라 불린 가톨릭 사제이자 탐험가)만 생각합니다. 쥘세르도 예외는 아니었지요.' 그녀는 한숨을 내쉬며 말했어요. 이고르는 체포되었고, 그 뒤로는 영영 그의 소식을 들어보지 못했노라고 했죠. 그리고 그녀는 카펠로 돌아갔다고 합니다. 그동안 자리를 비운 바람에 여드레 동안의 임금이 날아갔죠. 그녀는 다시 삼촌 집으로 돌아갔어요. 당시 베를린의 폐허 속에서 묵을 곳을 찾기란 거의 불가능한 일이었으니까요. 그러니 그녀에겐 자기 방으로 되돌아가는 것이 당연하게 여겨졌죠. 게다가 그녀는 모든 것에 무심해졌으니까요. 삼촌은 인맥을 이용해 쉽사리 석탄을 구할 수 있었는데, 그녀에게 아직 남은 것이 있다면 그건 추위에 대한 두려움이었죠. 그런데 그녀는 베를린의 분위기를 잘 견디지 못했어요. 달아나서 하늘이 한결 더 맑은 아주 먼 어딘가로 가서 살고 싶어 했지요. 러시아 군인을 볼 때마다 가슴이 죄어왔으니까요. 아마 그녀는 비타민이 부족했던 게 틀림없을 겁니다. 얼어 죽을 것만 같은 느낌이 들었다고 하니까요. 그녀가 쥘세르에게 말했죠. 분명히 누구나 공정하게 대하려는 마음에서 삼촌은 그녀에게 꽤 잘해주었다고요. 그녀 방에다 커다란 난로를 하나 설치하고는 밤낮으로 불을 때게 해주었죠. 그런데도 그녀는 이탈리아나 프랑스로 가서 살고 싶었답니다. 전쟁 동안 그곳에서 오는 군인들이 오렌지 나무며 푸른 바다며 미모사 사진을 보여주며 심취해서 그곳 얘기를 들려주었거든요. 꼭 노래 가사 같았죠.

그대는 아는가 저 나라를, 레몬 꽃이 피고

짙은 나뭇잎 사이로 금귤이 빛나며

푸른 하늘엔 미풍이 부는 곳.

그곳으로, 그곳으로,

오, 나의 연인,

그대와 함께 가고 싶어라.

그녀는 사람들 앞에서 「귀여운 사람」이라는 노래를 자주 불렀어요. 전쟁이 끝나갈 무렵인 어느 날, 나치 친위대 장교 한 사람이 무대로 올라오더니 그녀의 뺨을 후려갈겼답니다. 그녀는 바로 게슈타포에 끌려가 심문을 받았는데, 지중해에서의 독일군의 패배에 관한 노래를 빈정거리는 어조로 노래했다는 죄목이었지요. 그러자 그녀는 남부 쪽에 일자리를 찾으면서 점령군을 볼 때마다 일자리 찾는다는 얘기를 했죠. 결국 '카펠'의 피아니스트가 그녀의 꿈을 실현시켜 주었지요. 그는 아프리카 연대에 소속되어 튀니지 작전에 참여했는데, 그곳에 머무는 동안 나이트클럽 주인과 알게 되었던 겁니다. 그가 그녀에게 무언가를 얻게 해줄 수 있을 거라고 장담했죠. 가장 힘든 일은 필요한 증명서를 손에 넣는 것이었습니다. 저축해둔 돈이 몽땅 그 일에 들어갔지요. 그런데 다행스럽게도 그녀에게 운이 따랐는지 석 달 뒤 튀니스로 가게 되었고, '파니에 플뢰리'에서 스트립쇼를 하게 되었죠. 그녀는 그곳에 일 년 동안 머물렀답니다. 그녀가 생각한 것보다는 겨울이 추웠고, 치근거리는 남자 손님들도 더러 있었지만 그럭저럭 만족했지요. 그런데 이상하게도 그녀는 언제나 달아나려는, 더 멀리 아무 데로나 떠나려는 욕망을 품고 있었답니다. 그녀는 불현듯 웃더니 쉴세르를 바라보며 말했지요. '제가 만족하는 법이 없다고 말씀하시고 싶으시죠. 그렇지만 그런 걸 어쩌겠어요. 어떤 막연한 욕구, 여기 있고 싶지 않은 욕구가 생기는 걸요.' 어느 날 저녁, 그녀에게 꽤 친절하게 대해주던 나이트클럽의 주인, 뚱뚱한 튀니지 남자가 그녀를 따로 부르더니 포르라미에 있는 호텔에서 호스티스로 일할 생각이 있냐고 물었다고 합니다. 바를 맡고, 노래도 좀 해야 하고—목소리가 꼭 좋을 필요는 없지만—무엇보다 손님들에게 친절하면 된다면서. 그녀가 즉각 던진 질문에 그는 너그럽게 대답했죠. 그런 류의 술집이 아니에요. 오히려 아주 좋은 곳이에요. 다만 차드에는 오지에서 와서 옆에 있어줄 친구를 필요로 하는 독신 남자들이 많아요. 그녀는 포르라미가 저 멀리 사막 건너편, 아프리카 한가운데에 있는 전혀 다른 세상이라는 걸 알고 있었습니다. 그러니 마침내 뜨거운 열기를 갈망하는 자신의 욕구를 만족시킬 수 있게 된 셈이었죠. 튀니스에서조차도 견디지 못하는 순간들이 있었으니까요. 이렇게 해서 어느 화창한 날, 어떻게 오게 된 건지도 미처 깨닫지 못한 채 그녀는 차디앙 테라스에 있게 된 겁니다. 그 테라스에서 그녀는 아침이면 모래톱 위에 앉은 수천 마리의 새들을 볼 수 있었죠. 그것이 그녀가 잠에서 깨어나면 처음으로 하는 일이었답니다. 새들을 보러 창문으로 달려가는 일 말입니다. 그녀는 바와 댄스홀을 도맡아 보았죠. 처음에 걱정했던 것과는 달리 하비브는 그녀에게 어떤 남자하고도 자도록 강요하지 않았죠. 단 한 번만 빼고는 말이에요. 그녀는 얼른 고쳐 말했지요. 그 일을 까맣게 잊고 있었던 게 분명해요. 쉴세르가 아무 질문도 던지지 않았는데 그녀는 서둘러 자세한 얘기를 했죠. 그래요, 한번은 하비브가 바로 오더니 지나가는 말처럼 던지더군요. '상드로가 요구하면 그러겠다고 해요.' 그리고 상드로는 실제로 그녀에게 요구를 했고, 그녀는 당연히 그러겠다고 대답했답니다. 쉴세르가 아무 말이 없자 그녀는 잠시 기다렸다가 어깨를 으쓱하고는 약간 도전적으로 그를 향해 눈을 들어 그를 바라보며 말했지요. '저는 이런 생리적인 일은 이제 그다지 중요하게 생각하지 않아요. 중요한 건 그런 게 아니니까요.' 하지만 그녀는 무엇이 중요한지는 말하지 않았지요."

5

"상드로는 트럭 회사를 가지고 있었습니다. 큰 회사들이 트럭을 보내기 싫어하는 구석진 곳을 도맡는 회사였죠. 생각 있는 사람이라면 도저히 다닐 수 없는 걸 잘 아는 그런 길에다 큰 회사들이 아무리 일 년에 여섯 달일지라도 굳이 트럭을 보내 마모시킬 이유가 없었으니까요. 어쩌다 낡은 군용 트럭들이나 가다가 도중에서 생명을 다하곤 하는 그런 길이었지요. 너무도 번창해서 작은 길까지 신경 쓸 필요가 없는 큰 운송회사들이 완전히 포기한 도로망을 그는 철저하게 답사했어요. 처음엔 중고로 산 단 한 대의 르노차 운전대를 잡고 힘겹게 운송을 하던 그가 삼 년 후 경기가 한창 좋을 때엔 스물다섯 대의 트럭을 운영하며 곁길들을 독점하게 되었지요. 포르투갈 트럭이나 S.E.C.A. 트럭들이 새 도로의 상태나 생산성이 얼마나 있을지 전문가의 평가를 기다리는 동안, 그의 트럭들은 매년 밀림 속으로 점점 더 깊이 파고들어간다는 평판이 퍼졌지요. 쉴세르는 하비브가 이런 기업주와 '사이좋게 지내야' 할 이유를 너무도 잘 알고 있었어요. 상드로는 킬로미터당 십 퍼센트까지 더 비싸게 받을 수만 있다면 물이 채 빠지지도 않은 길이나, 지난 계절 이후로 아직 다리 점검도 하지 않은 길에도 트럭을 서슴지 않고 내놓았으니까요. '지난 번 통과할 때까지만 해도 없었던' 물줄기 앞에서 운전사들이 이틀째 멍하니 앉았거나 트럭 앞유리까지 진창 속에 박힌 모습을 꽤 자주 볼 수 있었지요. 그런 진창 앞에서는 태양조차도 뒷걸음질 치는 것 같았답니다. 그런데도 짐은 결국 목적지에 도착했어요. 다른 어떤 트럭도 그 시기에는 위험을 무릅쓰려고 들지 않는 그런 곳, 도로로는 접근할 수 없다고 알려진 카메룬의 디분 족, 수단 접경의 크레시 족, 울레 족한테까지도 짐이 갔던 겁니다. 그처럼 밀림에 길을 트는 것이 하비브에게는 물론 대단히 귀중한 일이었습니다. 그럼으로써 그는 자기 화물들이, 그의 손에서 떨어지는 법이 없는 부채에 그려진 미제 청량음료와 똑같은 인장이 찍힌 채 아프리카 내륙 깊숙이 고립되어 있는 아랍 상인이나 아시아 상인들에게 무사히 도착하리라고 확신할 수 있었던 겁니다. 그 상인들에게는 상드로와 같은 사나이의 개척정신이 진심 어린 감탄과 만족을 불러일으키는 것이었지요. 마르세유 사람 상드로는 어느 날 자기 트럭들 가운데 한 대가 웅덩이에 그저 살짝 굴렀을 뿐인데 폭발까지 했을 때 자기가 맡은 짐이 어떤 것인지 전혀 모르고 있었지요. 사고 현장이 멀리 떨어진 곳이어서 경찰이 의문을 갖기 시작하기까지 보름이나 걸렸는데, 이날 하비브와 드브리가 포르라미에 남아 있었더라면 그들은 운전사의 죽음에 대한 대가를 상드로에게 톡톡히 치러야 했을 겁니다. 하지만 그때 그들은 이미 멀리 떠나 있었고, 상드로가 할 수 있는 일이라곤 미나에게 자초지종을 따져보는 것이었는데, 그녀가 아무것도 모른다는 건 너무도 명백했고 또 어찌나 겁에 질렸는지 상드로는 그만 낙담하고 말았지요. 미나는 포르라미에 오기 전에는 전혀 하비브를 알지 못했던 겁니다. 그녀가 그에게 자기 사진을 보내야 했던 게 그 증거라 할 수 있지요. 게다가 그녀는 튀니스에 있는 나이트클럽 사장이 그녀에게 그런 제안을 하기 전까지는 프랑스령 적도 아프리카에 올 생각을 한 번도 해본 적이 없었다는 겁니다.

— 그래서 듣자마자 승낙했단 말입니까?

네, 망설이지 않고 승낙했어요. 그녀는 어렸을 때 차드에 관한 얘기를 들은 일이 있었지요. 그녀의 아버지는 고등학교 자연사 선생이었답니다. 이 사실을 강조하는 걸 보면 자기에게도 유복한 시절이 있었다는 걸 말하고 싶었던 모양이에요. 그녀는 그곳이 아주 먼 곳, 모든 곳으로부터 멀리 떨어진, 아프리카의 미개척지라는 건 알고 있었지요. 그래서 어마어마한 짐승 떼들이 초원에서 평화롭게 노니는 광경을 즉각 떠올렸던 거지요. 그녀에게는 이제 이 세상에 아무도 없었어요. 베를린에 있는 삼촌밖에는요. 그래서 망설이지 않고 그 제안을 받아들였던 겁니다. '난 자연과 동물을 무척 좋아해요' 하며 들떠서 결론을 내렸던 거죠.

— 단지 그런 이유로 차드에 올 생각을 하다니 신기하군요. 그저 개를 한 마리 살 수도 있었을 텐데.

쉴세르가 다정하게 말했죠.

그녀는 이 말을 매우 진지하게 받아들이고 흥분하는 듯했어요. 쉴세르가 민감한 부분을 건드린 게 분명했어요. 그녀는 말했죠. 자기 같은 생활을 하는 사람은 개를 기르기가 어렵다고 했죠. 튀니스에서 그녀는 주급을 받았는데 언제 길거리에 나앉을지 모르는 처지였기에 책임질 일을 할 수가 없었던 겁니다. 그녀는 또 말했죠. 게다가 당신도 아시다시피 걔들은 자존심이 강하잖아요. 그건 그녀가 자주 확인한 사실이었죠. 베를린에 살 때 대낮에 자기 개를 데리고 다니면서 쓰레기통을 뒤지고 다니는 이웃 노인이 있었다고 합니다. '개가 어떤 얼굴을 하고 있는지 당신이 봤어야 하는 건데. 개는 자기 주인이 쓰레기통을 뒤지는 것을 못 본 척하고 싶은지 딴 곳을 쳐다보았어요. 주인 때문에 부끄러워하는 게 분명했어요. 그래서 저는 개를 갖고 싶지 않았던 겁니다……' 그녀가 갑자기 웃기 시작했죠. 그런 밝은 모습이 그녀에게는 잘 어울렸어요. 쉴세르는 처음으로 그녀가 예쁠 수도 있다는 사실을 깨달았죠. '감히 개를 가질 생각은 못 했어요. 하지만 그렇다고 멀리서 개들을 좋아하지 못할 건 없잖아요. 저는 남의 개를 보면 쓰다듬어주는 그런 사람이에요. 제가 왜 그 제안을 받아들였는지 정말 알고 싶으시다면 말씀드리죠. 평화를 얻고 싶어서였어요. 튀니스에서는 손님들이 날 가만히 내버려두지 않았어요. 나이트클럽에서 옷을 벗는다는 게 어떤 건지 당신도 아실 거예요. 저는 정말이지 차드가 자연 속으로, 코끼리들 사이로, 초원을 달리는 평화로운 짐승 떼 속으로 피신할 수 있는 곳일 거라고 생각했어요. 그리고 새들도 있잖아요. 바로 그래서 온 거예요. 저는 실망하지 않았어요. 아침마다 창문만 열면 되었으니까요.' 사람들이 꽤 잔인하게, 그리고 참으로 부당하게도 '하룻밤에 만 원'이라고 떠들어대던 여자가 내놓은 이 같은 해명에 대해 쉴세르가 아닌 다른 남자였다면 아마 말도 안 되는 얘기라고 의심했을 것입니다. 차디앙 테라스에서 그녀가 이런 얘기를 했을 때는 웃는 사람들도 있었고, 무언가를 깨닫고 고개를 끄덕이는 사람도 있었지요. 이 이야기는 오르시니에게 즐거움을 안겨주었어요. 훗날 차드에서 모두가 그저 '그 사건'이라고 막연하게 부르던 일이 일어났을 때 오르시니는 이미 알고 있는 사람으로서 기쁨을 한껏 드러내며 사령관의 극단적인 순진함을 드러내주는 예로 이 이야기를 들먹이곤 했지요. 하지만 신부님께서는 쇨세르를 아시잖습니까. 그는 자기 생각이 확고한 사람이지요. 등 뒤에 대고 비웃는다고 해서 꿈쩍할 사람이 아니지요. 그는 미나가 차드에 온 이유를 설명하기 위해 자신은 자연을 사랑하며, 온기와 우정이 필요했노라고 말했을 때도 그녀를 그대로 믿어주었어요. 그래서 튀니스와 독일에다 몇 가지 사실만 조회한 뒤 그녀를 조용히 풀어주었지요.

그렇지만 그녀가 차디앙 테라스에서 가끔 오래도록 난간에 기댄 채 볼 수 있었던 동물이란 하비브와 드 브리가 떠난 뒤로는 고작 모래톱 위의 앉은 몇 마리 악어와 펠리컨들, 시 소속 수의사가 길들인 영양뿐이었다는 사실을 덧붙여 말해야겠습니다. 그 영양은 대개 그녀가 첫 손님을 받기 전인 해질 무렵에 그녀를 찾아오곤 했지요.

한번은 하루가 끝나갈 무렵 손으로 영양의 얼굴을 받쳐 들고 있던 그녀를 본 적이 있어요. 얼굴 표정에는 젊음과 어린애 같은 기쁨이 어려 있어 함께 갔던 밥콕 대령은 이렇게 말하더군요. '이 모든 것으로부터 수만 리나 떨어져 있는 것 같군요.' 그는 이 모든 것이 정확하게 무엇을 가리키는지는 말하지 않았지만 신부님은 아시리라 믿어요."

신부의 얼굴은 무표정했다. 생드니는 잠시 기다리더니 다시 말을 이었다.

"더구나 나중에 미나가 차디앙에서 전설적인 인물이 되고, 그녀에 대한 추억이 마치 그 고장의 사유 재산처럼 되었을 때 아마 진실에 가장 가까이 접근한 사람도 바로 그 밥콕 대령이었을 겁니다. 장교이자 신사니까 분명 어느 정도 제한은 받았을 거예요. 그는 꽤 오랫동안 바에 혼자 앉아 있었죠. 누구에게도 말을 걸지 않았죠. 그러다 잔을 내려놓고는 계산을 하곤 했지요. 보이에게 잔돈을 가지라고 하면서 갑자기 눈을 빤히 들여다보지만 보이를 보지는 못하는 듯한 눈길로 이렇게 말했죠.

— 실은 따뜻한 애정이 필요한 여자였어.

그 말에 돌아다보는 사람조차 없었습니다. 그 사건 생각에 몰두한 건 그 혼자만이 아니었던 겁니다. 밥콕 대령에 관한 얘기는 이것이 전부입니다. 예수회에서 그가 말한 '이 모든 것'에 대해 물어보지 못한 것이 유감입니다. 불행히도 이제는 그에게 다가가는 데 좋은 말과 결단력 있는 신부만으론 충분하지 않게 되었어요."

예수회 신부는 웃었다. 대령이 말하려고 했던 것을 신부는 놓치지 않았던 것이다. 전혀 놓치지 않았다.

"그러니까 보시다시피 우리 몇몇 사람은 신부님과 같은 의문을 제기하고 그 사건을 세세히 되씹고 있답니다. 때로는 그 사건이 우리 주변 어디선가 다른 차원에서 계속되고 있는 것만 같아요. 그 주인공들은 영원히 같은 사건과 같은 잘못을 저지르도록 선고 받은 것 같아 보입니다. 우리의 우정 어린 공감으로 그들이 이 악순환에서 빠져나갈 때까지는 말입니다. 제가 보기에 그들은 우리에게 절망의 손짓을 하고 갖은 방법으로 우리의 주의를 끌려고 애쓰는 것 같습니다. 때로는 점잖지 못할 정도로 말입니다. 마치 무슨 수를 써서라도 우리의 이해를 얻고 싶어 하는 것 같죠. 신부님도 그 주인공들을 저만큼이나 뚜렷하게 보고 계시리라고, 그들이 제 밤을 채우듯 신부님의 밤도 채우고 있으리라고 저는 확신합니다. 그렇기에 여기 오신 것이겠지요."

생드니는 입을 다물더니 대답이나 확인을 기다리는 듯 신부를 향해 돌아보았다. 신부는 팔짱을 낀 채 꼿꼿이 고개를 들고 있었다. 달은 언덕 위를 떠돌고 있었고, 별들은 집요하면서 단순한 초연함의 교훈을 골짜기 끝까지 이어가고 있었다. 이따금 짐승 떼가 지나가는 소리가 들렸다. 타생 신부는 담배를 한 개비 꺼내 불을 붙였다. 그러고는 약간 우울한 기분으로 자신이 무엇 때문에 이곳에 왔는지 알게 될까, 아니면 이미 알고 있는 것으로 만족해야 할까 하는 생각을 했다. 그는 자기 나이에는 이제 인내가 미덕이 아니라 점점 더 누리기 힘든 호사라는 생각을 했다. 그래서 새로운 단서를 하나라도 놓칠세라 생드니의 말을 귀 기울여 들었다. 그러면서도 자기만의 추억을 떠올리며 언덕의 평화와 곁에서 들리는 따뜻한 목소리에 힘입어 다시 한번 이해해보려고 애썼다. 학자다운 초연함과 평온한 마음으로 사건을 바라보려고 애썼던 것이다.

6

그는 전혀 거만해 보이지 않았다. 그러나 홀로 살아오면서 대개 남이 모르는 상처를 지니고 있고, 사람을 공격할 만큼 사납고 공격적으로 변하는 코끼리에 비유해서 사람들은 그를 '거만'하다고 했다.

그는 튼튼하고 다부지며 피부색이 약간 짙은 원기왕성한 얼굴에 곱슬곱슬한 갈색 머리를 하고 있었다. 이따금 민첩한 동작으로 머리칼을 쓸어 넘기곤 했다. 그가 하는 행동은 무엇이건 재빠르고 갑작스러웠다. 그가 망설이는 걸 싫어한다는 것이 느껴졌다. 포르라미에서는 거의 그를 볼 수가 없었다. 그가 원주민 마을에 얼마간 살았다는 건 나중에 가서야 밝혀진 사실이었다. 사람들이 그에게 별 관심을 쏟지 않았다는 얘기다. 더구나 그는 눈에 띄지 않으려고 애쓰는 것도 아니었다. 오히려 정부에 낸, 복잡하게 뒤얽힌 우스꽝스러운 청원서 얘기를 가지고 거의 모든 사람을 괴롭혀댔다. 그는 "우리 모두와 관계된 일입니다"라고 말하며 가방에서 서류 한 장을 꺼내어 조심스레 펴고는 서명해야 할 곳을 손가락으로 가리키곤 했다. 서류 하단에는 단 하나의 서명도 없었건만, 그는 아무도 거절하지 않으리라고 확신하고 있는 것 같아 보였다. 대개 사람들은 "청원서"라는 첫마디만 듣고도 정치엔 관심 없다며 그에게서 등을 돌렸다. "정치문제가 아닙니다." 그는 발끈해서 소리쳤다. "이건, 인간성의 문제요." "물론, 그렇겠죠!" 사람들은 빈정대는 말투로 대꾸하며 그의 어깨를 툭 치고, 식민지 백인이면 누구에게나 보이는 최소한의 예의만을 보이며 그를 내쫓곤 했다. 그러면 그는 더 고집하지 않고 다갈색으로 변한 낡은 모자를 집어들고 묵묵히 나갔다. 논쟁에서 이겼다고 확신하는 사람의 태연한 얼굴을 하고 눈길조차 돌리지 않은 채. 그의 "청원서"를 훑어보는 수고를 하는 사람들, 이를테면 오르시니 같은 사람은 그것을 거의 외우고 있었다. 교활한 쾌감을 느끼며 읽고 또 읽음으로써 자신이 세상에서 가장 싫어한다고 말하는 것에 대한 증오심을 키우곤 했던 것이다. 다시 말해 무엇이건 — 그게 정확히 무엇인지 꼬집어 말하지는 않았지만—— 할 수 있다고 믿는 유형의 인간에 대한 증오심이었다. 따라서 그 청원서를 읽은 사람들은 차디앙 바에서 웃으며 그 얘기를 나눴다. 목화 값의 인하나 최근 케냐에서 일어난 마우마우(영국령 케냐의 키쿠유 족(族)이 1950년경에 조직한 반(反)백인 테러 집단) 테러 집단의 잔학 행위가 아닌 다른 화젯거리를 찾은 걸 행복해하며. 이따금 손님들 테이블로 초대 받은 미나는 테라스로 마실 것을 나르는 보이들을 지켜보며 그 얘기를 듣곤 했다. 석양은 순식간에 세상을 집어삼켜버렸다. 어느새 아프리카에는 마치 우리를 좀더 가까이서 지켜보려는 듯, 이 모든 소음이 어디서 오는지 가까이서 살피려는 것처럼 곧 내려앉을 듯한 하늘밖에 남지 않았다. "생각 좀 해보세요. 글쎄, 웬 미친 작자가 찾아와 나더러 아프리카에서 코끼리 사냥을 금지하는 청원서에 서명을 하라고 하는 거예요······" 미나는 강물 위로 독수리 한 마리가 천천히 원을 그리고 있는 것을 바라보고 있었다. 매일 저녁 녀석은 그렇게 하늘에서 신호를 보내는 것 같았다. 그녀가 일상의 한 페이지를 넘길 수 있도록. 강 건너편의 갈대 사이로 말을 타고 질주하는 사람의 모습이 잠깐 나타났다. 미국인 소령이 피할 수 없는 무언가로부터 달아나고 있는 것 같아 보였다. 어쩌면 석양을 피해 가는 것인지도 몰랐다. 그렇게 그는 몇 달 전부터 매일 저녁 같은 시각에 지나가고 있었다. 마치 그는 눈에 보이지 않는 어떤 시곗바늘과 하나가 되어 시계판 위로 끌어들여진 것만 같았다. 미나는 그 시계판의 표지들을 너무도 잘 알고 있었다. 몇 그루의 나무, 어느 어촌의 오두막 세 채, 몇 척의 통나무배, 풀숲에 가려진 지평선, 로곤 쪽으로 흐르는 샤리 강 하구, 더 멀리 동쪽으로 보이는 포르푸로의 외로운 종려나무, 그리고 마치 누군가의 부재와도 같은 막막한 하늘.

— 물론 그 괴짜에 대해 관청에서는 전혀 아는 바가 없지요……

경찰서장인 코토프스키는 — 부하들에겐 '코토'로 통했다 — 외인부대 출신으로 남쪽 부족들이 행하는 의식의 흔적을 닮은 전쟁의 흉터가 얼굴에 나 있는데, 그 '괴짜'의 이름이 모렐이며 일 년 전부터 포르라미에 살고 있으나 대부분의 시간을 밀림 속에서 보낸다고 말했다. 모렐은 신원서류의 직업 칸에 '치과의사'라고 적기는 했지만 그의 가장 큰 열정은 코끼리인 것 같아 보였다. 위에트 형제는 어느 날 차드 동쪽 지방에서 사백 마리의 코끼리 떼 한가운데서 그를 보았다고 했다. 모렐은 코토프스키에게도 청원서를 들고 와서 성가시게 굴었다. 겉으로 보기에 전혀 위험하지 않은 순한 미치광이 같았다고 코토프스키는 말했다. 그러자 갑자기 어둠 속에서 오르시니의 거칠고 공격적인 경멸의 말이 들려왔다. 깜깜한 밤이었지만, 그를 아는 모든 사람들은 빈정거리는 듯하면서도 화가 난 그의 얼굴을 알아보았다. 그 얼굴은 어느 누구도 오르시니 다카비바를 속일 수는 없다고 온 세상에 공표하는 듯했다. "그냥 오르시니라고 부르시오. 난 상관없소"라고 그는 말하곤 했다. 그는 모든 사람을 꿰뚫어보고 대번에 그들이 어떤 자라는 것을 알아차리고 판단을 내렸다. 다시 말해, 별 볼일 없는 인간들이라는 사실을 알아차린 것이다. 그의 소리는 묘한 힘, 모든 인간적 지평을 바늘구멍만 한 범위로 좁히는 힘을 지니고 있었다. 미나에게는 그 의기양양한 비웃음이 인생에서 기대할 수 있는 것이라곤 이를 닦고 입을 헹구는 일밖에 없고, 인간이 하는 모든 일은 숙명적으로 결국 추잡한 짓거리가 될 수밖에 없다고 외치는 듯이 보였다. 그녀는 그를 보자마자 그와 연결되는 걸 꺼려

했다. 그래서 매번 그가 걸어오는 수작에 화난 듯한 거친 태도로 단호하게 즉각 거절했다. 그러자 그는 그녀를 부를 때마다 '독일년'이라고 했다. 그런데 대개 그가 있는 자리에서 미나의 이름이 불릴 때면, 그는 갑자기 입을 다물고 대화에서 물러나 무심한 표정으로 먼 곳을 응시했다. 그의 태도는 마치 많은 것을 알고 있지만 아직은 때가 되지 않아 말을 아끼는 것이라고 암시하는 듯했다. 때로 이 술책은 새로 온 손님들에게 먹혀서, 손님들이 그에게 질문을 퍼붓기도 했다. 오르시니는 약간 뜸을 들이다가 갑자기 말을 쏟아내곤 했다. 누굴 바보로 아는 거요? 코토프스키 서장이야 속건 말건 아니면 일부러 눈을 감아주건 말건 자유지만, 나는 어느 정도에서 선을 그어야 하는지 진작부터 알고 있소. 성실하고 경험 많은 그 사람들이 정말로 그 여자가 우연히, 단지 갈 곳이 없어서 포르라미에 오게 되었다고 믿었겠소? 그 사람들은 정말로 그렇게 몸매 잘 빠진 여자가 ─ 나는 '독일년' 타입을 좋아하진 않지만 그래도 그 여자에게 부족한 점이 없다는 것만은 인정하지 않을 수 없지 ─ 단지 차디앙 호텔에서 술집 여급으로 일하기 위해, 그리고 몇몇 사내들, 모두는 아니고 몇몇 특정한 사내들, 꽤 신중하게 고른 사내들하고 자기 위해 이곳에 왔다고 믿었겠소? 쉴세르가 아니고는 그렇게 순진하게 속아 넘어갈 리 없지. 아니 어쩌면 쉴세르도 단순히 순진해서가 아니라, 다른 중대한 이유가 있었는지도 모르죠. 그렇다면 대체 그 작자는 그 여자가 차드에서 무엇을 하고 있다고 생각했담? 오르시니는 어깨를 으쓱하고는 안락의자 속으로 더욱 깊이 몸을 파묻었다. 그는 그 얘기를 그다지 하고 싶지 않았다. 적어도 그 순간만큼은 그랬다. 그것은 영토 경비대와 관계된 문제였다. 그는 개인적으로 이 모든 것에 전혀 관심이 없었고, 그 일에 연루되지 않았다. 그렇다고 때가 되어도 말을 안 하겠다는 것은 아니고, 책임을 묻지 않겠다는 것도 아니다. 그러나 지금은 단지 이 말만 해두고 싶었다. 그는 사냥할 때 한 번도 짐승의 흔적을 놓쳐본 적이 없으며, 언제나 끝까지 따라가고야 만다는 것, 지금 그가 이 일에 대해 얘기할 수 있는 건 그게 전부였다. 오르시니는 이 말을 종종 코토에게 했지만 그는 무심하게 들을 뿐이었다. 그러던 어느 날 시장에서 오르시니를 만났을 때, 코토는 슬라브 억양이 강한 말투로 지나는 말처럼 그에게 말했다.

— 당신이 흥미로워할 소식이 있어요. 미나를 쫓아낼 생각인데 말이오. 지사에게 한마디 하려고 합니다. 부인네들이 불평을 하기 시작했거든요. 이제 너무 눈에 띄게 되고 만 거죠. 당신한테 이 말을 하는 건, 당신도 이 상황에 대해 못마땅해한다는 말을 들었기 때문이오. 그래서 서둘러 얘기하는 겁니다. 그 여자더러 그 매력을 다른데나 가져가라고 할 참이오.

그는 이렇게 말하며, 군의관과 함께 검은 천을 휘감아 두르고 쪼그리고 앉아 행인들에게 땅콩을 내밀고 있는 여자들의 손을 연신 살폈다. 멋을 부리려고 머릿기름을 발라 번들거리는 여자들의 머리칼에서는 독하고 역겨운 냄새가 났다. 두 사람은 여자들 중 한 사람이 나병에 걸려 손이 헐었다는 정보를 입수하고 조사를 나온 것이었다. 그런 손으로 껍질을 깐 땅콩을 팔다니…… 오르시니는 얼굴이 하얗게 질렸다. 그의 목울대가 경련하듯 움찔했다. 그는 미소를 지으려고 애쓰며 말했다.

— 아, 그래요. 강경한 처사군요.
— 가끔 그러지요. 땅콩을 사셨습니까? 이 장사꾼 여자들 가운데

한 사람이 나병환자라는 정보가 들어왔어요.

— 상관없어요. 전염병이 아니니까요. 아시다시피 난 여기 산 지가 이십 년이나 됐소.

— 네, 알지요.

코토는 땅콩을 한 줌 집어 들더니 씹기 시작했다. 그는 문둥병 장사꾼을 발견하지 못하리라는 걸 알고 있었다. 그들이 오는 걸 보고 달아났거나, 아니면 시리아 상점 주인들이 일부러 노변 장사꾼을 상대로 나쁜 소문을 퍼뜨린 것인지도 몰랐다. 후자가 더 있을 법한 일이었다. 오르시니는 한 마디도 하지 않았다. 다음 날 아침, 코토는 사무실에 들어서며 대기실 소파에 앉아 있는 오르시니를 보았다.

— 나하곤 전혀 관계없는 일이지만 한마디 해도 괜찮겠소?

— 하세요. 저는 남의 충고를 잘 받아들입니다. 특히나 연장자의 말씀이라면.

— 코토, 왜 그 여자를 가만히 내버려두지 않는 거요?

서장은 눈썹도 까딱하지 않았다. 무슨 말인지 너무도 잘 이해하고 있었다. 아프리카 한복판에서 여자 혼자, 그것도 독일 여자 혼자 얼마 동안은 버틸 수 있다. 그러나 언젠가는 굽히지 않을 수 없을 것이다. 특히나 자신을 고용한 고용주의 친구 앞이라면. 그녀가 오르시니에게 품게 한 원한은 한 가지 방법으로밖에는 풀 길이 없었다.

— 보아 하니 당신은 선택받은 행복한 사나이들 가운데 한 사람이시군요.

서장이 말했다.

— 이 일을 가볍게 다루는 건 잘못하는 일입니다. 그렇게 잘 빠진 여자가 라미에 바걸로 오는 걸 자주 보셨습니까?

오르시니는 불현듯 증오심에 사로잡혀 말을 이었다.
— 나야 온갖 일을 보았지요. 당신 같은 사람도 보고 말이오.
오르시니가 다시 말을 이었다.
— 그 여자는 베를린에서 왔지요? 나도 몇 가지 정보를 갖고 있소. 그 여자는 러시아 점령 지구의 어느 나이트클럽에서 노래를 했답니다. 그리고 소련 장교의 애인이었고. 마우마우 테러 집단이 얘기를 꾸며냈다고 믿으신다면······
— 그러니 더더욱 쫓아내야 할 것 아닙니까?
— 감히 말하지만, 그건 정말 어리석은 일이오. 차라리 그 여자를 여기 붙들어두고 엄중히 감시해야죠. 움직이지 못하게 하고 궁지에 몰아넣어야죠. 그러면 조만간 실수를 할 거요. 그때 그 여자의 사내들을 몽땅 잡아들일 수 있을 겁니다.
— 무슨 생각인지 알겠습니다.
코토가 근엄하게 말했다.
— 내가 정보를 알려드릴 테니 날 믿으시오. 나한테 정보 출처가 있으니.
— 고맙군요.
그는 오르시니를 뚫어지게 쳐다보았다. 오르시니는 얼굴이 창백해지면서 떨리는 입술로 미소를 지으려고 애썼다.
그가 도전하듯 물었다.
— 코토, 당신 판단은 뭐요? 지금 당신이 판단을 내리고 있으니 하는 말이오. 별 비열한 놈을 다 보겠다는 거요?
서장은 아무 대답 없이 책상 위에 놓인 서류로 관심을 돌리는 척했다. 오르시니는 잠시 입을 다물었다. 그의 숨소리가 방 안을 가득 채우는 듯했다.

— 내가 아프리카에서 산 지도 벌써 스무 해나 되었소. 혼자서 말이오. 처음으로 내 마음에 드는 사람을 만났는데……

서장은 여전히 책상을 바라보고 있었다.

— 코토, 그 여자를 내쫓지는 않겠지요? 설마 나한테 그렇게까지는 안 하겠지? 평생을 코끼리나 죽이면서 위안을 삼을 수는 없잖소……

그는 파나마 모자를 조용히 집어들더니 잠시 대답을 기다리다가 미소를 짓고는 밖으로 나갔다. 코토는 얼마 동안 머리를 숙인 채 어금니를 꽉 깨물고 있다가 갑자기 손을 들어 부관을 불렀다. 부관은 둥글고 평온한 얼굴의 사라 인이었다. 그는 오로지 건강과 밥과 평화로운 눈길에 담긴 부드러운 몽상으로 이루어진 그런 사람이었다. 코토가 아무 말 없이 그를 뚫어져라 바라보고 있는 동안 그는 차려 자세를 고수했다. 놀라지도 않고 질문도 하지 않고 다만 바지 옆 재봉선에 새끼손가락을 붙이고 서 있을 뿐이었다. 코토의 눈길은 안락하고 건전하며 인생과 완전히 조화를 이룬 보기 좋은 그 얼굴을 한동안 빨아들였다. 기분이 나아지고 가슴이 후련해지자 코토는 그를 내보냈다.

7

서장이 청원서에 서명해달라고 그들을 차례로 찾아왔다는 모렐을 '무해한' 자라고 말하자, 어둠 속에서 — 몰려드는 벌레 떼 때문에 사람들은 불 켜는 시간을 되도록이면 늦추고 있었다── 오르시니의 목소리가 쩌렁쩌렁 울렸다. 그 목소리는 극도의 빈정거림과 경멸 어린 분노가 뒤섞여 거의 격정적인 울부짖음 같았다. 아프리카의 어둠 속에서 새로운 종류의 밤새가 울부짖는 소리 같았다. 모두가 본능적으로 목소리가 들려오는 어두컴컴한 구석을 향해 돌아보았다. 오르시니는 섬광 같은 탄성, 침묵을 찢고 돌연히 열린 상처와도 같은 날카로운 심문에 재간이 있었다. 모두가 기다렸다. 그러자 어둠 속에서 떨리는 목소리, 거의 노래 같은 소리가 올라왔다. 늘 분노에 차 있는 목소리였다. 한계를 모르는 그 분노는 직접적인 대상을 뛰어넘은 것이었다. 인간과 우주, 그리고 먼지 하나하나, 미미한 생명체 하나하나를 마땅히 존중하는 그런 분노였다. 무해하다고요? 그 점에 대해선 나도 내 나름의 의견이 있으니, 누구도 내 견해를 바꾸게 할 순 없을 것이오. 물론 순수한 사람들에겐 모든 것이 순수해 보이지요. 이 점에 대해서는 쵤세르 사령관에게 찬사를 보냅니다. 하지만 순수성을 지나치게 높이 살 생각은 없소. 다른 사람들처럼 그도 모렐의 방문을 받았고, 그의 청원서를 관심을 갖고 읽었다. 어쨌거나 코끼리 사냥은 그와도 어느 정도 관계가 있는 일이었으니까. 그에게는 정식으로 인가 받은 것만도 오백 마리나 있었다. 코뿔소, 하마, 사자는 치지 않고라도 말이다. 전부 합치면 적어도 수천 마리는 될 것이다. 그렇다. 그는 사냥꾼이었고, 그것을 자랑스럽게 여겼으며, 짐승 뒤를 쫓는 데 숨이 가쁘지 않는 한, 손아귀에 총대를 잡을 만한 힘이 남아 있는 한 큰 짐승 사냥을 계속할 생각이었다. 그래서 자기 일이라도 되는 양 각별한 주의를 기울이며 청원서를 읽었던 것이다. 거기에는 아프리카에서 매년 잡히는 코끼리 수가 적혀 있었고──지난해에는 삼만 마리나 되었다——, 늪지로 점점 밀려나서 사람이 끈덕지게 몰아내고 있는 땅에서 언젠가는 사라지고 말 운명에 놓여 있는 이 짐승들을 동정하는 내용이 길게 씌어져 있었다. 이런 글이 씌어져 있더라고 그는 그대로 인용했다. "아프리카의 광막한 공간을 달리고 있는 짐승 떼를 볼 때, 인간이라는 이름이 부끄럽지 않은 자라면 누구나 보기만 해도 유쾌해져 미소 짓지 않을 수 없는 자연의 찬란함을 우리 가운데 영속시키기 위해 어떠한 일이라도 하겠다고 맹세하지 않을 수 없을 것이다." '인간이라는 이름이 부끄럽지 않은 자라면……' 오르시니는 거의 절망적인 어조로 엄청난 원한을 품고서 되풀이했다. 그러고는 마치 그러한 주장의 터무니없음을 강조하려는 듯 입을 다물었다. 이런 말도 있었다. "오만의 시간은 끝났다." 그러니 우리는 좀더 겸손한 마음과 이해심을 갖고 "우리와 다르기는 하나 우리보다 열등하지 않은" 다른 종의 동물 쪽으로 눈을 돌려야 한다. 오르시니는 벅차오르는 희열을 느끼며 다시 한번 되풀이했다. '다르기는 하나 우리보다 열등하지 않은!' 청원서는 이렇게 계속되고 있었다. "인간은 이 땅에서 찾을 수 있는 온갖 우정을 필요로 하게 된 지경에 이르렀다. 고독 속에서 인간은 모든 코끼리, 개, 새를 필요로 하게 되었다." 오르시니는 야릇한 웃음을 흘렸다. 유쾌함이라곤 담겨 있지 않은, 일종의 의기양양한 비웃음이었다. "아직까지는 우리 곁에 남아 있는 이 거대하고 어설프지만 찬란한 자유를 보존할 능력이 우리에게 있다는 걸 보여줌으로써 안심할 때가 되었습니다……" 오르시니는 말을 멈췄다. 그러나 그의 목소리가 어둠 속에 도사리고 앉아 제일 먼저 나타나는 먹잇감에 덤벼들 태세를 하고 있다는 건 짐작할 수 있었다. 여기저기서 웃음이 일었다. 누군가 말을 던졌다. 그 잘난 서류의 내용이 그렇다면 그걸 쓴 자는 틀림없이 온순한 괴짜임에 틀림없는데, 어떤 면에서 그가 위험 인물이 될 수 있는지 이해하기 힘들다고 했다. 오르시니는 이 말을 못 들은 체했고, 그 사람을 안중에도 없는 양 간단하게 무시해버렸다. 그가 다시 말을 이었다. 그자는 몇 달 전부터 밀림 속을 누비고 다니며 가장 외진 마을까지 찾아가고, 몇 가지 방언을 배워서 원주민들 사이를 돌아다니면서 백인의 명성에 먹칠을 하는 위험한 짓을 하고 있소. 지금 이 순간에도 아마 이 마을 저 마을로, 저자가 원본에 쓴 문구보다 더 명확한 말로 해설이 덧붙여져 돌아다니고 있을 그 청원서의 목적이 무엇인지 아는 데는 특별한 통찰력도 필요 없고, 영토 안전을 감시하도록 고용된 공무원일 필요도 없소. 이 말에 쉴세르가 어둠 속에서 빙긋이 웃었다. 그자는 아프리카 원주민들에게 서양 문명을 무슨 엄청난 파탄처럼 얘기하며 무슨 수를 써서라도 그것에서 벗어나야 한다고 말하고 있소. 이것이 그자가 아프리카 인들에게 심어주는 서양의 이미지요. 그들에게 파괴 무기를 가진 현대과학보다는 덜 나쁘다고 생각되는 식인 풍습으로 돌아가라고 권고하지 않는 것이, 모렐 같은 종자들이 전 세계의 박물관에다 가득 채워둔 돌 우상을 숭배하라고 권하지 않는 것이 다행일 정도죠. 아! 문제는 코끼리였죠! 케냐의 마우마우 테러 집단에서 계획하지 않은 충동적인 폭동이 일어나는 걸 보고도 계속해서 눈을 감는 건 그 사람들 자유지요. 다만 나, 오르시니 다카비바는 아무런 제안도 암시도 하지 않고, 그저 속기를 거부할 뿐이오. 다시 한번 말하지만 나는 영토 방위를 위해 월급 받는 사람이 아니오. 모렐의 청원서는 차드 지방 곳곳을 돌아다니며 그자가 미리 예측한 온갖 종류의 서명들로 장식될 것이오. 그는 덜 흥분한 듯했지만 한층 더 빈정대는 듯한 목소리로 느릿느릿 말했다. 입가의 주름 때문에 미소를 띤 듯해 보였다. 그렇다. 모렐이 그에게 서류를 내밀었을 때, 그는 서류 하단에서 백인 두 명의 서명을 보았다. 물론 그것이 그가 가장 먼저 본 것이었다. 두 개의 이름. 포사이드 소령, 그는 한국전쟁 당시 포로가 되었을 때 콜레라와 페스트 균을 가진 파리 떼로 주민들을 폭격했다고 자백해서 자기 나라 군대에서 추방당한 미국인이다. 더구나 자기 나라에서 원치 않는 이 배반자를 어째서 차드 당국이 받아들이는지 그로서는 이해할 수가 없었다. 또 하나의 이름에 대해서 그는 대화 상대방들이 알아맞히도록 내버려두었다. 그는 입을 다물었다. 이제 막 자리 잡은 애매한 침묵 속에서 그는 갑자기 과묵하고 손톱 끝까지 신사가 된 것처럼 느껴졌다. 말하자면 지저분한 일은 하지 않을 사람으로 보였던 것이다. 그러자 미나의 조용한 목소리가 들려왔다.
— 제 이름이었어요. 저도 서명했어요.

8

어느 오후 끝 무렵 그는 차디앙에 있는 그녀 앞에 나타났다. 그녀가 바 뒤에서 저녁에 틀 레코드를 고르고 있을 때였다. 그는 재빨리 텅 빈 무대로 달려가더니 멈춰 서서 해결해야 할 문제가 있는 누군가를 찾기라도 하는 듯 주먹을 불끈 쥔 채 주변을 돌아보았다. 첫 손님을 기다리는 텅 빈 테라스에서 그는 위협적으로 보이기도 하고 약간 얼빠진 듯해 보이기도 하는 표정을 짓고 있었다. 그녀는 그를 향해 미소를 지어 보였다. 우선은 그것이 그녀의 할 일이기 때문이었고, 또한 한 번도 보지 못한 사람이기 때문이기도 했다. 그녀는 알지 못하는 사람들에 대해 호의적인 선입감을 가지고 있었다. 아니다, 그는 그 유명한 청원서를 그녀에게 내놓지 않았다. 적어도 보자마자 내놓지는 않았다. 그가 그녀 쪽으로 다가왔다. 그녀는 그의 셔츠가 찢어졌으며, 얼굴은 온통 멍으로 뒤덮였고 굽슬굽슬한 머리칼은 헝클어진 채 뺨과 이마에 달라붙어 있는 걸 보았다. 고집 세어 보이는 그의 곧은 이마에는 세 개의 주름이 깊게 패 있었다. 그는 막 싸움판에서 빠져나와 또 다른 싸움을 찾고 있는 듯해 보였다. 팔에는 낡은 가죽 가방 하나를 끼고 있었다.

— 하비브와 얘기하고 싶소.

— 안 계신걸요.

그는 기분이 언짢은 듯 그녀가 거짓말을 하는 게 아닌지 확인하듯이 다시 한번 주위를 둘러보았다.

-하비브 씨는 마이다구리에 계세요. 내일 저녁에나 돌아오실 거예요. 제가 도울 일이라도……

— 독일 사람이오?

— 네.

그의 얼굴이 살짝 밝아졌다. 그는 가방을 바에다 내려놓았다.

— 그렇다면 우리는 동포나 다름없군요. 나도 조금은 독일인인 셈이오. 말하자면 거기 정착해 살았으니까요. 나는 전쟁 때 끌려가서 이 년 동안 여기저기 수용소에서 지냈어요. 영원히 그곳에 남을 뻔도 했죠. 그 나라에 정이 들어서.

그녀는 당황해서 레코드 위로 몸을 숙였다. 그러고는 곧 방어태세를 취했다. 포르라미에선 모두가 그녀에게 친절한 편이었는데, 다만 그녀의 국적 얘기만 나오면 갑자기 눈길에서 빈정거림이 느껴졌다. 그녀는 문득 남자의 손이 자기 손을 잡는 걸 느꼈다.

— 또 해서는 안 될 말을 했군요. 혼자 살다 보니 사람들과 얘기하는 습관을 잃었소. 사실 잃어서 나쁠 건 없지만.

— 농장주세요?

— 아니오. 코끼리를 돌봅니다.

— 그렇다면 하스 씨를 아시겠군요? 동물원과 서커스를 위해 일하시는 분인데. 코끼리를 생포하는 데 명수라지요. 함부르크에서 하겐벡의 동물들을 모두 그분이 공급했다더군요.

— 하스 씨를 알지요.

그가 느릿느릿 말했다. 그의 얼굴은 다시 어두워졌다.

— 물론 그를 알지요. 오래전에 내 눈에 띄었죠. 언젠가 하스 씨는 교수형을 받을 거요. 아니오, 아가씨, 나는 코끼리를 잡지 않아요. 코끼리들과 함께 살 뿐이오. 코끼리를 좇고 연구하느라 몇 달씩 보내곤 하지요. 좀더 정확히 말하자면 코끼리를 보고 감탄하죠. 사실 난 코끼리가 될 수만 있다면 무엇이건 내놓을 거요. 좀 전에 당신이 생각했던 것과는 달리 난 독일 사람에 대해 특별히 나쁜 감정이 없어요. 내가 싫어하는 건 훨씬 광범위한 것입니다. 럼주나 한 잔 주시오.

그녀는 그가 농담을 하는지 아니면 진지한 얘기를 하는지 알지 못했다. 어쩌면 그 자신도 알지 못하는지도 몰랐다. 하지만 그녀는 종잡을 수 없는 말 너머로 그가 약간 이상하지만 선량한 사람이라는 걸 느낄 수 있었다. 선량한 사람은 흔히 괴상하기가 일쑤라고, 그럴 수밖에 없다고 그녀는 후에 생드니에게 설명했다.

— 하비브가 없으니 그에게 뭔가를 남겨도 될까요?

— 물론이죠.

— 날 좀 도와줘야겠소.

그녀는 무슨 일일까 궁금해하며 그를 따라 바깥으로 나갔다. 차디앙의 입구를 장식하고 있는 개선문 앞에서 그녀는 드 브리의 자동차를 알아보았다. 모렐은 차문을 열었다. 건장한 드 브리가 뒷좌석에 쓰러져 있었다. 얼굴은 잔뜩 부어 있었고 팔 하나는 붕대가 감긴 채 어깨에 매어져 있었다. 머리도 붕대에 감긴 채여서 움직일 수 없어 보였다. 그는 두 사람에게 고통과 증오의 눈길을 던졌다.

— 이날 네번째 코끼리를 잡고 있는 이 사람을 호수 동쪽에서 보았죠. 사십 미터 거리에서 이자에게 총을 쐈는데, 급히 뛰어오느라 손이 떨려 그만 총알이 빗나갔지요.

그는 변명이라도 하는 듯했다.

— 그래서 개머리판으로 이놈을 쳤죠. 이 못된 놈이 코끼리 떼 주위를 어슬렁거리는 걸 다시 보는 날이면 내 이놈을 묵사발 내놓을 거라고, 그리고 코끼리들도 가만 있지 않을 거라고 하비브에게 전하시오. 그뿐이오. 안녕히 계시오.

— 잠깐만요.

그가 돌아보았다.

— 럼주 값을 안 내셨어요.

— 얼마요?

— 마시지도 않으셨는데…… 적어도 마시긴 해야죠. 얼른 오세요.

그는 그녀를 따라 바로 갔다. 그녀가 보이들에게 지시를 내리자 보이들이 드 브리 주변에서 분주하게 움직였다. 그리고 두 사람은 한동안 아무 말 없이 그대로 있었다. 그녀는 벽에 기댄 채 팔짱을 끼고 엄숙하게 그를 바라보았다. 그는 머리를 숙인 채 술잔을 이리저리 돌리고 있었다. 그녀는 야릇한 확신에 찬 태도로 조용히 기다리고 있었다. 그는 한동안 이 말 없는 호소에 저항했다. 그러더니 눈을 강 쪽으로, 강 건너편으로 돌렸다. 거기에는 아프리카 풍경이 언제나 그렇듯 광막한 공간이, 무한한 공간이 펼쳐져 있었다. 그 어떤 놀라운 존재가 떠나버린 듯 신비스러울 정도로 황량한 공간이었다. 이 풍경을 대하면 오늘날 사라지고 없는 선사시대 동물의 이미지가 절로 떠올랐다. 이 버려진 빈 공간은 마치 사라진 동물이 돌아오기를 요구하고 있는 것 같았다. 그는 미소를 지으며 천천히 말하기 시작했다. 아이들에게 말하듯 부드럽고 다정하게. 자신이 누구이며 어디서 왔는지는 말하지 않고, 코끼리에 대해 말했다. 마치 그것만이 유일하게 중요한 문제인 양. 아프리카에서는 해마다 수만 마리의 코끼리가 잡히고 있다. 작년만 해도 삼만 마리가 잡혔다. 그래서 그는 이 범죄가 계속되는 걸 무슨 수를 써서라도 막기로 결심했다. 그래서 차드로 왔다. 그는 코끼리 보호운동을 벌이기로 한 것이다. 이 멋진 짐승이 이 세상에서 마지막 남은 자유로운 공간을 유유히 거니는 광경을 본 사람이라면, 거기에 구해야 할 삶의 한 차원이 있다는 걸 알아차릴 것이다. 아프리카 맹수 보호를 위한 회담이 곧 콩고에서 열릴 텐데, 그는 필요한 조처를 얻어내기 위해 하늘과 땅이라도 뒤흔들 태세가 되어 있었다. 코끼리 떼를 위협하는 것이 사냥꾼만이 아니라는 사실을 그는 잘 알고 있었다. 산림 채벌, 경작지의 확장, 요컨대 발전이 문제였다! 하지만 사냥이 그중에서도 가장 추악한 짓이기에 그것부터 시작해야 했던 것이다. 덫에 걸린 코끼리가 말뚝에 찔린 채 며칠씩이나 신음하며 죽어간다는 사실을 그녀는 알고 있는지. 불사냥이 아직도 원주민들 사이에 널리 퍼져 있어 한번은 여섯 마리의 새끼 코끼리가 타 죽은 것을 본 적이 있는데, 그런 걸 그녀는 알고 있는지. 다행히도 큰 코끼리들은 몸집도 크고 빨라서 불을 피해 달아날 수 있었다. 수많은 코끼리 떼가 때로는 배까지 화상을 입은 채 불타는 초원에서 달아나 몇 주씩이나 고통 받는다는 걸 아는지. 그가 이 상처 입은 짐승들의 울부짖음을 밤새도록 들은 적이 얼마나 많았던지. 상아 밀수가 아랍 상인과 아시아 상인들 사이에 널리 성행되고 있어 원주민들이 밀렵을 하도록 부추긴다는 사실을 그녀는 아는지. 수천 톤의 상아가 매년 홍콩에서 팔리고 있다. 한 해에 3만 마리의 코끼리가 죽는다. 생각만 해도 총을 들고 코끼리 편에 서지 않을 수 없잖나? 대부분의 대형 동물원에서 떠받드는 공급자인 하스 같은 사내는 자기가 생포한 코끼리의 절반이 자기 눈앞에서 죽어가는 걸 지켜본다는 사실을 그녀는 아는지. 원주민들에게는 적어도 구실이 있다. 그들 식량에 단백질이 모자란다는 구실이다. 그들은 먹기 위해 코끼리를 사냥한다. 코끼리가 그들에게는 고기인 것이다. 그러니 코끼리를 보호하려면 먼저 아프리카의 생활 수준이 향상되어야 한다. 이는 자연보호를 위한 모든 캠페인의 선결조건이다. 그러나 백인들은 어떤가? 그들은 '스포츠'로 사냥을 한다. 총질의 '아름다움'을 위해? 그의 목소리가 높아졌다. 그의 부드러운 갈색 눈에는 그 어떤 말보다 분명한 비탄의 표현이 실려 있었다. 그녀는 첫마디에 곧 명료하게 이해했다. 이 사람에게도 고독이 문제라는 것을. 후에 그녀는 판사들 앞에서 진중하다 못해 엄숙하게, 마치 이 문제에 관한 어떤 의혹이라도 물리치려는 듯 그들 눈을 똑바로 쳐다보면서 이 사실을 말하지 않을 수 없었다. 그녀에게는 분명한 사실이었다. 이 분야에 대해선 그녀가 잘 알고 있었다. 그는 고통을 많이 겪은 고독한 남자였다. 그녀는 보자마자 그것을 알아차렸다. 왜냐하면 그를 코끼리 떼 곁으로 가도록 부추긴 욕구와 그녀가 차디앙 테라스에 기대어 황량한 강기슭과 모래톱을 바라볼 때 느끼는 욕구 사이에는 아무런 차이가 없었기 때문이다. 그곳엔 수천 마리의 흰 황새가 꼼짝 않고 서 있었는데, 그곳의 나무 한 포기, 새 한 마리는 마치 부재(不在)의 일그러진 얼굴처럼, 그곳에 없는 무언가의 캐리커처처럼 보였다. 그녀가 주변에서 찾을 수 있는 유일한 애정의 표시, 유일한 다정함은 손바닥으로 느끼는 사슴의 따뜻한 주둥이뿐이었다. 더구나 그녀가 너무도 잘 알고 있는 그 욕망이 커지기 시작했을 때 어떻게 변할 수 있는지를 본다는 것도 재미난 일이었다. 아프리카의 코끼리 떼를 몽땅 그 공허 속에 밀어넣어도 그걸 채울 수는 없을 것이다. 그녀는 벽에 기댄 채 움직이지 않았다. 그의 말을 끊지 않으려고 애쓰며, 그 어느 남자도 여자에게가 아니라 코끼리에게 이렇게 말한 적은 없었으리라는 생각에 웃지도 않았다. 그녀는 그가 정말이지 말상대를 잘 만났다고 생각했다. 사내들이 허리띠조차 풀지 않고 달려드는 여자인 그녀만이 우정과 보호에 대한 욕구가 취할 수 있는 온갖 야릇한 형태, 때론 우스꽝스럽기까지 한 온갖 형태를 놀라지 않고 이해할 수 있었기 때문이다. 그는 그녀에게 아프리카 코끼리 얘기밖에 하지 않았다. 하지만 그녀는 훗날, 거의 해명을 하던 날 밤에 생드니에게 일찍이 어떤 남자도 그녀에게 자신에 대한 모든 걸 그렇게 털어놓은 적이 없었노라고 얘기하지 않을 수 없었다. "저는 그저 그분을 돕고 싶었을 뿐이에요." 그녀는 가볍게 어깨를 으쓱하며 이렇게 말했다. 생드니는 그녀가 느꼈을 감정의 강렬함과 그걸 표현하기 위해 그녀가 찾은 말의 빈약함이 너무도 대조적이어서 놀랐다. 그래서 더 길게, 공격이라도 하듯 질문을 해댔지만 그녀는 더 이상 설명하질 않았다. "그이가 지칠 대로 지쳐 있다는 게, 누군가를 필요로 한다는 게 보였지요." 그녀는 담배 연기를 빨아들이더니 생드니에게 집요한 눈길을 던졌다. 그녀는 종종 말끝에 그런 눈길을 던지곤 했는데, 그것은 마치 말에 여운을 주려는 듯했고, 그 말에 감춰진 의미가 있으니 그걸 찾아보라고 암시하는 듯했다. "전 그것이 뭔지 알지요……" 생드니는 갑자기 저 진부한 말들, 질질 끄는 듯한 저 억양, 화장한 입가에 물린 저 담배, 너무 짧은 실내복 아래로 꼬아 올린 저 벗은 다리, 저 모든 건 자신을 보호하고, 자신을 감추는 하나의 방식, 세속적인 방식, 잔인한 버림에 대한 항의일 뿐이라는 인상을 받았다. "그래요, 저는 그것이 무엇인지 알지요. 생드니 씨, 당신도 아시리라고 저는 확신해요. 왜냐하면 당신이 삼십 년 전부터 밀림 속에서 살고 계시다고 들었거든요. 우리는 조만간 더는 견디지 못하게 될 거예요. 그렇게 되면 어떤 사람에게는 코끼리가, 또 어떤 사람에게는 개나 별이, 또 당신 같은 사람에게는 언덕이 남겠지요. 당신은 언덕만 있으면 만족한다고들 하더군요. 그런데 그이는 이미 더 견딜 수 없는 지경에 있다는 게 보였어요." 신부는 한숨을 내쉬었다. 씁쓸하게 미나의 말을 전한 생드니도 그 한숨에 즉각 자기 한숨을 보탰다. "신부님, 물론 신부님의 생각을 전적으로 이해합니다. 그가 동물에게로 돌아섰다는 사실이 우리가 처해 있는 궁핍한 상태를 여실히 드러내 보여줍니다. 아마도 신부님 같으면 그에게 후피동물보다 좀더 위대한 것을 찾아보라고 권했을지도 모르지요. 어쩌면 그는 용기가 부족한 사람이었는지도, 아니면 그저 상상력이 빈약한 사람이었는지도 모릅니다. 이 점에 있어 저는 신부님과 전적으로 생각을 같이합니다." 신부는 별 뜻 없는 호흡현상인 한숨을 그렇게 해석한 데 대해 조금 놀란 듯 눈썹을 추켜올렸다. "우리 곁에는 커다란 빈자리가 있습니다. 아프리카의 모든 짐승 떼로 메워도 다 채우지 못할 자리죠. 신부님, 인간의 영혼은 아프리카 대륙과는 다른 무엇입니다. 아프리카 대륙도 물론 광활하지만 바다와 대양 사이에 갇힌 유한한 것이지요." 타생 신부는 눈을 살짝 내리깔았다. 그는 사람들이 확신에 차서 그에게 인간의 영혼에 대해 얘기할 때면 언제나 거북스러웠다. "저는 그저 그이를 돕고 싶었을 뿐이에요"라고 한 미나의 설명을 그는 훨씬 더 잘 이해했다.

어느새 황혼이 내렸다. 강과 갈대 위로, 아직 깨어 있는 마지막 새들 가운데 내려앉으려고 언제나 이 순간을 선택하는 것 같아 보이는 놀라운 고요 속으로. 모렐은 열정을 억누른, 꾸짖는 듯한 묵직한 목소리로 말을 이었다. 그러더니 말을 멈추고 눈을 들었다.

— 괜한 얘기로 당신을 성가시게 하고 있는 것 같군요.

— 아닙니다. 저는 이런 일이 성가시지 않아요.

— 수용소 생활을 할 때 코끼리들에게 빚을 졌다는 얘기도 해야겠군요. 저는 단지 그 빚을 갚으려는 것뿐입니다. 한 친구가 독방에서 며칠을 보내고 나서 떠올린 생각인데, 폭과 길이가 각각 일 미터 오십 센티미터에 일 미터 십 센티미터인 독방이었죠. 그 친구는 감방 벽 때문에 질식할 것처럼 느껴지면 자유로운 코끼리 떼를 상상했

어요. 그래서 매일 아침 독일군들은 그 친구가 기운이 생생해서 농담을 하고 있는 걸 보곤 했죠. 그는 도무지 지칠 줄 모르는 사람이 되었지요. 그가 독방에서 나오면서 우리에게 그 방법을 가르쳐주었어요. 우리는 감방에서 더 견디지 못할 상태가 되면 아프리카의 확트인 공간을 돌진하는 이 거대한 동물들을 생각하기 시작했죠. 그러자면 엄청난 상상력이 필요했어요. 하지만 그 노력이 우리를 살아있게 해주었죠. 홀로 남아 기진맥진한 채 우리는 이를 악물고 미소를 지었으며, 눈을 감은 채 지나는 길마다 모든 걸 쓸어버리는, 그 무엇도 멈춰 세울 수 없는 우리의 코끼리를 보았죠. 그 경이로운 자유의 발길 아래로 땅이 흔들리는 소리가 들리는 것 같았고, 시원한 바람이 우리의 폐를 채우는 것 같았어요. 물론 수용소의 책임자들은 불안해하기 시작했지요. 우리 방의 사기는 유난히 높았고, 사람들도 덜 죽어갔습니다. 그들은 우리를 더욱 옥죄었죠. 한 친구 생각이 나는군요. 플뤼시라는 이름의 파리 친구인데, 내 옆 침대를 썼죠. 저녁이면 그는 기진맥진해서 거의 움직이지를 못했어요. 맥박수가 35까지 떨어졌어요. 우리는 이따금 눈이 마주치곤 했죠. 그의 눈 속에서 나는 거의 감지하기 힘든 빛을 보았고, 나는 그가 보는 코끼리들이 아직 지평선에 남아 있다는 걸 알았어요…… 간수들은 우리에게 악마가 깃든 게 아닌가 하고 생각했지요. 그런데 우리 사이에 스파이가 있어 그 비밀을 팔아넘겼어요. 그 결과가 어땠을지 상상이 되실 겁니다. 그들이 건드릴 수 없는 무언가가 우리에게 아직 남아 있다는 사실, 그들이 우리에게서 앗아갈 수 없는 어떤 허구, 어떤 신화가 있어 그것이 우리를 지탱하게 해준다는 사실이 그들을 미치게 만들었죠. 그래서 최후의 배려를 하더군요! 어느 날 저녁 플뤼시는 기어서 막사까지 왔고, 나는 그를 부축해 자기 자리에 데려다주었죠. 그는 눈을 크게 뜬 채 한참을 가만히 누워 있더군요. 무언가를 보려고 애쓰고 있는 것 같았지요. 그러더니 그가 내게 말했어요. 이젠 끝났다고, 더는 코끼리를 볼 수가 없다고, 이젠 그것이 존재한다는 사실조차 믿지 못하겠다고 말입니다. 우리는 그가 지탱할 수 있도록 돕기 위해 할 수 있는 모든 것을 했지요. 뼈만 앙상한 해골 같은 우리가 그를 둘러싸고 상상의 지평선을 손가락으로 가리키며 어떤 억압이나 어떤 이데올로기로도 이 땅에서 몰아낼 수 없는 저 거대한 동물을 열심히 묘사하는 광경은 가히 볼 만했죠. 하지만 플뤼시는 더 이상 자연의 찬란한 경이를 믿지 못했습니다. 그는 그와 같은 자유가 아직도 세상에 존재한다는 사실을 더 이상 상상하지 못했습니다. 아프리카에서일지라도 사람들이 자연을 소중히 다룰 수 있다고 상상하지 못했지요. 그렇지만 애는 썼지요. 그는 지저분한 얼굴을 내게 돌리고는 눈짓을 하며 중얼거렸죠. "아직 한 마리가 남아 있지. 아주 깊숙이 숨겨놓았지. 그런데 더 이상 녀석을 돌볼 수가 없어…… 녀석에게 필요한 게 내게 없어…… 네 것들과 함께 맡아줘." 그는 말하면서 끔찍이도 힘들어했어요. 그러나 그의 눈에는 아직 미약한 광채가 남아 있었습니다. "네 것과 함께 맡아줘…… 이름은 로돌프야." "바보 같은 이름이잖아. 난 싫어…… 네가 직접 돌봐." 그러나 그가 나를 바라보는 눈초리에 나는 말했죠. "알았어. 네 로돌프 내가 맡을게. 네가 나으면 돌려줄 거야." 하지만 나는 그의 손을 감싸쥐면서 로돌프가 영원히 나와 함께할 것이라는 사실을 알았죠. 그 후 나는 어디를 가건 그놈을 데리고 다닙니다. 이것이 바로 내가 아프리카에 온 이유이고, 내가 보호하려는 것입니다. 어딘가에 코끼리를 죽이는 못된 사냥꾼이 있으면 나는 그자에게 총알을 쑤셔박고 싶은 욕망에 사로잡혀 밤에 잠을 못 이룹니다. 바로 그래서 당국으로부터 별것 아닌 조치라도 얻어내려는 것입니다.

그는 가방을 열어 서류 한 장을 꺼내더니 계산대 위에 놓고 조심스레 펼쳤다.

— 이건 가장 악랄한 형태인 전리품을 위한 사냥, 말하자면 즐거움을 위한 사냥부터 시작해서 모든 형태의 코끼리 사냥을 금지해달라고 요청하는 청원서입니다. 이것은 첫 시작일 뿐, 그다지 대단한 것이 못 됩니다. 정말이지 대단한 요구를 하는 것이 아니죠. 당신이 여기 서명해주신다면 전 아주 기쁠 것 같습니다만……

그녀는 어느 새 이미 서명을 했다.

9

이렇게 해서 그들은 미처 깨닫지도 못한 채 서로를 향해 첫 걸음을 내디뎠다. 해가 거듭되면서 차드에서 전설이 될 연애사건의 첫 걸음을. "두 사람을 잘 알았죠." 차드에서 이런 말을 무심한 듯 호기심을 자극하는 투로 던지기만 하면 틀림없이 사람들의 주의를 끌 수 있었다. 큰 가뭄의 시기에 이 말은 몇몇 사람들에게 많은 도움이 되었다. 그들의 목화 재배는 결국 나일 강 계곡의 목화 재배와는 경쟁이 되지 않았고, 금광도 이젠 금기시되는 화제였으며, 전 아프리카를 잇는 도로망도 결국 말라버린 강바닥에서 녹슬고 있는 트럭밖에 남기지 않았기 때문이다. 하지만 명백한 사실은 모렐에게 친구가 없었다는 것, 그가 대부분의 시간을 밀림에서 보내며, 모두가 어깨를 으쓱하며 밀어젖히는 우스꽝스런 청원서를 들고 포르라미에 왕래할 때 오르시니를 제외하곤 아무도 그에게 관심을 갖지 않았다는 것이다. 여러 사건을 통해 옳다고 인정받는 사람이 있다면, '잘 속지 않는' 사람이 있다면, 그는 분명 오르시니였다. 그는 고참이며, 사냥꾼으로, 마치 그것만을 위해 살아오기라도 한 것처럼 자기 주위에서 적의 냄새를 맡을 줄 알았다. 그 사내가 위험인물이며, 이 사건이 아프리카를 피와 불로 물들일 거라고 그는 처음부터 외치지 않았던가? 경고의 소리를 외쳤지만 소용없지 않았던가? 차드의 밤짐승의 울부짖음처럼 보이는 절망적이면서도 냉소적인 그 야릇한 외침을. 그에게 낯선 것이 분명한 열망의 기이한 메아리 같은 외침을. 그는 '독일년'을 경계하지 않았던가? 공모의 중대한 요소를 알아보지 않았던가? 그렇다. 오르시니는 승리의 순간을 경험했다. 하지만 그 시간은 짧았고, 그가 전설에 속한다면 그것은 분명 그가 바라는 방식은 아니었다. 오르시니는 중대한 실수를 범했다. 그 사건을 완전히 제 일처럼 여겼던 것이다. 그를 잡아끄는 너무도 강한 불길에 그만 타버린 것이다. 그는 사냥감의 흔적을 가장 먼저 알아보았고, 그것을 알렸다. 마치 인간이 지상 만 미터 높이에 있기라도 한 것처럼, 그가 처한 수준보다 만 미터 높은 곳에 있기라도 한 것처럼 인간에 대한 지나치게 고상한 요구를 표현하는 모든 것을 자신에 대한 도전으로 느끼는 사람처럼 열정적으로 달려들었다. 그는 자신의 한계와 차원을 지키기로 작정했다. 오르시니 이외에 모렐에게 관심을 기울인 사람은 나병환자를 돌보는 파르그 신부였다. 자유 프랑스 공군의 옛 종군신부였던 그는 프란체스코회 신부로 입이 걸며 화를 잘 내고 조그만 일에도 흥분하여 주먹으로 탁자를 내려치기 일쑤였지만 선량한 사람이었다. 르클레르 장군이 차드에서 바버리아 알프스 지대까지 긴긴 진군을 하는 동안 그는 가장 친한 친구들이 죽어가는 것을 보고서 더는 무신론적인 회의를 견디지 못한 사람이다. 그것이 깊이 정든 전우들의 사후를 박탈하기 때문이었다. 붉은 수염에 황소 목을 하고 순박한 말투로, 가끔은 모독적인 언어도 주저 없이 쓰는 그는 방탕한 수도자처럼 보였으며 "그건 내 탓이 아니야, 내 몸뚱아리 탓이지"라고 말하곤 했다. 그렇지만 포르아르샹보 북서쪽 밀림지대에서 모범적인 생활을 하고 있었다. 그는 실수 잘하기로 유명했다. 그의 가장 유명한 실수는 식민지 전설 속에 영원히 남게 될 것이다. 그것은 방기에서 일어난 일로, 브라자빌과 콩고를 잇는 연락선에서 있었던 일이다. 그 중대한 실수는 바로 그가 실수하지 않으려고 애쓰다 벌어진 것이었다. 그는 군대 속어를 써가며 그가 말을 거는 모든 남자를 '오쟁이 진 양반'이라고 부르는 습관이 있었다. 그에게는 남자들이 "오쟁이 진 착한 양반"과 "오쟁이 진 못된 양반"으로 나뉘었다. "안녕하시오, 오쟁이 진 양반." 이 말은 사람들을 맞이하는 그만의 다정한 방식이었다. 파르그 신부가 연락선 갑판 위에 나타났을 때 늘 보던 사람들이 이미 모여 있었다. 그 가운데 우아르라는 사람이 있었다. 그의 젊은 마누라는 곳곳에서 공공연하게, 별로 사람도 가리지 않고 바람을 피우기로 그 지방에 평판이 자자했다. 파르그는 사람 모인 곳에 가까이 가서 자기가 늘 쓰던 인사말로 한 사람 한 사람 악수를 하기 시작했다. "오쟁이 진 양반, 안녕하시오. 오쟁이 진 양반, 안녕하시오. 오쟁이 진 양반, 안녕하시오……" 그러다 자기 손에 가련한 우아르의 손이 닿는 걸 깨닫자 그는 대단한 임기응변의 재치를 보였다. "안녕하시오, 우아르 씨!" 자신의 재치를 드러내 보여준 데 매우 흡족해하며 큰 소리로 외친 뒤, 다음 사람부터 마지막 사람까지 계속해서 "오쟁이 진 양반, 안녕하시오. 오쟁이 진 양반, 안녕하시오" 하고 인사했다. 나병 환자나 수면병 환자들이 좋아하는 선교사인 파르그 신부는 바로 이런 사람이었다. 그는 밀림지대에서 너무도 오랫동안 힘들게 살았기에 포르라미 선교회에서 한 남자가 그 앞에 나타났을 때 짜증 아닌 다른 표현을 하지 못했다. 그가 그곳에 간 것은 길이 없다는 이유로 약품이 여섯 주나 늦게 도착했기에 호통을 치기 위해서였는데, 한 남자가 코끼리를 보호하겠다는 우스꽝스런 청원서를 그의 코앞에 들이민 것이다.

— 당신 코끼리는 다른 곳에나 들이미시오.

신부는 버럭 소리쳤다.

— 이 대륙에 얼마나 많은 수면병 환자와 나병 환자가 있는지 아시오. 열대 프람베지아(성병의 일종) 환자는 빼고라도 말이오. 이 모든 게 먹는 것보다 자는 걸 더 많이 하기 때문이오. 아이들은 태어나자마자 죽어가죠. 파리 떼처럼 말이오. 트라코마는 들어보았소? 스피로헤타는? 필라리아 병은? 그런데도 코끼리를 가지고 날 성가시게 한단 말이오?

파르그가 이전에 한 번도 본 적이 없는 그 남자는 막 밀림에서 빠져나온 사람 같았다. 옷차림이 흐트러지고, 각반을 하고, 셔츠는 더러웠으며, 며칠 동안 수염을 깎지 않아 덥수룩했다. 남자는 침울하게 신부를 바라보았다. 예민하지 않은 파르그 신부조차 그 강렬하다 못해 격렬한 눈길에 충격을 받았다. 그 시선에는 뜻밖에도 빈정거림의 기색이 깃들어 있었다. 그는 코 위의 안경을 바로잡으며 다시 한

번 신념대로 되풀이해 말했다. 그러나 이번엔 그다지 자신이 없어 보였다.

— 당신 코끼리로 날 귀찮게 굴려고 왔단 말이오?

모렐은 바로 대답하지 않았다. 그는 주먹을 쥐더니 주머니 속에서 담배쌈지를 꺼내 담배를 말기 시작했다. 아마도 분노로 떨리는 손을 진정시키려는 것 같았다.

— 신부, 내 말 잘 들어. 좋아, 당신은 신부야. 선교사지. 좋아. 당신은 항상 그 속에 코를 박고 살지. 하루 온종일 온갖 상처와 온갖 추한 꼴을 보고 산단 말이야. 그래, 맞아. 당신은 온갖 종류의 더러운 꼴을 보고 지내지. 인간의 비참함을 말이야. 그래서 그 모든 걸 다 보았을 때, 인간의 밑을 닦았을 때 눈을 들고 싶은 마음이 없던가? 언덕 위로 올라 다른 무언가를 바라보고 싶은 마음이 없던가? 단 한 번이라도 아름답고 자유로운 무언가를 보고 싶은 마음이 말이야. 전혀 다른 동반자를 갖고 싶지 않더냐 말이야.

— 내가 눈을 들고 싶고, 다른 동반자가 필요하더라도 코끼리 쪽을 쳐다보진 않아!

신부는 탁자 위로 주먹을 세차게 내려치며 소리쳤다.

— 그래, 신부. 당신도 다른 사람들처럼 이따금 주변을 돌아보고 아직 모든 게 더럽혀지진 않았고, 모든 게 끝장나고, 모든 게 망쳐진 건 아니라는 걸 확인하고 싶겠지. 당신도 다른 사람들처럼 아직도 아름답고 자유로운 무언가가 이 추악한 땅에 남아 있다는 사실에 안심하고 싶을 거야. 비록 그것이 당신 하느님을 계속해서 믿기 위해서일지언정 말이야. 그러니 여기 서명을 하라고. 그렇게 몸을 비비 꼴 필요도, 겁을 먹을 필요도 없어. 악마랑 계약을 맺는 게 아니니

까. 그저 코끼리를 덜 죽이게 하려는 것뿐이야. 일 년에 삼만 마리나 죽이고 있으니까.

그는 갑자기 악의에 찬 미소를 지었다.

― 생각해봐, 신부. 녀석들은 우리의 추잡한 짓거리와 아무 상관도 없단 말이야. 죄가 없다고. 죄가 없단 말이야.

― 누구 말이야?

― 코끼리 말이지. 달리 누구 말이겠어?

파르그는 입을 다물지 못했다.

― 이런······

신부는 욕설이 나오려는 걸 겨우 참고 말했다.

― 여기 앉게.

훗날 파르그는 그를 보러 온 타생 신부에게 이렇게 얘기했다. 타생 신부가 놀랍게도 그 사건에 각별한 관심을 보이는 것이 프란체스코회 신부로서는 놀랍고도 불안했다. 그가 적어도 십만 년 이상은 된 낡은 화석 외에 다른 무언가에 관심을 보인 건 처음이었던 것이다.

― 놈이 앉더군요. 우리는 한동안 앉은 채 서로를 바라보았죠. 아 글쎄, 그 못된 놈이 '죄 없는' 코끼리를 가지고 내 등에다 비수를 꽂지 뭡니까. 그 오쟁이 진 녀석이 하는 말은 결국 사람들이 죄인이라는 것이니, 신부인 내가 거기다 대고 뭐라고 대답하겠어요? 사실이 아니라고 하겠어요? 그러면 죄는 어떡하고? 당신이 나보다 더 잘 아는 원죄며 그 모든 것 말이오. 그놈이 내 등에다 비수를 꽂은 게 아니겠어요. 내 종교를 겨냥하고서 말입니다. 당신도 잘 아시다시피 나는 행동하는 사람 아닙니까. 나한테 천연두나 간질환을 준다면 차라리 편할 텐데 이론은······ 우리끼리니까 하는 말입니다. 신앙이며

하느님이며, 이런 건 내 뱃속에, 창자 속에 있지, 뇌 속에는 없어요. 나는 머릴 쓰는 사람이 아니에요. 그래서 그자에게 파스티스 술 한 잔을 권했는데 거절하더군요.

예수회 신부의 얼굴이 잠시 밝아지더니 환한 미소를 띠었고 주름이 펴지는 것 같았다. 파르그는 이 신부가 자기 수도회에서 그다지 신임 받지 못했다는 사실을 떠올렸다. 그의 글은 몇 번이나 출간 금지 당했던 것이다. 그의 아프리카 체류도 전적으로 원해서 이루어진 것이 아니라는 말도 있었다. 자신의 글에서 타생 신부는 구원을 단순한 생물학적 변화로 설명했으며, 우리가 아는 바의 인류를 사라진 다른 종들의 진화의 암흑 속으로 합류할 수밖에 없는 고대의 한 종으로 소개했다. 그는 침울해졌다. 이단의 냄새가 났던 것이다.

— 인간을 잊고 정말이지 위대한 다른 무언가로 돌아설 필요가 있다고 코끼리에 귀착하는 건 잘못된 생각이라고 거듭 말했죠. 인간의 마음속에서 사라질 위험이 있는 다른 동물, 즉 하느님을 옹호하는 편이 나을 거라고 했지요.

파르그는 이 말을 어찌나 순진하고 단순하게 하는지 '동물'이라는 말이 전혀 모독으로 들리지 않고, 깊은 애정이 담긴 거칠고 순박한 말로 들렸다.

— 그자는 내가 소리치도록 가만히 있더니 미소를 띠는 것 같더군요. '그럴 수도 있지. 그런데 신부, 무엇 때문에 서명을 못하는 거지? 영혼을 요구하는 것도 아니잖아. 그저 서명 하나 하는 건데. 내가 원하는 건 다만 코끼리를 더 이상 죽이지 않는 것뿐이라고. 나쁜 일은 아니잖아. 그런데 왜 비비 꼬며 몸을 사리는 거지?' 솔직히 이 말에는 할 말이 없더군요. 정말 무엇 때문에 나는 서명을 안 하는 거

지? 나는 말문이 막혔죠. 입은 열었지만 할 말을 찾지 못했어요. 그자가 여전히 그 종이 쪼가리를 내 코 밑에다 들이밀기에 나는 화가 나서 밖으로 내쫓아버렸죠. 그자와 코끼리를 말입니다. 그런데도 그 질문은 계속해서 나를 괴롭히더군요. 왜 나는 서명을 하지 않았지? 별로 중대한 일도 아닌데. 정치문제도 아니고, 주교가 뭐라 할 것도 아닌데…… 이유를 찾느라 잠을 이룰 수가 없었죠. 그러다 결국 찾은 것 같았습니다.

파르그는 예수회 신부에게 장난기 어린 눈길을 던졌다. 마치 "거봐요, 남들이 생각하듯 내가 그렇게 바보는 아니잖아요"라고 말하는 듯했다.

— 그 오쟁이 진 놈이 말하는 폼이 우리 예수님께서 목숨까지 바친 인류에게 너무 침을 뱉는 것 같았단 겁니다. 코끼리를 위해서가 아니라 마치 인간을 규탄하기 위해 서명하는 것 같았지요. 왠지 모르게 배반을 하는 느낌, 배신자가 되는 느낌이 들었던 거죠. 제기랄, 속아넘어가지 말아야지. 그래도 자존심이 있지…… 제가 무슨 말을 하는지 이해하시는지 모르겠군요.

예수회 신부는 너무도 잘 이해하고 있었다.

— 깨끗한 무언가를 위해 목숨을 바친 군대 친구들이 생각나더군요. 그리고 보니 그자가 그 코끼리 얘기로 날 우롱하는 것 같았지요. 마치 코끼리밖에 없다는 듯이 말이죠. 그리고 저는 절망한 자들을 좋아하지 않아요.

파르그는 얼굴이 붉어지더니 탁자 위를 거세게 내려쳤다.

— 저는 절망한 사람을 볼 때마다 엉덩이를 한 대 차버리고 싶어요. 그런 놈들은 모조리 돼지들이죠.

타생 신부가 조용히 그의 말을 끊었다.

— 그 사람을 꼭 만나보고 싶소.

— 만나시게 될 겁니다. 아직 포르라미에서 얼쩡거리고 있을 테니 곧 와서 신부님 코앞에 청원서를 들이밀 것입니다.

10

그런데 그는 더 이상 포르라미에서 얼쩡거리지 않았다. 그는 청원서를 한쪽 귀퉁이만 남기고 찢어버렸다. 그 귀퉁이에 적혀 있는 여자 글씨로 된 서명을 그는 종종 들여다보곤 했다. 미나는 여전히 바에서 일을 했고, 태양은 언제나 동일한 지표들을 따라가면서 아프리카 하늘의 흰 시계판 위로 셈을 계속해 나갔다. 아침 열시에는 낚시꾼들의 오두막, 정오에는 샤리 강 위의 다갈색 절벽, 네시에는 포르 푸로의 외로운 종려나무, 그리고 다섯시 반경에는 태양을 쫓기라도 하듯 미친 듯이 건너편 강기슭으로 말을 타고 질주하다 태양과 같은 편으로 사라지는 미국인 소령과 마지막 햇살에 움켜쥐듯 붙들려 반짝이는 그의 붉은 머리칼을 따라갔다. 미나는 때때로 미국인 소령을 시장이나 원주민 마을에서 만나곤 했다. 언제나 낡은 비행사 점퍼를 걸치고 다니는 소란스럽고 퉁명스러운 거구의 그가 어느 날 저녁 메다구리 길거리에 뻗어 있는 걸 그녀는 보았다. 그는 먼지 속에 얼굴을 묻은 채 엎어져 있었고, 무슨 일이라도 저지를 듯 젊고 가벼운 웃음을 흘리고 있는 몇몇 흑인들이 그 주변을 둘러싸고 있었다. 그녀는 그를 지프차에 싣고 밥콕 대령 집으로 갔다. 이날 저녁 그녀는 의식을 잃은 그를 동반하고 대령 집에서 저녁을 먹었다. 대령은 미국인의 상태를 보고 극도로 상심했다. 그는 미나와 단둘이서 보낼 이 저녁식사를 조바심 내며 기다려왔다. 석 달에 한 번씩은 정기적으로 그녀를 저녁식사에 초대하곤 했던 것이다. 두 사람은 미국인을 테라스에 눕히고 담요를 덮어주었다. 그런데 저녁을 먹은 뒤 소령이 어떤지 보려고 다시 왔을 때, 그는 일어나 밤 풍경을 바라보고 있었다. 가축들마저도 안온함을 느끼는 부드러운 빛으로 집을 감싸고 있는 밤의 풍경을……

— 다음번에 나를 똥물 속에서 발견하거든 그대로 내버려두시오. 아니면 당신도 함께 들어오면 더욱 좋고. 거긴 아주 좋아요. 당신이라면 제 집처럼 편안해할 겁니다.

대령의 눈이 반짝였다.

— 내 차가 바깥에 있어요. 그걸 타고 가시오. 이 여자 분이 어쩌면 당신을 폐렴으로부터 구했는지도 모르는데 당신의 첫 배려는 그분을 욕하는 거로군요.

미국인은 웃음을 터뜨렸다.

— 당신은 내 말이 저 여자에게만 해당되고 당신과는 관계없는 걸로 아는 모양이군요, 밥콕 대령? 영국인들은 대체 어디서 그런 대단한 확신을 얻는지 모르겠군요. 그건 분명 위선의 한 형태일 거요. 진정하시오, 대령, 당신에게도 해당되는 말이니. 당신도 똥물의 위대한 우애에서 소외되어 있지 않으니까. 영국인들과 나머지 인간들 사이의 차이점은 영국인들은 오래전부터 자신들에 관한 진실을 아주 잘 알고 있어서 늘 그 진실을 피하거나 교묘히 회피한다는 거요. 당신들의 그 잘난 유머 감각은 속임수를 쓰고 진실을 길들이는 한 방

식이지. 진실과 대면하는 게 아니라. 나 역시 환상을 품었던 적이 있었소. 그런데 한국에서 중공군에게 잡혀 포로가 되는 불운을 겪었소. 중공군들이 나 자신에 대해 깨닫게 해주었던 거요. 아니, 정확히 말하자면 그들에 관한 진실을 알게 된 거지. 결국은 마찬가지 얘기지만. 나는 남부 출신이지만 인종차별주의자가 못 되는지라 그들도 나와 같은 인간이라는 사실을 인정하지 않을 수 없었소. 당신은 우리나라가 감염된 파리 떼를 한국에 풀어 박테리아전을 벌였다고 내가 중공군 라디오 방송에서 불었다는 이유로 수치스럽게도 군대에서 쫓겨났다는 사실을 아마 알고 있겠지요. 물론 그건 사실이 아니오. 그런데 이상하게도 그것이 사실이건 아니건 그 결과는 마찬가지요. 공산주의자들이 사악한 사기극을 꾸몄건, 아니면 미군이 중국에 콜레라를 퍼뜨렸건, 중요한 건 당신이 똥물 속에 있다는 것뿐이오, 밥콕 대령. 공산주의자들의 공훈을 부인할 수는 없소. 인간을 정면으로 바라보았다는 공훈 말이오. 그들은 인간을 이튼(Eton)으로 보내어 감추는 법을 배우게 하지는 않았소. 서양에는 문명이 있을지 몰라도 공산주의자들은 진실을 가지고 있소. 비인간적 방식을 운운하며 그들을 비난하지는 마시오. 그들한테는 모든 게 인간적이니까. 우리는 동물학상 모두 거대한 하나의 가족이라는 사실을 잊지 말아야 하오! 밥콕 대령, 바로 이렇게 당신도 똥물 속에 들어 있단 말이오. 섬으로 피신해서 타조처럼 눈가림을 해봤자 소용없소. 영국처럼 말이오. 똥물은 바로 당신 앞에 있소. 아니, 어쩌면 당신 안에 있는지도 모르오. 왜냐하면 그것은 당신 혈관 속을 흐르니까. 이만 하고, 내 이름은 포사이드요. 조지아의 찰스턴에서 왔소. 정식으로 당신을 만나게 되어 반갑소. 같은 마을에 살면서 서로를 알고 지내는 것이 좋겠지요. 안녕히 주무시오.

그는 테라스 계단을 굴러 떨어지듯 내려갔다. 대령은 그가 멀어지도록 가만히 있더니 미나의 팔을 붙잡고 조용히 말했다.

— 가련한 친구. 잘못 생각하고 있어…… 영국에 대해.

그때부터 미나는 해질 무렵 샤리 강 건너편 강기슭에서 질주하는 키 큰 실루엣을 보게 되면 우정 어린 눈길로 그 실루엣을 좇았다. 그녀는 여러 차례 모렐의 소식을 알아보려 했지만 그는 이미 오래전부터 포르라미에서 볼 수가 없었다. 어느 날 그녀가 말을 타고 사람들이 일러준 원주민 마을의 토굴집을 찾아갔을 때, 거기엔 이빨 빠진 할머니밖에 없었다. 할머니는 손을 내밀고 고개를 저으며 아무것도 모른다고 했다.

11

그 후 사건은 무서운 속도로 진척되었다. 온 도시가 처음엔 반신반의하다가 경악했고, 곧 분개했으며, 일간지 특파원들이 비행기로 포르라미에 도착하기 시작하자 마을 사람들은 일종의 주인된 자부심마저 느끼게 되었다. 이런 일은 차드에서밖에는 일어날 수가 없지, 하고 사람들은 흐뭇해하며 말하곤 했다. 모험이라는 것에서 이미 오래전부터 키니네 맛밖에 느끼지 못하고, 낮잠 시간에 오두막을 순례하는 두 흑인 여자, 타조 어멈과 마늘 어멈의 얼굴밖에 보지 못하는 사람들조차도 그들 안에서 막연한 향수가 깨어나는 걸 느꼈다. 원주민들의 밭과 농장을 짓밟는 코끼리 떼를 사냥하던 랑주비엘이 다리에 총을 맞고 비행기로 포르라미 병원으로 이송되었다. 그는 아무것도 보지 못했고, 아무것도 듣지 못했다. 그저 밭을 짓밟고 있던 마흔 마리가량의 코끼리 떼 가운데 가장 늠름한 수놈에게 총을 쏘려던 참에 웬 총알이 날아와 그의 왼쪽 다리를 관통했던 것이다. 사람들은 동요했다. 식민주의는 막바지에 이르렀으나 그 사실을 알고 싶어 하지 않았다. 카노에서, 영국령 나이지리아에서 연방 가담자와 반대자들 사이에 정치 소요가 일어났다. 동쪽에서는 마우마우 테러 집단들이 오래전부터 아프리카의 가장 평화로운 영토를 불과 피로 물들이고 있었다. 북쪽에서는 또다시 노예상인들의 옛 도로를 이용하는 회교도들에 관한 위협적인 풍문이 들려왔다. 남쪽에서는 노에르 족의 아프리카가 검은 영혼 속에 도사린 가장 오래된 상처를 일깨우고 있었다. 정치적 음모 같아 보였다. 주동자를 물색했으나 아무것도 발견할 수 없었다. 그러던 중, 어린 코끼리를 잡아서 전 세계 동물원의 절반에 아프리카 후피 동물을 공급하기 위해 수년 전부터 모기에 뜯겨가며 차드의 갈대밭을 헤치고 다니던, 키가 이 미터나 되는 하스가 들것에 실려 아슈아 진료소에 도착했다. 그는 모국어인 네덜란드 말로 식민지 역사상 전례를 찾아보기 힘들 만큼 긴 욕설을 쏟아냈다. 이 분야에 있어서 그 역사가 빈약하지 않음에도 말이다. 그는 랑주비엘이 쏘려던 멋진 한 방을 공교롭게도 방해한 바로 그 총의 총알을 엉덩이에 한 발 맞았던 것이다. 하스는 누구보다 코끼리들의 습성을 잘 아는 괴짜였다. 그는 너무도 격분해서, 사람들이 던지는 질문에 욕설이 아닌 다른 말로 대답하게 되기까지 이틀이나 걸렸다. 그의 엉덩이만 전담하는 수녀 간호사가 엄숙한 천사처럼 헌신적으로 엉덩이에 가루를 뿌리고 약물을 바르는 동안 그는 배를 깔고 누운 채 엄청나게 고약한 시가를 그에게 건네는 쉴세르에게 저주의 말을 퍼부었다. 그러더니 마침내 끔찍이도 불쾌해하며 모호한 설명을 주절거렸다. 그는 저녁마다 하던 대로 그가 잡은 코끼리들을 가둬두는 우리를 방문했다. 그날 아침에도 새로 잡은 한 마리를 넣어두었는데, 정말 어린 새끼였다. 녀석은 다른 코끼리들이 끊임없이 놀자고 하는데도 울타리 쪽으로 비스듬히 몸을 돌린 채 꼼짝하지 않았다. 새끼 코끼리는 코로 나뭇가지를 감싸쥐고 있었다. 마치 그 상상의 꼬리 끝에 어미가 불쑥 나타나주기를 바라는 것 같았다. 그날 아침, 새끼 코끼리는 그런 친근한 모양으로, 말하자면 어미와 손을 맞잡고 어미 뒤를 따라 걷고 있었다. 그때 하스가 허공에 총 한 방을 쏘았고, 그 거대한 짐승은 어미로서의 의무감마저 잠시 잊을 정도로 기겁했다. 코끼리 떼는 사방으로 흩어졌다. 가장 어린 새끼만 그 자리에 꼼짝 못하고 사지가 얼어붙은 채 겁에 질려 오줌을 싸고 있었다. 하스는 말을 탄 흑인 두 명의 도움을 받아 새끼 코끼리 목에 밧줄을 매고 끌고 왔다. 어미는 무리와 함께 달아났지만 유달리 집착이 심한 건지 아니면 특별히 다감해서인지 몇 시간 동안 새끼의 냄새를 맡으려고 코를 하늘로 들어 올린 채 절망적으로 울부짖으며 여기저기 닥치는 대로 덤불숲을 헤치고 다녔다. 하스는 하던 얘기를 멈추고 쉴세르를 향해 침울한 눈길을 들었다.

— 당신이 아는지 모르는지 모르겠지만, 코끼리 언어가 있다오. 어미 코끼리가 내 손에 잡힌 새끼를 부르는 걸 들을 때마다 항상 같은 소리를 들었으니까요. 세 가지 음으로 이런 소리를 내지요.

그는 고개를 들더니 놀랄 만큼 비슷하고 끔찍할 만큼 슬픈 코끼리 울음소리를 냈다. 수녀가 대포알처럼 달려와 그의 주변에서 바삐 움직였다.

— 가엾은 하스 씨, 좀 참으세요. 주무시도록 주사를 놓아드릴게요.

수녀가 애원하듯 말했다.

하스가 몇 마디 네덜란드 말을 하자 수녀는 황급히 방에서 나갔다.

— 그 어미 코끼리가 단단히 결심을 한 것 같아 보여서 나는 우리 주변에 필요한 조치를 했소. 그곳은 새끼를 생포한 장소에서 십 킬로미터나 떨어져 있었지만 경계를 했지요. 흑인 두 사람을 시켜 아카시아 나무 위에서 감시하게 했소. 해질 무렵 녀석들이 잠들지나 않나 확인하러 가보았더니 아니나 다를까, 자고 있더군요. 새끼 코끼리는 여전히 나뭇가지에 코를 감고 슬프게 콧소리를 내고 있었죠.

하스의 코가 슬픈 소리를 냈다.

— 엉덩이를 한두 번 쳐주고 돌아서려는데, 시속 백 킬로미터로 달려오는 폭풍우 소리가 들리더군요.

하스는 환하게 미소를 지었다.

— 내 평생 천 번 이상 그 소리를 들었고, 밤에는 더 자주 꿈을 꿨건만 그 소리는 매번 들을 때마다 마치 처음 듣는 것처럼 놀라운 효과를 내더군요. 대기 속을 수직으로 올라가 구름 위에 앉아 모든 걸 위에서 내려다보고 싶은 욕망이 솟구쳤지요. 세상을 한층 더 살 만하게 느껴지게 하는 소리요. 바로 그때, 어미 코끼리가 산더미가 덮치듯 가뿐하게 내 앞에 나타나는 걸 보았소. 총을 겨누고 방아쇠를 당기려는 순간 나는 엉덩이에 총알 한 방을 맞았던 겁니다.

쉴세르는 무언가를 골똘히 생각하며 담배를 피웠다.

— 산더미는 내 바로 삼 미터 앞을 지나갔소. 나는 안중에도 두지 않은 채 말이오. 그놈은 날 무시했소. 내 평판 같은 건 전혀 염두에

도 없는 것 같더군요. 머릿속에는 오직 새끼 생각뿐이었죠. 어미 코끼리는 울타리를 들이받았고, 새끼는 벼룩처럼 어미에게 찰싹 들러붙은 채 두 녀석은 경쾌한 발걸음으로 떠나더군요.

— 그런데, 그 총알은?

쉴세르가 물었다.

네덜란드 인은 짓궂은 표정을 지으며 투덜댔다.

— 그건 바보 같은 압두 놈의 짓이죠. 다시는 그놈에게 총을 맡기지 않을 거요. 내 목숨을 구하려고 했던 모양입니다. 그런데 손이 떨려서……

— 당신 일꾼들과 얘기해봤어요. 당신이 그렇게 교육을 시킨 모양이던데, 군복의 권위를 과소평가하시는 것 같군요. 그자들이 아는 건 당신이 피투성이가 되어 욕설을 퍼붓고 있더라는 것뿐이었어요.

하스는 체념하는 듯해 보였다.

— 이봐요, 내 말하지요. 그렇지만 비밀로 해주시오. 만일 이 얘기가 알려지면 나는 온 동네 웃음거리가 될 거요.

쉴세르는 기다렸다.

— 사실은 코끼리가 내게로 오는 걸 보고 정신이 없었소. 내가 잘못 겨냥해서 쏜 총알이 내 엉덩이에 맞은 거요.

쉴세르는 일어섰다.

— 좋아요, 내가 생각한 대로군요. 그런데 당신에게 총을 쏜 자를 왜 보호하려는지 모르겠군요.

늙은 네덜란드 인이 머리를 들었다. 그는 진지하면서도 슬픈 표정이었다.

— 생각해봐요, 쉴세르. 나도 코끼리를 사랑하오. 이 세상 무엇보

다도 코끼리를 사랑한다고 생각하오. 내가 삼십 년 전부터 이 일을 하고 있는 것은 이 일이 코끼리들과 함께 살게 해주고 녀석들을 알게 해주기 때문이오. 내가 코끼리를 잡을 때마다 사냥꾼들과 진드기와 상처와 모기들에게는 그만큼 코끼리 수가 줄어들지요. 코끼리는 매우 민감한 동물이오. 먹일 방법도 채 알기 전에, 이를테면 일정한 온도를 유지하는 차드의 진흙탕 물이 없이는 죽는다는 사실도 채 알기 전에 열두 마리의 새끼 코끼리가 죽어가는 걸 본 적도 있어요. 녀석들은 죽었죠. 인간의 모든 장점, 인류에게 그렇게도 부족한 그 장점들이 모두 깃들어 있는 듯한 눈으로 당신을 바라보며 코를 축 늘어뜨린 채 옆으로 누운 새끼 코끼리를 본 적이 있소? 그렇소, 나도 코끼리를 사랑한단 말이오. 죽은 후에 코끼리들이 가는 곳에 가게 해달라고, 오직 바라는 건 그뿐이라고 기도드릴 때가 있을 만큼 녀석들을 사랑하오. 누구나 마음이 약해질 때가 있지 않소. 녀석들과 함께 있고 싶지, 당신네들과 함께 있고 싶지 않단 말이오. 그러니 명심하시오. 난 아무것도 보지 못했고, 아무것도 듣지 못했소. 엉덩이에 박힌 총알은 내가 훔친 게 아니잖소. 게다가 그게 총알이라고 누가 그러던가요? 어쩌면 방귀를 잘못 뀐 건지도 모르잖소.

그는 쉴세르에게 도전적인 눈길을 던졌다. 사령관은 삼십 년 전부터 차드에서 모기에 뜯겨가며 혼자 사는 하스 같은 사내에게 이런 행동을 하게 하는 동기가 뭘까 생각했다. 그는 많은 사람들이 자기 안에 품고 있는 인간 혐오의 불씨에 늘 민감했다. 그것은 때로 활활 타올라 예측하기 힘든 놀라운 형태로 나타날 우려가 있었다. 그는 또한 좋아하는 귀뚜라미를 어디건 데리고 다니는 옛 중국인들, 새장에 든 새를 들고 카페를 찾는 튀니지인들, 쑥쑥 자라는 강낭콩에 눈을 고정하고 며칠이고 바라보는 페루의 인디언들을 생각했다. 그는 하스가 신자라는 사실을 알고는 놀랐다. 어딘지 모순이 있어 보였다. 그는 생각했다. 하느님에게 차가운 코가 있어 인간이 고독할 때 만질 수 있는 것도 아니고, 귀 뒤를 어루만질 수 있는 것도 아니잖은가. 하느님은 매일 아침 당신을 보고 꼬리를 흔들지도 않고, 코를 높이 쳐들고 귀를 펄럭이며 언덕을 달리고 있을 때 당신이 불쑥 나타나도 행복의 미소를 짓지 않는다. 따끈한 파이프처럼 손아귀에 쥘 수도 없지 않은가. 이 땅에서의 체류가 적어도 오십 년 혹은 육십 년 정도 길어질 수 있기 때문에 사람들이 결국엔 파이프나 강낭콩을 사게 된다는 건 참으로 이해가 가는 일이다. 그 자신도 사하라 사막에서 낙타부대 기병대장으로 오 년을 지냈는데, 그때가 그의 일생 중 가장 행복했던 시절이었다. 사실 사막에서는 친구가 필요하다는 것을 다른 곳보다 덜 느낀다. 아마도 온 세상을 차지하고 있는 것 같아 보이는 하늘과 항구적으로 거의 육체적인 관계를 맺고 있기 때문이지도 모른다. 그는 이 모든 걸 하스에게 말하고 싶었다. 그러나 그가 사하라에서 보낸 세월은 그를 과묵하게 만들었다. 그리고 그가 마음 깊이 느끼고 있는 어떤 것을 말로 표현하다 보면 그 의미가 달라져 버려 그것을 전달하지 못할 뿐 아니라, 말을 하면서 자기 자신도 알아들을 수 없다는 것 또한 깨닫게 되었다. 그래서 가끔은 생각만으로 충분한지, 생각이 단순히 모색에 그치는 것은 아닌지, 참된 시각은 다른 곳에 있는 게 아닌지, 인간의 뇌 속에 아직 사용되지 않고 있는 신경이 있어서 언젠가 이 생각들을 무한한 비전의 영역으로 몰고 가지는 않을까 하는 생각을 하곤 했다. 그는 말했다.

— 이 이야기에서 진짜로 문제가 되는 것이 짐승이라는 확신은

그다지 들지 않는걸요.

― 그렇다면 당신 생각에는 무엇이 문제인 것 같소?

쉴세르는 자신이 다른 동반자를 가질 수도 있으며, 전혀 다른 보호 방식을 주장할 수 있다고 대답할 뻔했다. 그러나 그런 말, 아니, 그런 생각을 하는 것조차 그가 입고 있는 제복과는 어울리지 않는다는 느낌이 들었다. 그것은 아마도 그가 생시르 학생이었던 시절, 대단치 않은 소위 계급장이 그의 유일한 지평선이었던 시절부터 가졌던 느낌일 것이다. 그의 얼굴은 무표정했으나 속으로는 젊은 시절을 추억하며 미소를 지었다. 철이 들기 시작하면서부터 오랫동안 군복은 그가 가장 열렬히 바라던 것, 즉 규율에 대한 충성의 상징이었다. 그것은 어떤 태도들, 일체의 어떤 마음 상태를 배격하는 것이었다. 그는 자기 생각을 혼자 간직했다. 최근 몇 해 동안 다른 사람들과 생각을 나눌 필요를 점점 덜 느끼게 되었다. 이젠 생각이 질문의 형태로 떠오르지 않았기 때문이다. 그리하여 그에게는 사소한 호기심밖에 남지 않았다.

― 코끼리가 아니라면 당신 생각엔 도대체 뭐가 문제 같소?

하스가 위협적으로 목소리를 높이며 거듭 물었다.

― 다른 것이지요.

쉴세르가 막연하게 대답했다.

네덜란드 인은 한쪽 눈을 반쯤 감고 극도로 경계하는 눈초리로 그를 탐색했다.

그가 중얼거리듯 말했다.

― 이 나라에서 당신을 뭐라고 부르는지 아시오? 수도자 군인이라 부르지요.

쉴세르는 어깨를 으쓱했다.

— 어깨를 으쓱거리고 싶다면 맘대로 하시오. 그렇지만 당신은 수도원에서 일생을 마치게 될 거요. 게다가 난 흰 외투를 걸치고 맨발에 샌들을 신고 머리를 박박 깎고서 그저 어서 빨리 사막으로 돌아가고 싶어 하는 낙타부대 기병대 장교를 볼 때마다, 푸코 신부의 추억 때문에 잠들지 못하는 사람이 또 하나 있군, 하는 생각이 들지요. 그런데 모렐에 관해서는 당신이 길을 잘못 든 거요. 한 인간이 동물에 대해 품는 사랑처럼 단순한 걸 복잡하게 만들 필요가 어디 있단 말이오?

쉴세르는 일어서며 말했다.

— 당신이 그 불행한 자에게 해줄 수 있는 최선의 도움은, 그를 체포하도록 우리를 돕는 겁니다. 그렇지 않으면 그자는 다음번엔 누군가를 죽이게 될 겁니다. 그렇게 되면 우리는 그를 위해 더는 아무것도 해줄 수가 없어요. 그는 감옥에서 썩게 될 테니까.

그는 시무룩한 표정의 말 없는 하스를 남겨둔 채 사람이 어디까지 맹목적일 수 있는 걸까 하는 생각을 하며 집으로 돌아갔다.

12

그는 이어지는 며칠을 곳곳에서 사람들이 말해주는 모렐의 흔적을 쫓아 밀림지대에서 보냈다. 사냥에서 돌아오는 사냥꾼들은 어느 마을에서 그를 보았다고 주장했고, 각 관할구의 우두머리들은 그가 자기 영역에 숨어서 못된 음모를 꾸미고 있다고 믿었다. 쉴세르는 모렐이 정말 혼자서 행동하고 있는지, 공모자의 도움을 받고 있지는 않은지 의문을 갖기 시작했다. 백인 혼자서 다른 이의 도움 없이 밀림지대를 그렇게 돌아다닌다는 건 상상하기 힘들었기 때문이다. 그런데 매번 마을의 원주민들을 심문할 때마다 무표정한 얼굴만 대할 뿐이었다. 그 얘기만 꺼내면 아무도 그가 하는 말을 못 알아듣는 것 같아 보였다. 그는 새벽 한 시경에 포르라미로 돌아왔다. 하지만 눕자마자 출두하라는 차드 지사의 위급한 명령을 받고 침대에서 빠져나왔다. 그는 서둘러 옷을 입고, 뜨거운 커피를 삼키듯 마시고, 차에 올라타서 오한을 느끼며 별로 뒤덮인 고요한 포르라미를 달렸다. 그는 마치 전쟁 참모 회의가 한창인 듯한 때에 도착했다. 지사는 정장을 갖춰 입고 있었지만 흐트러진 폼을 보니 아마 연회석상에서 빠져나온 모양이었다. 그는 담배 때문에 붉어졌는지 아니면 자연색인지 모를 수염 한가운데 담배꽁초를 꽂은 채 한창 전보문을 불러주고 있었고, 그 옆에는 푸아사르 비서관이 있었는데, 간질환을 앓는 듯한 비서관의 몰골은 마치 실컷 베고 잤지만 편안한 잠을 자지는 못했을 것 같은 베개 꼴이었다. 또 차드의 사령관인 보뢰 대령이 지도 위로 몸을 숙인 채 연구를 하고 있었는데, 지나치게 집중한 꼴이 진짜 관심보다는 꾸민 태도, 꾸민 열성 같아 보였다. 요새 지휘 장교도 그 자리에 있었는데 그는 높은 사람이 얘기만 하면 차려 자세를 취해 짜증나게 하는 사람이었다. 좀 떨어져 서 있는 사냥 감시관 로랑소는 늘 언덕을 헤매고 다니느라 포르라미에서는 별로 볼 수 없는 사람이었다. 행정 수직체계 따위엔 그다지 신경 쓰지 않는 이 거구의 흑인은 쉘세르가 아는 사람들 가운데 남의 웃음거리가 되지 않고 사자 얘기를 할 수 있는 유일한 사람이었다. 그는 걱정하는 것도 같고 화난 것 같기도 했다. 지사는 기다렸다는 듯이 쉴세르를 맞았다.

— 아, 쉴세르…… 그럴 수가 있소? 항상 그렇지만 당신은 아무 것도 모르고 있겠지? 푸아사르, 알려주게.

비서관은 전보문과 더불어 일생을 보낸 사람 특유의 단편적인 속도로 말하기 시작했다. 오르난도에 관한 일이었다.

— 아마 오르난도 얘기를 들은 일은 있겠지요?

지사는 극도로 비꼬는 어조로 물었다.

쉴세르는 빙긋이 웃었다. 석 주 전부터 적도 아프리카 일대가 오르난도 이름으로 떠들썩했다. 그가 도착하기에 앞서 정부의 전보 회람이며 비밀지시 등이 어찌나 많이 날아왔는지, 잔뜩 화가 난 관리들의 귀에다 대고 모기마저도 그의 이름을 말하는 것 같았다. 오르난도는 미국에서 제일 유명한 신문기자로, 매주 오천만 이상의 미국인들이 신문에서 읽고 라디오에서 듣고 텔레비전에서 보고 감탄하는 사람이었다. 파리에서 내려온 엄격한 지시는 그에게 좋은 인상을 주라는 것이었다. 그가 돌아가서 프랑스 연방에 대해 유리한 방향으로 미국 여론을 일으켜주기를 바라는 것이다. 따라서 오르난도 씨가 이질에 걸려서도 안 되고, 너무 더워도 안 되며, 길 가는데 너무 흔들려도 안 되고, 또 사냥할 짐승이 없어서도 안 되었다. 큰 짐승 사냥이 그의 이번 아프리카 여행의 주목적이기 때문에 이런 지시가 내려진 것이다. 지시문에서 비록 겉으로 명백하게 표현되지는 않았으나, 파리의 비장한 소망은 신선한 샘물이 오르난도 발밑에 솟아나게 하고, 부드러운 산들바람이 그의 머리털을 나부끼게 하고, 모기 한 마리도 그의 거룩한 몸을 물어서는 안 된다고 말하는 것 같았다. 그는 뚱뚱하고 거대하며 우윳빛 얼굴에 흰 아스트라칸 모피처럼 꼬불거리는 머리칼을 하고 있었다. 그는 험악한 지역에서는 일종의 가마 비슷한 것을 타고 다녔는데, 그럴 때마다 발아래 펼쳐진 강과 언덕과 절벽을 이상할 정도로 꼼짝없이 내려다보았다. 단 한마디의 말로 사람도 죽일 수 있다는 평판을 받는 그가 어째서 맹수를 잡으러 아프리카까지 왔는지는 상상하기 힘들었다. 이 지역에서 제일 가는 사냥꾼인 위에트 형제의 안내와 보호로, 그는 벌써 사자 두 마리와 하마 한 마리, 우아한 영양 몇 마리 — 죽은 동물에도 우아하다는 말을 할 수 있다면 — 를 잡았으며, 그리고 마지막 사흘째 되던 날 새벽에는 얄라 강 기슭에서 엄니 무게만 사십 킬로그램인 우람한 코끼리가 죽음이 가져다주는 겸손한 태도로 그의 발밑에 쓰러졌다. 그런데 삼십 분 후 혼자 소변을 보러 텐트에서 나간 오르난도는 가슴 한복판에 총알을 맞고는 급히 포르아르샹보로 실려왔고, 혼수상태에 빠졌다. 총알은 심장에서 2센티미터 빗나갔는데, 그러자 미국에 있는 그의 경쟁자들 중 한 사람이 다음과 같은 말로 시작되는 기사를 썼다. "그에게도 심장이 있었다!"

— 이걸 보게.

지사가 한 뭉치의 전보를 내밀며 말했다.

— 닷새 전에 사건이 일어났는데, 그 후 파리와 브라자빌에서 오는 통신의 결론은, 그들이 나를 좋지 않게 생각한다는 사실뿐일세. 정말이지 잊을 수 없는 경험이야. 공식전보로 이렇게 욕설을 할 수 있다는 걸 예전엔 미처 몰랐었어. 아무것이나 집어서 읽어보게.

지사는 자기 책상 위에 쌓인 서류더미를 가리켰다.

— 마흔여덟 시간 내로 모렐을 체포해야 하네. 물론 그놈의 짓이라고 여기는 내 판단이 틀리지 않길 바라지. 즉시 보고는 했네. 웬

정신병자의 소행이며, 그자는 인간 혐오증 환자요, 코끼리를 사냥꾼 손에서 구해 내려는 사람이며, 인류에 혐오를 느껴 자신이 속한 종을 바꾸고 싶어 하는 자라고 했네. 인간에게 싫증이 나서 정신병자가 되어 코끼리 편으로 넘어간 백인이라고 말이야.

그는 썩 기뻐 보이지 않는 표정으로 웃었다.

— 그자 말대로라면 자연 편으로 넘어간 거지…… 이자의 소행이기를 바라는데, 만일 그렇지 않다면 우리가 대단히 불쾌한 여러 가지 가정에 직면하게 될 거라는 건 굳이 말할 필요도 없겠지. 특히나 마우마우 테러 집단이 소동을 일으키고 있는 이런 때에 말일세.

— 총알은 조사해보셨습니까?

쉴세르가 물었다.

— 하스와 랑즈비엘을 쏜 총과 같은 것입니다. 입증되었습니다.

푸아사르가 말했다.

— 우리 해명은 처음에 대단히 좋지 않은 반응을 일으켰네.

지사가 말을 이었다.

— 파리에서는 어떻게 해서든 정치적 테러라는 보고를 받고 싶었던 모양이야. 내가 보고서 내용을 견지하니까 그들은 정말 빈정거리는 어조로 내게 대꾸하더군, 만일 이 사건이 조직적인 행동과 관련된 것이 아니라면, 난 용서받을 여지가 없을 거라고 말일세. 정말이지 그들은 오직 내가 차드에서 마우마우 테러 집단을 길러내지 않았다는 이유로 내 책임을 다하지 못했다고 질책하는 것 같았네. 결국 그 사람들은 식민지 정책이 반란 폭동이나 학살에 이르지 않는 한 성공한 게 못 된다고 생각하는 자들이야. 어떤 의미로는 그들 생각이 옳을지도 모르지만.

쉴세르는 이 늙은 아프리카 인의 냉소 속에 많은 쓰라림과 무거운 피로가 숨어 있다는 것을 알았다.

— 그러나 결국, 그들은 생각을 바꾸었네. 언론의 도움이 컸지. 내 생각에는 식민지 역사상 처음으로 차드가 세계 언론의 초점이 된 것 같네. 지금까지 그들은 우리 도로에 대해서도, 질병과의 사투에 대해서도, 소아 사망률의 괄목할 만한 감소나 전쟁 중의 우리의 항쟁에 대해서도 말해본 적이 없었지. 그런데 이번에는 달라. 특파원까지 왔다네. 이 얘기가 사람들의 마음을 감동시키는 모양이지. 말하자면 인간혐오가, 아니면 동물에 대한 사랑이라고 해도 좋고, 이것이 대단히 널리 퍼졌다는 것이 증명된 셈이지. 그들은 꽤 그럴듯한 제목을 골라내기까지 했네. 보내온 신문을 보면 알겠지만 신문에는 온통 '소속 종(種)을 바꾼 사나이' 또는 마지막 '명예 도적'에 대한 얘기뿐이라네. 어떤 종류의 명예인지는 모르겠지만.

— 그런데 그건 명백하지 않아요?

로랑소가 입을 열었다.

쉴세르를 제외한 모든 사람이 일제히 그를 향해 돌아다보았다.

지사가 말했다.

— 자네의 심오한 생각을 우리에게 얘기해주겠나, 로랑소? 지금은 새벽 세시니 사무 관리들에게 너무 많은 걸 요구하지는 말아주게.

— 제가 말씀드리고 싶은 것은 지사님, 지금까지는 코끼리들이 완전한 무기를 갖추지 못했다는 겁니다. 그래서 지난해에 아프리카에서 삼만 마리가 죽었던 것입니다.

— 계속하게, 계속.

— 삼만 마리의 코끼리라면 삼백 톤의 상아가 됩니다. 그런데 유능한 행정부의 목표는 생산을 증가시키는 데 있으니 분명히 올해는 더 잘하려고 하겠지요. 벨기에령 콩고 한 곳에서만 요 몇 해 동안에 육만 마리 이상을 제공했다는 걸 잊어서는 안 됩니다. 우리 모두가 이 기록을 깨뜨리고 싶은 마음을 갖고 있다고 저는 확신합니다. 좀 더 의욕을 보이면, 아프리카 전체에서 일 년에 십만 마리는 해치울 겁니다. 그렇게 해서 한계에 도달하고 나면 다른 짐승으로 옮겨야겠지요……

담배를 입에 문 지사는 불이 켜진 라이터를 뚫어지게 응시하고 있었다. 쉴세르는 그것이 상아로 만든 것임을 눈여겨보았다. 뒤쪽 벽에도 어떤 수집가가 정성 들여 골라놓은 상아들이 거의 벽 전면을 뒤덮고 있었다. 그러나 그것은 선임자들이 해놓은 일이었다. 보뤼 대령은 자기에게 관계되는 일에만 관여하는 사람의 얼굴을 하고 골똘히 군사지도만 들여다보고 있었다. 감탄할 만한 차려 자세를 하고 있는 요새 장교는 사실상 그 자리에 없는 거나 다름없었다. 로랑소 혼자만이 아주 편안해 보였다. 그는 비서관이 자기에게 은근히 던지는 초조한 신호를 흥미롭게 관찰하고 있었다.

— 계속하게.

지사는 기막히게 예절을 갖추고 말했다.

— 물론 새로 나오는 상아만을 말씀드린 겁니다. 원주민들이 숨겨둔 묵은 상아는 벌써 오래전에 상인들이 마을 추장들에게서 앗아갔지요. 지사님께서 저보다 잘 아시겠지만, 식민지는 어느 정도 코끼리 시체 위에 이루어진 것 아닙니까. 상아 사냥이 상인이나 식민지 개척자들에게 건설의 초기 비용을 충당해주었으니까요.

― 그래서?

변함없는 목소리로 지사가 말했다.

― 그래서 코끼리 사냥을 그만둘 때가 왔다는 겁니다. 그 모렐이라는 자는 어쩌면 미친 사람인지도 모르지요. 그러나 만일 그자가 여론을 선동한다면, 저는 그와 악수하러 감옥까지라도 갈 겁니다.

지사는 책상 뒤로 몸을 꼿꼿이 세우고 있었다. 사람이 작을 때는 몸을 곧추 세우는 편이 낫지, 하고 쇨세르는 생각했다. 지사만 염두에 두고 그렇게 생각한 것은 아니었다. 비서관은 다른 사람들이 일이 끝난 뒤에도 자신은 남아 있어야 할 운명이라는 것을 아는 사람의 걱정스럽고도 불행한 얼굴을 하고 있었다. 그런데 지사가 마침내 대답했을 때는 화난 기색이라곤 없이 오히려 다정스러워 보일 정도였다.

― 이보게나, 로랑소. 지금 이 시각 세상에는 우리의 그 친구나 자네가 헌신적인 정성을 바칠 만한 이유나 가치가, 코끼리보다 좀더 가치 있는 무엇이 존재하는 것 같지 않나? 이를테면 자유 같은 것 말이네. 우리는 아직까지는 절망하길 거부하는 사람들이야. 낙담해서 짐승한테 위로받기를 거부하는 사람들이란 말이네. 사람들은 이 순간에도 강제노동수용소에서, 독재의 감옥에서 싸우며 죽어가고 있어…… 먼저 그런 사람들에게 관심을 가질 수 있잖나.

그는 말을 멈추고 자기 손이 이리저리 돌리고 있는 라이터를 응시했다. 방 안은 샹들리에로 눈부시게 밝았다. 하지만 불빛은 창문 너머 침범할 수 없는 아프리카 밤 앞에서 딱 멈춰 있었다. 지사는 하나뿐인 아들을 레지스탕스 운동에서 잃었다. 쇨세르는 로랑소가 그 사실을 아는지, 또는 기억하고 있는지 걱정스러웠다.

— 알고 있습니다, 지사님.

로랑소는 부드럽게, 거의 서글픈 어조로 말했다.

— 그러나 코끼리도 그 투쟁의 일부분입니다. 사람들은 인생의 어떤 아름다움을 보존하기 위해 죽습니다. 어떤 자연적인 아름다움 말입니다······

침묵이 흘렀다. 지사는 라이터를 켰으나 불이 켜지지 않았다. 쉴세르는 빙긋이 웃었다. 그러고는 인간의 몸짓, 하찮은 몸짓에서 무력함을 발견하고 즐거워하는 자기 자신에 놀랐다. 비서관이 달려와서 불을 내밀었다. 지사는 짜증스레 그것을 받았다. 담배 피우는 사람이면 누구나 그렇듯이 그는 담배보다는 동작이 필요했던 것이다.

— 내가 한마디 더 하겠네, 로랑소. 인류는 아직 그 정도로 체념할 단계에 이르진 않았어. 애완견에게서, 아니면 코끼리도 좋고, 위안을 찾는 늙은 할머니들만큼 그렇게 고독하진 않아. 동물에 대한 사랑과 인간에 대한 혐오는 다른 것이야. 그 친구의 경우에는 내 나름의 생각이 있네. 그래서 가능하면 빨리 그자를 잡으려고 하는 거야. 브라자빌이나 파리로부터 욕을 먹기 때문에 그러는 게 아냐. 난 그 사람들보다 견고한 정치 기반을 갖고 있지만 자기 정신병을 철학적인 관점으로 보려는 사람은 혐오하네.

그는 안경 너머로 늙은 학교 선생의 엄한 눈초리를 하고 탐색하듯 바라보았다.

— 이번엔 신문기자들이 옳게 봤다고 생각하네. 그 친구는 우리 얼굴에 침을 뱉으려고 하고 있어. 우리를 어떻게 생각하는지를 우리에게 말하려는 거지. 예전에 무정부주의자들은 그저 제도에 반대했어. 그 친구는 한 발짝 더 나아간 거야. 난 예순이 다 되도록 아직

사람을 미워하는 건 배우지 못했네. 어쩌겠나. 어쩌면 내가 잘못된 건지도 모르지. 내 세대는 그런 생각일랑 품어보질 못했어. 우리는 아마 끔찍한 부르주아인지도 몰라. 하지만 차드에 뭔가 행동을 하러 온 그놈을 총살대에 세우고야 말겠어. 장교들끼리는 이렇게 말하지 않나? 자네는 보병 일 대대를 이끌고 신경이 곤두선 그 놈이 지난번에 나타났다는 위도 십육 도에서 십팔 도 구간을 수색하도록 하고. 자네는 코토에게 말해서 정보원들을 배치하도록 하고. 그 결과를 보고하게.

— 코끼리 사냥을 금지하는 편이 훨씬 더 용감한 일일 겁니다, 지사님.

로랑소가 말했다.

— 제가 스무 번이나 공문에서 되풀이한 얘기를 그자는 자기 나름의 방법으로 얘기하고 있는 것입니다.

— 자네는 시나 쓰는 편이 좋겠어, 로랑소. 그러면 자네 마음이 후련해질 거야.

지사는 일어섰다.

— 그동안에 나는 카노사에, 다시 말해 포르아르샹보에 다녀오겠네. 오르난도 씨에게 정부의 사과를 전해야 해. 그런데…… 그 사람 말이야, 그런 소동을 겪고도 죽지 않고 말 그대로 날 호출한다는 거야. 믿을 수 없는 일이지만 사실이야. 비행장에서 한 시간 후에 보자고.

쉴세르와 로랑소는 함께 밖으로 나갔다. 아직도 한밤중이었다. 두 사람은 한동안 묵묵히 길을 걸었다. 사막의 바람이 모래를 몰아와 두 사람을 휘감았다. 날씨는 쌀쌀했다. 그들은 이따금 먼지 속에 떠다니는 것 같아 보이는 사람의 실루엣을 지나쳤다. 때로는 시퍼런 형광빛 눈이 어둠 속에서 묘한 광채를 발했다. 그러나 전짓불을 비추면 그 빛은 다리 사이로 꼬리를 감추고 달아나는 떠돌이 짐승으로 변했다. 농사꾼 여자들이 머리 위에 달걀 몇 개나 야채를 담은 보따리를 이고 여왕 같은 걸음으로 시장 쪽을 향해가고 있었다. 쉴세르는 그 여자들이 한 줌의 땅콩을 팔러 포르라미로 가기 위해 어떤 때는 밤길을 삼십 킬로미터나 걸어야 한다는 것을 알고 있었다. 그러나 그것이 오로지 가난 때문만은 아니고 아프리카의 삶이 그러하기 때문이라는 것도 알고 있었다. 발전이 이 사람들과 이 대륙에 냉혹하게 요구하는 것은 그들의 기묘한 양식을 단념하라는 것이요, 신비와 인연을 끊으라는 것이었다. 발전 도상에 어쩔 수 없이 마지막 코끼리의 해골이 묻히게 되는 것이다. 인간이라는 종은 살기 위해 공간과, 땅과, 그리고 살아가는 데 반드시 필요한 공기와조차도 갈등 상황에 놓였다. 경작지는 점차 산림을 침범하고 도로는 큰 짐승 떼의 평화를 좀먹어 들어간다. 찬란한 자연은 점점 더 설 자리를 잃고 말 것이다. 안타까운 일이다. 그는 미소 지으며 손에 든 파이프를 힘주어 쥐었다. 그리고 손 안의 열기를 한층 더 따뜻한 위안으로 느끼게 해주는 주위의 차가운 공기를 상쾌한 마음으로 느꼈다. 그 차가운 공기는 별들과 잘 어우러졌다. 그는 문득 하스의 말을 떠올렸다. "내가 죽으면 코끼리들이 가는 곳에 가게 해달라고 기도드릴 때가 있소." 그는 그 순간 만일 파이프가 없으면 무엇을 할지 생각해보았다. 오른쪽 도로 멀리서 웬 트럭 한 대가 헤드라이트로 그들을 비추었다. 거대한 그림자 둘이 먼지 속에서 춤을 추며 그들 앞으로 걸어오기 시작했다. 원주민 마을 입구에서 거대한 형체 하나가 갑자기 길에 나타났다. 자동차 불에 비친 그것은 먼지 구름 위로 하늘까지 커졌다가 사람 크기로 줄어들더니 미군 소령이 몸을 앞으로 숙인 채 비틀거리면서 그들 옆을 지나갔다.

— 불쌍한 자식, 무엇 때문에 저렇게 괴로워하는지 모르겠군요.

로랑소가 말했다.

— 저 사람은 한국에서 일 년 동안 중공군의 포로로 지냈다더군. 그러다 설득과 안락함에 넘어가고 만 거요. 미국이 중국인들을 상대로 세균전쟁을 벌였다고 '자백'하는 것이 더 편하다고 생각한 미국 장교들 중 한 사람이지. 그런데 이제 와서 그것이 괴로운가 보더군. 그래서 포르라미에 틀어박히러 온 것이지. 코끼리에게 유리한 또 하나의 얘기지.

쉴세르가 대답했다.

— 조금 전의 제 얘기가 틀렸다고 생각하십니까?

— 아니네.

— 전 그저 자연주의자로서 얘기했을 뿐이지요. 어쨌건 제가 월급을 받고 있는 것도 바로 그 때문 아닙니까……

쉴세르는 한쪽 귀로 흘려들었다. 그로서는 이 사건을 단순히 아프리카 맹수 보호라는 각도에서만 바라보기가 불가능했다. 맑은 하늘 아래의 지평선, 시력의 한계만이 유일한 한계인 저 지평선 앞에 다른 무엇이 있는 것만 같았다. 신문기자들이 비꼬아서 모렐을 '명예 도적'이라고 부른 것은 어쩌면 일리 있는 생각인지도 모른다. 어쩌면 그는 인간보다 더 높이, 더 멀리는 보지 못하고 결국 인간에 대해 숭고함과 관대함으로 가득 찬 무한하고 거창한 관념을 품고, 그것을 방어하려는 괴짜에 속하는지도 모른다. 그가 아프리카 밀림지대에 벌이러 온 것은 참으로 명예전쟁이었다. 가엾은 자. 쉴세르는 눈을 들어 하늘을 쳐다보았다. 흰 모자가 어둠 속에서 그의 그림자를 이상한 형태로 만들었다. 그는 생각에 잠겨 파이프를 빨았다. 어쩌면 그의 생각이 틀린지도 몰랐다. 이 사건에서는 확실히 저마다 자기 마음을 보고 있다. 오르난도의 피격사건이 세상의 흥미를 자아냈다면, 그것은 희생자의 인품 때문이 아니라 공포와 원한과 환멸이 백만 인의 가슴에 약간의 인간혐오증을 불러일으켰기 때문이라고 그는 믿었다. 그 때문에 그들은 자연을 사랑하여 박해당하는 이 자연을 — 자기네들도 이 박해에서 벗어나지 못한다고 느끼는 까닭에 — 보호하려는 프랑스 인의 얘기에 공감하며, 그리고 어쩌면 개인적인 복수의 감정을 품고 열심히 주시하는 것이다. 이는 물론 그다지 의식적이지도 않고, 밖으로 표현되는 것도 아니지만 틀림없는 사실이었다. 그는 로랑소의 얘기를 공감하며 들었다. 노래하는 듯한 그 너그러운 목소리를 사랑하지 않기란, 아프리카 맹수를 얘기한다고 생각하면서 그렇게도 솔직히 자기 자신을 드러내 보이던 검은 얼굴의 그 거인을 사랑하지 않기란 힘들었다.

— 저는 다만 맡은 바 일을 다하려고 애쓸 뿐입니다. 아프리카가 코끼리를 잃으면 무엇을 잃게 되는 건지 당신도 나만큼이나 잘 알고 계실 겁니다. 그런데 우리는 지금 그 길로 달려가고 있어요. 쉴세르, 아직도 우리가 주변의 가장 아름답고 가장 고귀한 생명의 표현을 파괴하고 있는데 어떻게 발전이라는 말을 할 수 있겠습니까? 우리 예술가들, 우리 건축가들, 우리 학자들, 우리 사상가들이 인생을 더욱 아름답게 만들려고 피땀을 흘리고 있는데, 동시에 우리는 자동소총을 들고 마지막 남은 삼림 속으로 파고 들어가고 있습니다. 그 모렐

이라는 사람, 만일 그가 존재하지 않는다면 그를 만들어내야 합니다. 그는 아마도 여론을 선동할 수 있을 겁니다. 저는 그 사람의 은닉처로 가서 그의 저항군 무리에 합류할 수 있을 것 같습니다. 지상에 마지막 남은 진정성이 무너지고, 인간이 자기 사는 장소를 스스로 만들어야 한다는 생각이 무너지는 것에 맞서 싸워야 하니까요. 정말이지 우리는 이용가치나 효용이 없고, 이따금 모습을 살짝 드러내는 것 외에는 다른 목적이 없는 이 살아 있는 자유, 이 자연을 이젠 존중할 능력이 없단 말입니까? 그렇다면 자유 자체가 시대에 뒤떨어진 것이 되겠군요. 당신은 아마 제가 오래 숲속에서 혼자 살더니 수다쟁이가 되었다고 하시겠지만, 아무렇게나 생각하셔도 좋습니다. 저는 제 자신을 위해, 제 마음을 가라앉히기 위해 말하는 겁니다. 모렐 같은 행동을 할 용기가 없기 때문이지요. 사람은 구두 밑창이나 재봉틀을 만드는 데 쓰이는 것이 아닌, 다른 것을 보존해야만 합니다. 가끔 피신할 수 있는 여백을, 보호구역을 남겨두어야 합니다. 그래야만 비로소 문명이라는 것을 말할 수 있게 될 것입니다. 오직 유용성만 따지는 문명이란 궁극적으로 극단까지, 즉 강제노동수용소까지 치달을 것입니다. 여백을 남겨두어야 하지요. 게다가 정말이지…… 그렇게 뻐길 것이 하나도 없잖아요? 에펠탑이 있다고 우리가 나머지 모든 창조물을 멸시해도 되는 것은 아니지요. 당신도 지사님처럼 저한테 가서 시나 지으라고 하실 테지요. 그러나 오늘날처럼 사람에게 친구가 필요한 때가 없다는 것만은 알아두십시오. 모든 개, 모든 고양이, 모든 카나리아, 눈에 띄는 모든 짐승이 우리에겐 다 필요합니다.

그는 갑자기 힘주어 침을 뱉었다. 그러고는 마치 별을 감히 쳐다보지 못하는 양 고개를 숙인 채 말했다.
— 사람들에겐 우정이 필요해요.

13

오르난도는 병실에서 지사를 맞이했다. 그는 겨우 입을 열 수 있을 상태였다. 누워서 천장만 응시하고 있다가 지사가 성장을 하고 훈장까지 달고 들어오는 것을 보자 평상시의 증오에 찬 눈빛을 되찾았다. 통역을 한 비서가 후에 말하길, 그 증오의 눈초리가 그의 건강 상태를 나타내는 첫 신호였다고 했다. 오르난도는 실려온 이래로 신음도 하지 않고 말 한마디 없이 묵묵히 피만 흘리고 있었다. 그는 대부분의 시간을 묘하게도 흡족한 표정을 짓고 있었다. 마치 그에게 일어난 일이 당연하고 만족스럽기라도 한 듯했다. 어떤 사람이 용기를 내어 모렐 얘기를 꺼냈을 때, 그는 특별히 놀라는 것 같지도 않았고 계속해서 천장을 응시할 뿐이었다. 그러더니 그는 지사를 불러달라고 요구했다. 이 고위관리가 유감을 표명하며 조속한 회복을 바란다고 말하는 것을 무심하게 듣고 나서는 이제 그를 주의 깊게 관찰했다.

— 범인이 마땅한 처벌을 받게 될 거라고 잘 말해주시오.

지사는 이렇게 말을 맺었다.

비서가 통역했다. 오르난도는 갑자기 흥분하더니 몸을 일으키려고 애쓰며 몇 마디 급히 던졌다. 비서는 놀라서 어리둥절한 표정이었다.

— 오르난도 씨는 그 사람을 조용히 놔두시기를 간곡하게 요구하십니다. 꼭 그렇게 해달라고 하십니다.

비서가 말했다.

지사는 잘 알았다는 듯이 미소를 지었다.

— 오르난도 씨께선 참으로 관대하신 말씀을 하십니다. 감사하다고 말해주시오. 우리는 이 태도를 언론에 알리겠습니다. 독자들이 대단히 높이 평가할 것입니다. 그러나 법은 법대로 지켜질 것입니다. 게다가 그자에게 공격 받은 사람이 오르난도 씨 한 분만이 아니니까요……

오르난도는 돌연 소리치기 시작했다. 그는 붕대가 감긴 팔꿈치를 짚고 힘겹게 몸을 일으키더니 고개를 저으며 마치 발을 동동 구르듯 속수무책의 분노를 쏟으며 소리쳤다.

비서가 쩔쩔 매며 통역했다.

— 오르난도 씨는 매주 오천만 미국 국민이 그의 말을 듣고 있다는 것을 생각하시라고 합니다. 만일 지사님께서 그 사람의 머리카락 하나라도 건드리면 몇 년에 걸쳐서라도 프랑스 반대 캠페인을 벌여 프랑스가 두고두고 상처를 잊지 못하게 만들겠다고 하십니다. 그 사람을 조용히 내버려두지 않으면 프랑스의 위신을 깎아내리기 위해 미국 국민을 상대로 자신의 영향력을 한껏 발휘하겠다고 하십니다……

비서는 애원하는 목소리로 다급히 덧붙였다.

— 지사님, 미국에서 오르난도 씨가 지닌 영향력을 알고 계시는지 모르겠습니다만……

오르난도는 조금 더 몸을 일으켰다. 얼굴에 솟은 땀방울이 살진

목덜미로 흘러내렸다. 부릅뜬 두 눈은 상처 입은 몸에서 오는 고통이 아니라, 눈 색깔처럼 본래부터 그의 눈길 속에 내재한 것 같아 보이는 고통으로 가득 차 있었다. 지사는 열린 입을 다물지 못한 채 침대 옆에 서 있었다. 짧은 침묵이 흘렀다. 병원 마당에서는 코란의 구절을 외우는 어린애들 목소리가 들려왔다.

— 오르난도 씨는 지사님께서 그 사람을 조용히 내버려두신다면 개인적으로 지사님께 이만 달러를 드리겠다고 제안하십니다.

비서는 인간 마음의 천박함을 아직은 자기 상사만큼 믿고 있지 않은지 당황하며 떠듬거렸다.

이번에는 지사가 소리치기 시작했다. 그는 레지스탕스 활동을 하다가 죽은 자기 아들 얘기부터 꺼냈다. 뒤이어 프랑스 국가의 입장에서 몇 마디 외치더니, 나중에는 자기 가슴에 달린 레지옹 도뇌르 훈장을 치면서 고래고래 소리쳤다.

비서는 할 수만 있으면 침대 밑으로 숨어버리고 싶은 표정으로 말을 이었다.

— 어쨌건 오르난도 씨는 지금부터 오만 달러의 기금을 끌어모으겠다고 하십니다. 그러지 않길 바라지만, 만일 그 사람이 잡힐 경우 그 사람을 변호하기 위해서랍니다. 오르난도 씨는 그것을 자기 일로, 자기 개인 일로 여긴다고 하십니다.

오르난도는 어느새 누워 있었다. 차드의 지사는 인간의 존엄성이니 명예 따위를 몇 마디 더 외치더니 홱 돌아서서 하얀 모자를 푹 뒤집어쓴 채 수염을 나부끼며 밖으로 나갔다. 사람들은 그가 새하얗게 질린 얼굴로 몸을 꼿꼿이 세운 채, 어떤 경찰의 표현을 빌리면 "털처럼 곤두서서" 리무진 차를 타고 먼지 구름을 일으키며 포르아르샹보를 가로질러 가는 걸 보았다. 그 먼지 구름은 자동차가 일으켰다기보다 그의 분노가 일으킨 것 같았으며, 그가 떠나고 난 뒤로도 오랫동안 남아 비굴한 존경을 표하듯 나부끼고 있었다. 그는 평상시 예의바르고 온후한 성격으로 인간성을 지나치게 믿는 것도, 또 지나치게 의심하는 것도 아닌 온순한 회의주의자 성향을 보였는데, 이날 비행장에서는 그에게서 흔히 볼 수 없었던 날카로운 목소리로 요새 지휘관인 대령에게 모렐을 잡아 쇠고랑을 채워 사십팔 시간 이내로 브라자빌에 데려오라고 호통을 쳤다. "그 더러운 자식을 말이야, 알겠나?"라고 그는 계속 외쳤다. 마치 "소속 종(種)을 바꾸겠다는 사나이"에게 은근히 호감을 갖고 있는 것을 나무라듯, 그는 대령을 엄하게 쏘아보며 목소리를 높였다. 비행기 속에서는 팔짱을 낀 채, 마치 밀림의 나무 한 그루 한 그루 뒤에 모렐이 총을 거머쥐고 인간 조건의 존엄성을 부정하며 숨어 있지나 않은지 의심하듯 지사는 살기등등한 얼굴로 창밖을 내다보며 묵묵히 앉아 있었다. 그는 인상을 찌푸리고, 완전히 잊어버리고 있었던 축축한 담배꽁초를 입술 사이로 움직이며 샤리 강과 덤불숲, 거기 사는 모든 짐승 떼, 태곳적의 익룡에서부터 야생 아르티쇼에 이르기까지 과거와 현재의 모든 족속을 노려보았다. 그는 민주주의를 신봉하는 휴머니스트로서 잔뜩 분개하여 수염을 뻣뻣이 곤두세우고 입술 오른쪽 끝에서 왼쪽 끝으로 담배꽁초를 밀었다. 그리고 숲을 노려보면서 미켈란젤로를, 셰익스피어를, 아인슈타인을, 그리고 기술 발달을, 페니실린을, 자신이 개인적으로 공헌하여 폐지한 피그미 족 여자들의 할례 관습을, 프랑스 회화와 조각작품 들을, 그가 집에 소장한 레코드, 카루소가 노래한 「리골레토」의 3막 등을 생각하려고 애썼다. 그는 괴테를, 국민의회의장 에리오를, 우리의 의회제도를 생각하고, 자신의 생각 하나하나를 떠올렸다. 그러면서 의기양양하게 담배꽁초를 입술 왼쪽 끝에서 오른쪽 끝으로 밀었다. 그리고 발밑의 덤불숲과 야만적인 코끼리 떼 — '야만적'이라는 말을 그는 특히 강조했다 — 사이에 웅크리고 있을 모렐을 노려보았다. 그 눈길로 벼락이라도 때릴 듯이. 그렇게 그는 그자와 맞서 홀로 맹렬히 싸워서 이겼다. 저 하늘 높은 곳에 팔짱을 끼고 앉아 담배꽁초가 젖어들어 갈수록 그는 싸움에서 승점을 땄다. 그는 일반 교양을 드러내느라 무진 애썼고, 인문학을 공부한 것을 행복하게 생각했다. 페트라르카, 롱사르, 요한 제바스티안 바흐, 모두가 거쳐갔다. 그것은 참으로 명예를 위한 싸움이었다. 그는 급진 사회주의자 고참으로서 능수능란하게, 모렐이 비록 눈에 보이진 않으나 틀림없이 파 두었을 모든 함정을 재치 있고 질서 있게 피해갈 줄 알았다. 그는 지구상의 거주자를 모조리 죽이자면 백 번이고 필요한 더러운 핵무기를 단 한순간일지라도 머리에 떠올리지 않으려고 애썼다. 그저 담배꽁초만 이쪽에서 저쪽으로 놀랍도록 재빠르게 옮겨댔다. 그리고 교묘하게 방향을 바꾸어서 적의 진지 속으로 쳐들어갔다. 그가 처해 있는 높은 위치 — 봉고 산맥 위를 삼천 미터 고도로 비행하고 있었다 — 가 그 싸움에 대단히 도움이 돼서, 포르라미에 내렸을 때 그는 다시 기분이 좋아져 『파우스트』의 정원 장면의 곡을 입 속으로 흥얼거리고 있었다. 그것은 그가 매우 즐겨 듣는 곡이었다. 이 즉흥적인 영감의 아름다움이야말로 모렐이나 오르난도처럼 인류를 비방하는 자들에 대한 멋진 대답이 아닌가? 그는 자기를 기다리고 있던 신문기자들에게 — 이날만 해도 세 사람의 특파원이 파리에서 도착했고, 에어프랑스는 다음 날 또 새로운 기자들이 도착할 것을 알려왔다— 이것이 정치적 연루관계를 찾아볼 수 없는 인간혐오증에 관계된 사건이며, 단독 행동을 하는 환상가로 "정신착란증 환자" 혹은 "거만한 작자"라고 해도 좋을— 마치 불치의 상처를 입고는 무리에서 떨어져나와 아주 사나워진 코끼리처럼 — 그런 사내에 관한 사건이라고 선언했다. 신문기자들은 "거만한 작자"라는 말을 받아적으며 질문을 퍼부었다. 모렐에 관한 정보를 줄 수 있습니까? 그에 관해서 정확하게 무엇을 알고 있습니까? 누가 그의 이력에 관한 기록을 가지고 있습니까? 지하활동을 하다가 독일군에 잡혀간 옛 레지스탕스 대원이라는 말이 맞습니까? 지사는 쉴세르에게 눈길을 던졌다. 쉴세르는 그렇다고 고갯짓을 하였다. 그는 모렐의 신상 자료를 가지고 있는 내무부로부터 조금 전에 전보를 받은 참이었다. 그러나 지사는 농담으로 그 난관에서 벗어나는 것이 더 현명하다고 생각했다. 친절한 어조로 그는 말했다. 현재로서 드릴 수 있는 말은, 모렐이라는 자가 치과의사이며, 그가 코끼리 이빨에 미친 사람이라는 사실이 이 우스꽝스런 사건을 설명해준다는 것입니다. 몇 군데서 웃음이 터졌다. 지사는 자기 어조가 잘못되었다는 것을 느끼고 약간 불만스런 표정을 지었다. 그는 자동차 쪽으로 한 발짝 내디뎠다. 그러나 신문기자들은 계속해서 그를 둘러쌌다. 모렐이 반기를 들기 전에 지사님께 청원서를 제출했는데 늘 거절당했다는 얘기가 있던데 사실입니까? 이 사건이 세상에 대단한 관심을 불러일으켰는데, 대중의 동정은 모렐 편, 코끼리 편으로 기울지 당국 편으로는 기울지 않는 것 같습니다. 아프리카에서 해마다 삼만 마리의 코끼리를 죽인다는 것, 그것이 모두 당구공과 페이퍼나이프를 만들기 위해서라는 것이 사실입니까? 현재 금렵지구가 충분치 않다는 것이 사실입니까? 이 질문을 던진 신문기자는 안경 밑으로 성난 눈썹을 한 키 작은 사나이로, 흥분해서 매우 거만하고 사나운 모습을 하고, 마치 당장이라도 모렐을 따라갈 듯 제자리에서 팔딱팔딱 뛰고 있었다. 아프리카의 자연 자원을 보호하는 것과 관련해서 지사님께서 몇 마디 해주실 수 있겠습니까? 이 모든 사건을 단순히 인간혐오증으로만 설명하는 것은 너무 쉬운 말이 아닙니까? 어쩌면 모렐은 우리의 의무와 책임에 대해 높은 이념을 품고 있으며 최근 이십 년간의 실망에도 불구하고 타협하기를 거부한 사람이 아닙니까? 기자는 자기 자신도 이 투쟁의 전위대에 속한다는 것을 표시하듯 단호하게 안경을 고쳐 썼다. 지사는 이번에는 대답에 대단히 주의했다. 그는 자신이 위험한 지대에 처해 있다는 것을 깨달았다. 지사는 프랑스가 전통적으로 코끼리를 각별히 사랑해왔으며, 코끼리에게 필요한 모든 보호책을 강구하고 있다고 얘기했다. 자기 자신도 짐승을 사랑하는 사람이며, 우리가 어린 시절부터 사랑하도록 배운 이 사랑스런 후피동물을 보호할 모든 조치가 취해져 있다는 것을 기자들에게 확언할 수 있으니, 기자들도 독자에게 확언하여도 좋다고 했다. 그는 마침내 자기 차에 올라탔고, 푸아사르와 쉴세르가 그의 뒤를 따랐다. 예상치 못한 기자들의 공격과 그들이 이 사건에 부여하는 중대성을 느끼고 지사는 잔뜩 동요되어 아무것도 눈에 들어오지 않았다. 비서관의 얼굴이 얼빠지고 병들어 보이며, 지진이 일어났거나 조수가 밀려왔거나 중요한 서류를 잃어버렸을 때 충실한 공무원들이 짓는 애처로우면서도 화가 난 표정을 하고 있다는 것도 눈에 들어오지 않았다.

지사가 이마의 땀을 닦으며 말했다.

― 휴, 자네들은 어떻게 생각하나? 오르난도에 대해선 한마디도 없더군! 오로지 관심사는 모렐이야.

― 신문은 온통 그자에 관한 얘기뿐입니다. 대중은 항상 동물 이야기에 열광하지요. 기자들 눈에는 이 사건을 낭만적으로 만들 모든 요소가 있어 보이는 겁니다.

푸아사르가 힘겹게 대답했다.

― 그래, 이 사건에서 난 배반자 역할을 하고 싶지 않아. 지금 생각이 났는데…… 내 집무실에서 기자들을 맞아야 할지도 모르니 그 벽에 걸린 상아를 떼버려주게. 만일 사진이라도 찍으면 어떻게 될지 상상할 수 있지 않겠나?

쉴세르가 빙긋이 웃었다.

― 웃으려면 웃게나. 그런데 기자들의 질문을 들어보니 대중의 호감이 어디로 쏠리는지 알겠어. 내가 인기를 찾는 사람은 아니지만, 그건 내 기질이 아니니까, 그러나 감정도 없는 관리처럼 보이고 싶진 않단 말이야. 조속히 그 더러운 놈을 잡지 않으면, 두고 보게나, 그놈은 영웅이 될 거야. 파리에선 뭐라고 하던가?

― 현재로선 할 말을 다 한 듯합니다. 지사님, 그런데……

그들은 방역센터 앞을 지나고 있었다. 지사는 주인의 눈초리로 그 건물을 바라보았다. 그가 여기 온 이래로 소아 사망률이 이십 퍼센트나 낮아졌다. 이 연구소 앞을 지날 때마다 그는 기분이 좋았다. 자기가 좋은 아버지 노릇을 했다는 기분이 들었다. 그의 얼굴이 환하게 밝아졌다. 그 미소를 틈타 푸아사르가 쓴 약을 내놓았다.

― 그런데 모렐이 관계된 새로운 사건이 있습니다.

지사는 펄쩍 뛰었다. 어쩌면 차가 흔들린 건지도 모른다.

— 뭔데? 뭔데? 무슨 일이 또 있단 말인가?

— 그자가 농장을 공격했습니다. 사르키 농장입니다. 그 시리아인 주인이 없는 상황에서 그의 집이 불탔답니다. 모렐은 혼자가 아니랍니다. 한 패거리가 그와 함께 있었답니다.

이상하게도 지사는 안도감을 보이며 거의 안심하는 것 같았다. 쉴세르는 흥미롭게 그를 관찰했다. 그는 또한 모든 창조자들에 관해서 사람들이 하는 얘기를 생각해보았다. 위대한 작품은 항상 창조자의 손을 벗어나게 마련이다.

지사가 천천히 입을 열었다.

— 차라리 잘됐어. 적어도 지금은 명백해졌잖아. 이제는 농장을 약탈하는 천한 도둑에 연루된 사건이 되었잖나. 차라리 잘됐어. 정말 단지 코끼리에 관계된 일이라면, 그놈을 어쩔 도리가 없겠는데. 전설에 대항하여 싸우는 건 어려운 일이니까. 하지만 이렇게 되면 주저할 필요가 없지. 그 무법자는 아마 아프리카에서 마지막 백인 모험가가 될 거야……

자신의 이득을 그렇게 악착스럽게 지키려는 사람을 지켜보는 일은 가히 감동적이었다.

푸아사르가 서둘러 말했다.

— 바로 그렇습니다, 지사님. 그자는 방가사에 있는 바네르지 상아 상점도 공격했습니다. 상점 주인을 나무에 매달아놓고 자기 청원서를 읽어줬답니다.

쉴세르는 자기가 만나본 가운데 가장 푸근하게 살찌고 여린 사람 중 하나인 바네르지가 한밤중에 잠자리에서 끌려나와 나무에 묶인 채 자기 집이 불타는 걸 바라보며 청원서를 들어야 했을 생각을 하니 웃지 않을 수 없었다.

— 그자는 바네르지에게 '코끼리 보호를 위한 세계연맹'인지 뭔지의 이름으로 여섯 대의 매와 재산 몰수를 언도했답니다. 또 언젠가는 인도에 가서 운동을 계속하겠다고 선언했답니다. "아시아의 코끼리도 마찬가지로 위협받고 있기 때문"이라고 말이지요. 지금 병원에서 신경쇠약 증세를 보이고 있는 바네르지 말로는, 이 일은 자기 '사명'을 정말로 믿고 있는 미치광이의 사건이며 누군가 배후에서 조종하는 사람이 있다는 것입니다. 그들은 상점을 완전히 불태웠지요. 그리고 돈과 무기와 탄약을 몽땅 가져갔답니다. 사라 인 여자 한 사람도 겁탈당했습니다. 그자와 함께 있던 흑인들은 모두 울레 족이며, 하인들이 그 가운데서 일반법을 위반했던 죄수들 두셋을 알아보았는데 거기엔 빙기 감옥에서 석 달 전에 탈옥한 그 유명한 코로토로가 있더라는 겁니다. 또 다른 유럽 인도 그자와 함께 있었다고 하는데, 인상을 묘사하는 것을 보니 코펜하겐의 박물관 일로 이 지역에 와 있는 덴마크 인 자연주의자 페르 크비스트와 흡사합니다……

— 어쨌든 정치적인 측면은 전혀 없는 건가?

지사가 조심스레 물었다.

— 그런 건 없는 것 같습니다. 적어도 직접적으론……

쉴세르는 그들 어깨 너머로 내려다보는 흉측한 유령 같은 존재와 열심히 싸우고 있는 두 관리를 지켜보았다. 그들은 이 사건에서 자신들의 뿌리 깊은 강박증과 불면증과 두려움, 그리고 거의 미신과 다를 바 없는 것과 맞닥뜨리지 않을 수 없었다. 자신들의 성공을 너무나 자랑스럽게 여기는 까닭에 위협을 느끼지 않을 수 없었던 것이다. 하지만 그들의 성공은 그렇게 겁낼 만큼 완전한 것이 못 되며,

그들이 이루어놓은 업적도 갑자기 그들 눈앞에서 살아나 독립된 삶을 시작할 만큼 그렇게 위대하고 근사한 것이 되지 못했다. 그들은 앞으로 있을 일을 내다보고 있었다. 너무 크게, 너무 멀리 내다보고 있었다. 하지만 쉴세르는 불현듯 뜨거운 우애를 느끼며 그들에게 감사했다.

— 너무 멀리까지 내다보지 않으셔도 될 것 같습니다. 지사님, 감히 말씀드리자면 좀더 평범한 관점으로 보아야 할 것 같습니다. 어쩌면 이 일은 우리 잘못인지도 모르지요. 그러나 차드를 그런 눈으로 보는 것은 시기상조입니다. 제 생각에는 훨씬 더 단순하고 더 환상적인 사건입니다. 사르키는 이 지역에서 가장 대규모 코끼리 사냥꾼입니다. 그는 자기 농장을 짓밟는 코끼리 떼를 수렵 관리자에게 알리지 않고 보복으로 사냥을 조직한 죄로 벌써 몇 번이나 벌금을 물었습니다. 바네르지는 상아 가게를 운영하고 있습니다. 우리는 지금 전대미문의 모험, 아마도 세계 역사상 가장 아름다운 사건을 마주하고 있는 것입니다.

푸아사르는 찬동하지 않는 듯한 눈길을 던졌다.

지사가 입을 열었다.

— 그렇네, 울레 족은 아프리카를 통틀어 가장 원시적인 부족이지. 나도 같은 의견이네. 쉴세르, 우리가 지나치게 예민하게 반응하는 것 같아. 이 사건을 정치와 관련시키는 것은 우스운 일이지. 그렇긴 한데……

그는 쓴웃음을 지었다.

— 그렇긴 한데, 케냐에서도 처음에 달리 시작한 건 아니라.

예수회 신부를 저녁식사에 초대한 날 저녁, 파르그 신부는 이렇게 큰 소리로 말했다. "내가 이해 못하는 것은, 모든 사람이 이 사건에서 마치 개인적으로 위협을 받거나 모욕을 받은 것처럼 행동한다는 사실입니다. 그들은 마치 이 모렐이라는 작자가 개인적으로 얼굴에 침이라도 뱉은 것처럼 엄청난 욕설을 퍼붓더군요. 당신은 어떻게 된 영문인지 아십니까?" 장난기가 발동한 예수회 신부가 파르그 신부를 놀리듯 말했다. "교만이지요, 교만!" 파르그 신부는 근심 어린 얼굴이 되었다. 그가 지극히 싫어하는 게 있다면 자기 직업 얘기, 즉 종교 얘기를 하는 것이었다. "그건 사실입니다." 그는 상대방을 이 피곤한 화제로 이끈 것을 후회하며 서둘러 대답했다. "닭고기 좀 더 드시지요." 타생 신부는 빙그레 웃었다. 그들은 서로의 마음을 너무도 잘 알았다. "그런데 그건 좋은 징조요. 인류에게 영혼, 양심— 그들이 명예라고 부르는 것— 이 개인과는 독립하여 존재한다는 것을 사람들이 막연하게나마 느끼기 시작했어요. 교만이긴 하나 종족의 교만이니 좀 나아진 거지요. 우리 수도회가 이런 내 사상을 위험하게 보고 있으니 유감이오. 그래도 내가 죽고 나면 내 원고를 출판해주기를 난 바라고 있지요. 어느 날엔가 인류가 이십억 년 된 껍질에서 생생히 살아 나오는 것을 보면 재미있을 겁니다." 파르그는 그런 것을 전혀 좋아하지 않았다. 그는 이 예수회 신부가 원고가 든 가방을 어디나 가지고 다닌다는 것을 알고 있었다. 여차하면 그중 하나를 꺼내 읽을 텐데, 그렇게 되면 어떤 못된 얘기가 그 속에서 뛰쳐나올지 모르는 일이었다. "난 기도면 족합니다!" 그는 평상시처럼 무뚝뚝하고 성난 말투로 대꾸하며, 닭고기에 달려들어 다른 생각이 끼어들지 못하게 허겁지겁 먹었다.

14

포르라미는 결코 말이 없는 곳은 아니었다. 이 기회에 정세에 발맞춘 흉측한 소문이 퍼졌다. "그자"가 마우마우 테러단과 관련이 있으며, 흑인 패거리의 선두에 서서 벽지의 군대 초소를 공격했다는 것이다. 그리고 장교와 하사관을 죽이고 병사들을 밀림으로 데리고 갔는데, 그것은 "그자"가 아프리카 독립을 위한 부대를 조직하고 있기 때문이라는 것이다. "코끼리라니, 그래 설마하니 그걸 믿어요?" 그러나 사람들은 오히려 그걸 믿었다. 그들은 오히려 이런 일이 훨씬 전에 일어나지 않았다는 것이 놀랍다는 눈치였다. 모렐은 대체로 여자들 사이에서 호감을 얻었다. 여자들은 그에게 관심을 갖지 않았던 것을 뉘우쳤으며, 그가 하는 일이 얼마나 낭만적이고 감동적이냐는 식이었다. 불쌍한 코끼리들을 가만히 내버려두면 되지 않느냐는 것이었다. 사내들이 이 사건은 결코 코끼리와 관계된 수작이 아니고, 인류를 적으로 삼은 테러리스트의 문제라고 설명을 해도 소용없었다. 여인들은 모렐을, 눈빛이 이글이글 타오르는 미남 청년의 모습, 정력적이자 근육질로 둔갑한 프란체스코 성자 이외의 다른 모습으로는 보려고 하지 않았다. 차디앙 호텔에서 미나는 어깨에 숄을 걸치고 테이블 사이를 오가며 손님들의 대화를 빠짐없이 엿들으려 했다.

밥콕 대령은 심장병 발작으로 쓰러진 며칠 후 병원으로 찾아온 신부에게 살짝 미소를 띠며 말했다. "맞아요, 그녀는 그랬지요. 그녀는 하나의 목적, 하나의 생각밖에 없는 인간들에게서 흔히 볼 수 있는 기계적인 걸음걸이로 테이블에서 테이블로 옮겨가고 꼿꼿이 앉아서 한동안 풍문에 귀를 기울이고—— 물론 그 누구도 아는 바 있을

리 없고 다만 상상만 난무했을 뿐이지만—— 숄 끝에 손을 가지런히 모으고 말없이 거기 앉았다가 다시 일어나서 다른 테이블로 가더군요. 아무런 질문도 하지 않았지요. 하지만 무엇인가를 불안하게, 그리고 점점 더 초조해하며 기다리고 있는 듯이 보였어요. 지금은 그녀가 찾던 것이 핵심 정보였다는 걸 물론 알지요. 그땐 그녀가 속으로 무슨 생각을 하는지 우리는 전혀 짐작조차 못했어요. 당연한 일이었죠. 그건 우리의 경험 세계를 전적으로 벗어나는 일이었으니까요…… 나로서는 더욱 그랬지요."

대령의 얼굴이 다시금 일그러졌는데, 단순히 심장발작 때문이라기보다는 마음의 괴로움 때문인 듯했다.

"이 점에 있어서 다시는 오해가 없도록 해명할 필요가 있을 것 같군요. 나 같은 계급이나 처지에 놓인 사람들은 일정한 교육을, 교육이라기보다는 일종의 세계관을 터득하게 되지요. 그 세계관은 지금도 그대로입니다. 그게 중요한 건 아니에요. 우리가 신사의 세계에 자리 잡기 위해서 교육 받았다고 말한다면 웃으시겠죠. 물론 우리도 때로는 허리 아래를 얻어맞을 수도 있다는 건 알았지만, 그래도 우리는 아랫도리 공격이 반칙이라는 믿음을 갖고 자랐습니다. 하반신 공격이 법이나 이를테면 규칙이 될 수 있다는 생각은 결코 해본 적이 없지요. 시대에 뒤떨어진 늙은 천치라고 해도 상관없습니다. 그러나 나 같은 사람들은 모렐이나 미나 같은 인간이 생길 수 있는 상황을 알 수가 없었어요. 솔직히 말씀드리자면 오늘에 이르러서도 저는 모렐이 사냥꾼들로부터 코끼리를 지키기로 결심한, 그것이 전부인 특이하고 호감 가는 인간이 아닌 다른 무엇으로는 느껴지지 않아요. 그 밖에는……"

그는 편안한 자세를 찾으려는지 침대에서 힘겹게 움직였다.

"별의별 얘기가 다 있었던 걸 신부님도 잘 아시겠지만, 거기에 오로지 하나의 몸짓, 인간을 경멸하고 증오하는 몸짓, 일종의 단절이랄까 경멸 같은 것밖에 없었다고 여기는 생각은 전에도 그랬고, 지금까지도 나로서는 전혀 이해할 수 없어요. 신문에서 읽은 것처럼 한 인간이 정말로 딴 종류의 생물이 되기를 원할 정도로 인간을 부정하고 거부할 수 있을까요…… 그건 병적이고 가당찮은 생각이에요. 나는 살면서 그런 생각을 전적으로 정당화할 수 있는 상황이 있으리라고 믿지 않아요. 그런데 보아하니 그런 상황이 있는 모양이지요."

그는 예수회 신부에게 슬픈 눈길을 던졌는데, 이번에도 그 눈길은 육체적인 쇠약과는 무관한 것이었다.

"제 말 이해하시겠어요? 나라는 사람은 완전히 멍청한 건 아닌데 교육을 잘못 받은 겁니다. 게임의 규칙을 배우지 못한 거지요. 물론 우리도 결국 몇 가지는 알게 되었지만요. 일본군의 수용소에 감금된 영국인들 이야기, 런던 폭격, 그리고 유럽 대륙에서 벌어진 끔찍한 가스실 이야기 등 말입니다. 물론 그게 '크리켓' 경기 같지는 않았지요. 그러나 우리는 거기서 오로지 터무니없는 일들, 무서운 역사적 사건들, 예외들만 보았어요. 우리는 그것이 게임의 규칙에 어긋나는 것이며, 허리 아래를 공격하는 거라고 여전히 믿었죠. 그것이 반대로 진짜 게임의 규칙일 수 있으며, 그렇게 드러났다는 생각은 아예 해보지도 못했어요. 우리는 오랫동안 윤리관에 얽매여 살아왔지만, 나치나 스탈린은 인간에 관한 진실이 이튼(Eton)의 푸른 땅 위에 있는 게 아니라, 그들에게 있다는 생각을 우리들에게 심어주었죠. 이런 이야기를 하면서 내가 왜 '우리'라고 말하는지 잘 모르겠습니다만, 그저 영국에는 나 같은 멍청이가 많이 있었으며, 아직도 많이 있을 거라는 점은 말씀드리고 싶군요. 우리가 문명이라고 부르는 것은 인간들이 스스로를 속이려고 애쓴 긴 노고일지도 모릅니다. 어쨌건 영국에서는 그랬다고 할 수 있지요. 우리는 모든 인간에게 일종의 기본적인 예의가 있다고 깊이 믿습니다. 그러나 나는 우리가 어쩌면 흘러간 시대에서 살아남은 생존자이며, 비천한 현실의 무게가 머지않아 우리를 이 지구상에서 사라지게 할 거라는 사실도 기꺼이 인정합니다. 그렇죠, 약간은 코끼리와 같은 처지라고나 할까요."

예수회 신부가 그를 날카롭게 쏘아보았다. 그러나 환자는 이 비유에 특별한 의미를 부여하는 것 같지는 않았다.

"제가 이런 말씀을 드리는 건 요컨대 미나와 같은 사람을 이해하는 데 필요한 경험이 제게 없었다는 것을 얘기하기 위해서입니다. 수많은 제 동포들이 그렇듯이, 나도 우리를 둘러싸고 있는 현실과, 그리고 우리 안의 현실과 긴밀한 관계를 맺지 못했던 겁니다. 우리는 유럽 대륙에 몰아친 고통의 물결에 휩쓸리지 않았으니까요. 물론 그 아가씨가 많은 괴로움을 겪었으리라는 건 알고 있었어요. 그러나 그녀가 가슴에 쌓아온 한이 어떠한 것일지는 전혀 짐작하지 못했죠. 하여튼 차디앙 호텔의 손님들 사이를 잰걸음으로 오가며 그녀가 생각하고 장차 실천에 옮길 엉뚱한 행동은 꿈에도 생각지 못한 겁니다. 한번은 잠시 내 테이블에 와서 앉더군요. 언제나처럼 나에게 미소를 지으며 말입니다. 그녀는 나를 보면 언제나 웃었는데, 아마 내가 희극적인 사람으로 보였던가 보죠.

— 밥콕 대령님은 이 사건을 어떻게 생각하세요?

나는 짐승을 사랑하는 사람에게 언제나 호감을 가지고 있다고 대답했습니다. 그리고 실제로 아프리카의 일부 지방에서 코끼리가 멸종되고 있는 것은 틀림없는 사실이라고도 했지요. 그러나 모렐이 취한 방법은 좀 지나친 것이라고 말했죠. 또 이렇게도 말했습니다.

— 영국에서라면 이런 모든 일은 아마 『타임스』 같은 신문에 편지 한 통만 쓰면 해결될 거요. 그러면 의회가 대중 여론에 못 이겨 아프리카의 맹수를 보호하는 데 필요한 법률을 제정할 테니까요.

보세요, 내가 얼마나 우둔한 늙은이인지, 정말이지 나는 그러면 된다고 생각했습니다.

— 그 사람은 물론 결국엔 붙들리고 말겠죠.

마치 기정사실을 말하듯이, 그녀는 이렇게 말했습니다. 실제로 모렐이 붙들리지 않을 가능성이란 전혀 없을 것으로 느껴진다고 나는 말했죠. 그때 나를 바라보던 그녀의 눈길을 난 영원히 잊을 수 없을 겁니다. 넋 나간 듯 애원하는, 눈물 젖은 눈길이었죠. 나는 그 동안 그가 누굴 살해하지 않는다면 아마 일 년 감옥살이만 치르면 될 거라고 얼른 덧붙였죠. 물론 그럴 수 있는 일이니까요. 나는 같이 뭘 한잔 들지 않겠느냐고 물었습니다. 그건 내가 벌써 꽤 오래전부터 거기 와 있었는데 아무도 주문을 받으러 오지 않았다는 사실을 그녀에게 은근히 상기시키기 위해서였지요. 늘 위스키를 한 잔 마시는 시간이었는데, 그걸 빠뜨리고 싶지는 않았으니까요. 그러나 그녀는 내 말이 들리지도 않는 모양이었습니다. 내 곁에 앉은 채 추운 듯 회색 숄로 몸을 감싸며 분명 내 위스키 생각이 아닌 딴생각을 하고 있었어요. 아주 예뻤지요. 볼 때마다 아주 예쁘다고 느꼈지만, 그땐 특히 예뻐 보였습니다."

대령은 말을 멈추었다. "딱해요. 정말 딱해." 자기 생각을 달리 표현할 수 없는지 그는 말했다. 그리고 입을 다물더니 다시 말했다.

"그녀가 딴생각을 하고 있다는 것을 알 수 있었어요. 그래 뭔가 걱정이 있나 보다고 말했지요. 그녀가 놀란 듯이 나를 쳐다보더군요. 그리고 미소를 지었어요. 갑자기 나에게 일종의 우정이랄까 호의랄까 그런 마음을 내보이며 위스키를 가져다주던 게 생각납니다."

대령은 한숨을 내쉬었다.

"물론 그때 그녀가 나에 대해 어떻게 생각했을지는 상상할 수 있어요. 아마 아무것도 이해하지 못하는 멍청한 늙은이라고 생각했겠죠. 그러나 어느 정도 호감을 가지고 그렇게 생각했을지도 모르죠. 내가 지휘한 부대는 결코 누굴 강간한 적이 없다는 것을 그래도 알고 있었을 테니까요. 그녀는 위스키를 가지러 가더니, 이윽고 다시 와서 내 테이블에 앉더군요. 그리고 그녀가 어떤 행동을 한 줄 아십니까? 내 손을 잡더군요. 유감스런 일이지만, 나는 대개 여자들이 남이 보는 데서 손을 잡는 그런 종류의 사내가 못 되지요. 이미 황혼이 내리기 시작했는데, 늘 성급하기만 하던 아프리카의 그 유명한 석양이 이날은 처음으로 늑장을 부리는 것처럼 느껴졌지요. 차디앙 호텔에 있던 대부분의 사람들이 나를 잘 알기에 뭔가 사정이 있을 거라고 생각했겠지만, 그래도 역시 좀 거북하더군요. 게다가 뭐라고 말을 해야 좋을지 모르겠더군요. 그저 살짝 헛기침을 하고 사람들이 웃을지도 모르니 짐짓 무서운 표정을 짓고 매섭게 주위를 둘러보는 게 고작이었죠. 그런데 더욱 난처한 일이 벌어졌어요. 무례해 보일까 봐 손을 뿌리치지도 못하고 그녀의 손에 내 손을 겹친 채로 앉아 있는데, 갑자기 손등에 뭔가 축축한 게 느껴졌어요. 눈물이었습니다! 그녀는 울고 있었어요. 내 손을 꽉 쥔 채 울고 있었어요. 그녀를 돕기 위해, 위로하기 위해, 무엇이건 말하기 위해 입을 연 순간 그녀의 웃음소리가 들렸습니다. 네, 웃음이었죠. 나는 어이 없어 완전히 멍한 채 앉아 있었어요. 뭐가 뭔지 영문을 몰라서 어리둥절해하는 순간, 테라스의 모든 사람에게 들릴 만한 울음 섞인 비통한 목소리가 들렸습니다. "오, 밥콕 대령님, 당신은 정말 훌륭한 분이에요!" 그러고는 갑자기 미나는 내 손을 들고 입을 맞췄답니다."

대령은 힘겹게 숨을 들이쉬었다.

"그게 도대체 무슨 뜻인지, 그녀의 그러한 행동의 원인이 될 어떤 일을 내가 한 것인지, 하지 않은 것인지, 오늘날까지도 나에겐 수수께끼입니다. 내 심장병이 그때부터 생긴 건 아닌가 하는 생각이 들기도 합니다."

그는 말을 끊고 질책하듯 신부를 쳐다봤다.

"하지만 그녀도 내 입장을 생각했는지 손을 놓더군요. 어쩌면 그녀의 생각이 벌써 다른 데로 옮겨간 건지도 모르죠. 어쩌면 그게 더 맞을 것 같군요. 이미 나에 대한 생각은 잊어버린 듯이 보였으니까요.

— 그렇지만 아직은 시간이 좀 있지요, 그렇죠? 그녀가 이렇게 묻더군요. 도대체 무슨 이야기인지 도무지 알 수 없었죠. 난 완전히 당황했어요. 조금 전에 불이 켜지는 바람에 사람들이 웃으며 우리를 쳐다보고 있다는 걸 뚜렷이 느낄 수 있었지요. 다른 사람들의 시선에 왜 신경 쓰느냐고 말하시겠죠? 그렇지만 아무도 우스꽝스러운 사람을 좋아하지 않는데다, 게다가 퇴역한 늙은 영국 대령의 경우라면 더욱 그렇다 할 수 있으니까요. 내 나이에 그런 게 뭐 그리 중요하냐고 또 말하시겠지요. 하지만 사람이 결코 늙지 않는 어떤 면들도 있지요. 또한 예순셋에 젊은 여인으로부터 사내 취급을 받지 못한다고 느끼는 것이 열여섯에 젊은 여인으로부터 어린애 취급을 받

는 느낌보다 더 나을 게 없는 법이지요. 사내로서 아무에게서도 그런 취급을 받은 적이 없는데, 다시 말해서 어떤 여성도 그런 적이 없었는데 갑자기 어떤 젊은 여성으로부터 아버지 대접을 받는다는 것은 불쾌한 일이죠."

신부는 이해한다는 몸짓을 했다. 그는 사람들이 좀더 관심을 기울이지 않고 대령 곁을 스쳐가고 만 것을 애석하게 생각했다. 그는 인류가 좀더 지켜볼 가치가 있는 연약한 새순이고 잔가지 같은 인물이었다. 품위란, 물론 대단한 야심이나 재능을 필요로 하는 것도 아니요, 위대해질 수 있는 가능성도 없는 무엇이지만, 그래도 인류가 돌아서기 전에 좀더 머뭇거렸어야 할 모퉁이인 것이다. 그는 유머정신도 존중했는데, 유머가 인간이 자기 자신과 싸우기 위해 만들어낸 가장 좋은 무기 가운데 하나였기 때문이다. 대령은 말을 이었다.

"결국 나는 그녀가 모렐에 관해 이야기하고 있다는 것을 알아차렸지요. 마침내 그녀가 뭔가 딴생각을 하는 걸 보니 알고 정말이지 마음이 놓였어요. 나는 모렐이 얼마 동안은 수색대를 피할 수 있을 것이라고, 그러나 잘 해야 며칠 더 끄는 정도가 될 거라고 말해주었습니다."

대령은 침대 속에서 몸을 약간 움직였다.

"그녀는 비상한 관심을 갖고 내 말을 듣고 있었습니다. 꼿꼿이 긴장한 채 내 쪽으로 몸을 기울이고, 두 손은 어찌나 꽉 쥐었는지 손자국이 남을 정도였지요. 그녀는 감정을 숨기려 들지 않았습니다. 아시겠어요, 나에겐 숨기려 하지 않은 거죠. 내 앞에서는 아무런 위험이 없다고, 내가 이해하지 못할 거라고 생각한 겁니다. 여자를 이해하지 못한다는 점에서는 언제나 신사를 믿을 수 있다고 아마 생각했을 거예요. 그런 점에서 나는 그 믿음을 완전히 저버리지 않았다고 할 수 있을 겁니다. 나는 거기 앉아서 모렐은 결국 붙잡힐 것이며, 더는 도리가 없을 것이고, 밀림에 백인 홀로 숨어 있으면 조만간에 인근 마을의 흑인들이 고발할 거라고 한가하게 설명하고 있었으니까요. 그녀는 딴 사람들이 말을 할 때 쏟는 열정으로 내 말을 듣고 있었습니다. 이런 표현을 할 수 있을지 모르지만, '수다스럽게' 듣고 있었지요."

대령은 말을 멈췄다가 잠시 후 다시 말을 이었다.

"신부님은 그녀의 눈을 기억하시는지요? 회색, 아주 맑은 회색 눈이었는데, 늘 괴로운 듯 무엇인가를 호소하는 것처럼 느껴졌습니다. 그녀의 눈과 그녀에게 닥친 일 사이에는 일종의 모순 같은 게 있었죠. 대체 어둠 속에서 병사들은 그 눈을 아마 보지 않았거나 아니면 옆에서 보았는지도 모르지요…… 그지없이 무고하게 느껴지는 눈이었어요. 단순히 그 빛깔 때문이었는지도 모르겠군요. 그 눈은 모든 것을 목격한, 그것도 굽히지 않고 목격한 눈이었습니다. 그녀의 목소리는 눈과는 아주 달랐죠. 아마 독일 억양 때문인지도 모르죠. 무게와 경험이 실린 목소리라고나 할까요. 그런데 그녀는 담배를 많이 피웠어요. 내가 모렐의 체포가 시간 문제이며, 밀림 속에 혼자 있어서는 별 도리가 없을 거라고 설명하고 있는데 그녀가 갑자기 말을 가로채더군요.

— 하지만 그는 혼자가 아니에요. 기자들하고 이야기해봤는데 모두들 같은 소리를 했어요. 그가 일반 대중의 호감을 얻고 있다고요. 다만 그걸 그에게 알려줄 수만 있다면 좋을 텐데……

그때 나는 내 평생 가장 멍청한 말이라고 생각되는 소리를 했습니다. 현역 사십 년의 세월을 보내고 나서도 말입니다.

— 당신도 코끼리를 좋아하나 보군요.

나는 이렇게 말했던 겁니다. 그녀는 빙그레 웃으며 잠시 우정 어린 표정으로 나를 쳐다보곤 내 손을 잡더군요. 그러고는 일어나서 갔습니다. 나는 혼자 파이프 담배를 피우며 초연하려고 애쓰며 앉아 있었지요. 그러나 실은 그녀가 가고 나면 늘 편치 않았습니다. 늙으면서 점점 더 누구와 같이 있고 싶었죠. 나는 거기 잠시 더 머물렀습니다. 테이블에서 테이블로 옮겨 다니는 그녀가 다시 내 테이블에 올지도 몰랐으니까요. 때로 그녀는 다시 왔습니다. 하루 저녁에 두서너 번이나. 나는 여섯시경에 그곳에 와서 집에 돌아가고 싶은 생각이 없으면 거기서 저녁을 들곤 했죠. 보통 저녁을 시킬 때, 그리고 커피를 마실 때 그녀는 내 테이블로 왔습니다. 물론 그것도 손님이 얼마나 있느냐에 달렸지요. 미리 예측할 수 없는 일이었죠. 토요일 밤에는 절대 차디앙에 가지 않았어요. 사람이 많은 건 질색이니까요. 게다가 토요일에는 그녀도 나를 잊었죠! 내 시중을 들어줄 겨를이 없었다는 얘깁니다. 월요일이 제일 좋은 날이었는데, 그녀가 가장 한가한 날이었으니까요. 나는 약 반 시간 동안은 멀리서 눈으로만 그녀를 좇곤 했습니다. 자주 그녀를 쳐다보았습니다. 그녀가 우아하고 예뻐서라기보다, 사실 예쁜 건 틀림없는 사실이었지만, 그보다는 내 테이블 쪽으로 다시 오는지 보기 위해서였지요. 그녀는 약간 외로워 보였어요. 그래서 슬그머니 사라지는 듯한 인상을 주고 싶지 않았어요. 그날 저녁을 난 그렇게 고스란히 그녀에게 바쳤던 셈이죠. 테라스에 남아서 저녁식사를 했으니까요. 그녀는 내가 남아 있는 걸 고마워하는 눈치였어요. 그녀가 친한 사람이 가까이 있어주기를 원한다는 것을 막연히 짐작할 수 있었지요. 고독에 관한 한 나 또한 적지 않은 경험이 있었으니까요. 그런 때 비록 멀리서일망정 친근한 사람이 있어준다는 게 얼마나 도움이 되는지 알고 있었죠. 나는 차디앙 호텔을 그다지 좋아하지 않았어요. 무엇보다 값이 터무니없이 비싸고, 또 늘 같은 사람을 만나게 되죠. 그런데도 나는 거의 매일 밤 그녀 때문에 거기에 간 겁니다. 내가 들어서면 그녀는 언제나 미소로 맞이했는데, 그녀는 그녀대로 나에게 친밀감을 느끼고 있는 것 같았지요. 그녀가 없다면 그곳은 꽤 따분한 곳이죠. 그 날벌레들과 언제나 똑같은 음반. 그중에도 '잊혀진 남자들을 기억해주오'라는 제목의 음반은 정말 끔찍했어요. 그리고 그 따분한 오르시니란 인간, 거기에 들어서면 언제나 그 작자의 목소리가 제일 먼저 들려왔으니까요.

　나는 늘 그자에게 각별히 친절하려고 노력했어요. 사람이란 언제나 너그러울 줄 알아야 하니까요. 스컹크가 고약한 냄새를 풍기는 것이 스컹크의 잘못은 아니니까요. 남에게 불쾌하다고 표현할 권리는 없는 법이에요. 그래서 나는 그에게 친밀감을 보이려고 늘 애썼습니다. 결국 그는 나를 대단한 친구로 생각하게 되었지요. 한번은 뭔가 감동한 음성으로 내가 자기의 유일한 친구라고 말한 적도 있었죠. 정말 질색이었지만, 그래도 그의 마음을 상하지 않게 하기 위해 때때로 집으로 초대하지 않을 수 없었는데, 나중엔 그를 보기만 해도 골치가 아프기 시작할 정도로 싫어졌습니다. 그러다 보니 진짜 감정을 감추기 위해 더욱 애를 써야 하게 되었지요. 그런 감정은 누가 되었건 간에 한 인간에게 품거나 표현할 권리가 없다고 생각되었으니까요. 결과적으로 우리는 종종 저녁 시간을 그의 집이나 우리 집에서 같이 보냈습니다. 테라스에서 별을 바라보면서 말입니다. 나는 그 가련한 친구가 어찌나 싫든지, 그가 단순히 내 옆에 앉아서 별을 바라보고 있다는 것만으로도 별까지 싫어졌지요. 그는 별을 좋아하고 아름답다고 생각하는 눈치였는데, 거기에도 뭔가 비위에 거슬리는 게 있었습니다. 그와 같은 사내가 별을 좋아한다면 그건 흔히 생각하듯이 별이 아름다운 것이 아니라는 사실을 증명하는 듯이 느껴졌으니까요. 그러니까 우리는 종종 저녁 시간을 같이 보냈으며, 나는 온갖 일, 온갖 것에 대해 그가 쏟아놓는 불만을 듣지 않을 수 없었어요. 그는 내 곁에 앉아서 조용히 꿈꾸듯이 별을 쳐다보고 있었지만, 그럴 때도 그는 그저 어떻게 하면 별에다 침을 뱉을 수 있을까를 궁리하고 있는 것 같은 인상을 풍겼죠. 어떤 점에서 그는 그 뜻을 달성한 셈이었죠. 왜냐하면 미나에 대한 험담, 온갖 사내들과 온갖 육체적 탈선을 했다고 그녀를 비난하는 독설로 시간을 보냈으니까요. 미나와 별을 비교한 건 내 나이에 어울리지 않는 우스꽝스러운 낭만에서가 아니라, 그저 그녀가 오르시니에게는 먼 하늘의 별과 마찬가지로 다가갈 수 없는 존재였다는 사실을 말하고 싶어서였습니다. 그는 그녀를 험담함으로써 스스로 위안했던 겁니다. 나는 여자들 욕을 하는 건 딱 질색입니다. 그런데 오르시니가 내 앞에서, 이웃이라지만 오 킬로미터나 떨어져 있는 우리 집 테라스에 와서 오직 내 앞에서 그녀를 험담하는 것을 어떻게 참을 수 있었느냐고 물으시겠지요. 만일 내가 그의 말에 뭐라고 제동을 걸었다면 의심 많고 악의에 찬 그는 당치도 않은 말로 나를 비난했겠지요. 이를테면 그 여자에게 은근히 마음을 두고 있는 게 아니냐고 말이지요. 모든 걸 야비하게 보는 인간이었으니까요. 더욱이 그녀에 대한 이런 모든 이야기를 하지 말라고 했다면, 그는 다른 이야기를 할 줄 몰랐을 테니, 아무 말도 하지 않고 있어야 했을 겁니다. 그가 일주일에 두서너 번씩 우리 집에 오는 것을 참을 수 있었던 게 오로지 그가 그녀에 관해 내게 이야기하는 유일한 사내였기 때문이 아닌가 하는 생각이 들 때도 있었지요. 말하자면, 그럼으로써 그가 다른 곳에 가서 그 너절한 이야기를, 나보다 더 쉽게 믿을지 모르는 사람들에게 늘어놓지 않게 될 테니까요. 내가 얼마나 딱한 입장에 처해 있었는지 아시겠지요. 더욱이 나 스스로가 오르시니에게 솔직하지 못하다고 느끼게 될수록 그에게 더욱 친절하지 않을 수 없었던 거죠, 특히 사람들 앞에서는 더욱 그랬습니다. 우리 영국인들에게 흔히 씌워지는 위선이라는 비난을 피하고 싶었던 거죠. 그러다 보니 결국 사람들은 우리를 친한 친구로 생각했지요. 사실은 포르라미를 통틀어 내가 오르시니를 가장 싫어하는 사람일 텐데 말입니다. 그날 밤에도 그는 테라스 반대편에 앉아서 그의 말을 알아듣는 흑인 보이들에게 원주민들을 헐뜯고 있었습니다. 그의 말로는, 원주민들이 세상 사람들에게 그저 케냐와 마찬가지로 차드에도 혼란이 있다는 인상을 안기려고 틀림없이 모렐을 돕고 있다는 겁니다. 아프리카에서 우리의 입지를 해치는 건 바로 그런 허튼 소리들입니다. 나는 그 말 같잖은 소리에 몹시 신경이 거슬려서 미나가 내 테이블 앞으로 다시 온 것도 모르고 있었죠. 나는 일어섰습니다. 지금 생각해도 그때 가슴이 갑자기 평소 같지 않게 빠른 속도로 뛰었던 것이 기억납니다. 그걸 보면 내 심장이 그때부터 벌써 이상이 있었던 모양입니다. 살짝만 갑자기 움직여도 비정상적으로 심장이 뛰었으니까요. 하지만 별로 주의를 기울이진 않았지요."

밥콕 대령은 회상에 잠긴 듯했다.

"그녀에게서 가장 인상적인 부분은 눈이었던 것 같습니다. 키도 크고 아주 몸매가 좋은 여자였어요. 금발에다가 얼굴과 입술이 도톰하고, 볼이 나오고, 신뢰감을 주는 눈을 가진 여자를 두고 멋진 여자라고 말할 수 있겠지요. 그녀를 바라보고 있자면 가슴이 뭉클해지는 것 같았어요. 그녀와 말을 주고받다 보면 독일 억양을 거의 잊어버리게 되었죠. 그녀는 등나무 안락의자에 앉아서 잠시 멍하니 꼼짝하지 않았습니다. 그러고는 내 뒤로 샤리 강 건너편의 한 지점을 뚫어지게 바라보았죠. 나는 무엇이 그녀의 시선을 사로잡은 건지 보려고 뒤를 돌아볼 뻔했지요.

— 오르시니 씨는 그분이 원주민들의 보호를 받고 있다고 주장하시던데요. 그게 사실이라면 좋겠어요.

그녀는 이렇게 말했죠. 나는 그 생각이 조리에 맞지 않다고 말했습니다.

— 원주민들이 코끼리에게 관심을 갖는 건 오직 고기 때문이에요. 그들은 아프리카 맹수들의 아름다움 따위엔 흥미 없습니다. 제 말을 믿어도 될 겁니다. 코끼리 떼가 농산물을 해치면 행정 관처에서 몇 마리를 잡아 죽이고, 원칙적으로 다른 짐승들에게 경고하는 뜻에서 그 자리에 그대로 썩게 내버려두는데, 사냥한 장교가 돌아서자마자 흑인들이 고기를 먹어치우는 바람에 결국엔 해골만 남게 되거든요. 코끼리의 아름다움이며 그 고상함과 위엄 같은 것은 완전히 유럽적인 개념이지요. 민족자결권처럼 말이에요.

그녀가 초조하게 나를 돌아다보더군요.

— 대령님, 그분은 당신들에게 기대를 걸고 있는 거예요. 무언가를 구원하고 보존하기 위해서 당신들에게 호소하고 있는데, 당신들은 마치 그것이 당신들과는 아무 상관이 없는 양, 기껏 하신다는 게

냉정하게 그에게 얼마나 행운이 따를지 논하시다니요. 그분은 자연을, 인간성까지를 포함한 자연을 믿고 있는 거예요. 그런데 당신들은 그 자연에 대해 오직 중상만을 일삼고 있어요. 그분은 인간이 무엇인가를 할 수 있으며, 무엇인가를 구원할 수 있고, 모든 것이 돌이킬 수 없이 파괴될 운명일 수만은 없다고 믿는 거예요.

나는 이 느닷없는 감정 폭발에 놀라, 특히나 온갖 일을 겪고 눈으로 직접 보기까지 한 그녀가 그런 말을 하는 데 놀라서 그만 파이프를 입에서 떨어뜨리고 말았죠.

— 그렇지만 아프리카 맹수를 보존하려는 염려가 그것과 무슨……

내가 이렇게 웅얼거리자 그녀가 말을 가로챘어요.

— 어머나, 밥콕 대령님, 좀 이해하려고 애써보세요…… 무슨 말인지 모르시겠다고요? 문제는 당신들이 당신 자신을, 자신의 양식을, 당신들의 가슴을, 당신들이 구원될 수 있다는 가능성을, 그래요, 당신들 모두가 구원될 수 있다는 가능성을 믿고 있는지를 알아보자는 거지요. 저기 밀림 속에는 당신들을 믿는 한 사내가, 당신들의 너그러움과 호의, 그리고…… 큰 사랑을, 하찮은 개들에게서도 기대할 수 있는 그런 사랑을 당신네들에게서 기대하는 한 사내가 있단 말이에요!

그녀의 눈에는 눈물이 글썽거렸고, 금발의 머리칼과 아름다운 얼굴을 보고 있노라니 정말이지 그녀 말이 옳다는 느낌이 들었습니다.

— 만약 당신들, 영국 사람들이 그의 행동의 뜻을 모른다면 영국도 한낱 지어낸 얘기, 사람들이 들려주는 '겨울밤의 옛날 얘기(ein Wintermärchen)'에 지나지 않아요.

그녀는 마지막 말을 독일 말로 끝맺었습니다. 그러고는 일어나서 테라스를 가로질러 갔는데, 그날 밤엔 다시 그녀를 보지 못했죠. 나는 정신을 가다듬으려고 애썼습니다. '겨울밤의 옛날 얘기? 겨울밤의 옛날 얘기?' 이 말은 아마 '동화'라는 뜻인 것 같은데, 그녀가 뭘 말하려고 한 건지 잘 알 수가 없었어요. 그녀는 정말로 윈스턴 처칠 경을 앞장세우고 영국이 코끼리 보호를 위해서 뛰어들고, 마치 거대한 동물보호협회나 된 것처럼 모렐 편에 서기를 바란 것일까요? 더욱이 그녀는 동물보호 차원의 문제가 아니라고 말하는 것 같았는데, 그렇다면 대체 무엇이 문제란 말인지? 무엇을 그녀가 질책하는 건지는 잘 알지 못했지만, 그러면서도 막연히 내가 뭔가 잘못한 것처럼 느껴졌습니다. 나 같은 퇴역한 늙은 대령으로서는 이런 종류의 상황에 능숙지 못한 걸 어쩌겠습니까. 나는 밤새 뜬눈으로 새웠습니다. 침대 속에서 엎치락뒤치락하며 그녀의 얼굴을 떠올렸지요. 그녀가 그렇게 괴로워하는 것을 보니 분명 그녀의 생각이 옳다는 생각이 들었어요. 그리고 왠지 그녀의 신뢰를 뒷받침하지 못했다는 느낌이 들었지요. 이 고장에서 그녀 외에는 가깝게 느낀 사람이 없었기에 더욱 그랬지요. 영국의 데번에 먼 조카가 아직도 살고 있긴 하지만 말입니다, 꽤 슬픈 생각이 들었죠. 더욱이 나에 대한 그녀의 태도가 약간은 부당하다고 느끼고 있었으니까요. 제 말 아시겠어요?"

대령은 고개를 들었다. 그는 피로해 보였고, 눈은 더욱 깊어지고 얼굴의 윤곽이 두드러져 보였다. 그러나 그의 시선은 괴로움의 흔적을 드러내고 있으면서도 꿋꿋했고 끝까지 유머를 잃지 않는 듯했다. "정말 뭐라고 말해야 좋을지 모르겠군요. 그러니까…… 이런 표현을 해도 된다면, 나는 살면서 늘 코끼리를 존중해왔다는 느낌이 드는데 말이지요."

15

　신문기자들은 초조해했다. 모렐이 있는 곳까지 안내해주겠다는 비밀스런 '밀사'들에게 적지 않은 돈을 뜯기기도 하고, "약간의 공모자와 필요한 장비"를 마련하기 위해 돈을 뿌리더니 자취를 감췄다. 벌써 오래전부터 차드에서 사라져 어딘가 깊숙한 곳에 은신하고 있는 듯했던 잊혀진 사람들이 갑자기 다시 표면에 나타났다. 그들은 다시금 점잖은 대접을 받을 수 있게 된 데 대한 놀라움을 감추려고 애쓰면서 짐짓 근엄한 태도를 보였다. 그들은 기자들에게 비밀스런 약속을 했다. "아시겠죠? 우리가 같이 있는 것을 그들이 보면 안 됩니다. 저는 원주민들의 신뢰를 얻기 위해서 일생을 바쳤죠. 또한 그들을 배반할 생각도 없으니까요." 이처럼 그들은 물 밖으로 고개를 내밀고 잠시 떠돌아다녔다. 그들은 포르라미 전체가 가담한 장난기 어린 공모 덕에, 문명의 혜택을 입은 식사를 하고 번쩍이는 파나마 모자에 양복을 빈틈없이 차려입고 차디앙 호텔의 테라스에 찬란하게 나타났다. 그런 차림이 바로 '장비'였던 것이다. 그러고는 진탕 술을 퍼마신 후에 슬그머니 사라졌다. 자신들의 깊숙한 터전으로 되돌아가서 아마도 안도의 한숨을 내쉬며 다시 안주했을 것이다. 그 사이 남쪽 지방에서는 모렐의 행적을 미화한 이야기가 밀림 일대에 퍼지고 있었다. 반백인 감정을 품고 있는 것으로 알려진 원주민들, 그중에서도 울레 출신의 하원의원이었던 바이타리가 밀림의 그와 합류했고, 그 지방의 농장을 공격했으며, 또 모렐은 실제로 공산주의 요원임에 틀림없다는 등의 이야기가 떠돌았다. 그 밖에도 온갖 말들이 있었다. 도대체 없는 말이 없을 정도였다. 아프리카 전 영토에 은근히 퍼져 있던 온갖 강박관념을 모렐에게 털어놓는 듯했다. 이때 생드니가 은신처에서 모습을 드러냈다. 그는 거기서 울레 지방 행정관으로서 맡은 직책을 어찌나 열성적으로 수행하는지 해마다 쇠약해져 대머리와 검은 수염, 온 주민의 건강과 위생을 생각하는 몽상에 사로잡힌 듯한 눈밖에 남지 않았다. 그의 출현은 이 이야기에 보다 겸허한 인간적인 차원을 부여하였다. 그는 밀림에서 모렐을 만났는데, 열병으로 거의 죽을 지경이었으며 탄약도 없더라고 말했다. 어디서 그를 만났느냐는 질문에, 약간 놀란 듯, 그러나 결코 화를 내지는 않으면서 질문한 사람의 얼굴을 한참 동안 훑어본 후에, 아주 정확하고 친절하게 경도와 위도로 위치를 가르쳐주었으므로 아무도 더 묻지 않았다. 밀림 한복판에서 만난 모렐이 그에게 키니네를 달라고 했다고 한다. "그래서 주셨어요?" 물론 그는 주었다. 그때까지는 상대가 누군지도 알지 못했다고 한다. 그는 열띤 듯 뜨겁고, 신의 부재를 감춘 듯 신비로운 시선으로 기자를 쏘아보며, 겉으로만 봤을 때 모렐이 인간답게 행동하지 않았다고 생각할 근거가 전혀 없었다고 잘라 말했다. 그래서 키니네를 주었다는 것이다. 그는 언젠가는 인간들을 구별할 수 있는 방법을 반드시 찾아내야 될 거라고 생각에 잠긴 듯 말하더니, 이어서 큰 소리로 이건 인간이고 저건 겉보기엔 인간 같아 보여도 인간이 아니라고 말할 수 있는 기준을 만들어야 할 거라고 말했다. 일종의 특별한 기준표 같은 것으로 그걸 보면 즉시 갈피를 잡을 수 있을 무엇, 이를테면 새로운 뉘른베르크의 법률 같은 것을. 문명의 높은 고지에서 곧바로, 그렇게 먼 길을 특별히 찾아온 기자 양반들이 현대 과학의 힘을 빌려 그걸 만들 수는 없겠느냐고 그는 말했다. 그러고는 이런저런 모욕적인 말이 잦아들기를 기다린 후에 숱한 싸움을 하느라 털은 다 뽑혔으되 아직 기가 죽지 않은 작은 수탉처럼 의기양양하게 덧붙였다. "그에게 탄약도 주었습니다." 그러자 "오!" 또는 "아!" 하는 감탄사가 들렸다. 그는 삼십 분 이내로 다시 지사에게 불려 가리라는 것을 깨달았다. 지사와는 이미 한 차례 언성 높여 면담을 한 참이었다. "네, 그자에게 탄약을 주었습니다. 내 입장이 되어보세요. 그가 분노에 찬 교만한 인간이라는 걸 몰랐으니까요. 육 주일 전부터 체체파리에 시달리며 그 악명 높은 변경지대를 돌아보던 중이었으니 아무것도 알 리 없었죠. 한 백인이 덤불숲에서 나오더니 오보 강을 건너면서 사냥용 탄약을 잃어버렸으니 좀 나눠줄 수 없느냐고 그러더군요. 그래서 조금 주었죠. 자연주의자이며 아프리카의 맹수를 연구하고 있다기에 참 고상한 뜻을 가졌다고 말해주었지요. 이게 전부입니다." 훗날, 저마다 자신의 마음밖에 보지 못하던 한 사건에 대해 모든 사람들처럼 "왜" 또는 "어떻게"를 끝없이 따져보게 되고, 그리고 그러한 모든 것에서 결국은 언제나 최후의 승리자인 아프리카의 별빛 빛나는 긴 밤만이 남았을 때, 생드니는 바로 그 순간 그의 곁에서 거의 강렬한 육체적 존재를, 괴로워하는 여인의 존재를 느꼈었다고 예수회 신부에게 털어놓았다. 그녀는 그의 말에 귀를 기울이고 있었다. 마치 질문이라도 받은 듯이 그가 그녀 쪽으로 고개를 돌릴 정도로 그렇게 열심히 듣고 있었다.

"그녀는 어둠 속에 서 있었어요. 두 손으로 회색 캐시미어 숄 끝을 움켜쥔 채. 그 열정이 깃든 부동의 자세 속에는 그때껏 그리스 비극에서만 느낄 수 있었던 모든 것이 담겨 있는 것 같았지요. 온갖 말로 나를 모욕하던 가련한 사람들 뒤에 그처럼 굳은 듯 서 있는 그녀를 본 순간, 그 시선과 마주친 순간, 나는 그녀가 이번 일에 관련이 있다는 것, 어떤 식으로건 이런 모든 것이 그녀와 관계가 있으며, 그녀가 모렐의 편이라는 걸 즉시 느낄 수 있었지요. 그때 나는 어리석게도 "이것 봐라" 하는 생각을 했던 게 기억납니다. 하지만 빈정거리는 마음에서라기보다 오히려 그녀의 시선으로부터, 내게 쏟아지는 도저히 무시할 수 없는 열정의 물결로부터 나 자신을 방어하기 위해 서였습니다. 물론 그때 나는 그녀의 예쁜 머릿속에서 생각하고 있는 바를 짐작조차 못했지요. 다만 "그래?" 하고 혼잣말을 했을 뿐이에요. 그런데 오늘날에도 그때와 별로 다를 게 없어요. 다만 말할 수 있는 게 있다면, 이 이야기에는 여지가 없지 않다는 것, 당신을 위한, 또는 나를 위한, 그리고 코끼리 떼를 위한, 그밖에 하고많은 것들, 이를테면 아직 태어나지 않은 것을 위한 여지가 있다는 겁니다. 그러나 그때는 물론 아무런 의혹도 품지 못했지요."

그는 불 속에다 나뭇가지를 몇 개 던졌다. 갑자기 불꽃이 일면서 몸 가까이까지 솟아오르더니 이윽고 다시 수그러들었다. 신부는 어둠 속을 응시했다.

생드니가 말했다.

"결국, 아시다시피 제가 너무 오랜 기간 혼자 살았기 때문일지 모르지만, 이건 무엇보다도 고독에 관한 이야기라고 생각됩니다. 내 생각에 그 작자는, 그 모렐이란 친구는 너무나 사람이 그립고 그의 곁에 너무나 큰 구멍, 너무나 큰 공허를 느꼈기 때문에 그걸 메우기 위해서 아프리카의 모든 짐승 떼가 필요했던 것이고, 그러고도 아마 부족했던 모양입니다. 신부님, 보시다시피 그자는 너무 멀리까지 간 겁니다. 하지만 제 생각에 틀림없이 신부님께서는 그가 방향을 잘못 잡아서 그런 거라고 생각하실 것 같은데요."

생드니는 밤의 적막과 그들의 발밑에 달빛이 비치는 경계까지 무리를 이루고 있는 언덕과 다시 접촉하려는 듯 잠시 침묵을 지켰다.

"사람들이 내 시선을 알아차렸던 모양입니다. 모두 미나를 돌아보았으니까요. 여기저기서 웃음이 터져 나오고 누군가가 비꼬듯 말하더군요.

— 물론 미나가 서명을 한 걸 아실 테죠?

그들은 청원서와 미나가 거기에 서명한 이야기를 하더군요.

— 이리 와서 우리와 같이 한잔 합시다.

내가 그녀에게 말했죠. 그녀는 사양을 하더군요. 그럴 시간이 없다고. 보이들을 감독해야 하고 전축에도 신경을 써야 한다며 그녀는 돌아서서 갔습니다. 그때 나는 왠지 모르지만 그녀를 영원히 잃을 것만 같은 바보 같은 인상을 받았습니다. 그녀는 전축에다 「잊혀진 남자들을 기억해주오」인가 하는 음반을 걸었어요. 그러나 주체할 수 없었던지 곧 돌아와서 우리 테이블에 앉더군요. 정말이지 우리 이야기에 흥미를 느꼈던 모양이에요. 물론 우리는 여전히 모렐 이야기를 하고 있었습니다. 그가 가진 탄약이라곤 내가 준 몇 개의 탄창밖에 없으니 밀림에서 더 버티는 건 거의 불가능하며, 결국 항복할 거라고 말이죠. 누군가가 덧붙였어요. 맞아요, 그는 이제 끝장났어요. 코끼리가 그를 위해 뭘 할 수 있겠어요. 갑자기 나는 진절머리가 나더군요. 일종의 인간 사냥 같은 분위기가 감돌고 있었고, 모두들 어떤 어두운 속셈들을 하고 있는 건지 알 수 없더군요. 오르시니는 누구보다 예민한 반응을 보이고 있었습니다. 그는 내 테이블로 오지 않았지만, 20세기에 걸친 백인 문명의 고고한 자세로 내가 '야만인'이 된 것을 경멸하는 듯이 느껴지더군요. 그의 목소리는 테라스의 저편에서 끈질기게 나를 따라다니는 것 같았습니다. 그렇다고 그 목소리를 원망할 수도 없고 밤의 다른 모든 목소리들과 더불어 받아들여야 했죠. 그는 기자들에게 이야기하고 있었어요. 기자들은 존경심을 품고 그를 둘러싸고 있었습니다. 그는 처음으로 "분명히 본" 사람이었으니까요. 그는 "당국의 범죄적인 무능"과 아프리카 백인들의 권위를 손상시킨 돌이킬 수 없는 과오에 대해서 떠들어대고 있었죠. 또한 '고위층'의 모종의 공모에 대해서도 말하더니 모렐에 대해 놀라운 표현, 극단적인 표현까지 하였습니다. 불의에 흥분한 감정이 잔뜩 실린 날카로운 목소리로—저런, 또 그 목소리 이야기로군요—그리고 승리감과 빈정거림이 뒤섞인 말투로 갑자기 이렇게 외치더군요.

— 그자가 바로 여러분들이 소위 이상주의자라고 부르는 인물임을 잊지 마시오!

나는 증오가 그토록 진실을 꿰뚫은 말을 들어본 적이 없습니다. 왜냐하면 오르시니의 생각이 어떤 의미에서는 그 자체로 어둡고 비틀리고 증오에 차 있지만 내게는 그가 한 말이 꼭 들어맞는 것으로 보였으며, 그의 목소리는 불가사의하지만 부인할 수 없는 아주 오래된 무리, 서툴지만 감동적인 거구들의 패망을 알리고 조종을 울리는 것으로 느껴졌으니까요. 관용이니 정의니 자유 따위를 말하지 않으면서 인간의 존엄에 대한 어떤 이상을 끈질기게 좇는 무리 말입니다. 그 무리 가운데 한 사람은 패배에 패배를 거듭하고 실망에 실망을 거둡한 끝에 정신이상자가 되어 더 이상 무엇에 헌신해야 좋을지를 몰라 마지막 남은 거대한 코끼리들 곁에서 죽기 위해 검은 아프리카로 온 것 같단 말입니다! 물론 거기에는 절망과 좌절의 이미지가 있었죠. 그걸 오르시니도 놓치지 않았고요. 하지만 그는 훨씬 과장했지요. 참기 힘들 정도로 희극적으로 과장했지요. 나는 그가 그때 외친 마지막 소리를 마치 내 생애의 찬란한 한순간처럼 언제나 기억할 겁니다.

— 제가 말씀드리지요, 여러분. 그는 인도주의자예요!

나는 그와 악수를 하려고 거의 일어날 뻔했어요. 순간 나는 그가 유머감각이 있으며, 우리들의 희망과 절망을 하나의 희극적인 이미지로 요약하는 재능을 가지고 있다고 거의 믿었지요. 하지만 그것이 아니었습니다. 결코 아니었죠. 그는 적을 가리킨 것뿐이었어요. 오르시니 그는 유머를 몰랐으며, 적에 대해 그런 호의를 보일 수 있는 위인이 못 되었습니다. 그는 다만 아프면 아프다고 소리 지를 줄밖에 모르는 인간이었습니다."

샌드니는 고개를 끄덕였다.

"그런데 도저히 이해할 수 없는 일이 하나 있어요. 왜 오르시니가 처음부터 이 사건을 자신의 생사가 걸린 문제인 것처럼 자기 문제로 삼았느냐는 겁니다. 신부님은 아마도 그의 행동이 옳았다고, 결국은 그렇지 않았느냐고 말씀하시겠지요. 그는 자기 자신을 위해서 행동한 것이며, 따라서 그가 즐겨 쓰는 표현대로 끝까지 '그는 속지 않았다'라고 하시겠지요. 그러나 그건 아무런 증명도 못 됩니다. 그가 닥쳐올 일을 예감했더라면 오히려 조용히 기다려야 했을 테니까요. 어쩌면 그는 확고한 신념을 가지고 '모렐은 이상주의자입니다!'라고 외쳤을 때 모든 설명을 다했는지도 모르죠. 그렇다면 그가 모렐과 후일 겨루었던 싸움이 전적으로 이해관계를 떠난 것이며, 거의 순수한 것이라고 생각해야 할 것입니다. 왜냐하면 이상주의의 성격을 띤 것이라면 무엇에건 도전 받는다고 느끼는 그의 이상한 강박적인 태도는 어쨌건 깊고도 절실한 소명을 증언해주는 것이었으니까요. 그가 언제나 위협을 느끼고 에워싸여 있다고 느꼈던 그 보이지 않는 힘들을 두고 한 허풍스런 마지막 말을 나는 아직도 기억합니다. 그는 모든 인간사에서 그 보이지 않는 힘의 흔적을 보았죠.

— 몇몇 세력이 개입함으로써 행동이 불가능해진 당국의 무능 때문에 머지않아 단단히 결심한 몇몇 늙은 사냥꾼들이 이 일을 떠맡지 않을 수 없게 될 겁니다!

나는 자리를 떴습니다. 결국 거창해지더니 그 협소함 속에 이 세상 전체를 집어넣으려는 그 진부함, 그 말투에 휘둘리지 않기 위해 서둘러 그 자리를 떠나고 싶었던 것입니다. 그 순간은 스스로를 안심시키기 위해서 눈으로 우리들 주위, 땅 위와 하늘에서 끝없는 무한을 발견할 필요가 있는 그런 순간이었습니다. 연장(延長)이 필요한 순간, 무게, 즉 물질의 존재 자체가 어떠한 불가능한 우정을 꿈꾸게 하는 그런 순간이었습니다. 나는 서둘러 밖으로 나가서 나의 별들에게로 돌아가고 싶었습니다. 제대로 바라볼 줄만 안다면, 우리의 늙은 아프리카는 그런 별들로 만들어졌으니까요."

생드니는 사방을 둘러싸고 있는 하늘을 향해 살짝 얼굴을 들었다. 하늘은 너무나 광막해서 가까이 있는 것처럼 느껴졌다. "꼭 손에 닿을 것만 같죠, 그렇죠?" 그가 조용히 말했다. 그의 목소리는 마치 그지없는 적막의 원천에서 솟아나는 듯했다. "나는 슬펐습니다. 그날 밤부터 오르시니를 생각할 때마다 적의라곤 없이, 오히려 이해하게 되어 결국엔 그와 내가 닮았다고 생각하게 되었지요. 흰 옷 차림에 세상을 완전히 알았다는 듯 증오로 입을 삐죽거리는 그의 모습이 지금도 눈에 선합니다. 불쾌한 통찰력이었죠. 그걸 미소라고 할 수는 없을 겁니다. 그리고 모렐처럼 인간이라는 영예를 너무도 높이 그리고 너무나 분명히 부르짖으려 하는 사람들, 모든 자연의 아름다움에 대해서 관용을 가질 것을 우리에게 요구하는 모든 사람들에게 마지막 정력을 쏟으며 항의하는 그를 아직도 나는 기억합니다. 네, 적개심 품은 비장한 눈길로 주먹의 무력함만 드러내는 몸짓으로 주먹을 흔들던 그를 아직도 기억하며, 영원히 기억할 겁니다. 겨우 글을 쓸 정도밖에는 교양이 없어서, 받아들이기 힘든 과장된 표현과 틀에 박힌 문장 속에 감춰지긴 했지만, 오르시니는 모렐과 그 사건의 진정한 핵심을 누구보다도 먼저 이해했습니다. 이야말로 두 사람 사이의 야릇한 동질성을 증명하는 것 아니겠어요? 아마 두 사람 모두 똑같이 진지하고 고통스런 강박적 집념을 가지고 있지만 한쪽은 그것에 순종하고 다른 쪽은 보잘것없는 분노를 품고 그것에 반항하는 것인지도 모르죠. 어쩌면 그들은 똑같은 갈망으로 괴로워하면서도 전혀 상반된 방식으로 반항하면서 서로 만날 운명인지도 모릅니다. 나머진 나로선 알 수 없는 일이죠. 이 사건에 있어서는 모든 게 누구에게나 열려 있습니다. 자기 먹을 것만 가지면 들어갈 수 있는 거죠. 때로는 오르시니가 그저 성질 사나운 작은 개처럼 인간에 대한 지나치게 고고한 개념에 맞서 자신의 왜소함을 방어한 거라는 생각이 들 때도 있어요. 그 자신이 배제된 개념에 맞서서 말입니다. 오르시니는 틀림없이 자신을 경멸할 태세도 되어 있었지만—왜냐하면 그는 자기 자신에게도 속지 않았으니까요—그러나 자기 자신에 대해 품고 있던 겸허한 의견이 그를 인류로부터 추방한다는 사실은 결코 받아들일 준비가 되어 있지 않았습니다. 그 반대였죠. 그는 거기에서 아마 소속의 기호를 보았던 것 같습니다. 그는 모렐이 반대편 끝을 아주 높이 추켜들고 있는 이불을 온 힘을 다해 자기 쪽으로, 아래로 끌어당기고 있었으며, 그는 그걸 덮으려고 애쓰며 무슨 수를 써서라도 자기가 배제되지 않았다는 것을 증명하고 싶었던 거죠. 결국 그는 우애에 목말라 괴로워한 겁니다." 생드니는 입을 다물었다. 어쩌면 그의 말에서 드러나는 공감과 그가 주장하는 유일한 우애, 즉 별들의 우애 사이에 모순이 있다는 것을 느꼈는지도 모른다. 그러나 그는 그 모순이 모든 인간적인 진실의 필연적인 대가라는 것도 알고 있었다. 그는 어깨를 으쓱했다. "오르시니 이야기로 신부님을 따분하게 만드는 것 같군요. 그에게 관심이 없으시다는 걸 잘 압니다만, 이 점 또한 그가 꾸준히 항의하는 그의 운명의 일부분일 겁니다. 또한 나는 마치 튜브 속의 치약을 짜듯 영혼을 짜면 마침내 순수성 몇 방울쯤 나오게 할 수 있다는 것도 알고 있지요. 그러니 오르시니 이야기는 이 정도로 하지요. 그는 이런 수준의 화제에 끼일 만한 인물이 못 되니까요. 그러니까 나는 테라스를 나와 입구로 나갔습니다. 차디앙 호텔의 입구를 이루는 그 우스꽝스런 개선문 아래에 이르렀을 때, 누군가 내 손을 잡더군요. 나는 투덜거렸습니다. 때때로 흑인 여자애들이 — 남자애들일 경우도 있습니다만 — 거기까지 와서 시장의 빈 진열대에서 잽싸게 해치우는 서비스를 제안하곤 했으니까요. 그런데 알고 보니 미나였습니다. '잠깐 얘기 좀 할 수 있을까요?' 나는 그녀와 이야기를 나누고 싶은 생각이 별로 없었습니다. 그녀를 알고 나서 포르라미에 올 때마다 그녀와 말하길 피했고, 잘 쳐다보지도 않으려고 했지요. 밀림에서 추억도 없이 사는 처지인지라 이런 여자의 이미지를 눈에 담고 구 개월 동안의 밀림생활로 돌아간다는 건 아주 좋지 않은 일이죠. 가슴을 후비고 후비고 또 후비게 되어 결국 인생을 선택한 게 아니라 상실한 것 같은 느낌을 받게 되거든요. 하지만 물론 나는 승낙했습니다. 이 점에 대해서는, 내가 어떤 위험을 무릅쓰기를 두려워하지 않는 강한 성격을 지녔다고 생각해주시면 좋겠습니다."

16

"그녀는 나를 자기 방으로 데리고 갔습니다. 차디앙 호텔은 식민지 전시회〔19세기 후반부터 20세기 중반에 걸쳐 유럽의 여러 나라에서 개최된 전시회. 아프리카, 아시아, 오세아니아 식민지의 자연환경과 기념물을 전시했으나 때로는 인종 전시까지 곁들였다〕의 가장 아름다운 스타일로 건립되었고, 그녀의 방은 나선 모양의 계단 꼭대기, 아까 말한 개선문을 떠받들고 있는 두 개의 탑 가운데 하나에 있었습니다. 꽤 취향을 살려 꾸민 방이었어요. 그녀가 제대로 된 가정, 영국 사람들이 말하는 소위 '홈'을 꾸몄더라면 어떠했을지 상상이 되더군요...... 그건 그렇고.

그녀가 말하더군요.

— 저 사람들은 여기까진 절대 오지 않아요. 절대로.

"그녀는 내가 뭐라고 하면 변명하고 정당화하려는 듯 도전적인 눈길로 나를 주의 깊게 쳐다봤습니다. 하지만 나는 그런 종류의 입씨름을 할 의향이 전혀 없었고, 그건 정말이지 그다지 중요하지 않았어요. 특히 벽에 걸린 그림들이 인상적이었던 게 기억납니다. 그 그림들은 내 머릿속에 막연한 어린 시절과 부모님에 대한 기억을 불러일으켰어요. 네, 그녀가 사내들을 방으로 오지 못하게 한 것은 잘한 일이라고 생각되었습니다. 흥분 상태에 빠진 그들을 난처하게 할지도 모르니까요. 그러니까 나도 썩 편치는 않았지요. 나는 그녀를 돌아봤어요. 키 큰 금발 머리의 여인, 독일 여인, 신부님께서도 보시면 금방 알아볼 수 있을 겁니다. 몹시 창백한 얼굴, 그리고 눈은 뭐라고 할까? 다른 부분과는 전혀 다른 그런 눈이었어요. 갑자기 이렇게 물어보고 싶더군요. 도대체 여기에 무엇 하러 왔느냐? 왜 여기에 왔느냐?고 말입니다. 이런 질문이야 차드의 꽤 많은 사람들에게 할 수도 있지만 사실 아무도 이런 질문을 하는 법이 없었지요. 그녀는 약간 술을 마신 것 같았어요. 눈이 빛났고, 눈시울은 빨갰으며, 얼굴은 열정으로 불타는 듯했습니다. 그녀는 조금 전 저 아래 테라스, 손님들 사이에서 그랬듯이 자신을 숨기고 자제하려 들지 않았습니다. 그녀의 태도에서 순종의 흔적은 이미 찾아볼 수 없었고, 마치 이 세상에서 자신을 보호해주는 유일한 것인 양 어깨에 두르고 있던 숄도 걸치고 있지 않았어요. 고개를 꼿꼿이 들고 거의 의기양양한, 네, 도전하는 듯한 얼굴을 하고 있었어요. 왠지 모르지만 나는 일종의 반감, 거의 육체적인 혐오감이 느껴졌습니다. 그녀는 빠르고도 거칠게, 약간 기계적인 동작으로 방 안을 서성였습니다. 어딘지 서두르는 듯했어요. 테이블 위에는 코냑 한 병과 잔이 하나 놓여 있었습니다. 나는 좀더 주의 깊게 그녀를 관찰했어요. 그런데 그녀는 거의 비웃는 듯한 웃음을 띠더니만 고개를 저으며 말하더군요.

— 아니에요. 술 취한 게 아니에요. 물론 혼자서 한잔 할 때도 있지만요.

그녀는 프랑스어를 그다지 잘하는 편은 아니었습니다. 하여튼 억양이 너무 강했고, '즈'를 거의 '쉬'라고 발음했으며, 목소리에는 조심성과 품위가 없었다고나 할까, 너무 큰 소리로 말을 하더군요.

— 하지만 오늘 밤은 여기에 없는 누군가를 위해 마셨어요.

솔직히 말해 이 순간 나도 모든 사람이 저지른 것과 같은 과오를 범했습니다. 오해를 하는 건 참으로 쉽고 편리한 일이니까요. 이 아가씨의 과거에 대해서는 나도 조금 알고 있었죠. 그 중에서도 베를린 이야기, 전쟁, 점령된 도시, 보복, 폐허, 생활고, 하찮은 욕망을 채우기 위해 그녀를 이용한 사내들 따위를 잘 알고 있었죠. 그녀가 모렐에 대해, 그리고 그가 자연보호를 위해 벌인 캠페인에 대해 어떻게 해서 호감을 갖게 되었는지 이해했어야 했는데, 나 역시 다른 사람들처럼 잘못 생각했어요. 나 또한 인간의 행동을 설명하는 데 가장 손쉬운 천박한 길을 택했던 겁니다. 정말 명예롭지 못한 일이죠. 바로 여기에 이 사건의 지옥 같은 면이 있습니다. 늘 남의 일이라고 생각했는데 사실은 자기 일이었던 셈이죠. 그러니까 나는 이 스물세 살의 아가씨가 인류가 보여줄 수 있는 온갖 추잡한 구경거리를 보았으니, 무기와 짐을 들고 코끼리 편으로 넘어가 아프리카의 밀림 속에서 인간에 대항해 싸우는 한 사내가 있다는 생각에 잠겨 이 순간 음흉한 기쁨을 느끼고 있겠구나, 라는 생각을 했던 겁니다. 그때 갑자기 이…… 이 베를린 여자가 자기 방을 열쇠로 잠그고는 자기처럼 공동의 적에 대항해 일어선 분노에 찬 한 사내의 "건강을 위해" 건배를 하는 것을 보았습니다. 증오심처럼 보였죠. 그보다 더 완벽하게 오해할 수는 없었죠." 언덕이 에워싼 적막 가운데 생드니의 말을 듣고 있던 사람은 이 늙은 아프리카인의 목소리에 깃든 씁쓸함에서 그 착오가 그를 영원히 따라다닐 거라고 느꼈다.

"그 점에 대해 나 자신을 잘 설명할 수 있을지 모르겠군요. 아마도 내게 선입견이 있었던 모양입니다. 지나치게 괴로움을 겪어온 사람에 대한 일종의 본능적인 불신이라고나 할까요. 불구자들이 우리의 시야를 너무도 잔인하게 다치게 했을 때 자신도 모르게 느끼게 되는 노여움이라고나 할까. 또한 지나치게 고통을 당한 사람은 불가능하리라는, 우리와 공모해서 일을 꾸미는 게 불가능하리라는 생각도 있지요. 결국 모든 게 자신의 고통으로 귀착되니까요. 그들에겐 이미 신뢰와 낙관주의와 행복이란 불가능한 것이며, 또 그들은 결코 그런 것들을 얻을 수 없으리라는 생각을 갖는 거죠. 그런 사람들은 가련한 사람들이며, 물론 그들의 불행에 대해서는 동정하지만, 그 고통을 겪고도 살아남은 것을 약간 책망하는 심정도 있는 것입니다. 인종차별주의의 독일 이론가들이 유태인 말살을 주장한 것도 바로 이런 생각에서였지요. 다시 말해, 우리가 그들에게 너무나 고통을 주었으니 그들은 인류의 적 이외의 다른 것이 될 수 없다는 겁니다. 나의 첫 반응이 바로 그랬던 겁니다. 약간의 동정심도 있었다고 해야겠지요. 정말이지 나는 이 아가씨와 모렐 사이에 존재하는 유대감은 원한과 경멸뿐일 거라고 생각했습니다. 그의 행동이 사람들이 말하듯이, 또는 흔히 글로 표현되었듯이 인간의 존엄성과 관계된 것이요, 인간에 대한 신뢰를 이미 체험된 모든 한계를 넘어서서 끝까지 밀고 간 것이며, 또한 우리 스스로가 만든 엄격한 법률에 대한 반항에서 비롯된 것이라는 생각을 하기란 정말 쉽지 않았습니다. 또한 그 아가씨 미나는 우리가 그렇게 생각하도록 도와주지도 않았지요.
— 당신에게 감사드리고 싶었어요.
그녀는 마치 우리가 공식적인 관계라도 맺고 있다는 듯이 엄숙히 말하더군요. '당신에게 감사드리고 싶었어요.' 나는 나도 모르게 독일어로 하는 그녀의 말을 머릿속에서 공격적으로 바꿔놓고 있었어요. 그녀가 담배에 불을 붙이더군요.
— 그분을 도와주신 것에 감사드리고 싶었어요. 키니네와 탄약을 그에게 주고 경찰에 넘기지 않은 것에 말이에요. 적어도 당신은 이해를 하신 거예요.
"천만에, 나는 이해를 못했던 겁니다!"
생드니의 목소리가 비웃듯 사납게 쏘아붙였다.
"아니에요, 전혀 이해하지 못했던 겁니다. 정말이지 이 아가씨는 일을 어렵게 만들더군요. 갑자기 어떤 행동을 한지 아십니까? 어쩌면 내 눈길에서 무언가를 느꼈는지 — 내 눈길은 그녀를 좇지 않을 수 없었으니까요. — 하여튼 그녀는 미소를 지으며 — 놀랍게도 눈에는 눈물이 글썽였답니다— 실내복 허리띠를 푸는 거였어요. 그러고는 옷깃을 젖히는 겁니다. '당신이 원하신다면?' 그녀는 이렇게 말했어요. 그녀는 손을 허리에 짚고 실내복을 풀어헤친 채 도도한 표정으로 나를 쳐다보며 서 있었습니다. 그녀는 사내들에 대해서 그렇게 생각하고 있었으며 나도 예외가 아니라고 말하고 있는 것 같더군요. '원하신다면, 제게 이런 건 문제가 되지 않아요. 이런 건 존재하지도 않고 존재한 적도 없으며 더럽혀질 것도 없어요. 그러니까 기분이 내키신다면……' 그러면서 다시 미소를 짓더군요. 마치 간호사나 자선을 베푸는 수녀의 웃음 같았다고나 할까요. 베를린 함락 이

후 처녀들 모두가 성적 이상 증세와 히스테리 증세를 보였다고들 하잖습니까." 생드니는 화가 난 듯 고개를 저었다.

"자, 그 진창에서 빠져나오세요! 그 교만한 태도에서 나치가 주창한 지배민족(Herrenvolk)의 특성을 볼 수 있었지요. '제게 이런 건 문제가 되지 않아요. 이런 건 존재하지도 않고 존재한 적도 없으며 더럽혀지지도 않아요.' 그녀가 이 말을 조용히, 마치 아무도 그녀를 스쳐간 사람이 없다는 듯이 승리감에 넘치는 어조로 말하던 것이 지금도 기억납니다. 무슨 말을 하고 싶었던 걸까요? 그런 일로 더럽혀질 수 없다고요? 그처럼 해서 과거를 씻고 싶었던 걸까요? 처녀성을 되찾고 싶었던 걸까요? 기억으로부터 해방되고 싶었던 걸까요? 소련군의 손에서 베를린을 되찾고 싶었던 걸까요? 아니면 그저 자기를 방어하려는 어린아이, 그녀에게 가장 치명적으로 해를 끼친 것을 최소한으로 줄이려고 용감히 맞서 싸우는 어린 계집아이에 지나지 않았던 걸까요? 어쨌건 그녀는 실내복을 풀어헤친 채 거기 내 앞에 서 있었습니다."

생드니는 마치 허공을 짓이기기라도 하듯이 격렬하게 손과 손을 비비 꼬았다.

"나는 그녀에게 손대지 않았습니다. 인간을 존중하는 마음에서였죠. 결국 누구나 저마다 존중하는 코끼리가 있으니까요. 나는 나 자신에 대해 안심할 필요가 있었죠. 적어도 이건 오늘날 내가 나의 행동을 정당화하는 변명입니다. 게다가 갑자기 당하는 일이어서 생각할 여유가 없기도 했죠. 어쨌건 나는 그녀의 품에 안긴 채 잊을 수 없는 하룻밤을 보내기는커녕 한 사내가 이 땅에서 행복해지는 데 필요한 단 오 분 동안도 그녀의 품에 안기지 않았습니다. 내 눈길에 동정심 같은 게 어렸던지 그녀는 약간 신경질적으로 실내복을 여미었고, 마치 술에 강하다는 걸 보여주고 싶어하는 어린 처녀들처럼 코냑을 잔 가득히 채우더군요.

— 술을 너무 하는 것 같은데.

나는 말했습니다. 이것이 내가 그녀에 대해 무관심하지 않다는 것을 보이기 위해서 할 수 있는 전부였습니다. 그녀는 잔을 내려놓았습니다. 물론 그녀는 이제 울고 있었습니다.

— 그가 어디 있죠?

그 목소리에 실린 감정이 무엇이었는지 모르겠어요. 어떤 갑작스런 열정이랄까요? 어쨌건 그런 생각을 했던 게 분명히 기억납니다. 정말로 운이 있는 사람들도 있다는 생각 말입니다. 내 나이 쉰다섯이지만 모렐의 자리를 차지하기 위해서라면 적지 않은 대가라도 치렀을 겁니다. 그리고 그 순간, 그는 오백 킬로미터 떨어진 울레 지방의 밀림 속이 아니라 바로 그녀의 목소리 속에 자리 잡고 있었지요. 그런데도 그녀는 그가 어디 있느냐고 내게 물은 겁니다!"

생드니는 거의 분개한 표정으로 신부를 쳐다보았고, 타생 신부는 그에게 공감을 표현하기 위해 고개를 끄덕였다.

"안됐지만 나는 약간 악의에 찬 말투로 이렇게 말했습니다. '아가씨, 그의 손을 잡고 그를 구하기 위해서 밀림의 어떤 벽지까지라도 달려갈 심정이라는 건 잘 알겠소. 하지만 사리를 판단할 줄 알아야지. 한 가지 사실을 말해주겠소. 내가 그를 우연히 어느 숲 모퉁이에서 만난 것은 아니오. 그가 어디 있는지 알기 위해서, 그리고 그를 만나서 설득하기 위해 하늘과 땅을 온통 뒤진 거요. 설득은 아시다시피 실패했지만 말이오.' 그녀는 담배를 피우며 말이 없더군요. 그녀의 회색 눈은 나를 관찰하고 있었어요. 그 두 눈은 나에 대해 생각하는 바를 내가 알아차리지 못하게 감추려고 애쓰고 있었지요. 아마 그녀는 나를 가련한 멍청이로 생각하고 있었을 겁니다."

신부는 예의상 그렇지 않다는 표현을 하려는 듯 순간 고개를 재빨리 저었다.

*

"나는 계속해서 말했습니다. 수주일 전부터 밀림의 북소리는 온통 그의 이야기뿐이었어요. 나는 아프리카 북소리의 언어를 알아듣는 마지막 백인이라 할 수 있지요. 북소리가 전하는 얘기엔 모렐을 위해서도, 이 고장의 평화를 위해서도, 부족들을 위해서도 좋은 징조라곤 하나도 없었어요. 하나의 전설이 만들어지는 중이었고, 모렐이 거기에서 벗어나기 힘들 거라는 걸 나는 알았지요. 북소리가 전하는 건 증오의 언어였으며, 정말이지 코끼리 문제가 아니었어요. 그걸 나는 모렐에게 꼭 말해주고 싶었지요. 그가 휘말려 들어가고 있는 중이라는 사실을 말이오. 왜냐하면 조금 전에 지사님에게도 말씀드렸지만 모렐은 혼자가 아니며, 정치적인 선동가의 손에 떨어졌으니까요. 우리가 학교에서, 대학에서, 그리고 무엇보다 우리의 말과 선입견과 행동과 본보기를 통해 오래전부터 감염되어 있는 온갖 질병들, 즉 인종차별주의이며 터무니없는 민족주의, 지배와 권력과 확장의 꿈, 정치적 열정 등을 감염시킨 정치 선동가들이 모두 거기 있었지요.

나도 이제 너무 늙어버린 아프리카 사람이라 때론 아프리카의 자치와 아프리카 합중국을 꿈꾼답니다. 그러나 내가 사랑하는 종족의 사람들에게 피하게 하고 싶은 것이 있다면, 새로운 형태의 아프리카의 독일과 새로운 흑인들의 나폴레옹, 새로운 회교도의 무솔리니, 새로운 형태의 비뚤어진 인종차별주의의 히틀러랍니다. 그런데 경험 많은 나의 귀는 북소리의 언어 속에서 그러한 음들을 어렵잖게 알아보았지요. 그래서 무슨 수를 써서라도 모렐을 만나보고 싶었던 겁니다. 비록 그가 지역적으로 보자면 —— 관료건 아니건 간에 —— 내 관할구 소속이 아니었지만 말입니다. 내 관할 지역 부족들은 아무런 타격도 받지 않았지요. 이십 년 전부터 그곳 책임을 내가 맡고 있는데, 내가 있는 한 결코 그 누구도 그들에게 전염시키지 못할 겁니다. 내 관할 구역의 어느 원주민들은 아직도 나무 위에서 사는데, 그들에게 내려와서 살도록 강요할 생각은 조금도 없습니다. 내가 하려는 건 원자폭탄 시대를 거치고 살아남은 생존자들을 위해 약간의 수목을 보호하려는 것뿐입니다. 행정당국의 고위층에서 나를 싫어한다는 것, 그리고 그들이 기회만 되면 나를 쫓아버리려고 초조히 기다리고 있다는 것을 알고 있어요. 또 내가 시대에 뒤처진 시대착오적인 인물이며, 더욱이 그다지 영리하지도 못하고, 또한 아프리카에서 이른바 '진보'에 대한 사랑과는 잘 맞지 않는 흑인 농부의 사랑을 배웠다는 것도 알고 있지요. 나는 아프리카인들을 위한 아프리카의 독립이 언젠가 이룩될 거라는 순진한 꿈을 품고 있지만, 이슬람 세력과 소련 사이에서, 그리고 동과 서 사이에서 아프리카의 영혼을 두고 다투는 경매가 이미 시작되었다는 것도 알고 있어요. 이 아프리카의 영혼이야말로 원료의 무한한 원천이요, 우리네 공산품의 판로가 아니겠습니까? 그러나 나는 사람들이 이곳에 홍수처럼 쏟아놓고 싶어 하는 정치적 또는 공업적 싸구려 상품보다는 흑인들의 물신을 더 믿습니다. 내가 시대착오적인 인물이며, 지질학적으로 흘러간 시기의 생존자라는 건 의심할 여지가 없어요. 마치 코끼리처럼, 그렇습니다, 마침 코끼리 이야기를 하던 참이니까요. 따지고 보면 나 역시 한 마리의 코끼리입니다.

바로 이런 이야기들을 나는 모렐에게 서둘러 이야기하고 싶었습니다. 그를 둘러싸고 있는 음모들을 설명하고, 북소리의 언어를 통역해주고, 특히 내 관할 구역 너무 가까이에 오지 말라고 할 참이었지요. 만약 내 말을 이해하지 못하고 고집을 부린다면 엉덩이에 총탄 세례라도 퍼부어줄 심산이었습니다. 하지만 나는 그의 선의를 의심치 않았지요. 내 코는 꽤 예리한 편으로 그런 일에는 틀림없거든요.

그가 어디 있는지는 전혀 알 수 없었어요. 그는 여러 곳에 동시에 나타난 것으로 되어 있었으니까요. 시장마다 이야기꾼들이 그를 봤다고 자랑해댔지요. 대개는 날개 달린 말을 타고 손에는 불의 칼을 들고 있었다고들 하더군요. 그리고 어떤 이는 그가 준 불안한 메시지를 가지고 왔다고 주장하기도 했어요. 북소리가 신화를 만들어내는 것보다 쉬운 일도 없죠. 유럽에서 이미 너무도 많이 경험을 했죠. 결국 나는 나의 시동 은골라를, 울레 지방에서 가장 위대하면서 아마도 물신숭배를 하는 마지막 지도자로 남게 될 그의 부친에게 보내어 도움을 청했습니다. 드왈라는 내 오랜 친구로 기적을 일으키는 데 탁월한 능력을 가졌지요. 그는 필요할 때 비를 내리게도 하고 경우에 따라선 죽은 사람을 살리기도 하고, 악마가 깃든 게 너무 오래되지만 않았다면, 그리고 스스로 악마를 불러낼 방법을 모를 때 악마를 쫓아내주기도 합니다. 그는 대단한 거물로, 어디를 가더라도 대접 받을 인물입니다. 나는 그를 마음 깊이 존경합니다. 나는 그가 모든 걸 이해하리라고 생각했는데 과연 내 생각이 맞더군요.

사흘 후 은골라는 돌아와서 그의 부친이 나를 보고 싶어한다는 말을 전했습니다.

나는 드왈라의 집으로 갔지요."

17

"자그마한 키에 늙고 주름이 가득한 그는 오두막에서 책상다리를 한 채 눈을 감고 나를 기다리고 있었습니다. 그의 몸과 얼굴에는 푸른색과 노란색 그리고 검은색이 칠해져 있었는데, 나는 그걸로 그가 주술의식을 하고 돌아온 길이라는 걸 알 수 있었지요. 그는 아주 지쳐 보였습니다. 죽어가는 소녀를 되살리고 오는 길이라고 은골라가 말하더군요."

생드니는 말을 멈추더니 입술을 깨물며 신부에게 화난 듯한 눈길을 던졌다.

"신부님께서는 웃으시는 것 같은데, 그건 신부님 자유죠. 상상력이 부족한 건 신부님만이 아니니까요. 나를 너무 순진하다고 생각하시는 것도 신부님 자유이고, 그리고 어쩌면 훗날 행정관서의 내 젊은 동료 몇 사람에게 내가 그토록 오랫동안 흑인들 사이에서 살더니 완전히 야만인이 되어 그들의 미신을 믿게 되었다고, 이를테면 자신이 관할하는 지역에 새로운 사상이 들어오는 것을 막는 고리타분한 늙은이가 되어버렸다고 말씀하시는 것도 자유입니다. 사람들이 나에 대해서 뭐라고 하는지 나도 알고 있어요. 그런데 악성 열병을 앓

다가 죽은 지 꽤 오래된, 거의 두 시간이나 된 나를 살려낸 것도 드왈라였답니다. 그는 내가 이미 멀리 가 있었기 때문에 나를 죽음에서 되돌아오게 하는 데 엄청난 노력을 기울여야 했다고 말하더군요. 이런 이야기가 나로서는 조금도 이상할 게 없어 보입니다. 저들에게는 저들의 비밀이 있는 것이고, 우리에겐 우리의 비밀이 있는 것이지요. 하지만 나는 아프리카를 믿어요."

신부는 수긍하는 태도를 보였다.

"하여튼 그 아가씨 미나는 내 말을 귀 기울여 들었고, 웃지도 않았어요. 나에 대해서 오히려 호감을 갖는 것 같더군요. 그녀는 다리를 꼬고 안락의자의 팔걸이에 걸터앉아 있었습니다. 나는 내 삶을 이야기해주고 싶었습니다. 그러나 그때는 그녀가 관심을 두고 있는 것밖에 얘기할 수가 없었지요. 모렐 이야기를 했지요. 그게 아니라면 내가 거기 있을 이유가 전혀 없었던 거죠. 그러고 나면 그녀가 어쩌면 나에 관해 물어볼지도 몰랐지요. 그녀는 나에 대해서 꽤 호의적인 것 같았어요. 나에게서 눈을 떼지 않았지요. 불안한 듯 줄곧 담배를 피워대더군요. 그 때문에 나는 마음이 약간 동요되었죠. 수염이 덥수룩한 늙은이라고 해서 젊은 여성이 보이는 관심에 전혀 무심한 건 아니지요. 그녀가 나를 믿고 있다는 게 느껴졌어요. 이를테면 그녀가 약간 갑작스런 동작을 할 때 실내복이 벌어지며 다리가 드러나 보였지만 그걸 조심하는 것 같지 않았습니다. 나 역시 그런 걸 보지 않으려고 애쓰며 이야기를 계속했지요. 어떻게 드왈라와 이야기했으며, 드왈라는 어떻게 내 말을 들었는지 얘기했지요. 드왈라는 눈꺼풀을 반쯤 내리감고, 팔을 늘어뜨린 채 꼼짝도 않았지요. 숨을 쉬고 있는 것 같지도 않았어요. 내 말을 듣고 있는지 그 여부도 알 수 없었죠. 어쩌면 이미 모렐을 찾으러 떠나 그를 만나기 위해서 밀림 속 수천 킬로미터를 달리고 있는지도 몰랐습니다. 보통 때 그는 언제나 몸짓이 많고 분주하며, 회색 수염에 턱이 성난 듯한 인상을 주는, 재빠르고 에너지 넘치는 자그마한 사람이었습니다. 그러나 그땐 정말로 지쳐 보였습니다. 그런데도 나는 계속 말을 했습니다. 그래도 내 말을 듣고 있을지도 몰랐으니까요.

사실은 별로 그에게 설명할 게 없었습니다.

우리는 오래전부터 잘 아는 사이였어요. 서로에 대한 믿음이 있었지요. 우리는 둘 다 아프리카의 대지와 우리 부족들을 사랑했으며, 그들의 믿음과 전통에 대해서 똑같이 애착을 느끼고 그들의 평화를 지켜주려는 데 뜻을 같이했습니다. 문명에 대해서, 그리고 그 해독에 대해서 경계심을 가지고 있다는 점에서도 우리는 같았습니다. 우리들 사이에 차이점이라면 나는 전원적인 세계를 위협하고 있는 위기를 조금 더 잘 알고 있었고, 드왈라는 그 위기를 막연히 예감하는 정도였다고 할까요. 그 점에 대해서 자주 그에게 이야기했지만 이른바 기술적 발전이라고 불리는 것의 공포를 제대로 설명하기란 여간 어려운 일이 아니었습니다. 울레 말에는 그걸 표현할 만한 강한 뜻을 가진 어휘가 없었지요. 기술적인 용어나 늘 새로워지는 발명에 들어맞는 표현이 존재하지 않았으며, 따라서 언제나 신비로운 뜻을 가진 전통적인 이미지로서 근본적으로 신비로울 것이 없는 사실을 설명해야 하는 어려움에 처했던 겁니다. 따라서 나는 길게 설명하지 않고 그저 나를 도와달라고 청했습니다. 그의 눈꺼풀이 점점 더 덮이는 것 같았습니다. 그런데 내가 '바이타리'라는 이름을 말하는 순간, 갑자기 그가 활기를 띠었습니다. 그는 눈을 뜨더니 머리를 흔들고 화를 내며 말을 시작했습니다. 때때로 주먹까지 뒤흔들며 빠른 말투로 말이지요. 그는 바이타리가 반역자라고 했습니다. 그가 '구앙가알라'라는 말을 썼는데, 이 말은 문자 그대로 '소속된 부족을 바꾸어, 자신이 속했던 부족에 맞서 새로운 부족을 이끌고 공격해오는 자를 의미합니다. 우리 유럽 사람들은 그런 사람을 '매국노'라고 부르죠. 그는 바이타리가 이미 울레 사람이 아니며, 그가 마을에 올 때는 백인의 생각과 이방인의 생각을 갖고 온다고 외치더군요. 그는 부족회의에서 노인들의 권력을 없애고, 물신 숭배 사당을 폐쇄했고, 주술의식을 금지하고 여자아이들의 음핵을 절단하는 부모들을 벌하려 했다는 겁니다. 그가 프랑스인들에게서 배운 사상으로 농민들의 정신을 흐려놓고 있다는 것이었지요. 특히 바이타리는 백인들이 잠자는 것을 방해하고 있다고 하더군요. 갑자기 깨움으로써 겁을 집어먹게 하고, 그리하여 백인들은 불안해져서 아프리카를 바꿔놓으려 할 것이고, 과거와 단절시켜 새로운 얼굴을, 자기들의 얼굴을 부여하리라는 것이었죠. 나의 늙은 친구는 주먹을 흔들며 분노로 치를 떨었습니다. 그의 몸에 그려져 있던 노랗고, 붉고, 푸른 마법의 선들이 땀에 흠뻑 젖어 뒤엉켰습니다. 그에게선 이미 피로나 부재의 흔적이라곤 찾아볼 수 없었지요. 그는 확실하게 땅 위로 돌아왔고, 우리와 같은 자리에 서 있었습니다. 프랑스인들은 대체 뭘 하고 있었단 말이오? 그가 신음하듯 말했습니다. 왜 바이타리 같은 사람들을 가만히 내버려두었는가. 왜 그들에게 용기를 주고 그들과 상의를 했단 말인가. 부족들과 그들의 습관, 그들의 조상신들을 존중하겠다고 약속하지 않았던가.

나는 바이타리는 이미 권력층과 접촉이 없으며, 밀림으로 들어가 모렐과 합류했다고 말했지요. 그가 분쟁을 일으키기 위해서 모렐을 교묘히 이용하고 있다고 했지요. 나는 대화를 모렐 쪽으로 돌리려고 했습니다. 그러나 드왈라는 내 말을 초조하게 들었습니다. 그의 관심을 끄는 건 바이타리였습니다. 모렐에 관한 이야기는 도무지 잘 이해가 가지 않는 모양이었습니다. 그에겐 그것이 어디까지나 백인들 사이에서 일어난 백인의 이야기였기 때문이지요. 내가 설명하려고 하자 그가 내 말을 가로채더군요. 우리 백성들은 언제나 코끼리를 사냥해왔다, 코끼리는 식용으로 나쁘지 않다고 말이지요. 그럼에도 나는 바이타리가 모렐에게서 얻어낼 수 있는 이점을 설명했습니다. 드왈라는 나와 마찬가지로 장터에서 사람들이 하는 말을 알고 있었으며, 무기를 들고 농장을 습격한다는 것이 무엇을 예고하는지도 알고 있었지요. 또한 나는 그가 그 일당의 움직임에 대해서 매일매일 상세히 파악하고 있다고 확신했습니다. 그는 바이타리를 미워하기는 했지만 좋은 관계를 유지하려고 틀림없이 노력하고 있었지요. 내일의 일은 알 수 없는 거니까요. 어쩌면 내일이라도 바이타리가 프랑스 의회에 가서 연설을 하게 될지도 모르는 일이죠. 프랑스 사람들의 생각은 도무지 알 수 없으니 벌써 바이타리를 교수형에 처하지 않은 이상 그들이 무슨 일을 할지 알 수 없는 일이지요. 나는 웃으면서 말했습니다. 게다가 주술사의 일이란 갑자기 뜻밖의 일을 당하지 않기 위해 악마와 좋은 관계를 유지하는 것이 아니냐? 하고 말이지요.

늙은 친구의 얼굴에 미소가 살짝 떠올랐습니다. 그 미소는 단지 주술만이 아니라 이 세상 만물에 관한 오랜 경험의 흔적 같은 것이었죠. 우리 같으면 아마 그걸 냉소적이라고 했을 겁니다. 하지만 거기는 우리 유럽과는 멀리 떨어진 곳이었으니까요. 우리는 거의 말을 하지 않아도 서로를 이해했습니다. 벌써 그와 이런 숨바꼭질을 한 지가 이십 년이나 되었으니까요. 나는 바이타리에 대한 그의 진실한 감정이 어떻다는 것을 잘 알며, 나의 감정도 그와 비슷하다는 점을 말하고, 그렇지만 그가 바이타리와의 관계를 꾸준히 유지하고 있다고 확신한다는 얘기도 했지요. 규칙적으로 곡물과 닭을 그에게 보내고 있지 않느냐고도 물었습니다. 또한 바이타리와 모렐을 추종하는 무리에게 마을의 소년을 한둘씩 보내고 있지 않느냐고도 물었지요. 드왈라는 왼쪽 눈을 반쯤 감더군요. 일종의 자백인 셈이었죠. 그러고는 잠시 무거운 침묵으로 우리의 오래되고 완전한 상호 이해를 축복하는 듯했습니다. 이어서 그는 바이타리에 대한 증오를 다시 강조하고 거듭 그를 저주했으나 불행히도 그가 이교도이기에 저주의 주문이 그에게는 효과를 나타내지 못한다는 것이었습니다. 그러나 그가 마을의 소년 하나를 바이타리 일당에게 보내어 그들을 감시하고 있다는 것은 확실했지요. 그의 아들이 그 소년과 부단히 연락을 취하고 있었죠. 그는 나더러 집에 돌아가서 기다리라고 말했습니다. 그리고 자기 아들 은골라가 모든 길을 알고 있다고 덧붙여 말하더군요. 나는 그 말이 확실한 약속을 뜻한다는 것을 알 수 있었지요.

그 일주일 후에 나는 은골라를 데리고 결국 봉고 산맥의 갈랑갈레 기슭으로 갔습니다.

나는 그 지역을 알고 있었지요. 몇 해 전에 그곳에서 크라이히 산적들과 일이 좀 있었거든요. 그 당시도 그렇고 오늘날까지도 그 산적들은 영국령 수단 영토 밖에서 습격을 일삼고 보호지의 코끼리들을 마구잡이로 잡아 상아를 들여오고 있지요.

거기서 모렐을 보리라고는 기대하지 않았습니다. 마지막으로 들은 정보에 의하면, 그는 훨씬 더 남쪽에서 활동하고 있었으니까요. 콜브 농원의 습격 때 그를 마지막으로 봤다고 하는 곳이 거기였지요. 마을들이 있는 지역을 가로지르며 그가 그토록 신속하고 용이하게 움직일 수 있었다는 사실은 여전히 바이타리가 떨치고 있는 위세를 잘 말해주었지요. 내 눈에는 처음으로 사람들이 생각하는 것처럼 모렐이 울레 지역의 옛 의원에게 속고 있지는 않는 것 같아 보였고, 모렐이 그와 함께 있는 데는 무슨 꿍꿍이속이 있는 것 같았지요.

고백건대, 나는 큰 호기심을 품고, 심지어는 어떤 감동마저 느끼며 약속장소로 갔습니다. 나는 모렐이 어떤 얼굴일지를 상상해보려고 애썼지요. 그를 보고 싶은 강렬한 욕구를 느꼈고, 이 욕구는 다른 어떤 이유보다도 그와 관계 맺기 위해 내가 기울인 노력들을 설명해주는 것이었습니다. 아프리카에서 생애를 보내면서 코끼리에 대해 깊은 애정 비슷한 감정을 품게 되지 않을 수는 없는 일이지요. 초원에서 긴 코와 커다란 귀를 움직거리고 있는 녀석들을 만나게 될 때마다 미소가 절로 입술에 떠오르게 되지요. 그들의 우람함이며 서투른 몸짓이며 거대함은 우리가 꿈꾸는 커다란 자유를 표현하고 있습니다. 사실 그들은 최후의 개체들입니다. 더구나 우리는 모두 어느 정도 인간혐오의 성향이 있는데다, 모렐의 행동이 나의 내면의 유별나게 민감한 기질을 자극한 것입니다. 길을 떠난 후 은골라가 봉고 산의 외진 산길로 이틀 동안 말을 타고 가게 하는 동안 나는 그런 생각들을 했습니다. 그러던 어느 아침, 가시덤불과 갈랑갈레의 화산암 위로 천천히 길을 나아가고 있는데, 한 흑인이 수풀에서 나오더니 내 말의 고삐를 붙잡더군요. 우리는 멈추었지요."

18

"모렐은 돌벽으로 둘러싸인 공터에서 혼자 내 쪽으로 걸어왔습니다. 그렇지만 고개를 들기만 하면 폭포 옆에 무장한 한 무리의 사내들이 자기들 말 곁에 서 있는 것을 볼 수 있었지요. 그는 모자도 쓰지 않은 채 총구를 땅으로 향하게 어깨에 걸치고 가슴까지 올라오는 풀 속으로 길을 헤치며 빠르게 걷고 있었는데, 거의 난폭하다 싶을 만큼 단호한 태도로 나에게 달려드는 것이었습니다. 내가 보기엔 기분 거슬리는 태도였지만, 사람들의 태도에 대해 아무런 환상을 품지 않는 것으로 잘 알려진 단체의 일원이신 신부님 같으면 너그럽게 웃어넘기고 마셨겠지요. 솔직히 털어놓자면, 첫눈에 나는 그의 평범한 모습에 놀랐습니다. 어쩌면, 오랜 세월 동안 쌓여온 현무암 위로 펼쳐진 주위의 하늘이 광막하고 요동쳤으며, 전혀 다른 차원의 광대함을 보여주고 있었기 때문인지도 모릅니다. 무엇보다 나도 모르는 사이에 그의 신화에 대한 인상이 깊이 남아 있었던 게지요. 요컨대 나는 한 영웅을 만나기를 기대하고 있었던 겁니다. 내가 말하는 뜻을 아시겠지만, 나는 보통 이상으로 훨씬 큰 사람을 기대했던 겁니다. 그런데 내 앞에는 그저 평범하고, 땀에 젖어 들러붙은 헝클어진 머리카락 밑으로 고집 세고 찌푸린 얼굴을 한 건장한 사내가 서 있었던 것입니다. 뺨은 며칠 동안 깎지 않은 수염으로 덮여 있어 힘세고 난폭한 인상을 주었습니다. 그러나 눈은 놀라웠습니다. 크고 침울하며 강렬했지요. 말 그대로 분노로 안공(眼孔)이 푹 꺼진 그런 눈이었습니다. 또한 그에게는 거칠고 대중적인 그 무엇이 있었지요. 특히 진지함으로 표명되는 어떤 단순함이, 다시 말해 자기가 하고 있는 일에 대해 참으로 확신하는 그런 표정이 있었습니다. '전사'라고 부를 만한 사람 같아 보였지요. 그가 서류로 불룩한 가죽가방을 손에 꼭 쥐고 있었다는 것도 덧붙여야겠군요. 그 가방이 유독 나의 폭소를 자아낸 까닭은 지금도 잘 모르겠습니다만, 아마 갈랑갈레의 야생 밀림이 아닌 다른 곳, 제네바의 어느 강연회장이나 파리 외곽의 노동조합 모임 같은 것을 더 연상시켰기 때문일 것입니다. 잠시 후 저는 깨달았습니다. 그가 온 것은 바로 그 가방 때문이었다는 걸 말입니다. 그는 적과 담판을 지으러 온 것이었고, 그래서 서류들을 가져왔던 것입니다. 하마터면 웃음을 터뜨릴 뻔했는데, 그에게서 풍기는 그 무언가가 그러지 못하게 막았지요. 유머라곤 없어 보이는 그의 태도 때문이었는지도 모르겠군요. 사람이 진지함이나 장중함이 어떤 도를 넘어서게 되면 실생활에 있어서 불구자가 되어버린다는 느낌이 종종 들더군요. 길을 건너는 것을 도와주고 싶은 마음이 생기는 그런 불구자 말입니다. 나는 나도 모르게 약간 우스꽝스런 면을 강조하며 미나에게 그를 묘사했습니다. 사람이란 할 수 있는 한 짓궂은 짓을 하는 법이지요. 그녀는 빙그레 웃더군요. 처음엔 그 미소를 나의 아이러니의 감각에 대한 찬사로 착각하고 말았지요. 그런데 그게 아니더군요. 나는 곧 그것이 애정 표현이라는 것을, 내가 상기시킨 그의 인상을 그녀가 전적으로 받아들인다는 것을 알아차렸습니다. 그녀의 미소에는 나에 대한 우월감과 관용의 흔적마저 있었습니다. 마치 내가 이해할 수 없는 그 무엇, 내가 들어갈 수 있도록 허용되지 않는, 내면적이고 비밀스런 세계가 분명 있다는 걸 내게 암시하려는 듯했지요. 한 여인이 때때로 가할 수 있는 강렬한 인상을 신부님도 잘 아실 것입니다. 닫힌 문 밖으로 내몰린 듯이, 소외된 듯이 느껴지는 그런 느낌 말입니다."

예수회 신부는 잘 알고 있다는 몸짓을 했다.

"내가 당황해서 계속 침묵을 지키자 그녀는 초조해하며 내 주의를 일깨우더군요. '그이가 당신께 뭐라고 말하던가요?' 나는 약간 퉁명스럽게 내가 먼저 말을 꺼냈다고 설명했죠.

아프리카의 민족주의에 봉사하려고 지하운동에 가담한 거냐고 그에게 물었지요. 그가 부족들에게 저항을 권고하는 게 맞느냐고 나는 물었고, 내가 바이타리와 그의 야망을 알고 있다는 것도 말했습니다. 아프리카에서 백인들을 축출하고, 코끼리들이 대신 그 자리에 들어서기를 바라는 것이냐고 물었습니다. 그는 눈에 띄게 조바심과 화를 내며 내 말을 듣더군요.

'그 얘길 하라고 그들이 당신을 보낸 거요?' 그가 낮은 음성으로 투덜거리더군요. 그가 자신을 억누르고 있다는 게 느껴졌지요. '그런 일로 당신 말을 고생시킬 필요는 정말이지 없었는데 말이오. 그렇소. 아프리카의 독립을 생각하는 한 사람이 나랑 같이 있는 건 사실이오. 그렇지만 왜 그런 줄 아시오? 코끼리의 보호를 확실히 하기 위해서요. 그 사람 역시 코끼리 보호에 관심을 가지고 있으니까. 그는 아프리카 인들이 자신들 손으로 자연을 보호하기를 바라고 있소. 그 동안 온갖 회담을 했음에도 우리가 아직 그걸 달성하지 못하고 있으니 말이오. 바로 이 점이 우리가 갖는 공통점의 전부이며, 내가 그의 협조를 받아들인 이유요. 그 사람은 나와 똑같은 것을 바라고 있어, 나에 관한 말을 듣고는 곧 나에게 자신의 생각을 편지로 알려온 거요. 그 사람은 그 생각을 넣어 헌법 초안까지 작성했고, 그건 지금 이 가방 속에 들어 있소.'

그는 자기 가방을 손으로 쳤습니다. 그러한 순진함 앞에서 나는 할 말을 찾지 못했습니다. 그건 도무지 어쩌지 못하게 만드는 거대한 무엇이었습니다. 그는 수소폭탄이나 어떠한 강제노동수용소로도 결코 용기가 꺾이지 않을 완강한 사람이었으며, 사람들에게 조용히 신뢰와 희망을 끊임없이 불어넣는 그런 사람이었습니다. 그는 손으로 소중한 가방을 두드리며 만족한 듯이 이야기했고, 필요한 모든 담보를 잡아둘 줄 아는 교활한 사람인양 자처했죠.

'개인적으로는 물론 그들이 어떤 민족주의자들이건 상관 않소. 흑인이건 백인이건, 황인이건 홍인이건, 구세대이건 신세대이건 말입니다. 내 관심을 끄는 건 오직 자연 보호뿐이오.'

그는 마치 억눌린 격한 폭력에서 해방되기라도 하려는 듯이 갑자기 침을 뱉었습니다. 그의 표현방식은 매우 흥미로웠죠. 꽤 공들인 언어에서 속어로 아무렇지도 않은 듯이 옮겨갔고, 이따금 질질 끄는 듯한 변두리 억양을 사용하기도 하고, 종종 일부러 상스런 말을 쓰기도 했지요. 그때 나는 그것이 과민한 어떤 감수성을 방어하기 위한 것이라고 생각했습니다. 그 후로 그에 관해 생각하는 시간을 많이 가졌는데, 그의 언어에 관해서는 다른 결론에 도달하게 되었지요. 그는 적지 않은 햇수를 군중이 집산하는 장소들, 분노가 으르렁거리는 장소들인 병사며 감옥이며 지하단체며 강제노동수용소에서 보냈으니 무언가를 깊이 느낄 때마다 언제나 마치 그런 곳에서 하듯이 말을 한 겁니다. 그런데, 어쩌면 내가 너무 그를 생각한 탓인지도 모르겠습니다만 그는 내 기억 속에서 거의 서사시적인 차원을 갖게 되고 말았지요.

'내가 그들을 받아들인 것은 그들이 나를 돕고 있으며, 그들이 주인이 되면 맨 먼저 할 일은 코끼리 보호를 보장하는 것이 될 거라고 내게 약속했기 때문입니다. 이 약속을 그들은 온갖 문자로써 자기들의 계획안에, 심지어 자기들의 헌법안에까지도 새겨 넣을 준비가 되어 있더군요.'

나는 그가 나를 조롱하고 있지는 않나 하고 날카로운 시선으로 그를 쏘아보았습니다. 하지만 그런 기색은 전혀 없었지요. 그는 단지 화가 난 얼굴이었죠.

— 말은 늘 그렇게 하지요.

내가 말했습니다.

— 그래요. 말은 늘 그렇게 하지요.

그는 조용히 동의를 표하더군요.

— 그런데 그러는 동안 벨기에, 영국, 프랑스 등의 지도자들이 길을 제시하지 못하는 건 무엇 때문이죠? 아프리카 동물보호를 위한 새로운 회의가 곧 부카부에서 열릴 겁니다……

다시금 그는 아프리카의 동물에 관해 내게 이야기하는 것이었습니다. 그의 머릿속에서는 정말 그것만이 문제였던 것일까요? 나는 다시 그를 뚫어져라 쳐다보았습니다. 그의 눈 속에서 어떤 섬광이나 쏘는 듯한 냉혹한 냉소 같은 것을 찾아보았지만 허사였습니다. 만일 단지 그가 개개의 사람이 자기 속에 지니고 있는 인간혐오의 감정을 건드리는 것에 만족했더라면, 공모자의 눈짓을 던지는 데 만족했다면 사람들은 이내 안심했을 겁니다. 우리들 가운데 그 누가 우리들 인간에 대한, 순간적이며 또 급작스런 증오심에 사로잡혀보지 않은 사람이 있겠습니까? 그러나 전혀 그렇지 않았습니다. 그는 다만 화가 난 얼굴이었습니다.

그는 굳은 얼굴로 목소리를 낮춰 말했습니다.

— 더러운 자식들, 그놈들은 단지 크고 아름답기 때문에 코끼리 무리에다 총질을 해댑니다. 그리곤 멋진 총질이라고 부르죠. 전리품이지요. 쓰러진 짐승들 사이에서 암놈들도 발견했소. 그게 사실이 아니라고 어디 좀 말해보시오.

그건 사실이었습니다.

그다지 확신도 없이 나는 그에게 말했습니다.

— 그런데 당신 친구들은 농원을 불태웠어요. 그건 단순한 불한당 짓거리를 닮기 시작한 거요.

그가 말했습니다.

— 우리가 북쪽에서 농원 하나를 불태운 건 사실이오. 사르키 농원이지요. 그러나 그건 너무도 확실한 경우였어요. 그리고 필요하다면 우리는 또다시 시작할 것입니다. 당신도 그 일을 나만큼 잘 알고 있지요?

사실 그 일은 나도 잘 알고 있었지요. 자기들의 경작지를 짓밟는 코끼리들을 멀리 쫓는다는 핑계를 내세워 일부 농장주들이 합법적으로 짐승들을 학살하곤 했지요. 법대로라면 그런 처벌 성향의 원정은 수렵 감독관의 지도하에 수행되어야 했지요. 그러나 실제로 농장주들은 그러한 승인을 얻을 시간이 없어서, 또 때로는 그럴 마음이 없는데다가 코끼리를 죽인다는 쾌락에 탐닉할 수 있게 된 것이 너무 즐거워서 그 일을 직접 자행했지요.

— 어쨌건 그런 일은 어쩌다 일어나는 일이지요.

나는 그에게 말했습니다.

사실은 그렇지 않았고, 나도 그걸 알고 있었습니다. 예컨대 그에게 내가 말하고 있던 그 순간에도 남아프리카나 로디지아나 베추아날랜드 당국에서는 농장에 침입하는 팔백 마리의 코끼리들을 조직적으로 도살하는 중이었습니다. 경작지를 마구잡이로 확장하는 바람에 사방에서 쫓겨난 코끼리들은 림포포 강과 샤시 강의 합류 지역인 툴리 지역의 수확물을 엉망으로 만들었지요. 이건 진보의 과정에서 피할 길 없는 충돌 가운데 하나였고, 어떠한 선의로도 코끼리들을 구할 수는 없었지요.

— 어떻든 그건 어쩌다 일어나는 일입니다.

나는 거듭 말했습니다.

덥수룩한 그의 얼굴에 처음으로 침울한 미소 같은 게 피어오르더군요.

— 모든 농장을 다 불태우지는 않을 거요.

이렇게 말하고 그는 가방을 열더니 종이를 한 장 꺼내 내게 내밀었습니다.

— 우리가 작성한 이 명단을 그들에게 전해주시오. 이건 멸종 우려가 있는 모든 표본으로 보호가 필요한 것들입니다.

명단을 받아들고 보니 첫눈에 사람은 거기에 실려 있지 않다는 걸 알았지요. 온갖 떠도는 말에 어찌나 신물이 나 있었던지 안도의 한숨이 나오더군요. 그리고 그가 훨씬 호의적으로 보였습니다. 여하튼 그는 부질없는 감상 따위는 피할 줄 아는 사람이었습니다. 코끼리 외에도 그 명단에는 산고릴라며, 흰 코뿔소며 노란등 다이커와 대체로 우리 산림 보호인들과 자연주의자들이 몇 해 전부터 정부에 통고해오고 있지만 별 소득이 없는 모든 종들이 포함되어 있었습니다. 하지만 신부님, 말씀드렸듯이 근본적인 당사자는 거기에 적혀 있지 않았습니다. 그래서 나는 이번엔 그냥 지나치지 못할 것이며, 아마도 머지않아 우리가 이 문제에서 벗어나게 되리라는 생각에 은근한 기쁨에 사로잡혔습니다. 나는 의미심장한 표정으로 모렐을 바라보았지요. 그의 얼굴에서 어떤 공모의 기색을 찾으려 했으나 허사였습니다. 그는 그저 화가 난 표정이었죠. 그에게는 다른 의도라곤 없어 보이더군요. 그러자 좋던 기분도 그러한 협력의 거부 앞에서 격노로 바뀌고 말았지요. 그는 도무지 냉소의 감각이라곤 눈곱만치도 없고 자기 코앞밖에 보지 않는 선의의 사람이었습니다. 그는 내 말 앞 풀밭 위에 약간 다리를 벌린 채 고집스러움과 완강함이 묻어나는 멍청한 표정으로 서 있었으며, 정말이지 아무것도 의심치 않는 듯해 보였습니다.

— 내가 요구하는 건 코끼리 사냥을 금한다는 선언뿐입니다. 그것만 실현되면 나는 곧 항복할 것이오. 그들이 나를 감옥에 넣을 수도 있겠지요. 하지만 나를 단죄할 프랑스 법정이 존재하지 않는다는 걸 알고 있소.

나는 화가 치밀었습니다. 그렇습니다. 정말이지 분노했고 분개했으며, 그의 얼굴을 으깨어버리고 그를 두들겨 패주고 싶은 무시무시한 욕망에 사로잡혔습니다. 단지 어디 한 번 두고 보자는 심정으로 말입니다. 잠시 동안 나는 침착하게 다시 두 발을 딛고 서기 위해 심지어 게슈타포의 욕조와 화장터와 마지막 핵폭발을, 그리고 명백하고 결정적인 다른 모든 징조들을 생각해야 했지요. 왜냐하면 그가 우리를 믿기까지 했으니까요. 그는 우리의 주의를 마지막 남은 거대한 코끼리들의 운명 쪽으로 돌리기만 하면 우리가 코끼리들의 불멸을 보장하는 데 필요한 조치를 즉각 취하리라고 믿고 있었죠. 더욱 참을 수 없는 것은, 우리가 그 일에 무엇인가를 할 수 있고, 우리의 운명과 코끼리들의 운명을 우리 손아귀에 쥐고 있으며, 자연보호는 인간의 손으로 이뤄내야 할 임무이고, 지속될 시간도 끝날 시간도 없으며, 우리가 난국을 벗어날 수 있다고 그가 믿고 있는 것처럼 보인다는 점이었습니다. 그는 분명히 잡놈이고, 시대에 뒤진 야만인이고, 합리주의자이며, 심지어 오쟁이 지고도 아무것도 모른 채 결혼식장에 들어설, 영원히 오쟁이 질 사내 가운데 한 사람이었습니다. 신부님, 이런 말투를 용서해주시겠지요? 그러나 나를 화나게 만드는 건, 인간의 조건을 단순한 조직의 문제라고 생각하는 교활한 사람들입니다. 편집광들, 불량한 자들은 아무것도 의심해보지 않으며, 언제나 우리들 앞에 해결책과 취해야 할 조처들을 내밀며 평온을 방해하지요."

생드니의 코가 어둠 속에서 서글프게 훌쩍였다. 예수회 신부는 엄숙하게 동의를 표했고, 생드니는 미심쩍은 눈길로 그를 바라보며, 그가 누구에게 무엇에다 동의를 하는 것인지 자문했다.

"그런데, 나는 그에게 감히 아무 말도 할 수가 없었습니다. 그의 비위를 건드리고 싶지 않았으니까요. 그러면서도 동시에 그를 흔들어대고 싶고, 우리들 자신에 관한 진실을 그에게 외치고 싶었고, 그가 그 진실을 반박하도록 돕고 싶었지요. 그는 주머니에서 종이와 담배를 꺼내 내 앞에 선 채 담배를 말고 있었습니다. 가방을 옆구리에 끼고 다리를 약간 벌리고 선 모양이 아주 자신만만했습니다. 게다가 혈색 좋은 얼굴에 굽슬굽슬한 머리카락, 치켜들고는 있었으나 비꼬는 기색이라곤 전혀 없는 코, 솔직하고 곧은 눈길로 조금도 난처해하거나 수줍어하지 않고 그 거창한 문제들을 조용조용히 말하고 있었습니다.

— 사람들이 알지 못하고 있다는 게 문제요. 그래서 그들은 방치하고 있는 겁니다. 그러나 아침 신문을 읽고서, 페이퍼 나이프를 만들거나 고기를 위해 일 년에 삼만 마리의 코끼리를 죽인다는 걸 알고, 그걸 그만두게 하기 위해 갖은 애를 다 쓰는 사내가 하나 있다는 걸 알게 될 때 어떤 소동이 일어날지 당신은 보게 될 것이오. 사로잡힌 백 마리의 코끼리 중에서 여든 마리는 곧 죽어버린다는 걸 말해주면 사람들이 무어라고 말할지 알게 될 겁니다. 분명히 말하지만, 이건 하나의 정부를 넘어뜨릴 일이오. 대중이 그 사실을 아는 것만으로도 충분하지요.

용납하기 힘들었습니다. 나는 완전히 굳은 듯 멍하게 입을 벌린 채 듣고 있었습니다. 그는 완전하고 흔들리지 않는 방식으로 우리를 신뢰하는 사내였고, 바다나 바람만큼 초보적이고 비합리적인 그 무엇이었습니다. 마치 두 개의 물방울처럼 진실의 힘을 닮은 그 무엇이었지요. 나는 나 자신을 지키기 위해 정말이지 애써야 했습니다. 그 엄청난 순진성 앞에 쓰러지지 않으려고 말입니다. 그는 우리가 살고 있는 이 시대의 사람들이 단지 우리 자신뿐만이 아니라 코끼리들을 돌볼 만큼 충분히 관용을 갖추고 있다고 믿고 있었습니다. 사람들 마음에 아직 충분한 자리가 있다고 말이지요. 눈물겨운 일이었습니다. 난 그저 말없이 그를 바라보고 서 있었지요. 차라리 침울하고 완강한 태도를 하고, 신부님께서도 상상하실 수 있는 온갖 탄원서와 선언문으로 불룩한 가방을 든 그를 감탄의 눈길로 바라보고 있었다고 해야겠군요. 우스꽝스런 꼴이었지만 어쩔 도리가 없었지요. 영감에 사로잡혀 자기 얘기를 하는 그를 보니 그가 그런 아름다운 생각에 온통 젖어 있다는 게 느껴졌기 때문이죠. 게다가 고집스럽기도 했지요. 인류에 대한 자신의 의무를 다해야 한다는 생각을 주입시키고, 인류가 잘못 처신할 때는 주저 없이 벌주는 학교 선생처럼 불쾌하기 짝이 없는 열성까지 갖췄고요. 그가 얼마나 전염되기 쉬운 위험한 환자였는지 신부님도 아시겠지요."

예수회 신부는 어둠 속에서 미소 지었다.

"그제야 그에 대한 나의 첫인상이 얼마나 그릇된 것이었나를 깨달았습니다. 나는 그의 신화에 어울리는 사내를 발견하게 되리라고 기대하며 그를 맞으러 나갔지요. 그리고 그의 단순함과 작은 키, 약간 거친 그의 얼굴에 실망했습니다. 그러나 그 단순함이란 사람들이 이야기를 지어내고 천진성에 관해 끊임없이 말하는 모든 민중의 영웅들에게서 볼 수 있는 그런 단순함이었습니다. 그렇습니다. 지금 나는 그를 전혀 다르게 보고 있어요. 그 고집 센 태도, 헝클어진 머리칼 아래로 분개한 결연한 얼굴을 나는 외우다시피 하고 있으며, 벌써 이렇게 얘기하는 소리가 들리는 듯했지요. '옛날 옛적에 코끼리를 너무도 사랑해서 코끼리와 함께 살며 모든 사냥꾼들로부터 코끼리를 보호하기로 결심한 사내아이가 살았습니다……' 그는 나에게 말하고 있던 중이었습니다. 짓궂은 표정을 짓고 거의 속내 이야기를 털어놓는 듯한 어조로 이야기하고 있었지요. 처음엔 내가 꿈을 꾸고 있나 싶었습니다. 나중에는 내 헬멧을 땅바닥에 내동댕이치며 제기랄, 하고 욕설을 터뜨리고 싶었지요.

그는 만족스레 말했지요.

— 어떤 소동이 일어날지 보게 될 겁니다. 생각해보시오. 지금까진 개들만으로 적지 않은 사람이 만족했었지요. 사람들은 개와 더불

어 위안을 받았지요. 그러나 얼마 전부터는 당신도 아시다시피 모든 사정이 바뀌었기에 개로는 더 이상 충분치 않게 되었습니다. 개들은 완전히 일에 지쳤습니다. 더는 견디지 못할 상태입니다. 생각해보십시오. 그토록 오랫동안 우리 곁에서 꼬리를 흔들고 발을 내미느라 이젠 지긋지긋해진 겁니다……

그는 웃었지만, 결코 우스운 얘기가 아니었다고 맹세코 말할 수 있습니다. 그는 담배에 침칠을 하더니 불을 붙이지 않은 채 입술에 물고 있었습니다.

— 개들은 지긋지긋해진 거죠. 이해할 만합니다. 개들은 너무도 많은 걸 보아왔으니까요. 그래서 사람들은 너무도 외롭고 버림받았다고 느끼고 있어 튼튼한 다른 무엇을 필요로 하고 있지요. 참으로 견뎌낼 수 있도록 해줄 그 무엇을 말입니다. 개로는 충분치 않아 코끼리가 필요한 겁니다. 제가 보는 바로는 그렇습니다.

나는 정말로 그가 나를 조롱한다고 생각했지요. 게다가 신부님도 아시겠지만, 그가 유별나게 성 잘 내고 잘 비꼬는 무정부주의자요, 조롱의 극단주의자라는 말이 많았지요. 나도 의심을 품었죠. 그를 유심히 바라봤습니다. 그런데 전혀 그렇지 않았습니다. 조롱기라곤 조금도 없고, 눈짓조차 없는, 완전히 진지한 사내였습니다. 그는 담뱃불을 붙이고는 내가 동의하는지를 알고 싶은지 내게 눈길을 던지더군요. 나는 용기를 북돋우는 투로 조소하려고 해보았지요. 그러나 그는 그저 조금 놀란 듯했을 뿐이었습니다. 그때 왠지 모르게 밸이 곤두서더군요. 아마 내 얼굴이 시퍼래졌을 겁니다. 눈에는 눈물까지 글썽거렸던 것 같군요. 불현듯 그가 조금 전 한 말이 바로 내 얘기라는 느낌이 들었던 겁니다. 흘러가는 구름 아래 부드럽게 나부끼는 풀밭에 그는 선 채 기다리고 있었습니다. 그리고 거의 우정 어린 다정한 눈길로 나를 바라보고 있었죠. 더 무얼 생각해야 할지 모르겠더군요. 그건 지금까지도 모르겠습니다. 신부님께 말씀드릴 수 있는 건, 그가 나에게 내보인 이 놀라운 속내이야기를 전할 때 미나는 몸을 곧추세우고 눈에는 승리의 빛을 띠었으며, 두 손을 격하게 마주 잡으며 걷잡을 수 없는 감격에 맞서 싸우는 듯이 보였다는 겁니다. 그때 다시금 나는 그녀의 입술에서 완전한 공모의 미소를 보았지요.

'그래서요? 그래서요?' 그녀는 이 말만 내게 던졌죠. 그래서 나는 좀 무뚝뚝하게 말했지요. 중얼거리며 맹세했고, 내 생각을 버렸다고요. 나는 퉁명스럽게 굴면서도 막연하지만 보호자가 되기로 작정했지요. 나는 모렐에게 며칠 후 포르라미에 갈 것이며, 우리의 만남을 당국에 보고할 것이라고 말했습니다. 그의 입장을 내가 변호할 수 있게끔 조용히 기다려주기를 그에게 요구했습니다. 그리고 그의 행동이 오르시니를 위시한 일부 사냥꾼들을 너무도 화나게 만들었기 때문에 코끼리들이 그 대가를 치르게 될지도 모른다고 덧붙였지요. 마지막으로 포르라미에 있는 누구에게 개인적인 전갈을 보낼 게 있으면 전해주겠노라고 말했지요. 그는 망설이더군요.

— 우리는 이제 거의 식량이 떨어졌습니다. 이 사실을 그들에게 알려도 좋습니다.

포르라미에 서신을 전해주겠다는 나의 제안과 그게 무슨 상관이 있는지 모르겠더군요. 설마 누군가가 자기에게 식량을 보내리라고 상상하진 않았겠지요? 그런데 문득 이런 생각이 들더군요. 혹시 그가 바라는 게 바로 그게 아닌가 하는 생각 말입니다. 그래서 나는 모렐이 스스로 고립되어 있다고 느끼지 않으며, 오히려 모두의 공감을 얻고 있다고 느낀다는 걸 확인하고 다시 한 번 깜짝 놀랐습니다. 그는 자기에게 식량이 떨어졌다는 소식만으로도 세상 사람들이 방방곡곡에서 식량을 갖다주려고 달려오리라고 진정으로 믿고 있는 것 같았지요. 그때 난 아마도 웃음을 터뜨렸던 것 같습니다. 그래도 어쨌건 사냥용 탄약 몇 개만 빼곤 내가 가진 식량을 몽땅 그에게 건네주었습니다. 신부님께서는 무법자에게 식료품을 줄 권리가 나에게 없다고 말씀하시겠지만, 어쨌든 나는 그렇게 했습니다. 행정관들이 이 모양이면 모든 게 다 없어져버릴 테니, 정부는 더 믿을 게 아무것도 없게 되겠지요.

생드니는 수염 사이로 침울하게 숨을 내쉬었다.

"나는 무장한 채 무리 지어 바위 아래 선 사내들을 쳐다보았습니다. 모렐이 말하더군요.

— 그래요. 가서 그들과 이야기해보십시오. 그래야 당신의 상사들에게 당신이 정말 모든 시도를 다 해보았다고 말할 수 있을 테니 말이오. 혼자서 해보십시오. 그들도 나에 관해 어떤 생각을 갖고 있는지를 거리낌 없이 말해줄 거요……

그의 얼굴엔 처음으로 솔직하게 환한 표정이 떠올랐습니다. 그는 자기를 기다리고 있던 파란색 아라비아 망토 차림을 한 흑인 기병의 손에서 자기 망아지의 고삐를 받아 쥐고는 안장에 펄쩍 뛰어오르더니 조용히 멀어져갔습니다. 나는 말을 폭포 쪽으로 몰았지요."

19

"나는 모렐을 혼자 만나게 되지 않으리라는 걸 잘 알고 있었습니다. 훔치고 약탈하고, 일반적으로 '자유롭게 살게' 기회가 주어지기만 하면 언제라도 덤벼들 용의가 있는 그런 모험가들이 아프리카에는 적지 않다는 걸 알고 있었으니까요. 우리의 대륙은 손에 무기를 쥐었을 때에야 참으로 자유롭다고 느끼는 사람들에겐 아직도 몽땅 매력을 상실하지는 않았지요. 그래서 나는 오래전에 우리들에게서 도망친 몇몇 무법자들을 모렐의 주변에서 발견하리라고 기대했죠. 내 예감이 틀리지 않더군요. 그 무리에 접근하면서 내가 알아본 첫 번째 사람은 코로토로였는데, 그는 상점과 시장을 약탈했다가 얼마 전에 방기 감옥에서 탈주한 사람이었죠. 그는 무릎에 기관총을 놓고 땅바닥에 주저앉은 채 다른 흑인 한 사람과 손짓발짓을 해가며 웃고 있는 중이었습니다. 내게 눈길 한 번 돌리지 않더군요. 그러나 나는 곧 코로토로를 잊어버렸습니다. 신부님도 아마 아시겠지만, 포르라미에 돌아온 뒤 내가 모렐의 캠프에서 보았던 사람들이 어떤 자들이었나를 말했을 때, 나는 새빨간 거짓말쟁이 취급을 받고, 터무니없이 과장되고 말도 안 되게 그 사건을 부풀리려 한다는 비난을 받았지요. 내가 가진 인간혐오 성향을 투영했다고 비난받았잖아요. 물론 있을 수 있는 일이지요. 개인적으로 알지 못하는 모렐의 동료들을 내가 잘못 알아보았을 수도 있지요. 아마도 그래서 전 세계의 경찰들은 그들 일당에 관해 그저 몽롱하게 꿈만 꾸고 있어야 했던 모양이지요. 그렇지만 나를 제외하곤 아무도 그들을 본 사람이 없는데, 그것이 사람들 말처럼 친구가 없어서 내 마음 내키는 대로 친구를 만들려는 나의 해묵은 좌익적 상상력의 산물이라고 말하는 건, 신부님, 정말이지 나로서는 너무도 영광스러운 일인지라 항의조차 하지 않았습니다. 여하튼 처음에 그 무리에서 내가 잘 아는 사람, 덴마크의 자연주의자 페르 크비스트를 알아보았을 때 내 표정이 어떠했으리라는 건 쉽게 상상하실 수 있을 겁니다. 그는 중앙아프리카에 연구를 하러 온 것으로 알려진 사람으로, 나도 그가 장소를 이동할 때 여러 차례 도와준 적이 있지요. 그는 옛날 사람으로 — 나이를 두고 하는 말이 아닙니다 — 막대기처럼 마르고, 언제나 진지한 표정으로 굳은 얼굴을 하고 있지만 점잖은 노인 같은 수염 아래로 넘쳐나는 감수성을 감추고 있는 사람이었습니다. 그는 인도주의적인 감정이 인류에 대한 단순한 증오와 그대로 빼닮고 마는, 바로 그런 유형의 인물이었습니다. 나이는 정확히 모르겠지만 쉰은 넘어 보였습니다. 얼음덩이같이 차갑고 파란 작은 눈으로 그가 날 뚫어지게 바라보더군요. 그의 곁에는 조롱기 어린 표정의 한 사내가 총에 기댄 채 서 있었는데, 그 사람이 누군지 나는 끝내 알지 못했습니다. 아마도 그 사건이 마무리 지어진 뒤에도 결코 다시 보지 못하게 된 사람들 중 한 사람이었을 겁니다. 사람들 말로는 그가 케냐에 합류해서 알레딘 밀림에서 마우마우 테러단의 편에 서서 싸우는 백인 두 명 가운데 한 사람이라더군요. 마우마우단 편에 백인이 두 사람 있고, 그 가운데 한 사람은 스스로를 프랑스 장군이라 부르게 한다는 전설은 신부님께서도 알고 계시겠지요. 생포된 몇몇 키쿠유 족의 횡설수설로는 거기에 대해 확실한 건 아무것도 알 수 없으며, 그들을 죽도록 때리지 않는 한 끝내 아무것도 알아내지 못할 것입니다. 게다가 개미들이 몰려오기 전에 빨리 일을 해치워야 할 것입니다. 이 분 동안의 대화를 통해 그에 관해 알아낸 것은 그가 파리 사람이라는 게 전부였습니다. 그들이 하려는 것이 미친 짓이라고 그를 설득하려 하자 그는 비웃으며 내 말을 가로채더군요.

— 선생, 들어보십시오. 나는 삼 년 동안 파리에서 91번 버스의 차장으로 일했소. 러시아워 때 그 버스를 꼭 한번 타보길 권합니다. 거기서 나는 인간성에 대해 알게 되었고, 그것이 나를 짐승들 쪽으로 밀어냈지요. 이걸로 충분한 설명이 되었으면 합니다.

그의 동료는 특이한 사람이었습니다. 새빨간 얼굴에 눈은 살짝 튀어나오고 한숨이나 폭소나 구역질을 참고 있는 것처럼 부풀린 뺨 사이로 잿빛 콧수염을 가진 그런 인물이었지요. 그는 엉덩이를 가볍게 흔들며 바위에 앉아 있었는데, 술에 완전히 절어 있는 것 같았지요. 그리고 다른 세계의 기품이 좀 남아 있는 옷차림이었습니다. 트위드 모직 양복 차림에, 깃 달린 티롤 식 작은 모자는 군데군데 찢겨져 있었지요. 무릎에는 사냥총을 올려놓고 있었습니다. 그 옷이나 옷 주인에게 한때는 좋은 시절이 있었던 게 분명했습니다. 내가 그와 몇 마디 주고받으려고 할 때 조금 전에 얘기한 그의 동료가 우리들 사이에 끼어들더군요. 그는 이렇게 말했습니다. '남작님은 아주 고귀한 가문 출신이신데도 종족까지도 바꾸고 그 모든 것과 완전히 결별하기로 결심하셨습니다. 어찌나 혐오감을 느꼈는지 인간의 언어를 쓰는 것조차 거부할 정도입니다.' 그러자 자칭 남작이라는 자는 그 말을 확인이라도 하듯이 놀랍게도 조그맣게 연속으로 방귀를 뀌어댔지요. '보십시오. 이분은 오직 모르스 부호로만 의견을 피력하십니다. 우리가 이런 방귀를 받아 마땅하다고 생각하시는 겁니다.' 그의 조수가 한 말이었지요. 이 도적들이 내게 자기들의 진짜 신원을 밝힐 의사가 전혀 없다는 것은 아주 분명한 사실이었습니다. 석 달마다 라미에서 내게로 보내오는 범죄자 신상카드들을 떠올리려고 막연하게나마 애썼음에도 불구하고, 나는 그 패거리의 마지막 사내에게 눈길을 던지느라 나머지 사람들에 대해서는 등한히 하고 말았습니다.

그는 무리에서 조금 떨어져 바위 아래에 있었는데, 멀리서 그의 실루엣을 알아보지 못한 것에 나는 놀랐습니다. 그렇지만 등 매무새가 잘 빠진 유럽 식 양복을 입지 않은 울레 지방의 전 의원을 내가 본 건 그때가 처음이었습니다. 그는 웃통을 벗은 채 군용 잠바는 어깨에 걸치고, 입술을 뿌루퉁하게 내밀고 있었으며, 손에는 기관단총을 들고 있었습니다. 그렇습니다, 바이타리였지요."

생드니는 야유와 혐오감을 약간 섞어 그 이름을 불렀다.

"나는 그를 잘 알고 있었지요. 이십 년 전에 그에게 장학금을 얻어준 게 바로 나였으니까요. 나중에, 훨씬 후에 그는 의원으로서 내 구역을 순회했는데, 시옹빌에 돌아가서는 내 방식을 두고 '뒤떨어진 부족들을 과거의 속박으로부터 해방시키기 위해서 아무것도 하지 않는다'며 말이 많았지요. 그의 말이 옳았어요. 사실 나는 서둘러 그러려고 하지 않았으니까요. 오히려 날이 갈수록 아프리카 밀림의 의식들과 관습들을 그대로 보존할 뿐만 아니라, 때로는 나도 함께 나누고 싶은 욕망을 점점 더 억제할 수 없게 되었으니까요. 그 의식들을 나는 믿지만…… 그런 이야기는 관둡시다. 코끼리의 초원에 거만하고 당당하게 선 그의 실루엣, 우리 사이에 진실로 모든 게 끝났다는 걸 분명히 보여주려는 듯이 무기를 움켜쥐고 선 그를 보았을 때 이 사건의 바닥에 깔려 있는 모든 것과 그가 모렐의 광기를 이용하여 얻으려는 이득이 무엇인지를 즉각 깨달았다는 것만 말씀드리겠습니다. 게다가 언제나처럼 나는 그를 둘러싸고 있는 아프리카의 하늘이 아름답다고 느꼈지요. 나는 그에게로 다가갔습니다. 우리는 서로를 바라보았지요. 그는 물방울이 수증기처럼 피어오르는 폭포에서 몇 발짝 떨어진 곳에 서 있었습니다. 물방울들이 내 얼굴을 적셨고, 적의에 찬 태도로 꼼짝 않는 우리 주변을 날았지요. 물방울들은 번들거리는 근육과, 바위며 삐죽삐죽 솟아 있는 다갈색 풀이 이루는 그 모든 풍경들과 잘 어우러졌지요. 나는 그가 아프리카 저항을 표현하는 벽보라도 되는 양 폼을 잡고 선 채, 아마도 내가 카메라를 가졌기를 바라고 있으리라는 걸 알고 있었지만 아무 소용이 없었습니다. 하지만 내가 부인할 수 없는 확실한 게 있었습니다. 아름다움 말입니다. 그가 고개를 든 모습이나 안정되고 힘 있는 어깨에는 어딘지 거의 거만한 구석이 있었습니다. 그는 자연스러운 데라고는 전혀 없는 근사한 선택의 산물이었지요. 왜냐하면 그의 출신 부족은 여러 세대 동안 아라비아와 포르투갈 노예 상인들의 손을 거치면서 품질 나쁜 인간들을 제거해왔기 때문입니다. 나는 경계심을 품고 그를 관찰하면서 담배를 씹고 있었지요.

— 몇 가지 오해를 없앨 수 있도록 저를 좀 도와주셨으면 합니다.

그가 말했지요. 그런데 그의 목소리는 마치 현무암의 바윗돌에서 억양을 빌려온 것 같았습니다. 그런데 어쩌면 그저 폭포소리를 이겨내려는 이유 때문이었는지도 모르겠군요.

— 제가 여기에 있다는 사실만으로도 당신에게는 충분히 해명이 되겠지요. 이 일을 위장하기 위해 우리가 여론에 노출되지 않도록 곳곳에서 애쓰고 있습니다. 아프리카 반란에 환경보호라는 연막을

치려고 하는 거지요……

나는 줄곧 아무 말도 하지 않았습니다. 그저 담배만 씹어대며 기다리고 있었지요. 나는 그를 바라보면서 신선한 물방울들이 내 얼굴에서 땀과 섞여 수염을 간질이는 걸 느끼고 있었으며, 또한 세상의 어떤 힘도 결코 나를 축출할 수 없을 나의 진정한 조국, 아프리카에서 이미 보았던 모든 것을 생각하고 있었습니다. 나는 헬멧을 벗고 이마를 훔쳤습니다. 폭포 위에서 태양은 두 개의 바윗더미 사이로 물보라의 소용돌이 속에 무지개를 만들어놓고 있었습니다.

— 모렐은 몽상가입니다. 그러나 우리에게는 유익한 인물이지요. 또한 우리와 그가 의견이 일치하는 점이 적어도 한 가지는 있지요. 지금은 아프리카 천연자원에 대한 세계 자본주의의 파렴치한 착취를 그만두게 할 때라는 겁니다. 그 나머지는……

그는 재밌어 하는 듯한 눈길을 공지 쪽으로 던졌습니다.

— 그는 시대에 뒤진 비장한 이상주의자입니다……

— 나도 압니다.

내가 말했지요.

그리고 전혀 빈정거리지 않고 덧붙였습니다.

— 어쨌든 당신은 그 사람에게 사실을 알려줘야 합니다.

그는 내 말에 귀를 기울이지 않았습니다. 내 말이 그의 흥미를 끌지 못했던가 봅니다. 그는 배후에 열 세대나 되는 울레 추장들을 두고 있었습니다. 그러나 의회에서 보낸 수년의 세월로도 만사가 해결되지는 않았던 모양입니다. 그런데다 그는 자신이 나보다 더 지적이고, 더 많은 교육을 받았으며, 어느 점으로 보나 나보다 더 크다는 걸 잘 알고 있었지요. 문득, 또 하나의 비극적인 인물이 떠오르더군요. 마우마우단의 정신적인 지도자 케냐타였죠. 그는 탕가니카의 어느 감옥에서 썩어가고 있는 중이었지요. 오만스레 뿌루퉁한 표정, 표범 가죽 한 장만 달랑 걸치고 손에는 창을 들고 목에는 부적들을 건 강인한 벗은 몸, 진실해 보이는 모습이 똑같았습니다. 옥스퍼드에서 막 출간된 인류학 저서의 앞머리에 그의 사진이 실린 것만 뺀다면 말입니다. 나는 담배를 씹으면서 차갑게 그를 관찰했습니다.

마침내 나는 물었습니다.

— 울레 지방의 당신들 무리는 몇 명이나 됩니까? 넷? 다섯? 열둘? 부족들은 당신들에 반대하고 있어요.

그는 기분이 변한 것 같더군요. 얼굴과 목소리에서 침울한 기색이 엿보이더군요.

— 울레를 들쑤셔서 들고일어나게 하려는 게 아닙니다. 그러기엔 일러요. 너무 이릅니다. 하지만 획기적인 일은 이루고 싶어요. 세계가 마침내 우리의 소리를 듣게 되기를 바라고 있어요. 비록 그게 나 혼자의 목소리가 될지라도 말이지요. 인도에서, 중국에서, 미국에서, 소련에서, 프랑스에서도 듣게 되기를 바랍니다. 이제 암흑 같은 거대한 침묵을 중단시킬 때입니다. 게다가……

그는 잠시 머뭇거리더니 참지 못하고 말을 이었습니다.

— 마지막 선거 때 어떤 상황에서 내가 의원 위임장을 빼앗겼는지 아시죠? 당국이 온 힘을 내 경쟁자에게 실어주었지요.

그건 사실이었습니다. 하지만 그런 말을 할 계제가 아니었지요. 그럴 계제가 전혀 아니었지요. 그도 그걸 느꼈던 모양입니다.

— 물론, 지금 이 일과는 아무 상관이 없습니다만…… 어쨌건 의원직을 계속 맡았더라도 나는 책임을 다했을 겁니다.

— 그러셨겠죠.

나는 꽤나 악의적으로 말했습니다. 그리고 덧붙였지요.

— 그리고 감옥에 가게 되시겠지요.

그는 그 멋들어진 어깨를 으쓱하더군요. 나는 생각했지요. 내가 적어도 저런 어깨만 가졌더라면……

— 그런 다음에는 어떨까요? 오늘날 식민지의 감옥들은 장관들이 거쳐가는 대기실이지요.

그는 빙그레 웃더군요.

— 하지만 나를 위해 걱정할 필요는 없습니다. 나는 아마 절대 잡히지 않을 겁니다. 수단은 여기서 그리 멀지 않아요…… 그리고 카이로에는 이름난 라디오 방송국이 하나 있습니다. 자본주의 세계와 신생 세계의 투쟁이 오늘 일어날지, 아니면 내일 일어날지 나는 모릅니다. 그러나 그 투쟁에서 누가 승리자가 될지는 알지요. 아프리카입니다.

— 모든 걸 생각하셨군요. 부인은 안녕하십니까?

내가 물었지요.

— 프랑스의 장모님 댁에 가 있습니다. 아시겠지만 제 아내는 프랑스 여자입니다.

— 알고 있습니다. 아드님들은 여전히 장송에 있습니까?

— 네.

그는 조용히 말했습니다.

— 나는 그 애들이 좋은 교육을 받았으면 합니다. 나중에 그 애들이 필요하게 될 겁니다……

나는 인정했습니다. 그는 빈정거리는 게 아니었습니다. 우리를 잘 알고 있었던 거죠. 그뿐입니다. 그는 우리를 신뢰할 수 있다는 걸 알고 있었던 거지요. 어떻든 나는 씹고 있던 담배를 풀 속에 거칠게 뱉어버렸습니다.

그가 묻더군요.

— 사람들에게 말 좀 전해주실 수 있겠습니까? 그냥 내가 잘 지내고 있다고 해주시오.

— 포르라미에 가서 전하지요. 분명히 서둘러 필요한 조치를 할 것입니다.

그가 고갯짓으로 동의하더군요. 그는 그걸 아주 당연한 일로 생각하는 것 같더군요. 어쨌건 문명인들끼리 일이니까요. 그렇습니다. 그 사람은 우리들 쪽 사람이었습니다. 그는 우리처럼 생각했고, 우리의 사상과 우리의 정치적 문제를 품고 살아온 사람이었습니다. 나는 생각했지요. 너는 우리의 이미지대로 하나의 아프리카를 세우길 원하고 있으며, 그것 때문에 너의 편 사람들에 의해 산 채로 껍질이 벗겨져 마땅하리라고. 나는 그게 전제주의적인 아프리카가 되리라는 걸 잘 알고 있습니다. 그러나 그것 역시 우리들에게서 나온 것입니다. 나는 그런 생각을 했지만 말은 하지 않았습니다. 단지 다시 한 번 침만 뱉었지요. 그건 내가 침을 사용하는 가장 좋은 용도였습니다. 내가 무얼 생각하고 느낄지는 그의 관심을 끌지 않았습니다. 그의 관심을 끄는 건 포르라미에 있는 사람들에게 내가 할 말, 거기에 대해 신문들이 써댈 얘기들이었습니다. 그리고 이제 그 어느 때보다도 더 나의 관심을 끄는 것은 나의 친한 친구 드왈라가 약속을 지킬 것인지를 아는 일이었습니다. 나는 그가 죽은 사람을, 때로는 죽기 전에도 나무로 변하게 하는 능력을 가지고 있다는 걸 알고 있었습니다. 그리고 나는 더는 견디기 너무 역겨운, 내가 속해 있는 소속집단으로부터 영원히 나를 해방시켜준다는 장엄한 약속을 그로부터 받아놓았지요. 늘 나를 겁에 질리게 한 건 언젠가 또다시 인간의 가죽을 쓰고 다시 태어날지도 모른다는 생각이었습니다. 그 두려움은 종종 밤에 나를 잠 못 들게 했고, 식은땀을 흘리게 했습니다. 그래서 나는 드왈라와 계약을 맺었고, 그는 나에게 약속하고 심지어는 맹세까지 했던 겁니다. 그는 다음 생엔 나를 튼튼한 껍질을 가지고 아프리카 땅에 뿌리를 단단히 내린 나무로 태어나게 해주겠노라고 약속했지요. 그 대가로 몇 가지 작은 행정적인 편의를 봐주었는데, 무엇보다 울레 지방으로 도로가 지나는 걸 피하게 해주었죠. 이 희망 덕에 나는 마음이 놓였고, 몇 분 사이에 아주 유쾌해졌죠. 나는 얼굴과 수염을 닦았습니다. 완전히 젖어 있었거든요. 그리고 다시 헬멧을 썼습니다. 내가 무슨 생각을 하고 있었는지에 대해서는 아무 말도 하지 않았습니다. 그렇다고 그러고 싶은 마음이 없었던 건 아니었습니다. 나는 그에게 이렇게 말하고 싶었습니다.

'의원님, 나는 언제나 흑인이 되기를, 흑인의 마음과 흑인의 미소를 갖기를 꿈꾸었습니다. 그 까닭을 아십니까? 나는 당신들이 우리와 다르다고 생각했습니다. 의원님은 별도로 생각하지만 말입니다. 나는 백인들의 그 맥 빠진 물질주의로부터, 그들의 가련한 성욕으로부터, 그들의 서글픈 종교로부터, 그들의 기쁨의 결핍으로부터, 마법의 결핍으로부터 도망치고 싶었습니다. 당신들이 우리로부터 그토록 잘 배운 그 모든 것, 언젠가는 당신들이 강제로 아프리카의 넋 속에 심어넣을 그 모든 것으로부터 나는 도망치고 싶었습니다. 그걸 심자면 억압과 잔혹함이 필요할 겁니다. 그 억압과 잔혹함에 비하면 식민주의도 한낱 이슬방울밖에 되지 않을 것입니다. 오직 스탈린만이 다룰 줄 알았던 그런 억압과 잔혹함 말입니다. 그러나 그 점에 관해 나는 당신을 신뢰합니다. 당신은 최선을 다할 테니까요. 그럼으로써 당신은 서양을 위해 아프리카의 온전한 정복을 이룩하겠지요. 그건 우리의 사상이자 우리의 숭배물이며 우리의 터부, 우리의 신앙, 우리의 편견이며 우리의 민족주의적 바이러스입니다. 당신이 아프리카의 피에 주입시키려고 하는 건 우리의 독입니다. 우리는 언제나 그 작업 앞에서 뒷걸음질 쳐 왔습니다. 그러나 당신은 우리를 위해 그 일을 하시겠지요. 당신은 우리의 소중한 대리인입니다. 물론 우리는 그걸 이해하지 못합니다. 그러기엔 우리가 너무 바보이니까요. 어쩌면 그 점이 아프리카가 가진 유일한 행운인지도 모릅니다. 어쩌면 그 덕에 아프리카는 당신과 우리로부터 벗어날 수 있을 것입니다. 하지만 확신할 수는 없습니다. 인종차별주의자들은 흑인들이 우리와 같은 사람이 아니라고들 떠들어댑니다. 그러니 흑인 형제들에게 우리가 비추어주었던 희망이라는 것도 헛된 것이었을 가능성이 큽니다.'

바로 이런 얘기를 나는 그에게 해주고 싶었습니다. 그러나 꾹 참았습니다. 내가 이 같은 의견을 주장할 때면 행정부의 동료들에게서 떠오르던 표정, 경멸과 관대함이 어중간하게 섞인 그 표정을 그의 얼굴에서 다시 보고 싶지는 않았지요.

'가엾은 생드니, 그 친구는 아주 정직하긴 한데 시대에 뒤떨어졌어. 무정부주의자에다 코끼리처럼 둔해. 정말이지 지금은 우리 아프리카의 환경을 갱신할 때야.' 나는 이런 따위의 말을 듣고 싶지는 않았습니다. 그래서 입을 열긴 했지만, 그저 이빨 사이로 새 담배만 집어넣었죠. 그는 나에게 미소를 지어 보였습니다.

— 생드니, 이제 그만 애쓰세요. 당신은 애써 발버둥을 치고 있지만, 당신의 자리가 우리들 사이에 있다는 걸 당신도 아주 잘 알고 있어요. 당신은 당신이 가진 최고의 것을 아프리카에 주었습니다. 이리로 와서 투쟁하고, 그리고 어쩌면 우리들 곁에서 죽음으로써 당신은 당신이 속해 있는 행정부의 명예를 구하게 될 것입니다.

솔직히 털어놓건대, 나는 눈물이 났습니다. 살면서 나는 공식적인 격려를 받은 적이 많지 않고 그리고 내 길에는 감사의 흔적도 아주 드물었지요. 그러나 체체파리와의 투쟁에서만큼은 나는 모든 지역을 목축에 열어주었고, 무수한 인명을 구했습니다. 그러한 노력이 알려지지 않은 채 넘어가지 않았다는 것을 일러주는 유일한 표시는 내 젊은 동료들이 나에게 붙여준 '체체'라는 별명입니다. 그런데 그들의 마음속에서 그게 칭찬이었는지 아니면 나를 노망든 늙은이 취급하는 방식이었는지는 지금도 확실히 모르겠습니다. 그렇지만 결국에 가서는 내가 자기들에게 해준 역사적 봉사를 바이타리도 깨닫고 마침내 가능해진 동지애를 내게 보여준 겁니다. 그건 남녀노소 할 것 없이 누구도 내게 준 적이 없었던 겁니다. 나는 문명이 그들 길 위에 놓은 장애물에 맞서 흑인들이 스스로를 보호하도록 도울 수 있게 내가 그들 편 사람으로 받아들여지는 것 이외에는 이 세상에서 더 바라는 것이 없습니다. 하지만 나는 잘 속아 넘어가는 사람이 아닙니다. 한 정치인에 의해 굴려지도록 몸을 맡기려고 내가 체체 파리를 정복한 건 아니었지요. 그 정치인의 검은색 피부도 그가 우리 쪽 사람이라는 걸 감추어주지는 못했습니다. 20년 전부터 나는 오직 하나의 목표만을 가지고 있었지요. 거의 집념이라고 말할 수 있을 겁니다. 그것은 새로운 사상의 침입으로부터, 전염성이 강한 물질주의로부터, 정치적 해독으로부터 흑인들을 구하고 보호하며, 그들의 부족생활적인 전통과 경이로운 신앙을 보존하도록 돕고, 우리의 길을 걷지 않도록 하는 것입니다. 흑인들이 자기네 의식을 지키는 걸 보는 것 이상으로 내가 기뻐한 일이 없었고, 내 부족들의 청년이 선조 때부터 내려오는 벌거벗은 차림을 바지나 모자로 바꾼 것을 보면 나는 개인적으로 일손을 멈추고 가서 그 녀석 엉덩이를 한 대 걷어차곤 했지요. 페니실린과 D.D.T.는 내가 가는 곳이면 어디까지든지 가지고 갈 생각입니다. 그리고 분명히 말하지만 내게서 그 이상 끌어낼 사람은 없습니다. 늙은 드왈라와 함께 우리는 언제나 소위 '서양'이라고 불리는 철갑 두른 추한 짐승의 침입에 대항하여 검은 아프리카를 보호하고 흑인들을 무사히 지키기 위해 용감하게 싸우는 사람들의 선봉에 서왔습니다. 나는 개인적으로 정치 교육에 관한 오만한 회람문들이 없어지도록 주의를 게을리하지 않았습니다. 그런 것들은 공동변소에나 처넣을 것들이었죠. 아프리카에 대한 나의 가장 큰 근심은 우리의 독과 착취에 알리바이를 제공하는 데 쓰이는 서양의 개념들과 편집광적인 우리 이데올로기의 선전을 막는 것이었습니다. 민중을 형체도 알아볼 수도 없는 덩어리가 될 때까지 휘젓고 부수기 위해서 자기 민중의 영혼을 확성기와 전체주의적인 기계에 먹잇감으로 넘기려고 하는 자들에게 나는 합류하지 않을 작정이었죠. 나는 단호히 머리를 가로저으며 그에게 말했습니다.

— 내가 여기 있는 한 누구도 우리의 영묘한 의식을 당의 회합으로 바꿔놓으러 오지는 못할 거요.

그는 경멸에 찬 몸짓을 하더군요. 마치 나를 쓸어버리려는 듯이 보였습니다.

  — 알고 있어요. 당신한테는 지방색과 그림 같은 경치가 필요할 테지요. 게다가 당신은 반동 보수주의자에다 인종차별주의자요. 인간혐오증 때문에 흑인들을 좋아하는 겁니다. 마치 짐승을 사랑하듯이 말입니다. 우리는 그 따위 사랑은……

  갑자기 피로가 느껴졌고, 패배감이 몰려오더군요. 어쩌면 그가 옳은지도 모릅니다. 어쩌면 흑인들도 정말이지 우리와 똑같은 사람들인지도 모릅니다. 그렇다면 몸담을 곳도, 몸을 향할 곳도 없는 셈이었지요. 갑자기 나는 한없이 어리석은 짓거리 한가운데 있는 듯이 느껴졌고, 거기서 헤어날 방법도 알지 못하겠더군요. 그런데 마치 그 '유쾌한' 인상을 내게 확실히 심기라도 하려는 듯 나무들 사이로 갑자기 더러운 선원 모자와 힘과 활력이 넘치는 땅딸막한 실루엣이 나타나는 게 보이더군요. 어딘지 친근해 보여 알아볼 것 같은 실루엣이었죠."

20

"나뭇가지로 큼직한 물고기 세 마리의 눈을 꿰어서 어깨에 걸치고 오던 그 사람은 나를 보고는 걸음을 멈추더니 팔을 벌리고 다가왔습니다. 흑옥처럼 새까만 콧수염과 턱수염이 흔들릴 정도로 너털웃음을 지으면서 말이지요.

  — 생드니! 바다가 나를 어찌나 흔들어대던지! 외로운 노인장께서 여기서 무얼 하시오? 우리와 합류하러 오셨소? 친구라도 필요하

시오? 그렇지 않으면 돈을 횡령해서 도망이라도 오셨소? 당신 구역의 금고라도 갖고 와서 고상하게도 지하단체에서 도피처를 구하는 거요? 하! 하! 당신이 우리 해외 행정관들 중에서 가장 까다롭고 가장 오래되고 가장 거만한 사람이 아니라면 바다가 나를 집어삼켜도 좋소!

그 짐승 같은 자가 누군지를 기억하려고 나는 애를 썼지요. 그자가 내게 불러일으키는 반감을 보고 이미 그가 분명 친구라는 걸 알았으니까요.

— 그래, 행정관 나리, 이제는 친구도 못 알아보시오? 그게 밀림 속에서만 생활하니 그런 거요. 모든 사람의 얼굴이 결국 다 닮아 보이는 거지요. 하비브요, 강의 선장, 이곳의 유일한 선장이지요. 그리고 하비브가 여기 있다는 건 이 양반이 항해를 끝내지 않았다는 걸 증명해주는 겁니다!

사는 게 마냥 즐겁고 건강해 보이는 그 건달을 내가 곧장 알아보지 못한 것이 놀라웠습니다. 내가 평소보다 무뚝뚝한 표정을 지었는데도 그는 내 어깨에 한 팔을 두르더군요. 코로토로와 하비브, 바이타리를 둘러싸고 있는 것은 바로 이런 부류의 사람들이었습니다. 어떻든 모렐보다 더 곤란할 것도 없었습니다. 그러나 멀쩡한 사람은 분명 아니었지요. 나는 곧 기분이 나아졌습니다. 말하자면 다시 정신을 차린 거지요. 이제 나는 내 구멍으로 되돌아갈 수도, 팔짱을 낄 수도, 이 일이 지나가기를 기다릴 수도 있었으며, 별을 바라볼 수도 있었지요. 별들은 아주 멀리 떨어져서 보아야만 그 아름다움을 제대로 볼 수 있지요. 요컨대 모든 게 질서정연한 상태를 되찾은 거지요. 그것은 분명 다른 모든 시도들과 마찬가지로 비속한 짓거리와의 타협에 반드시 빠지게 마련인 하나의 특출한 시도였습니다. 나는 목소리에 한껏 야유를 섞어 하비브와 동업한 것으로 알고 있던 지상의 다른 순례자의 운명에 관해 물어보았습니다.

— 어떤 고상한 일에 사로잡혀 있지요. 어떤 이상의 아름다움에 사로잡혔어요. 웅대한 자연을 보호하기 위해서라면 무슨 짓이라도 할 용의가 있답니다. 그러더니 코끼리 캠프로 갔어요. 자연의 자유에 대한 강력한 이미지를 지키기 위해 모든 걸 버리고서 말입니다. 또한 사람들에게 권리를 되찾아주겠다는 고상한 목적에 기여하고, 자기 이름을 역사에 새겨넣고 싶은 모양입니다. 바이런의 이름 옆에, 중국의 장군, 러시아의 장군, 위대한 아라비아의 로렌스의 이름 옆에다 말입니다. 그래서 자기의 약한 숨결을 항거라는 전복적인 바람에 뒤섞은 거죠. 언제나처럼 지금도 온갖 위대한 목적의 배후로 확실히 섞여든 겁니다! 밤중에 나를 찾아와 깨우더니, 고상한 말을 늘어놓고는 만리허 총과 청산가리만 들고, 재산을 몽땅 버린 채 경찰이 들이닥치기 불과 몇 시간 전에 달아났지요. 이건 오래된 버릇이죠. 하! 하! 코끼리를 구하려고 말입니다. 그는 곧 일반법을 어긴 온갖 범죄로 기소되었지요. 그의 천성에는 일반적인 게 전혀 없는데 말입니다. 그 친구는 예술의 친구요, 옥스퍼드와 케임브리지의 위대한 청소년 교육자요, 모든 의미에서 세계인이었지요. 그래서 우리는 또 다시 지하단체에 들어온 겁니다. 해묵은 습관이지요. 이상은 죽지 않았고, 때때로 형편없는 것을 처먹을 수밖에 없지만, 그래도 여전히 살아 있지요. 그런데 불행하게도 영혼은 너무 예민합니다. 이 순간에도 신이 내린 이질과 더불어 텐트 아래 누워서 자기를 죽게 내버려둬달라고 제게 애원하고 있습니다. 어쩔 도리가 없지요. 내 보

살핌을 받고 끝까지 살 겁니다. 그래서 그 친구를 위해 고기를 몇 마리 낚아 왔지요. 우리의 지도자들을 구원하도록 노력해야 합니다. 모든 게 거기에 있지요. 인생은 아름답습니다. 강의 선장 하비브가 하는 말이니 틀림없어요. 그리고 신은 이 녀석이 인생에 대해 뭘 좀 안다는 걸 알고 있지요!

그는 다시 내 어깨를 툭 치고는 굽은 다리와 튼실한 근육질의 장딴지, 사는 게 마냥 즐거워 보이는 건강한 얼굴을 과시하며 물고기를 들고 떠났습니다. 그의 표정이 말해주는 바가 많았지만 나는 그것이 누구에 관한 건지, 혹은 무엇에 관한 건지를 지금도 모릅니다. 그런데 이상하게도 갑자기 마음이 가라앉는 게 느껴지더군요. 내가 아무리 외로워도 이런 동반자가 필요할 만큼 아직 성숙되지는 못했지요. 그리고 이제야 그 유명한 코끼리 사건 배후에 도사린 것이 무엇이고, 모렐의 소박함이 가리고 있는 것이 무엇인지를 분명히 알겠더군요. 페르 크비스트 같은 사람은 자연에 대한 열정과 이미 잘 알려진 인간혐오증 때문에 여기 온 것입니다. 사실 그의 인간혐오는 자연에 반하는 행동들과, 원폭실험들, 강제노동수용소며 전체주의적인 체제들, 인종차별적인 야만행위와 대지의 아름다움을 위협하고 생명의 근원을 고갈시킬 우려가 있는 다른 모든 오점들이 그에게 불러일으킨 너그러운 분노였을 뿐이죠. 이 사건의 배후에는 바이타리가 있었지요. 그는 삼차 세계대전이 임박하다고 믿고서 유럽이 몰락하고 나면 범아프리카 민족주의의 최고 영웅처럼 나타날 심산이었죠. 그들 뒤에는 모든 인간적인 항거의 그늘에 언제나 나타나는 단순한 도둑들과 암살자들이 자리 잡고 있었습니다. 또 그 뒤에는 말없이 주의 깊은 눈으로 바라보는 흑인 대중이 있었지요. 흑인 민중은 아직 연루되지 않았지만, 무슨 일이 일어나건 연루될 시간이 곧 오기 마련이었죠. 또 그 뒤에는 아주 멀리 떨어져서, 어쩌면 단지 모렐의 가슴속에만 있는 건지도 모르지만, 코끼리들이 오고 있었습니다. 요컨대 그건 하나의 지하단체, 진짜 지하단체였습니다. 선의를 가진 인간들과 저속한 자들, 자비에서 나온 분노와 약삭빠른 계산, 그리고 지평선의 코끼리 떼가 한데 뒤섞인 지하단체였죠. 그러나 목적은 수단을 합리화해주지요. 네, 그것은 하나의 지하단체, 대학살을 야기하는 데 필요한 순수성과 자비로운 열망을 간직한 한 줌의 인간들이었죠."

생드니는 문득 입을 다물었다. 벗겨진 머리와 불거진 뺨과 작달막한 그의 몸이 흐릿하게나마 몽고인의 모습을 풍기기 때문인지, 타생 신부는 갑자기 그가 땅바닥에 넘어져 허둥대는 기사 같다는 생각을 했다.

"그들에게 작별인사를 했지요. 그리고 은골라가 준비해둔 말들 곁으로 곧장 갔습니다. 몇 킬로미터를 가는 동안 페르 크비스트가 나를 배웅해주었습니다. 그는 안장에 몸을 곧추세우고 앉은 채 심각한 얼굴을 하고 있었습니다. 그의 경직된 다리를 지탱하도록 한쪽 등자가 다른 쪽보다 길었지요. 북극의 얼음이 갈라진 틈 사이에 오른쪽 다리가 끼어 관절이 망가졌던 겁니다. 그가 말 한마디 하지 않았기에, 나는 그 몇 분 동안 그가 나와 동반한 이유를 생각해보았습니다. 어쩌면 그는 문득 내가 다른 사람들보다 친근하게 느껴졌던 건지도 모릅니다. 우리의 말들은 바위 사이로 난 가파른 길을 나아갔습니다. 숲속으로 해가 막 지고 난 뒤였지요. 대나무와 여러 다른 나무들이 해의 불그스름한 껍질을 나눠 가진 듯이 보였습니다. 천천히 길을 걷는데 뭔가 부서지는 듯한 굉장한 소리가 갈랑갈레에서 우리 쪽으로 들려왔고, 숲 전체가 부르르 떨다가 어떤 맹렬한 엄습에 굴복하는 듯했습니다. 그리고 대기는 물을 찾아가는 코끼리 떼의 울음소리로 가득 찼습니다. 몇 분 만에 우지끈 하고 나무들이 뿌리 뽑히는 소리와 대지와 바위의 진동 소리, 코끼리들의 울부짖음이 얼마나 커졌는지 마치 천재지변이라도 일어난 것 같았지요. 나는 귀를 기울여 들었습니다. 내겐 이미 익숙한 소리였는데도 매번 들을 때마다 이 살아 있는 천둥소리는 내 심장을 더욱 빨리 고동치게 했지요. 그렇지만 그건 공포가 아니라 야릇한 전염이었지요. 나는 귀를 기울였습니다. 숲은 사방으로 열린 듯해서 소리가 나는 방향이 어디인지 도무지 알 수가 없었습니다. 그러나 우리가 높은 곳에 있었기에 물줄기를 덮고 있는 지하로 건너편 쪽에서 숲의 한 부분이 어떤 무시무시한 공포에 흔들리듯이 부르르 떨리는 게 보이더군요. 나무 꼭대기들이 갑자기 기울더니 수풀 속으로 사라지는 것이었습니다. 그때 나는 내가 너무도 잘 알고 있는 커다란 둥근 등을 가진 거대한 잿빛 형체들이 서로서로 다닥다닥 붙은 채 몰려 있는 것을 보았습니다. 나는 생각했지요. 머잖아 현대세계에는 저토록 큰 공간을 차지하고, 저토록 장엄하게 서툰 체구를 위한 자리는 남지 않게 될 거라고 말입니다. 그리고 녀석들을 볼 때마다 그렇듯이 나는 푸근하게 미소 짓지 않을 수 없었습니다. 녀석들의 모습은 마치 어떤 근원적인 존재에 대해 안심이라도 시켜주는 것 같았지요. 이 무력한 나이, 금기와 억제와 거의 생리학적 예속에 묶인 나이에, 사람이 자신의 가장 해묵은 진리들을 극복하고, 자신의 가장 깊은 욕구들을 포기하는 이 나이에도 그 경이로운 소리를 들으면 나는 언제나 우리가 아직은 완전히 우리의 근원으로부터 단절되지 않았으며, 거짓의 이름으로 아직 거세되지 않았고, 아직 완전히 굴복당하지 않았다는 느낌이 들었지요. 그렇지만 그 오래된 대지의 천둥 소리를 듣는 것만으로도, 그 생생한 붕괴를 단 한 번 보는 것만으로도 머지않아 우리들 가운데 그런 자유를 위한 자리가 남지 않을 거라는 걸 깨달을 수 있었지요. 그러나 단념하기란 어려웠습니다. 페르 크비스트가 오솔길 끝에서 말을 세우더군요. 내가 그를 안 이래 거의 엄숙해 보일 정도로 깊게 팬 주름살투성이의 그 얼굴에서 단 한 번도 어떤 표현을 본 적이 없다는 생각이 문득 들더군요. 그는 극도로 준엄한 표정을 짓고 있었습니다. 그의 작은 푸른 눈은 마치 그가 지난날 프리초프 난센과 함께 북극에 가서 감탄하며 보았던 만년설의 그 무엇을 간직하고 있는 듯이 보였습니다. 회색 수염 위의 입술은 냉혹하고 곧았으며, 용서의 기색이라곤 없었습니다.

그가 말하더군요.

— 저 소리를 잘 들어보십시오. 지상에서 가장 아름다운 소리이지요.

— 평생 나는 저 소리를 들어왔습니다.

— 단지 코끼리만을 말하는 게 아닙니다⋯⋯

나는 한순간 침묵했다가 대답했지요.

— 아프리카에 온 이래 우리는 저 소리를 줄곧 듣고 있습니다.

— 하지만 오늘날 당신들은 예전과 같지 않습니다, 샌디니. 예전엔 저 소리가 오직 당신 귀에만 들렸지요. 오늘은 당신 가슴에까지 들릴 겁니다. 당신은 저 소리의 아름다움에 더 이상 버틸 수 없을 겁니다. 옛날에 저 소리가 당신의 잠을 방해했을 때, 당신은 총을 집어

들었지요. 그리고 온갖 소리를 쏟아냈지요. 오늘은 저 소리가 두렵기보다는 당신의 총이 더 혐오스러울 거요. 아마도 사람들이 말하는, 분별력이 생기는 나이 탓인가 봅니다. 포르라미 사람들에게는 무슨 말을 하실 겁니까?

— 몇 해 전부터 내내 되풀이하고 있는 말이지요.

나는 퉁명스런 어조로 대답했습니다.

— 아프리카에서는 코끼리를 존중해야 한다고 말입니다. 필요한 온갖 보호책으로 자연을 감싸줘야 한다고 말입니다.

페르 크비스트의 얼굴엔 움직임이라곤 없었습니다. 일정한 나이에 이르면 얼굴이란 영원히 오직 하나의 표정으로 고정되어서 쉽사리 흐트러지지 않는가 보다고 나는 생각했지요.

— 그들이 기어이 우리와 맞설 군대를 보낼 거라고 생각하십니까?

— 프랑스령 적도 아프리카엔 군대가 거의 없습니다. 하지만 수렵꾼들이 크게 동요하고 있습니다⋯⋯

그의 얼굴은 여전히 엄숙했습니다. 그러나 그가 익살스럽게 던진 말에 나는 놀랐지요.

— 내 나이에 죽임을 당한다는 건 필시 즐거운 일이 될 겁니다.

나는 힘주어 말했지요.

— 아니죠, 고통스러울 겁니다. 그런데 나이가 어떻게 되십니까?

그가 근엄하게 말하더군요.

— 아주 많습니다.

그러고는 마치 확실한 사실인 양 덧붙여 말했습니다.

— 아프리카에서 죽는다면, 나는 기쁠 겁니다.

— 아니, 왜요?

— 인류가 시작된 곳이 여기니까요. 인류의 요람은 니아살랜드〔1964년에 말라위 공화국으로 명칭이 바뀌었다〕입니다. 거의 증명된 사실입니다.

— 우스꽝스런 이유로군요.

— 사람은 자기 집에서 죽는 게 좋지요.

대지를 자기 집이라고 여기려는 사람이 또 하나 있군, 하는 생각이 들더군요. 내가 물었지요.

— 그런데 모렐은?

— 우리들 모두가 보호를 필요로 하지요.

그의 목소리에는 깊은 슬픔이 담겨 있었습니다.

그가 말하더군요.

— 가엾은 모렐. 그 사람은 불가능한 상황 속으로 뛰어들었습니다. 인간들과 더불어 인간적인 이상을 옹호하려고 하는 그 모순을 해결한 사람은 지금껏 한 사람도 없었습니다. 안녕히 가십시오."

21

"그날 밤, 천막 안에서 이리저리 뒤척이며 나는 통 잠을 이루지 못했습니다. 그때껏 그렇게 외롭고 쓸쓸한 적이 없었지요. 어둠 속을 응시하면서 나는 코끼리도 너무 작으니, 우리 곁에 좀더 크고 다정한 사랑의 짐승이 있어야겠다고 생각했습니다. 그러나 현재로는 권투 용어대로 그 '체급'에서는 우리 눈에 들어오는 게 코끼리밖에 없었지요. 나는 포르라미로 돌아와서 지사와 말다툼 섞인 회견을 가졌습니다. 그는 벌써 오래전부터 나를 알고 있으며, 내가 모렐이 있을 거라고 지도에 표시한 곳을 믿지 않는다고 하더군요. 사실 그의 말이 전적으로 틀린 것은 아니지요. 나는 이 사건을 경찰을 시켜 해결하려는 것은 헛일이며, 오래전부터 시대에 뒤떨어진 큰 짐승 사냥 규칙을 곧 변경시켜주길 파리에 요구하는 편이 훨씬 쉬울 거라고 그에게 설명하려고 애썼지요. 그리고 그걸 모든 삼림업자와 관리자들도 끊임없이 요구하고 있다고 했지요. 그는 버럭 화를 내더니 무슨 형이상학적인 '뮌헨' 얘길 하며, 자기는 절대로 인간혐오주의의 깃발 아래 굴복하지 않을 것이고, 인간의 행동에 관한 그의 믿음은 아직 그대로이며, 우리 종족은 분명 앞으로 빛나는 미래를 맞이하게 될 것이라고 외치더군요. 그는 주먹을 휘두르며 자기 영토 내에서는 인간의 업적에 맞서는 증오의 표현, 인간 조건에서 벗어나려는 보잘것없고 건방진 노력은 용서하지 않을 것이라고 선언했지요. 그는 벌떡 일어나 종종걸음으로 내게 달려들더니 내 앞에서 발끝으로 서서 소리치더군요. 이 모든 자연보호운동은 결국 정치적 오락에 지나지 않으며, 만일 공산당이 아프리카에서 승리하면 코끼리가 제일 먼저 목매달려 죽을 것이라고 말하더군요. 그는 호주머니에 손을 집어넣으며 코끼리가 사실은 마지막 남은 개인들이라는 걸 내가 아는지 빈정거리며 묻더군요. 인간의 마지막 남은 기본적 권리, 서투르고 성가시고 시대에 뒤떨어지고, 사방에서 위협받고 있지만, 삶의 아름다움을 위해서 없어서는 안 될 권리를 상징하고 있다는 걸 내가 아는지 물었습니다. 바로 이것이 어떤 프랑스 신문이 —— 이 말을 하며 그는 책상 위에 쌓인 신문더미를 주먹으로 쳤지요 —— 소위 식자층이라는 어떤 신문이 이 사건에 대해 내세우고 있는 주장이오. 그는 자기로 말하자면 이런 형이상학적인 글자들, 이 비비 꼬이고 패배주의적인 먹물 묻은 종이에 맞서 인간의 운명을 믿고 일자리에 충실하며 완수한 업무 앞에서 조용히 자부심을 품는 공화주의자의 건강하고 솔직한 웃음으로 대항할 뿐이라고 하더군요. 그러고는 눈을 크게 뜨고 이빨을 드러내놓고 아주 징그럽게 웃어젖혔습니다. 와하하하⋯⋯ 그 후엔 그를 소파에 눕히고 부인을 데려와야만 했지요."

생드니는 잠깐 말을 멈추고 수염 뒤로 낄낄거렸다.

"아마 내가 좀 과장하는 모양입니다, 신부님. 그러나 모렐 사건에 관해 씌어진 온갖 터무니없는 얘기가 포르라미 사람들을 얼마나 격분하게 했는지는 상상하기 어려울 겁니다. 사전에서 '생태학'이라는 단어를 찾기 시작한 사람들도 있었지요. 나는 대단히 흡족한 기분으로 그 방을 나왔는데 푸아사르가 따라나오면서 많은 얘기를 해주더군요. 지사가 요즘 잠을 못 이룬다는 것, 파리에선 이 사건이 정말 아프리카 맹수보호와 관계된 것이라는 사실을 미국인들에게 납득시키지 못하고 있다는 것, 언론은 정부가 심각한 정치적 혼란을 감추기 위해 모렐이라는 인물을 만들어냈다고 비난한다는 것, 아직도 코끼리를 믿을 수 있다고 생각하는 프랑스의 순진성을 전세계가 비웃고 있다는 것 등을 얘기하더군요."

22

"이것이 바로 내가 오늘 신부님께 하듯이 미나에게 들려준 얘깁니다. 내 평생 한 여자가 그렇게 열심히 내 얘기를 들은 적이 없었지요. 그 여자는 안락의자 팔걸이에 기댄 채 꼼짝 않고 있었습니다. 그 완벽한 부동의 자세가 힘겹게 열정을 억누르고 있는 걸 드러내주더군요. 고백하건대, 그 여자가 보여주던, 거의 애원에 가까운 관심의 대상이 내가 아니라는 것을 난 거의 잊고 있었지요. 그 여자에게서 느낄 수 있는 모든 감성과 연민, 그 관대한 열성에 감동되지 않기란 불가능한 일이었습니다. 마음이 혼란스러울 지경이었지요. 그렇습니다, 혼자 남겨두기 어려운 그런 여자였지요……"

예수회 신부는 약간 놀란 눈으로 친구를 쳐다보았다.

"모렐이 참으로 순진하게도 나더러 전해달라며 인류에게 던진 웅장한 메시지, '내게 거의 탄환이 떨어졌다고 그들에게 전해주시오.' 이 말을 옮기자 그녀는 입술을 떨며 갑자기 자리를 떠나 반대편으로 가더니 괜스레 화병을 옮겨놓더군요. 그렇게 벽 쪽으로 얼굴을 돌린 채 있었는데, 어깨가 들썩이더군요. 난 좀 당황스러웠지요. 그 여자가 젊은 시절 불행을 많이 겪었다는 사실을 알고 있었고, 처음에 나는 그 유명한 모렐의 표현대로 그 여자에게는 개만으로는 채울 수 없는 더 큰 우정, 생의 고독을 채울 만한 그 무엇이 필요한 까닭에 그렇게 코끼리에 정열을 쏟는다고 생각했지요. 그러나 이제 그녀의 마음속 빈자리는 이미 다 채워졌고 별로 남은 자리가 없다는 것, 어쨌건 나를 위해 남은 자리는 없다는 걸 깨달았지요. 나는 그 여자에게 사건을 너무 비극적으로 생각할 필요가 없으며, 모렐은 아마 의사들의 진단에 따라 정신병원에서 한두 해 지내면 될 것이라고 말했지요.

그녀는 격렬하게 화를 내며 나를 향해 휙 돌아서더군요. 그 기세에 숨이 턱 막힐 지경이었지요. 그 여자의 모습이 이따금 눈앞에 떠오르는데, 바로 이때 본 모습이지요. 걸친 가운 앞이 벌어져서 팬티와 브래지어만이 알몸을 가리고 있을 뿐, 머리는 산발을 하고, 생선장수처럼 그 끔찍한 독일어 억양으로 고래고래 소리치는 모습이었지요. 무슨 마법인지 몰라도 그 독일어 억양으로만 말하면 그녀는 금세 덜 예뻐졌지요.

그녀가 쏘아붙이더군요.

— 그러면 드 생드니 씨, (왜 그녀가 내 이름 앞에 '드'라는 말을 붙였는지 모르겠더군요) 어떤 사람이 당신들에게, 당신들의 잔인성에, 당신들 얼굴에, 당신들 목소리에, 당신들 손에 질렸다고 해서 당신은 그 사람이 미쳤다고 보세요? 그 사람이 당신들, 당신네 학자, 당신네 경찰, 당신네 기관총과 더는 조금도 닮고 싶지 않다고 해서 그 사람을 정신병원에 가둬야 합니까? 요즈음엔 그런 사람들이 많다는 사실을 아셔야 해요. 다만 그 사람들은 그처럼 행동할 용기가 없을 뿐이죠. 너무 비겁하거나 너무 지쳤거나 너무 냉소적이기 때문이죠. 그러나 그런 사람들은 그이를 이해합니다. 아주 잘 이해하지요. 그 사람들은 그들의 사무실로, 수용소로, 군대로, 공장으로 가서 복종해야 하는 걸 지긋지긋해하지요. 그래서 할 수 있는 사람은 그이를 생각하고 미소 짓지요. 나처럼 말이에요.

그녀가 술잔을 들더군요.

— 그들은 그이를 위해 건배를 하지요. 프로지트! 프로지트!〔건강을 빈다는 뜻의 독일어〕하면서 말이에요.

그녀는 내 어깨 너머로 어느 한 점을 응시하고 있었어요. 그 독일말은 참으로 견디기 힘든데다 더구나 여자의 입에서 나오니 더욱 듣기 괴로웠습니다. 갑자기 그녀의 목소리에서, 몸짓에서, 아무렇게나

풀어헤친 가운에서 왠지 천박한 느낌이 들더군요. 그녀가 많은 남자를 겪었다는 것이 느껴졌지요.

'이봐요.' 하고 내가 말을 시작했는데, 여자가 내 말을 끊더군요.

— 그리고 드 생드니 씨, 제가 한마디만 더하겠어요. 당신 피부도 코끼리 가죽보다 더 비쌀 건 없어요. 독일에서는 전쟁 동안 사람 가죽으로 전등 가리개를 만들었대요. 그리고 잊지 마세요, 드 생드니 씨. 우리 독일 사람들이 항상 선구자였다는 사실 말이에요……

그녀는 웃더군요.

— 어쨌건 알파벳을 발명한 것도 우리예요.

아마도 인쇄술을 말하는 모양이었어요.

— 오, 그런 얼굴 하지 마세요. 동정 따윈 필요 없어요. 많은 남자가 내 위를 덮치고 지나간 건 사실이에요. 그러나 피할 수 없는 건 체념하고 받아들여야죠. 남자들이 바지를 벗었을 때 하는 짓으로 그들을 판단할 순 없어요. 정말 더러운 짓을 할 땐 오히려 옷을 입고 하지요.

그녀는 담배를 피워 물었습니다. 나는 완전히 어리둥절했지요. 그렇게 겸손하고 항상 소극적이고 내성적이던 여자가 어떻게 그렇게 폭발할 수 있는지 놀랐지요. 모렐에 대해 내가 한 말의 뜻을 오해한 거라고 나는 애써 설명했지요. 모렐이 자기를 이용하는 정치 선동자와 도둑 패거리 손아귀에 들어가서 이젠 구할 길이 없어졌다는 뜻이라고 설명했습니다. 그녀가 내 말을 끊더군요. 그리고 내가 잘못 생각하고 있는 것이며, 내가 그를 돕기를 받아들이기만 한다면 아직 늦지 않다고 분명하게 말하더군요. 그녀가 내게 부탁한 것은 내 친구 드왈라에게 말해서 자기를 모렐과 연결해달라는 것뿐이었습니다.

물론 나는 그녀가 이성적으로 생각하게 하려고 애썼지요. 내가 울레 족의 신임을 얻는 데 이십 년의 정성이 필요했고, 늙은 드왈라가 나를 위해 한 일은 도무지 양도할 수 없는 것이라고 얘기했지요. 우리는 명예를 걸고 맹세를 한 오랜 동맹자이며, 만약 내가 그것을 깨뜨리면 내 행정 구역에서 지위를 완전히 잃게 될 거라고 했습니다. 바이타리가 동조자들을 두고 있는 몇몇 마을은 엄격한 감시를 받고 있어, 그녀는 제일 가까운 군대 초소로 곧바로 끌려가게 될 것이라고 했지요. 사실 바이타리에게 몇십 명이나 되는 친구가 있는 것 같지는 않았고, 게다가 그 친구들은 대개 도시에 있었지요. 그자는 진보적인 사람이었고 원주민들도 그걸 알고 있었지요. 그자는 우리 쪽 사람이었고, 그의 머릿속은 우리 사상으로 가득 차 있었으며, 원주민의 의식을 경멸하고 있었죠. 마지막으로 나는 모렐이 살인 기도 혐의를 받고 있으니 그녀에게 가장 좋은 길은 이 사건에 연루되지 않는 것이라고 했지요. 그녀는 외국인 여자, 더구나 독일 여자니까요.

그녀가 외치더군요.

— 그러면 당신은 그이가 결국 누군가를 죽이고는 정말 손쓸 길이 없게 되길 바라시는 겁니까? 당신은 행정관으로서의 의무를 말씀하시는데, 그 의무란 바로 모렐이 반기를 거두고 살아서 돌아오게 하는 것 아니겠어요? 그렇게 되면 정부로부터 치하까지 받게 되실 테지요.

귀에 거슬리는 말투로 그녀는 이렇게 쏘아붙이더군요.

— 내가 그이에게 말만 할 수 있다면 그이는 틀림없이 내 말을 들을 거라고 확신해요.

나 역시 그런 확신이 들었죠. 그녀에게는 물론 몇 가지 수단이 있었으니까요.

— 드 생드니 씨, 당신을 믿고 당신에게 의지하며 도움을 청하는 사람이 있다는 것을 느끼지 않습니까? 보호를 필요로 하는 사람 말이에요.

그녀의 목소리는 갈라졌고, 두 눈엔 눈물이 가득 고였습니다. 물론 거부하기 어려운 말이었습니다. 나는 재빨리 생각해봤지요. 몇 가지 주의만 한다면 그녀의 생각이 그리 허황된 건 아닌 것 같더군요. 어떻게 신부님께 설명해야 할지 모르겠지만, 하여튼 모렐이 그녀의 권고에 설득되어 그녀를 따를 것이라는 확신이 들었지요. 아마도 나를 그의 입장에 놓아본 모양입니다. 내 눈에는 이번이야말로 능란한 솜씨를 발휘할 기회처럼 보이기까지 하더군요. 그래서 그 기회가 지나가도록 내버려둘 권리가 내게 없다는 생각이 들었지요. 마치 내가 푸셰〔나폴레옹의 참모로 활약했으며, 냉혹하고 속을 남에게 드러내 보이지 않는 권모가로 이름 높았던 프랑스의 정치가〕 같은 사람처럼 능수능란해서, 사랑에 빠진 여자를 이용하여 위험한 적을 잡으려는 듯이 생각되더군요. 사실 이런 종류의 일에는 항상 사랑의 도움을 받을 수가 있지요. 경찰 전문가들은 모두 그걸 알고 있지요. 그녀가 우리의 미끼가 되어 교묘하게 낚아내는 겁니다. 그뿐이지요. 신부님, 전 지금 상상의 담배통에서 담배를 한 움큼 집어내어, 사교계 사람 같은 미소를 띠고 코앞에 갖다 대고 싶은 걸 겨우 참고 있습니다. 그렇게 해서 나는 그녀 뜻에 넘어갔을 뿐만 아니라, 약삭빠른 사람 행세까지 했지요. 사실은 그녀의 젊음에, 그 아름다움에, 그 비장하고 당황한 모습에 '안 된다'고 말할 수 없었던 것이지요. 결국 나는 은골라를 모렐에게 보내서 그녀를 만나볼 의사가 있는지 타진하겠다고 말했습니다. 그동안 그녀는 포르라미를 떠나 내 행정 중심지인 오고에서 대답을 기다리며, 그곳에서 어떤 일로도 꼼짝하지 않는 것이 좋겠다고 했지요. 만일 모렐이 만나겠다고 한다면 만날 장소를 울레 지방이 아닌, 우방기 지역 어느 곳으로 정하는 게 좋겠다고 말했죠. 성공하면 다행이고, 그렇지 못하면 그녀는 포르라미로 조용히 돌아와서 며칠 동안 밀림지대를 다녀왔다고 하면 그뿐일 거라고 했습니다.

그녀는 내게 풀쩍 달려들며 감사 표시를 했는데, 나는 기분이 상했지요. 아마도 다른 사내와 관계된 일이었기 때문이었나 봅니다.

— 내게 고마워할 것 없어요. 성공할지는 두고 봅시다. 정말 고독과 관계된 사건인지 분명히 알게 되겠지요. 그자가 '거만한 자'가 된 것이 곁에 사람이 없기 때문인지 곧 알게 되겠지요. 나는 당신의 모렐과는 전혀 비슷한 구석이 없지만 난 그자를 그렇게 이해하고 있어요.

여자는 담배를 다시 하나 빼들고는 흥분해서 피우더군요. 그리고 입을 열었습니다.

— 어떻든 서둘러야 해요. 보병 일대대가 방기에 올 텐데 아마 곧장 울레로 갈 거예요. 모든 일을 군대가 오기 전에 처리하는 것이 좋겠어요.

나는 깜짝 놀랐지요. 정부가 다른 곳에 그렇게도 필요한 군대를 이리로 보낼 만큼 사건을 중대시하는지 몰랐었지요. 그리고 그녀가 그 사실을 어떻게 알았을까요? 아마 높은 사람들이 차디앙 테라스에 앉아 얘기하는 것을 듣고 알았겠지, 하고 나는 생각했습니다. 나는 은골라에게 곧 명령을 내리기로 그녀와 약속했습니다. 그녀에게,

내가 며칠 후 포르라미를 떠나는데 그때 함께 떠날 수 있을 거라고 했지요. 그녀는 며칠 지연되는 것이 마음에 들지 않는 모양이었어요. 내일 당장 오고로 떠날 수는 없느냐고 묻더군요. 그녀는 우리가 함께 여행하는 것이 남의 눈에 뜨이지 않는 편이 좋겠다고, 내게 곤란한 일이 일어나는 걸 바라지 않는다고 했지요. 이렇게 말하며 그녀는 처음으로 마음에서 우러나오는 다정한 눈길로 나를 바라보더군요. 난 말했습니다.

— 좋습니다. 좋을 대로 하시오. 나도 포르라미에 오래 있지는 않을 테니까. 은골라는 내일 새벽에 매일 아침 방기로 내려가는 포르투갈 트럭으로 떠날 겁니다. 그러고 나면 그 애가 돌아오기만 기다리면 됩니다.

그녀는 이제 벌거숭이 무릎 위로 가운 자락을 모으며 차디찬 공기에 몸을 떨었습니다. 새벽 두시였는데, 난 도무지 떠날 수가 없었습니다. 그래서 아무 얘기나 자꾸 했지요. 숲에 대한 얘기, 기후 얘기, 내 흑인 일꾼들 얘기 등…… 하지만 그녀는 지쳐서 내 얘기를 한마디도 듣고 있지 않았습니다. 내 관할 구역에서 체체파리를 없애려고 했던 온갖 노력을 얘기하고 있는 나 자신을 발견하고 흠칫 놀랐던 기억이 나는군요. 참 이상하게도 그 더러운 파리 놈을 없애고 난 뒤로 난 항상 그 파리 생각을 합니다. 마치 그 파리가 그립기나 한 것처럼 말입니다. 어떻든 그들도 나와 함께 살았던 것들이니까요. 결국 그녀는 내게 손을 내밀더니 나를 문까지 배웅했습니다. 아니, 있는 그대로 말하자면 나를 내쫓은 거지요. 나는 그곳을 떠나서 입구의 개선문을 지나갔지요. 그 개선문은 여전히 제자리에 있더군요! 기둥에 기대 서 있는 창백한 그림자와 담뱃불이 보였습니다. 오르시니였습

제1부 195

니다. 그는 마치 손님을 세는 포주처럼 그곳에 서서 증오 어린 냉소적인 표정으로 나를 쳐다보더군요. 나는 집으로 돌아와서 은골라를 깨워 메시지를 전했지요. 은골라는 무표정한 얼굴로 자기 목적을 향해 어둠 속으로 사라졌습니다."

23

"그 후로 얼마 동안 미나 얘기를 전혀 듣지 못했습니다. 그날 밤 심한 말라리아에 걸려 나는 보름 동안이나 모기장 안에서 덜덜 떨었지요. 겨우 눈을 뜨면 테로 의사의 근심 어린 얼굴이 보이더군요. 한두 번 쉴세르의 얼굴을 본 것도 같습니다. 사실 그 사람과는 그런 친절을 베풀 만한 사이가 아니었는데 말이지요. 그러다 열이 내렸는데, 아직도 그 달에 한두 번은 더 재발하리라는 것을 난 알고 있었지요. 그 병이 항상 나한테는 연달아서 재발했으니까요. 자리에서 일어나서 첫걸음을 디디면서 나는 내 집 테라스에 편안히 자리 잡고 책을 읽고 있는 쉴세르의 부관을 발견했습니다. 그는 약간 거북해하더니 사령관이 남쪽으로 출발하기 전에 나를 만나려고 했는데 의사가 금지시켜서 자기더러 모렐에 관해 몇 가지 질문을 하도록 명령하고 갔다고 설명하더군요. 사흘 전부터 그 안락의자를 떠나지 않았던 모양이었습니다. 나는 집 문 앞에다 보초병을 세우는 편이 훨씬 간단했을 것이라고 퉁명스럽게 비꼬았습니다. 그리고 내가 아는 얘기는 다 했다고 말하고, 이 사건에 우스울 지경으로 중요성을 부여하고 있는 것 아니냐고 덧붙여 말했지요. 그는 예의 바르게 듣고만 있더군요. 그는 겉옷 주머니에 한 손을 집어넣고 있었는데, 약간 몸에 끼는 기마대 장교복이 팔 밑에 끼고 있는 지휘봉과 흰 모자와 예리한 턱과 잘 어울렸지요. 난 그자가 마음에 들지 않았어요. 그자가 여자들 입에서 들을 말과 균형을 맞추기 위해서라도 나는 항상 그에게 기분 나쁘게 대꾸해주고 싶었지요. 장교는 참을성 있게 내 불쾌감을 받아주었는데, 그것이 내 신경을 더욱 긁었지요. 나이와 고독으로 괴팍해진, 덤불숲에서 생활하는 늙은이에게 관대해야 한다고 생각하는 것 같았기 때문이지요. 나는 파리를 없애 영토를 보호하는 일보다는 그에게는 여자 사냥이나 하는 것이 더 쉽겠다고 말하며 욕을 해주고 싶었지만 참았습니다. 그는 프랑스 연방이 현재 어려운 시기를 겪고 있으며, 성전(聖戰)이 우리 국경에서 일어나고 있어서, 프랑스령 적도 아프리카가 반드시 평온한 본보기를 보여야 한다고 말하더군요. 이 영토에는 군대가 전혀 없었지요. 군인 한 사람 만나지 않고 벨기에령 콩고까지 곧장 나갈 수 있었죠. 이런 조건에서는 아주 작은 규모의 산적 떼가 출몰해도 헤아릴 수 없는 중대한 결과를 가져올 수 있다는 겁니다. 그 자신도 모렐에게는 어느 정도 호감을 갖고 있지만, 불행히도 모렐이 이해 못하고 있는 것은 오늘날의 세계가 이미 코끼리에게 관심을 가질 수 없다는 점이라고 말하더군요. 사람들에게는 신경 쓸 다른 일들이 많다는 겁니다. 비록 일시적으로 우둔해지긴 했을지라도 그들 감각에 호소하는 더 위급한 일들이 있다는 거지요. 그들은 오직 자기 자신의 몸을 위하는 일 이외에는 열중할 수 없게 되었다고요. 대중 여론은 모렐이 존재한다는 것조차 믿지 못하게 되었다고 하더군요. 처음 프랑스 당국이 사건에 대해 정식으로 해명하고 나섰을 때 한순간 놀라움과 호기심이 일긴 했으나, 오늘날엔 웃음거리가 되었으며, 특히 '프랑스 인이 우리를 정말 바보로 취급하는군' 하는 게 미국의 반응이라는 것입니다. 장교는 초조한 몸짓을 보이더군요.

— 어쩌겠어요? 어쨌건 우리는 미국 여론을 고려해야 하지요. 그들 생각엔, 원주민의 민족적인 갈망으로 야기된 혼란의 원인을 은폐하기 위해 프랑스 정부가 모렐이라는 가상인물을 만들어냈다는 겁니다. 더구나 코끼리라는 생각 자체가 워싱턴 사람들의 신경을 무척 건드리고 있는가 봅니다. 프랑스 인들이 일은 하지 않고 아직도 쓸데없는 짓에 골몰하고 있다고 말하는 모양입니다.

장교는 지휘봉 끝으로 수염을 가볍게 긁었습니다. 그리고 말을 계속했지요. 사실 벌써 오래전부터 미국에는 코끼리가 없습니다. 중신세시대에는 있었다고 하지만. 그러니 모렐이 실제로 존재한다는 사실을 보이기 위해서라도 그를 붙들어 처단하는 것이 중요합니다. 그렇지 않고는 미국 사람들을 설복시키기 어려울 것입니다. 1940년대에 루스벨트가 드골을 미워하던 생각을 해보십시오. 그런데 사실 1940년대의 드골은 오늘날의 모렐이나 코끼리 얘기와 흡사하지요. 오늘의 공리주의적 민주주의자들로서는 인간의 명예와 존엄성에 대한 완고하고도 공평무사한 그런 식의 선언을 이해할 수 없지요. 이런 모든 고찰이 아니더라도, 아프리카에 우리 치안군대가 없어서 범법자가 쉽게 달아날 수 있다는 사실을 드러내 보이는 건 위험한 일이라고 그는 덧붙였습니다. 나는 빈정거리는 어조로 대꾸했지요. 그의 수준 높은 정치 강의는 대단히 훌륭하지만 마치 달걀이 어미닭을 가르치는 격이며, 나도 모렐 사건의 위험성은 잘 알고 있으니, 그 점에 관해선 말하지 않아도 된다고 했지요.

그가 무뚝뚝하게 말하더군요.

— 알고 계시겠지만 차디앙의 가수인 그 여자가 자취를 감추었는데, 아무래도 모렐을 따라간 것이 틀림없습니다. 쉴세르 사령관님은 당신이 이 일에 관해 대단히 흥미로운 정보를 주실 수 있으리라고 생각하고 있습니다. 생드니 씨, 그리고 특히 그 여자가 열흘 전에 오고에 있는 당신 집에서 무엇을 했는지 설명해주실 수 있으시겠지요?

그는 이런 얘기를 하더군요. 어느 날 아침 미나가 미국 소령과 함께 며칠 걸리는 사냥을 하러 간다며 작은 트럭을 타고 떠나는 것을 사람들이 보았다는 것입니다. 처음에는 아무도 관심을 기울이지 않았는데, 울레 지방 한복판 어느 길 끝에 내버려진 그 트럭을 발견했다는 겁니다.

장교는 지휘봉에 턱을 괸 채 주의 깊게 내 표정을 살피고 있더군요. 나는 눈을 들어 말했지요. '계속하시오.' 오르시니 말을 듣자니, 미나가 떠나기 전에 오랜 시간에 걸쳐 만난 마지막 사람이 나라는 사실을 상기시키지 않을 수 없겠다고 그는 말하더군요. 오르시니는 이 사건에 대단한 관심을 가지고 있는 것 같았습니다. 그자는 모렐이 프랑스령 아프리카에 분란을 일으키기 위해, 또 지금 준비되고 있는 세계전쟁에 대비하여 지하군을 조직하기 위해 배치된 외국 정보원이며, 미나는 모렐에 정보를 제공하고 손님을 끄는 역할을 한다고 생각하고 있다는군요. 장교는 거북스런 표정을 짓더니 말했어요.

— 그자는 당신도 이 사건에 관련시키고 있습니다. 당신이 그자들의 이념을 감정적으로 공감하고 있다고 하더군요. 당신이 유럽에서 떨어져나간 아프리카, 당신이 혐오하는 문명과 접촉을 끊은 검은 아프리카를 은근히 꿈꾸고 있다고 주장했어요.

장교가 손을 들더군요. 그저 오르시니의 말을 옮긴 것뿐이니 변명할 필요는 없다는 몸짓이었지요. 오르시니가 그 여자에게 특히 관심을 가질 만한 다른 이유가 있을 것이라고 장교는 말했습니다. 그 여자는 꽤 예쁘니까요. 나도 아마 이 사실은 알고 있지 않냐고 하더군요. 나는 잠자코 있었습니다. 다만 거만한 투로 그에게 단언했지요. 내가 이 사건에 어떤 역할을 했다는 건 부인하지 않겠다. 하지만 그 여자가 모렐에게 간 것은 다만 그에게 항복하도록 설득하여 그를 구해내려는 것이다. 내 생각에 가장 좋은 방법은 그 여자를 그대로 내버려두는 것이다. 그 여자가 양처럼 순해진 모렐을 데려올 것이다. 여자들은 가장 잘 조직된 경찰이 가지지 못한 설득방법을 가지고 있다는 씁쓸한 말로 나는 말문을 맺었지요. 장교는 예의바르게 내 얘기를 듣고 있었습니다. 늙은이의 망령을 참을성 있고 너그럽게 들어주는 젊은이의 태도로 말입니다. 그러다 입을 열더군요. 당신은 아마 그 여자가 무기와 탄환상자 등을 트럭에 싣고 갔다는 사실을 아시면 놀라시겠군요. 대대적인 공격을 벌일 만한 무기를 말입니다. 그들은 그 무기로 얼마 전 바탕가포 동쪽에 있는 웨이즈맨 농장을 습격해 불태웠습니다. 파리에서는 이 지역을 소탕하라는 명령이 내려왔고, 우리는 우기가 오기 전에 끝내길 희망하고 있습니다. 그러니 그 여자가 모렐한테 간 것은 그를 항복시키려는 게 아니라 오히려 '소속 종을 바꾸고 싶어하는 사나이'를 따라가서 오래 전부터 준비해두었던 무기와 탄환을 보급해주어 그가 싸움을 계속하도록 돕기 위한 것임이 분명합니다. 그녀의 조급한 출발은 모렐에게 무기가 긴급히 필요했다는 사실을 말해주는데, 아마도 누군가가 그녀에게 이런 내용의 메시지를 전한 것 같습니다. 장교는 지휘봉에 턱을 괸 채 나를 주의 깊게 쳐다보더군요."

24

"나는 내 친구 드왈라와 그가 내게 한 약속, 아니, 우리가 함께 맺은 흥정을 생각했습니다. 그것은 벌써 수년 전에 일어난 일이며, 그때부터 나는 봄마다 그 값으로 소와 염소 한 마리씩을 충실히 지불하고 있었지요. 내가 그 얘기를 하러 찾아갔을 때 그가 보였던 거칠고도 무뚝뚝한 태도가 생각났습니다. 나는 그에게 간절하게 간청을 했고, 마지막에는 화를 내며 때리겠다고 위협까지 했었죠. 물론 그건 흥정하기 위한 방법이었고 드왈라도 그걸 알고 있었지요. 사실 나는 전적으로 그의 호의에 의지하고 있었으니까요. 그는 자기 토굴집 한구석 돗자리 위에 앉아 있었는데, 작달막한 키, 벗은 몸, 주름살투성이 얼굴, 부루퉁한 표정, 어둠 속에서 양쪽 볼과 머리통에 있는 흰 털만이 눈에 띄더군요. 그는 배가 아프니 다른 날 오라고 했고, 게다가 나를 위해서 그런 일을 해줄 수 있는지 모르겠다고 말했습니다. 나는 백인이고 기독교인이며 그의 족속이 아닌데다 이 지방 태생도 아니니, 이런 이교도를 위해 그런 일을 할 힘이 없다고 하더군요. 나는 그를 안 이래로 내가 해준 모든 일을 상기시켰지요. 내가 기독교인이고 이교도라는 점에 대해서는 내가 그의 족속 중 어떤 젊은이들보다도 더 그를 믿고 있다고 말했고, 그도 그건 알고 있었지요. 그는 계속해서 '망가자 우아나'라는 말을, 다시 말해 '너의 족속들과 함께 가버리라'는 말을 뇌까렸습니다. 나는 그것이 값을 올리려는 수작인 줄 알고 있었고, 그도 내가 그런 사실을 안다는 것을 모르지 않았지요. 마침내 나는 고래고래 소리를 지르며 만일 그가 거절한다면 울레 지방 한복판, 그가 사는 마을에 길을 내버리겠다고 협박을 했지요. 그는 내가 절대로 그런 짓을 하지 않을 것을 알고 있었으며, 그래도 그런 얘기가 흥정에 도움이 된다는 것도 알고 있었지요. 드왈라는 신음 소리를 내며 주먹을 쳐들더군요. 그리고 맹세코 아직까지 백인에게 그런 일을 해본 적이 없으며, 그 이전에 그 누구도 해본 적이 없는 일이라고 하더군요. 그 말에 나는 그가 수락했음을 알았지요. 우리는 가격을 합의했고, 그는 좋은 장소를 내게 주겠다고 말했습니다. 나는 내 장소를 오래전부터 알고 있었습니다. 몇 달 동안이나 언덕과 숲속을 헤매며 찾아다녔으니까요. 내게는 넓은 공간이 필요했고, 또 너무 고립되지 않고 다른 나무들이 주위를 둘러싸고 있어야만 했지요. 결국 나는 내가 참으로 좋아했던, 내게는 아프리카 자체인 울레 고원으로 전망이 확 트인 아름다운 언덕을 선택했어요. 앞으로도 오랫동안 사냥꾼이 해칠 염려가 없는 짐승 떼들과 함께 말이지요. 그곳에 도착하기까지 하루 반이 걸렸습니다. 그곳에 도착했을 때 드왈라는 그곳이 자기 집에서 너무 멀다며 다시 트집을 잡았습니다. 자기 힘이 그곳까지 미칠지 모르겠다는 겁니다. 그는 마을 가까이 있는, 부족 소유의 다른 땅을 제안하며 한쪽 눈을 찡긋 감더군요. 나는 그가 아주 값싸게 얻을 수 있는 땅을 내게 팔고 싶어 한다는 것을 알아차렸지요. 그의 제안에 대해 내가 생각하는 바를 강경하게 얘기했더니 드왈라는 약간 비난하듯 날 쳐다보더군요. 마치 왜 화를 내나? 나도 시도해볼 건 다 해봐야 할 것 아닌가? 하는 눈초리였습니다. 나는 미리 골라둔 장소를 정확히 가리켰지요.

그는 다른 언덕을 제안했습니다. 나무 없는 황량한 언덕이었는데, 공간이 더 넓을 거라고 했지요. 그러나 내게는 그 전망이 필요했어요. 아침엔 눈부신 햇볕이 필요하고, 그리고 너무 고립되지 않게 주위에 다른 나무들이 있었으면 했지요. 그곳에는 아주 아름다운 서양 삼목들이 서 있었어요. 나는 그 나무 중 하나를 가리키며 내가 원하는 게 무엇인지를 알렸습니다. 그가 고개를 끄덕이며 입속으로 중얼거리기에 난 다시 간청했지요. 결국 그는 애써보겠다고 하며, 그러나 선교 신부들, 그 중 특히 파르그 신부에게 말해서 그들이 마을에 오는 횟수를 줄여달라고 했습니다. 그에게 신부들은 귀찮은 존재이며, 신령들에게도 좋은 영향이 미칠 리 없으며, 그들이 자주 나타나면 이 일을 성공시키기 어려울 것이라고 하더군요. 나는 그에게 그러겠다고 약속했지요. 장교가 얘기하는 동안 나는 테라스에서 바로 이런 생각을 하고 있었습니다. 드왈라에게는 우리가 죽고 나면 다음 생에 우리를 나무로 태어나게 할 수 있는 능력이 있다는 것을 나는 알고 있었지요. 은골라가 가리키는 나무를 내 눈으로 직접 본 일이 있는데, 자기 부족 사람들이 변해서 된 것이라고 했지요. 은골라는 그들의 이름과 이야기를 알고 있었어요. 그 아이는 이렇게 얘기하곤 했습니다. '이 사람은 사자에게 잡혀 먹혔지요.' 또는 '이 사람은 울레의 큰 추장이었어요.' 그 나무들은 아직 그곳에 있습니다. 신부님께도 보여드릴 수 있어요. 그러면 드왈라의 힘이 의심할 여지가 없다는 것을 직접 보시게 될 겁니다. 그래도 못 믿으시겠다면 정말 아무것도 믿을 것이 없지요. 그런데 그 일은 드왈라가 백인에게는 처음으로 해주는 것이어서 그 결과를 어찌나 걱정했는지 돌아오는 길에 우리가 머물렀던 마을에서 그는 종려나무 열매술에 그만 취해버렸어요. 그런데도 그는 밤새 신음하며 겁에 질린 얼굴로 주위를 돌아다보곤 했답니다. 그가 종종 술에 취한다는 건 알지만, 그가 나를 기쁘게 해주려고 자기 신령들과 대단히 위험한 모험을 서도한 거라고 생각합니다. 장교가 이미 내 족속이 아닌 족속에 관한, 무의미하고 멀게만 느껴지는 얘기를 계속하는 동안 나는 이런 생각을 하며 마음을 가라앉히고 있었지요."

제2부

Les racines du ciel

25

 그들 세 사람 모두가 언덕 꼭대기에 모습을 드러냈다. 키 큰 풀들이 솟아 있어 말들은 콧구멍을 치켜들고 천천히 나아갔다. 안장에 서류가 가득 든 낡은 가죽가방을 매단 채 모렐이 선두에 서 있었다. 말 옆구리에 대나무와 키 큰 풀이 스치는 소리를 내며 이드리스가 그를 뒤따르고 있었다. 매부리코가 두드러지는 옆모습, 잔뜩 긴장한 콧구멍, 머리에 두른 흰색 머리두건 아래로 드러난 재빠르면서도 경직된 눈썹 없는 눈은 대초원의 조그마한 소리에도 주의를 기울이는 듯했다. 그에게서는 오래된 밀림 생활과 털북숭이 짐승들에 아주 길든 습관이 느껴졌다. 하비브마저도 이 경험 많은 시선과 맞닥뜨리면 안절부절 못할 때가 있었다. 그들은 약속 장소를 향해 세 시간 전부터 언덕을 내려오고 있는 중이었다. 선장은 모자를 눌러 쓰고, 입에는 다 꺼진 시가를 문 채, 아랍 등자 속엔 샌들 신은 발을 끼워넣고서 오랜 행진에 지쳐 안장 위에 매달려 있기조차 힘든 모습이었다.

도무지 그가 있을 곳이 아니었다. 하지만 바이타리는 그에게 이 미친놈의 모렐을 놓치지 말라는 공식명령을 내렸다.

— 그가 바보짓을 못하게 막아야 해. 그는 여론의 지지를 받고 있어서 당국에 자수해도 괜찮을 거라고 믿고 있어. 무죄선언을 받고 갈채를 받으며 영접되리라고 믿고 있단 말이지. 그러면 우리로선 끝장이야. 세상 사람들이 그가 정말로 코끼리를 믿고 있는 기인이라는 것을 알게 될 테니. 모렐은 신화로 남아 있어야 이용가치가 있어. 지금 이 순간에도 아랍 라디오에서는 그를 아프리카 민족주의에 고취된 인물로 소개하고 있어. 나를 냉혹하다고 비난하진 말게. 모든 혁명운동의 시초에는 언제나 모호하지만 영감에 찬 이상주의자들이 있어왔어. 현실주의자들, 진정한 건설자들은 그 뒤에 천천히, 냉혹하게 오게 마련이지. 이 모든 게 그가 산 채로 체포되지 않도록 하는 게 중요하다는 말을 하기 위한 거네. 나도 그를 좋아해. 그는 순수한 사람이야. 하지만 그로서도 영광의 절정에서, 신화의 절정에서 사라지는 게 더 좋을 거야. 그래야 아프리카의 자유를 위해 자기 목숨을 바친 최초의 백인으로 후세에 남을 테니까. 단순한 환상가로 밝혀지는 대신에 말이지……

그가 손짓을 하며 말했다.

— 어떻게 하라고 내가 암시하는 건 아니라는 말은 할 필요도 없겠지.

하비브는 아주 세심하게 얼굴에서 모든 기쁨의 흔적을 지웠다. 그는 인간 본성을 드러내는 온갖 표현에 대해 지극히 직업적인 열정을 품고 있었다. 사람들에 대해 아주 내밀히 알고 있어 곧잘 격렬하게 웃거나 조용히 웃음 짓곤 했다. 그는 뒤로 고개를 젖혔다. 눈은 퀭했고, 턱수염은 떨리고 있었다. 그는 자기를 날려 보낼 듯한 기쁨을 자제하기라도 하려는 듯 한 손을 가슴에다 갖다 댔다. 그러나 무기 밀매상인 그는 "인민의 합법적인 열망"이니 "해방자"니 "혁명가" 앞에서, 그 밖에 모렐처럼 위대한 불후의 원칙을 옹호하는 사람들 앞에서 드러내놓고 웃는 것을 삼갔다. 그들은 그의 일용할 양식이었던 것이다. 그는 마음껏 웃기 위해 혼자 있게 되기만을 기다렸다. 말들도 때때로 겁이 나서 히힝거리며 빠져드는 누런 풀이 스치는 소리를 들으며 약속 장소를 향해 모렐을 쫓아가고 있는 지금 그는 동료들 등 뒤에서 자유로이 웃었다. 혼자 고립된 채 동굴 속에 앉아 '작전용' 지도 위에 억센 손을 짚고서, 선동가의 목소리로 수에즈에서 희망봉에 이르는 미래의 아프리카 연방의 명실상부한 지휘자가 이미 된 양 그 연방에 대해 떠들어대는 군대 없는 지휘자를 떠올리고 있었던 것이다. 거기엔 인간의 위대함을 입증하는 다른 모든 꿈의 자취를 뒤좇게 마련인 위대함과 권력에 대한 꿈이 있었다. 그는 그의 젊은 친구 드 브리에게 이 사태의 우스꽝스러움을 맛보여주려 했었으나, 친구는 뒤틀리는 장의 고통 때문에 돗자리에 주저앉아 원한에 가득 찬 눈으로 그를 쳐다보며 입만 열면 격렬한 비난을 쏟아내며 그에게 책임을 전가했다. 그 순진무구한 청년 앞에서 하비브도 말했지만, 그들이 처한 절망적인 상황을 책임질 수 있는 어떤 사람이 이 지구상에 있기나 한 것처럼 말이다. 드 브리는 화를 내면서도 레바논 인의 번지르르한 말에 귀를 기울였다. 그렇지만 그 말을 전적으로 믿지는 않았다. 복통과 열, 파리, 모기, 그리고 오랜 시간에 걸친 말 타기에 지친 그는 하비브를 따르지 못할 것 같아 보였다. 하비브는 결국 불안해져서 수단으로 가는 게 좋겠다고 바이타리를 설득하려고 애썼다. 사람들 말로는 반둥에서 회의가 열린다는데, 거기에는 모든 식민지 민족과, 특히 지금까지는 약간 무시되어온 검은 아프리카 민족들도 대표를 보내게 될 것이라고 합니다. 그러니 잠시 동안 직접 행동에 나서지 말고 국제 모임에 나가 우리의 목소리를 내야 합니다. 불타는 농장, 식민주의의 확대에 반대하여 아프리카의 천연자원을 보호한다는, 도무지 정체를 파악할 수 없는 지하단체, 이게 지금의 상황에서 그려낼 수 있는 그림입니다. 바이타리는 같은 생각이었던 만큼 쉽게 동의했다. 그는 주먹으로 지도를 짚고 동굴 앞에 서 있었다. 그건 그가 이따금 사진 찍었으면 하고 꿈꾸었던 바로 그런 포즈였다. "지휘 중인 아프리카 독립군 대장." 그는 전쟁 때 그와 비슷한 티토의 사진을 본 기억이 났다. 그러나 바이타리에게는 그가 경멸하는 원시부족 말고는 정치적으로 의식 있는 대중만이 만들어줄 수 있을 배경과 추종자들이 없었다. 그는 고독에 짓눌릴 것 같은 때가 있었다. 그 당시에 그가 아주 임박하다고 믿었던 세계분규에 대비하여, 그의 마지막 공식적 시찰 도중에 비밀리에 조직할 수 있었던 네댓 개의 '거점' 가운데 하나인 그 동굴에서 그는 실제로 바깥에 나가본 적이 없었다. '타이밍'을 잘못 맞췄던 것이다. 분규는 일어나지 않았다. 그는 군대도 없이 홀로 고립되었고, 그가 무기를 모아두었던 '거점' 다섯 개 중에 셋은 약탈당하고, 당국에 적발되었다. 그는 할 수 없이 카이로로 피신하지 않을 수 없었고, '아프리카 코끼리 보호투쟁'의 소식이 그에게 다다랐을 때까지 곤궁하게 살았다. 그는 소식을 듣자마자 곧 그 사건에서 이끌어낼 수 있는 이점을 알아차렸다. 그가 꿈꾸어 오던 선전 도구가 거기 있었던 것이다. 이 뒤죽박죽 판에 조금만 힘쓰면 필요한 해석을 내릴 수 있으리라. 그러나 그는 몰이해의 벽에 부딪혔다. 아랍 방송의 갖은 노력에도 불구하고 세계 여론은 여전히 모렐과 그의 코끼리만을 믿었던 것이다. 그렇다. 대중들은 아프리카의 한구석에, 실제로 자연의 장대함을 보호하려는 프랑스 인이 있다고 정말로 믿고 있었다. 이러한 해석은 물론 그 사건에 정치적인 내용을 담지 않으려는 식민주의 언론과 당국의 노력이 부추긴 것이었다. 바이타리는 지도 위로 몸을 숙인 채 공연히 재간을 부리는 하비브의 말을 듣고 있노라니 화가 치밀기도 했고, 그 어느 때보다 혼자가 된 것 같고 목표에서 멀어졌다는 느낌이 들었다. 열어둔 두 개의 문으로 강렬한 햇빛이 쏟아져 들어와 사람들의 얼굴을 회색빛으로 물들이는데도 동굴에서는 흙냄새와 썩는 냄새와 곰팡내가 났다. 공기 주입식 매트리스, 한 무더기의 옷가지, 기름등잔, 탄창이 끼워진 기관단총이 벽에 기대 세워져 있었다. 조금 더 멀리에는 경기관총 상자가 있었는데, 대부분의 군수품은 군대용과는 규격이 다른 것들이었다.

— 카이로에서는 당신 말을 들을 준비가 되어 있습니다…… 하지만 올바른 방향으로 여론을 이끌어가지 않고 그저 여기에 더 머물러 있게 되면, 모렐과 그의 코끼리 신화는 대중의 상상 속에 깊이 뿌리를 내려 당신도 달리 해석할 수 없게 돼버릴 거요……

바이타리는 쓴웃음을 지었다.

— 어쨌건 프랑스 인들이 자연보호에 관한 근사한 신규 법안이라도 만들어내어 이 난국을 타개한다면 더욱 우스꽝스럽고 끔찍한 일이 될 거요…… 그럴 수 있는 사람들이지. 더구나 고백하지만 모렐을 지금 내가 알고 있는 바대로 알지 못했다면, 식민지 현실에 멋진 연막을 칠 임무를 맡은 제2국 정보원으로 생각했을 거요. 프랑스와

다른 곳에서 아프리카 코끼리의 운명을 별안간 심각하게 생각하는 사람의 수효라는 게 나로선 적잖이 의심스러워……

하비브는 웃음을 감추기 위해 거의 다소곳하게 눈을 내리깔았다. 무기도 없이, 지지하는 사람도 없이, 조직체도 없이 프랑스 인들만이 그 가치를 알아줄 선동가의 목소리와, 위대해지고 싶은 열망, 위대한 역사를 갈망하는 꿈, 그가 열망하고 있는 권력을 아주 잘 나타내주는 움켜쥔 주먹밖에 가진 게 없는 이 흑인 나폴레옹, 울레 족의 외딴 동굴 속, 어깨에 군복 상의를 걸치고 '작전용' 지도 앞에 서 있는 이 흑인 나폴레옹, 이것이 그를 마음 깊이 즐겁게 해주는 광경이었다. 바로 이 순간, 이드리스의 발자국을 따라 구릉을 내려가면서, 하비브는 동굴 구석에서 세상이 자기를 알아주길 기다리고 있는 이 흑인 생각을 하며 이따금 소리 없는 웃음을 터뜨리곤 했다. 그들은 아마도 모두 감옥행으로 끝장이 날 테지만, 그러나 그런 생각도 하비브에겐 전혀 불쾌하지 않은 추억을 일깨울 뿐이었다. 그는 한창 좋은 때를 감옥에서 보냈다. 어쨌건 성적(性的)으로 말하자면 그렇다. 이제 그는 육체적·정신적으로 완전한 균형을 누리고 있었고, 온몸으로, 핏속에서 자기는 결코 죽지 않으리라는 놀랄 만한 확신을 느끼기까지 했다. 그럴 때면 그는 고개를 뒤로 젖히고, 입은 벌리고 눈을 감은 채 인상이 찌푸려질 정도로 주름이 잡히는 소리 없는 웃음을 웃으며 그 충만감을 표현했다. 그 누구도 이해할 수 없는 웃음이었지만 그것은 그저 사는 기쁨과 있을 곳에 있다는 확신의 표현이었다. 그는 바이타리로부터 모렐을 감시하여, 어쩌면 함정일지도 모르는 약속 장소에 가는 동안 '무슨 수를 써서라도' 당국에 생포되지 않도록 하라는 임무를 받고 있었다. 그러나 하비브는 자연의 장려함을 보호하려는 그 사나이에 대해 조금도 나쁜 마음을 품고 있지 않았다. 오히려 그의 관심을 사로잡는 인물이었다. 그는 그저 바로 그 순간, 이 몽상가가 자기 운명을 받아들여야 할 피치 못할 순간에 같이 있기를 원할 따름이었다. 사실 그는 교육자, 도덕가의 영혼을 지니고 있었다. 하찮고 무의미한 인간의 주장일지라도 잘 이해되고 동화되기를 바랐다. 필요하면, 그는 살짝 개입해 사건의 방향을 바꿔놓을 준비가 되어 있었다. 인생의 맛을 헛되이 망치지 않을 만큼만. 그때까지는 이드리스의 주의 깊고 일정한 눈초리를 경계해야만 했다. 그래서 하비브는 신중하게 친밀감을 내보임으로써 그 눈초리에 대답하곤 했다. 그 노인은 그야말로 프랑스령 적도 아프리카에서 손꼽히는 추적자 가운데 한 사람이었다. 따라서 그가 정글에 대해 모르는 것이 있다면, 그것은 알려질 가치가 없는 것들이라고 보아야 할 것이다. 조심해야만 했다. 오랫동안 사람들은 이드리스가 죽은 걸로 알고 있었고, 그래서 모렐 패거리에 가담하여 코끼리를 보호하기 위해 이드리스가 저세상에서 다시 왔다는 소식은 곳곳에, 그 중에서도 차디앙 테라스에 열띤 설전과 믿지 못하겠다는 주장을 불러일으켰다. 오르시니가 제일 먼저 나서서 그런 일은 있을 수 없고 불가능하며 생각할 수도 없다고 단언했다. 오르시니 자신도 예전에 이드리스를 고용한 적이 있었는데, 그가 어떤 심한 병에 걸려 고통 받고, 늙고, 쇠약해지는 것을 봤고 —— "그들은 모조리 매독환자들이 아니겠소?" —— 결국은 죽음이 다가온 것을 예감한 늙고 고독한 짐승처럼 숲으로 돌아가는 것을 봤다고 단언했던 것이다.

그러자 누군가 말했다.

—— 당신이 말하는 그 병이…… 자기가 알고 있던 거대한 짐승 떼

가 이 땅에서 사라져가는 현실을 보고 느끼는 회한이나 슬픔 같은 것이라고 생각할 순 없을까요?

그러한 믿음, 그러한 어리석음, 흑인의 영혼만큼이나 전형적이고 심각한 무지 앞에서 오르시니의 목소리는 고유의 빈정거리는 억양을 되찾았다. 그거요, 바로 그거요! 거기서 그는 정말로 신화를 만든 사람들을 알아보았다. 갈수록 가관이었다! 점점 완벽하게 갖춰지고 있는 무기에 대항하여 동물 떼를 보호하려고 이드리스의 망령이 이 땅에 되돌아오다니. 오르시니는 증오로 반쯤은 소리 지르는 것 같고 반쯤은 노래하는 것 같은 짤막한 웃음을 짓더니 잠시 숨을 돌렸다. 그러고는 한번도 목표물을 놓쳐본 적 없는 사람답게 싸늘한 냉정을 되찾고 다시 말했다. 내가 아프리카에 처음 온 풋내기들에게서 놀라는 점은, 그들이 토착민들의 영혼에 대해 완전한 무지하다는 것이오. "토착민들의 영혼"이라는 말이 오르시니의 입에서 나오자 모인 사람들은 놀라서 어리둥절했고, 그가 무엇 때문에 그 말을 했을까 하는 거의 열정적인 호기심을 내비쳤다. 사십여 년 전부터 토착민의 영혼을 일상적인 연구대상으로 삼아서, 이를테면 그것을 이용한 사람들이 보기에 흑인들에게는 코끼리가 걸어다니는 고깃덩어리, 살덩어리에 불과하다는 것이 너무도 분명했다. 할 수만 있다면, 그럴 때만 온다면, 배를 불릴 수 있는 무엇, 그뿐이오. 이드리스 같은 직업적인 추적자가 갑자기 일종의 시적인 회환이나 정신적 동요, 그가 사냥한 짐승들을 생각해서 일종의 향수에 젖기 시작했다니, 그런 생각은 맛이 간 사람이나 특이한 감수성을 가진 사람들만이 생각해낼 수 있는 거요. 말이 나왔으니 말이지, 딴 곳에서도 마찬가지겠지만, 여기서도 그게 모든 악의 근원이오. 내가 알고 있는 모든 흑인들도 그렇지만— 나는 상당수의 흑인들을 알고 있소— 이드리스에게도 코끼리란 무엇보다 오 톤의 고기를 의미할 거요. 게다가 슬쩍 얻을 방법만 있다면 추가로 상아까지 딸려오고 말이오. 자기가 알고 있던 아프리카가 몰락해가는 데 분개하여, 이드리스 같은 자가 다시 그 범행 현장에 되돌아와 돌아다니고 있다는 상상은 오늘날 아프리카로 오는 사람들의 담력과 우리가 몰락하는 이유에 대해 많은 것을 말해 주고 있소. 그러니 귀 있는 자는 들으시오. 특히 이 영토의 안전을 도모할 임무를 맡은 지휘관은 잘 들으시오.

— 그렇지만……

확신이 서서라기보다는 오르시니를 최후의 보루로 몰아넣기 위해 누군가 말했다. 그렇게 내몰린 오르시니는 더없이 멋진 외침과 투덜거림, 증오와 회환에 찬 노래를 내쏟아 아프리카의 밤에 새로운 메아리를 울리게 했다.

— 그렇지만 진력이 나서 후회하는 아프리카 사냥꾼을 보는 게 처음은 아니잖소. 그리고 이드리스가 정말 예외적인 추적자라면 이례적인 감정을 가질 수도 있는 것 아닙니까? 그렇다면 그가 어쩌면 정말 마음 깊이 애착을 품고 있을지도 모르는 걸 보호하기 위해 모렐 편에 나타났다는 게 조금도 이상할 것 없지 않겠어요? 사냥꾼과 개발이 결합된 위협 아래 동물들이 급속히 멸종되어가고 있는 건 사실이잖습니까. 게다가, 울레 족 사람들 말로는 모렐 곁에서 분명히 그를 봤다니 말입니다. 흰 모자와 푸른 원주민 옷을 입고 있었다고 하더군요. 노인들은 그를 알아보고 말까지 붙여봤다니까. 심지어는 별로 변하지 않았더라고 하더군요. 아랍 인의 혈통 때문에 여전히 나이를 알 수 없는 얼굴을 하고 있더라고 말입니다. 한마디로 말해

서, 분명히 그였다고 했소. 그 점에 대해서는 모든 사람의 말이 확고했소.

그러나 오르시니는 사람들이 기대하는 반응을 보여주지 않았다. 그는 이 드라마의 의미를 잘 알고 있었다. 그럼 됐소,라고 오르시니는 말했다. 그는 고집하지 않았다. 이드리스는 죽지 않았다. 그는 조상들의 숲을 보호하기 위해서, 그에게 소중한 코끼리들을 보호하기 위해서, 파렴치한 아프리카 착취에 맞서기 위해서, 그가 잘 알고 있는 길을 다시 다니기 시작했다. 아니면—어쩌면 이것이 반란과 정치 선전과 관계된 단순한 사건에 신화적인 성격을 부여하기에 더 나은 이야기인지도 모른다—이드리스 유령이 저승에서 돌아와 모렐 곁에서 길을 인도하고 있다. 그래서 이자가 아프리카 독립이라는 신성한 불을 퍼뜨리고 자유의 횃불을 휘두르도록 도와준다. 이로써 미신을 믿는 토착민들의 눈에는 자연히 모렐이 거역할 수 없는 마력과 초자연적인 성격을 띠게 되어, 그를 이용하는 정치 선동가들을 크게 이롭게 할 것이다.

— 이 이드리스의 귀환 신화에는 이 밖에 딴 목적은 없어요. 나, 오르시니 다카비바로 말하자면, 늙은 아프리카인으로—말이 나왔으니 말인데, 정말 이젠 아무짝에도 쓸모없는 사람이 된 것 같소—흑인들과 코끼리는 잘 알지만—나의 사냥 명부엔 오백 마리나 적혀 있소. 아주 멋있는 놈만 세어서 말이오. 난 이만 자러 가겠소. 날 용서해주리라 믿소. 난 이런 빵은 먹지 않겠소. 그리고 멍청하게 속고 싶지도 않아요. 신화를 즐기는 양반들, 안녕히 계시오.

케냐의 경우가 그랬던 것처럼, 그들이 생각하는 것보다 더 빨리 고통스러운 각성을 하게 될 것이라고 동정하듯 예언하고서, 그는 탁자에 지폐를 던지고는——여기엔 상종 못 할 사람들만 있군——가버렸다. 그렇게 해서 아프리카의 밤은 가장 멋진 외침 몇 마디를 놓치게 되었다. 하지만 그 순간 대나무 숲을 가로질러 모렐을 뒤따르고 있는 것은 시퍼런 유령이 아니라, 위에트 형제 중에서 형이 "모든 시대를 통틀어 가장 위대한 추적자"라고 별명을 붙여준 그자가 분명했다. 그가 내뱉은 이 말은 사십 년 동안 천 마리도 넘는 코끼리를 죽였음을 의미했다. 두건 달린 푸른 망토를 걸치고 머리엔 흰 모자를 쓴 이드리스는, 매부리코에서 양 입가에 이르는 두 줄기의 강인한 고랑 외에는 주름살 하나 없는 얼굴로, 나이를 알아내자면 지질학자가 되어야 할 정도인 얼굴로, 눈썹 없는 눈을 꼼짝없이 고정한 채, 프랑스 인이 가는 곳마다 따라다니며 밀림을 헤쳐 나가는 걸 도왔다. 그걸 보면 그가 어떻게 쉽사리 추적을 피하는지 알 수 있었다. 이드리스의 눈초리는 풀 위를 지켜보고 있었지만, 하비브는 그가 경계하는 대상 속에 자기도 포함되어 있다는 것을 느꼈다. 그렇지만 그는 당국의 손에 생포되는 것을 막기 위해 모렐을 죽일 의사는 조금도 없었다. 그는 바이타리와 그의 야심에는 괘념치 않았다. 그는 우연히 기복 많은 항해 끝에 이 험한 물살을 만나게 된, 먼 길을 가는 선장에 지나지 않았다. 바이타리가 공직에 있을 때 그의 '거점'에 무기를 공급해주느라 바이타리와 관계를 맺게 되었던 것이다. 유탄을 운반하던 트럭이 폭발하는 바람에 포르라미에서 체포되기 전날 그는 바이타리의 지하단체와 합류하게 되었는데, 그것은 단지 그때 그가 수단으로 도망갈 수 없었기 때문이었다. 그는 갖은 고난을 겪었다. 젊은 드 브리의 병도 그중 하나였다. 레바논 인은 곤혹감을 느꼈고, 약간 불안해졌다. 자기가 보호하는 자가, 말하자면 자기 손가락 사이로 빠져나가 세속적 기쁨의 큰 원천 가운데 하나를 앗아가버리는 건 아닌가 싶은 느낌이 들었던 것이다. 의사의 치료가 필요했다. 들것에 실어 나른다 해도 그의 친구가 카르툼까지 버틸 수 있을는지는 의문이었다. 게다가 들것 때문에 여정은 더욱 어려워질 것이다. 하비브가 이해 못하는 일이 있다면 그것은 병에 걸릴 수 있다는 것이었다. 육체적·정신적 건강을 잃고, 사는 게 힘들어질 수 있다는 사실이었다. 그는 믿을 수 없다는 듯이 혀를 찼다. 그리고 모자를 눌러쓰고 자신이 탄 조랑말이 처지지 않도록 발길질을 했다.

26

정오였다. 햇볕이 어찌나 강렬한지 닿는 것마다 모두 제 색깔을 잃고 회색이나 검정색 그림자로 변해버렸다. 풀들, 자귀나무들, 흰개미집, 언덕들, 대나무들 그리고 더 멀리 비탈 아래, 대낮의 열기 속에 꼼짝 않고 졸고 있는 코끼리 떼들이 그러했다. 모렐은 말을 멈춰 세웠다. 그들은 잠시 동안 언덕 위, 뜨거운 재로 이루어진 것 같은 세계 속에 그렇게 멈춰 서 있었다. 동쪽에서 불어오는 약한 바람결에 주변 어디엔가 항상 자리 잡고 있는 사바나가 타는 듯한 냄새가 실려왔다. 아프리카에서 불은 건기 때마다 밀림과 마을들을 쑥대밭으로 만들며 그 당당하면서도 순간적인 삶을 살고 있었다. 그런 갑작스런 불꽃의 분출 앞에서 불을 만들어낸 것이 인간이라고 뻐기는 일은 우스꽝스럽기만 했다. 갑자기 무언가가 산 옆구리를 가로질러 풀숲을 가르며 자국을 남기고는 사라져버렸다. 멧돼지였다. 황새

한 마리가 나타나 무언가 알아보려는 듯이 그들 위를 맴돌더니, 점차 여기저기서 사람의 존재를 알아차린 모든 것들이 공포에 전염이라도 된 듯이 달아나기 시작했다. 그런 전염은 매번 반경 수십 킬로미터까지 번진다는 걸 모렐은 알고 있었다. 순간 그는 늘 그렇듯 동물들의 도망 앞에서 강한 실망을 느꼈다. 동물들 사이에 받아들여지고 싶은 그의 오랜 꿈을 떠올리고 그는 빈정거리듯 미소 지었다. 그가 다가가도 새들이 날아오르지 않고, 영양들은 그가 지나는 길섶에서 편안하게 풀을 뜯고, 코끼리 떼들도 그가 곁에 다가가 만져도 가만있는 걸 보고 싶은 것이 그의 오랜 꿈이었다. 그의 등 뒤에 있던 하비브가 웃음 때문에 더 깊어진 듯한 목소리로 말했다.

— 어쩌시겠소. 당신도 우리나 마찬가진데. 짐승들은 그걸 잘 알고 있지요. 짐승들이 당신이 왔다고 해서 "오셨습니까, 영광입니다. 제 손을 잡아주십시오" 하지는 않지요.

모렐은 마침내 이 친구에게서 진심 어린 공감을 느끼게 되었다. 그의 솔직함과 냉소적인 태도에는 인간과 직업적인 친교를 맺어온 데서 비롯된 자신감이 담겨 있는 것 같았고, 그가 고개를 젖히고 눈을 감은 채 허공에다 터뜨리는 웃음은 그 무엇으로도 반박할 수 없고 뒤흔들 수 없는 지혜에서, 이해에서 나오는 것 같았다. 모렐은 그에게 거의 우정 어린 눈길을 보내고, 풀숲을 가로질러 앞으로 나아가기 시작했다. 풀숲은 점점 빽빽해져 말들이 콧구멍을 내놓기 위해 머리를 치켜들어야 할 정도였고, 맹수의 냄새를 맡았거나 맹수 소굴이 가까이 있어서인지 말들은 앞발질을 해댔다. 그들은 대나무숲을 끼고 돌아 메마른 늪지에 이르렀다. 비가 오지 않아 울레 족의 지맥에 있는 모든 물구덩이와 샘이 물기라곤 거의 없는 진창으로 변했고,

그것마저 재빠르게 말라가고 있었다. 물줄기는 그들 왼쪽 백여 미터쯤 되는 곳에서 로즈니에와 자귀나무 사이로 꼬부라지고 있었다. 그곳부터 사바나가 시작되어 그들 앞으로 삼백 킬로미터가 넘게 펼쳐져 있었다. 이제는 사라져버린 종교의식의 추종자들이 내버려둔 듯한 화강암 우상과 닮은 모습으로 미동도 않고 서 있는 코끼리들이 보였다. 거대한 상아를 가진 두서너 마리의 수컷들만이 늪지의 갈라진 바닥 위를 천천히 원을 그리며 돌고 있었다. 녀석들은 때때로 코를 들고는 습기의 흔적이나 비가 오리라는 전조를 찾아낼 희망으로 공기를 들이마시곤 했다. 모렐은 이 늪지가 코끼리 떼가 계절 이동을 할 때 맘문 호수까지 가는 도중에 거치는 곳이라는 것을 알고 있었다. 맘문에서 남비라오, 야타, 은구에시, 바가가로 가는 것이 이 계절의 통상적 여정이었다. 그곳에는 아무리 가뭄이 심할 때에도 대개 물이 있었다. 1947년의 가뭄 때에는 이 모든 지역이 행정관청에 의해 보호구역으로 선포되었다. 그때 사람들은 수주일 동안 그때까지 본 적이 없는 엄청난 수의 짐승 떼가 모여드는 것을 지켜보았다. 당시 신문들은 그것을 "지상낙원의 광경"이라고 불렀다. 금지된 지역의 변경에서 조용히 기다리고만 있으면 노획물을 고를 수 있을 정도였다. 당시 전세계에서 총 좀 쏜다는 사람들이 돈 좀 벌어보겠다고 죄다 모여들었다. 다섯 달 동안에 쉰 팀도 넘는 원정대들이 파견되어와서, 온통 무능력자, 알코올 중독자, 암컷들 판이 되었다. 암컷들은 난생처음으로 황소 경쟁에서 성(性)에 눈을 떠서 최고의 순간을 만난 참이었다. 손가락은 방아쇠에 걸고, 눈은 코뿔소의 뿔이나 멋진 수컷의 어금니에 고정하고서. 그 뒤에는 직업적인 사냥꾼이 있었다. 어쨌건 조심해야 했다. 모렐은 본능적으로 주먹을 쥐었고, 항상 화가 날 때마다 그렇듯이 콧구멍으로 화가 치밀어 올라 꼬집어 뜯는 듯 콧구멍이 하얘지는 느낌이었다. 그러나 이번에는 겁낼 게 전혀 없었다. 일이 그런 식으로 될 위험은 없었다. 오르난도 사건이 유리한 반향을 일으켰으니, 남성적인 걸 좋아하는 작자들은 딴 곳에서 욕구를 충족할 것이다. 그러나 늪의 상태와 동물 우두머리들의 신경질적인 몸짓으로 판단하건대, 가뭄은 아주 혹독할 것이고 어쩌면 극도에 달할지도 모른다는 걸 쉽게 알 수 있었다. 메마른 진창 밑바닥에서 올라온, 앙상하게 말라버린 갈대의 줄기가 아직도 오십 센티미터는 푸른 것으로 미루어 보아 평상시 깊이보다 얼마나 물이 말랐는지를 짐작할 수 있었다. 증발은 아주 빨리 진행된 게 틀림없었다. 모렐은 이틀 전부터 코끼리들이 휩쓸고 지나갈 예정인 통과 지점이나 들판의 상태를 탐색하기 위해 먼저 탐색병들을 보내지 않고 있다는 걸 알아차렸다. 녀석들은 반대로 조밀하게 떼를 지어 닥치는 대로 몰려다니는 것 같았다. 그는 녀석들이 지나는 곳 여러 군데에 물이 아직 남아서 동물 떼를 기다리고 있으리라고 생각하면서 안심하려고 애썼다. 동물들은 그 물에서 축제를 벌일 수 있을 것이다. 그가 숨어서 갈대 너머로 그토록 자주 보았던 축제를. 그럴 때면 녀석들은 멱을 감고, 서로에게 물을 끼얹어주기도 하고, 혹은 몇 시간이고 물속에 누워 기분 좋은 한숨을 깊이 내쉬면서 느긋이 코를 움직이곤 했다. 그는 주머니에서 종이와 담배를 꺼내어 연신 코끼리 떼를 지켜보면서 담배를 말았다. 다정한 미소로 그의 눈가에 주름이 잡혔다. 그가 보호하는 것, 그것은 인간미의 여지요, 하나의 세계였다. 어떤 세계라도 상관없었다. 그러나 거기에는 아주 서투르고 거추장스런 자유를 위해서조차도 자리가 있을 것이다. 경작지의 확장, 전력화,

도로와 도시의 건설, 시급한 대규모 작업 앞에서 사라져가는 옛 마을들. 그러나 아무리 시급하고 거대한 작업일지라도, 인간적인 여지를 남겨 앞에서 돌진해가는 자들에게 앞으로 다가올 세계에서는 차지할 자리도 없어 보이는 저 둔한 거구의 동물들이 살아 있도록 요구할 수 있어야 할 것 아닌가…… 딴 근심이란 없는 듯이 평화로운 기쁨을 느끼며 코끼리 떼를 관찰하면서, 그는 안장 위에 가만히 앉아 담배를 피웠다. 거기엔 아마 예순 마리쯤 되는 짐승 떼가 있는 것 같았고, 더 멀리 대나무 숲 저편, 구릉 중턱에서는 또 다른 짐승 떼 선두의 그림자를 볼 수 있었다. 페르 크비스트는 프랑스령 적도 아프리카와 카메룬의 어른 코끼리를 적어도 육만으로, 아프리카 대륙 전체의 코끼리 수를 대략 이십만으로 추산했다. 그 중에서 늙어 죽거나, 세 번, 네 번, 많으면 다섯 번까지도 사냥 표적이 되지 않았거나, 혹은 앞으로 표적이 되지 않을 개체는 드물었다. 경작지와 수확물을 보호하기 위해서라는 건 터무니없는 핑계였다. 코끼리들이 다시는 오지 않게 하는 데 폭죽 몇 개면 충분했으니까. 수렵 허가증이 있어도 승인된 대로만 행하는 사냥꾼은 단 한 사람도 없었고, 모두 불법으로 열다섯 혹은 스무 마리씩 도살했다. 점점 노예화되어 굴종당하는 삶에 낙담한 사람들과, 아직 이 땅에 존재하는 마지막 자유, 살아 있는 위대한 자유의 이미지 사이에서 벌어지는 복수극은 아프리카의 숲에서 일상적으로 일어나고 있었다. 필요한 양의 고기를 섭취하지 못하는 아프리카 농민들에게 코끼리를 존중하라고 요구하기란 어려운 일이었다. 그들의 생리적인 비참 때문에도 자연보호를 위한 이 캠페인은 아주 시급한 일이었다. 그러나 해야 할 일이 아무리 많고 힘들지라도, 수많은 장애물에도 불구하고, 코끼리들을 살리는 부차적인 일도 떠맡아야만 했다. 그 점에 있어서 모렐은 타협을 거부했다. 전체적인 효율성과 절대 수익 따윈 아랑곳하지 않고, 삶의 체재로 떠받들여지는 땀과 피를 무시하고, 그는 인간이 수레바퀴 속에 끼인 막대기로 영원히 남을 수 있도록 그가 할 수 있는 모든 걸 할 작정이었다. 그는 유용한 이익도 손에 잡히는 효율성도 없지만, 인간의 영혼 속에 불멸의 필요로 남아 있는 것이 숨어 살 만한 여백을 옹호했다. 그것이 그가 강제노동수용소의 창살 뒤에서 깨달은 것이고, 그것이 그도, 그의 친구들도 결코 잊지 못하는 교훈이자 가르침이었다. 그 때문에 그는 아주 떠들썩하니 자연보호 투쟁을 선택한 것이었다. 결과는 고무적이었다. 도처에서 이 문제가 얘기되고 있었다. 라디오에서, 텔레비전에서, 신문에서. 그는 인기 있는 무법자가, "명예로운 도적"이 되었다. 여론도 감동시켜 점점 모두가 이 투쟁의 중요성을 깨닫게 되었다. 그는 내내 조용히 담배만 피웠다. 기진맥진해서 졸고 있는 짐승 떼를 바라보면서. 그는 이제 자기가 원하는 것을 얻을 수 있으리라고 확신하고 있었다. 인내심이 필요했는데 그러기가 쉽지 않았다. 몸에 총알이 박히거나 상처를 입고, 그 상처가 점점 깊어져 진드기와 파리가 우글거리는 바람에 때로는 여러 해 동안이나 끔찍한 삶을 사는 부상당한 코끼리의 수를 추산하기란 불가능했지만 레미나 바슬라르에서 위에트 형제에게 물어보면 그들이 이 문제에 대해 어떻게 생각하는지를 알 수 있었다. 사흘 전에 모렐 자신도 한 마릴 쏜 적이 있었다. 총에 맞아 왼쪽 눈이 빠져버리고 두개골에 상처가 나 있던 코끼리였는데, 얄라 하상에서 발견한 녀석이었다. 녀석은 그 자리에서 빙빙 돌고 있었고, 이마에 젖은 진흙을 묻혀 통증을 가라앉히려고 애쓰고 있었다. 그렇게 해서 통증이 사라질 리 없었다. 그는 마지막 남은 위대한 사냥꾼들이 부상당한 짐승들을 쫓는 건 그 짐승들이 위험해져서가 아니라 고통을 없애주기 위해서라는 것을 알고 있었다. 그들이 그에게 은근한 우정을 느끼고 있으리라고 그는 확신했다. 필요하다면 그들은 그를 도우러, 숨는 걸 도와주러 올 것이라고 확신했다. 아프리카의 "진기한 물건"과 기념물에 대한 애호가들의 취미란 그에겐 구역질나는 불가사의였다. 얼마 전에 그는 이 지역 가죽 가공 전문가의 무두질 공장을 하나 습격해 불태운 적이 있었다. 주인의 이름은 바게만이었고, 그의 공장은 골라의 북쪽에서 몇 킬로 되는 곳에 위치해 있었다. 그에게는 모렐이 같은 식으로 집요하게 공격한 사자 가죽, 표범 가죽, 얼룩말 가죽을 취급하는 인도 인, 포르투갈 인, 또는 다른 나라 상인들과는 달리 독특한 점이 있었다. 바게만 씨는 벨센의 인피(人皮) 차양 제조업자들이 그를 부러워할 만한 생각을 해냈다. 정말 꿈꾸던 상품을 찾아낸 것이다. 게다가 그건 아주 간단했다. 다만 생각해내기가 쉽지 않을 뿐이었다. 그는 코끼리의 무릎 아래 다리를 거의 이십 센티미터쯤 잘랐다. 발부터 자른 부분까지를 적절하게 가공해 속을 비우고 무두질하여, 휴지통이나 꽃병, 우산통이나 샴페인 통까지 만들었다. 이것은 아주 인기 있는 상품이 되었다. 이런 종류의 장식에 싫증이 난 그 영토 내에서보다는 수출용으로 팔렸다. 바게만 씨는 코뿔소와 하마의 다리, 그리고 문진으로 쓰이는 오랑우탄의 손을 포함해서 매달 수백 개씩 수출했다. 모렐이 그의 창고를 습격했을 때, 거기에는 그렇게 속이 비고 준비가 다 된 코끼리 다리가 여든 개, 헛간에 세워놓은 코뿔소와 하마 다리가 또 그만큼 있었다. 그것은 끔찍한 유령 떼, 사라진 동물의 이미지요, 악몽과도 같은 이미지였다. 그는 창고에 불을 질렀고, 그 늙은 상인에게 스무 대의 채찍질을 가하고, 게다가 주먹으로 쳐서 이빨까지 몇 개 부러뜨렸다. 절제할 줄 아는 하비브가 그를 말리지 않았더라면 아마 그는 상인을 죽였을지도 모른다. 이 사건은 아주 떠들썩했고, 그에게 많은 사람들의 공감을 얻게 해준 것 같았다. 조금만 더 기다리면 여론의 압력에 밀려 아프리카 맹수 보호를 주제로 한 새 회담이 열리고 자연보호에 필요한 조처가 내려질 것이다. 초기에 그가 청원서를 들고 서명해달라고 찾아갔을 때 북 울레의 행정관인 에르비에가 한 말을 그는 잠시 생각했다. 에르비에는 조용한 사람으로, 오랜 세월 동안 행정사무를 보며 지냈기에 아프리카의 일상적인 거친 현실에 습관이 들어 있었지만 그다지 평범한 성향의 사람은 아니었다. 당시 그는 안경을 쓰고 청원서를 읽더니 조심스럽게 접어서 테이블 위에 놓으며 말했다.

— 이봐, 자넨 인간에 대해 너무 고귀한 생각을 갖고 있어 고생이군. 자넨 결국 위험한 인물이 되겠어.

모렐은 허벅지의 통증을 덜기 위해 등자에서 일어나 한 손으로 안장을 짚은 채 멀리 보이는 기진한 짐승 떼를 담배가 다 탈 때까지 줄곧 지켜보았다. 이 지역의 여러 부족들은 그를 '우바바지바'라고 불렀는데, 그것은 '코끼리 조상'이라는 뜻이었다. 우스꽝스런 별명이긴 했지만 그는 다른 더 근사한 이름으로 알려지길 원치 않았다. 계속해서 코끼리를 보호해야만 했고, 오염된 땅과 도시의 인간들에게, 특히 프랑스 인들에게 자기 투쟁의 중요성을 이해시켜야만 했다. 그는 이 점에 대해선 프랑스 인들을 믿고 있었다. 이 문제는 그들과 직접 관계가 있는 것이었다. 그들의 전통에 속하는 문제였다. 그는 그렇게 잠시 머물다가 안장에다 담배를 비벼 껐다. 그리고 문득 콧노래를 부르기 시작했다. 하비브는 자기 확신에 찬 이 미친 프랑스 인의 눈에서 번득이는 터무니없는 희망을 보고 놀라 고개를 저으며 혀를 찼다. 모렐은 다시 고삐를 잡고 갈대밭을 가로질러 동쪽으로 말머리를 향했다. 말발굽 밑으로 메마른 흙이 튀어 올랐다. 반대편 언덕 위로 올랐을 때, 그는 다시 한번 몸을 돌려 코끼리들을 향해 미소를 지었다. 그의 얼굴엔 행복의 표정이 만연했다. 도무지 꺾을 수 없을 것 같아 보이는 그 광기 앞에서 레바논 인은 아는 사람으로서 감탄 섞인 욕설을 던지며 귀를 긁적였다. 그러고는 힘 있게 말에 박차를 가하고는 약속 장소를 향해, 그가 아무 해설도 붙이지 않고 드 브리 앞에서 사용한 적이 있는 표현을 빌리자면 "아직 그것을 믿고 있는 사람"을 따라갔다.

  그들은 두 시간 후에 마을에 도착하여 움막집들 사이로 지나갔다. 아이들 몇몇이 그들 쪽으로 달려왔을 뿐, 주민들은, 그들이 보기엔 분명히 백인들 사이의 사건인 이 일에 말려들지 않겠다는 확고한 의지와 강한 두려움을 드러내며 그들을 바라보는 걸 애써 피하고 있었다. 이 때문에 모렐은 기분이 울적했고, 그 오해 때문에 고통스러웠다. 아프리카 인들을 자기 편에 두고 싶었기 때문이다. 대개 그들이 다가가면 마을은 텅 비어 있었고, 안에는 노파들과 어린애를 채 가지나 않을까 하고 겁을 집어먹은 어머니들뿐이었다. 이런 적의, 또는 이런 공포의 이유가 무엇인지를 이해하기란 불가능했다. 그렇지만 그는 항상 필요한 생활필수품의 값을 치렀다. 그리고 초기 몇 번의 과격 행위가 있은 뒤로는 그의 부하들에게, 특히 코로토로와 그의 친구들에게 일탈 행위는 용서하지 않겠다고 엄명을 내렸다. 자기는 아프리카의 정신을, 그 본래의 모습과 미래를 보호하려 했던 게 아닌가? 하지만 그는 자기가 등을 돌리기만 하면 원주민들이 코끼리를 도살해왔다는 사실을 알고 있었다. 그러나 그들에게 엄격하게 굴진 않았다. 그들의 잘못이 아니었다. 그것은 고기의 비극, 단백질의 필요, 고기 섭취와 관계된 비극이었다. 그가 청원서에서 줄곧 주장하고 있듯이 처리해야 할 가장 시급한 문제는 아프리카 토착민의 생활수준을 높이는 것이라는 주장도 이 때문이었다. 이 문제는 그의 코끼리 보호 투쟁, 전투의 일부분이었다. 위협받는 거구들을 구해내려면 그 일부터 해야 했다. 그렇지만 그는 경멸조로 청원서를 내던지던 포르아르샹보의 늙은 흑인 교사의 대답을 다시 한번 떠올리지 않을 수 없었다.

— 당신의 코끼리란 배부른 유럽 인의 생각에 지나지 않아요. 그건 배부른 부르주아지의 생각이오. 우리들에게 코끼리란 걸어다니는 고깃덩이일 뿐이오. 우리에게 쇠고기가 충분히 생기고 나면 그때가서 다시 얘기해봅시다……

27

그들은 조랑말 네 마리를 데리고 갔다. 세 마리에는 무기와 군수품을 실었고, 네 번째 말에는 위스키를 실었다. 조니 포사이드는 마지막 탄약통, 마지막 술병이 비고 나면 무슨 일이 일어날 것인지 전혀 모르고 있었다. 말 그대로 까맣게 몰랐다. 그는 그렇게 놀랄 정도로 앞날을 알 수 없는 것에 감탄하며 뺨을 긁어댔다. 때때로 그는 그림자마저도 쫓기고 있는 것 같은 작열하는 풍경 속에서 그를 뒤따르고 있는 여자를 힐끗 쳐다봤다. 결국 이 길 끝에서 어떤 일이 그들을 기다리고 있는지 알지 못했다. 하지만 온갖 희망을 가져볼 수는 있었다. 그는 키득거리며 고개를 저었다. 어쩌면 그도 하늘에다 지금까지 누구도 받아본 적이 없는 구원을 애원하며 다른 사람들처럼 최후를 맞이하게 될지 모른다. 적어도 좋은 위스키가 문제일 때에는 애원이 통할지도 모른다. 어둠의 지대는 프랑스 감옥을, 살갗에 박힌 한 방의 총알을, 고통스러워 보이는, 매우 고통스러워 보이는 브라자빌 주재 미국 영사의 얼굴을 감추고 있기도 했다. "우리나라의 위신에 우리 각자가 모두 책임이 있다는 사실을 잊지 마시오." 그 고상한 공무원이 지금은 무어라 말할지가 포사이드의 호기심을 가장 크게 자극하는 것이었다. 이 영사는 그가 이때까지 만나본 사람 중에서 직립하는 포유류의 가장 멋진 견본이었다. "인간 : 직립하는 포유류." 이것이 어느 날 친구인 아베셰의 흑인교사 집에서 사전을 집어 들고 뒤적이다가 발견한 정의였다. 그는 다시 냉소적인 웃음을 짧게 웃으며 고개를 저었다.

— 포사이드 소령, 술 좀 그만 하셔야겠어요. 그렇게 계속하실 수는 없지요.

— 걱정 마시오. 코끼리들 사이에 있게 되면 안 마실 테니까. 내 종족들과 같이 있을 때는 술을 안 마실 수가 없어요. 아침에 한 명 정도는 견딜 수 있어요. 낮에는 최대한 둘. 하지만 오후 네시나 다섯시경쯤 되면 더는 견딜 수 없게 되고, 들입다 마시게 되오.

그들이 길을 떠난 이후로 그는 엄청난 양의 술을 마셨다. 조금 덜 건장하거나 조금 덜 중독이 된 사람이라면 죽이고도 남을 양이었다. 결국에는 핸들을 쥘 수조차 없어 미나가 지프를 몰아야만 했다. 그들은 니아메이에서 지프를 버리고 모렐이 그들에게 보낸, 유세프라는 이름의 안내자를 기다리게 되어 있었다. 그 소년은 두 번씩이나 포르라미로 와 포사이드와 접촉한 일이 있었다. 그녀가 지프를 멈춰 세운 숙소에는 아무도 없었다. 행군 내내 그들은 아무런 주의도 하지 않았다. 그들은 포르아르샹보와 포르라미 사이 삼십 킬로미터쯤 되는 곳에 있었다. 아무도 그들을 의심하지 않았고, 아무도 그들이 무엇을 운반하는지 몰랐으며, 그들이 이곳에 나타난 것도 이상할 게 없었고, 전혀 의심의 대상이 되지 않았다. 그들이 만나기로 되어 있는 장소에 가까이 왔을 때 불현듯 장막처럼 밤이 내렸다. 그녀는 지프를 세우고, 좌석에 쓰러져 있는 포사이드를 내버려둔 채 차에서 내렸다. 온갖 불안한 소리가 들렸지만, 찌르르 끊임없이 이어지는 곤충 울음만이 마음 놓이게 하는 친숙한 가락이었다. 아프리카는 밤이면 제 신비를, 수없이 많으면서 뒤섞이지 않는 소리들, 외침, 호소 그리고 웃음들을 되찾았다. 그리고 땅은 때때로 동물 떼가 지나갈 때마다 진동하곤 했다. 황량한 길이 헤드라이트의 불빛 속으로 길게 펼쳐져 있었다. 공기는 사막의 선선한 바람에 자극 받아 청명한 고동소리를 내고 있었고, 그것은 마치 하늘 자체가 내는 목소리와 숨소리 같았다. 불현듯 곤충들의 이 소란한 소음, 작은 생물들의 합창에 화가 나기라도 한 듯이 아무리 먼 거리라도 가깝게 들리는 맹수의 포효 소리가 일었고, 그러자 모든 게 적막해졌다. 달 주변의 구름마저 갑자기 먼 곳으로 황급히 달아나는 것 같았다. 미나의 심장이 고동치기 시작했다. 그녀는 발작하듯 침을 삼켰다. 그리고 잠시 귀를 기울였다. 떨면서도 행복해하며 별이 총총한 무한한 하늘을 향해 우스꽝스럽지 않게 솟아오를 유일한 목소리를 기대하며. 짐승의 포효 소리가 점점 가까워지는 것 같았다. 그녀는 흠칫 물러섰다. 밤을 버리고 자동차로 돌아와 범퍼에 앉았다. 어둠으로부터 떨어져 나와 헤드라이트 불빛 아래 앉아 그녀는 불안하고 겁에 질린 채 가방을 열었다. 용기를 내기 위해 친근한 반사적 행동에 매달렸다. 다리를 꼬고 무릎 아래로 치마를 끌어내렸다. 루주와 거울을 꺼냈다. 도전적인 몸짓으로 입술 화장을 했다. 그리고 갑자기 웃기 시작했다. 사자가 울부짖을 때마다 지프 속에서 포사이드의 코 고는 소리가 응답했다. 곧 적막이 내렸고, 다시 곤충들의 소리가 들려왔다. 그녀는 숄을 집어 들어 어깨를 감싸고는 푸르고 빛나는 밤의 물결에 몸을 싣고, 모든 것으로부터 멀어진 채 떨면서도 행복해하며 그렇게 앉아 있었다. 하늘이 얼마나 청명한지 길 위에서 팔락거리는 수백 만의 흰 나비 떼들은 지상의 은하수 같았고, 손에 닿을 것만 같았다. 그녀는 모렐이 자기를 곁에 둘지, 자기에게도 무엇이건 그의 투쟁을 도울 수 있는 일을 하게 할 것인지 자문했다. 아마도 설명을 요구할 테지만 그녀로선 설명할 수가 없을 것이다. 그녀는 본능에 따라 움직였을 뿐이다. 우선은 동물들을 아주 사랑했기 때문이었고, 다음으론 그녀 자신도 그게 무슨 연관이 있는지는 잘 몰랐지만 때때로 자기가 혼자이며 버림 받았다는 느낌이 들었기 때문이었으며, 또한 베를린의 폐허에서 죽은 부모 때문, 그녀의 '삼촌' 때문, 전쟁 때문, 가난 때문, 총살당한 그녀의 애인 때문, 그녀에게 일어났던 모든 일 때문이었다……

— 오, 그리곤 잘 모르겠어요. 왜 그랬는지.

그녀는 어깨를 으쓱하며 쉴세르에게 말했다. 그리곤 탁자 위에 있는 코냑 병을 집어 한 잔 따라 마셨다. 그들이 면담을 시작한 이래 그녀가 술을 마신 것은 그때가 처음이었다. "그들도 모두들 왜 그랬느냐고 물었죠. 나도 짐승들을 위해 뭔가 하고 싶다고 그들에게 말했더니 아무도 내 말을 믿지 않았어요. 그렇지만 그이 곁에 베를린 사람이 하나 정도는 있어야 하지 않겠어요? 그이 곁에 베를린 사람이 하나 있는 게 자연스럽지 않나요?"

그녀는 쇨세르가 이해했나 보려고 그의 눈을 바라보았다. 거기 조용히 앉아 코냑 잔과 담배를 든 그녀에게서는 어리둥절할 정도의 순박함이 엿보였다. 그녀를 둘러싸고 신문이 떠들어대는 온갖 찬사도 그녀는 그다지 달가워하지 않는 것 같았다. 그녀는 쇨세르에게, 그들은 그렇게 길에서 시간이 되기를 기다렸고, 두 개의 헤드라이트 불빛 사이에 앉은 채 막 옅은 잠이 들 무렵 어떤 손이 그녀의 어깨를 두드렸고, 그때 흰 그림자가 그녀 앞에 서 있었는데, 그게 유세프였다고 말했다. 그녀는 핸들을 다시 잡았고, 청년은 그녀 뒷자리에 올라탔다. 그들은 새벽녘까지 달렸고, 유세프가 말들을 숨겨둔, 길 끝 수풀 속에다 지프를 버렸다. 그들은 거기서 자고 나서 이번에는 말을 타고 언덕들을 향해 다시 출발했는데, 오후 느지막이 시송고 나무 사이로 조랑말을 탄 동그스름한 형체가 나타나는 걸 보았다. 그 형체는 하얀 모자를 쓰고, 그물에 해가 비치듯 붉은 수염 가득 햇빛을 받고 있는 친숙한 얼굴을 하고 있었다. 파르그 신부는 그들을 보게 된 것이 썩 기쁘지 않은 눈치였다. 그는 부루퉁한 얼굴로 말을 뚝뚝 끊어서 말했다. 별 호기심도 없는 표정으로 그들에게 이…… 버림 받은 지역에서 뭘 하고 있냐고 물었다. 분명히 "신으로부터 버림 받은" 곳이라고 말하려는 것 같았지만 그는 때맞춰 말을 끊고, 그 불경한 말에 스스로 고개를 절레절레 저었다. 포사이드는 뒤죽박죽 되는 대로 설명했다. 뒤파르크 농장으로 가는 길이라고 했다. 뒤파르크가 자기 집에서 한 주일을 함께 보내자고 그들을 초대했다는 것이다.

— 그렇군요. 근데 너무 늦었소. 그가 사흘 전에 농장을 불태워버렸소.

선교사가 퉁명스럽게 말했다.

— 그라니? 누구 말입니까?

— 모렐이지 누구겠소? 그자들이 뒤파르크를 늘씬 패주고 집을 불살라버렸소…… 그 작자가 올해 들어서만도 자기 농작물을 짓밟는 코끼리들을 스무 마리 남짓 죽였다는군요.

— 그래, 그게 계속되고 있습니까?

포사이드가 웃으며 물었다.

파르그가 의아해하는 눈초리를 던졌다.

— 무슨 말이오? 그게 계속되면……

그는 뭐라고 중얼거리더니 능숙하게 삼켜버렸다.

— 난 이 모렐이란 작자를 잡으려고 나흘 간이나 산에서 말을 타고 헤맸소. 그런데 흑인들은 아주 겁이 많아서 그 이름을 입 밖에 내기만 해도 아주 얼빠진 표정을 짓더군. 정말이지 그 두려움을 붙잡아서 물어뜯고 싶을 정도였소. 아가씨, 용서하시오. 내가 하는 말을 있는 그대로 받아들이면 안 되오…… 군인들과 자주 접하다 보니 말이 험하게 나올 때가 있다오. 아다에 가서 밤을 지내시는 게 좋을 거요. 거기엔 백인 신부 포교단이 있소. 당신들이 가는 길목인데다 신선한 채소와 산딸기도 있으니까.

그들이 가는 길목이 아니었지만 그걸 말할 수는 없었다. 이날 저녁, 독한 적포도주 한두 잔을 들고 나더니 파르그는 가시 돋친 말을 쏟아냈다.

— 난 그 가련한 멍청이 친구에게 설명해주고 싶소.

그는 탁자마저 개종시키려는 듯 주먹으로 내려치면서 고함쳤다.

— 중도에서 멈춰선 그 가련한 작자에게 코끼리도 좋지만 그보다 더 나은 게 있다는 걸 설명해주고 싶소. 더 위대하고, 더 아름다운 게 있다고 말이오. 그런데 그 작자는 전혀 흔들리는 기색이라곤 없소! 하느님, 당신께 여쭈노니 이 친구는 이러다 어떻게 될까요?

그는 마치 사람에게 하듯이 탁자를 아주 힘차게 내려쳤다. 탁자가 아무 이상이 없다는 걸 믿기 힘들 정도였다.

— 탁자 좀 가만 놔두세요. 탁자가 뭘 알겠습니까.

포사이드가 그에게 충고했다.

— 오, 보다시피, 난 두드릴 때는 두드리는 성미요.

그가 침울하게 말했다.

— 여하튼 뭔가 불쾌한 구석이 있다는 걸 인정하시오. 그게 자기 안에 있는 문제라면 커지거나 말거나 내버려두지요. 생각을 하다 말진 말아야지. 코끼리 떼에서 멈추진 말아야지.

그가 어찌나 힘을 주어 침을 뱉었는지 땅바닥에서 먼지 구름이 일 정도였다.

— 이 얘기도 해야겠소. 난 그 작자가 나를 개인적으로 공격한다는 느낌이 들 때가 있어요.

— 왜죠?

파르그는 잠시 침묵을 지키더니 팔을 펴며 거의 애절하게 외쳤다.

— 내가 어찌 알겠소? 내가! 어쩌면 그 작자가 옳은 건 아닌지?

어쩌면 내가 할 일을 충분히 하지 않은 건 아닌지? 문둥병 환자들과 수면병 환자들이 전부는 아니잖소? 어쩌면 내가 코끼리 떼 틈으로 가야 하는 건 아닌지?

조니 포사이드는 흥겨워지기 시작했다.

— 파르그, 언제부터 눈을 붙이지 않았지요?

— 일주일 전부터요.

선교사는 탁자를 주먹으로 쾅 내려치며 소리쳤다. 믿지 않는 자의 머리를 그렇게 쳤더라면 아마 반드시 개종했으리라.

— 코끼리 떼가 저녁부터 새벽까지 눈앞에 어른거리오! 믿지 않겠지만, 코로 나에게 신호를 보내는 놈들도 있소.

— 어떤 종류의 신호 말이지요?

— 무슨 종류의 신호인지, 내가 어찌 알겠소. 코로 "오라, 오라, 오라"고 하는 거지. 그게 다요!

그는 악마처럼 짓궂은 얼굴로 한쪽 눈을 깜빡이며 집게손가락을 구부리는 시늉을 했다.

— 신부님, 참 재미있군요!

포사이드가 말했다.

파르그가 낙담한 투로 토해냈다.

— 이 코끼리들이 대체 어디서 오는지 알기라도 한다면 좋겠어! 그러니 가서 좀 알아보시오! 아무라도 내게 그놈들을 보낼 수 있지. 아무라고 하지만 난 그게 무슨 뜻인지를 알고 하는 말이오!

포사이드가 말했다.

— 그게 코끼리인 한, 그게 벌거숭이 흑인 여자들이 아닌 한 그렇겠죠.

― 아! 그렇게 생각하시오?

파르그가 말했다.

― 벌거숭이 흑인 여자들이야 적어도 어디서 오는 줄 알지요. 아무 데서나 젖가슴을 내놓고 엉덩이 흔들어대는 그 여자들을 밤에 갑자기 당신 눈앞에 본다면……

그가 말을 중단했다. 포사이드는 관심을 드러내놓고 그의 말을 듣고 있었다. 파르그는 얼굴이 시뻘개져서 다시 탁자를 내리쳤다.

― 그래, 코끼리 떼 있는 곳으로 가야 한다면 가겠소!

그가 아주 단호한 태도로 소매를 걷어부치면서 외쳤다.

― 저 높은 곳에서 내가 충분히 일하지 않는다고 판단한다면, 문둥병 환자와 수면병 환자들만으로 충분치 않다고 판단한다면 ― 좋아요, 나도 코끼리 떼 있는 곳으로 가겠소. 악어와 독사 있는 곳으로 가라고 하면, 그리로 가겠소! 난 상관없소! 난 겁나지 않소! 내가 충분히 일하지 않는다고 판단한다면……

그는 무서운 힘으로 탁자를 쳤다.

― 그만두시지요. 이 탁자에 허비한 힘이면, 신부님, 회교도 한 부족은 개종시킬 수 있겠어요.

포사이드가 웃으면서 남은 술을 잔에 채우며 말했다.

파르그는 내려치는 걸 그만뒀다.

― 그렇군. 당신 말이 옳아요. 힘을 아끼는 게 낫겠소. 하지만 이것만큼은 말하고 싶소.

그가 포사이드 쪽으로 몸을 숙였다. 그의 얼굴에는 교활한 꾀가 떠오른 듯한 표정이 그려졌다. 그의 눈가에 주름이 잡혔다.

그가 말했다.

— 나한테는 그렇게 못하지, 이보게들. 분명히 말하지만 나를 그렇게 소유할 순 없어. 뛰어들기 전에 난 코끼리들이 어디서 오는지를 알았으면 하오. 먼저 이 모든 것의 배후에 누가 있는지 그걸 알고 싶소. 이게 그 친구에게 남아 있는 전부라면, 정말이지 이게 그가 믿고 있는 최후의 것이라면, 어찌할 도리가 없어서, 끝까지 갈 만한 용기가 없어서 중도에 멈춰 서버리는 그런 친구라면, 더 이상 신이 존재하지 않아서 그 자리에 다른 것을 대치시킬 수밖에 없다는 듯이 행동하기 위한, 발뺌하기 위한 속임수라면, 만약 그렇다면…… 빌어먹을.

그는 이를 악물고 세차게 탁자를 내려쳤다. 얼마나 세게 쳤는지 갑자기 한밤중에 북소리가 숲속 아주 먼 곳에서 울렸다.

— 뭐지?

— 아무것도 아닙니다.

포사이드가 조용히 말했다.

— 신부님께 보내온 대답입니다. 신부님께서 뜻하지 않게 시끄런 소리를 내어 저들을 성전(聖戰)으로 불러낸 거지요. 내일이면 우린 모두 끝장날 겁니다.

파르그는 침울한 눈길로 그들을 바라보더니 일어나서 잘 자라고 말한 뒤 비틀거리는 걸음걸이로 나갔다. 포사이드는 웃으며 기지개를 켜더니 조금도 취한 기색 없이 일어났다. 그가 아직도 할 수 있는 게 있다면, 그것은 버티는 일이었다.

— 편히 주무세요, 신부님. 마지막 남은 코끼리들과 함께 하늘로 가시게 되어 다시는 신부님을 못 보게 된다면 정말 유감일 거예요!

어둠 속에서 포사이드가 신부에게 소리쳤다.

그도 움막에서 나와, 그 사람 좋은 프란체스코회 신부가 누구에게, 혹은 무엇에다 주먹질을 할 수 있을지 찾으려는 듯이 하늘을 쳐다보며 한참 동안 그렇게 머물러 있었다. 그들은 새벽에 다시 말을 타고 길을 떠났다. 그리고 시송고 나무 사이로 난 오솔길을 따라 두 시간을 걷고 난 뒤, 머리 위 회색 바위 사이로 로즈니에 나뭇잎들이 마치 감시병처럼 얼굴을 비죽이 내밀 무렵, 그들은 언덕 꼭대기에서 그들을 기다리고 있는 푸른색 그림자를 보았다. 그러자 곧, 가이거 방사선 검출기를 손에 들고 발길 닿는 대로 찾아온 탐색자들을 생각해 이름이 붙여진 '가이거 산'에 이르게 되었다. 거기에서 우라늄이 발견되진 않았지만, 경이로운 걸 찾는 사람들은 이 바위산 어디엔가 놀랄 만한 광맥이 숨겨져 있어 언젠가는 발견하게 되리라 믿고 있었다. 언덕 위에 오르자 마을의 첫 오두막집들 사이로 하비브가 보였다. 환하게 웃는 얼굴에 흐트러진 옷차림을 한 그는 마치 기항지에 막 축포를 쏘아올린 선원 같은 모습이었다. 그리고 모렐도 보였다. 그는 말 안장에 낡은 가죽가방을 매단 채 모자도 없이 웃고 있었다. 그녀는 바로 그를 알아보았다. 모렐은 손을 내밀며 그녀를 향해 다가왔고, 대답하지 않을 수 없게끔 즐겁게 물었다.

— 오는 동안 문제없었소?

— 네.

포사이드는 언덕 쪽으로 몸을 돌리더니, 그쪽을 향해 야유조의 과장된 몸짓으로 인사를 했다. 그는 아침 여섯시부터 취해 있었다.

— 작별 시간이잖소. 난 미리 좀 자축했어요⋯⋯ 같은 시대에 집단학살을, 원자 방사능과 세뇌와 즉흥적인 자백을 당신들에게 선사할 수 있는 종족을 떠나 자연 속에서 살겠다고 나섰으니 한잔 해도

되지 않겠소.

　모렐은 그의 말을 듣고 있지 않았다. 미나의 손을 잡은 채 선의와 다정함이 가득한 눈길로 그녀를 보고 있었다.
　— 고맙소. 당신이 우리를 위해 해준 것은 무척 용기 있고 유용한 일이오. 무기 은닉처 중 두 곳이 발각되어 거의 군수품이 남아 있지 않았으니까……
　그는 그녀에게 웃어 보였다.
　— 그리고 무엇보다 마음이 소중한 거니까요. 하지만 앞으로 쉽진 않을 거요.
　— 알고 있어요.
　— 아직 시간이 좀 걸릴 거요……
　그가 웃음을 터뜨렸다.
　— 자연보호는 지금 정치가들의 관심사가 못 되오. 하지만 대중은 관심을 갖고 있소. 우리가 얻으려고 애를 쓰는 것에 그들도 흥미를 보이고 있어요. 신문마다 그 말을 하고 있는 모양이오. 그러니 우리는 얻게 될 거요. 맹수와 식물 보호를 위한 새 회담이 두 주 후면 열릴 텐데, 이 일에 세계의 주목을 끌 수 있을 놀랄 만한 방책을 생각 중이오. 그들은 필요한 조처를 취하지 않을 수 없게 될 거요. 그렇잖으면 우린 투쟁을 계속해야 할 거요…… 인내심이 많아야 할 거요……
　— 전 서두르지 않아요.
　— 이건 알아주시오. 당신은 원하면 언제든지 돌아갈 수 있소. 그들이 당신에겐 해를 끼치지 않을 거요. 감히 그렇게는 못할 거요. 여론이 우리 편이라는 것을 알고 있을 테니까요.

이 만남의 첫 순간을 얘기할 때 그녀 얼굴에 피어난 기쁨과 생기가 당시 그녀가 느꼈던 감정을 말보다 생생히 전했다. 그녀는 잠시 침묵했다가 입술로 브랜디 잔을 가져가며 눈을 내리깐 채 까닭 모를 묘한 웃음을 지으며 말했다.

— 내가 그이만큼 동물들을 좋아한다는 걸 그이는 알았던 거예요.

마을 끝에는 다른 집들보다 좀더 큰 오두막이 하나 있었다. 흙을 다져서 만든 층계와 부속 움막들이 딸린 집이었다. 문에는 반바지에 카키색 셔츠를 입고 머리엔 펠트 모자를 쓴 흑인이 팔에 기관단총을 낀 채 서 있었다. 흑인은 그의 귀에 대고 뭔가를 다정하게 속삭였다. 그녀가 약간 겁먹은 걸 모렐이 눈치채고 말했다.

— 저 친군 도둑놈이오. 방기 감옥에서 탈주한 뒤로 우린 친구가 되었소……

오두막 안, 창도 없는 희미한 빛 속에서 그녀는 바지 단추가 반쯤 열려 있는, 엄청나게 살진 반백의 사나이가 신경질적으로 일본 부채를 부치고 있는 것을 보았다. 더위나 파리를 쫓기보다는 차라리 올리브색 안색과 애원하는 듯한 눈길에서 드러나는 고통을 가라앉히기 위해서 그러는 것 같았다. 모렐이 들어서자 그는 선풍기만큼이나 빨리 부채질을 해댔다. 그리고 일어서며 여자를 생각해서 바지 단추를 잠갔다. 그는 그녀가 차다앙 호텔의 접대부라는 걸 알아보고도 조금도 놀라는 기색이 없었다. 아마 어떤 일에도 놀라지 않을 것 같았다. 그가 말했다.

— 모렐 선생, 이렇게 계속할 수는 없소. 내가 내 집에 갇혀 지낸 지가 벌써 나흘째요. 제발 좀 가주시오. 난 당국과 말썽을 일으키고 싶지 않아요. 난 내 창고가 불한당 조직의 사령부로 쓰이는 걸 받아

들일 수가 없소. 분명히 합시다. 기관단총을 메고 내 집 문을 지키고 있는 저 흑인은 프랑스령 적도 아프리카에서 가장 유명한 불량배 중의 하나요. 그리고 나한테 함부로 하고 있어 참을 수가 없소. 난 이때까지 평판이 좋았소. 나도 전쟁 때는 연합군을 위해 영토연합에 재정적으로 정신적으로 기여한 사람이오. 나는 사람들이 나더러 테러리스트들을 도왔느니, 외국 첩자들과 함께 폭동을 조장했다고 떠들어대는 걸 원치 않소. 내가 아랍 인이니 더더욱 그렇소. 아프리카에서 벌어지는, 내가 모르는 수수께끼 같은 활동에 가담했다는 혐의를 받고 싶지 않단 말이오. 즉각 내 집을 떠나주시오.

모렐은 탁자 위에 있는 물병을 집어들고 물을 마셨다.

— 당신이 전쟁 때 연합군 편이었다면, 오늘에도 우리 편이어야 할 것 아냐. 똑같은 싸움이니까. 당신은 자연을 위해 뭔가 해야 해. 이것이야말로 전쟁 때 당신이나 내가 보호했던 것이 아니겠어?

살진 손 안에서 부채가 미친 듯이 움직여댔다.

— 모렐 선생, 당신의 뜻을 거역하려는 건 아니지만 난 당신 의도를 모르겠소. 도대체 당신이 뭘 하려는 건지 모르겠단 말이오. 정말 이 모든 게 그저 코끼리와 관련된 일이라고 믿을 만큼 나를 어리숙한 사람이라고 생각하는 게 기분 나쁘다고 나흘 전부터 되풀이해 말해왔소. 정말이지, 모렐 선생, 난 바보가 아니오. 나한테는 지금 이 순간에 파리에서 우수한 교육을 받고 있는 아들이 셋이나 있어요.

— 그럼 이게 무엇과 관련된 일인 것 같나?

— 무슨 일인지 난 모르겠소, 모렐 선생. 알고 싶지도 않아요. 난 정치는 모르니까.

— 물론 당신은 정치를 모르지. 하지만 당신 지붕 밑에서 오십 톤

도 넘는 상아를 찾아냈단 말이오. 항아리에 담아 국경을 넘고 잔지바르로 가는 배에 실기 위해 톱으로 잘게 잘라서 포장할 준비까지 다 되어 있더군.

― 그 상아는 원주민들이 갖다 준 거요. 숲에 쓰러진 짐승들에서 합법적으로 모은 것이오. 나한테는 숲을 돌아다니며 죽은 짐승들을 찾아내는 부하들이 있소. 그건 사냥해서 얻은 게 아니오. 그리고 모렐 선생, 반말은 삼가해주시오.

― 당신 때문에 난 괴로워. 여기서 백 킬로미터 지점에 있는 국경 부근의 숲은 불 때문에 사십 킬로미터 이상이 말 그대로 쑥대밭이 됐어. 당신이 그 일과 상관이 없지 않다고 난 확신해. 며칠 전에 난 잠을 이룰 수가 없었지. 화상을 입은 짐승들이 얄라 강바닥에서 지옥에서나 들을 수 있는 울부짖음 소리를 내다가 죽어갔지. 강바닥을 내가 조사한 것처럼 당신도 조사해보면 고통을 달래기 위해 코끼리들이 몸을 굴린 자국을 보게 될 거야…… 게다가 그뿐만이 아니야……

― 모렐 선생. 날 모욕하지 말아달라고 다시 한번 부탁하오. 당신은 그럴 권리가 없소……

― ……그뿐이 아니야…… 내 가방 속엔 공식문서와 심사위원회 보고서가 들어 있어. 이건 당신도 흥미로워할 텐데…… 당신 짐꾼들이 자기 마을로 되돌아오는 걸 본 사람이 아무도 없어……

부채가 경련하듯 움직였다.

― 내 말을 알아들은 모양이군. 마흔 이하의 남자는 오아시스에서, 더 정확히 말하면 리츠 시장에서 천오백 리얄에 팔리는 모양이더군. 열다섯의 잘 빠진 소년이 항문이 멀쩡하면 사천 리얄은 받을

것이고 말이야. 이건 유엔의 노예금지위원회가 제공한 공식 숫자이지. 당신 소년들이 되돌아오지 않는 게 놀랄 일은 아니지. 당신은 그들을 상아와 한 배에 싣고 있잖아. 회교도들에게는 메카 순례를 약속하고서 말이야. 이만하면 당신을 개새끼로 취급할 권리가 내게 있지 않겠어?

그때 미나는 어슴프레한 빛 속에서 처음으로 흰 그림자를 보았다. 그림자는 목과 어깨에 흰 베일을 두르고 허리에 손을 댄 채 흙벽에 기대 서 있었다. 그 사나이가 짧게 끊기고 목구멍에서 겨우 나오는 듯한 목소리로 뭐라고 말했을 때, 그녀는 턱에서 입술까지 검은 두 줄기의 수염이 나 있는 누런 얼굴을 보았다. 그가 모욕적인 말을 한 모양이었다. 그의 동료가 당혹스런 얼굴을 하고 부채질을 빨리 해대는 걸 보아하니.

— 저자가 뭐라고 그랬나?

모렐이 물었다.

— 뭐 별로 중요한 얘기가 아닙니다, 모렐 선생.

— 용감한 친구 같은데 뭐라고 그랬나?

— 개새끼들에게 당신을 추천했소.

모렐이 웃었다.

— 그것 참 친절하군. 저 친구가 한 거지만 언젠가는 써먹을 수 있을 추천 같군. 이름이 뭐지?

— 이스르 에딘.

— 옴이 오른 개를 볼 때마다 내가 개 족속의 장자인, 이스르 에딘이 보내서 왔다고 말하겠다고 전하게.

— 모렐 선생. 말은 내뱉긴 쉬워도 거둬들이긴 힘든 법이라고들

하지요.

밀매상이 난감한 기색으로 부채질을 해대며 말했다.

― 그만합시다. 나는 오래전부터 사람한테 명예라는 게 무엇인지 알고 있어. 당신 짐꾼들에게 대가를 지불하고 그들 집으로 돌려보내. 그러는 동안 당신 부인에게 우리가 먹을 걸 준비해달라고 말해. 또 한 가지, 이 양반에게 말해. 만일 한 번만 더 그의 집에서 소년이 소리 지르는 게 들리면, 그 자리에서 뼈도 못 추릴 정도로 두들겨놓겠다고 일러. 마을 아낙네들이 나에게 와 말해줬어. 이 작자가 밤마다 한 어머니의 가슴을 후벼 파는 소리가 똑똑히 들린다고 말야.

― 짠 육포가 피를 끓게 만드는 거요.

밀매상이 거만하게 말했다.

그는 일어나서 뜰로 나갔다. 거기에는 남빛 광목 옷을 입은 풍만한 흑인 여인이 돌화로 위로 몸을 숙이고 있었다. 샌들 위로 베일을 흩날리며 아주 우아한 태도로 꼿꼿이 고개를 들고 미나가 그의 뒤를 따랐다. 두 사람뿐이었다. 그녀가 그를 이렇게 마주 대하는 건 차디앙 테라스에서 만난 이래로 처음이었다. 그러나 그녀는 한 번 얼핏 보고 난 뒤로 너무도 자주 그의 생각을 해서, 그녀의 기억 속에서 그는 완전히 달라져 있었다고 쉴세르에게 털어놓았다. 무엇보다 그에게는 그녀가 기억 속에 만들어둔 영웅적인 태도가 없었고, 그의 얼굴에도 그녀가 생각했던 특별한 기품이 없었다. 그의 얼굴은 아주 단순하고 네모지고 꽤 평범했다. 다만 그의 눈은 매우 아름다웠고, 매우 프랑스적이었다. 그녀가 베를린에서 자주 접촉했던 군인들과 비교해서 판단할 수 있었다. 두 사나이가 밖으로 나가자마자 그는 웃으며 그녀 쪽으로 몸을 돌렸다.

— 보다시피 사람들은 나를 두고 제멋대로들 생각합니다. 어떤 사람들은 짙은 정치적 목적을 내게 부여하지요. 내가 일부러 카드를 어지럽게 뒤섞어 아프리카에서 들끓고 있는 저항을 숨기려고 드는 제국의 첩보원이라는 거요. 또 다른 사람들에게는 내가 공산주의 첩보원이고, 또 어떤 사람들에겐 민족주의의 불꽃을 일으키라고 카이로가 매수한 사람이라는 거요⋯⋯

그는 어깨를 으쓱했다.

— 그렇지만 실은 아주 간단한 문제인데 말이오. 다행히도 민중의 마음이라고 불리는 것이 그래도 있어요. 사람들이 생각하는 것과는 반대로 이건 신화가 아닙니다. 노래 주제로 쓰일 만한 것만은 아니지요. 우리들에겐 민중의 마음을 감동시키는 게 문제요. 그게 우리가 하려는 일입니다. 저울이 우리들에게 유리하게 기울어지게 하려면 가능한 한 우기까지 몇 주일은 버텨야 하오. 아직 우리가 충분한 관심의 대상이 되었다고 할 순 없소. 가능한 한 많은 사람들이 무슨 일인지를 잘 알 수 있게 하려면 더 알려져야 하오. 자연보호가 그들과 직접 연관된 문제라는 걸⋯⋯

바로 이런 이유에서, 그녀가 새벽녘에 자주 보았듯이 그는 웃통을 벗어부치고 입가에는 살짝 조소하는 웃음을 띤 채, 위협 받고 있는 코끼리 떼 주변을 엄중히 감시하며 아주 당당한 태도로 언덕 위에 서 있었던 것이다.

28

 20세기 중반에 이것은 어느 때보다 시급하고 어려운 과제였다. 그리고 희망과 자신을 때때로 잃어가며, 오래전부터 어떤 격려의 신호를 기다리고 있던 사람들에게 모렐의 항의는 놀랄 만한 열정을 일깨웠다. 차디앙 테라스에 드나들던 어느 단골손님의 표현을 빌리면, "모든 독일인들이 그렇지는 않다. 모든 러시아 인들이 그렇지는 않다. 모든 아랍인들이 그렇지는 않다. 모든 중국인들이 그렇지는 않다. 모든 사람들이 그렇지는 않다고 말해야 인간에 대해 모든 걸 말한 셈이다. 그러고 나면 밝은 달을 향해 '요한 제바스티안 바흐여! 아인슈타인이여! 슈바이처여!' 하고 소리쳐봐야 소용없다. 밝은 달은 잘 알고 있다." 실망했지만 아직은 인간적인 교화를 꿈꾸는 모든 휴머니스트들, 그 가운데 비행기 값을 낼 형편이 되는 사람들이 항복하기를 거부하고 희망의 살아 있는 상징이 된 자와 합류하기 위해 프랑스령 적도 아프리카로 오려고 애를 쓰고 있었다. 프랑스령 적도 아프리카에 가려면 특별 비자가 필요했다. 두알라, 브라자빌, 방기, 라미에서는 관광객들 중에서 모렐에게 '가담'하러 가는 '지원자'들을 색출하기 위해 통제를 강화해야만 했다. 그들 가운데는 달을 향한 배를 탈 수 없을까 봐 초조해하는 고전적인 유형의 정신 이상자들도 물론 있었고, 또한 정말 의미 있고 깜짝 놀랄 만한 '연합'도 있어, 그것이 모렐 사건 자체보다 더 전세계를 떠들썩하게 했다. 3월 15일, 미국 신문들은 미국의 가장 저명한 물리학자 중의 하나이며, 수소폭탄을 만든 사람들 가운데 한 사람인 오스트라흐 교수가 종적도 없이 사라져버렸다고 대서특필했다. 폰테코르보 사건, 오펜하이머의 불운, 버지스와 매클린('케임브리지 5인'이라 불리던 스파이]의 도피 이후로 이 뉴스는 사람들을 경악에 빠뜨렸다. 오스트라흐는 수소폭탄의 세부구조를 잘 알고 있을 뿐 아니라, 새로운 코발트탄 개발 가능성에 대해서도 잘 알았다. 코발트탄 때문에 미국에서도 소련에서도 세기의 대석학들이 빌어먹을 대의를 위해 끝없이 헌신해가며 밤낮없이 일하고 있다. 그것은 맹수뿐만 아니라 식물군도 멸망시킬 수 있는 아주 결정적인 무기였고, 필요한 정비만 끝내면 대양에서 샘에 이르는 지구 표면의 모든 액체 물질을 완전히 파괴할 수도 있었다. 물질적 파괴를 초래하지 않고 살생할 수 있는 새로운 폭탄을 만들어낼 희망도 있었다. 스페인 내전 때에 오스트라흐가 다국적지원군(스페인 내전 당시 공화파 편에서 싸웠다]의 아이들을 위해 돈을 내놓았으며, 코발트 폭탄의 파괴력을 제한하기 위해 동료들에게 영향력을 행사하려고 여러 차례 시도했던 것을 사람들은 기억해냈다. 그는 플랑크톤과 바다 식물군 등 몇 가지 초보적 형태의 생명을 보존하고, 생명의 모험이 시작된 곳이며 또 어쩌면 언젠가 더 나은 조건에서 다시 시작될지도 모르는 전체 바다 환경을 보존하려 했던 것이다. 그의 충성심을 조사할 임무를 띠고 구성된 조사위원회는 그에 대한 모든 의혹을 씻어주었다. 폭탄의 파괴력을 축소하려 한 그의 노력에 대해 조사관들과 너그러운 언론은 "위대한 학자들에게서 자주 나타나는 단순한 편집증"으로 규정했다. 그런데 바로 이 인물의 실종을 어느 날 전세계가 알게 된 것이다. 결국 그가 가명으로 유럽에 갔다는 게 밝혀졌다. 두 주일 동안 소식이 없었다. 그가 '죽음의 광선'에 대한 작업을 순조롭게 진행 중인 소련 학자 팀에 가담했다는 게 확실한 사실처럼 여겨졌다. 하지만 오월 초에 라이의 북동 사십 킬로미터 지점, 도로 표지판이 서 있는 곳에서 누구를 기다리고 있는 것처럼 보이는 외국인이 있었다고 바가 마을 촌장이 순회 치안관에게 기별해왔다. 그런데 모렐이 얼마 전에 그 지역에서 눈에 띈 적이 있었다. 완강한 항의에도 불구하고 즉각 체포되어 포르라미로 이송된 그 외국인은 오스트라흐 교수임이 밝혀졌다.

미국에서는 그 반향이 얼마나 컸는지, 벌써 포르라미에 와 있던 신문기자들의 숫자가 스물네 시간 만에 세 배로 늘어날 정도였다. 오스트라흐 교수는 젊고, 목울대가 툭 불거져 나온 긴 목에, 반백인 머리털은 짧게 깎았고, 냉소적인 눈빛을 띤 그런 사람이었다. 그는 자신이 야기시킨 소란에 아주 놀란 것 같아 보였다. 정중한 심문이 있었지만, 코끼리에게 군사비밀을 넘겨주려고 하진 않았다는 것 외에는 아무것도 알아낼 수 없었다. 그 후 그는 차디앙 테라스에서 기자회견을 가졌다. 아니오, 난 모렐과 합류하려 했던 게 아닙니다. 난 그저 자유로운 동물사진이나 몇 장 찍어볼까 했던 것뿐이었소. 자연을 아주 좋아하는데다, 사진 사냥은 내가 좋아하는 스포츠 가운데 하나니까요. 코끼리들도 찍을 셈이었습니까? 물론이오. 그게 무슨 문제가 되는지 모르겠군요. 아프리카 공산당이 코끼리를 뜻하는 '코문'을 전아프리카연합을 뜻하는 말로, 서양에 맞선 투쟁의 상징으로 정했다는 사실을 아십니까? 아니오, 모르고 있었소. 알았더라면 코끼리 사진을 찍으려 하지 않았을 것이오. 그렇지만 이제는 코끼리와 아무런 볼일이 없소. 그는 이마의 땀을 닦으며 큰 목소리로 분명하게 단언했다.

— 오, 하느님, 내가 정치의식이 없다는 것을 잘 좀 설명해주십시오. 나쁜 일이라 생각 않고, 그리고 아마도 이것 때문에 일어날지도

모르는 결과를 생각 않고 코끼리 사진을 찍으려 했다는 것을 설명해 주십시오. 평생토록 난 이목을 끄는 사람이 아니었소. 그래서 내가 하는 모든 행동에 신경 쓰는 습관이 없소. 오 하느님, 이제 생각해보 니 애들에게 코끼리를 보여주려고 두서너 번 애들을 브롱크스 동물 원에 특별히 데리고 간 적이 있었던 게 기억납니다. 내 충성심을 심 문할 때 깜빡 잊고 조사위원회에 그 얘기를 안 했군요. 그러나 내가 여러분들에게 말했듯이, 난 정치적 감각이 그다지 발달하지 못했어 요. 내가 하고 있는 원자핵 연구에 비추어볼 때 그런 일은 내가 할 바가 아니라는 것을 미처 깨닫지 못했소. 내 행동을 깊이 후회합니 다. 어쨌든 코끼리들을 동물원에다 데려다 놓은 건 내가 아니오. 코 끼리들이 반체제적이라면 위정자들은 그 녀석들을 거기 놓아두어선 안 될 것이오. 오 하느님, 우리가 모든 걸 생각하지 못하는 건 사실 입니다.

— 오스트라호 교수님, 당신은 가톨릭 신자이십니까?

한 신문기자가 물었다.

— 아니오, 난 이스라엘인이오.

— 그럼 왜 내내 하느님을 부르십니까?

오스트라호 교수는 놀란 표정이었다.

— 그게 무슨 상관이오? 하느님도 무슨 문제가 있소? 그것도 코 끼리와 관계가 있느냐 말이오. 하느님도 반체제적이 되었소? 아시 다시피 그건 그저 화술일 뿐이오. 생각이 같지 않아도 어떤 사람의 이름을 사용할 수 있는 것 아니오?

그 키 작은 남자는 아주 놀란 표정을 지어 보였다. 그가 열정적이 면서도 절망적인 유머에 사로잡혀 있는 게 느껴졌다. 그 유머는 정말이지 반체제적인 전복의 형태와 멀지 않은 것이었다. 인간에 대한 신경증에 가까운 혐오감 때문에 모렐처럼 코끼리 떼 곁에서 지내려고 시도하신 것은 아닌지요? 아니오, 전혀. 그가 그 정도로 인간을 혐오했다고 믿는 건 터무니없는 일이었다. 그의 입술이 한층 더 얇아졌다. 아니오, 그 정도로 인간이 혐오스럽지는 않았소. 그랬더라면 처음엔 수소폭탄을, 다음엔 코발트탄을 위해 미친 듯이 일하느라 인생에서 가장 좋은 때를 다 보냈겠소? 신문기자들 중 누군가가 풋, 하고 웃었다. 미국 학자의 눈에서 살아 있음을 말해주는 듯한, 지울 수 없는 오래된 즐거움의 빛이 새롭게 되살아나는 것을 쉴세르는 보았다. 코끼리들이 멸종 위기에 놓인 유일한 종이라고 생각하십니까?

— 용서해주십시오.

오스트라흐 교수가 말했다.

— 우리나라의 국가 보안과 관련된 비밀은 말할 수가 없습니다.

원자탄 실험과 방사선 실험을 계속하면 전 인류에게 심각한 고통을 안기게 되며, 미래의 세대들에게 비극적 결과가 초래하리라는 게 확실합니까? 다시 한번 말씀드리지만, 난 우리나라의 군사 기밀과 관련된 질문에는 대답할 수가 없습니다. 학자들은 평온하게 연구실에서 조용히 자기 일을 계속하게 가만히 내버려두어야 합니다. "그렇죠, 하지만 어떤 일 말입니까?" 테라스 끝에서 누군가 거의 절망적인 목소리로 소리쳤다. 정확히 어떤 일 말씀이십니까? "우리는 어떤 희망이라도 가질 수 있소." 오스트라흐가 밝게 웃으며 말했다. "순수하고 이해관계를 떠난 과학 탐구의 길에 방해물을 놓아서는 안 되오. 과학 탐구에서 중요한 건 실제 결과가 아니라 인간 재능의 표현입니다." 달리 말해서, 한 학자가 뜻하지 아니한 실험실의 재난으로 전세계를 폭발시킨다 하더라도, 그게 이해관계를 떠난 인간 재능의 표현이란 말인가요? 그는 대화상대의 그러한 비관적 시각을 좇기를 거부했다. 과학 탐구는 잠재적인 실제 결과에 대한 걱정으로부터 전적으로 자유로워야만 했다. 그는 며칠 더 포르라미에 있으면서 그 지역을 숱하게 돌아다녔는데, 아마도 오로지 당국을 성가시게 할 속셈이었던 모양이었다. 매번 신문기자 행렬이 그 뒤를 쫓아다녔다. 기자들은 그의 의도를 짐작조차 못했다. 지사 역시 그러했다. 지사는 호위대가 학자를 잠시도 떠나지 않도록 신경을 썼다. 일주일 동안 그렇게 매일 아침 긴 자동차 행렬이 소형트럭을 운전하는 그 키 작은 사내의 뒤를 쫓았다. 사내는 그 지역에서 가장 험난한 길로 접어들었다가는 다시 돌아오면서 뒤따르는 신문기자들과 경찰들에게 친근하게 손짓하며 그들을 조롱하고 비웃었다. 모렐이 보낸 밀사가 오스트라흐 교수가 가는 곳 어딘가에서 그를 기다렸더라도 아무도 그것을 알 수 없었다. 아마도 오스트라흐는 신문기자들을 따돌린 뒤 자연보호를 위해 싸우는 사람과 합류하려고 애쓴다기보다는, 이 사건을 떠들썩하게 만들고, 이 사건에 합당한 의미를 부여하려고 애쓰는 것 같았다. 그리고 그의 시도는 기막히게 성공했고, 그는 기진맥진한 기자들에게 친밀하게 인사를 하고 다시 비행기를 탔다. 기자들이 겨우 안도의 기쁨을 느끼려는 순간, 슬퍼 보이면서도 미소를 잃지 않는 그 조그만 얼굴은 비행기 현창을 통해 냉소 어린 눈초리로 그들을 바라보고 있었다.

그렇다. 쉴세르는 모렐이 혼자가 아니며, 곳곳에서 괴짜거나 아니면 단순히 이해력 많은 사람들이 그를 돕기 위해 그와 합류하려고 애쓰고 있다는 사실을 알았다. 포르라미와 방기의 우체국마다 모렐에게 보내온 편지와 전보들로 넘쳐났다. 지사는 지구 곳곳에서 보내온 온갖 말로 씌어진 편지를 받았는데, 거기엔 그가 하루 종일 투덜거리며 내뱉는 욕설만큼이나 멋들어진 욕설이 가득했다. 뉴스를 가까이서 좇는 모든 사람들, 인간의 이름으로 범해지는 온갖 정치적·군사적·과학적, 혹은 기타 착오들에 신물이 난 사람들에게 모렐의 시위는 마음을 감동시키고, 어떤 분노나 기대를 불러일으키는 것 같았고, 그러한 감정은 그들이 그의 활약에 관한 기사를 읽을 때면 깊은 안도감으로 변하는 것 같았다. 그렇게 모렐은 대부분의 대중에게 일종의 영웅이 되었다. 그러나 이 여자만큼 그를 찬미하는 사람을 찾기란 어려운 일이었으리라. 그녀는 몇 주 동안 그의 모험에 함께했고, 따라서 전설이 생겨나는 데 거의 필수불가결한, 먼 거리의 신기루를 알지 못했다. 소송이 계속되는 동안 모렐의 이름이 청중에게 낭독되면 그녀는 고개를 들고 생기를 띠며 대중과 판사와 자기 곁에 앉아 있는 경찰들도 잊은 채 극도로 주의력을 기울이며 그에 관한 말을 듣곤 했다. 뒤파르크라는 이름의 농장주가, 모렐과 한 떼의 흑인들이 자기를 어떻게 침대에서 끌어냈고 자기 재산에 불을 지르면서 얼마나 사정없이 구타하고 나무에 매달았는지를 얘기할 때, 그녀가 갑자기 의자에서 벌떡 일어나더니 눈에 살기를 띠고서 아주 심한 게르만 억양에 지나치게 소릴 높이면 아주 천박하게 느껴지는 목소리로 외쳤다.

— 뒤파르크 씨, 왜 진실을 다 말하지 않아요? 당신도 저만큼이나 잘 알고 있으면서 말이지요. 진실을 말하는 게 부끄러우신가요? 저도 알고, 페르 크비스트 씨도 알고, 포사이드 씨도 알고, 저기 계신 모든 사람들도 다 알고 있는 걸요……

뒤파르크는 아주 흥분한 듯 보였다. 그녀 쪽으로 몸을 돌리며 그가 천천히 말했다.

— 난 증언해달라고 요청하지 않았소. 그렇지만 끝까지 진실을 말할 참이었고, 그걸 떠올리는 데 어쨌건 독일 여자는 필요 없소.

그녀는 그곳에 도착한 뒤로 '뒤파르크 사건'에 관한 말을 많이 들었다. 하비브는 여러 차례 그녀 앞에서 그 사건을 슬쩍 언급했는데, 말할 때마다 엄청나게 웃어젖혔다. 그래서 결국 그녀는 어느 정도는 알고서 모렐에게 물어보게 되었다.

— 그렇게들 웃는데, 뒤파르크 사건이란 게 뭐예요?

그는 웃통을 벗은 채 그녀 곁에 앉아 있었다. 등잔 불빛에 그의 벗은 몸이 빛났다. 그녀는 그의 어깨 위에서 독일 수용소에서 얻은 채찍 자국을 보았다. 그녀는 손가락 끝으로 그 자국을 더듬었다. 그러고는 오래도록 손바닥을 올려놓고 있었다. 그 자국들을 건드리는 두번째 독일인의 손이었다.

모렐이 말했다.

— 사실상 비극적이라고 할 건 전혀 없어요. 그들이 우리를 비웃는 게 옳다고 생각하오. 독일 수용소에 있을 때 레지스탕스 대원들 사이에서 로베르라고 불리던 친구가 하나 있었어요. 내가 여태껏 본 사람들 중에서 가장 용감한 친구였지요. 머리털이 다갈색에다 건장하고, 주먹도 눈초리도 확실해서 믿을 수 있는 친구였소. 모든 정치인들이 본능적으로 그 주위로 몰려들게 마련인 그런 친구로, 우리 블록의 확고한 중심이었지요. 그는 항상 쾌활했어요. 매사에 바닥까지 갔다가 확신을 가지고 돌아온 그런 사람만이 갖는 쾌활함이었지요. 용기가 사라지고 주위에 온통 슬픈 얼굴을 하고 있고 어깨가 축

처진 놈들만 보일 때, 그에게 가면 항상 용기를 되살려주는 무언가가 있었어요. 예를 들면 어느 날, 그가 여자에게 한쪽 팔을 내준 사람 모양을 하고 블록으로 들어왔소. 우리는 모두 바닥에 쓰러져 있었어요. 좌절해서 의기소침하고 지저분한 꼴로 말이오. 좀 기운이 남아 있는 자들은 투덜거리고 징징대며 큰 소리로 욕을 해대고 있었지요. 로베르는 우리의 어리둥절한 눈초리를 받으며 계속 상상의 여인에게 팔을 내준 채 막사 안을 가로질러 가더니, 그 여자에게 침대 위에 앉으라는 시늉을 했소. 모두들 지쳐 있었지만 뭔가 호기심을 내비추었지요. 사내들은 팔꿈치를 세워 몸을 일으키고는 로베르가 보이지 않는 여자에게 비위를 맞추는 걸 얼빠진 얼굴로 바라보았어요. 그는 때때로 여자의 턱을 만지작거리거나 손에다 입을 맞추기도 하고 또 귀에다 뭔가 속삭이다가는 그녀 앞으로 곰처럼 예의바르게 몸을 기울이기도 했소. 그때 바지를 벗은 채 사타구니를 긁적이고 있는 자냉을 보고는 그에게 다가가 사타구니에다 이불을 힘껏 던졌어요.

— 뭐야? 왜 그래? 난 긁을 권리도 없나?

자냉이 소리쳤지요.

— 옷차림 좀 단정히 해. 여기 숙녀 분이 계시지 않나.

로베르가 외쳤어요.

— 뭐라고? 뭐?

— 미쳤어?

— 숙녀?

— 물론이지.

로베르가 입속으로 중얼거리더군요.

— 하긴, 놀랄 일도 아니지. 너희들 중에는 이 숙녀 분을 못 본 척하는 사람들이 있지? 그러니 이 꼴로 추태를 보이지……

누구도 아무 말 하지 않았소. 모두들 저놈이 아마 미쳤나 보군, 하면서도 그래도 여전히 주먹은 세니까 그 주먹 앞에서 일반법을 어긴 죄수들조차도 정중히 입을 다물었지요. 그는 상상의 숙녀 곁으로 되돌아가 부드럽게 그녀의 손에 입을 맞췄지요. 그러더니 얼빠진 얼굴을 하고 입을 벌린 채 그를 쳐다보고 있는 놈들에게 몸을 돌리고 말했어요.

— 좋아, 미리 알려두겠어. 오늘부터 규칙을 바꾼다. 먼저, 우는 소리를 그만둬라. 숙녀 앞에서 남자답게 행동하도록 해라. '남자답게'라고 분명히 말하는데, 바로 그게 중요한 것이다. 단정하고 품위 있게 보이려는 노력을 하라고. 그러지 않으면 내가 손봐주겠다. 이 숙녀분은 악취 나는 이런 데선 단 하루도 못 견딜 게다. 게다가 우린 프랑스 인이다. 예의 바르고 점잖아야 한다. 예를 들면 이 여자 앞에서 존경심을 내보이지 않는 놈, 예를 들어 숙녀가 있는 자리에서 방귀를 뀐다든지 하는 놈은 내가 상대하겠다……

모두들 멍하니 입을 벌린 채 조용히 그를 쳐다보았소. 개중 몇 사람은 이해하기 시작했지요. 거친 웃음이 터져 나오기도 했으나 우리 모두는 우리가 처한 상황에서 우리를 지탱해줄 어떤 위엄 있는 규율이 없다면, 허구나 신화에 매달리지 않으면 되는 대로 행동하고, 아무 것에나 굴복하고 심지어 협력하게 되리라는 것을 막연하게나마 느꼈지요. 이때부터 정말 기이한 일이 일어났어요. 블록 K의 사기가 갑자기 몇 단계 뛰어올랐던 겁니다. 깜짝 놀랄 만큼 깨끗해지려는 노력이 있었지요. 어느 날, 정말로 기진맥진하여 더 버티지 못할 지경에 있던 샤텔이 "아가씨에게 경의를 표하지 않았다"는 구실로 일반 죄수에게 덤벼들었어요. 어리둥절해하는 카포에게 해준 설명을 얘기하며 우리는 며칠 동안 즐거워했지요. 매일 아침, 우리들 중 하나는 "아가씨가 옷 입는 동안" 그걸 못 훔쳐보게 하기 위해 구석에 가서 이불을 들고 서 있었습니다. 피아니스트인 로트슈타인은 우리 중에서 가장 기진맥진한 상태였음에도, 숙녀를 위해 오후 휴식 시간의 이십 분을 꽃을 모으는 데 보냈지요. 우리 그룹의 지식인들은 보이지 않는 그녀 앞에서 두각을 나타내려고 기지 번득이는 말을 하거나 토론을 했지요. 저마다 굴복하지 않았다는 걸 보여주기 위해 자기에게 남아 있는 남성적인 면을 끌어내곤 했습니다. 자연적으로 수용소의 지휘관이 금세 사태를 파악했어요. 바로 그날 휴식시간에 지휘관이 그 매끈하고 음울하며 비밀스런 웃음을 띠고 로베르를 만나러 왔지요.

— 로베르, 네가 블록 K에 아가씨 한 사람을 데려왔다고 하던데.

— 막사를 뒤져보시면 되잖습니까?

지휘관은 한숨을 쉬며 고개를 끄덕였소.

— 그 일을 이해해, 로베르. 아주 잘 이해하지. 정말이야, 그게 내 직업이니까. 그래서 당에서 이렇게 높은 지위를 얻은 거니까. 이해는 하지만 마음에 들지는 않아. 싫어한다고 해도 좋을 것 같군. 내가 민족사회주의자가 된 것도 그 때문이야. 난 정신의 전능함을 믿지 않아. 고귀한 규약이니 품위의 신화 따위는 믿지 않는다고. 인간 정신의 불굴성에 대해서도 믿지 않고. 정신의 우월성도 믿지 않아. 그런 유의 순수한 이상주의야말로 나로선 가장 견디기 힘든 것이야. 내일까지 그 아가씨를 블록 K에서 내보내, 로베르. 그렇게 하는 게

좋을 거야……

그의 눈이 안경 뒤에서 웃고 있었지요.

— 나는 이상주의자들을, 그리고 휴머니스트들을 알고 있어, 로베르. 권력을 잡게 되면서부터 이상주의자와 휴머니스트들을 전공했지. 난 '정신적 가치들'에 정통해. 본질적으로 우리가 유물론적 혁명세력이라는 것을 잊지 마. 그러니 내일 아침에 병사 두 명과 함께 블록 K에 올 테니. 자네들 사기를 그렇게 향상시킨 그 보이지 않는 아가씨를 나에게 넘겨. 네 동료들에게는 그 여자를 가장 가까운 군대 창녀촌에 보내 우리 병사들의 육체적 욕구를 충족시켜 줄 거라고 설명하겠어……

그날 저녁 블록 K는 경악에 휩싸였어요. 대부분의 사람들이 여자를 내줄 태세였지요. 현실주의자들, 합리적인 사람들, 약삭빠른 사람들, 신중한 사람들이 그랬소. 그들은 타협할 줄 알고 땅에 든든히 발을 붙이고 서 있는 자들이었지요. 그러나 그들은 자기들에게는 아무것도 요구되지 않는다는 걸 잘 알고 있었소. 문제는 로베르에게 제시된 것이었으니까. 그는 굴복하지 않을 참이었소. 그저 그를 보기만 해도 알 수 있었지요. 그는 몹시도 즐거워하고 있었소. 아주 행복한 얼굴로 눈을 깜박거리며 앉아 있더군요. 물어볼 것도 없었지요. 그는 굴복 안 할 게 분명했소. 우리가 우리의 규약과 우리의 신화를, 책과 학교에서 배운 모든 것을 믿기에 충분한 힘이나 믿음을 가지고 있지 못할 때, 독일 나치의 힘과는 전혀 다른 힘에 사로잡힌 그는 포기하길 거부하고 조소하는 듯한 그 작은 눈으로 우리를 지켜보곤 했으니까요. 그는 허리가 끊어져라 웃더군요. 이 일이 완전히 자기에게 달려 있다는 생각에, 독일 친위대도 그의 정신이 창조한 이 보이지 않는 여인을 강제로 빼앗아갈 수 없으리라는 생각에, 그녀를 내주거나 그녀가 존재하고 있지 않다고 말하는 것이 온전히 자기에게 달려 있다는 생각에 허리가 끊어져라 웃어댔어요. 우리는 무언의 애원을 하며 그를 바라보았소. 어떤 의미에서는 그가 굴복하길 받아들인다면, 그가 복종의 미덕을 보여준다면 모든 일이 한결 수월해질 터였죠. 우리가 마침내 우리 존엄성의 규약에서 벗어날 수 있다면 그때는 모든 희망이 우리에게 허용될 터이니 말입니다. 심지어 당에 가입 안할 이유조차 없어지겠지요. 하지만 웃어대는 그의 얼굴을 보기만 해도 그가 굴복하지 않으리라는 게 확실했지요. 난 그날 저녁 블록 K의 죄수들 가운데 일반 죄수들이 우리를 정말 미쳤다고 생각했으리라 생각하오. 그들 가운데 이해한 자들은 조소 어린 웃음을 띠며 즐거워하면서도 너그러운 눈길을 보였어요. 현자나 경험 많은 사람들, 타협할 줄 알고 자신이 처한 조건과, 삶과 조화롭게 살 줄 아는 현실주의자들에게서 볼 수 있는 그런 웃음과 눈길 말이오. 이를테면 하비브의 눈길 같은……

— 어떡하지?

— 들어봐, 나에게 한 가지 생각이 있어. 만일 내일 그 여자가 떠나게 내버려두었다가 저녁에 다시 돌아오게 하면 어떨까?

— 돌아오지 않을 거야.

로트슈타인이 낮은 목소리로 말했소.

— 아니면 다른 사람이 되어서 돌아오든지……

로베르는 아무 말도 하지 않았소. 그저 주의 깊은 눈길로 듣고만 있었지요.

— 창녀촌에 처넣겠다는 게 마음에 걸려……

이 모든 것을 완전히 못마땅하다는 태도로 바라보고 있던 벨빌의 철도원이자 공산주의자인 에밀이 마침내 폭발했다.

— 자넨 완전히 미쳤어, 로베르. 완전히 돌았다고! 허구며 말도 안 되는 바보 짓거리, 허풍이며 신화 따위에 매달려선 안 돼! 그런 바보 짓거리 때문에 독방에 들어간다거나 법정에 선다는 건 말도 안 돼! 여기서 우리에게 중요한 건 살아남는 거야. 여기서 살아 나가야 한다고. 그래서 이따위 짓거리가 앞으로는 있을 수 없도록 다른 사람들에게 모든 걸 낱낱이 얘기하는 거야. 바보 같은 신화나 환상에 매달리지 않아도 되는 새로운 세상을 만들어야 해.

하지만 로베르는 부드럽게 웃었고, 에밀은 구석으로 가 우리에게 등을 돌림으로써 이제는 우리 편이 아니라는 걸 표시했지요. 다음 날 아침 로베르는 우리 모두에게 차려 자세로 서 있게 했어요. 지휘관이 두 명의 친위대와 같이 와서 안경 너머로 우리들을 살폈소. 지휘관의 웃음은 평소보다 더 음울하고 더 비꼬인 듯했고, 안경조차 정말로 재미있어 하는 것 같았지요.

— 자, 로베르 선생. 그 고상한 아가씨는?

그가 말했지요.

— 여기 있겠답니다.

로베르가 대답했소.

지휘관의 얼굴이 하얗게 질리더군요. 그의 안경이 떨리기 시작했지요. 그는 발을 잘못 들여놓았다는 걸 깨달았지요. 두 명의 친위대원도 그의 무력함을 입증할 뿐이었소. 그는 로베르의 처분에 달린 처지가 되고 말았지요. 그의 선의에 달린 신세였죠. 그에게는 그 블록에서 허구를 내쫓을 수 있는 힘도, 군인도, 무기도 없었죠. 우리가 동의하지 않으면 그는 아무것도 할 수가 없었지요. 규약에 대한 인간의 충실성을 깨려고 하다가 자기만 깨질 판이 된 거지요. 그 여자가 우리에게 존엄성을 깨우쳐주기만 한다면 그녀가 진짜이건 가짜이건 상관없었습니다. 그는 아주 능란하게도 자기의 패배를 부각시키고 연장시키지 않으려고 일 초도 채 기다리지 않았지요.

— 좋아, 알았어. 그러면, 따라와……

그가 말했어요.

나가기 전에 로베르는 우리에게 눈을 깜짝이며 소리치더군요.

— 이봐, 숙녀 분을 부탁해!

우리는 다시 그를 못 보게 되리라 생각했습니다. 하지만 그는 한 달 후에 아주 쪼그라든 모습으로 되돌아왔지요. 코는 납작해져 있고, 손톱도 몇 개 빠지고 없었지만 눈에는 패배의 흔적이라곤 없었지요. 그렇게 어느 날 아침, 몸을 일으킬 수 없을 정도로 좁은 독방에서 어떤 생활을 했는지 몸무게가 이십 킬로그램은 족히 줄고, 얼굴은 흙빛이 되어 블록으로 되돌아왔지만 본질적으로 그는 전혀 변한 게 없었지요.

— 어이, 잘들 있었어? 자네들에게 봉사하느라고 한 달 동안 독방생활을 했지. 일 미터 오십에 일 미터 십. 누울 수도 없었지만 정말 놀라운 사실을 발견했어. 곧 자네들한테 선물해주겠어. 자네들 중에는 아주 입을 험하게 놀리는 작자들이 있으니까 말이야. 하지만 왜 그러는지 이유를 대라고 하진 않겠어. 나도 그러고 싶을 때가 있었으니까. 그럴 때 나는 머리를 벽에다 처박고 자유로운 곳으로 나가고 싶었지. 밀실공포증이라고 하겠지? 그래, 그러다 한 가지 생각이 떠올랐어. 기진맥진했을 땐 나처럼 해봐. 아프리카를 가로질러

달리는 자유로운 코끼리 떼를, 벽도, 철조망도, 아무것도 거칠 게 없는 수백의, 수백 마리의 경이로운 짐승을, 툭 터진 공간을 가로질러 달려들어 지나가는 길에 모든 것을 뭉개버리고, 모든 걸 뒤엎어버리는 수백의, 수백 마리의 코끼리를 생각해봐. 살아 있는 한 그 무엇으로도 그들을 멈추게 할 수는 없지. 바로 자유란 말이야! 살아 있지 않다 하더라도 저 세상에서도 여전히 자유로이 계속 달리고 있을지 누가 아나. 그러니 밀실공포증, 가시철망, 철근 콘크리트, 철저한 유물론으로 고통 받을 때 바로 이걸, 자유로운 코끼리 떼를 상상하고 눈으로 좇아봐. 달리는 녀석들에게 매달려봐. 그러면 모든 게 곧 나아진다는 걸 알게 될 거야……

실제로 모든 게 나아졌어요. 눈앞에서 전능하고 살아 있는 자유의 이미지를 보며 살아가는 데서 우리는 야릇하고 비밀스런 흥분을 느꼈지요. 그러다 보니 나중에는 코끼리 떼가 그들 위로 지나간다면 묵사발이 돼버리겠지 하는 생각에 미소를 지으며 친위대를 바라볼 수 있게 되었소. 자연의 심장부에서 터져 나오는, 무엇으로도 멈추게 할 수 없는 이 힘이 다가오면서 땅이 진동하는 듯한 느낌마저 받게 되었지요……

그는 한순간 침묵하더니 마치 멀리서 땅의 울림이 들리지나 않는지 살피려는 듯 아프리카의 어둠에 귀를 기울이는 듯했다.

— 해방된 뒤로는 로베르를 보지 못했어요. 그리고 나서는……

그의 목소리에는 쓰라림의 흔적이 실렸고, 그림자가 드리우면서 얼굴이 순식간에 변했다. 목소리 자체도 한층 더 가라앉고, 억눌린 분노로 노호하는 듯했다. 그는 불현듯 대중이 그에 대해 만들어 놓은 이미지를 닮아 보였다. 거만한 작자, 인간혐오증 때문에 인간에게서 등을 돌리고 코끼리를 보호하겠다고 여섯 달 전부터 무장하고 서 지하단체를 이끌고 있는 "정신착란자."

— 코끼리들이 경작지를 짓밟으면 힘 닿는 대로 코끼리를 죽여도 좋다는 법률이 있소. 코끼리들이 수확물과 경작지를 위협한다고 하면 입증 자료가 없으니 그 말을 믿어야만 하오. 우리나라의 총잡이들에겐 기막힌 변명거리지요. 코끼리 한 마리가 자기 경작지를 가로질러 호박밭을 다 짓밟았다고 증언하는 걸로 충분하오. 그러면 그 사람은 쉽게 코끼리를 죽일 수 있고, 정부의 축복을 받으며 마음 편히 앙갚음할 수 있는 거요. 이런 '관용'이 여러 해 전부터 악용되고 있다는 걸 모르는 행정관이 없소. 이 처벌사냥을 엄격히 규제하겠다고 주장하지 않은 수렵 감시관도 없소. 그래서 내가 이 일에 조금 끼어든 거요. 나는 그들에게 코끼리들이 보호되고 있다는 것도 보여주고, 그런 법의 악용에 사람들의 관심을 기울이게 하고, 콩고에서 아프리카 맹수 보호를 위한 회담이 열리기 전에 여론을 자극하고 싶었소. 얼마 전 반경 이백 킬로미터의 목화 농장 소유주인 뒤파르크가 이런 '처벌' 사냥을 하면서 거의 스무 마리나 되는 코끼리를 죽였다는 걸 알았어요. 그는 자기 농장이 코끼리 떼의 계절 이동 길목에 있다는 핑계를 내세워 정기적으로 그런 짓을 저질러왔소. 코끼리 떼는 건기에 접어들면 미리 봐둔 물가를 거쳐서 북쪽으로 올라가는데, 언제나 거의 같은 경로를 지나간다오. 뒤파르크는 동물들이 북쪽으로 가는 길에 그곳이 안전하다는 걸 확신한 듯이 자기 농장을 집결장소로 정한 것 같다고 투덜거렸소. 이 년 동안에 그는 거의 이십여 마리를 죽였소. 간단히 말해서 난, 어느 달 밝은 밤에 뒤파르크를 침대에서 끌어냈소. 그는 문과 창문을 열어놓은 채 자더군요. 내가 갔을 때

는 하비브와 바이타리가 벌써 집에다 불을 질러놓은 상태였지요. 그 작자는 파자마 바람으로 아카시아 나무에 매달려 있었고요. 대경실색해서 자기 재산이 타는 걸 보고 있더군요. 나는 그자에게 다가가서 세계코끼리보호협회의 이름으로 관례적인 설명을 했소. 우리는 처음으로 서로 쳐다봤는데, 그가 바로 로베르였소……

모렐은 한동안 침묵했다. 그녀로서는 그 침묵이 무엇을 생각하기 위한 것인지 아니면 아무것도 생각하지 않기 위한 것인지 알 수가 없었다. 그녀는 이제 하비브가 즐거워하던 것과 그 얘기를 암시할 때마다 가슴 터지도록 웃어젖히던 어린애 같던 그 웃음을 이해했다. 쉴세르도 그 레바논 인을 기억했다. 경찰 두 명의 호위를 받으며 피고인석 난간에 몸을 기대 선 채 그 사건을 증언하며 그는 눈에 띄게 즐거워했으며, 이따금 어떤 몸짓이나 억양을 통해 대중과 판사에게 너무도 세속적인 그 맛을 함께 맛보자고 권하는 듯했다.

— 나는 두 사람이 그렇게 아연실색해서 서로를 쳐다보는 것을 본 적이 없소. 그들은 두 사람 모두 레지스탕스에 가담했었고, 독일 정치범 수용소에서 우정으로 맺어진 사이였소. 이 창문에서 저 창문으로 건너뛰는 불빛이 두 사람의 얼굴을 아주 환하게 비추어주었지요. 두 사람이 어떤 얼굴을 하고 있었는지 정말 볼 만했소. 모렐이 먼저 말을 꺼내더군요. "자네가!" 그는 말을 더듬었소. "자네야말로 우리 편이 되어 코끼리를 보호할 사람일 텐데! 그런데 자네 밭을 짓밟는다고 자네가 먼저 나서서 때려잡다니!" 뒤파르크는 넋이 나간 채 입을 헤벌리고 그를 보고 있었지요. "그놈들이 내 농장을 짓밟았어. 그놈들 때문에 작년에 백만은 손해 봤어. 그놈들은 정기적으로 내 농부들의 채소밭을 엉망으로 만들었다고. 그러니 나한테는 자기

방어를 할 권리가 있어. 자네가 하는 일이 코끼리와 관계된 거라고 믿게 하고 싶은 모양인데…… 자네가 누구랑 어울리고 있는지 보기만 해도 알 수 있어!" 하비브가 웃으며 말했다. "그건 날 두고 하는 말이었소. 그러더니 그자가 밧줄을 얼마나 세게 잡아당겼던지 파자마가 찢어지고, 아카시아 나무가 뿌리째 뽑힐 듯이 흔들렸지요. 아마도 물통을 들고 집으로 달려가고 싶었던 모양이었소. 불속에 뛰어들고 싶었던 게 아니라면 말이오. 그랬더라면 이상주의자에겐 멋진 최후였겠죠. 석 달이나 가물었던 뒤라 불은 활활 잘도 탔으니까요. 모렐도 그의 집으로 가려는 듯한 몸짓을 했지요. 무력한 몸짓이었소. 그러다가 그냥 고개를 숙이더군요. 그리곤 말했죠. "자네한테는 코끼리를 사냥할 권리가 없었어. 자넨 안 되지. 안 되고 말고. 저자를 풀어줘." 그리고 그는 가버렸소. 등을 구부린 채 축 처져서 말이오.

모렐은 그녀에게 이 얘기를 그렇게 습관이 든 사람처럼 조용히 일정한 어조로 말하더니 결론지었다.

— 결국, 이렇게 됐소. 그렇다고 이것이 무얼 증명해주는 건 아니오. 오해는 있지만 사람들은 대부분 이해하기 시작했소. 굶주림과 공포, 그리고 강제노동을 겪은 사람이라면 누구나 자연보호가 직접 자기와 관계된 일이라는 사실을 이해하기 시작했지요……

그녀는 자기 손가락으로 더듬었던 상처 자국이 있는 그의 어깨를 바라보았다. 램프 불빛이 비추는 흙벽 위를 도마뱀 한 마리가 기어가고 있었다. 그는 그 짐승을 향해 손짓을 했다.

— 그게 아니더라도…… 내가 청원서를 들고 라이에 있는 수목감시관을 만나러 갔을 때 그 감시관이 이 모든 걸 아주 잘 요약해주었소. 그는 여러 해 전부터 아프리카 맹수를 보다 더 효율적으로 보

호하기 위해 거듭 보고서를 내고 있다고 말하더군요. 그는 흑인이었는데, 어쩌면 그래서 더 잘 이해한 모양이오. 하여튼 그는 이렇게 말했소. "지금 상태에서는 우리가 만들어낸 모든 것, 우리가 우리 자신에 대해서 배운 모든 것과 더불어 우리에게는 모든 개와 새와, 우리가 찾아낼 수 있는 모든 짐승들이 필요합니다. 사람들에게는 우정이 필요합니다."

그녀는 이 말을 되풀이했다. 그에게 퍼부어진 모든 비난이 부질없다는 것을 단번에 입증하려는 듯이 의기양양하고 엄숙한 태도로. 그러더니 장교의 눈을 들여다보면서 격한 감정을 억누르며 말했다.

— 그렇습니다, 사령관님. 그이는 오히려 사람들을 보호하고 방어하려 했는데, 사람들은 그를, 사람을 싫어하는 증오심에 찬 인간 혐오자로 만들려고 했지요.

그 누구도 쉴세르만큼 사막을 알지는 못했다. 그는 별이 보이는 모래 언덕에서 숱한 밤을 혼자 지새웠다. 때때로 사람들의 가슴을 죄어오는 보호 욕구를, 자신이 열렬히 받고 싶은 것을 개에게 주도록 부추기는 그런 보호 욕구를 쉴세르보다 더 잘 아는 사람은 없었다. 방사능 낙진, 암, 인민의 천재적 아버지 스탈린, 원격조정을 통해 흉칙한 버섯구름을 일으키며 전세계 대륙들을 파괴할 준비가 되어 있는 원자폭탄의 시대보다 이 욕구가 더 불안했던 때는 결코 없었다. 그 버섯구름의 '평화적' 출현은 인민을 교화하기 위해 정기적으로 사진촬영되었다. 아프리카 내부에서 갑작스럽게 터져 나온 빈정거리는 듯하면서도 분노에 찬 외침 소리는 모든 게 준비된 땅을 발견했고, 이는 왜 모렐을 붙잡으려는 당국의 모든 노력이 앞질러 그에게 알려지는 것 같아 보이는지를 충분히 설명해주었다. 쉴세르는 지사에게 문제의 주동 인물만 뺀 모든 '패거리'를 체포했다는 보고를 하러 갔을 때, 지사의 눈에서 거의 가려지지 않은 만족감이 표현되는 걸 보았다.

— 그래서 그 친구는 또 빠져나갔나? 그자만 빼고 체포했나? 아무래도 높은 곳에 그자의 친구들이 있는 모양이야……

— 네, 그런 말이 많습니다. 제 개인적인 의견을 말씀드리자면, 모렐이 붙잡히지 않는 건 살아 있지 않기 때문인 것 같습니다……

— 그게 무슨 말인가?

— 정치적 보복에 희생되었다는 겁니다. 등에 한 방 맞은 거죠, 밀림 속에서.

— 난 그 말 한마디도 못 믿겠네.

지사가 말했다.

그는 책상 너머로 장교를 쳐다봤다. 불 꺼지고 눅눅해진 담배를 수염 가운데 꽂은 채 담배 때문에 고질이 되어버린 기침을 하면서 툭 불거진 눈으로. 그는 제삼공화국의 전형적인 산물이었다. 그는 '인권보호연맹'에 가입했을 것이고, 아마도 프리메이슨 단원이다 반교권주의자일 것이며, 냉소적이며, 환멸을 느꼈으되, 프랑스 인들이 아직도 국기에 새겨놓은 낡은 공화국 원칙에 광적으로 집착하는 인물이었다.

— 자넨 너무 서둘러 그자를 매장하는 것 아닌가. 아마 그렇게 하면 우리가 그자에게서 벗어나리라 믿는 모양인데, 잘못 짚었네. 모렐이 정말 민족주의자들에 의해 죽임을 당했다면 앞으로 그야말로 거북스런 존재가 될 거야. 이미 사라져서 자기 변호를 할 수도 없는 사람의 전설이니 온갖 소리를 지껄여댈 수 있을 테니까……

— 바로 그 이유 때문에 살아 있을 때 그를 찾아내지 못하지 않을까 생각하는 것입니다……

지사는 그를 거의 악의에 찬 눈초리로 쳐다봤다.

— 자네가 의지하고 있는 종교가 어떤 건지는 모르지만 쇨세르, 난 짐작할 수 있을 것 같네…… 자네에게 인간 본성에 대한 믿음과 찬탄이 넘치는 것 같지는 않군. 내가 보기엔 우리의 그 친구가 여전히 살아 움직이고 우리에게 가장 큰 골칫덩어리로 남아 있으리라고 생각되네……

그것은 희망이 담긴, 그리고 거의 만족감이 실린 말이었다. 믿을 만한 소식통에서 나왔다며, 변장한 모렐을 동시에 열 군데에서 보았다는 엉터리 뉴스를 편집국으로 타전하는 신문기자들의 의견 또한 그러했다. 페르 크비스트도 체포된 뒤 라이의 사령관실로 몰려드는 장교단 앞에서 긴장 풀린 편안한 자세로 앉아 김이 나는 차를 담은 보온병을 앞에 두고 시가를 입에 물고서 너그럽고 거의 호의적인 억양의 나지막한 목소리로 말했다.

— 여러분이 잘못하신 겁니다. 그의 문제를 놓고 안달복달하신 것 말입니다. 그는 고집이 세고, 자기가 무얼 원하는지를 알고 있는 사나이오. 앞으로도 당신들을 애먹일 거요. 내 말을 믿으시오.

포사이드 역시 긍정적이었다. 긴장을 풀기 위해 빌린 축음기 단추를 돌리며 들려오는 재즈 리듬에 맞춰 무릎을 흔들던 그는 어깨를 으쓱하며 모렐에게 무슨 일이 일어났을 거라는 생각을 모조리 떨쳐 버렸다.

— 어디 있는지는 모르오. 며칠 전에 헤어졌으니까. 그러나 한 가지는 확실하오. 그는 잘 지내고 있소. 필요한 조처를 하지 않으면 그

는 계속 관심을 끌 만한 행동을 할 거요.

그러나 쉴세르의 생각을 확신케 해주는 종소리가 있었다. 아랍 라디오에서 모렐이 울레 밀림으로 가던 도중 프랑스 식민주의자들에 의해 살해되었다고 알렸던 것이다. 그는 두 번, 세 번, 네 번 육군병원의 병실로 바이타리를 만나러 갔다. 시옹빌의 옛 대의원은 건강 상태가 아주 좋았다. 하지만 파리에서 내려온 지시는 절대적이었다. 투옥되어 있는 동안 그를 심하게 다루지 말 것. 바이타리는 매번 교양 있는 적수들 끼리 주고받는 차디찬 예절로 그를 맞아들였다.

— 난 벌써 내가 아는 건 전부 말했어요. 난 당신이 그가 실종되었다고 말하기 일주일 전쯤에 모렐과 헤어졌어요. 미국 신문기자 하나가 그를 끝까지 쫓아간 것 같던데, 그를 만나보시오. 내 느낌이 그렇게도 알고 싶은 모양이니 말해 드리지요. 살아 있는 모렐은 다시 보지 못할 거요.

— 그렇게 믿게 되었다기보다는, 잘 알고 계시는 것 같은데요.

— 식민주의자들은 프랑스 인이 아프리카 독립을 위해 그들에 대항해 싸움을 벌이는 걸 참을 수 없을 테니까요. 모두들 모렐을 기인이며 미치광이라고까지 말하고 있어요. 하지만 우리의 신념에 대한 그의 공감 역시 확실한 거요. 그에게는 코끼리가 거대하고 강력한 자유, 우리 자유의 상징 이외에 아무것도 아니었어요. 하고 싶은 대로 맘껏 해보시오. 그래도 이 사실을 완전히 밝힐 수는 없을 거요. 우스꽝스럽지만 성실한 그의 표현을 다시 빌리자면, 그는 "자연의 찬란한 광채를 보호"하려는 겁니다. 바로 자유를 말입니다.

쉴세르는 찾기 힘든 밀림 속 어딘가에서 그 사나이의 시체가 썩고 있어, 그의 신화가 그의 신념과는 상반되는 신념, 좁고 폐쇄된 이데올로기로 쓰이고 있다고 생각했다. 회색 플란넬을 입은 그는 자기 앞에 서 있는 아프리카인을 바라다보았다. 그는 문득 생각했다. 우리나라 사람 같군.

— 당신들 사이가 멀어졌다고들 하던데요……

— 어려움도 있었지요. 방식 문제에 있어서 항상 뜻이 일치하진 않았습니다…… 독일 점령 당시 프랑스의 지하운동단체에서도 똑같은 갈등들이 있었지요. 그리고 오늘날 북아프리카의 농민들 사이에서도 마찬가지이고…… 어쨌건 그는 우리 편이었어요.

— 쿠루에서 일어난 사건 이후에도 그렇습니까? 아시다시피 나도 가보았습니다. 그리고 보았지요……

— 모렐이 기인이란 건 이미 말했지요. 그렇다고 그것 때문에 아프리카 독립이라는 대의명분에 그가 보여준 진정성을 지울 수는 없는 거요. 그렇지만 모렐과의 관계가 쉽진 않았습니다. 우리는 여러 차례 아주 격렬하게 부딪쳤어요. 그러나 자유에 관한 한 그 무엇도 우리 사이를 갈라놓지는 못했다고 분명히 말씀드릴 수 있습니다.

하비브는 빗발치듯 요구되기 시작한 죄인 인도 요구들에 — 그 가운데 마약 밀매죄도 들어 있었다 — 당당히 맞서기 위해 수갑을 찬 채 두 군인 사이에서 걸으면서, 그러면서도 어떤 방식으로든지 그를 궁지에서 구해주는 그 오랜 생과의 공모를 여전히 확신하며 호인답게 말했다.

— 어쩌란 말이오? 난 언제나 인간을 좋아했소. 민중의 합법적인 갈망을 위해서는 폭약이 필요했고, 인간 영혼의 합법적인 갈망을 위해선 마약이 필요했소. 난 항상 일선에서 사람들에게 좋은 일을 해왔어요. 보시다시피.

여자는 이제 화를 내며 되풀이해 말했다.
— 소송 때 그들은 그를 인간혐오주의자로 만들려고 애썼지요. 인간을 증오하는 사람처럼 말이에요. 그는 오히려 사람들을 돕기 위해 할 수 있는 모든 걸 하려고 했는데 말이에요……
— 그가 정확히 어떤 상황에서 그 유명한 자연보호를 위한 투쟁을 할 생각을 갖게 됐는지, 당신에게 설명해주었습니까?
물론, 그는 그녀에게 설명해주었다. 처음부터 코끼리에서 시작된 건 아니었다. 개로부터 시작되었다. 미군이 온 후에 그는 수용소에서 나왔다. 갈피를 잡지 못하고 약간은 절망한 상태였다. 이 고백을 하면서 그는 약간 거북스런 웃음을 띠었다. 잠시라 하더라도 절망감을 느낀 데 대해 마치 용서라도 구하는 듯했다. 그는 정말 무엇을 해야 할지, 어디서부터 시작해야 할지 몰랐다. 이런 일이 다시는 되풀이되지 않게 하려면 어디서부터 일을 시작해야 할까, 어떻게 시작할까. 그는 정말 곤혹스러웠고 때로는 일에 짓눌리는 것 같았다. 그래서 떠돌이처럼 독일을 돌아다니며 수많은 망명자들처럼 길에서 방황하는 피난자의 삶을 살았다. 어느 날 저녁 어느 도시에서 건물 전면만 남은 옛 함부르크 은행 앞을 지나다가, 그는 거리에 앉아 있는 한 소녀를 보았다. 소녀는 외투도 없이 울고 있었다. 행인들은 꼬마에게 못마땅한 눈길을 던지고 있었다. 그렇게 추운 날에 외투도 입지 않은 소녀를 밖에 내버려둔다는 것은 있을 수 없는 일이었다.
— 울지 마라. 모두들 성가셔 하는 게 안 보이니?
꼬마는 울음을 멈추고 그를 빤히 쳐다보았다. 자기에게 말을 거는 게 누구일까 생각하는 모양이었다.
— 아저씨는 개 필요 없어요?

새하얀 강아지 한 마리가 물구덩이에 앉아 있었는데 그 녀석도 외투를 안 입은 꼴이었다.

— 저 개를 데리고 있을 수가 없어요. 엄마는 일하러 가야 돼요. 돈이 없어서요. 전쟁 전에는 일하러 안 가셨고, 자동차도 있었던 것 같은데.

개는 한쪽 귀가 검었다. 폭스테리어 종인 것 같았지만 확실히 알 수는 없었다. 개는 유용할 때도 있지, 하고 그는 진지하게 생각했다. 집이나 과수원을 지키기도 하고, 하루 일과가 끝나면 거실의 커다란 벽난로 곁, 우리 발치에서 잘 수도 있지. 하지만 그걸로는 충분치 않았다. 개는 곁에서 자면서 우리를 따뜻하게 해줄 수도 있고, 우리를 보고 꼬리를 흔들 수도 있으며, 손에 콧등을 댈 수도 있지. 간단히 말해서 친구가 돼줄 수 있어. 그는 강아지의 목뒤를 잡고 들어올려 손바닥에 올려놓았다.

— 수놈이니?

— 암놈이에요.

그는 꼬마에게 안 되겠다는 눈길을 던졌다. 암컷이라는 사실 때문에 개를 받아들이기가 불가능하게 되었다. 그의 삶에서 암캐란 성가신 존재가 될 우려가 있었던 것이다. 여섯 달마다 새끼를 낳게 테니까. 전쟁 뒤는 항상 이 모양이란 말이야. 자연은 한쪽에서 잃어버린 것을 다른 쪽에서 보충하려고 기를 쓴단 말이야. 안 돼. 절대로 암캐를 기를 순 없어.

— 좋아, 내가 데리고 가마.

그는 바로 결정을 내렸다.

— 그러니 너는 집으로 가거라. 엄마에게, '엄만 바보'라고 말해.

외투도 안 입혀서 밖으로 내보낼 때가 아니야.

— 엄마 잘못이 아니에요. 일하는걸요. 날 돌볼 시간이 없어요.

— 어서 가거라!

꼬마는 개를 껴안아보고는 울면서 뛰어갔다. 모렐은 마음 깊이 낙담했다. 유혹에 넘어가지 말았어야 했는데. 그는 강아지가 손 안에서 떨고 있는 걸 느꼈다. 그래서 짧은 외투 주머니 속에 강아지를 넣고, 주머니 속으로 손을 넣어 강아지를 쥐었다. 녀석은 차갑고 축축한 공 같더니 점점 따스해지면서 떨기를 멈추었다. 이렇게 해서 그는 친구를 얻었고, 그들은 함께 다녔다. 그는 다른 사람들도 만나고 다른 개들도 만났다. 발트 사람들, 폴란드 사람들, 체코 사람들, 러시아 사람들, 독일 사람들, 우크라이나 사람들, 지붕과 한 조각의 빵, 그리고 자기 집처럼 느낄 수 있는 구석을 찾아 헤매는 온갖 길 잃은 사람들을 만났다. 그는 아주 주의 깊게 그들을 관찰했고, 자기가 그들을 위해 무엇을 해줄 수 있을지 생각했다. 강아지는 주머니 속에 있었고, 그는 손 안에서 강아지의 따스한 콧등을 느끼곤 했다. 하지만 더 큰 주머니와 그의 손보다 더 힘센 손이 필요할 것 같았다. 피난민들을 돌보거나 정치를 하거나, 불행과 억압에 맞서 싸우는 것만으로는 충분한 것 같지가 않았다. 그랬다, 그것만으로는 충분하지 않았다. 한 발짝 더 나아가, 정말로 인간의 미래가 어떤 깨우침에 달려 있는지 그들에게 설명해주어야만 했다. 하지만 어떻게 시작해야 할지를 몰랐다. 그는 종종 곁에 강아지를 데리고 길가에 앉아 어디서부터 시작해야 할까를 생각했다. 세상 끝에 있는 사람들에게까지도 이를 수 있는 어떤 것, 반향이 큰 항의를 일으켜야 했다. 곧장 본질적인 것으로 가서, 분산되지 말고, 이성뿐만 아니라 감성에도 호소해야 했다. 어느 한쪽만으로는 아무것도 할 수 없었다. 그는 비탈에 앉아 개를 어루만지고 밀짚을 씹으며 깊이 생각했다. 어느 날 아침, 강아지가 들판으로 달려 나가더니 저녁때가 되어도 돌아오지 않았다. 다음날 아침에도 보이지 않았다. 그는 여러 사람들에게 물어가며 강아지를 찾아 헤맸다. 그러나 사람들이 길 잃은 개에게 관심을 갖던 때가 아니었다. 그러다 누군가 동물보호소에 가보라고 충고해주었다. 그는 그리로 갔다. 수위가 들여보내 주었다. 십미터에 오십여 미터 반경의 그 장소는 철책으로 둘러싸여 있었다. 안에는 백여 마리의 개가 있었는데 대부분 잡종들이었다. 온갖 길에서 볼 수 있는 연고 없는 개들이었다. 고개를 들 생각조차 않는 완전히 절망한 개들을 제외하고는 모두들 희망을 품고 그를 바라다보았다. 하지만 모두 다른 개들이었다. 데려가주기를 바라는 다른 개들을 보지 않을 수 없었다.

— 만약 아무도 데려가지 않으면 저 개들을 어떻게 하나요?

— 일주일을 놔두었다가 그 후엔 가스실로 보내죠. 가죽은 회수하고 뼈는 젤라틴과 비누를 만들죠……

모렐이 잠시 침묵했다. 미나에겐 그의 얼굴이 안 보였다. 다만 채찍 자국이 나 있는 번득이는 어깨만이 보였다.

— 그때 갑자기 뭔가가 솟구치더군요. 하마터면 수위를 때려죽일 뻔했소. 그러다가 생각했지요. 아니다. 지금은 안 된다. 이래선 안 된다. 나는 그들을, 그 개들을 아주 유심히 관찰했어요. 젤라틴과 비누가 된다는 그 개들을 말이오. 그리고 말했지요. 조금만 기다려라, 더러운 인간들아, 그러면 자연을 존중하는 법을 내 가르쳐주리라. 당신들에게 내 생각을 설명해주겠다. 당신들의 가스실과, 당신

들의 원자폭탄과, 당신들의 비누의 필요성에 대해…… 그날 저녁 나는 길에서 두 명의 발트 사람과 폴란드계 유태인 한 명을 모았고 작은 특공대 행세를 하러 동물보호소로 갔어요. 수위들을 호되게 혼내주고 개들을 풀어주고 막사에 불을 질렀어요. 그렇게 이 일에 뛰어든 겁니다. 난 잘될 거라 확신했소. 그저 계속하는 길밖에 없었지요. 사람과 개, 이것과 저것을 따로 분리시켜 보호할 필요는 없었소. 문제의 핵심인 자연보호에 달려들어야만 했지요. 그런데 코끼리는 너무 크다, 너무 부담스럽다. 전신주를 넘어뜨리고 수확물을 짓밟는 등 제멋대로라고 사람들은 말하기 시작했고, 그러다 결국 자유에 대해서도 같은 말을 하게 됐소. 길게 보면 자유와 인간도 결국 짐스럽게 되는 거요…… 그래서 내가 뛰어든 것이오.

…… 그런데 페르 크비스트가 열려 있는 창 쪽으로 눈을 돌리다가 갑자기 외쳤다. 그의 창백한 눈에서 문득 광채가 번득였다.

— 이슬람에서는 이것을 '하늘의 뿌리'라고 부르지요. 멕시코 인디언들에게는 이것이 '생의 나무'로, 모두들 그 앞에 무릎을 꿇고는 눈을 들어 아프도록 가슴을 두드린다오. 모렐 같은 고집쟁이들이 청원서며 투쟁위원회, 보호조합 등을 통해 밖으로 드러내려 애쓰는 어떤 보호 욕구 말이오. 그들은 가슴속에 깊이 묻힌 이 하늘의 뿌리들을 드러내려는 겁니다. 그들은 자신들의 정의 욕구, 자유 욕구, 또는 사랑의 욕구에 응하려고 나름대로 애를 썼지요.

……나일론 스타킹을 신은 다리를 꼰 채 담배를 피며 동물보호소의 개들의 눈에서 보았던 것과 똑같이 넋 나간 표정, 똑같은 호소가 읽히는 눈을 하고 그의 앞에 앉은 이 여자도. 화가 나서 시뻘개진 얼굴로 지프차를 몰고 "콩데 지사가 온 이후 프랑스령 적도 아프리카

에서 본 가장 위대한 이교도"라고 툴툴거리며 모렐을 찾아나선 파르그 신부도. 콩데 지사는 프랑스령 적도 아프리카 기독교 선교회로 가는 보조금을 줄였고, 자선회 수녀들에게 의사면허를 요구했다. 파르그 신부는 햇볕 때문에 타는 듯 붉은 수염에, 쩡쩡 울리는 마르세유 억양에, 신부복이 말려 올라가 반바지 아래의 다리가 그대로 드러난 모습으로 여러 선교회 사람들의 감탄 어린 눈길을 받으며 마치 십자군 전쟁이라도 가는 듯했다. 그러나 그처럼 우스꽝스럽고 순진한 모든 점들도 모렐에 대한 그의 애정이 부여해주는 위엄을 떨어뜨리지는 못했다. 쉴세르는 약을 먹지 않으려는 아이에게 억지로 약을 입에 떠넣는 식의 그의 선행방법과 말을 고위 성직자들이 어떻게 참아낼까 종종 생각했다. 하지만 그 대답은 그의 확실한 신앙 속에 있었다. 육체적인 힘까지도 거기서 나오는 것 같았다.

— 내가 그를 찾아오리다.

파르그 신부가 가속기에 발을 대며 외쳤다.

— 눈만 들면 더 크고 한층 더 아름다운 것을 볼 수 있을 텐데, 이 나쁜 작자가 지금 이 시간에도 언덕에 앉아서 코끼리들을 바라보며 들떠 있을 생각을 하면 내 그냥 두들겨주고 싶소! 나도 그 작자만큼이나 자연보호가 필요하다는 걸 알고 있소. 그러나 그러기 위해서는 청원을 하고, 회합을 조직하는 것만으로는 충분하지 않아요. 그럴 만한 사람에게 도움을 청해야 하오……

수녀 한 사람이 치마를 걷어 올리고 선교회에서 총총걸음으로 나오더니 그가 잊고 나온 기도서를 건네주었다. 그는 그것을 주머니에 쑤셔넣었다.

— 어디 가면 그를 찾게 될지 난 알고 있소. 코끼리만 따라가면

되지. 코끼리 떼 사이에 있을 거요. 들떠서 말이오. 이 계절이면 코끼리 떼는 맘문 호수의 남쪽에서 야타까지 물 있는 곳의 주변을 돌게 되어 있지. 그자는 손에 기관총을 들고 평범한 목자처럼 보초를 서며 코끼리 떼 뒤를 따르고 있을 거요! 그 자를 사로잡고 있는 게 무엇인지 난 잘 알고 있소. 그러나 그자가 무슨 짐승이 수풀에서 나오듯 하느님께서 은신처에서 불쑥 나타나셔서, 내가 있으니 걱정 마라, 내가 너를 돌볼 것이다, 라고 말하며, 그의 머리를 쓰다듬고 "나의 가련한 아들"이라 말할 거라고 생각한다면, 내 분명히 말하지만, 크게 착각하는 거지!

그는 있는 힘을 다해 가속기를 밟아 먼지를 일으키며 떠났다. 마지막으로 미나와 포사이드를 본 사람이 그였기에 그들을 만난 일에 대해 물어보러 왔던 쉴세르는 우정 어린 눈길로 그를 좇았다. 그의 육체적 힘도 그를 사로잡고 있는 신앙의 힘에 비하면 아무것도 아니었다.

29

쉴세르가 포르라미에 돌아왔을 때 지사는 몹시 언짢은 기분으로 타자된 서류 한 장을 들여다보고 있었다.

— 행군 명령이네.

그가 말했다.

— 헬리콥터와 화염방사기 등 수단 방법을 가리지 말고 군대의 힘으로 울레 족을 밀어버리라는군…… 내가 이해할 수 없는 건 그

들이 아직도 나한테 통고를 해온다는 사실이야. 음흉한 자들임이 틀림없어……

— 얼마 동안이나 파견을 지연시킬 작정이십니까?

지사는 비딱한 눈초리로 그를 쳐다보았다.

— 쉴세르, 기분 나빠 하진 말게. 자네의 제안은 아직 수락되지 않았어. 자네가 이 사소한 인간적인 사건들에서 완전히 멀어질 수 있을 때까지, 그래서 별들 사이로 거닐 수 있을 때까지 몇 주일간 연기될 거네. 지금 이 순간만큼은 자네가 아직 유니폼을 입고 있으니까 명령을 받들어야 하네. 신성한 관용이나 기독교적 자선의 명령을 받들 것이 아니라. 나는 공화국이 메하리 중대며 사막 초소들을 만든 것이, 우리 장교들에게 무슨 신비주의에 입문케 하려는 게 아닌가 하는 인상을 받기 시작했어. 푸코 신부는 결국 우리 엘리트 장교들에게 아주 비싼 대가를 치르게 했어. 사하라 경계 지역에서 행해진 것은 징집이 아니라 탈주네. 내가 제대로 이해한 거라면, 자네가 자네 비밀부대에 모렐을 끌어들이려 하고 있다던데……

— 우기가 오기 두 주 전에 울레 지방에서 수색작전을 시작한다는 건 아무 짝에도 소용없는 일이라고 그들에게 설명하시면 됩니다……

— 파리에서는 적도의 비 따위에는 신경 쓰지 않는 것 같네. 그런 비에는 안 젖는 모양이지. 장관실에선 말이네. 나한테 소식을 알리려고 특별히 보낸 사람을 조금 전에 만났는데, 보뢰가 할 수 있는 한 애쓰고 있는 중이라는군……

— 아프리카에서 가장 평화로운 지역에 군대를 투입하면 그 사건은 금세 다른 성격을 띠게 될 텐데요……

— 이를테면?

— 정치적 성격 말입니다.

쉴세르가 말했다.

지사는 초조해하기 시작했다.

— 이보게, 잘 들어두게. 자네는 약간 지나쳐. 자네는 아랍 라디오가 이 사건에서 어떤 이득을 얻어내고 있는지 알고 있지. 튀니지와 모로코와 알제리에서 무슨 일이 일어났는지도 알지. 이런 때 자네의 그 광신자는 유명한 범아프리카 극단주의자와 함께 울레의 밀림 지역에 있는 농가들을 습격해서 불태우고 있네. 자네는 여기에 정치적인 측면이 없다고 파리 사람들에게 증명하고 싶단 말인가? 자네가 살고 있는 아주 외진 세계에서는 인간적인 사건들을 별로 믿지 않는다는 걸 알고 있네. 하지만 이 세기에는 하나의 학설이 승리를 거두고 있고, 이미 지구상의 과반수 이상이 그 학설을 받아들이고 있네. 그 학설에 따르면 인간적인 사건들이란 정치적인 사건들일 뿐이라네.

— 그렇다고 그것이 그들을 도울 만한 이유는 아니잖습니까?

쉴세르가 말했다.

— 지금까지 우리는 아주 운이 좋았네. 대중의 상상력은 이 코끼리 얘기 때문에 불이 붙었고, 신문들이 우릴 많이 도와주었지. 한마디로, 사람들이 믿기 시작한 거야. 그러나 정부는 단 한순간도 믿지 않았네. 정부는 침묵하고 있어. 왜냐하면 다른 설명을 대신 내세우지 못하면 반박할 수가 없기 때문이지. 우리의 적들은 흐뭇해할 거야. 그러나 파리에서 내 설명을 단 한마디도 믿지 않는다는 건 분명해. 그들은 내가 교활한 술수를 썼다고, 그리고 그게 통했다고 생각

하고 있어. 바로 그래서 내가 아직 이 자리에 있는 거지. 생각해보게. 사람들은 내가 아주 능수능란한 사람이라고 판단하고 있으니……

그는 한숨을 쉬며 고개를 저었다.

— 그러나 만일 자네가 신문을 읽는다면, 아프리카 독립군 비밀 훈련기지에 대한 얘기가 있다는 것을, 그 기지가 울레에 있으며, 바이타리가 그 지하단체의 두목이라고 얘기된다는 걸 알겠군. 게다가 모렐이 코민포름의 정보원에 지나지 않고, 코끼리들은 북아프리카에서 일어난 담배 보이콧과 마찬가지로 단순한 선전 술책이라는 말도 있지. 자네나 나는 그게 사실이 아니라는 걸 알고 있지. 자네나 나는 아프리카 식으로 생각하니까. 하지만 저쪽 사람들은 유럽 식으로 생각하네. 그들은 아프리카에 올 때 꼭 먹을 걸 가져오지. 게다가, 뭐랄까, 바이타리란 놈이 존재하거든. 그래, 난 알고 있네. 에르비에의 보고를 받았지. 바이타리가 수단에 있다고 하더군. 이것이 입증하는 건 그가 아랍 라디오에 나올 테고, 기자회견을 하고, 자기 좋을 대로 떠들 것이며, 저 바보 같은 모렐과 그의 기벽을 한껏 이용해 그 사건에 정치적 의미를 부여할 거라는 사실이지. 우리끼리 하는 얘기지만, 바이타리와 그의 동료가 밀수입자의 흔적을 쫓아 어떻게 국경을 넘었는지를 에르비에가 내게 얘기해준 건 정말 잘한 거야. 그렇지만 그렇게 정보를 잘 알고 있었으니 그자들이 그곳을 지날 때 체포했더라면 더 좋았을 텐데 말이야……

— 에르비에는 20만 평방킬로미터 영역에 걸쳐 세 부대를 배치해 놓고 있습니다.

쉴세르가 말했다.

— 좋아. 모두들 맡은 일을 멋들어지게 해나가고 있군. 감동적이야. 파리가 우리에게 매일 감사해하지 않는 게 놀랍긴 하지만……

그는 연필을 들어 올렸다.

— 다른 문제가 있어. 우연인지 바이타리가 통과한 곳마다 울레 족이 움직이기 시작했네. 자네도 알고 있겠지만, 매년 성인식 축제 때마다 이와 비슷한 일이 벌어지지 않나. 하지만 그렇게 멀리까지 간 적은 없었지. 에르비에가 돌에 맞아 죽을 뻔했다는군……

쉴세르는 아무 말도 하지 않았다. 지사도 그만큼이나 그 이유를 알고 있었다. 울레 족은 매해 같은 시기에 그가 말하듯 움직이기 시작했다. 건기 중간쯤에 동물들은 물이 마르지 않은 곳으로 이동한다. 그럴 때 코끼리 떼는 마을 곁을 스치듯 지나는데, 그것이 전체 중앙아프리카에서 사냥에 가장 열중하는 종족의 눈에는 그들을 업신여기는 듯이 보이는 것이다. 울레 풍습의 사분의 삼은 전쟁이나 사냥에 관계된 것이다. 그 풍습 가운데 하나는 불가능하게 되었고, 또 하나는 엄격한 행정법규에 의해 다소간 금지되거나 제한되었다. 지사는 시찰할 때마다 화약과 사냥무기를 달라는 정중하고도 감동적인 말로 작성된 청원서와, 그들 코앞을 지나가는 코끼리 고기를 자유로이 얻게 해달라는 허가 요청서, 그리고 호박밭을 짓밟은 짐승을 죽여서 얻은 상아를 몰수당한 데 대한 항의서를 받곤 했다. 그렇지만 그렇게 몰수하지 않으면 불을 비롯한 온갖 방법으로 이루어지는 코끼리 사냥, 이미 은밀히 대규모로 행해지는 코끼리 사냥 때문에 코끼리는 훨씬 빨리 멸종될 판이었다. 계절에 따라 이동할 때 코끼리 수가 특히 많을 경우, 울레 족은 이성을 잃고 행정관들에게 반항하며 창을 들고 선조들이 하듯 코끼리들에게 덤벼들곤 했다. 고기라는 유혹에 사로잡혀 그들은 피의 부름에 저항하기가 힘들었다. 그러나 무엇보다 중요한 것은 모든 주술의식에서 코끼리 불알이 중대한 역할을 한다는 사실이었다. 그 전리품을 가지고 돌아올 수 있는 청년들만 부족회의에서 성인이 될 자격을 얻었다. 매해 성인식 때마다 울레 청년들은 남성다움을 상실한 듯한 감정 때문에 괴로워했다. 때로는 그런 감정 때문에 절망해서 발작을 일으키거나, 집단 광기를 드러내 보이기도 했다. 그해에 일탈 행동이 특히 심했던 건 사실이었다.

— 알고 있네. 잘 알고 있어……

쉴세르가 아무 말도 하지 않았는데도 지사는 지친 듯이 말했다. 그가 문 쪽을 가리키며 말했다.

— 그들에게 사태를 설명해보게. 울레 족이 정치적 독립, 민족적 독립을 쟁취하려고 이동한 게 아니라 코끼리 불알 때문이라고 설명해보게. 일단 해보고 나중에 소식을 전해주게.

문이 열리고 보뤼 대령이 웬 방문객과 함께 들어왔다. 자신감이 넘치는 젊은이였는데 플란넬 정장을 입고 있었다. 마치 너무 바빠서 옷을 갈아입을 겨를도 없었고, 적도에 알맞은 옷을 마련하지도 못했다는 걸 보여주려는 듯했다. 그는 손에 선글라스를 들고 있었다. 지사가 일어나서 소개를 했다. 소개가 끝나기 무섭게 방문객이 말했다.

— 전 대령님께 만일 비가 육 주 후에 내릴 예정이라면 바로 경찰 작전을 시작하는 편이 좋을 거라고 말씀드렸습니다. 육 주가 그 한 줌밖에 안 되는 테러리스트들을 체포하는 데는 충분하지 못하더라도, 사건이 확대되는 걸 막고 이웃 부족에까지 파급되는 것을 막기

엔 어쨌든 충분할 겁니다.

— 여러 부족들이 모두 개입된 건 아니오.

지사가 말했다.

— 여러 민족들을 두고 보면 아주 완전한 평온이 전 지역을 지배하고 있소. 이 일은 그들의 관심을 끌지 않는 사건이오. 그들에게 물어 봐도 되고 말해도 되오. 그들에게는 백인들끼리의 사건에 지나지 않지. 모렐이 지금까지 체포되지 않았다면 그건 그가 여러 부족의 도움을 받았기 때문이 아니라 반대로 여러 부족이 그 일에 무관심했기 때문이오. 그들에게는 그것이 자신들과 관계없는 일이니까요. 자연히 그는 거기에 정치적인 선동을, 바이타리의 선동을 접목했지요. 게다가 경찰 증원을 맨 처음으로 청한 사람은 나였소. 그렇지만 장갑차며 헬리콥터며 대포까지 갖춘 천오백 명이나 요구한 건 아니었소. 울레 마을엔 열두 명씩 스무 그룹만 배치해도 넉넉한데 말이오.

— 인도차이나에서도 처음부터 충분한 수단을 사용하지 않으려 했었죠…… 그런 소규모 정책이 결국 참사를 불러일으켰지요.

지사는 상냥한 표정을 지으려고 애쓰며 말했다.

— 이보시오, 믿기 힘들다는 건 인정하지만 어쨌건 믿든 안 믿든 간에 울레의 밀림엔 정말이지 사냥꾼들로부터 아프리카 코끼리를 보호하려고 앞장선 사나이가 하나 있소. 그는 사십 년 전에 북해에서 고래가 멸종되는 것에 항의하기 위해 학생들을 이끌고 고래잡이 어부조합 소재지를 공격한 죄로 자기 나라에서 감옥생활을 한 바 있는 덴마크 인과 같이 있어요. 그때부터 그 덴마크 인은 이런 종류의 온갖 생태학적 투쟁에 끼어들었소. 자연보호에 관한 것이라면 그는 반드시 싸움판에 끼어들지요. 두 사람은 다른 몇몇 정신 나간 자들의

도움을 받아 서너 명의 사냥꾼들에게 상처를 입히고, 몇 개의 상아 창고와 두서너 군데 농장에 불을 질렀소. 그들의 범죄행위를 축소시키려는 게 아니오. 하지만 이건 인도차이나와는 많이 달라요. 다시 말하지만 그들 중에 정치 선동가들이 있어 이 불꽃을 이용해 불길이 번지기를 바라면서 부채질을 해대고 있소, 아니, 지금은 아니더라도 그런 일이 있었소. 그자들이 수단 국경을 넘어간 것 같아 보이니 하는 말입니다…… 그걸 부인하는 건 결코 아니오. 바이타리가 그 곁에 있으니 위험을 무릅쓰고 온갖 짓을 다 할 겁니다. 그는 우리나라 정당들 중 하나에 속해 있었소. 내가 알기론 당신네 장관과 같은 당이었소. 적어도 처음에는 말이오. 그런데 그의 야심은 의회 체제와 맞지 않았어요. 그자는 지배를, 권력을 꿈꿉니다. 한마디로 식민지 지배를 꿈꾸고 있는 거지요. 그가 꿈꾸는 식민지 지배에 비하면 우리의 지배는 애들 우스갯소리에 지나지 않을 거요. 우리가 그린 그림에 어두운 그림자가 있다는 건 하느님도 아시니까…… 그리고 무기 밀매상 한 사람, 일반법을 어긴 죄수 한 사람, 단순한 모험가도 한 사람 있지요. 이자는 최근까지 이슬람 형제들로부터 보수를 받고 있었소. 그저 뜯어낼 돈이 있었기 때문이오. 우리 배들이 수에즈 운하를 통과할 때 내뺀 탈주병들 중에서 징집한 외인부대 병사도 한두 명 있지요. 언론은 이 사건에다 현실과 맞지 않게 엄청난 중요성을 부여한 거요……

— 여자도 한 사람 있지요? 그리고 미국인도 한 사람 있고요? 두 사람은 슬그머니 포르라미를 떠나 그 패거리에 가담했죠. 내 기억이 정확하다면 아주 최근에 말이오, 그렇죠?

— 그렇소. 그자들은 내 구역에서 떠났어요. 하지만 거기에서 정

치적인 면을 찾는다면 헛수고일 거요…… 신문들이 그 사건을 과대 포장하는 바람에 결국 의미가 변형된 거요. 특히나 미국과 러시아가 벌인 경쟁으로 증대된 경이로운 과학적 발견들에 뒤이어, 또는 일반적인 인간 조건에 영향을 입어 사람들이 빠져들게 된 인간혐오 상태에서 이 코끼리 이야기는 여러 사람들에게 자신을 드러낼 좋은 기회였던 것이오. 오스트라흐 교수를 비롯해서 이 시위운동자들의 몇몇이 포르라미에 들른 것도 볼 수 있었지요……

청년이 손을 들었다……

— 지사님, 지사님께서 처음부터 이 사건을 아주 능숙하게 파악하시고 신문에 발표하셔서 우리 모두 감탄했습니다. 그러나 모렐이 정말로 자연에만 관심을 가지고 있다는 생각은…… 뭐랄까…… 좀 순진한 생각인 것 같습니다. 우리는 그가 어떤 사람이며 어디서 왔는지를 알고 있습니다. 그가 레지스탕스에서 열렬히 활동했던 것도 무관하지 않지요. 그는 독일 정치범 포로수용소에도 이 년 있었습니다. 그를 코민포름으로부터 보수를 받는 직업적 정치선동가와 다르게 취급한다는 것이 우리에겐 우스꽝스럽게 생각됩니다. 다시 한번 말씀드리지만, 우리는 지사님께서 그런 해석이 하시게 된 이유들을 알고 있습니다. 하지만 우리에게 그런 식으로 환상을 품게 하려는 건 위험한 일입니다. 그 의견이 어디서 왔는지를 밝혀야 합니다. 우리가 속지 않는 게 문제가 아닙니다.

지사는 완전히 불쾌해진 것 같았다. 그는 쉴세르를 향해 침울한 시선을 던졌다. 마치 "봤지. 내 말했지 않나. 모두 다 제 먹을 걸 가져온다니까", 라고 말하는 것 같았다. 케냐의 키쿠유 족들이 자기들의 아프리카 신들을 도둑맞고 남자의 정액과 어린애의 뇌가 주요 성분으로 들어가는 마술의식을 통해 위안을 받을 때조차도 사람들은 그것이 서구의 성스런 전통을 표방한 민중의 정치적인 욕구불만이라고들 떠들어댔다. 그는 방문객이 보면 잘못 해석할지도 모르는 웃음을 숨기려고 고개를 숙였다. 방문객은 한낱 비서실 보좌관으로서 고위 공무원에게 마땅히 보여야 할 배려심을 담아 계속 조용히 말했다. 하지만 그러면서도 자기 생각만은 아닌, 확고한 생각을 집요하고도 눈에 띄게 제시하고 있었다.

— 이 사건의 요소들은 아주 명백하고 한 방향으로 아주 잘 들어맞고 있어, 우리로서는 대중의 주의력을 딴 곳으로 돌릴 수가 없습니다. 게다가 그럴 의도도 없지요. 지사님께서는 아까 말씀하신 그 정보원으로 대표되는 무기 밀매상 망을 알고 계시지요. 자기 나라 군대에서 쫓겨난 미국인도 한 사람 있고요. 그자는 한국에서 중공군을 위해 일했었지요. 베를린에서 어느 러시아 장교의 정부 노릇을 하다가 무기와 탄약을 가득 실은 지프를 타고 숲속으로 사라진 독일 여자도 한 사람 있고 말이지요. 그리고 그 울레 족의 옛 대의원도 아시지요. 그자의 의견과 선언과 주장도 잘 알려져 있는 것이죠…… 개인적인 의견은 말씀드리지 않겠습니다만, 그 여자가 얼마나 쉽게 경찰의 감시망을 속였는지는 말씀드려야겠습니다……

그는 말을 중단했다.

— 감시망이란 없었습니다. 그 여자를 감시할 이유가 없었으니까요.

쉴세르가 말했다.

— 파리를 떠나기 전에 우리는 당신이 보낸 울레 족의 저항에 관한 전보를 받았습니다……

— 저항의 문제가 아니오.

지사가 말했다.

― 작년 같은 시기에 내가 보낸 전보도 읽어보셨다면, 하긴, 서류를 제대로 읽는 사람이 없지만 말이오, 거기서도 비슷한 시위운동을 예고하는 보고를 읽을 수 있었을 것이오. 울레 마을은 물 있는 곳으로 가는 코끼리 떼의 이동로에 위치하고 있소. 건기에는 아프리카의 가장 큰 동물들이 떼를 지어 몰려들지요. 몇 년 전에 우리가 있던 마을 주변을 코끼리 떼가 몇 시간에 걸쳐 통과하는 걸 본 적이 있었소. 우리들에겐 무기가 있었지만 어쩔 도리가 없었고, 이제나저제나 하고 오두막집과 함께 묵사발이 되길 기다리고만 있었지. 사십칠 일 동안 계속된 가뭄 때였소. 올해도 적어도 그때와 비슷하거나 더 극심할지도 모르는 가뭄이 예고되었소. 고르농 지역에선 마을 우물 한가운데서 척추가 부러진 동물들이 발견되기 시작했고요. 우리가 오기 전에는 건기 때면 울레 족의 청년들이 의례적인 성인식이 끝난 뒤에 창을 들고 출발하는 계절이었지. 그들 중에서 코끼리 불알을 가지고 되돌아오는 자만이 성인으로 취급되고 결혼할 권리를 얻는 거요. 우리는 울레 족과 코끼리를 보호하기 위해 이 모든 것을 금지시켰소. 세 명 중에 한 명 꼴로 그 싸움에서 목숨을 잃었으니까요. 그 결과 울레 족의 청년들은 성인 취급을 못 받게 됐소. 그들 선조식으로 말이오. 그들은 물론 결혼을 하지만 항상 뭔가가 빠진 듯한 거지요. 주술 전통을 없애긴 쉬워도, 그러한 전통이 원초적 심성이라고 불리는 ― 나는 인간정신이라고 부르겠소 ― 것에 남겨놓는 야릇한 공허를 채워주기는 어려운 거요…… 그 결과 건기 때마다 코끼리들이 통과할 때면 울레 족들은 이성을 잃고 할 수 있는 한 욕구불만을 쏟아내는데, 올해는 이게 평소보다 더 심한 것 같소……

― 일 년에 한두 달 동안 코끼리를 사냥하도록 허락하는 게 간단하겠군요. 파리에 가서 보고하지요.

― 그 문제에 대해선 국제협약을 맺고 있어요.

지사가 아주 퉁명하게 말했다.

― 그건 조정할 수 있습니다. 지사님께서 잘 알고 계시는 대로 그런 혼란이 악용되는 것을 보느니 규칙을 약간 느슨히 해주는 게 낫지요……

그 순간 쇨세르는 두려움이 낳은 격렬한 전율을 억누를 수가 없었다. 모렐의 활동이 아프리카 맹수 보호에는 명백히 불충분한 현행법을 더 느슨하게 만든다면, 그야말로 정말이지 기가 막힐 일이었다. 몇 달이 지난 지금까지도 그는 이 생각만 하면 웃음을 참을 수가 없었다.

― 에르비에 행정관이 골라 남쪽 30킬로미터 지점에서 이동보건소를 불태운 울레 족 패거리와 함께 있는 당신을 만났지요. 한데 잘 이해할 수 없는 점이 있어요. 그자들이 울부짖으며 마음껏 자유로이 코끼리를 사냥할 권리를 달라고 요구했다고 하던데, 에르비에의 보고서에는 모렐이 분명히 그들의 선두에 있었고, 그들이 그걸 요구하자 동의하는 것 같았다고 되어 있었어요……

그렇다, 미나는 그 일을 아주 잘 기억하고 있었다. 그녀가 어찌할 바 모른 채 당혹해하는 그를 본 것이 그때가 처음이었기 때문이다. 바이타리와 하비브는 이미 두 주 전에 그들과 헤어져 국경까지 가는 통행로를 잘 아는 두 명의 밀매상과 거의 다 죽어가는 드 브리를 들것에 싣고 운반하는 짐꾼들을 데리고 수단으로 떠났다. 바이타리는 길을 가며 쉴 때마다 마을에서 진짜 공공집회를 열고는 여러 부족들에게 그들의 합법적인 요구사항을 얻어내기 위해 봉기해야 한다고 설명했다. 그는 그들에게 '자유'를 안겨줄 모렐에 대해 얘기했다. 그 자유란, 그들이 힘닿는 대로 사냥할 수 있는 권리와 그들이 원하는 고기를 마음껏 얻을 수 있는 권리로 이루어져 있었다. 그 결과 모렐이 울레 마을에 나타날 때마다 청년들은 춤을 추고 소리를 지르며 그의 뒤를 쫓아다녔다. 약속이 어떠한 것이든, 어디서 온 것이건 약속이라면 아주 회의적인 노인들이 신중하라는 충고를 해도 소용없었다. 청년들을 진정시키기란 불가능했다. 성인식의 계절인데다가 그들은 종려로 담근 술에 취해 있었다. 주위에서 울려나오는 숲의 바스락거리는 소리에도 놀라고, 그리고 가뭄을 피해 쿠루 호수로 가는 코끼리 떼를 보고 들떠 있었기 때문이다. 모렐은 그 오해를 바로 알아차리지 못하고 페르 크비스트 쪽으로 몸을 돌리더니 흡족한 표정으로 말했다.

— 이제 우리에 대한 무관심에서 벗어나는 모양이오.

그들은 그때 르디니 마을을 막 떠나왔다. 헬리콥터 하나가 여러 차례나 그 마을 위를 돌았기 때문이다. 그들은 언덕에 마련해놓은 두 개의 동굴 가운데 하나로 올라갔다. 거기서 모렐은 그 유명한 시옹빌 '기습작전'을 펼칠 참이었다. 이 작전은 여론을 떠들썩하게 만들 것이다. 덴마크 인은 그다지 수긍하지 않는 얼굴이었다. 그는 춤추며 그들을 둘러싸고 있는 청년들의 아우성에 귀를 기울이고 있었다. 환상이라곤 조금도 없어 보이는, 얼음장같이 차가운 작은 눈으로 그는 주의 깊게 그 장면을 관찰했다. 그의 곁에는 조니 포사이드가 붉은색 땡땡이 머플러를 목에 묶고, 뜯어낸 계급장 흔적이 아직 남아 있는 비행복 점퍼 속에는 아무것도 안 입은 채로, 주근깨가 춤을 추며 웃는 얼굴로 승리한 권투선수처럼 두 손을 맞잡은 채 사방으로 인사를 보내고 있었다. 놀란 말들이 먼지 속에서 뛰어오르며 날뛰었다.

포사이드가 말했다.

— 자, 이제 나도 대중적 인사가 되었군. 그리 빠른 건 아니지만. 한국에서 돌아온 이래 이런 관심을 불러일으켜 본 적이 없었어. 내가 틀린 게 아니라면 난 아프리카 인들에게 최초로 환호를 받은 남부 젠틀맨이오. 저들이 부르는 노래가 뭐요?

페르 크비스트는 아무 말도 하지 않았다. 그는 모렐에게 호기심 어린 날카로운 눈초리를 던지며 말을 앞으로 몰았다. 미나는 모렐이 흡족한 얼굴로 듣고 있다가 몇 초 후엔 갑자기 당황해서 얼굴이 굳어지더니 자기 앞만 바라보는 걸 눈여겨보았다. 마침내 덴마크 인이 그 청년들이 이빨로 박자를 맞춰 가며 부른 노래를 그녀에게 번역해 준 것은 마을을 벗어날 무렵이었다.

우리는 거대한 코끼리를 죽이러 간다.
우리는 거대한 코끼리를 먹으러 간다.
우리는 거대한 코끼리의 뱃속에 들어가 심장과 간을 먹을 테다.
우리는 결코 배고프지 않을 것이다.
울레 언덕이 있고
죽일 코끼리가 있는 한.

조니 포사이드는 배를 잡고 웃느라 말에서 떨어질 뻔하였다.
— 내 분명히 말하지만, 이건 자유의 찬가야!

그가 말했다.

그녀는 모렐이 그에게 덤벼들 것이라고 생각했다. 한순간 그녀는 정말이지 사람들이 흔히 말하는 그, 즉 거만하고 정신착란을 일으킨 자, 턱은 악다물고, 온 얼굴이 마치 꽉 쥔 주먹처럼 보일 정도로 안면 근육이 긴장되고 증오에 찬 눈을 한 사람을 알아보았다.

— 입 닥쳐, 조니. 슬슬 비꼬기나 하고, 자기의 추잡함을 일반적인 추잡함이라고 믿는 환상 속으로 숨는 건 아주 위안이 되는 일일 거야. 그게 위스키를 구하기보다 훨씬 쉽고 값도 덜 드니까. 저 사람들이 아직도 저러는 것은 사냥을 금지당한 대신 다른 걸 전혀 얻지 못했기 때문이야. 저들이 자기들 오두막 문 앞에 종일 앉아 있는 걸 보면 모두들 게으른 놈들이고 아무짝에도 소용없는 녀석들이라고 말하지. 아무 대체품도 주지 않고서 과거와 단절시켜버리면 과거만 바라보고 살아가게 되기 마련이지…… 이봐, 내가 자네한테 뭘 좀 해주고 싶은데……

그녀가 그를 안 이후 처음으로, 그의 목소리는 공격적인 억양을 띠고 있었다.

— 아마 그게 자네의 시름을 덜어줄지도 모르지. 한국에서 배를 곯아 봤다고 자네는 자신을 인류를 대표하는 표본처럼 생각하고 있어. 물론 견디기 힘들 테지. 하지만 자넬 좀 안심시켜주겠네. 사실 아직 가능성이 하나 남았어. 어쩌면 자네는 전혀 대표적이지 않고 지독히 비열한 놈인지도 몰라. 자네가 타인들에게 한 짓이나 또는 남이 자네에게 한 짓도 전혀 알 수 없고, 게다가 사람들이 그 일에 연루되어 있지 않은지도 몰라. 어쩌면 사람들은 무슨 일이 일어나건, 그들의 이름으로 누가 무얼 하건 전혀 관계되어 있지 않은지도

몰라. 그러니 그렇게 근심할 필요 없어. 이게 위안을 주고 자네가 기분 좋아할 그런 추론이라고 확신하네. 어쩌면 지금처럼 자네가 주둥일 놀려댈 필요조차 없을지도 몰라……

포사이드는 한순간 애정 비슷한 감정을 내보이며 그를 바라보았다. 그런 후 몸을 숙이고, 자기 안장에 매달린 주머니에서 위스키병을 집어 모렐에게 던지며 다정하게 외쳤다.

— 받게나. 나보다는 자네에게 더 필요할 거야.

모렐은 날아오는 병을 잡아 바위에 던져 산산조각을 내버렸다.

— 빌어먹을!

조니 포사이드가 말했다.

— 그게 내 마지막……

마토에서 발레로 가는 여정 내내 그들은 지나는 울레 마을들마다 열렬한 환영을 받았다. 발레에서는 이십 분 동안이나 춤추며 울부짖는 군중에게 둘러싸여 있었는데, 코끼리라는 뜻인 '캄문'이라고 외치는 소리는 유난히 의기양양한 어조로 울렸다. 사실 그 무리 가운데 몇몇 젊은이들은 인접 마을에서 왔다. 거기서 뇌염이 퍼지자 그 지역 방역소를 약탈하는 데 가담해 간호원들을 두들겨 팼고, 저장 약품을 불살랐던 청년들이다. 그들은 극도로 흥분해서 노래하고 떼미는 등 법석을 떨면서 길에서 달리며 모렐 일행을 앞서거나 뒤따랐다. 그러나 다음 마을에서는 침묵이 모렐 일행을 맞이했다. 오두막들은 완전히 비었고 버려진 듯이 보였다. 숲 부근에서 시작되는 첫 번째 원추형 오두막집 입구에 배가 불룩한 아이들이 서서 지나가는 그들을 바라보았고, 누런 개들만 짖어댈 뿐이었다. 마을로 들어서자 인적 없는 광장에서 그들을 기다린 듯한 남자 한 명이 맞은편에서 다가오는 게 보였다. 총을 단단히 든 백인이었다. 총 하나씩을 멘 흑인 병사 둘이 그를 호위하고 있었다. 그는 그 지역을 순찰 중인 행정관 에르비에였다. 그는 오래전부터 의례적인 축제 때에 울레 인들의 기분이 어떻게 되는지 알고 있는데다, 구타당하고 공포에 질렸다가 무사히 안전하게 빠져나온 방역소의 간호사들로부터 그 난동에 대한 얘기를 들었다. 그래서 즉시 '부대'를 이끌고 골라로 달려온 것이다. 부대라고 해봤자 삼 년 전부터 그와 함께 지내는 마사 족 위병 둘뿐이었다. 이십 킬로미터의 행군에 지쳤으나 아직 창을 던질 힘과 소리 지르며 덤빌 힘이 남아 있는 청년들을 거느린 채 한 무리의 말 탄 사람들이 부락으로 들어오는 걸 보고서, 그는 무기를 들어 방아쇠에 손가락을 걸고 총신을 들이댄 채 텅 빈 마을을 가로질러 그들 쪽으로 다가왔던 것이다. 두 마사 인도 손에 총을 들고 아주 무표정한 얼굴로 그의 뒤를 따랐다. 코로토로는 그 행정관이 그들을 향해 걸어오기 시작하자 아주 즐거운 듯한 표정을 지으며 조준을 했고, 에르비에까지 사정거리 속에 집어넣고는 거기 머물러 있는 동안 내내 그 자세를 유지했다. 짧은 수염에 배가 동글동글한 에르비에는 그 직무에 어울리는 풍채나 신체의 소유자는 아니었으나 배짱만큼은 칭찬할 만했다. 젊은 패거리 속에서 위협적인 외침이 몇 번 터져 나왔으나 그들은 이내 입을 다물고 말 뒤로 몸을 감추었다.

행정관이 말했다.

— 모렐, 앞으로 닥칠 일에 대해 자네가 환상을 품지 말았으면 하네. 자네야 괘념치 않겠지만. 바보 같은 짓을 하는 건 이긴다는 확신이 있어서 그러는 것 아닌가. 자넨 이길 거야. 그렇지만 내 분명히 말하는데, 자넨 총에 맞아 죽을 거야.

— 아, 총이야 맞으라고 있는 것 아니오?

— 만일 나한테 아내와 네 아이가 없었다면 지금쯤 나는 방아쇠를 당겼을 테고, 그럼 이미 끝장났을 것이네. 그리고 나는 아프리카를 위해 정말 어떤 좋은 일을 했다고 생각하며 기뻐했을 거네. 하지만 나에겐 애새끼들이 딸려 있네. 그러니 참을 수밖에.

모렐이 웃으며 대답했다.

— 우리 모두 마찬가지 신세야. 안타까워할 것 없네. 나 역시 참지 않을 수 없지. 나도 코끼리 보호만으로 참는 걸세…… 나는 욕심이 없거든.

— 그런데 자네는 비겁하단 말이야.

에르비에가 말했다.

— 자네는 비겁하게 상황을 이용하고 있어. 울레 지방에서 일어나려고 들끓고 있는 게 정치적인 혁명이며, 그걸 우리가 억누르려 한다는 인상을 세상에 주지 않기 위해 무력을 사용하지 않으려는 걸 자네는 알고 있지…… 난 그러한 인상을 주기 위해 누군가가 자네에게 돈을 대고 있다고 생각하네. 처음엔 나도 자네가 진실하다고 생각했지. 그러나 지금은 끄나풀을 조종하는 게 카이로라고 생각해. 아니면 더 먼 곳이거나.

— 당신들이 무력을 사용할 필요는 없어.

모렐이 정답게 말했다.

— 난 항복할 준비가 되어 있어. 당신도 내 조건을 알고 있을 텐데. 그저 아프리카의 맹수 보호를 위해 필요한 조치를 모두 취하고, 모든 형태의 코끼리 사냥을 금지하기만 하면 돼. 그렇게만 된다면 나도 재판을 받을 각오가 되어 있네. 나를 심판할 프랑스 법정을 얼

마든지 찾아보게……

에르비에가 웃음을 터뜨렸다. 썩 자연스런 웃음은 아니었지만, 그로서는 최선을 다한 것이었다. 곧 그의 얼굴은 더 화난 표정으로 변했다. 그는 골라의 청년들을 가리키며 말했다.

― 저놈들이 요구하는 게 무언지 자넨 알지? 물어보게, 저놈들에게. 저놈들에게 말을 시켜봐. 얼른, 해보게!

그는 울레 말로 청년들에게 몇 마디 소리쳤다. 한순간 그들은 말 뒤에서 조용하더니 조금 후 그들끼리 의논하는 소리가 들렸다. 마침내 그들 중의 하나가 모렐 앞으로 나섰다. 그는 채 스무 살도 못 된 게 틀림없었다. 빡빡 민 머리에, 땀과 잿빛 먼지로 번들거리는 몸으로 모렐 앞에 서더니 투창으로 땅을 치며 재빠르게 말하기 시작했다. 그는 말을 하면서 상대방이 자기 말을 경청하고 있다는 걸 느끼고는, 자신이 주목 받고 있다는 사실에 도취된 듯싶더니 심지어 맨발로 행정관에게 먼지를 한 무더기 날려 보내기까지 했다. 에르비에는 기관총을 움켜쥔 채 꿈쩍 않고 침울하게 그 말을 경청했다. 가끔 그는 정말 알아듣고 있나 확인하려는 듯이 모렐 쪽으로 힐끗 눈길을 돌리곤 했다. 그 울레 청년은 몇 해 전부터 자기와 자기 부족 사람들은 코끼리를 죽일 권리를 얻으려고 애쓰고 있으며, 이제는 우바바지바와 바이타리 덕택에 자신들의 권리를 획득하게 될 것이라고 말했다. 프랑스 인들은 우리가 자유로이 사냥하는 것을 방해하고 짐승들을 공격하는 사람들에게 가혹한 벌금을 매기고 있다. 행정관들이 우리에게 화약을 충분히 주지 않으므로 우리 스스로 탄약을 만들지 않을 수 없다. 우리가 우리 들판을 짓밟는 코끼리를 한 마리 죽이면 상아는 바로 몰수된다. 이건 부당하다. 나와 내 부족 사람들은 대사냥꾼들이다. 어떤 부족, 방고 족이나 사라 족도 우리와는 비교도 되지 않는다. 그런데 정부는 우리를 여자들처럼 부락 안에서 늙어 죽으라 한다. 코끼리들과 힘을 겨루지 말라고 한다. 크레이치 족속의 약탈자들이 수단에서 몰래 국경을 넘어 마음껏 코끼리를 죽이고, 상아와 고기를 갖고 울레 인들을 멸시해도 우리는 팔짱을 낀 채 가만히 있어야만 한다. 그놈들에게는 누구도 뭐라 하지 않았다. 울레 청년들은 스스로 사내라는 걸 이제는 증명할 수 없게 됐다. 돌아가신 선조들에게 매우 수치스런 일이지만 성인식 때조차도 물소의 고환으로 만족할 수밖에 없으며, 그 때문에 부족의 출생 수가 급격히 감소했다. 새로 난 아이들 가운데 사내애보다 계집애의 수가 더 많은 것도 그 때문이다. 머잖아 울레 지방이 아예 없어지게 될 것이다. 모두 다 알다시피 울레 언덕이란 울레 족 사냥꾼들이 죽인 코끼리 떼 무덤 위에 풀이 돋아난 것이다. 청년은 뚝뚝 끊어지면서도 리듬 있는 목소리로 이야기했는데, 마지막에 그의 입에서 흘러나온 건 진짜 노래였다. 분노마저도 이제는 완전히 고갈된 듯이 스러졌고, 그 대신 엄숙함이 어린 목소리가 울레 언덕의 형성 과정을 설명하고 있었다. 얼마 안 있어 그는 다시 모렐을 손가락으로 가리키며, 그들은 다시금 울레 언덕들에 더 많은 언덕을 보태어 선조들의 넋을 기쁘게 할 것이며, 그 언덕들은 죽인 코끼리 자취를 따라 저 지평선까지 뻗어갈 것이라고 결론 내렸다. 그는 이미 자신의 분노를 완전히 잊고 있었으며, 엄숙한 얼굴을 하고 장엄한 선언이라도 하듯 목소리를 높였다. 그 말을 듣다 보면 울레 지방이 바로 그렇게 생긴 것이라고 믿지 않을 수 없었다. 모렐은 그 마력에 빠지지 않기 위해 고개를 저어야만 했다. 여기에도 예비 민중 선동 연설가가 있었군.

— 자, 뭣 좀 알았나?

에르비에가 흡족한 표정으로 말했다.

— 여러 해 전부터 다 알고 있던 사실이네.

모렐이 말했다.

— 나는 인종차별주의자가 아니네. 그러니까 한번도 흑인과 백인 사이에 근본적인 차이가 있다고 생각한 적이 없어. 그러나 그렇다고 절망할 이유는 아니지…… 그러니 자, 이제 비켜나게. 안 그러면 밟고 지나갈 테니……

그들은 죽은 듯이 보이는 마을에다 행정관과 두 마사 인들을 남겨 둔 채 말을 앞으로 몰았다. 그러나 그날 저녁, 그는 다시 특유의 쾌활함과 자신감을 되찾았고, 그들이 대나무숲 입구에서 멈춰 섰을 때, 울레 지방의 잿빛 언덕이 발 아래로 끝없이 펼쳐지자 때로는 살아 움직이기도 하는 그 화석이 된 방대한 짐승 떼를 바라보면서 그는 다리를 벌리고 선 채 웃으며 손 안에 굴리고 있는 담배에서 시선을 떼지 않고서 미나 곁으로 다가갔다. 그러고는 무엇 하나 부족한 게 없어 보이는 풍경을 때때로 손짓으로 가리키며 즐거운 표정으로 그 모든 것에 관해 그녀에게 얘기했다. 그의 목소리에는 만족감과 거의 자만심 같은 기색이 실려 있었고, 목적을 달성하기 위한 자신의 '계략'을 그가 참으로 믿고 있음이 느껴졌다.

— 내가 저들에게 너희들 짓거리가 역겨우니 이제는 바꾸어야 할 때이고, 생명을 존중해야 할 때며, 서로 이해를 도모하고, 코끼리들을 위한 자리가 남아 있을 인간적인 여지를 보존해야 할 때라고 말한들 저들은 신경도 쓰지 않으리라는 건 당신도 알 거요. 그저 어깨 한번 으쓱하고는, 나더러 환상가에 흥분해 있으며, 징징대는 인도주

의자라고 말하고 말 거요. 그러니 꾀를 써야지. 코끼리란 단지 구실이고 위장에 지나지 않으며, 그 뒤에는 정치적인 무엇, 그들과 직접 관계된 무엇이 있다고 그들이 믿게 하려는 이유는 바로 이 때문이오. 그렇게 되면 의심할 여지도 없소. 그들은 눈을 뜨고 긴장하고 무언가를 하려 들며, 나를 진지하게 받아들이려고 들지. 그렇지만 가장 솜씨 좋게 처리해야 할 일, 가장 꾀바르게 해야 할 일은 분명히 그 구실을 거두는 일이오. 다시 말해, 코끼리 사냥을 완전히 금지하는 거요. 콩고에서 열릴 새 회담에서 할 일이 바로 이거요. 내가 요구하는 건 이게 전부요. 그 나머지는……

그는 손짓을 하며 말했다.

— 모든 일에는 시작이 필요한 법……

……인간이 스스로 보호자가 되길 바라고, 스스로 이 일을 하기에 충분히 위대하고 강하다고 믿고 있어 다른 사람의 도움이 필요 없다고 생각하는 그 무신자를 찾아 울레 언덕을 여러 주일 헤맨 파르 그 신부는 이렇게 말했다.

— 그자를 찾기만 하면 말이지, 내 그 눈앞에 번쩍 불꽃을 튀게 해서 그자가 마침내 그 불빛으로 사태를 환히 보게 해주겠어. 그런 호소와 그런 청원은 어떤 사람에게 해야 하는지 가르쳐주고 말겠어……

……한편 페르 크비스트는 체포된 뒤 깊은 주름살이 나이보다는 힘을 떠올리게 하는 얼굴로 끓는 차를 앞에 놓고 꼿꼿이 앉아 이렇게 말했다.

— 나는 한갓 늙은 자연주의자요. 신이 대지에 심은 온갖 뿌리들과 인간의 영혼에 영원히 심어놓은 뿌리들을 옹호할 뿐이오……

......한편 밥콕 대령은 포르라미 육군병원의 병실에 누워 있었다. 무장한 한 사람만 있으면 준비 중인 탈주를 막을 수 있다는 듯이 세네갈 인 보초가 병실 앞을 지키고 있었다. 쉴세르는 들어서다가 시트와 베개가 완벽하게 정돈된 것을 보고 놀랐다. 그건 여자 간호사의 정성보다는 환자가 얼마나 지쳤는지를 알려주는 징표였다. 밥콕 대령은 유머 감각을 숨김없이 발휘했다. 유머는 영국 왕실 장교에게 허용되는 유일한 불복종 시도였다.

— 존엄성, 그가 옹호하는 건 바로 이것입니다. 그는 인간이 예의 바르게 대우 받길 바랐던 겁니다. 그런 일이 그에겐 지금까지 거의 한번도 일어나지 않았으니까요. 물론 영국에 있을 때만 빼고 말입니다. 젠틀맨이라면 무심할 수 없는 멋진 항의이지요......

그는 숨을 돌리기 위해 말을 멈추었다. 그때 방안에서 짧고 날카로운 소리가 들려왔다. 대령의 머리맡에 있는 마분지 상자에서 나는 소리였다. 상자는 열려 있었다. 그 속에는 콩이 들어 있었다. 대령은 그걸 정겹게 바라보았다. 포르라미의 주민 모두가 이제 그의 엉뚱한 생각을 알고 있었다. 몇 달 전부터 그는 어디나 멕시칸 점핑빈을 가지고 다녔다. 거기엔 아주 작은 벌레 한 마리가 살고 있었는데, 그 벌레는 자기를 가두고 있는 틀이 갑작스레 느슨해지면 벗어나려고 애썼다. 그러면 콩이 살짝 튀어오르는 것이었다. 얼마 전부터 차디앙 테라스에 앉아 있을 때마다 밥콕 대령이 제일 먼저 하는 일은 상자를 열고 그걸 자기 앞의 탁자 위에 올려놓는 것이었다. 때때로 그는 소개를 하기도 했다.

— 내 친구 토토를 만나 보시오.

그가 그렇게 말하면 대개 그 순간에 콩이 펄쩍 튀어오르곤 했다.

그러면 대령은 딱 한 번 자기의 '불운한 동료'라고 부른 적이 있는 그 콩을 위해 위스키를 한 잔 시켰다. 차디앙에서는 이제 아무도 이 순진하고 엉뚱한 생각에 주의를 기울이지 않았다. 다른 엉뚱한 일들을 숱하게 보았기 때문이다.

— 물론 그의 경우에도 어느 정도는 고독이 문제였지요. 내가 그 사정을 잘 아니까 말해줄 수 있소. 내가 진실하고 위대한 우정을 만날 기회를 가진 건 바로 아주 최근의 일이니……

상자 속에서 콩이 펄쩍 뛰자 대령은 그걸 보며 미소를 지었다. '스페인 귀족' 같은 여윈 얼굴과 회색 턱수염과 꼼짝 않는 손을 보면 테러리스트 같아 보이진 않았지만, 하지만 그는 테러리스트가 틀림없었다. 유머란 삶이 지긋지긋해질 때마다 아주 신중하게, 누를 끼치지 않고도 당신의 현재 조건을 날려버리는 조용하고도 예의바른 다이너마이트 같은 것이므로.

대령이 말했다.

— 가엾은 토토. 저 녀석은 나 때문에 걱정하고 있지. 내 심장 상태가 녀석에게 근심을 안기는 거요. 우리가 사라지면 누군가가 아쉬워할 거라는 사실을 안다는 건 기분 좋은 일이오. 혹시 저 녀석이 두려워하는 일이 일어나면 저 녀석 좀 데려다 키워주겠소? 아, 그렇지요. 당신은 돌봐야 할 사람이 있지요. 당신이 어느 수도원으로 은퇴할 거라는 말이 많던데……

무례하다고 하기엔 그의 검은 눈에 상냥함이 너무 가득했다.

— 내 생각엔 모렐이 말하자면 존엄성 같은 개념을 옹호했던 것이고, 여기서 우리가 받는 대접이 그를 화나게 했던 것 같소. 요컨대 그의 안에는 자신도 잘 모르는 영국인이 들어 있었던 거요. 간단히

말하면, 한 영국인 장교가 이 일에 관련되어 있다고 하는 게 내게는 아주 자연스러워 보이오…… 여하튼 우리나라는 짐승에 대한 사랑으로 알려져 있는 나라 아니오……

토토가 펄쩍 뛰었다. 그는 즐거워하는 표정이었다.

— 그래서 어느 날 아침, 나는 트럭을 몰고 지금 저기 보이는 토토와 함께 무기며 식량을 싣고 조금씩 울레 밀림지대를 향해 갔던 거요. 그 프랑스 인이 다른 몇몇 반항자들과 있다는 곳으로 말이오…… 당신도 알다시피 나는 멀리까지 가진 못했소. 그게 감동 때문이었는지, 아니면 단순히 소위 죽음이라고 불리는 생리적인 착오가 가까워진 탓인지 어떤지는 모르겠소만, 골라까지도 채 못 가서 그 빌어먹을 심장발작이 일어났단 말이오. 그래서 이렇게 도망 못 가도록 문 앞에 보초를 둔 신세가 된 거요. 예심판사 말을 듣자니 내가 형사범들을 도우려 했다는 혐의로 기소되었다는군요……

의사와 얘기를 나누고 나서 쉴세르는 대령이 법정에 설 일은 일어나지 않을 거라고 생각했다. 실제로 그는 며칠 후에 죽었고, 그의 마지막 바람은 장례식에 참석하려고 브라자빌에서 특별히 찾아온 영국 공사가 대놓고 비난했지만 그대로 존중되었다. 대령의 관을 영국기로 덮는 데 대해서는 그 고위 공무원도 별로 어색하다고 생각지 않았지만, 장례식 내내 팔짝팔짝 뛰는 콩을 영국기로 덮는 것에 대해서는 완전히 기분이 상해서, 자기 고국의 건전한 규율에 매이지 않는 사람들이 프랑스 인들 틈에서 살다가 얼마나 나쁜 영향을 받게 되는지 보라며 툴툴거렸다.

한편 하스는 모렐을 찾으려는 원정대가 준비되고 있다는 소식을 듣고는 무슨 일이 있어도 거기에 참가해야겠다고 생각하고 이렇게 말했다.

— 그자가 정말 코끼리를 옹호하는 거라면 내 그자 앞에서 모자를 벗겠소이다. 그리고 그와 함께 일하겠소. 그러나 정치를 하기 위해 코끼리를 이용하고 있거나, 그것이 선전을 하기 위한 단순한 이데올로기적인 속임수, 솔직하지 못한 속임수라면 나는 그 토벌작전에 참가하여 인간에게 남은 마지막 것을 더럽히지 말라고 일러주겠소.

여러 사람이 여기저기서 자기들 나름대로 그 모험을 해석하곤 했지만, 모렐 곁에서 그 모험을 실제로 같이 겪은 사람들의 증언은 전부 똑같았다. 즉, 그는 오직 하나의 생각, 코끼리를 보호한다는 생각뿐이라는 것이었다. 그라는 인물은 가시덤불 뒤에서도 행복에 겨워 웃는 눈으로 코끼리들이 자유롭게 거니는 걸 보며 몇 시간이고 지낼 수도 있다는 것이었다. 이드리스마저도 때때로 그의 어깨에 손을 얹고 너무 가까이 가지 말라고 말할 정도였으며, 밤이면 그는 캠프로 돌아와서 기관총을 무릎 사이에 끼고, 모자는 목 뒤로 내리고, 불 곁에 앉아, 기분 좋거나 감격했을 때는 언제나 그렇듯이 유난히 두드러지는 변두리 말투로 얘기하곤 했다는 것이다.

— 요컨대 내가 바라는 건 훗날 학교에서 흑인 아이들에게 코끼리를 구하고, 아프리카에서 자연을 존중하게 한 사람이 프랑스 인 모렐이었노라고 가르쳐주었으면 하는 것이지. 페니실린을 발명한 건 플레밍이라고 말하듯이 그렇게 말해주길 바라는 거야. 보게나, 내게 사욕이 없지 않잖나. 만일 언젠가 인간애에 대한 노벨상이 생긴다면 어쩌면 내가 그 노벨상을 받을지도 모르잖나……

그는 자신이 대중적이고 보편적인 공감을 얻고 있다고 생각했고, 마치 세상엔 자연의 장대함을 돌보는 것 말고는 달리 할 일이 없는 가련한 놈들이 수백만 명 있는 것처럼 말하곤 했어요. 영양 떼가 노란 잔디 위를 뛰어다니는 걸 볼 때마다 그의 눈은 기쁨으로 빛났고 행복해했지요. 이런 기억을 떠올리며 미나는 미소를 지었다. 그러다 잠깐 골똘히 생각에 잠기더니 한숨을 내쉬었다. 포로로 있었을 때 무척이나 고통 받았을 거예요. 그이 말대로 "동물보호소"에 있었을 때 말이에요. 분명 그 때문이에요. 어느 날 저녁 그들은 지평선이 연기로 뒤덮인 걸 보았다. 그리고 불 사냥을 하고 돌아오는 마을 사람들과 맞닥뜨렸다. 불길은 그 지역을 깡그리 태우면서 여러 날 계속 번져나갔다. 모렐은 무섭도록 화가 나서 그 마을 모든 유지들의 오두막을 불태워버렸다…… 그녀는 쉴세르를 향해 눈을 들더니 말했다.

— 재판 때에는 이 일이 그의 '광기'의 한 예로 인용되었지요. 저는 설명하려고 애를 썼지만 그 사람들은 제 말을 들으려고도 안 했어요. 그들은 땀 흘려 일해본 적도 없고 이해할 줄도 모르는 사람들이에요…… 그들은 우리가 허무주의자라는 걸 증명하고 싶어 했지요. 늘 그 소리만 되풀이해서 말했죠…… 그들이 내게 던진 질문들도 모두 내가 온 세상을 원망하는 일종의 버림받은 여자라는 걸 증명하기 위한 거였어요. 그래서 여기까지 온 거구요. 그들에겐 그저 "네, 아뇨, 네, 아뇨"라고만 대답해야 했어요. 나중에 가서 나는 어깨를 으쓱하곤 그들이 제멋대로 말하거나 말거나 내버려뒀지요. 어쨌건 나한텐 매한가지 아니었느냐고 생각하시겠지만 말이에요……

……중죄재판이 열리는 방에서 돌아가는 선풍기 소리는 그저 더위가 소리를 낸다는 느낌을 줄 뿐이었다.

— 그러니까 당신은 단지 자연을 사랑해서 모렐과 합류했다는 거요?

— 네.
— 자연보호를 위한 그의 투쟁을 돕기 위해서?
— 네.
— 다른 동기는 없었단 말이오?
— 전혀 없었어요.
— 모렐과 성관계를 가졌소?
— 그래요.
— 그와 다시 만난 후요? 아니면 전이오?
— 후에요.
— 그를 사랑했소?
— 저는……
— 계속하시오.
— 모르겠어요. 그게 아니었어요……
— 그럼 자연에 대한 사랑이었단 말이오?
— 네.
— 독일 경찰의 정보대로라면 해방 후에 당신은 말하자면 사창가에서 일했다는데, 그게 틀림없소?
— 저는……
— 네, 아니오,로만 답하시오.
— 네.
— 얼마 동안이나?
— 베를린이 점령되었을 때 러시아 군인들이 우리를 오스터제의 한 빌라에 가두었어요. 그리고 우리를 강간했죠. 거기서 우리는 여러 날 머물렀어요. 그런 다음 헌병들이 우리를 발견했을 때, 우리는

"창녀"로 분류되었죠. 일처리를 위해서였죠.
  — 그…… 빌라에서 나온 뒤 당신은 삼촌 집으로 돌아갔소?
  — 아녜요. 저는 얼마 동안 병원에 머물렀지요.
  — 병들었었소?
  — 성병에 걸려 있었고, 게다가 임신 초기였죠.
  — 아이는 낳았소?
  — 병원의 의사들이 유산시켰어요.
  — 당신이 청한 거요?
  — 네.
  — 그때 몇 살이었소?
  — 열 일곱이었어요.
  — 사람들에 대해 원한을 품었겠군요?
  — 저는 무척 불행했어요. 하지만 사람에 대해서는 아무런 원한도 느끼지 않았어요.
  — 아무도 원망하지 않았다고요?
  — 아무도요.
  — 그래서 퇴원 후 러시아 장교의 정부가 되었더랬소?
  — 네.
  — 그와 오래 살았소?
  — 석 달이에요.
  — 그런 다음엔?
  — 그가 딴 데로 전속됐지요. 그는 나와 같이 살기 위해 탈영했어요. 그런데 제 삼촌이 그를 밀고했지요. 그리고 그 후론 그를 다시 보지 못했어요.

— 당신이 그에게 탈영하라고 조른 건 아니오?
— 아니에요.
— 그를 사랑했소?
— 네.
— 그 장교는 체포되어 총살당했겠군요?
— 네.
— 당신 삼촌의 잘못으로 말이오.
— 네.
— 그래서 혼자 있게 되었군!
— 네.
— 그러고는 어디로 갔소?
— 다시 삼촌 댁으로 살러 갔지요.

순간 법정은 굳은 듯 움직임이라곤 없었다. 재판장은 그 고백의 효과를 지속시키려는 듯 그녀를 잠깐 동안 그대로 내버려두었다.

— 당신이 사랑한 사람을 삼촌이 밀고했는데도 당신은 괜찮았단 말이오?
— 괜찮은 건 아니었어요.
— 그런데도 그 집으로 살러 돌아갔잖소?
— 그때는 베를린에서 거주하기가 어려웠어요.
— 러시아의 허무주의자들에 관한 이야기를 들어본 적이 없소?
— 없어요.
— 그러니까 당신은 삼촌 집에서 살려고 돌아갔단 말이지요?
— 네.
— 그와 성관계를 가졌소?

변호사가 벌떡 일어서서 그녀를 변호하고 나섰다.
— 재판장님, 이런 질문은 프랑스 법정의 정의를 훼손하는 것입니다. 그리고……
— 나는 피고가 내 질문에 답변하기를 요구하오. 우리는 베를린 경찰의 철저한 조사와 연합 조사위원회의 확인된 증언을 바로 눈앞에 갖고 있소. 삼촌과 성관계를 가졌었소?
— 그분은 제 진짜 삼촌이 아니었어요.
가볍게 떨리는 목소리로 미나가 말했다.
— 그는 먼 친척이었어요……
— 그와 성관계를 가졌소?
— 제 부모님은 제가 열다섯 살 때 폭격으로 돌아가셨어요. 그래서 그 후 곧 그분이 저를 데려다 기르셨지요. 그는 곧바로 내게 성관계를 강요했어요……
— 경찰에 신고하지 않았소?
— 아뇨.
— 왜죠?
— 창피했어요.
— 경찰에 신고하기보다 삼촌과 성관계를 계속하기를 택했단 말이오?
— 네. 게다가……
— 게다가?
— 그건 별로 중요한 일이 아니었어요. 수백만 명의 사람들이 죽었고…… 온 도시가 폐허가 되었고, 어린애들이 길에서 죽어가고 있었어요. 중요한 건 그게 아니었어요.

— 인간의 성행위가 전혀 중요하지 않다는 거요?

— 중요한 건 그게 아니었어요.

그녀는 고집스레 되풀이했다.

— 그다음 당신은 베를린의 나이트클럽에서…… 나체로 출연했소?

— 네.

— 손님들과 성관계를 가진 일도 있었소?

— 네.

— 돈 때문에?

— 네.

— 그게 당신한텐 중요하지 않단 말이지요? 그런 건 문제가 되지 않았단 말이오?

그녀는 자기를 이해하고 보호해줄 사람을 찾으려는 듯이 절망적으로 좌우를 둘러보았다. 쉴세르가 무릎에 군모를 올려놓은 채 다정하게 그녀를 바라보고 있었다. 두 명의 백인 신부 사이에 앉아 있던 샌드니가 벌떡 일어섰다가 창백한 얼굴로 다시 앉았다. 피고석의 벤치에는 페르 크비스트가 팔짱을 낀 채 조용하고 준엄한 얼굴을 하고 앉아 있었고, 하비브는 상당히 즐기는 듯한 태도였다. 포사이드는 고개를 숙이고 있었다. 바이타리와 그 옆의 청년들만이 이 사건에 무관심한 듯이 보였고, 듣고 있지도 않은 것 같았다. 이 사건이 그들의 흥미를 끌지 않는다는 건 분명했다. 그녀는 다시 한번 사방을 둘러보며 찾았다. 그러다 눈물이 그녀 뺨으로 흘러내리기 시작했다.

— 여하튼, 당신이 무기와 군수품을 갖고 모렐과 합류했는데도 당신은 사람들에 대해 아무런 특별한 원한을 느끼지 않았다고 주장

을 하는 거요?

— 나는 모든 걸 떠나고 싶었고…… 그를 돕고 싶었어요……

— 그래서 모렐과 합류했단 말이오? 그를 돕기 위해?

— 네.

— 그리고 아무런 원한도 없이 행동했다고 주장하는 거요?

— 그저 코끼리를 보호하는 그를 돕고 싶었어요……

— 그를 사랑했소?

— 모르겠어요.

— 그를 잘 알았소?

— 아뇨. 단 한 번 그를 보았을 뿐이에요.

— 그래, 한번 보고서 그런 모험에 뛰어들었단 말이오? 그 결과로 당신이 곤란한 처지에 놓이게 되었는데도?

그녀는 한순간 아무 말 없다가 마치 그들의 질문에서 벗어나려는 듯이 손으로 칸막이 막대를 잡고 머리를 거칠게 흔들었다. 그러나 어쨌든 발언권을 쥐고 있는 건 그녀였다. 그녀는 완강하게 그들 모두를 바라보았다. 그 고집스런 태도를 방청객들은 이미 잘 알고 있었다.

그녀는 말했다.

— 그는 깨끗한 무언가를 믿고 있는 사람이었어요.

……거기서 2백 미터 떨어진 곳에는 자기의 몰약을 성공적으로 팔고 난 카노의 상인 아라프 이르니가 당나귀 옆, 아카시아 나무 아래 앉아서 안경을 끼고 손에 성경을 든 채 조용히 한 구절 한 구절을 읊조리며 쉬고 있었다. "나는 나의 신뢰를 영원히 죽지 않고 살아 계

신 신께 두노라. 어린애도 없고 통치 동업자도 없으며, 후원자도 없는 신을 찬양할지어다. 그의 위대함을 공포하라. 너는 이곳을 스쳐 지나갈 뿐. 숨겨진 보물이시며, 우리로 하여금 당신을 알게 하시고, 만물을 창조하신 그분을 찬양할지어다." 그의 눈길이 텅 빈 광장을 훑고 자기의 나귀에 멈췄다가 어깨에 기름 항아리를 메고 검은 베일을 쓴 세 여인들의 뒤를 좇는 동안 그의 입술은 줄곧 움직이고 있었으며, 그러다 그 움직임은 더욱 빨라졌다. 그는 눈을 감고 주먹으로 가슴을 한 대 쳤다. "다른 지붕도 없고, 다른 문도 없고, 다른 아름다움도 없으며, 다른 사랑도 없도다. 어서 오시라, 내 가슴속으로, 내 눈 속으로, 그대, 돌을 쳐드는 자여……" 그는 자기가 상품을 좀 너무 싼 값으로 팔지는 않았는지 잠깐 생각하고는 곧 가슴을 치더니 가벼이 몸을 흔들며 안경을 벗고는 눈을 닦았다. "당신이심에 감사드립니다. 당신은 부유하시고 만물은 가난합니다. 당신은 영광스럽고 만물은 비천합니다. 당신은 무한하시고 만물은 가소롭습니다. 당신은 위대하시고 만물은 작습니다. 당신은 강하시고 만물은 약합니다. 당신이심에 감사드립니다……" 이따금 그는 점점 광장으로 뻗어나가는 아카시아의 그림자나, 그 곁을 지나가는 푸른빛 베일을 쓴 골라의 기병이나, 저녁의 어슴푸레한 빛 속에서 뛰노는 아이들을 바라보며 감미롭게 시를 읊조렸다. 그리고 주의력이 흐트러지자 그는 가슴을 치며 눈을 들고, 목소리를 높여 몸을 흔들었다. 완전히 쉬었다고 느껴지자 그는 책을 망토 밑 주머니 속에 넣고는 당나귀에 올라타 박차를 한 번 가하고는, 골라놈들은 유명한 도둑놈들이니 이렇게 많은 돈을 몸에 지닌 채 밤에 다닌다는 것이 조심스럽지 못한 짓이 아닌가 생각하며 길을 떠났다. 같은 시간, 더 남쪽에서는, 남편이 페잔에서 보병으로 근무하고 있는 풀베 파티마는 '하자(hadja)' 문 앞에 앉아서 이웃 사람들의 봉납물과 조의를 표하는 말을 받고 있었다. 안에는 죽은 자식의 시체가 뉘어 있었고, 파티마는 그토록 어린 나이에 벌써 선택된 아이의 여행길을 위해 식량을 가져온 사람들의 손을 일일이 잡으며 미소 짓고 있었다. 소금이 담긴 가죽자루를 갖고 무르주크로부터 페잔으로 돌아오는 낙타의 행렬은 첫 수원지인 사라 우물에서 서쪽으로 백 킬로 떨어진 곳에서 멈춰 섰다. 헐벗은 사막에서, 알제리 국경지대로 자동화기를 실은 쉰 대의 마차를 무사히 이끌어 온 캄진을 포함해서 쉰 명의 사나이들이 흰 망토를 걸친 채 무릎을 꿇고 이마를 모래에 대고 있었다. 그러는 동안 한쪽 눈을 흰 천으로 동여매고, 코의 일부가 낭창으로 파먹힌 캄진은 엎드릴 때마다 중얼거렸다. "오, 주여! 우리들 가운데 나타나소서. 오, 주여! 우바이르의 보호신이여, 대귀족들의 보호신이여, 우리들 가운데 나타나소서……" 눈꺼풀을 반쯤 내리감고 쉴세르는 그들을 보았다. 이슬람 속에서 자신의 기독교 신앙을 단련하도록 해준 그들 모두를. 그리고 확신에 차서 미소를 지었다. 그러나 아주 멀리 떨어져 있는 사람에게 손을 내밀려고 해봤자 소용없는 일이라는 걸 그는 알고 있었다. 그래서 약간 잔인한 냉소를 띠고서 그는 다시금 미나에게 담뱃갑을 내밀었다. 그녀는 연기를 깊이 빨아들이더니 또다시 스커트를 무릎 아래로 끌어내리고는 순박하게 머리카락을 흔들었다. 오! 그녀는 그들을 원망하지 않았다. 그들 역시 이해해줘야만 했다. 모렐은 다시 한번 그들 손가락 사이로 빠져나갔고, 그래서 그들은 거기 있는 사람들을 붙들고 늘어졌다. 재판이 한창인 때 모렐이 새로운 테러를 꾸미고 있으며, 아랍 시장에 변장하고 나타난 걸 보았다느니, 용의자들을 해방시키고 판사들을 패주려고 '특공대'를 조직할 것이라는 말이 들려 몹시 화가 났지만 시웅빌에서 성공적으로 활약한 이 모험가라면 무슨 일이건 일어날 수 있었다.

시웅빌의 사건을 당국은 도저히 받아들이지 못했고, 신문은 일주일 내내 그 얘기만 떠들어댔다. 바로 그것이야말로 모렐이 그 원정을 시도한 목표였으며 이유였다. 아프리카의 맹수 보호에 관한 새 회담이 콩고에서 시작될 예정이었으므로, 모렐은 그 대표들에게 영향을 미치고 강렬한 방식으로 여론의 관심을 그들의 일에 끌어들이기 위해 '큰 타격'을 감행하기로 결정했던 것이다. 그때 그들은 적도의 밀림 기슭과 덤불숲 가장자리에 위치한 동굴 속에 있었다. 밀림은 울레의 비탈 위, 대나무와 바위와 가시들이 뒤엉켜 있는 곳에서 시작되고 있었다. 트럭 한 대가 유월 첫째 화요일에 울레 덤불숲 건너편, 라티에서 시웅빌로 가는 길로 그 '특공대'를 찾으러 오기로 되어 있었다. 급습을 감행한 후에 그 무리 가운데 모렐, 포사이드, 페르 크비스트, 코로토로 등 네 사람과, 트럭에서 그들을 기다리고 있을 세 명의 대학생은 수단의 국경지대와 카르툼 쪽으로 도주하기로 되어 있었다. 카르툼에서는 바이타리가 나세르의 사절들과 협상 중이었다. 이드리스는 그들을 트럭 있는 곳까지 안내하고 나서 동굴로 돌아가기로 되어 있었고, 그 후 유세프와 미나와 함께 쿠루 호수로 갈 예정이었는데, 그곳은 바이타리가 '거점'을 마련해둔 곳이고, 어떤 신문기사는 그곳을 "아프리카 독립군의 훈련 기지"로 이미 규정지었으며, 기자들은 저마다 상상력을 동원하여 프랑스령 적도 아프리카의 서로 다른 이십여 개의 지역이 그곳이라고 떠들어댔다. 둘로 나뉜 무리는 쿠루 호에서 합류하여 수단 국경지대로 가는 오십 킬로미터의 거리를 함께 트럭으로 달릴 예정이었다. 그 대담한 계획에 갑자기 군사적 지식이 되살아난 포사이드의 표현을 빌리자면, 그 특공대는 "내가 미합중국 대통령으로 선출되는 것만큼이나 성공할 확률이 없다"는 것이다. 트럭이 그들을 기다리고 있는 곳과 시웅빌까지는 일곱 시간이 걸리는 거리로, 그곳에는 행정 관할구의 군청 소재지 두 개가 있었다. 행여 그들이 그 작전을 실행한다 하더라도 귀로에서 차단될 것이 틀림없었다. 그가 이러한 논지를 피력하자 모렐은 조심스레 기관총을 계속 닦으면서 잔잔히 말했다.

— 자네의 문제는 자네가 주변사람을 전혀 신뢰하지 못하는 걸세. 그들은 틀림없이 미리 경고를 받겠지. 그래서 그다음엔? 그들은 우리가 지나는 걸 보지 않으려고 딴전을 피울 거야. 그뿐이야. 그러고는 우리를 보지 않았다고 말할 걸세. 내 말을 믿게. 이 구역의 행정관이건 단순한 민간인이건 사람들은 모두 지긋지긋해 하고 있어. 그들은 신문을 읽고 세상에서 무슨 일이 일어나고 있는지를 알고 있으며, 우리들을 도와줄 용의가 있어. 스스로 그런 위험 부담은 하지 않더라도 누가 자연을 보호하기 위해 무슨 일을 하는 건 좋아하지. 자네가 이 작전에 의혹을 품는 건 잘못이야.

조니 포사이드는 머리를 긁적이며 모렐의 눈에 조롱기가 있나 찾아봤으나 헛일이었다. 모렐은 아주 진지해 보였다. 오직 모렐의 마음을 사로잡고 있던 걱정은 비가 올까 하는 것이었다. 수단 이전의 "물 없는 길"을 이루는 사막 지대는 울레의 동쪽에서 쿠루 호수까지 펼쳐 있었다. 그곳은 백오십 킬로미터에 걸쳐 붉은 흙먼지와 돌맹이들, 버들옷과 바위들이 물 한 방울 없이 이어지고 있었지만, 몇 시간만 비가 와도 골라에서부터 건너갈 수가 없게 되는 그런 곳이었다.

그러나 아직 유월 초여서 비 한 방울 내리지 않았다. 아프리카 전체가 온통 가뭄에 짓눌려 있었다. 의견을 얘기해보라는 권유를 받은 이드리스는 하늘에 남아 있는 약간의 물기라도 알아내겠다는 듯이 눈을 가늘게 뜨고 하늘을 쳐다보면서 콧구멍을 바르르 떨며 몇 시간을 주저하더니, 마침내, 가뭄이 곧 끝날 것 같지는 않다고 말했다. 밀림에서는 생명의 흔적이라곤 깡그리 사라졌고, 짐승들은 물이 있다고 생각되는 곳으로 달아나 버렸다. 갈레 강의 가느다란 물줄기도 이미 오래전에 자갈 사이로 사라지고 없었다. 그들도 물통을 채우러 오 킬로미터 떨어진 마을의 샘까지 내려가지 않으면 안 되었다. 코끼리 떼는 계절이 바뀔 때마다 늘 다니던 행로를 버리고, 물이 마르는 법이 없는 쿠루 호 쪽으로 향해 갔다. 그러나 중간에 샘이라곤 없는 백오십 킬로미터에 걸친 행로였기에 어른 코끼리들만이 그 모험을 감행할 수 있었다. 이드리스는 어깨 위로 흘러내리는 푸른 옷소매 밖으로 맨팔을 움직여가며 지금껏 그 누구도 본 적이 없는 활기를 띠고서 말했다. 이런 일은 한 번도 본 적이 없었소. 그의 입에서 나온 이 말은 묘한 권위를 띠어 누구도 감히 의혹을 품을 생각을 못했다. 그의 얽은 얼굴에는 일종의 미신적 두려움이 어려 있었고, 그것은 지극한 헌신의 형태로 표현되었다. 그는 기도를 거듭하며 이마를 땅바닥에 조아린 채 오랫동안 그대로 있었다. 프랑스령 적도 아프리카에서 가장 유명한 추적자인 그가 전에 무수히 죽여온 짐승 떼의 보호를 위해 그렇게 기도하는 모습은 무척 감동적이었다. 그는 곧 다가올 엄청난 재난 앞에서 놀라 어안이 벙벙해진 것 같았다. 그는 망토 속에 쭈그리고 앉아서 이따금 흙을 한 줌 집어들어 손가락 사이로 모래처럼 흩뿌리고는 아무 말 없이 고개만 끄덕였다. 그러고

나면 그들 모두가 주위의 공기마저 무거운 불안으로 채워진 듯이 느꼈다. 밀림의 소리들은 이미 죽고 없었다. 새벽녘에도 땅에서 이슬 흔적을 찾아볼 수 없었다. 나뭇가지들은 수액이 말라버린 듯 살짝만 눌러도 부스러졌다. 짐승 떼는 깡그리 사라지고 없었다. 수천 마리의 무소들이 보이던 지역에서는 단 한 마리도 보이지 않았으며, 언덕에는 쿠두 한 마리 없었고, 덤불숲에는 달리는 멧돼지나 호저 한 마리조차 보이지 않았다. 나무 아래에서 죽은 들개들이 발견되기 시작했다. 한번은 갈레 강바닥을 혼자 걸어가고 있는 늙은 코끼리 한 마리가 보였다. 그런데 그날 저녁, 그들은 자갈밭 위에 죽어 있는 그 코끼리 시체를 보았다. 행군을 하기에는 너무 늙어서 무리로부터 버림받은 채 죽어 있었던 것이다. 그해는 몇 주일 동안의 기갈 끝에 광분한 코끼리들이 모잠비크 해안으로 내려와 짠물을 잔뜩 마신 후 몇 시간 만에 죽어버린 그런 해였다. 비비 원숭이들이 마을 우물에 뛰어들어 날카로운 비명소리를 내며 죽어갔고, 중앙 아프리카 전역과 인도양에 이르는 곳까지 거의 모든 수확물이 죽었으며, "물"이라는 말이 모두가 끊임없이 되풀이하는 애원의 말이 되었던 그런 해였다. 포사이드는 비록 대놓고 드러내지는 않았지만 약간 냉소적인 눈길로 그를 관찰하고 있었다. 단 한 번, 모렐이 어디나 끌고 다니는 낡은 가죽가방, 선언문과 청원서로 불룩한 그 영원한 가방에 손을 얹고는 말했다.

— 저걸 이젠 누구에게 호소해야 할지 정말 모르겠군. 그렇잖소?

모렐은 고개를 숙였다.

— 분명히 그렇소. 그러나 우리나라엔 아주 오래된 속담이 하나 있소. 민간 지혜 말이오. 어쩌면 미국에도 있는지 모르지요. 우리

속담은 이렇소. "무슨 일이 닥치건 네 할 일을 하라."

다음날 새벽, 네 사람으로 구성된 그 작은 '특공대'는 밀림으로 들어갔다. 코끼리를 옹호하는 사람의 가장 떠들썩한 공적이 될 것이고, 그의 캠페인을 전세계에 울려퍼지게 할 일을 수행하기 위해.

30

훗날 포사이드는, 그들이 말을 탈 수 없는 울레 밀림지대를 횡단하기 위하여 사흘 낮과 이틀 밤을 걸어야 했던 행군은 서울에서 후퇴할 당시 공산군의 지휘명령에 따라 미군 포로들이 해야 했던 저 유명한 "죽음의 행진" 못지않게 고통스러운 기억을 남겼다고 말했다. 그런데 그는 체포된 직후 그 얘기를 하면서 흡족해하는 것 같았는데, 아마도 그 기쁨은 그들 시옹빌 파견대에 관한 찬사를 아끼지 않은 기사들을 신문에서 읽고 더욱 커진 것 같았다. "최악의 곤경 속에서도 우리가 다른 종들과 그들의 보호에 대해 여전히 마음을 쓸 수 있고, 관용과 무사무욕의 태도를 간직할 수 있음을 보여준 밀림 속의 그 외로운 소수인"의 영웅적 행위를 과장하기 위해 기자들이 찾아낸 어조 때문에 거의 감격의 눈물이 날 지경이었다. "그렇다고 이걸 쓴 젊은 이가 고생은 남들에게 맡기고 저는 마음 편히 궁둥이를 붙이고 쉬지 못할 건 없지요." 포사이드가 덧붙였다. "사람들이 자연보호를 위해 고생한다는 사실에서 그가 무사무욕의 증거를 발견한 것을 보시오. 이걸 보면 이 용감한 신문기자의 정신 속에서는 인간과 자연의 확연한 구별이 행해지고 있는 게 분명해요. 그리고 자연을 보호하면 인간도 보호하게 된다는 사실을 깨달을 만한 시간이 없었다는 것도 확실하고. 한마디로 말해 그는 모렐이 무엇을 하고 있는지 전혀 이해 못한 거지요. 하지만, 넘어갑시다. 어쨌든 기자들이 우릴 영웅 취급해주는 건 고마운 일이니까요. 이 점에 대해서는 그들에게 고마워하지 않을 수 없지요. 피할 수 없던 그 이틀 동안의 행군 때문에 나는 자칫하면 자포자기할 뻔했죠. 게다가 지난 두 해 동안 엄청난 양의 술을 마셨으니까. 그것도 해독치료라는 핑계로 마셨으니 미쳐도 한참 미친 거지요. 이따금 혈관 속에서 핏방울 하나하나가 울부짖으며 습관적인 정량을 요구한다는 게 느껴졌지요. 그렇지만 나는 충동을 이겨냈소. 한번은 십오 분쯤 쉬었는데도 도저히 일어설 수 없었는데, 그때 모렐이 위스키 통을 손에 들고 내 곁으로 다가오던 게 기억나오. 정말이지 그는 모든 걸 생각해주었소. 나 스스로도 놀랐지만 그때 나는 그 술을 거절했소. 하긴 사람이란 결코 자기 자신을 충분히 알지 못하는 법이지요. 수백만의 핏방울들이 아가리를 쩍 벌리고 있는 게 실제로 눈앞에 보이더군요. 나는 그 핏방울들이 울부짖도록 내버려둔 채 페르 크비스트가 감탄스런 눈초리로 지켜보는 가운데 다시 걷기 시작했소. 무릎이 뻣뻣하게 굳었는데도 그 늙은이는 조금도 피곤한 기색을 보이지 않더군요. 나는 나를 앞서 가는 그를 줄곧 보았소. 그의 커다란 실루엣은 빛과 어둠 속을 지치지도 않고 기어오르고, 좁은 숲길을 가로지르고, 언덕과 갈대밭을 지나 바위와 대나무 사이를 불사신처럼 대단한 끈기를 가지고 오르내렸지요. 그 뒤엔 코로토로가 기관단총을 메고 총신에 팔을 얹은 채 걷고 있었는데, 그는 이따금 보기 좋은 치아를 드러내 보이며 내게 용기를 북돋우는 미소를 짓더군요. 그 뒤를 이드리스가 따랐는데, 그의 푸른 망토가 나무들 사이로 나타났다간 꺼지곤 했지요. 그리고 모렐이 행렬의 마지막을 장식했소. 선언서와 성명서로 가득한 그 유명한 손가방을 꽉 쥐고서 말이오. 그 가방이 내게는 그의 광기의 상징이 되었지요……

 그들은 새벽 다섯시에 약속장소에 도착하여 그 트럭을 보았다. 이드리스는 아무 말 없이 숲속으로 다시 들어갔다. 그때 불 곁에 앉아 있던 세 명의 흑인 청년이 기관단총을 쥐며 벌떡 일어섰다. 모렐이 그들 곁으로 다가가며 말했다.

 ─ 바보같이 구는군. 자네들이 누구인지 아는 사람도 없고, 자네들에 대해 의심하는 사람도 없네. 그런데 이목은 좀 끌겠어. 그 물뿌리개들은 좀 치우게.

 세 청년들은 눈으로 누군가를 찾더니 그들 중의 하나가 이윽고 바이타리의 이름을 말했다. 모렐은 그들에게, 그들의 대장이 예상보다 빨리 수단으로 가지 않을 수 없었다는 것과, 그가 자기에게 파견대의 지휘권을 넘겨주었다는 설명을 했다. 그러자 그들은 무척이나 실망하는 표정을 지었다. 자기들의 대장에 대한 절대적인 충성심과 힘껏 싸우다가 죽더라도 그의 곁에서 죽고 싶다는 욕망이 드러나 보였다. 대장의 부재가 그들에게 불안을 안겨, 자신감을 잃고 갈팡질팡하게 만들었다. 그들 가운데 마줌바라는 자는 강인한 어깨를 가진 울레 인이었다. 그는 줄곧 찌푸린 얼굴로 초조함을 감추고 있었다. 프랑스 어의 온갖 뉘앙스를 잘 알고 있음에도 토박이 말의 빠르고 급한 리듬이 실린 그의 목소리에서 분노 이외의 딴 어조는 느껴지지 않았다. 두번째 청년 엥겔레는 섬세하고 유순한 얼굴을 하고 있었는데, 그 얼굴의 몽상적인 아름다움과 수줍음에는 영혼과 감정의 섬세함이 내비치고 있었다. 그것이 현실과 부딪히면서 비밀스런 욕망으로 변모된 모양이었다. 그는 정치에는 별로 관심이 없어서 친구들이 이 문제에 관해 논쟁을 벌이면 난감한 표정이었는데, 친구따라 합류한 것 같았다. 옛날 그리스의 낭만적인 청춘들이 죽을 각오를 하고 입실란티〔그리스 독립을 위한 비밀결사 '헤타이리아 필리케'의 최고지도자〕와 합류했던 것처럼. 또 어쩌면 그는 거의 여성스런 우아함 때문에 자신이 남자라는 증거를 내보이고 싶었는지도 모른다. 셋 중에서 제일 상냥하고 제일 교양 있고, 어쩌면 천성적으로 제일 용감한지도 모르는 그는 동료들, 특히 마줌바 손에 완전히 놀아나고 있었다. 단 한 번밖에 보지 못한 바이타리가 혜성처럼 나타났다 사라졌기 때문에 차라리 친구들의 열띤 이야기를 통해 알게 된 바이타리보다는 훨씬 더 맹목적으로 마줌바에 지배당하고 있었다. 그는 때로 청춘기를 인간 최고의 희귀한 순간으로 만들어주는 순수한 빛을 발산하고 있었기에, 모렐이 가장 주의를 기울인 것도 자연히 그를 향해서였는데, 어쩌면 수용소의 몇몇 동지들을 사로잡았던 것과 동일한 열망을 이 엥겔레에게서 다시 보았기 때문인지도 모른다. 세번째 인물인 은돌로는 주인도 모르게 지금 파견대에서 사용되고 있는 트럭의 주인인, 시옹빌에서 가장 번창한 상인의 아들로서 이 무리의 지식인이었다. 그는 표정이 풍부하고 변화무쌍한 얼굴로 냉정을 지키려고 애썼는데, 지나치게 감정적이라고 자기 종족들에게 쏟아지는 비난을 분명히 의식하고 있었다. 그는 행동으로 뛰어들고 이론을 실천하겠다고 나서는 그런 유형의 강인한 사람이었다. 그와 그의 동지들은 그가 "특혜받은 부모의 아들이었기 때문에" 프랑스에서 공부를 했다고 모렐에게 일러주었다. 그들과 몇 분 동안 대화를 마치고 나자 모렐은 불쾌하고 근심하는 표정이었다. 포사이드가 얼굴을 찌푸리자 거기에 대답하듯 그는 말했다.

— 좋아, 그런데 스무 살도 채 안 된걸……

그러고는 운전대를 잡고 있는 은돌로 곁에 올라탔다.

차가 달리는 내내 그 학생은 답변도 기다리지 않는 듯 수다스럽게 계속 말을 걸어왔는데, 거기엔 사십 대의 사나이를 맞상대하려고 애쓰는 젊은이의 불안이 감춰져 있었다. 또한 흥분과 초조함의 흔적도 엿보였는데, 그건 분명 바이타리의 부재와, 그가 보기엔 환상가에 지나지 않는 인물, 자신이 추구하고 있는 것과는 전혀 상관없이 믿을 수 없을 만큼 단순해 보이는 목적을 가진 사람과 동행하는 불안감에서 기인하는 것이었다. 그는 나무들 사이로 나 있는 좁은 길에서 눈을 떼지 않은 채 괜스레 안경을 고쳐 쓰려고 운전대에서 이따금 손을 떼면서 거듭 확언했다. 코끼리란 맨 앞에 내세우는 선전수단에 지나지 않으며, 아무도 그 움직임을 막을 수 없는 전진하는 아프리카 권력의 상징이다. 외국 자본주의가 우리의 천연자원을 착취하는 데 반대하여 아프리카 민중이 분노의 소리를 질러야 할 기회요, 훌륭한 정치 투쟁의 무기다. 식민주의가 더욱 큰 폭리를 약탈해가는 길로 방향을 바꾸기 이전에 무엇보다 상아 때문에 아프리카에 뿌리를 내렸다는 사실을 그들은 잊지 못한다. 개인적으로 그는 코끼리들에게 관심이 없다. 그것들은 차라리 시대착오적인 동물들이며, 산업화되고 전력화된 현대 아프리카의 무거운 짐이다. 그것들은 암울한 부족생활의 생존자들이다. 그는 아무 말도 않고 조용히 앞만 바라보는 모렐 쪽으로 몸을 돌렸다. 은돌로는 안경을 제대로 올려 끼고는 푹 파인 바퀴 자국을 가까스로 피했다. 트럭은 덤불숲을 훑으며 지나갔다. 표범 한 마리가 고개조차 돌리지 않고 천천히 길을 가로질러 갔던 것이다. 비비 원숭이들이 때때로 나뭇가지에서 떨어져 그들 앞을 달려갔다. 수놈이 뒤에 오는 놈들을 보호하며 꽥꽥 소리 지르고 위협하고 암놈은 털에 매달린 새끼들을 붙들었다. 그렇게 원숭이 가족은 날카로운 소리를 내며 나무 사이로 사라졌다. 원숭이 쪽으로 고개를 돌리며 은돌로가 말했다. 이제 우리는 저런 건 원치 않습니다. 더는 세계의 동물원이 되는 걸 바라지 않습니다. 우리가 바라는 건 사자나 코끼리 대신에 공장과 트랙터입니다. 그 목표를 달성하기 위해서 우선 식민주의를 끝장내는 것이 필요하지요. 싼 값으로 노동력을 얻을 수 있다는 게 주된 이점이요, 이국적인 나태함에 빠지는 걸 즐기는 식민주의 말입니다. 어떤 대가를 치르더라도 그것에서 벗어나야 하며, 그런 다음엔 한결같은 열정과 한결같은 준엄한 태도로써 대중을 교육하는 데 전념해야 합니다. 부족생활의 과거를 분쇄하고, 온갖 수단을 동원하여 원시적인 전통 때문에 어두워진 머릿속에 새로운 정치적 개념들을 주입시키는 것입니다. 아직은 대중이 지시를 받을 준비가 되어 있지 않기 때문에, 얼마 동안은 독재체제가 필요할 겁니다. 튀르키예의 아타투르크나 러시아의 스탈린의 노력도 역사적으로 정당화되지 않았습니까. 모렐은 조용히 그의 말을 듣고 있었다. 이미 오래전에 그는 아프리카의 미래에 대해 아무런 환상도 갖지 않게 되었다. 그리고 자신이 무슨 나무를 태워 자신의 몸을 덥히는지를 보여주려고 애쓰고 있는 이 젊은이, 자신감 없는 이 고립된 청년의 젊은 나이와 초조한 심정도 고려해주어야 할 것이다. 열에 들뜬 그의 말은 캄캄한 밤에 스스로 용기를 북돋우기 위해 부르는 노래였던 것이다. 저 나이의 젊은이가 저토록 까다롭지 않다는 건 어쨌건 유감스런 일이라고 그는 생각했다. 젊을 때는 거시적으로 보아야 하며, 좀더 관대해야 하고, 좀더 고집스러워야 하며, 타협을 거부해야 하는 것이다…… 그러니 저 발육부진의 젊은이들에게 앞으로 나아가야 할 뿐만 아니라 번거롭게 코끼리들을 함께 데리고 감으로써, 지금 당신처럼 발에다 무거운 쇳덩어리를 달고 다녀야 한다고 설명해보시오. 그들은 당신을 미치광이로 여길 테지요. — 하긴 제대로 본 거죠. 그들은 어깨를 으쓱하고, 당신을 이상주의자로 여길 것이오. 이상주의자란 코끼리보다도 더 시대에 뒤처지고, 구식에다, 낡고되고 무효하며 시대착오적인 개념이오. 그들은 이해하지 못할 거요. 그건 아마도 그들이 아직 강제노동수용소를 겪어보지 않았기 때문일 거요. 다시 말해 전진하며 전체 수익을 추구하는 공리주의의 극치를 알지 못하기 때문이오. 그들은 코끼리들까지도 포함할 수 있을 정도로 큰 인간적인 여지를 옹호한다는 것이 어떻게 사람들이 주장하는 체제나 이데올로기가 어떠한 것이든 간에 한 문명의 생사를 걸 만한 유일한 대의명분이 될 수 있는지 도무지 이해 못할 거요. 그들이 라텡가〔파리의 대학가〕에서 몇 년을 지내긴 했지만, 초등학교나 중·고등학교나 대학이 그들에게 줄 수 없었던 다른 교육을 받아야 하오. 인간교육을 받을 일이 남아 있다는 말이오. 어느 날엔가 휴식시간을 좀 갖게 되면, 그는 이 모든 걸 그들에게 설명해줄 것이다. 하지만 지금으로선 그들의 트럭을 이용하는 걸로 만족해야 했다. 아프리카의 맹수 보호에 관한 새 회담이 일주일 후에 부카부에서 열릴 예정이었다. 평소 같으면 거기서 어떤 결정이 나도 신문은 잠자코 있을 것이다. 그러나 이번에는 그렇게 되지 않도록 그가 손을 쓸 참이었다. 그는 안도의 한숨을 내쉬었고, 담배쌈지에 손을 집어넣고는 궐련을 말기 시작했다. 트럭이 갑작스레 브레이크를 밟고 멈추는 바람에 그는 자동차 앞창에 부딪혔다. 붉은 자고새들이 놀라서 날아올랐고, 호저 한 마리가 쏜살같이 달아났다. 그리고 나무들이 흔들거리더니 귀가 멍멍할 정도로 요란한 소리를 내며 쓰러졌다. 스무 마리쯤 되는 코끼리들이 천천히 숲에서 나와 그들 앞 길을 가로막았다. 그곳은 비운디 국립공원 경계지역이었다. 짐승들은 아마도 안전지대에 있다고 생각한 게 아니면 가뭄 때문에 물 이외의 다른 모든 것에 무관심한 게 틀림없었다. 어쨌든 트럭에는 도무지 신경도 쓰지 않았다. 오직 새끼 코끼리 한 마리가 혹시나 하고 장난을 치려고 그들 쪽으로 몸을 돌렸으나, 어미가 대열 속으로 곧 불러들였다. 거구들은 한동안 길을 따라가더니 뿌리 뽑힌 가지들과 기울어져 있거나 쓰러진 나무들이 흩어져 가로 막고 있는 길을 버리고 오른쪽으로 방향을 돌렸다. 은돌로는 무기력한 몸짓을 해보이며 탄식했다.

— 저 녀석들과 함께 어떻게 현대적인 나라를 세우겠단 말입니까?

그는 모렐 쪽으로 몸을 돌렸다. 그러나 트럭이 멈춰 섰을 때 한창 담배를 말고 있던 모렐은 아랫입술에는 담배 말 종이를 문 채 꼼짝 않고 앉아 있었다. 그의 갈색눈이 즐거운 표정으로 웃고 있는 걸 보고 학생은 화가 난 몸짓을 짓더니 입을 다물고 말았다. 포로수용소 시절에서 도무지 벗어나질 못하는 정말 불쌍한 작자군. 이자의 광기를 바이타리가 이용하려고 한 것은 잘한 일이지만, 이자와 함께 진지한 문제에 관해 이야기할 필요는 없겠어.

의무실을 마련해둔 오두막 앞에 접는 탁자를 놓고 앉은 의무대장 세칼디는 파르그 신부의 말을 듣는 둥 마는 둥하고 있었다. 신부는 자기의 말 뷔토르 외에는 얘기 들어줄 사람 하나 없이 모렐을 찾아서 울레 지역을 돌아다니며 몇 주일 동안 헛고생을 하느라 쌓이고 쌓인 분노를 그에게 쏟아붓고 있었다. 의무대장은 자기 쪽을 향해 언덕의 비탈을 구르듯이 쏜살같이 내려오는 신부를 근심스레 지켜보고는, 다음 수술 때까지 잠깐 비는 짧은 휴식시간을 그에게 바치기로 체념했던 것이다. 삭발머리가 온통 땀으로 번들거리는 프란체스코회 신부는 이성을 되찾아주고자 쉬지 않고 찾아다녔던 그자를 '무신자'에, '불경한 놈'에, '한갓 돼지'라며 노발대발 욕을 퍼부어댔다. 흑인 농민들은 희망에서 나온 건지 체념에서 나온 건지 알 수 없는 인내심을 가지고 자기 차례가 되기를 기다리며 구급 의료실 앞에서 흰색 전통옷을 입은 채 땅바닥에 퍼질러 앉아 있었다. 사상충 유행병 때문에 프랑스령 적도 아프리카에서는 대인간전투가 벌어지고 있었다. 오레스에서 동원된 군대 헬리콥터들이 전염병을 퍼뜨리는 진디 등에의 은신처인 늪과 강에다 쉬지 않고 약을 뿌렸다. 그런데 병 때문에 이미 주민들은 모두 딴 곳으로 떠나고 없었다. 구만 헥타르의 경작지가 유기되었다. 어떤 마을은 주민의 절반이 장님이 되어버렸다. 세칼디는 거의 쉴 새 없이 낭종을 수술했다. 그는 이 전투가 시작된 이래 하룻밤에 보통 세 시간 정도밖에 자지 못했다. 이런 상태였기에 그는 모렐이나 그의 코끼리 따위엔 조금도 관심을 쏟을 수가 없었다. 게다가 울레의 전 대의원과, 그리고 코끼리만큼이나 사람들 입에 오르내리는 소위 "아프리카 독립군"에 대해서는 더더욱 흥미가 없었다. 그렇지만 파르그 신부는 온갖 형태의 질병과 맞서 싸운 노련한 투사였기에 의사는 최대한 주의를 기울여 그의 말을 경청하고 있었다.

— 그자에게 그런 괴벽이 생긴 건 나치 수용소에 있을 때였다고

뒤파르크는 주장하더군요. 거기서는 그게 밀실공포증과 철조망에 맞서 싸우는 수단이었던 것 같소. 자기들이 아프리카의 자유스런 공간을 질주하는 큰 코끼리 떼라고 상상한다 말이오! 그게 아직도 그자 마음에 남아 있는 거죠.

세칼디는 마을을 가로질러 걷고 있는 원주민들의 긴 행렬을 지켜보고 있었다. 그는 절망적인 경우의 수를 계산해내려고 애쓰고 있었다. 거의 모두가 다른 사람의 부축을 받거나 손에 지팡이를 들고 있었다. 그는 장님들이 왜 언제나 하늘을 바라보는지 의문이 들었다. 그러나 불치환자의 비율은 일주일 전부터 줄어들고 있었다.

— 가능한 일이지요.

그는 되는 대로 말했다.

— 사실 그의 경우는 우리가 의학용어로 "고착"이라고 부르는 현상이 일어났을 거요……

— 그래서?

파르그가 입을 열었다.

— 그자가 근사한 자유를 꿈꾸는 유일한 사람이라고 생각하시오? 우리들 모두가 그렇소! 그자는 남들 하듯 하면 되는 거요. 조금 참으면 되는 거지. 그러면 될 텐데 말이오. 그저 기다리기만 하면 된단 말이오. 우리 모두가 밀실공포증을 앓고 있으며, 감방이라면 모두가 끔찍해한단 말이오!

그는 주먹으로 자기 가슴을 격렬하게 쳤다.

— 우리 모두가 영창에 갇혀 있소. 그자만 그런 게 아니란 말이오! 참된 기독교인이라면 이 세속에서 자유로운 몸이 되기를 갈망하지 않는 사람이 단 한 사람도 없어요. 하지만 그걸 위해 그런 짓을

하다니, 경박한 자 같으니! 영혼과 육신을 창조하시고, 육신 속에 영혼을 가두신 그 분을 향해 눈을 들고서 다른 친구들처럼 줄서서 기다려야 하는 것 아니오! 그렇잖소?

― 그렇지요, 물론 그렇죠.

세칼디가 공손히 말했다.

그는 일어섰다.

― 죄송합니다. 온 마을이 제 어깨에 달려 있어서 이만……

자신의 대단한 신학적 노력에 눈에 보이게 흡족해하며 파르그도 일어섰다.

― 어서 가보시오. 나도 당신을 도우러 온 거요.

신부가 말했다.

트럭 안에서는 조니 포사이드가 그의 어깨에 기대어 코를 골고 있는 코로토로와 엥겔레 사이에 끼어 앉아 미국의 흑인 문제에 대한 마줌바의 장황한 비난을 듣고 있는 중이었다. 그 대학생은 그 문제에 관한 정보들을 놀라울 정도로 정확하게 잘 알고 있었다. 그는 쉴 새 없이 통계자료와 명확한 사실들을 인용했다. 트럭이 울레의 밀림을 가로지르는 좁은 길을 나아가는 동안, 청년은 폭행, 인종차별, 남부와 대도시에 거주하는 흑인들의 경제적 상황들에 대해 분개하면서 이야기했다. 그가 개인적으로 포사이드에게 책임을 부담 지우려 할 참이었다. 포사이드는 한국전쟁 중 포로로서 중공군으로부터 라디오에 대고 읽으라고 강요받았던 아메리카 민족주의에 대한 강론의 용어들을 거의 그대로 흑인 청년의 입술에서 다시 듣고 있었다.

그가 말했다.

— 맞네. 나도 알고 있지. 대부분이 사실이네. 옛날에 나도 그 문제에 관한 연설을 한 적이 있지…… 그것 때문에 말이 많았지.

그는 유쾌함이라곤 전혀 담기지 않은 웃음을 웃으며 그 기억을 쫓으려 애쓰고 있었다. 상냥한 엥겔레는 그의 타협적인 말투에 마음이 놓인 듯했다. 어쩌면 그저 잘생긴 것인지도 모르는, 우아하고 섬세한 윤곽의 얼굴에 긴 속눈썹과 가냘픈 자태를 지닌 이 수줍은 젊은이가 그들 사이에서 뭘 하고 있는지 포사이드는 잘 이해가 가지 않았다. 나약하지는 않지만, 남성적인 특성에 부드러움이 아직 남아 있는 그 나이 또래의 많은 청년들처럼 그도 상처를 주는 농담을 종종 들었을 것이고, 어쩌면 여기 온 것도 온갖 성공의 기회를 버리고 두 명의 사나운 민족주의자들과 더불어 광적인 모험에 뛰어들어 보겠다는 이유 외에 다른 이유는 없는지도 몰랐다. 아마도 어떤 대가를 치르더라도 자신의 용기를 증명해 보이겠다는 젊은이다운 혈기 넘치는 욕망이 선택에 생각보다 더 크게 작용했을 것이다.

— 어쨌든 아주 많은 정보를 알고 있군. 아마도 프랑스에서 공부를 했겠군?

포사이드가 말했다.

— 사실 파리에서 아주 훌륭한 정치교육을 받았어요.

마쥼바가 말했다.

— 여기서는 신부님들에게서 배웠죠. 하지만, 신부들에게서는 아무것도 못 배워요. 그들은 흘러간 시대의 잔재들이며 화석이지요……

그는 입을 다물더니 난처한 듯 페르 크비스트를 곁눈질하고는 그 덴마크 인의 손에 들려 있는 작은 성경에 시선을 떨어뜨렸다. 그러나 그 노모험가는 그의 말을 듣고 있지 않았다. 성경을 무릎 위에 놓은 채 졸고 있었던 것이다. 오래전부터 그는 밤에 통틀어 한두 시간밖에 자지 못했고, 그 증상에서 자신이 늙었음을 깨달았다. 그러나 의지력이나 마음으로는 전혀 노화 현상을 느끼지 못했다. 이러한 반수 상태에서 그는 현재와 먼 과거 사이의 어떤 지점에 머무는 일이 점점 더 잦아졌다. 그런 순간은 거의가 온통 추억과 풍경과 짐승들과 숲과 여러 종들, 그리고 보호구역들로 채워졌다. 때로는 오래전에 죽은 사람들의 얼굴들, 이제는 남아 있지 않지만 그가 가는 길에 나타났던, 증오에 차 있거나 빈정거리거나 우직한 얼굴들로 채워지기도 했다. 그의 눈은 살포시 반쯤 떠 있으나 눈꺼풀이 전혀 움직이지 않았지만, 그는 북극지방의 침엽수림 지대에 있는 라포니아의 순록 떼들 위로 창백한 태양이 떠오르는 것을 보고 있었다. 그곳의 추위는 청회색이었다. 그러다 눈앞의 광경이 바뀌었다. 꼬마 강도들로부터 자기의 보금자리를 방어하려고 곤봉을 손에 들고, 그를 유명하게 만들어줄 그 불량한 성격의 징조를 처음으로 드러냈던 아홉 살 때, 나무에서 떨어져나가던 소년들의 겁먹은 얼굴들이 떠오르는 것이었다. 그다음엔 펄프 때문에 점점 줄어들어가던 핀란드의 숲들이 떠올랐다. 그 숲을 지키기 위하여 처음에 그는 차르의 관리들에게 청원했고, 그의 탄원이 아무런 효과도 가져오지 않자 이번에는 몇몇 학생들과 함께 진짜 기동 유격대를 조직하여 벌목꾼의 캠프들을 습격했다. 물론 사람들은 그를 두고 정치적 목적을 가진 사람이며, 숲이란 차르의 수중에서 핀란드를 구해내기 위한 한낱 구실에 지나지 않는다고들 했다. 더구나 그는 결국 핀란드의 자유를 위해 투쟁을 하게 되었던 것이다. 그 모두가 함께 이루어졌다. 그렇다, 그는 자연주의자로서, 종의 보호자로서의 과업에 있어서 결코 타협하지 않았다. 그것은 그가 스스로 소홀히 하지 않은 유일한 공식 직책이었다. 그 직책이 그에게 구타와 상처와 적들과 욕설과 야유와 추방과, 이제는 그 횟수를 기억조차 할 수 없을 만큼 많은 형무소 세월을 치르게 했다. 바다표범과 고래 학살, 화학비료에 의한 토지 오염, 오존과 해양 오염에 맞서 벌인 캠페인은 1950년에 이르러 철저한 무관심에 봉착했다. 그는 트럭 문에 몸을 기댄 채 못이 박힌 큼지막한 손으로 성경을 쥐고 있었다. 성긴 회색 머리카락들은 미끄러져 내리는 중절모 아래 관자놀이에 들러붙어 있었고, 총은 발아래에 놓여 있었다. 나이 때문에 파리해진 푸른 빛깔의 두 눈 위 눈썹은 경직되어 있었다. 그는 어느 날 아마도 그가 고래잡이조합 사무실을 약탈했기 때문에 구조되었을 고래들과 북극해를 눈앞에 떠올리고 있었다. 그리고 그의 팔을 나뭇가지 삼아 매달려 막 잠이 든 새끼 코알라의 찡그린 얼굴과, 위대한 북극 탐험가이면서 살아 있는 모든 뿌리에 대해 누구보다 깊은 애정을 보여준 프리드쇼프 난센의 얼굴을 떠올리고 있었다. 그 뿌리들은 전능한 힘이 대지에 심어준 것들로, 개중 일부는 영원히 인간의 마음속에 파고들었다. 모렐과 마찬가지로 그도 인간적 여지를 옹호했다. 그것을 위해 평생을 바쳐 정부와 제도와 정치체제와 전체주의에 맞서 싸운 것이다. 형무소로 그를 보러 온 난센은 슬프게 이런 말을 했다. "여보게 페르, 자네더러 염세주의자라고들 하지만 자네는 나보다 젊으니, 오래 오래 살아서, 언젠가는 나날이 점점 더 위협받고 있는 또 다른 종을 보호하기 위해 일어서야 할 걸세. 우리 인간이라는 종을 보호하기 위해 말이네······" 생애의 마지막 해들을 이 일에 바쳤고, 최초로 무국적자 여권을 만들어냈으며, 그 특권적 지위를 세계 각국이 인정하게 만든 난센이 제대로 내다본 것이다. 페르 크비스트가 자신의 불량기를 총동원하여 죽음의 수용소며 강제노동수용소, 수소탄과 땅과 대기와 바다 속에 점점 축적되고 있는 원자로 폐기물의 위협, 이미 예측되는 그 음험한 위협에 맞서 싸워야 할 때가 온 것이다. 페르는 새로운 암에 걸린 수백만 명의 목숨을 '진보'에 대한 대가로 지불할 작정으로 제네바에 모인 물리학자들의 죄 많은 무관심과 음흉한 영합에 대항하여 절규하고 시위운동을 벌여야만 했다. 예전에 그가 새들을 보호하던 때와 똑같은 분노로써 맞서 싸워야 했다. 그는 또 그의 친구인 목사 카이 뭉크의 얼굴도 떠올렸다. 목사는 자기의 적들에 대항하여 하늘이 인간의 마음속에 영원히 심어준 가장 완강한 뿌리들 가운데 하나로 하느님의 손길처럼 인간의 마음속에 자리잡고 있는 것, 그들이 자유라고 부르는 것을 옹호했기 때문에 나치에 의해 총살당했다. 그리고 세기가 바뀔 무렵의 와이오밍의 인디언 집단을 떠올렸다. 그때 사람들은 아직 구할 수 있었는데도 알코올과 매독과 폐결핵 가운데 그들을 방치했다. 그는 눈을 식히고 용기를 되찾기 위해 찾아갔던 오스트레일리아 대양의 산호초를 떠올렸다. 그가 그리로 갔던 것은 원시시대와 아주 가까운 전설 같은 삶 때문에 활기를 띤 산호들이 이천 킬로미터나 펼쳐져 있었고, 아직은 인간의 위협을 받고 있지 않았기 때문이다. 침식 작용에 맞선 투쟁, 집중적인 개발로 인해 죽은 땅들을 그는 떠올렸다. 여기서는 추방당하고, 저기서는 기피되고, 어떤 연구소나 학술원에서는 제적당하기도 하고. 그러다 십 년 후에 그가 옳았다는 게 입증되어 마치 공식적인 보상이 저질러진 범죄를 만회할 수 있기라도 하다는 듯이 — 그저 꽉 찬 나이와 괴벽이 넉넉한 인망을 얻게 해주었을 뿐이다—다시 자리로 돌아오라는 요청을 받았지만 고집쟁이 영감 페르 크비스트는 계속해서 사람들의 이목을 끌었다. 그는 얼마나 많이 싸우고 얼마나 많이 노력했던가. 그런데도 여전히 모든 걸 영원히 보호해야 할 형편이다. 살아 있는 모든 뿌리들, 다양성과 생명력이 아주 다른 그 뿌리들은 휴식도 휴전도 없이 보호되어야만 했다. 세계동식물보호기구조차도 이제는 그에 관한 말을 듣고 싶어하지 않았고, 그의 '방법'을 인정하지 않는 지도위원회를 그는 떠나지 않을 수 없었다. 자연주의자로서 보인 과격한 행동뿐만 아니라 정치적인 싸움에 자주 휘말렸다는 점에서도 그는 비난받았다. 그건 맞는 말이었다. 뿌리들이란 다양성이나 미적인 면에서 헤아릴 수 없이 많고 무한한 것이어서, 어떤 것들은 인간의 영혼 속에 아주 깊숙이 박혀 있다. 위와 앞을 향해 끊임없이 번뇌하는 하나의 열망, 영원에 대한 결핍, 기갈, 다른 곳에 대한 예감, 한없는 기다림, 이 모든 것이 인간의 손바닥만 한 차원으로 축소될 때 존엄성의 욕구가 되었다. 자유, 평등, 우애, 존엄…… 이것들보다 더 깊으면서 더 위협받는 뿌리는 없었다. 페르 크비스트는 결코 한 번도 자연주의자로서의 과업에서 타협한 적이 없었고, 땅에서 그 뿌리들을 뽑으려고 드는 사람들은 누구나 길에서 그와 마주쳤다. 그런데 아직도 모든 게 보호해야 할 형편인데 그는 너무도 늙어버렸다…… 그래도 못된 성질만큼은 여전하지……, 라고 그는 생각했다. 아직 얼마 동안은 버틸 수 있을 거야. 그는 자기 어깨에 웬 손 하나가 얹히는 걸 느꼈다.

—응?

—지금 이 청년에게 우리가 여기서 하고 있는 일을 설명 중인데

도무지 코끼리에 대해 믿지를 않네요. 우리가 관심을 갖는 게 정말 코끼리라는 걸 믿지 않아요. 심지어 코끼리 이외의 것에는 관심이 없다는 것도 믿지 않아요. 미친 모렐이라면 그럴지도 모르겠지만 더 시급한 일들이, 옹호해야 할 다른 것들이 있지 않냐고 하는군요. 이를테면 민중의 합법적 열망 같은 것 말입니다. 개인적으로 저는 단지 더 어딜 비집고 들어가야 할지 몰라서 코끼리들 속으로 들어왔다고 설명을 해주었지요. 그런데 당신은 어떻습니까?

— 오! 나 말이오? 나야 코펜하겐 박물관으로부터 임무를 위촉받았지요. 그뿐이오.

농담이라고 의심하기가 힘들 정도로 느릿느릿하고 장중한 목소리로 페르 크비스트가 말했다.

해가 지기 직전에 그들은 반대편에서 오는 트럭을 한 대 보았다. 모렐은 은돌로가 좁은 길에서 운전하는 걸 돕기 위해 차에서 내렸다. 그는 누가 그를 알아볼까 봐 겁내지 않았다. 여기저기 뿌려진 그의 오래된 사진과 지금의 그의 얼굴은 별로 닮은 데가 없었던 것이다. 트럭 운전사는 산칠리라는 이름의 포르투갈 인이었다. 그는 집으로 돌아가는 길이었다. 자기 화물창고가 있는 은겔레에서 아내가 출산을 앞두고 있었기 때문에 당국이 도처에서 도로를 차단할 준비를 하고 있는 판에 두 시간만 비가 와도 다닐 수 없게 되는 길을 위험을 무릅쓰고 떠나온 것이다. 태어날 아이가 그의 아홉번째 아이라고 했다. 길 가운데서 그들은 담배를 피우며 한동안 이야기를 나누었다. 포르투갈인은 사업일로 불평을 늘어놓았다.

— 저는 상아 수출을 하고 있지요. 아시겠지만 공예품으로……

그가 말했다.

모렐은 뺨을 긁적거리며 그를 주의 깊게 뜯어보았다. 그러고는 한동안 머뭇거리다 말했다.

— 좋소. 열 명의 당신 자식들과 다음에 낳을 아이들을 위해 가다가 모렐을 만나지 않게 되기를 바라겠소. 그자가 당신의 불알을 벨지도 모르니까.

키 작은 포르투갈 인은 몸을 흔들며 호탕하게 웃었다.

— 그 얘기는 유명하지요…… 마누라에게 그 이야기를 해야겠소. 그자를 만나도 난 아무렇지도 않다는 걸 말씀드려야겠네요. 생각해 보시오. 난 이 지역에서 가장 큰 상아 상인이란 말입니다. 그럼, 재미 보시오. 여기 제 명함이 있으니 혹시라도 은겔레를 지나시는 길이 있으면……

— 꼭 들르지요. 약속드리지요. 당신 창고가 거기 있다고 했소?

모렐이 말했다.

— 그렇습니다. 바로 길가에 있지요. 쉽게 찾을 겁니다. 제 이름이 거기 적혀 있으니…… 언제건 들르시오. 자, 행운이 있길 빕니다. 곧 보게 될지도 모르겠군요.

모렐은 그가 멀어져가는 걸 바라보다가 이윽고 트럭 안으로 올랐다.

31

저녁 여섯시경, 그들은 시옹빌을 가로지르고 강을 따라 망고나무 사이를 지나 어느 도로에 접어들어 오 킬로미터쯤 가다가 샬뤼 소유지 앞의 고지에서 마침내 멈춰 섰다. 모렐이 땅에 뛰어내렸다. 밤은 어떤 존재, 어떤 몸, 소리 나는 하나의 생명을 품고 있었다. 그 존재의 땀과 친밀감이 느껴졌다. 정원의 숲이 무성한 곳에서 나는 곤충들의 합창은 어둠에다 팔딱이는 가슴과 숨 가쁜 호흡을 부여하는 강렬한 고동 소리와 같았다. 트럭이 숨을 죽인 지금 모렐은 자기 주위에서 그 존재의 소리를 듣고 있었다. 사헬 지대와는 거리가 멀었다. 웬 손 하나가 그의 어깨를 건드렸다. 은돌로였다.

― 제가 함께 갈게요……

― 그건 말도 안 돼. 원래 계획대로 너는 운전대나 잡고 있어. 기다림을 견딜 만큼 신경이 튼튼치 않으면 좀더 일찍 생각했어야지……

학생은 트럭으로 돌아갔다. 모렐은 서류로 불룩한 가방을 들고 철책 쪽으로 나아갔다. 다른 사람들이 벌써 그를 기다리고 있었다. 무장을 하지 않은 건 그 혼자뿐이었다. 정원 안에는 미국산 자동차들이 대여섯 대 줄지어 있었다. 예상하지 못했던 일이었다.

― 타이어를 갈아 끼우는 거요?

― 아니오. 떠나려는 사람이 있으면 떠나게 하려고요…… 터진 타이어를 발견하면 정신이 바짝 들 테지요. 어떻게 될지는 나중에 알게 되겠지요.

신문과 그 지역에서 가장 큰 광산의 소유주인 샬뤼의 별장에 가까이 다가가자 불이 환히 켜진 창문이 보였고, 음악 소리가 들렸다. 두 개의 계단이 날개처럼 테라스까지 이어져 있었다. 창문들이 열려 있어서 춤추고 있는 커플이 보였다. 코로토로가 잠시 멈춰 섰다.

― 춤을 추고 있군.

그가 활짝 웃으며 말했다.

모렐은 그가 앞으로 나아가도록 어깨를 치지 않을 수 없었다. 하지만 빈민가와 아프리카 도시의 형무소를 한 번도 떠나보지 못한 이 사내가 갑자기 파리 속어로 말하는 걸 듣는 게 즐거웠다. 그가 그렇게 동화된 건 정말이지 기적에 가까운 일이었다. 그들은 페르 크비스트와 엥겔레를 별장 앞의 수풀 속에 남겨두고 정원의 깊숙한 곳, 창고 속에 자리 잡고 있는 인쇄소까지 길을 따라 걸었다. 모렐이 앞장서서 먼저 들어갔다. 신문의 최신호가 쌓여 있었고, 윤전기가 대기 상태에 있었다. 한쪽 구석엔 반바지를 입은 흑인 두 명이 탁자에서 체커 놀이를 하고 있었다. 머리가 하얗게 센 늙은 인쇄공인 세번째 사람은 원고를 들여다보고 있었다.

— 안녕들 하시오?

체커놀이를 하던 두 사람이 고개를 들었다. 그들의 얼굴엔 아무 표정이 없었으나 놀이에 열중해 있었음이 느껴졌다. 인쇄공이 안경 너머로 그들을 조용히 바라보았다.

— 안녕하시오.

그가 말했다.

다른 두 사람은 완전히 굳어버렸다. 한 사람은 옮기려던 말 위에 여전히 손을 올린 채였다. 포사이드가 다정스럽게 그들 곁으로 다가갔다.

— 누가 이기고 있소?

자동차 소음과 브레이크 밟는 소리, 여러 사람의 목소리가 들려왔다. 마줌바는 기관단총을 집어 들고 정원 쪽으로 몸을 돌렸다.

노인이 말했다.

— 젊은 친구, 손님들이 도착한 거야. 그자들은 여긴 절대 오지

않아.

모렐은 서두르지 않고 가방 속을 뒤졌다. 종이 한 장을 들어 책상 위에 놓았다.

— 이걸 신문 제1면에 실어주시오……

인쇄공은 손에 연필을 쥔 채 몸을 숙여 원고를 들여다보았다.

세계코끼리보호협회의 통고. 위원회의 금지령을 위반한 사냥꾼들에게 다음과 같은 처벌이 내려졌다. 코끼리 포획자인 하스, 사냥꾼 롱즈비엘과 오르난도는 현행범으로 체포되어 체형을 받았다. 사냥꾼 사르키와 뒤파르크의 소유지, 바네르지의 상아 상점과 코끼리 다리를 잘라 꽃병이며 종이 바구니, 샴페인통, 기타 장식들을 만드는 웨이즈맨의 무두 공장의 창고는 소각되었다. 상아 밀무역상인 바네르지는 법집행단으로부터 열 대의 구타를 당했다. 앞으로 처단 받아야 할 사람은 대사냥의 여자 챔피언인 샬뤼 부인으로, 공개적으로 볼기형을 받게 될 것이다. 유언비어를 불식하기 위해 본 위원회는 어떠한 정치적 성격도 갖지 않으며, 정치 문제, 이데올로기, 학설, 당파, 인종, 계급, 국가에 대한 어떤 이념과도 전적으로 무관하다는 걸 환기시키는 바이다. 본 위원회는 오직 인도주의적인 과업만을 추구할 뿐이며, 자연보호 이외의 다른 어떤 것에도 관심이 없으며, 어떤 차별이나 구분 없이 오직 각 개인의 존엄성에 호소하는 바이다. 또한 우선 코끼리에서부터 시작해서, 전 세계 모든 교과서에서 '인류의 벗'이라고 부르고 있는 모든 동물들과 자연의 보호를 구체적이고 한정된 과업으로 삼고 있다. 그러므로 누가 되었건, 또 어디에서 왔건 인간이라면 누구나 이 점에 수긍할 수 있을 것이며, 또 마땅히 그러하리라고 생각하는 바이다. 제아무리 중요하고 시급한 시도나 열망, 건설이나 투쟁을 벌이고 있을지라도, 모든 정부, 정당, 국가, 모든 사람이 존중해야 할 것은 그저 인간적인 여지의 존재를 인정하는 것뿐이다. 아프리카 동식물 보호를 위한 회담이 다시 부카부에서 개최될 때, 본 위원회는 지금껏 너무도 전반적인 무관심 가운데 진행되어온 그 업무에 대하여 세계의 여론을 환기시키는 것이 불가피하다고 생각한다. 회담 대표들은 세계 여론이 주의 깊게 지켜보는 가운데 업무를 수행하여야 할 것이다. 본 위원회는 필요한 조처가 취해지는 대로 곧 행동을 중지할 것을 엄숙히 약속한다.

위원회 대표
모렐

인쇄공은 놀란 기색을 보이지 않았다. 그가 읽는 동안 모렐은 약간 불안해하며 그를 관찰했다.
— 어떻소? 당신 생각은? 찬성하오?
— 좋습니다.
모렐은 흡족해 보였다.
— 그럼 인쇄를 하시오.
인쇄공이 무겁게 그를 바라보았다.
— 이걸 신문 한가운데 넣어야겠지요?
— 좋도록 하시오.
— 빨간색으로 할까요?

— 그럽시다. 눈에 잘 띄게 말이오……

인쇄공은 작업을 시작했다. 체커놀이를 하던 두 사람은 여전히 꼼짝하지 않았다. 코로토로가 그들에게 다가가 웃으며 총신으로 놀이판을 휘저어버렸다. 그들은 놀란 눈을 희번덕였다. 그들의 목울대가 경련하듯 불끈 움직였으나 그들은 아무 말 없이 땀만 흘렸다. 잠시 후 포사이드가 부산하게 움직이기 시작했다.

— 여기, 마실 거 없소?

그가 물었다.

노인이 연필을 귀 뒤에 꽂으며 말했다.

— 없소. 하지만 원한다면 부엌에서 맥주를 한 병 찾아다 드리겠소.

마줌바가 쏘아붙였다.

— 그러면서 주인에게 알리려고? 우리를 뭘로 아는 거요?

노인은 그는 아랑곳하지 않고 모렐 쪽을 돌아다보았다. 모렐은 쿨런을 마는 데 정신이 팔려 있었다.

— 갔다 오시지요.

모렐이 조용히 말했다.

— 정신이 나갔어요? 전화라도 있으면 어쩌려고……

마줌바가 소리쳤다.

— 전화는 있소.

인쇄공이 말했다.

— 갔다 오시오.

눈도 들지 않은 채 모렐이 거듭 말했다.

노인은 떠났다. 등받이 없는 의자에 앉아 꽃을 하나 따서 입으로

빨고 있던 포사이드가 냉소적으로 고개를 저으며 말했다.
— 아주 멋지네. 이렇게나 인간의 본성을 믿고 있는 사람을 보니 좋아…… 하여간 자네를 이해할 수 없을 때가 있다니까.
— 그래도 괜찮아.
살짝 농담조로 모렐이 말했다.
시간은 느리게 흘렀다. 마줌바의 얼굴은 적개심으로 굳어 있었다. 꼼짝 않은 채 기관단총에 팔을 괴고 그는 경멸하면서도 불신하는 듯한 얼굴을 하고 있었다. "인도주의적" 선언서와 호소문으로 불룩한 가방을 갖고 저기 앉아서, 궐련에 침칠을 하고 있는 저 미치광이를 바이타리가 지지하게 된 동기를 그는 도무지 이해할 수 없었다. 모렐은 마치 파리의 변두리 노동자들의 조합회의에 참석하고 있기라도 한 듯 침착했다. 마줌바는 언제나처럼 주저 없이 자기 대장의 뜻을 따랐는데, 그런데 이번에는 분명히 이 충성에 대한 대가를 톡톡히 치르게 될 것 같았다. 유세프가 메시지를 갖고 도착했을 때 은돌로의 자세한 설명도 그를 반쯤밖에는 납득시키지 못했다. 은돌로는 능숙한 달변으로 설명했다. "이 무질서를 이용해 무엇이라도 얻어내면 되는 겁니다. 주정꾼들의 싸움에서도, 마누라를 때리는 남편에게서도, 깨진 유리잔에서까지도 말입니다. 당이 배후에 있다고 말해야 하는 거지요. 그렇게 해서 기반을 넓혀가는 겁니다. 사람들이 당신을 아주 강하다고 믿게 되면 당신은 강해지는 거니까요. 모렐의 사건은 둘도 없는 좋은 기회입니다. 그 기회를 흘려보낼 수는 없지요. 이 나라는 너무 조용하고 너무 늘어져 있어요. 부족들은 독립에 전혀 관심 없고, 그게 무얼 의미하는지조차 모르고, 그런 단어가 우리나라 말에는 있지도 않습니다. 아직 대중이랄 수도 없고 한갓 원시

토인이랄 수밖에 없는 집단을 봉기하게 할 수는 없는 겁니다. 그러니 저들의 머리 너머로 우리를 이해할 수 있는 사람들, 바깥세상, 진보 국가의 여론에 호소해야 하는 거지요. 시위를 하고, 세상에서 일어나고 있는 이와 유사한 운동에 신호를 보내 우리가 존재한다는 걸, 우리가 도움만 받는다면 더 큰 일을 할 태세가 되어 있다는 걸 증명해야 하는 겁니다. 카이로나 부다페스트의 라디오 방송에서 우리에 대해 말할 이유를 만들고, 해외에 있는 우리 동지들에게 억압에 맞서 절규할 기회를 주어야 하는 거지요. 하부조직 투사도 존재하지 않고 대중은 아직 정치적인 지식도 없고 우리를 따르지도 않고 있습니다. 교육을 받은 울레 인 오백 명 가운데 행정부와 보조를 같이하는 자가 마흔 명입니다. 왜 그렇겠어요? 그들이 받은 교육이 멀리 떨어져서 산 부족보다는 스스로 프랑스 인에게 더 가깝다고 느끼게 만든 겁니다. 그 부족을 결속시키려고 노력해야 합니다. 울레 민족주의가 존재하고 있다는 것부터 증명해야 하지요. 무슨 불이든지 타고 있는 거라면 부채질해야 합니다. 바로 그래서 모렐과 합병해야만 하고, 그가 불러일으키는 호기심을 이용해야 하는 겁니다. 다시 말하지만, 이 기회가 그냥 지나가도록 내버려둘 수는 없습니다. 바이타리는 제 할 일을 잘 알고 있는 겁니다……"

그는 복종하기는 했지만, 적어도 진지하고 영웅적인 행동을 기대했던 것이다. 이 따위 오합지졸의 파업 같은 분위기를 기대했던 게 아니다. 그는 적어도 불안한 긴장과 초조감, 죽이거나 죽음을 당하고 싶은 갈망, 큰 소리로 자기 이름을 울부짖고 싶은 갈망으로부터라도 해방될 수 있기를 바랐다. 어쨌건 그의 피는 수세기 동안 이 아프리카 지역을 지배한 전사들의 피였으니까. 자기에게 아무것도 일어나지 않으리라 믿고 있고, 전 세계적인 공감에 둘러싸여 있다고 상상하는 이 행복한 멍텅구리와 이 끝없는 기다림만 아니라면 무엇이라도 좋을 것 같았다. 식민지 지배자들의 하인인 그 늙은이는 분명히 그들을 배반할 것이다. 그러면 그들은 쫓기는 쥐 신세가 될 것이다. 그는 산 채로 사로잡히지 않겠다고 단단히 마음먹고 무기를 꽉 쥐고 준비했다. 자갈 밟는 소리가 들렸다. 노인이 샌드위치 접시와 맥주 두 병을 가지고 돌아왔다. 노인은 마줌바에게 깔아뭉갤 듯한 눈길을 던지고는 다시 일을 시작했다. 한쪽 구석에는 묵은 신문 뭉치가 있었는데, 모렐은 조심스레 그 뭉치 속을 뒤지기 시작했다. "몇 주 전부터 대서양 쪽 신문들은 독자들에게 '아프리카로 코끼리를 보호하러 간 사람의 경이로운 모험'이라고 이름 붙인 사건에 관한 센세이셔널한 이야기들로 넘쳐나고 있다. 가장 굵직한 제목들이 과연 실존하는지 어떤지 의심스러운 이 신화 속 인물에게 할애되고 있다. 활발히 추진되고 있는 원자폭탄 전쟁 준비에서 여론의 주의를 딴 곳으로 돌리기 위해 갖가지 방법이 총동원되고 있다……" 그러나 이건 묵은 신문이었다. 그는 더 최신 것을 찾아보았다. "울레 지방의 독립을 위한 무력운동이 일어나고 있다는 건 이제 의심할 여지가 없다…… 아프리카의 맹수 보호라는, 소위 인도주의적인 캠페인으로 연막을 치고 진실을 숨기려는 일부 언론의 비장한 노력을 봐야 한다……" 그리고 더 최근 신문에는 이렇게 씌어져 있었다. "코끼리는 자본주의 착취에 대항하는 싸움에서 아프리카 프롤레타리아의 상징이며, 앞으로도 그럴 것이다." 모렐은 아주 흡족한 표정이었다. 신문을 읽으면서 그는 이따금 고개를 끄덕였다. 자기에 관한 기사를 볼 때마다 그는 해당 페이지를 조심스레 찢어낸 다음 접어서 가방 속에 넣었다. 다시 뒤적이면서 신문 몇 장을 따로 빼두더니 그것들을 포사이드에게 내밀며 말했다.

— 이걸 보시오. 당신에 관해서도 얘기하고 있으니……

포사이드는 실망한 듯 찡그린 표정을 지었다.

— 이걸 여기서도 보게 되는군……

한국에서 돌아온 이후 그에게 퍼부어졌던 흙탕물 같은 욕설들, 불명예 제대에 대한 빗발치던 비난들이 또다시 터져 나오기 시작한 게 틀림없었다. 그는 짐짓 냉소적인 표정을 지으며 신문을 펴들었다. "난 정말이지 그 얘기만 빼고 모든 걸 예상했었소." 훗날 첫 심문 때 그는 쉴세르에게 이렇게 말했다. "비난이나 욕설이나 고발이라곤 흔적도 없었소. 반대로 미국에서는 내가 아주 유명해진 모양이었소. 아프리카의 코끼리를 보호하기 위해 밀림으로 들어간 '고귀한 모험가들' 속에 미국인이 있다는 사실에 대해 모두들 갑자기 자랑스러워하는 것 같더군요. 내가 알지도 보지도 못했던 사람들이 나에 대해 한 번도 의심하지 않았다고 단언하는 것이었소. 나를 품에 안을 수 있으면 자랑스러울 거라고 말한 내 부친과의 인터뷰와, 또 한국에서 그 사건이 일어났을 때 나를 버리고 달아났던 예전 약혼녀와의 인터뷰도 났는데, 그녀는 내가 어서 돌아오기를 하느님께 기도하고 있다고 하더군요. 광고에 민감하게 반응하는 진짜 매춘부지 뭐요. 물론 그 배후에 무엇이 있는지를 알아보기란 그리 어려운 일은 아니었소. 오르난도와 그가 증오하는 사억의 독자와 청취자들 말이오. 그는 매일 저녁 자기 프로그램에서 일 분씩을 나에게 할애하여 달짝지근한 말 중간 중간에 북대서양을 횡단한 린드버그 이후 내가 가장 숭고한 미국인이라고 말했소. 그리고 내 재판이 분명히 날조된 것이었다고 주장하면서 재심을 요구했지요. 자주 쓰이는 프랑스 말처럼, 정말이지 포복절도할 일이었지 뭐요. 그렇지만 분명히 말씀드리지만 나는 웃고 싶은 마음이 눈곱만큼도 없었소. 그것 때문에 나는 오히려 병이 들었소. 구역질이 났는지 아니면 감격을 한 건지 알 수는 없었지만…… 하여튼 아팠소. 내가 중국에서 돌아왔을 때 나에게 침을 뱉었던 자들이 바로 그 사람들, 영락없이 그자들이었소. 오르난도가 신문과 텔레비전에서 떠들어 그자들의 마음을 돌아서게 했고, 이제 그들이 감격에 떨리는 목소리로 내 이야기를 하는 것이었소. 그들이 뭐라고 말하는지가 거의 내 귀에 들리는 것 같았지요. 나를 이해해주실지 모르겠지만, 그때보다 더 코끼리에 대한 애정과 우정을 느낀 적이 없었다고 단언할 수 있습니다. 내 죽는 날까지 녀석들 사이에 머무르다 녀석들을 위하여 녀석들 사이에서 죽고 싶었고, 필요하다면 계약서에 서명이라도 할 마음이었소. 모렐이 웃으면서 나를 바라보더니 '당신 주가가 오르는 모양이오'라고 하더군요. '그런가 보네요. 우리나라에선 위아래 할 것 없이 다 이 모양이라오.' 나는 늘 하던 대로 보이기 위해 애써 웃으면서 말했지요."

자정경에 삼천 부의 신문이 마련되었다. 그 창고를 떠날 때 늙은 인쇄공이 모렐 곁으로 다가와 손을 내밀었다.

— 행운을 비오. 늙은 몸이라서 더 크게 당신을 돕지 못해 섭섭하오. 하지만 내 손자 녀석들에게 당신 이야기를 하겠소. 나도 많이 읽어서 무슨 일인지 이해하오.

그들은 신문을 트럭에다 실었다. 정원은 의기양양한 매미소리로 가득 차 있었다. 은돌로는 인상을 잔뜩 찌푸린 채 운전대를 잡고 겁에 질려 뻣뻣이 굳은 채 차를 몰았다. 그는 말없이 번득이는 얼굴을 모렐 쪽으로 돌렸다. 그의 공포는 곤충들의 간헐적인 맥박 소리에 갑자기 더 커진 듯하였다.

　모렐이 말했다.

　― 오래 걸리지 않을 거야. 십 분이면 돼. 가서 타이어의 바람을 빼버려. 이젠 겁낼 것 없어. 우리가 있으니까.

　― 자동차가 한 대 도착했었는데…… 아무것도 묻지는 않았어요. 그런데……

　― 알아, 알았어. 자, 가세.

　그들은 정원으로 되돌아가서 별장 앞에 있는 페르 크비스트와 엥겔레와 합류했다. 그들은 음악을 듣고, 테라스를 향해 열린 창문 앞을 미끄러지듯 춤추며 나아가는 커플들을 보았다.

　― 나의 첫 무도회가 생각나는군.

　페르 크비스트가 나지막하게 말했다.

　그들은 계단 양쪽으로 올라가서 함께 들어갔다. 열두 명의 사람과 흰 야회복들과 샴페인통들. 작은 케이크들. 얼룩말 가죽, 표범 가죽, 영양 가죽으로 만든 안락의자들. 곳곳에 가죽이 널렸고, 구석에는 멋들어진 상아들이 있었다. 쿠두와 오카피의 뿔들은 모두 최상품들이었다. 여자 비명 소리, 유리잔 깨지는 소리가 들리더니 침묵이 흘렀다. 「아름답고 푸른 다뉴브」만이 계속해서 울려퍼졌다. 그러다 마줌바가 총대 끝으로 축음기 바늘을 쳐올렸다. 그러자, 겁에 질린 보이의 부들부들 떨리는 장갑 낀 손에 들린 쟁반에서 유리잔들이 딸그락거리는 소리 이외엔 더는 아무것도 들리지 않았다. 포사이드가 보이에게로 가서 그의 어깨에 다정하게 한 팔을 둘렀다.

　― 이리 와, 예쁜이…… 두 사람은 전화에 신경 쓰도록!

초대 손님들 중의 한 사람이었던 강비에 박사는 훗날 그때의 광경을 이렇게 묘사했다. 그는 말하면서 회상하는 즐거움을 감추려 들지 않았다.

— 모렐이 다른 사람보다 조금 앞서 있었는데, 아랫입술에는 꺼진 담배꽁초가 물려 있고 다리를 벌린 채 우리를 한 사람 한 사람 주의 깊게 바라보고 있었어요. 그는 불룩한 가방을 손에 들고 있었고, 혼자만 무장하지 않았더군요. 그의 곁에는 두 명의 흑인 청년이 있었는데, 방아쇠를 손에 걸고 있어 내겐 유난히 위협적으로 보였어요. 찢어진 중절모를 걸친 세번째 청년은 우리들 뒤로 가더니 작은 케이크들을 한 주먹씩 입에 처넣고 있었어요. 우리들 대부분이 알고 있고, 우리집에도 온 적이 있는 그 늙은 미치광이 페르 크비스트가 있었고, 그리고 그 비참하게 이름난 미국인 탈영병이 있었지요. 한국에서 공산군에게 매수당하고, 자기 나라 군대에서 쫓겨나고, 차드에서 사업에 실패해서 아마도 수입이라곤 없었을 그자는 처음엔 카이로로부터 돈을 받았다죠. 적어도 사람들 말로는 그랬어요. 수에즈 운하를 통과할 때 배에서 물로 뛰어들어 달아난 외인부대 탈영병들처럼 말입니다. 그자는 그 모든 걸 농담으로 여기는지 웃고 있었어요. 꽤 호감 가는 얼굴에, 목에는 손수건을 둘렀으며, 붉은 털이 덥수룩한 맨몸에 가죽 점퍼는 잠그지도 않은 채였고, 야만스런 커다란 손으로 무기를 쥐고 있었어요. 그리고 무엇보다 모렐이 있었지요. 그는 신문에 실렸던 사진들과 거의 닮지 않았지만, 그를 알아보지 못할 사람은 없겠더군요. 내 곁에서 아주 귀여운 입술들이 꼭 숨넘어갈 듯하면서도 관능적인 목소리로 "저 사람이 모렐이야" 하고 속삭이는 소리가 들리더군요. 그는 짐승 가죽으로 덮인 소파들과 코끼

리의 상아로 뒤덮인 벽들을 쭉 둘러보았어요. 그런데 그의 눈에서 번득이던 광채가 갑자기 사라지더군요. 그는 몹시 화가 난 듯, 아주 위험해 보이기까지 했죠. 순간 이를 악물더니 꽁초를 바닥에 집어던지고 발로 문질러버리더군요. 그렇게 그는, 숨어 있으려니 했던 울레 구릉으로부터 천 킬로미터나 떨어진 바로 우리 앞에 서 있었지요. 우리 가운데 움직이는 사람은 없었어요. 우리는 하스와 오르난도와 또 다른 사람들에게 일어났던 일을 기억하고 있었으니까요. 나라고 불안하지 않았던 건 아니지만 호기심이 동해서 모렐을 바라보지 않을 수 없었지요. 몇 달 전부터 우리는 온통 모렐에 관한 이야기만 했습니다. 그런데도 너무도 전설 같아서 그의 존재를 믿기가 어려웠지요. 게다가 우리들 대부분은 그와 그의 코끼리 얘기를 모조리 당국이 지어낸 연극이라고만 생각했던 겁니다. 실제로는 전혀 영향력이 없는데도 최근 울레 지역에서 일어난 혼란의 책임자라고 얘기되는 바이타리의 활동에 대한 주의를 다른 데로 돌리기 위해서 지어낸 거라고 말이지요. '우리들 대부분'이라고는 했지만, 그 속에 나는 결코 끼지 않았어요. 나는 아프리카의 경이를 믿고 있지요. 거기에 모든 게 있고, 또 언제나 모든 게 가능할 거라고 생각합니다. 아프리카의 모험가들은 절대 사라지지 않을 겁니다. 모험가들이라고 해서 꼭 아프리카의 황금이나 다이아몬드나 우라늄의 주위를 맴도는 자들이 아닙니다. 나는 아프리카가 지금보다 더 잘 해낼 수 있으리라고 항상 믿어왔어요. 그런데 드디어 내 눈앞에서 아프리카가 그러고 있었던 겁니다. 그때까지 자극적인 언론이 그에 대해 온갖 과대선전을 한 결과, 모렐은 수많은 사람들에게 민중의 참된 영웅이 되어 있었다는 걸 잊지 마세요. 그들은 그걸 믿었어요. 그를 믿었고, 그의 코끼리까지도 믿고 있었습니다. 물론 샬뤼가 제일 먼저 제정신을 찾았지요. 쉽사리 정신을 잃지 않는다는 평을 받는 사람이니 뭐 놀라울 일도 아니지요. "이게 무슨 일이오?" 하고 그가 투덜거리더군요. 그러자 모렐은 꽤 다정하게 그를 바라보았어요. "당신한테는 아무 볼일 없소. 하지만 샬뤼 부인께는 할 말이 있소. 자연보호협회는 부인이 코끼리 사냥의 여성 최고 '기록'을 보유하고 있다는 사실은 잊지 못할 거요. 쓰러뜨린 짐승의 수가 한 백 마리 되는 걸로 알고 있소." 하고 모렐이 말했지요. 그의 목소리에는 노여움이 실려 있었습니다. 그러더니 침착하게 가방을 열고 종이를 한 장 꺼내어 그 믿기지 않는 문서를 읽었어요. 그것은 당신도 알고 있는 일종의 선언서로, 다음날 신문에 실리게 될 것이었지요. 그 결과는 벼락이라도 떨어진 것 같았습니다. "대사냥의 '여자 챔피언'인 샬뤼 부인에게 공개적으로 볼기를 한 대 친다"는 대목을 읽자, "아!", "오!"라는 탄성이 터져 나오고, 모든 시선이 당사자에게로 쏠렸지요. 부인은 아주 새하얗게 질렸더군요. 당신도 그녀를 아시죠? 작고 정력적이고 몸짓이나 목소리에 약간 남성적인 데가 있지만, 꽤 아름다운 사십 대 부인이지요. 그런 취급을 당하는 걸 도무지 상상하기 힘든 여자임에 틀림없었지요. 그녀가 남편 쪽으로 돌아보았어요. 그러곤 소리 지르더군요. "저자를 그냥 놔둘 거예요?" 내가 알기로 아마 그녀가 남편에게 조력과 보호를 청한 게 이때가 처음일 겁니다······

샬뤼가 한 발 앞으로 나섰다. 그는 흰색 턱시도를 입고 있었지만 예전에 북부지역에서 광부이자 금광 탐광자로 일했던, 건장하고 거친 사내였다. 그는 마음속 깊은 곳에서 나오는 듯한 신념에 찬 억양으로 "나는 자수성가했지"라는 말을 되풀이하길 좋아했다. 그는 고개를 숙이고 있었고, 상처 받은 자존심에서 나온 그의 목소리도 숙인 고개처럼 낮았다.

— 만일 네가 그렇게 한다면, 비록 내가 가진 전 재산을 날리는 한이 있다 하더라도 네놈 껍데기를 벗기고 말겠어. 난 네놈이 누구를 위해 일하는지 알고 있어. 나도 그 노래는 알고 있다고. 네놈은 코끼리를 위해서라고 말하고 있지만 말야…… 하지만 사냥총과 허가를 얻을 수단을 가진 사람은 사실 유럽인들뿐이야. 그리고 네놈이 말하고 싶은 건 아프리카의 천연자원을 약탈하고 탕진하는 게 우리들뿐이라는 거겠지. 여기 온 이후 나는 줄곧 그 노래를 들어왔어. 그런데 사실은 그 재산이란 걸 우리는 충분히 개발하지 못했고, 또 우리가 없었다면 그것들은 전혀 개간되지 않았을 것이며, 심지어 그런 게 있는지조차도 모르고 있었을 거야…… 우리가 없었더라면 단 하나의 광맥도 발견되지 않았을 거고, 이십 년 동안에 인구가 두 배로 불지도 않았을 거야. 내가 여기 도착했을 때는 매독과 나병과 수면병밖에 없었어. 나는 흑인들을 치료해주었고, 먹여주었고, 집을 줘서 살게 했어. 그들에게 일과 집과 야심과 우리처럼 되고 싶어 하는 욕망을 심어주었어. 나 같은 사람들은 아프리카의 효모였고 지금도 그래. 네놈과 네놈 부하들은 그걸 '아프리카의 천연자원에 대한 후안무치한 착취'라고 부르지만, 나는 그걸 모두를 위한, 무엇보다 아프리카 인들을 위한 아프리카 건설이라고 부르지. 거의 우리들만이 무기를 소유하고 허가를 얻고, 짐승 사냥을 하기 때문에, 너는 코끼리 사냥을 아프리카의 천연자원에 대한 자본주의적 착취의 상징으로 삼았던 것이지…… 그래, 네놈들의 공산주의 신문에서 나도 이런 걸 죄다 읽었지. 그렇지만 내겐 설명조차 필요 없었어. 그러기 전에

이미 이해했으니까.

— 으음……

모렐이 낸 소리였다.

흡족해하는 태도로 보아 그는 그 해석이 마음에 드는 모양이었다. 훗날 모렐은 페르 크비스트에게 이렇게 말했다.

— 그 해설은 아주 훌륭했어요. 그런 생각을 나는 해본 적이 없었소. 그걸 그자는 혼자서 찾아냈던 거요. 샬뤼가 말이오. 아주 자연스럽게. 마치 트림이라도 하듯이. 남의 비판이 옳은 걸 알면 자기 잘못을 고쳐야 하는 거요. 그렇지만 그들이 그렇게나 고집 부릴 수 있다는 건 어떻든 희한한 일이오. 누군가 자기들의 자질구레한 사업에 진절머리를 느낄 수 있고, 더 중요하고 더 폭넓은 일에 몰두할 수 있다는 걸 그들은 이해하지 못해요. 그들은 그걸 믿지 못하지요. 무언가 감춰진 속임수, 솔직하지 않은 속임수가, 무언가 비열한, 그들이 이해할 수 있는 것이 있어야 하는 거요. 당신도 알지만 우리는 그들에게 그런 짓을 하지 않잖아요. 그들은 쓰레기 냄새를 맡는 데 너무도 길들여져서 누군가 좋은 냄새를 맡고 싶어 한다는 걸, 참으로 중요하고 위대한 어떤 것을 향해 돌아설 필요를 느낀다는 걸, 어떠한 대가를 치르고라도 구해야 할 일에 직면한다는 걸 이해하지 못하는 거요. 어떻든 불행한 일이지요……

그는 불 곁에 앉아 아주 진지한 태도로 조용히 말했다. 페르 크비스트는 인내심을 잃을 뻔했다. 그는 이미 입을 열고 있었다. 술책을 쓸 필요는 없으며, 자기는 모렐이 진정으로 옹호하는 것이 무언지를 잘 알고 있다고 말하려던 참이었다. 그런데 모렐의 아주 주의 깊고 약간 냉소적인 눈길과 마주치자 스칸디나비아 욕을 입속으로 웅얼거리며 그에게 등을 돌리고 모기장 속에 들어가버렸다.
— 그 선언문의 의미를 내가 잘 파악했지, 그렇지 않은가?
샬뤼가 으르렁거렸다.
— 그러니 이제 재회할 기회가 올 날을 기대하면서 여기서 꺼져도 좋아. 그렇지만 네놈이 감히 내 아내의 머리카락 하나라도 건드리면……
끈끈한 익살기가 모렐의 얼굴에 떠올랐다. 그는 마치 아주 멋진 농담을 오랫동안 즐기는 것 같았다.
그가 말했다.
— 머리카락은 건드리지 않을 거요. 그렇지만 당신 부인은 벌을 좀 받아야 해. 예법을 지키기 위해 우리 중에서 가장 나이 든 사람에게 그 일을 시키겠어. 오해가 없도록 말이야……
그는 덴마크 인에게 신호했다. 페르 크비스트는 태연스레 샬뤼 부인 쪽으로 나아갔다. 그녀는 악을 쓰기 시작했다.
— 나한테 손대지 말아요!
이때의 광경을 강비에 박사는 훗날 다음과 같이 얘기했다.
— …… 샬뤼가 격분하고 그의 아내가 악을 쓰는데도 불구하고 웃지 않기란 어려웠어요. 페르 크비스트가 호되게 때리지는 않겠지만 자기 임무를 다할 때의 그의 진지한 표정에는 어딘지 거역할 수 없는 데가 있었어요. 그는 내가 알고 있는 가장 나이 든 사람인데다가, 그가 기품 있는 사람이며, 그의 잿빛 수염과 준엄한 이마 때문에 그 광경에서 추문을 일으킬 만한 요소라곤 전혀 없었지만 작은 몸집의 아네트 샬뤼가 점잖은 노인의 손에 붙잡혀 엉덩이를 하늘로 치켜들고 다리를 부르르 떠는 걸 보니 폭소가 터져 나왔지요. 우리끼리

니까 얘기지만 샬뤼 부인은 엄살까지 부립디다. 사람이란 자기 하고 싶은 대로 생각하기 마련이지만 코끼리 죽이는 걸 가장 큰 즐거움으로 여기는 여자란 어쨌건 뱃속 불편하게 만들긴 하지요. 다른 식으로 만족을 얻고 만회할 방법들이 있을 텐데 말입니다. 의사로서 나는 이런 식의 심리분석을 하는 걸 별로 좋아하지는 않지만, 어쨌건 그 여자는 커다란 짐승들에게 어떤 것이나 어떤 사람에 대한 앙갚음을 하는 것 같았어요. 그러니까 그 여자가 그러한 벌을 받는 게 마땅하다고 느낀 건 나만이 아니었지요. 게다가 그 스칸디나비아 노인이 자기 일을 할 때의 그 엄숙한 태도는, 그 여자가 제대로 된 가르침을 받고 있다는 느낌을 더 짙게 해주었어요. 그렇습니다. 사람들이 뭐라고 하건 내 생각에 모렐은 정말로 진지했어요. 진짜 사냥꾼들, 즉 노인들은 오래전부터 온갖 방법으로 '피해'를 줄이려 애썼고 또 '사파리'에 대한 혐오감을 드러내고 있었으니까요.

그들이 별장을 떠나는 순간, 샬뤼가 테라스에 모습을 드러냈다. 손에 기관총을 든 그의 모습이 불빛 가운데 두드러져 보였다. 어느새 기관총을 겨누고 있는 마줌바를 보자 모렐이 총신을 위로 올려버렸다.

— 모렐 씨, 당신은 지금 누구 편입니까? 우리 편입니까? 아니면 저 사람들 편입니까?

— 이봐 젊은이, 아직도 갈 수 있는 데는 많아. 아직은 여유가 있어. 그리고 지금 내가 있는 곳은 바로 여기야. 자넨 그 성질을 죽이는 법을 배워야겠어. 자네가 대장이 되면 자네 사람이건 남의 사람이건 죽이고 싶은 대로 죽이게. 하지만 지금 이곳의 대장은 나야.

모렐이 말했다.

그들은 트럭 속으로 뛰어들었고, 은돌로가 전속력으로 차를 몰았다.

— 좀더 천천히 가게, 그렇게 급히 서두를 필요는 없어. 예정보다 앞섰으니. 타이어는 처리했나?

— 했어요.

그들은 신문 뭉치를 호텔 문 앞에다 던졌다. 보이들이 아침 다섯시에 시장 가면서 집어갈 것이다. 강을 따라 시옹빌의 동쪽으로 1킬로미터 가량 퍼져 있는, 철판과 판자와 역청 입힌 판지로 된 오막살이 마을을 통과하고 있을 때 헤드라이트 불빛 속에 팔을 들고 길 위에 서 있는 놀라운 실루엣이 보였다. 키가 거의 이 미터나 되어 보이는 울레 인이었다. 그는 지팡이에 몸을 지탱하고 있었으며, 빳빳한 칼라의 검정 양복에 식민지 관리들이 쓰는 헬멧과 흰 운동화를 신고 있었다. 그의 뒤에는, 그들 쪽으로 불어오는 먼지 바람 속에 반바지를 입은 다른 두세 명의 실루엣이 미동도 없이 서 있었다. 은돌로가 거칠게 브레이크를 밟았다. 남자가 다가왔다.

— 안녕하시오, 동지들.

그가 말했다.

— 걱정이 되던 참이었어요. 분배할 시간이 얼마 없어요. 하지만 분배는 할 거니 믿으세요. 동지들, 축하합니다. 멋진 생각입니다. 나는 정치투쟁에 길들어 있어요. 그래서 확실히 말할 수 있는데 이건 좋은 생각입니다. 마르크시즘 교육을 받지 못한 문맹자 동지들도 이게 무얼 의미하는지를 설명해주자 모두들 이해했어요. 코끼리 말입니다. 전쟁 도발자들이자 제국주의자에 독점주의자인 식민주의자들과 그 정치적 하수인들도 자기들 집 담장에 씌어진 코끼리, 다시

말해 '코뮌'이라는 말을 보자 사태를 이해했어요. 경찰이 그걸 지우고 있다는 것이 그들이 이해했다는 증거지요. 당은 여러분들을 충심으로 지지하고 있습니다. 이건 아주 훌륭한 정치적 아이디어요. 동지들, 그래서 우리도 그걸 이용할 수 있을 겁니다.

그는 불쑥 주먹을 쳐들며 말했다.

— 코뮌!

— 코뮌.

모렐이 주먹을 들면서 상냥하게 말했다.

코로토로는 기다란 실루엣 발 아래에다 마지막 신문 뭉치를 떨어뜨렸다. 그들은 아프리카 어둠 속에 지팡이를 짚고 선 실루엣을 그렇게 남겨두고 떠났다.

모렐은 그런 오해에 불평하지 않았다.

코끼리 보호가 단순한 인도주의적 사상이거나 인간의 존엄성, 관용, 양심, 보존해야 할 여지와 관계된 단순한 문제인 한에는 그 투쟁의 어려움이 어떤 것이든 그다지 멀리까지 갈 위험이 없었다. 그러나 그게 정치적 이념이 될 우려가 있게 되면서 그건 폭발력을 갖게 되었고, 당국으로서도 그걸 심각하게 여기지 않을 수 없게 되었다. 이제는 사태가 흘러가는 대로 방치할 수 없었고, 다른 사람들이 그걸 이용하도록 내버려두고, 한 번 어깨를 으쓱하는 것으로 그걸 무시하거나, 자기들에게 불리한 결과가 돌아오도록 내버려둘 수는 없었다. 긴급히 그걸 중립화시키기 위한 조치를 취하지 않을 수 없었다. 그런데 최상의 행동은 분명히 그걸 자기들 것으로 만드는 것이었다. 달리 말하면, 진정으로 그리고 능동적으로 아프리카 맹수 보호에 전념하든지, 어떠한 형태, 어떠한 조건하에서라도 코끼리 사냥을 금지하고, 이 위협 받는 거추장스러운 동물들을 필요한 온갖 보호조치와 우정으로써 감싸야 했다. 모렐은 책임 있는 정부가 결국은 그걸 이해하고 계획대로 실행하게 되리라고 확신했다. 그것이 그가 바라는 전부였다. 이번 역시나 지나치게 수완을 부려서는 안 될 일이었다. 그는 트럭이 덜컹거리고 캄캄한데도 담배쌈지와 종이를 꺼내 궐련을 말아 불을 붙였다.

— 당신은 재미있는 모양이오.

포사이드가 말했다.

성냥불이 꺼졌다.

32

해가 뜨고 언덕들이 동쪽에서 그들을 향해 다가오기 시작했다. 생드니에게는 언덕들이 밤새도록 그의 말을 듣고 있다가 이제 질문을 해대려고 그의 주위를 둘러싸는 것만 같았다. 그는 동료의 얼굴도 어둠에서 벗어나는 걸 보고 있었다. 불면의 밤을 보냈다는 흔적이 나이의 흔적과 뒤섞여 거의 드러나지 않는 그런 얼굴이었다.

— 이미 밤은 지나갔습니다. 제가 말하기보다는 회상하는 데 훨씬 더 많은 시간을 보낸 것 같군요. 신부님은 오늘 아침 당장 발굴지로 돌아갈 계획이라고 말씀하셨는데, 신부님께서 이 언덕으로 찾으러 온 게 무엇 때문인지는 아마 끝내 알지 못하겠지요. 저는 이 사건에 관해, 신부님께서 사십 년 넘게 백만 년 전 인간의 잔해들을 모으려고 진흙을 뒤지면서 이미 알아내신 것 이외에 아무것도 가르쳐드

릴 수가 없군요. 가장 원시적인 그들의 무기가 이미 그들의 용기를 말해주고 있고, 자기들의 조건을 극복하기 위해 유사 이전부터 그들이 치른 투쟁을 말해주고 있습니다. 용기야말로 이 사건이 남길 최후의 말이지요. 태초부터 우리에게 강요된 가혹한 법에 대한 반항 말입니다. 흘러간 지리학적 시대들로부터 우리에게까지 올라오는 소리를 들으려면 원시인이 깎은 어떤 돌무기의 비장한 파편을 들여다보는 것만으로도 충분합니다. 그 서사시의 영웅적인 노래에 모렐과 그의 동료들은 단지 한 음절, 새로운 한 음부를 보탰을 뿐입니다. 그러나 어쩌면 신부님껜 이 모든 것이 절 만나러 오시기 위한 한낱 구실에 지나지 않고, 단지 함께 있을 친구가 필요했기 때문인지도 모르지요. 이런 관점에서 보자면 사실 신부님께서는 이미 넘치도록 친구를 두고 계셔서 코끼리들 속으로 도피한다는 생각은 떠오르지 않으실 겁니다. 그런데도 이 사건에 대해, 모렐에 대해, 그 여자, 모렐을 아주 잘 이해하였던 그 독일 여자에 대해 누군가와 얘기를 해야겠다는 생각으로 오백 킬로미터도 넘는 길을 달려오셨다면, 그것은 신부님도 불현듯 우리들에게 보호가 필요하다는 것을 뼈저리게 느꼈기 때문인지도 모릅니다. 동굴 속에서 최초의 주술의식이 행해진 이후로 간절히 보호를 원하는 모든 기도와 탄원이 만족할 만한 결과를 얻지 못했다는 것을 느꼈던 건지도 모릅니다. 그리고 신부님은 존재들의 운명을 자신들 손으로 책임지려고 용감하게 시도했고, 또 최선을 다했던 사람들에게 아마도 적의를 품고 계시지 않으시겠지요. 이것이 모렐에 대한 설명이 될 겁니다. 그의 용기, 인내심, 타협 거부에 대한 설명이죠. 그리고 자연이 더 이상 보호받지 않고는 유지될 수 없으리라는 걸 베를린의 폐허 아래서 느끼고, 단순히 생존 본능에 반사적으로 행동하듯 본능적으로 그를 따랐던 그 여자에 대한 설명도 될 겁니다. 정부가 나에게 이 언덕을, 아프리카의 마지막 거구들을 지켜보라는 임무를 나에게 맡긴 이후 저 동물들은 줄곧 내 곁에 머물렀지요. 그러다 보니 저도 모렐과 합류한 것 같은 느낌이 들었습니다. 모렐은 이제 존재하지 않는다고, 정치적 이유로 그의 동지 가운데 하나가 그를 죽였다고들 말이 많았습니다. 나는 그 말을 믿지 않습니다. 이쪽 말도 저쪽 말도 증명할 수는 없었습니다. 그러나 나는 개인적으로 그가 언제나 이 언덕에 존재하고 있다고 믿습니다. 그는 많은 친구를 가졌었고, 점차 그의 주위로 일종의 보호 장막이 처졌기 때문에 그가 패배했다고 상상하기는 어렵습니다. 따라서 나에게 그는 여전히 여기에 있으며, 다시 맹수 보호를 위한 캠페인을 시작할 태세가 되어 있습니다. 말하자면 그는 아직도 최후의 말을 하지 않은 것이지요. 이따금 그는 타자로 친 희망들로 불룩해진 그 우스꽝스런 손가방을 들고 나를 만나러 와서 이 언덕에서는 꽤나 낯선 파리 억양으로 냉소적으로 말하곤 하지요. "정말이지 이젠 개들로는 충분치 않아. 사람들은 너무도 외로워하고 있어. 그들에게는 다른 동반자가 필요해. 더 크고 더 튼튼해서 제대로 버틸 수 있는 무언가가 필요해. 그래, 개들로는 이제 충분치 않아. 적어도 코끼리 정도는 돼야 해." 그리고, 시장 사람들의 호기심 어린 눈길 아래 걷고 있는 쇨세르, 흰 망토와 단장, 수평선 같은 푸른 군모, 찾고 있던 우정을 모두 얻은 사람의 평온한 마음이 드러나는 차분한 얼굴을 한, 남성적이면서 기품 있는 그의 실루엣. 그는 지금 쇼비니의 어느 트라피스트 수도원에 있습니다. 그가 내린 결정에 대해 다양한 해설들이 내려졌습니다. 가장 확실한 설명만 빼고 말입니다. 그가 국경지대에서 지낸 여러 해 동안에 이슬람교와 긴밀한 접촉을 가진 것이 이 갑작스런 신앙심의 발로에 어떤 역할을 했다는 건 그럴 법합니다. 내 생각에 그의 결정은 사막과 그곳에 사는 사람들과의 접촉으로 서서히 형성된 것 같습니다. 다시 말해, 아프리카 땅과 접촉함으로써 말입니다. 이곳은 부러진 가지와 야심과 인간을 다른 어느 곳보다 더 빨리 품어주는 땅이지요. 다른 어느 곳보다도 더 일시적인 체류지이고 순간적인 캠프지이며 숙박지로, 마을들조차 곧 떠날 채비라도 한 듯이 간신히 자리 잡고 있는 땅이지요. 우리들 모두가 이 땅에서 무의미의 교훈을 얻었지만, 쉴세르는 다른 사람보다 그 점에서 더욱 민감했던 것뿐입니다. 그래요, 때때로 별것 아닌 것, 그저 다른 날보다 청명한 밤, 유난히 절절한 한순간의 고독만 있으면 나는 주위의 이 모든 것을 보고, 그 목소리를 듣습니다. 미나를 법정에서 보았을 때 그녀가 모렐의 애인이기 때문에 그를 만나러 온 것이 아니냐는 질문에 그녀는 완강하게 고개를 흔들며 그들을 납득시키기 위해 할 수 있는 데까지 몇 번이고 되풀이해 말했지요. "제 혼자 결심으로 여기 온 거였어요. 저는 그를 돕고 싶었어요. 베를린의 누군가가 그와 함께 있으면 좋겠다고 생각했지요." 신부님, 사실 그들의 시위를 이해하는 데 그토록 영리할 필요는 없어요. 고통을 받아본 것만으로도 충분하지요. 그녀는 그다지 영리하지도 않았고, 분명히 교육도 받지 않았습니다. 하지만 그녀의 얼굴에 신비감이 없는 건 아니었어요. 때때로 그녀가 두 헌병 사이에 끼어 앉아 다리를 꼰 채 금발머리를 흔들며 재판관들을 바라볼 때면, 그녀의 얼굴에는 어떤 유머나 절망적인 냉소가 서려 있곤 했습니다. 하지만 그녀는 충분히 고생을 해서 무엇이 문제인지를 바로 이해할 수 있었지요. 재판관들은 처음에는 그녀를 도우려 했고, 특히 내가 증언한 후에는 그녀에게 곤경에서 벗어날 기회를 마련해주기까지 했습니다. 나는 그녀가 내 동의하에 떠났으며, 만일 모렐에게 무기와 보급품을 가져다주었다면 그건 단지 그의 신뢰를 얻기 위한 것이었으며, 그녀의 첫째 목적은 그에게 정신 나간 시도를 포기하게 하고 설득시켜 당국에 출두시키는 것이었다고 진술했지요. 그러나 이렇게 내민 손을 그녀는 분개하며 떨쳐버렸습니다. "그가 자연을 보호할 수 있게 그를 도울 수 있는 뭔가를 하고 싶었어요." 이것이 그들이 그녀에게서 끌어낼 수 있었던 전부였고, 그 때문에 결국 그녀는 육개월 형에 처해졌습니다. 그녀는 끝까지 자기가 그의 애인이라고 인정하길 거부했습니다. 그녀는 마치 사람들이 그녀에게서 무얼 앗아가고, 그녀가 성취한 일의 범위를 줄이려고 애쓰기라도 하는 것처럼 화를 냈지요. 그녀가 모렐과, 법정 용어를 그대로 빌리자면, "성적 관계"를 가졌다는 걸 증명하는 듯한 증언조차 그녀에게서 으쓱하는 어깻짓과 다시 한번 되풀이된, "그래요, 그를 돕고 싶었어요"라는 침착한 단언밖에 끌어내지 못했습니다. 그리고 페르 크비스트는 작은 성경책을 손에 들고서 법정에서 투쟁을 계속할 것이며 하늘이 땅과 인간 영혼 깊이 심어준 무한히 다양한 저 뿌리들을 보호하는 일을 결코 포기하지 않겠다는 의사를 다시금 확언했죠. 하나의 예감, 하나의 열망, 정의와 존엄성과 자유, 무한한 사랑의 갈망처럼 우리 영혼에 달라붙는 뿌리들 말입니다. 그리고 포사이드는 인간 종족이란 역겨운 무엇이 아니라 오직 보호해야 할 대상이라는 걸 결국 깨닫고서 자기 나라에서 자연보호를 위한 열띤 캠페인을 이끌고 있습니다. 그가 석방되어 미국으로 귀국했을 때 영웅 대접을 받았다는 걸 신문에서 읽었지요. 그리고 하비브는 재판 후 수갑을 찬 채 트럭에 실려 가면서도 아이처럼 유쾌한 표정을 잃지 않고, 더러운 선장 모자를 쓴 채 눈에 띄게 원기왕성하고 잘생긴 헌병에게 야릇한 추파를 던지곤 했지요. 그는 변론하는 동안 한마디도 놓치지 않고 귀 기울이며, 그에게는 그토록 완벽하게 어울리는 상황에서 벗어나려고 애쓰는 그 가련한 쉬파리들의 노력에 도취된 듯 즐기고 있는 게 분명했지요. 그는 지나가면서 푸근한 웃음을 지으며 내게 말했지요. "아직 나는 항해를 끝내지 않았소!" 그의 말은 틀리지 않았습니다. 그는 두알라로 이송되는 동안 결국 탈주했던 것입니다. 그가 유혹한 한 간수의 공모로 말입니다. 지금 그는 근동지역에서 무기 밀수를 하느라 여념이 없다고 합니다. 그리고 그가 늘 말하던 것처럼 여전히 "민중의 합법적인 열망과 인간 영혼의 열망"에 봉사할 용의가 있다더군요. 나는 그에 대해 공감을 하지 않을 수 없었습니다. 이 모든 일을 그는 정말 자기 일처럼 했지요! 그리고 오르시니를 잊지 맙시다……

생드니는 잠시 말을 멈추고는 새벽빛을 받아 신선해지고 아주 가깝고 주의 깊어 보이는 언덕을 향해 몸을 돌렸다. 이제는 날이 꽤 밝아서 예수회 신부의 손안에 있는 묵주도 볼 수 있었다. 검은 묵주 알맹이들이 손가락 사이로 천천히 넘겨지고 있었다. 그걸 아침기도라고 생각하고 그는 방해하지 않으려고 입을 다물었다. 하지만 예수회 신부는 그의 눈길을 따르며 미소로써 말을 계속하라고 용기를 북돋아주었다. 그는 이미 오래전에 신부로서 가졌던 자질구레한 습관을 버렸지만 묵주만큼은 그의 손가락을 떠나지 않았다. 그것은 담배를 덜 피는 데 도움이 되었다.

— 오르시니를 잊지 맙시다. 그러지 않으면 그가 우리를 용서치

않을 것입니다. 그의 온 생애가 자신의 무가치함에 대한 기나긴 항의였습니다. 피조물 중에서 가장 강하고 아름다운 멋진 짐승들을 그가 그토록 많이 죽인 건 분명 바로 그 때문이었습니다. 어느 날 나는 잔뜩 취한 어느 미국 작가로부터 속내 이야기를 들었습니다. 그는 자기 몫으로 정한 일정량의 코끼리며 사자며 외뿔소를 사냥하려고 아프리카를 정기적으로 찾는 사람이었지요. 나는 그런 욕구가 어디서 오느냐고 물었습니다. 그는 잔뜩 취해서 순순히 말하더군요. "평생 나는 공포에 시달렸소. 삶에 대한 공포, 죽음에 대한 공포, 병에 대한 공포, 무기력해지는 것에 대한 공포, 피할 길 없는 육체적 노쇠에 대한 공포…… 그게 견딜 수 없게 되자 나의 모든 고뇌, 내 모든 공포가, 습격해오는 외뿔소, 풀숲에서 불쑥 내 앞에 나타나는 사자, 나를 향해 돌진하는 코끼리에게 집중되었소. 나의 고뇌는 드디어 분명한 그 무엇, 죽일 수 있는 그 무엇이 되었소. 나는 총을 쏘았고, 그러고 나면 얼마 동안은 해방된 듯한 완벽한 평화를 누렸소. 사살된 짐승은 죽음으로써 나의 축적된 공포를 말살시켜주었지요. 몇 시간 동안 나는 공포로부터 벗어났지요. 육 주쯤 지나고 나니 그게 정말 치료법이 되어 그 효과가 몇 달간 지속되더군요." 오르시니에게도 분명 이런 측면이 있었을 겁니다. 그러나 무엇보다 인간으로서의 왜소함과 무력함에 대한 격렬한 항의였던 거지요. 오르시니 개인의 왜소함. 그 열등의식을 보상하기 위해 그는 많은 코끼리와 사자를 쓰러뜨려야만 했던 겁니다. 그러니 오르시니를 잊지 맙시다. 그러지 않으면 중대한 실수를 범하게 될 것입니다. 고통 받는 영혼으로서 이 이야기의 문턱에 서서 자신에게 주의를 기울이지 않는 것에 대해 항의하는 그가 느껴집니다. 말을 하려고, 사람들이 자기의 목소리를 들게 하려고 애쓰는 그가 말입니다. 그 역시 외롭다고 느끼는 걸 좋아하지 않는 사람이었습니다. 그렇지만 그가 인간의 최소 공통분모에 다가갈 수 있으려면 그것이 너무 높지 않고 그의 높이에 맞아야만 했습니다. 바로 이 때문에 그는 평생 동안 인간 조건에 대하여 너무 위대하거나 너무 고귀한 생각을 부여하는 모든 것을 증오한 것입니다. 모렐의 요구와 같은 것은 그를 완전히 돌게 만들었지요. 그는 개인적으로 자신이 표적이라는 느낌을 받았던 겁니다. 사람들에게 크게 보라고 요구하고, 관대해지라고 요구하는 것, 이것은 오르시니가 스스로에 대해 알고 있는 모든 것에서, 그의 열등감 속에서 그를 직접 겨냥했던 겁니다. 심지어 저는, 인간의 권익, 우리의 존엄성이라는 숭고한 개념에 역행하는 모든 정치운동들이, 위대한 일을 하기엔 스스로 열등하다고 느끼고 상처 입은 자들이 열등의식에 사로잡혀 고집스레 자기 주장을 펼치는 사람들을 증오함으로써 스스로를 안심시키려는 의지에서 나온 거라고 생각합니다. 그들은 경멸조로 말하지요. 그 고집 센 적들이 "망상을 품는다"고 말입니다. 어떻든 시옹빌에 파견대가 나간 후 차디앙 테라스에서 오르시니를 본 사람들은 모두 그가 "가만히 있지 않을 것"이고 그 도전에 응수하리라고 느꼈지요. 그가 우리에게 내비치려고 애쓰는 인상이 그랬지요. 그의 태도도 완전히 변했습니다. 더는 그의 목소리를 들을 수 없었고, 그는 더 이상 누구에게도 말을 붙이지 않았으며, 그와 같은 테이블에 앉게 되더라도 그는 짐짓 우리를 못 본 체했고, 울퉁불퉁한 코에 흰 양복 차림을 하고, 마치 모욕 받은 왜소함을 보상하기 위해 세워진 입상처럼 고개를 꼿꼿이 쳐들고 있었지요. 아무도 이제 그에게 감히 말을 걸지 않았고 그의 어깨를 툭 치려고도 하지 않았습니다. 그랬다간 그가 집전하는 어떤 의식, 조용한 증오의 의식을 방해한다는 인상을 받았을 테니까요. 그 흠잡을 데 없는 파나마 모자 아래 머릿속에서 이루어지고 있던 일을 우리는 나중에 가서야, 슬프게도 너무 늦게 알게 되었지요. "공동 이익을 위한 극비의 모임"을 위하여 그가 소집장을 내고도 한참 후에 알게 되었던 겁니다. 조금은 수수께끼 같은 그 소집장을 그는 프랑스령 적도 아프리카의 대사냥꾼들에게 보냈습니다. 그리고 몇몇은 그 모임에 참석했지요. 그들이 참석한 건 무엇보다 오르시니를 경계해서였고, 무슨 일인지 정확히 알지 못한 채 자기들의 이름으로 그가 행동하도록 방치하고 싶지 않았기 때문이지요. 그래서 그들은 그의 방갈로에 모였던 겁니다. 그의 방갈로에는 아프리카 흔적이라곤 모조리 세심하게 치워지고 없었습니다. 근사한 유럽식 가구 외에는 아무것도 없었고, 사냥 전리품 하나 없었지요. 그는 자기 집 벽을 '해충'으로 장식하는 그런 사람이 아니었습니다. 그는 방문객들의 손을 힘주어 잡고 눈을 똑바로 쳐다보며 전우로서 조용히 맞아들였습니다. 그러곤 보이들을 내보내고 문을 닫았습니다. 진짜 공범자 모임임을 저마다 분명히 느꼈지요. 북 카메룬에서 아내와 흑인 자식들과 함께 살며 포르라미엔 거의 오지 않는 위에트 형제도 와 있었습니다. 보네도 있었습니다. 그는 1차 세계대전 때 한 팔을 잃었지만 오히려 두 팔을 가진 사람들에게 불구자라는 느낌을 주는 사람이었지요. 얼굴이 붉고 큰 체구에 잿빛 머리를 바싹 깎고 금니를 했으며, 소매 하나는 포켓에 넣고 다녔지요. 그리고 고데르가 있었죠. 그에게 대사냥이란 모로 형제 시절에 퐁텐 거리의 "암흑가"로부터 포프스키의 그 유명한 "사병대"로 가는 파란만장한 생애의 한 장에 불과한 것이었습니다. 포프스키의 사병대는 리비아 사막에서 로멜에 맞서 활약했었지요. 그리고 구아이에가 있었는데, 그는 형 위에트와 더불어 거의 제약이 없던 직업적 상아 사냥 시대를 아직 알고 있는 유일한 사람으로, 지금도 가끔 궁할 때는 관광객들을 받곤 했죠. 관광객들을 혐오하면서도 말이죠. 오르시니는 이 사람 저 사람 술잔을 채워주었습니다. 그러더니 다시 일어서서 그들을 바라보며 말을 시작했습니다. 어떤 상황에서는 통상적인 방법으로는 불충분해서 자기 손으로 정의를 실천할 줄 알아야 합니다. 바로 지금이 그런 때입니다. 이 점에 대해서는 자세히 말하지 않겠습니다. 여섯 달 전부터 외국 관광객이라곤 단 한 사람도 프랑스령 적도 아프리카로 사냥하러 오지 않고 있습니다. 그들을 탓할 수는 없습니다. 단순히 사냥하는 즐거움을 위해 자기 목숨을 위태롭게 하지는 않을 테니까요. 수치스럽게도 발행부수를 올리려는 목적에서, 신문들은 모렐의 행동을 이용했습니다. 그래서 그 캠페인으로 인해 대사냥이 문제시되고 불명예스러운 것으로 간주되는 지경에 이르렀습니다. 말하자면, 가장 멋지고 가장 고상한 직업 가운데 하나인 우리들의 직업이 영원히 신뢰를 상실할 위기에 처한 겁니다. 이 모두가 정치인들이 모렐에 대해 죄책감을 느끼고 있기 때문이고, 오로지 그들이 바이타리와 한패였기 때문이고, 바이타리와 마찬가지로 아랍연맹의 돈을 받고 있기 때문입니다. 이 아랍연맹은 코끼리 도살을 백인에 의한 아프리카 착취의 상징으로 만들어버린 것입니다. 단번에 끝장을 내야 합니다. 그걸 성공하려면 단 한 가지 방법밖에 없습니다. 모렐을 그의 소굴에서 나오게 하는 것입니다. 이것이 그가 내놓은 제안이었지요. 딴 사람들은 조용히 그의 말을 경청하고 있었습니다. 처음으로 말을 한 사람은 보네였지요.

— 아니오, 친구, 나는 찬성하지 않소.

구아이에도 투덜거렸습니다.

— 난 그거야말로 비열한 짓이라고 생각하오. 모렐을 잡을 수만 있다면 그놈 아가리를 갈겨주겠는데. 하지만 왜 코끼리가 이 사건의 희생자가 되어야 하는지는 모르겠소. 따지고 보면 그자 말이 옳은 거요. 우리가 너무 마구잡이로 죽였던 거요. 관광객들에게는 그저 사진 사냥만 시키면 되는 거요……

고데르는 찌푸린 눈으로 오르시니를 멸시하듯 응시하며 시가를 말고 있었고, 위에트 형제 세 사람은 아무런 관심도 내보이지 않고 벽난로에 기대어 서 있었습니다. 오르시니는 하얗게 질렸지요. 분노로 인해 떨리는 목소리로 그가 말했습니다.

— 다른 식으로는 모렐을 잡지 못할 거요. 그의 소굴에서 녀석을 나오게 하는 데는 한 가지 방법밖에 없소. 놈이 코끼리를 구하러 달려오도록 필요한 만큼 코끼리를 때려잡는 거요. 그게 법에 어긋난다는 건 나도 잘 알고 있소. 하지만 법이 예견하지 못한 상황도 있는 거요. 그럴 때는 직접 나서서 정의를 바로잡아야 하는 거요..

고데르가 입에서 시가를 빼며 말했습니다.

— 그러니까 그자에게 자네 초청장을 보내겠다는 건가?

— 말하자면 그런 셈이지.

— 희한한 일로 그의 이름을 쓰게 되겠군.

보네가 제일 먼저 떠났고, 그날 저녁 내내 입을 열지 않던 위에트 형제들이 뒤를 이었습니다. 고데르와 구아이에도 일어섰습니다.

— 자네들은 불알을 떼낸 모양이니 나 혼자 가겠어.

오르시니가 던진 말이었습니다.

― 벌금을 두려워하는 거요? 샬뤼가 기꺼이 대신 지불해줄 거요.

고데르가 말했지요.

― 난 비열한 짓은 좋아하질 않아. 난 옛날에 '암흑가'에서 지냈지. 그런데 암흑가에도 비열한 짓은 하지 말라는 원칙이 있어……살면서 나는 동물을 많이도 죽였소. 사람까지도 죽였지. 기억을 더듬어 보니 그래. 난 별로 기억력이 좋지 못하거든. 모렐과 해결할 일이 있다면 하게나. 그 녀석을 해치우란 말이야. 하지만 떼를 지어 할 생각은 말게나…… 내 충고를 듣고 싶다면 말해주지. 그 일을 관두게. 자넨 우리에게 이익보다는 손해를 더 끼칠 걸세. 모렐 얘기는 머지않아 더 들리지 않게 될 거야. 녀석도 결국 가고 말 테니까. 인간이란 빨리도 가버리지……

― 혼자라도 가겠어. 난 주눅 들지 않아.

오르시니가 거듭 말했지요.

생드니는 씁쓸하게 웃었다.

― 실제로 그는 주눅 들지 않았지요. 덤불숲을 가로지른 오르시니의 의기양양한 행진 소식이 열흘 후 포르라미에 있는 우리에게 들려왔습니다. 내 관할 구역에서 일어난 일이었기 때문에 그의 경솔한 짓을 중지시켜달라고 사람들이 나에게 소식을 전한 것이었지요. 그건 어렵지 않았습니다. 그는 자기가 어디에 있는지 사람들이 알도록 하기 위해 필요한 짓은 모조리 하고 있었으니까요. 북소리가 이 부락 저 부락으로 그가 왔음을 알렸고, 고기를 좋아하는 자들은 그가 가는 곳마다 열광적으로 영접했습니다. 오르시니는 물가에서 코끼리를 수놈이며 새끼 딸린 암놈 할 것 없이 발견하는 대로 무차별하게 때려잡으며 야타 강을 따라 내려갔습니다. 자신의 활약에 대한

소식이 모렐에게 닿기를 바라면서 말이지요. 그는 소문을 내고 싶었던 것입니다. 그는 사냥금지 구역도 피하지 않았고, 지나가던 마을에서 두세 명의 좋은 사격수도 얻었습니다. 그 지역에선 온통 그에 관한 이야기뿐이었지요. 그는 민중의 영웅, 고기를 베푸는 사람, 식량을 가져다주는 사람, 선한 사람, 너그러운 사람, 하늘이 내린 사람이 되었지요. 며칠 만에 그가 누리게 된 이 세속의 영광은 모렐의 영광을 어느 정도 퇴색시켰지요. 이 개선 행진 도중 그를 알아본 사람은 그가 환상에 사로잡혀 거의 제정신이 아니었다고 하더군요. 우아사에서는 로드리게가 그에게 이성을 찾게 하려고 애를 썼지요. 푹 꺼진 뺨은 지저분한 수염으로 뒤덮여 있었고, 입가에는 거만한 웃음을 띤 채 뜬눈으로 밤을 보내더랍니다. 마을에서는 그를 축하하느라고 새벽까지 춤을 추었고, 해가 뜨기 무섭게 가뭄 때문에 눈에 띄기 쉬운 몇몇 장소로 쫓겨난 코끼리를 쫓아 떠났지요. 정말이지 그와 코끼리들 사이에는 갚아야 할 개인적인 원한이 있는 것처럼 보였습니다. 그가 포르라미를 떠난 지 나흘 후 아침 일곱시경, 나는 오후가 시작될 즈음이면 오르시니의 야영지에 닿겠구나 하고 기대하고 있었는데, 드디어 저녁 무렵에 비가 내리더군요. 마치 늦게 내린 걸 보충이라도 하려는 듯 세차게 쏟아지더군요. 내가 가고 있는 길 앞의 시송고나무 숲에서 야릇한 행렬이 나타나는 게 보였습니다. 먼저 낯익은 실루엣, 파르그 신부의 흰 헬멧과 다갈색 제의가 눈에 띄더군요. 그의 뒤에는 들것을 든 두 명의 짐꾼과 아직도 피가 뚝뚝 흐르는 고기 조각을 나뭇가지에 매달아 든 흑인들 무리가 있었습니다. 파르그는 아무 말 없이 나와 악수를 했고, 나는 들것 가까이로 다가갔습니다. 이불 밖으로 나와 있는 얼굴은 분명히 오르시니의 얼굴이었습니다. 하지만 앙상한 광대뼈까지 뒤덮은 수염 때문에 그를 알아보는 데 한참 걸렸지요. 두 눈에 어린 극심한 고통만이 내게 친근한 표지였습니다. 나는 이불을 들추었다가 바로 덮었습니다. 파르그 신부는 나에게 모르핀이 있는지 묻더군요. 그런데 나는 거기서 이십 킬로미터 떨어진 곳에 있는 지프차에다 의료가방을 놓아두었지요. "사실 그에겐 이제 고통 받을 육신이 그다지 많이 남아 있지 않소." 파르그가 중얼거렸습니다. "열여섯 시간 전에 이 꼴을 당했는데…… 목숨에 이렇게나 매달리는 사람은 처음 보았소." "어떻게 된 거요?" 꼭 알기 위해서라기보다 반사적으로 나는 물었지요. 담요 밑을 흘끔 보는 것만으로도 충분했던 것입니다. "코끼리들이 짓밟고 지나갔소." 파르그가 말했습니다. "짐꾼들 말을 듣자 하니 저들은 코끼리 떼에서 백 미터 떨어진 곳에 도착했답니다. 오르시니는 두 사격수를 거기다 남겨두고 좀더 앞쪽에 자리를 잡았답니다. 도망갈 때 한두 마리라도 더 잡으려고 말입니다. 나머지 얘기는 그에게서 들었소. 어쩌면 헛소리를 한 건지도 모르지요. 왜냐면 사람들이 그를 나에게 데려왔을 때는 이런 상태에 빠진 지 이미 여러 시간이 됐으니까요. 이틀 전부터 나는 그를 찾고 있었지요. 그런데 그는 이젠 자기가 무슨 말을 하는지도 알지 못하오. 어떻든, 그의 주장으로는 덤불숲 뒤의 공지에 이르렀을 때 돌연 어떤 위험이 느껴져 고개를 돌렸더니 오십 미터 떨어진 곳에 모렐이 서 있더라는 겁니다. 분명히 모렐이었으며, 손에 총을 들고 혼자서, 마치 줄곧 거기 서서 그를 기다렸다는 듯이 꼼짝 않고 있더라고 하더군요. 오르시니는 무기를 들어 쏘았답니다. 그런데 맞히질 못했다는군요. 오십 미터 거리에서 말이오. 그가 최고 사냥꾼들 가운데 한 사람이라는 걸 고려해보면, 그것 자체가 벌써 꽤 놀라운 일이 아니겠소? 이건 그가 어떤 환각에 희생된 거라는 내 생각을 입증해주는 겁니다. 신경의 피로와 밤낮 모렐을 생각하는 그 강박증에서 기인한 환각 말입니다. 내게 말하길, 그는 쏘고 또 쏘았지만 매번 그를 맞히지 못했다는 겁니다. 총소리에 놀란 코끼리들이, 아니면 당신 좋으실 대로 생각하시오만, 이 불행한 사람이 더듬거리며 한 표현을 그대로 옮기자면 '모렐을 구원하기 위해 달려드는' 코끼리들이 그를 밟고 지나갔다는 겁니다. 그 결과는 보시는 그대로입니다. 내가 지금껏 본 중 가장 아름답지 않은……"
나는 오르시니 가까이 가보았습니다. 어쨌건 보고서를 작성해야 했는데, 라미에서는 모렐이 아직 살아 있는지, 아니면 일부 사람들이 주장하듯이 정치적 이유 때문에 자기 동료 손에 얼마 전에 죽었는지를 알려고 맹렬히 논쟁들을 벌이고 있었으니까요. 그에게 몸을 숙여 물어보았지요. "오르시니, 당신이 본 사람이 모렐이라는 걸 확신하오?" 엉겨붙은 핏덩이로 뒤덮인 입술이 조금 움직였습니다. "확실합니다. 하지만……" 그가 중얼거렸습니다. 모든 걸 의문으로 다시 몰아넣은 건 바로 그 "하지만"이라는 말이었습니다. "말해보시오." "그자 생각을 엄청나게 했소…… 꿈속에서까지도…… 그래서 늘 그를 보았소……" 이 증언은 결정적인 게 되지 못했지요. 갑자기 마을 사람들이 자기네들 집으로 운반해가던 피 흐르는 고기 냄새가 났습니다. 오르시니의 눈이 파르그 신부 쪽으로 향했고 그의 입술이 움직이더니 최후의 말을 내뱉었습니다. 가장 끔찍하고 가장 잔인하고 가장 두려운 말이었죠. "살고 싶소!" 사람의 형체라고 할 수도 없게 된 그가 그렇게 중얼거렸습니다. 파르그 신부도 충격 받은 것 같았지요. "빌어먹을!" 하고 목 메인 소리로 그가 웅얼거렸습니다. 그러곤 그의 눈을 감겨주었습니다. 오르시니에 대한 이야기는 이걸로 끝입니다. 하지만 이미 말했듯이 그의 증언은 결정적인 것으로 보이지 않았지요. 모렐이 그의 생각을 온통 차지하고 있어 그가 환각에 희생되었을 수도 있으니까요. 그런가 하면, 얼마 전부터 그에 관한 말을 들을 수 없다는 이유만으로 모렐을 죽은 것으로 간주하는 사람들도 나는 결코 진지하게 여겨본 적이 없습니다. 이 프랑스 인 주위에는 눈에 보이지 않는 많은 선의들이 있었습니다. 이 시대를 사는 사람들은 그를 이해하지 않을 수 없고, 그를 돕지 않을 수 없었으니까요. 신부님까지도 얼마 동안 그를 당신의 채굴지에 숨겨주었다고들 사람들은 말하더군요. 그러나 신부님의 미소를 보니 그것이 전혀 근거 없는 소리임을 알겠습니다. 여기까지 오신 게 저한테 소식을 물어 그에게 전해주기 위해서가 아니라는 걸 알겠습니다…… 그를 둘러싼 공모들은 실제로 있었습니다. 그가 어디 있다는 걸 알리는 메시지를 때맞춰 전하는 것을 잊은 무전병에서부터 내 동료이자 친구인 세리조에 이르기까지 말입니다. 세리조가 보여준 그 유명한 태도는 외국에서 흔히 떠도는 평판을 입증해주는 것이었지요. 아프리카에 있는 프랑스 관리들은 위에서 내려온 명령에 복종하지 않고, 소위 "자기들 나름"의 정치적 견해를 따른다는 평판 말입니다. 저는 그게 아주 프랑스적인 태도이며, 이해할 만한 것이라고 생각합니다. 그리고 세리조는 마침내 자신의 의견을 외칠 그 기회를 놓치고 싶지 않았던 거지요. 모렐의 트럭이 시옹빌의 원정 후 신부님도 아시는 그 상황에서 그의 관할지를 통과할 때 말입니다……

시옹빌에서 양고까지는 평균 시속 사십 킬로미터로 계산해서 트력으로 여섯 시간 걸리는 거리이다. 행정부의 지휘관인 세리조는 시옹빌의 신문 인쇄소에서 있었던 "테러리스트의 습격"에 관해 보고하고, 오전 다섯시에 귀환하는 모렐과 그의 패거리 여섯 명을 무슨 수를 써서라도 체포하기 위해 필요한 모든 조처를 취하라는 무선전보를 받았다. 그에겐 딱 변절하기에 좋은 시간밖에 없었다. 세리조는 뚱뚱하고 신경질적인데다 화를 잘 내며, 정력과 선의가 넘치는 사나이였으며, 아마도 크지 않은 키 때문인지 언제나 꼿꼿이 몸을 펴고 있는 사람이었다. 그는 무전병이 방금 가져온 통보를 엄숙하다 싶을 만큼 조심스럽게 접었다. 그는 이것이 오래전부터, 어쩌면 일생 동안 기다려온 기회라는 느낌이 들었다. 모렐이 양고를 통과할 정도로 낙관적인 생각을 밀고 나가리라는 것에는 확신이 서지 않았다. 아마도 모렐은 시옹빌을 떠나면서 트럭을 버렸을 것이다. 만일 그가 트럭을 몰고 올 만큼 자신이 있다면 세리조는 그에게 걸맞은 영접을 해줄 작정이었다. 세리조는 곧 일에 착수했다. 그는 만일의 경우를 대비해 마련해둔 장교복을 입으러 갔다. 그런데 그 옷을 입는 게 그로서는 무척 힘이 들었다. 자기 호흡량의 절반을 희생함으로써 간신히 입을 수 있었다. 이어서 그는 군사력을 총동원했다. 위병 셋에 무전병, 그리고 군대 복무 경험이 있는 마을주민 여덟 명이 더해졌다. 그들에게 총을 분배하고 도로를 따라 배치했다. 자신은 군모를 씩씩하게 귀밑까지 내려쓰고 그들의 선봉에 자리를 잡았다. 그 전날 그는 한 달에 두 번 프랑스에서 오는 신문과 잡지 들을 읽으며 시간을 보냈기 때문에 "소속 종을 바꾸려고 하는 그자"를 맞이하는 데 꼭 필요한 마음가짐을 하고 있었다. 그가 받아 마땅한 대접을 해줄 생각이었다. 그는 특히 교수형으로 죽은 정치가들이 그들을 교수형에 처한 바로 그자들에 의해 지금은 무죄로 선언된 명예회복에 크게 감동 받았다. 또한 스탈린이 과대망상증 환자였다는 사실이 이십 년 동안 그를 "인민의 천재적인 아버지"라고 부르던 사람들에 의해 밝혀졌다는 것, 바다 수은 오염의 최근 희생자인 일본 어부의 죽음, 그러한 종류의 새로운 실험에 대한 예고, 자주라는 성스런 법의 이름하에 최근에 행해진 어린아이들 학살, 흑인·백인·황인·홍인 인종차별주의, 그리고 전세계적으로 퍼진 암의 급격한 증가에 그는 크게 마음이 동한 상태였다. 이러한 사실들은 적어도 인간만이 잔학하고 경멸감을 갖고 자연을 다루는 게 아니라는 걸 입증했다. 오래전부터 그는 이런 문제들에 대해 자신의 견해를 말할 기회를 기다리고 있었다. 두세 번 그는 부하들을 검열했고, 그들의 제복을 꼼꼼하고 엄하게 바로잡았으며, 그들이 반사적으로 행동할 수 있게끔 지시를 내렸다. 이윽고 길 끝에서, 끝없이 이어진 나무들 사이로 자연보호를 위한 투쟁을 그토록 용감히 이끌어온 그자의 트럭이 보였을 때, 그의 작고 동그란 얼굴은 감동으로 부르르 떨렸다. 그는 부하들 쪽으로 몸을 돌렸다.

― 차렷!

트럭은 점차 속도를 냈다. 운전석에서 기관총 하나가 그들 쪽을 겨누고 있었다.

― 받들어총!

트럭은 예우를 바치는 열두 명과 차려 자세로 경례를 올리는 그 작은 프랑스 장교 앞을 재빨리 지나쳐갔다. 모렐은 전혀 놀란 기색도 없이 흐뭇한 태도로 그들을 바라보았다.

― 저자들이 이해했군. 내가 늘 말했지. 절망해서는 안 된다고.

그가 태연하게 말했다.

방키의 무전병은 양고에 있는 동료와 똑같은 시간에 그 통보를 받았다. 그는 무표정하게 손에 연필을 든 채로 통보를 바라보았다. 그는 십 년이나 복무한 우방기 출신의 흑인으로, 그 문제에 관해 깊이 생각해본 사람이었다. 길은 초소 창문 앞을 통과하고 있었다. 그는 그 종이 쪽지를 앞에 두고 오랫동안 앉아 있었다. 가끔 길 쪽으로 눈길을 던지면서. 족히 두 시간은 기다렸을 것이다. 트럭이 지나가자 곧 그는 무전기에 몸을 수그렸다. "당신 쪽에서 보낸 마지막 통보를 되풀이해주시오. 수신불량." 그는 한 번 더 그 통보를 받아 수신했다는 응답을 하고 전문을 지휘관에게 가져갔다.

그들은 싣고 가는 기름통에 휘발유와 기름을 가득 채우기 위해서만 잠시 멈출 뿐, 줄곧 달렸다. 여정 내내 잠시 쉴 때마다 세 청년은 모렐에게 분개한 눈초리를 흘끔흘끔 던지며 낮은 소리로 소곤거리곤 했다. 그 가운데서도 마줌바가 가장 적의를 품은 듯이 보였다. 그는 나머지 두 사람에게 거의 물리적인 영향력을 행사하고 있었다. 그는 은돌로만큼도, 자기 의견을 표명하기에는 지나치게 감수성이 예민한 엥겔레만큼도 똑똑하지 못했다. 그러나 그에게서는 거칠고 거의 관능적인 의지가 뿜어져나왔다. 다른 두 사람이 그의 목소리에서 순수한 상태의 열정을 발견하고, 그 열정이 그들을 자극한다는 걸 쉽게 알 수 있었다. 모렐은 그들에게 조금도 주의를 기울이지 않았으나 페르 크비스트는 곁눈질로 그들을 주시했다. 그는 그들의 음험한 적개심의 동기를 이해하지는 못했으나 어떤 폭발을 예감하고 있었다. 이날 아침, 새벽부터 숲속을 달려온 후 기름통을 채우고 커피로 몸을 덥히기 위해 두번째로 멈춰 섰을 때, 은돌로가 모렐 곁으로 다가왔다. 모렐은 창백하고 해쓱한 얼굴로 헐떡거리며 과열된 모터 옆에서 분주히 일하고 있었다. 은돌로가 코 위로 안경을 추켜올리며 말했다.

— 우리는 당신에게 설명을 들으러 왔습니다…… 우리는 당신이 우리를 우롱했다고 생각합니다. 당신은 무슨 권리로 그 선언문의 원고에다 우리 행동에 전혀 정치적인 성격이 없다고 선포하셨습니까? 누가 당신께 그런 권한을 허락했습니까? 왜 내보내기 전에 그 원고를 우리에게 보여주지 않았습니까? 우리가 조건 없이 당신에게 협력하기로 한 건 맞습니다만, 우리 운동의 목표를 대중의 여론 뒤로 슬쩍 감춰버릴 권리가 당신에겐 없습니다……

모렐이 피곤한 눈길을 그에게 던지며 말했다.

— 그래서?

— 그 선언문은 명백히 우리의 뜻과 반대되는 것입니다. 그럴 필요가 전혀 없었는데, 당신은 우리를 배반한 것입니다. 우리는 정치 운동 세력입니다. 우리는 독립군의 특공대입니다. 당신은 최후의 순간에 우리의 행동을 방해했고, 우리의 행동에서 정치적 영향력을 모조리 제거해버렸습니다.

모렐이 이마를 닦으며 일어섰다. 그는 침울하고 지쳐 보였다.

— 젊은이, 들어보게. 자넨 젊어. 이 말은 바이타리에게나 해야겠지만 자네가 우기니까 하는 말인데…… 나의 유일한 관심사는 코끼리 보호야. 그게 자네를 화나게 한 건 알겠네. 하지만 상관없어. 일이 그런 거야. 나는 처음부터 내가 하려는 것, 내가 보호하려는 게

무엇인지를 분명히 말했어. 자네들은 나와 함께 행동하기를 원했지. 좋소. 자네들도 코끼리의 보호에 관심이 있다고 말했지. 좋소! 좋아요. 자네들은 나를 돕겠다고 제안했지, 아무 조건 없이, 아무런 속셈 없이 말이야. 좋소, 고마워요. 난 응낙했지. 그때 자네들은 퍽 좋은 일을 한 거야. 나는 누구도 거절하지 않아…… 물론 자네들은 자네들의 이유가 있었겠지. 나도 잘 알고 있어. 나도 겉보기처럼 그렇게 바보는 아니네. 하지만 나한테도 나의 이유가 있어…… 그렇지만 그게 우리가 보조를 맞추는 데 방해가 되진 않았어. 당면 목표에 대해선 의견이 일치했으니까. 하지만 잊어서는 안 되지. 자네들이 나를 찾아왔다는 것, 난 자네들에게 아무것도 요구하지 않았으며, 내가 자네들을 찾으러 간 게 아니라는 걸 잊지 말게. 게다가 자네들의 흥미를 끄는 건 오로지 나를 돕는 거라고 자네들이 항상 떠들어댔다는 것도 잊지 말게나. 자네들도 코끼리를 좋아한다고 하면서 말이야. 코끼리가 곧 아프리카라면서 말이야. 자네들이 주인이 되는 날 자네들은 코끼리 보호를 성스러운 일로 삼겠다고, 그걸 헌법에도 명시하겠다는 말까지 했지. 나는 응낙했어. 자연이 그다지 자네들의 흥미를 끌지 않고, 자네들한테는 민족주의면 충분하고, 자네들이 필요로 하는 건 오로지 독립뿐이며, 독립을 얻기만 한다면 코끼리가 죽어도 괜찮다면 미리 말했어야지. 나는 정치는 하지 않아. 코끼리를 보호할 뿐이지. 그게 전부야. 하지만 자네 마음을 위로하기 위해 해줄 말이 있어. 자네가 가슴을 치며 원통해할 필요는 없어. 코끼리들이 이 일을 정치적인 문제로 만들어줄 테니. 자넨 그들을 믿어도 돼. 그들은 이것이 정치적인 문제가 안 되는 걸 용납 않을 테니까. 그러기 위해 필요한 일이라면 뭐든지 할 거야. 그러니 자네가 원통해할 필요는 없는 거야.

— 당신은 민족자결권에 찬성하는 거요? 반대하는 거요?

은돌로가 소리쳤다.

모렐은 정말이지 애통해하는 표정이었다. 그가 페르 크비스트에게로 몸을 돌리며 말했다.

— 방법이 없군. 도무지 이해하려고 들지 않는단 말이오.

— 당신은 아프리카의 독립에 반대하고 있소. 그게 진실이오.

학생이 말했다.

— 저런, 내가 알아듣게 얘기하지 않았나?

모렐이 꽥 하고 소리를 질렀다.

— 내 관심을 끄는 건 코끼리 보호란 말이야. 나는 여기서 코끼리들이 아주 잘 살고 살찌길 바라고, 그러한 그들을 볼 수 있기를 바라고 있어. 그렇게 되도록 하는 게 프랑스 인이건 혹은 체코슬로바키아 인이건 파푸아 인이건 간에 그 일만 한다면 누가 되었건 나는 상관없어. 그러나 최상의 경우는 모두가 함께하는 거지. 그게 아마 성공할 수 있는 유일한 방법일 거야. 나는 나의 탄원서를 세계 각국에, 이해관계를 초월한 유엔에, 그리고 우체국이 있는 곳이면 어디에나 보냈어. 이제 국제회의가 열릴 거야. 그들에게 나는 말하겠어. 여러분들은 뜻을 한데 모아야 한다, 이건 중요한 일이다, 하고 말이지. 어쩌면 그들이 이 일을 잘 해결할지도 몰라. 그렇지 않고 만일 새로운 정부, 새로운 국가를 만들어야 한다면, 그게 아프리카 인의 것이든 다른 것이든 난 상관없어. 그들이 코끼리를 보호하리라는 게 확실하다면 말이야. 하지만 나는 확신을 갖고 싶어. 내 눈으로 보고 싶단 말이야. 나와 내 친구들은 벌써 여러 번이나 바보 취급을 받았으

니까. 원칙적으로 나는 이데올로기를 안 믿어. 대개 이데올로기가 자리를 다 차지해버리지. 게다가 코끼리란 크고 거추장스러워서 바쁠 때는 아주 이용가치가 없어 보이지. 그리고 지금 이 순간에도 어디에서나 볼 수 있듯이, 자기 자신밖에 모르고 코끼리 따위에는 개의치 않는 민족주의란 이 세상에 인간이 만들어낸 가장 어리석은 바보짓거리 가운데 하나야. 인간은 그런 바보짓거리를 여럿 만들었지. 이제 내가 이렇게 말을 많이 했으니, 자네가 안심했다면 그 기름통을 들고 날 좀 도와주게나.

은돌로가 멀어지자 모렐은 페르 크비스트 쪽을 보며 물었다.

— 그래도 이만하면 꽤나 알아듣게 말하지 않았소?

— 그랬지.

덴마크 인이 쓸쓸히 말했다.

— 물론 명료하지. 하지만 납득되지 않을 걸세. 오래전부터 나는 그걸 알고 있었네. 내가 핀란드에서 숲을 지킬 때, 러시아 관리들이 나에게 펄프가 어떻든 나무들보다는 더 중요하다고 끈질기게 설명하던 것과 똑같은 일일세. 그들은 더 이상 숲이 남아 있지 않게 되었을 때에야 이해했지. 똑같은 상황이 계속되고 있어. 고래잡이들은 시장에 내다 팔 고래기름이 필요하고 그게 고래들보다 더 중요하다고 나에게 말했지……

이때부터 세 젊은이는 모렐에게 말을 걸지 않았고, 적개심을 더 이상 감추지 않았다. 은돌로가 운전할 때 그의 얼굴은 원한에 차 있었고, 눈이 마주칠 때면 모렐은 그의 눈길에서 거만한 경멸을 읽었다. 어느 순간, 그렇게 두세 번 그를 쳐다보고 난 후, 그리고 두어 시간의 침묵이 흐른 후, 은돌로가 그에게 쏘아붙였다.

— 당신의 그 '생태학적' 핑계가 무언지를 말씀드리죠. 그건 당신을 폭로해주는 속임수입니다. 그게 당신에게 평온한 양심을 느끼게 해주겠지요. 그게 연막이라는 걸 당신도 아시죠? 그 뒤에서 당신은 조용히 제국주의와 자본주의의 임무를 실행하고 있는 거요……

모렐은 조용히 동의했다.

— 그렇게 될 수도 있겠지.

— 빌어먹을.

학생이 화가 나서 소리를 질렀다.

— 단 한번이라도 단도직입적으로 대답하십시오. 우물우물 회피하지 말고! 당신은 민중의 자유에 찬성하는 거요? 반대요?

모렐은 대답하려고 본능적으로 입을 열었다가 때맞춰 멈췄다. 그럴 필요가 없었던 것이다. 그들이 아직도 이해 못한다면 그건 그들 속에 참으로 그런 생각을 품지 못했기 때문이다. 사람이란, 갖든지 안 갖든지 둘 중 하나이다. 안 가진 사람이 그들만은 아니었다. 세상 사람들이 어떤 정부가 되었건 그들의 정부에다 자연을 존중하라고 요구하려고 거리로 나서는 게 아직까지는 힘든 일이라고 그는 생각했다. 그러나 아프리카가 언제나 모험가들과 열정에 불타는 사람들과, 또 언제나 더 멀리 나아가려고 시도하다가 뼈를 묻은 선구자들의 나라였던 만큼 그게 절망할 이유는 아니었다. 그저 그들처럼 행동하면 되었다. 최후의 성공에 대해선…… 그는 절망하지 않았다. 계속해야만 했고 모든 걸 시도해야만 했다. 사람들이 자리를 덜 차지하도록 서로 촘촘히 붙어 설 수 없다면, 그 정도로 관용이 부족하다면, 거추장스럽더라도 코끼리를 받아들이는 데 동의하지 않는다면 그들이 추구하는 목적이 무엇이건 간에 그러한 여유를 불필요한

제2부 375

사치로 여긴다면, 결국에 가서는 인간 자체도 불필요한 사치가 되고 말 것이다. 개인적으론 물론 그렇다 한들 그에겐 마찬가지였다. 게다가 그의 인간혐오증은 이미 유명해졌고, 공식적으로 인정되고 선언된 상태였다. 그는 다시 일어나서 이마를 닦았다. 그의 눈 속에 깊이 자리 잡는 법이 없던 쾌활한 빛이 표면에 떠올랐다. 그는 페르 크비스트나 포사이드가 자기의 미소에 놀라지 않으리라는 걸 알고 있었다. 그리고 다른 사람들, 온 세상이 이미 오래전부터 그를 미친놈으로 여기고 있다는 것도 알고 있었다.

다음 야영지에서 세 청년은 여전히 따로 떨어져 무리를 지었고 식사도 따로 했다. 그들은 무기를 손에서 놓지 않았고, 마치 등을 돌렸을 때 공격 받을 것을 예상하기라도 하듯이 행동했다. 페르 크비스트는 너그러운 태도로 그들을 관찰했다. 그는 청춘의 습관을 지니고 있어 그들의 불쾌감을 이해했던 것이다. 그러나 코로토로는 말 그대로 그들에게서 눈을 떼지 않았다. 침울한 얼굴로 찌그러진 중절모를 눈 위로 눌러쓴 채 그는 언제나 기관총을 무릎에서 떼놓지 않았다. 그는 학생들 쪽으로 몸짓을 하며 포사이드에게 말했다.

— 저 녀석들은 더러운 짓을 준비하고 있어.

포사이드가 코로토로를 좀더 잘 알게 된 건 마지막 여정에서였다. 남군에서 가장 오래된 가문 출신의 미군 장교와 아프리카의 모든 감옥이란 감옥으로 중절모를 쓰고 바지 끝자락을 끌고 다닌 흑인 떠돌이 사이에 본능적인 공감대가 형성되었다. 단순히 학대 경험이 그들에게 공통점을 부여했기 때문이다. 그들은 종종 나란히 누워 잠을 잤고, 한쪽이 우정 어린 손길로 툭 치면 상대는 약간 매정하지만 눈부신 미소로써 응수했다. 그날 밤 그들이 버들옷 덤불숲에서 멈춰섰을 때, 사막에서 밤새도록 물가로 이동하는 짐승 떼의 울부짖음이 주위로 울려 퍼질 때, 포사이드는 달빛을 받으며 코로토로가 땅바닥에 주저앉은 채 마치 곧 악기를 연주하려는 것처럼 기병총을 무릎에 올려놓는 것을 보았다. 처음으로 조니 포사이드는 저 부랑자는 어쩌다 모렐의 뒤를 쫓게 되었는지, 왜 그가 저토록 신의를 가지고 그를 따르는지를 생각해보았다.

— 말해보게, 코로……

코로토로의 미소는 어둠 속에서도 보였다.

— 그를 따라다닌 지가 벌써 일 년이나 됐지…… 자넨 그렇게나 코끼리가 좋은가?

— 코끼리 같은 건 나랑 상관없어……

— 그럼 무엇 때문인가? 자네도 다른 사람들과 같은 의견인가? 아프리카의 독립을 위해서인가? 자네도 저 세 사람처럼 민족주의자인가?

— 그딴 건 나랑 상관없어……

그는 침을 뱉으며 거만하게 말했다.

— 난, 프랑스 군대의 탈영병이오. 그래서 그런 건 좀 알지.

무슨 뜻인지는 썩 명확하지 않았으나 그의 말투에는 우월감이 실려 있었고, 트럭 옆에 서 있는 세 학생들을 향한 멸시의 몸짓도 엿보였다.

— 좋아, 그렇다면 뭣 때문에 그와 함께 있는 거지?

코로토로는 다시 침을 뱉으며 말했다.

— 나한테는 아무도 없으니까.

그는 짧게 설명했다.

그뿐이었다. 그것이 모렐을 향한 우정의 고백이라면, 그가 그곳에 있는 이유로 그보다 더 나은 것은 세상에 분명히 없었다. 어쨌건 그들이 그 밤에 최악의 상황을 피할 수 있었던 건 코로토로 덕분이었다. 시리아의 상점과 시장들을 털었던 그가 세 음모자들의 사소한 행동까지도 놓치지 않고 주의 깊게 살폈기에 그들이 계획을 좀더 일찍 실행에 옮기는 걸 막을 수 있었던 것이다. 포사이드는 마땅히 주시했어야 했는데도 그들에게 주의를 기울이지 않았던 것을 쓰디쓰게 자책해야 했다. 사실, 그 청년들이 보인 모든 태도가 주의를 기울여줄 것을 요구했다. 청년들은 자신들이 진지하게 고려되지 않는 것을 견딜 수 없었던 것이다. 배반당했다는 확신과 사람들이 자기들에게 보이는, 약간 아버지 같은 무심한 태도에서 그들은 멸시의 증거를 보았다. 그것이 결국 그들이 처음에 생각했던 것 이상의 결정적인 결별로 그들을 몰아갔던 것이다. 포사이드는 그들이 준비하고 있는 것을 한순간도 예감한 적이 없었다고 쉴세르에게 고백해야만 했다.

— 나는 그들에게 주의를 기울이지 않았소. 그들이 불만을 품고 있다는 건 알고 있었지만 그게 난 오히려 웃기기만 했지요. 게다가 나는 다른 생각을 하고 있었소. 말하자면 시옹빌에서 나는 독을 푼 샘물을 마셨던 거요. 희망이라는 독물을 말이오…… 사람들 말처럼 마침내 내가 고개를 쳐들고 미국으로 돌아갈 수 있게 되었고, 내 동포들이 이제 이해했으며, 나에게 침을 뱉었던 그들이 나를 영웅으로 환호하며 맞아줄 준비를 하고 있고, 내가 아프리카 한복판에서 그들에게 외치려고 애썼던 소리를 그들이 들었다는 생각에 나는 완전히 도취되어 있었던 거요. 말하자면 구렁텅이에서 빠져나와 내가 떠나온 곳으로 돌아간다는 생각에 완전히 사로잡혀 있었소. 나는 모랫바

닥에 누워서 별들을 바라보고 있었는데, 장담하건대 내 눈엔 실제로 있는 것보다 훨씬 많은 별들이 보였지요. 밤이 그때처럼 맑아 보인 적이 없었다오. 한순간엔 노래까지 불렀던 것 같소. 한마디로 나는 그 세 젊은이에 신경 쓰는 일에서는 천 리나 떨어져 있었던 거요. 그러다 깜빡 잠이 들었는데, 돌연 모터 소리가 들렸소. 고개를 들어보니 어둠 속으로 트럭이 전속력으로 떠나는 게 보였소. 코로가 몇 발짝 뛰어가더니 나중에는 기관총을 들어 쏘더군요. 트럭에서도 일제 사격이 쏟아졌고, 코로가 그 자리에서 춤추듯 비틀거리더니 멀어져 가는 트럭을 향해 마구 총을 쏘다가 손에서 무기를 놓지 않은 채 쓰러지는 게 보였소. 그의 중절모가 땅바닥에 굴렀고, 그가 죽은 걸 보고서 모렐이 한 첫번째 행동은 그의 모자를 집어들어 그의 머리에 눌러 씌우는 것이었던 게 기억나오. 밤색 중절모였는데, 도회문명의 진짜 상징이었소. 그는 그 모자를 끔찍이 여겼지요. 둘 사이에 우정 같은 게 있었음이 틀림없소. 사람이란 무엇에건 집착하는 법이오…… 우리는 우리 손으로 모래를 파서 중절모를 머리에 씌운 채 그를 묻었소. 그러고 나서 우리는 서로를 바라보았소. 호수까지는 아직도 이십 킬로미터나 남아 있었지만 어쨌건 우리는 코로의 주의력이 우리를 구했다는 걸 깨달았소. 그가 잔뜩 달아오른 세 녀석을 주의 깊게 감시했기 때문에 그들이 좀더 일찍 계획을 실행에 옮길 수 없었던 거요. 만일 그들이 바로 전 야영지인 오십 킬로미터 아래에서 일을 저질렀더라면, 우리는 물도 식량도 무기도 없이 꼼짝없이 당했을 것이오. 코로는 여정 내내 손가락을 거의 방아쇠에 두고 있었소. 하지만 삼 분쯤 그가 졸았고, 그들은 그것만을 기다리고 있었던 거요. 당신도 알다시피 그들에게는 우리가 그들을 배반했던 거요. 우리가 사람들 면전에서 우리 투쟁이 어떠한 정치적 성격도 띠고 있지 않다는 걸 감히 선언했으니 말이오…… 그래서 그들은 우리와 손을 끊고 그들이 존경하는 대장에게 불만을 터뜨리려고 곧장 수단의 숲으로 도망친 거였소. 그들은 새로운 국가를 세우고 싶었는데, 모렐이 구하려고 애쓰는 것이 그들에겐 분명 우스꽝스럽고 가소롭고 퇴폐적인 감성처럼 보였을 것이오…… 모렐의 얼굴이 험악해졌다는 건 말해야겠군요…… 그것이 바싹 마른 길을 마실 물도 없이 걸어서 이십 킬로미터나 가야 한다는 생각 때문은 물론 아니었소. 그가 고생이나 곤란이나 실패 따위를 생각했던 건 아니라고 나는 장담할 수 있소. 그게 아니라, 그는 코로를 무척이나 사랑했으며, 그들이 함께 있은 지가 오래됐고, 비록 그 나쁜 자식이 어느 날 그의 시계를 훔쳤어도 둘 사이에는 우정 같은 게 있었지요. 그의 몸을 뒤지다가 모렐은 시계를 발견했지요. 하지만 또 다른 게 있었소. 바로 그 세 대학생들 말이오. 아마도 모렐은 그들이 프랑스의 학교와 대학에서 교육을 받았고, 당신네 나라에서 말하는 소위 "인문학"을 공부했기 때문에 그가 보호하려고 애쓰는 것이 무엇인지, 진짜 목적이 무엇인지를 이해했으리라고 생각했던 것이오. 그러나 그런 건 학교에서 가르치지 않는 것들이오. 스스로 희생을 치르면서 배우는 것들이죠. 자연에 대한 존중이라는 것이 무엇인지를 이해하려면 몹시 힘들게 고생을 해봐야 하는 법이오. 그런데 그 세 젊은 녀석들은, 받은 교육에도 불구하고 그런 걸 이해하기엔 한참 멀었소. 코로토로는 비록 읽을 줄조차 몰랐지만 그 모든 걸 본능적으로 느꼈던 게 분명하오. 그는 무엇보다도 우정에 중요성을 두었소. 게다가 그는 아주 힘들게 살았기에, 그런 고생이 보존 본능과 보호의 필요성을 혹독하게 강화시켰던 거요. 모렐도 이 사실을 분명히 시인했소. 우리가 지평선에 솟은 붉고 높은 낭떠러지 쪽에서 떠오르고 있는 태양 빛을 받아 이제 막 보이기 시작하는 코끼리며 물소며 영양 떼와 더불어 더워지기 전에 가능한 한 멀리까지 달리려고 소지품을 챙기고 있을 때 그가 이렇게 말했으니까요. "저 세 풋내기들이 아직도 자연 보호를 위해 필요할 때 자기들의 목숨을 내놓으려고 하지 않는 건 그들이 아직 충분히 고통 받지 않았기 때문이오. 식민주의가 그들에게는 충분히 가혹한 학교가 아니었고, 그것이 이 문제에 관해 그들에게 아무것도 가르쳐주지 않았으며, 그러고 보면 프랑스 식민주의가 꽤 존중심을 갖고 자연을 다루었다고 결국 생각지 않을 수 없겠소. 그들에겐 아직 배울 게 많은데 프랑스 국민은 그런 교육을 주지 못하오. 그들 민족의 사람들이 그 일을 맡게 될 것이오. 그들은 언젠가 그들의 스탈린, 그들의 히틀러와 그들의 나폴레옹, 그들의 총통과 그들의 수령을 갖게 될 것이고, 그날 그들의 피는 생명 존중을 외치며 혈관 속에서 아우성칠 것이오. 그날에야 그들은 이해하게 될 것이오."

Les racines du ciel

33

　소파에 푹 파묻힌 채 그의 말을 듣고 있는 상대방의 시큰둥한 태도보다는, 손에서 만지작거리는 호박 묵주가 부딪히는 소리에 바이타리는 더 신경이 거슬렸다. 꼬고 앉은 무릎 위 손에서 힘없이 늘어져 있는 묵주는 한 시간 전부터 바이타리가 떠들고 있는 모든 내용에 메마른 마찰음을 뒤섞고 있었다. 그의 얼굴은 피곤해 보였으나 지적이었고, 깊이 주름이 팼지만 섬세했다. 미소를 지을 때면 입술이 빨려 들어가 거의 보이지 않았고, 희끗희끗한 머리 위에 얹힌 튀르키예풍 모자를 빼고는 유럽식으로 잘 재단된 양복을 입고 있었다. 바이타리는 그를 처음 만났다. 만남을 주선한 하비브의 보증에도 불구하고, 그는 상대가 정말로 하비브가 말한 무게를 지니고 있는지 의문을 품었다. 그는 상대의 말이나 태도에서 그것을 추측해보려고 애를 썼지만, 그런다고 토론이 쉬워지는 건 아니었다. 파루크〔이집트혁명으로 추방당한 이집트의 마지막 왕〕가 실각한 직후 이슬람연맹의 권력이 확고하게 자리를 잡고 오래 계속될 기미를 보이던 순간에 카이로의 정계에서 두려워하면서 그의 이름을 들먹이는 것을 보았다. 나세르가 그 움직임을 무너뜨린 이후로, 현재의 그의 영향력이 어떠한지에 대해서는 그는 아무 말도 할 수 없었다. 하비브는 무엇보다 무기와 자금 배급에 관한 한 그의 권위가 여전하다는 것을 확인해주었다. 그러나 확신을 가질 필요가 있었다. 그래서 얼마 전부터 바이타리는 그가 조금 전에 거절당하긴 했지만 반드시 카이로 위원회가 열리는 건 아닐 거라는 희망에 매달리고 있었다. 남부에서 최초의 혼란이 일어났고, 이집트와의 연합이라는 운명의 장난이 일어나려던 찰나에 그가 수단에 있었다는 사실은 하비브의 장담을 확인해주는 듯했다. 하비브의 친구는 젊고 땅딸막한 체구에 카키색 셔츠 아래 강인한 목을 드러낸 사나이였다. 무성한 수염과 짧게 깎은 머리털을 보아 하니 전형적인 이집트 장교의 모습이었다. 그가 전문가로서 거기 있는 게 아니면, 상대를 감시하기 위해서였거나, 아니면 두 가지 이유 모두에서일지도 몰랐다. 하지만 그가 있다는 사실이 고무적인 신호는 아니었다. 그는 면담 내내 아무 말도 하지 않았다. 하지만 그전에는 말을 많이 했을 게 분명했다. 면담이 이루어졌던 카르툼의 닐 호텔 정원을 덮은 천막 위로 햇볕이 강하게 내리쬐고 있었다. 중앙에 분수가 하나 있어, 청록색 모자이크 위로 분수 물이 힘없이 떨어지고 있었다. 계단 양편에는 길고 헐렁한 옷을 입고 흰 터번을 두른 보이가 팔 밑에 은쟁반을 낀 채 꼼짝 않고 없는 듯이 서 있었다. 바이타리는 속에서 분노가 치미는 걸 느꼈다. 행동해야겠다는 생각이 모두 하찮게만 여겨지는 이 나른한 동양적인 분위기가 문득 끔찍하게 느껴졌다

— 그게 당신의 최종 결론인가 보군요.

그가 불쑥 말했다.

상대방이 손을 들며 말했다.

— 아시다시피 정치판에서는 결론이란 것이 없죠. 지금으로서는 행동으로써 당신을 지지하기가 아주 어렵다는 사실만 알아주십시오. 우리는 튀니지, 알제리, 모로코 일로 아주 정신이 없어요. 그곳에서는 당신도 알다시피 긍정적인 결과를 막 얻기 시작했지요. 팔레스타인 문제가 무엇보다 우선이오. 당신한테는 제가 아주 솔직히 말씀드린 겁니다. 이런 때에 우리의 노력을 분산시키는 건 완전히 미친 짓이지요. 우리가 보기에 당신의 가치는 큽니다. 당신이 완전히 혼자인 만큼, 아니 거의 혼자인 만큼 더욱 큽니다. 그러나 지금 차드 상황으로는 당신이 필요로 하는 만큼의 사람과 무기와 군수품을 댈 수가 없어요. 당신이 사람을 끌어모을 수만 있다면 어떡해서든 우리가 지휘관들은 모을 수 있을 것 같은데. 아직 그럴 형편은 못 되는 것 같군요. 그럴 때가 오겠지요…… 하지만 아직은 때가 되지 않았어요. 당신은 운 없게도 아직 완전히 준비가 되지 않은 아프리카 지역에 속해 있어서…… 현재로서는 우리가 가지고 있는 탄약 하나, 돈 한 푼 한 푼이 딴 곳에서 더 유효하게 쓰일 수 있을 겁니다. 그래서 우리는 프랑스령 적도 아프리카의 여기저기에 무의미한 혼란을 일으키는 일에 그다지 흥미를 느끼지 못하고 있어요. 그래봤자 우리가 준비가 되어 있지 않다는 사실만 부각시키게 될 거요. 힘이 남아 있다는 인상을 계속 유지하는 편이 있지도 않은 힘을 내보이는 것보다 훨씬 나을 거요. 우리가 동시에 도처에 있을 수는 없으니. 이것이 우리가 거절하는 이유요…… 잠정적인 거절이지요. 이미 말씀드렸듯

이, 때가 올 거요……

그의 목소리와 얼굴이 가볍게 떨렸다. 바이타리는 충분히 냉정을 유지하고 있어 적절하게 거만한 태도를 보였다. 자신의 대화 상대가 이집트의 내정 계획 혹은 범아랍운동 계획에서 차지하는 위치가 어느 정도이건 간에, 그는 제 힘을 간직하고 있었다. 그러나 바이타리는 성전(聖戰)을 지지하는 전통주의자들과 민감한 문제를 바로 겨냥해 경제 및 정치적 진보를 주장하는 근대주의자들 사이의 갈등을 잘 알고 있었다.

바이타리가 느릿느릿 말했다.

— 제가 잘 이해했는지 모르겠지만, 결국 종교적 신념을 지키시겠다는 거군요. 카이로에서는 민족자결권에 대해 얘기를 많이 하던걸요.

상대는 고개를 숙였다.

— 이슬람은 효모 같은 강력한 세력입니다. 하지만 행동하려면 시간이 필요하지요…… 우리는 우선 서구 일색으로 만들려는 저 물질주의적 횡포로부터 이슬람을 보호해야 합니다……

호박 묵주를 뚫어지게 쳐다보던 그의 입술이 얇아졌다. 미소 짓고 있었던 것이다.

— 여하튼 우리들에게는 마르크시즘도 서구 사상이란 걸 잊지 마시오.

바이타리는 최근에 자신이 보인 공산당에 대한 애착이 널리 알려져 있다는 걸 알고 있었다. 그는 애초에 대표로 선출된 중앙 그룹과 결별한 후에 언제나 공산당에 동조하여 투표를 해왔던 것이다.

— 그게 무슨 관계가 있는지 모르겠군요.

바이타리가 차갑게 말했다.

— 나로서는 아주 제한된 지역에서의 공산당의 지지를 왜 거절해야 하는지 모르겠군요. 당신들은 인민민주주의 무기를 받아들이잖습니까……

피곤하다는 몸짓. 그의 손은 바이타리의 손과 전혀 상반되게 힘없이 길고 섬세했으며 살짝 떨리고 있었다……

— 이런 식의 논쟁은 하지 맙시다. 내가 하고 싶은 말은 우리에겐 인내심이 필요하다는 것뿐이오. 우선은 분위기를 만들어야 하는 거요. '검은' 아프리카는 우리 편이 될 겁니다…… 당신도 알다시피 이슬람은 이 땅에서 발전을 이뤄내고 있어요. 우리의 신앙은 더 젊고 더 열렬합니다. 우리의 신앙은 사막에서 태어나 저 사막의 바람 같은 속력과 힘을 지니고 있소. 우리 신앙이 승리할 겁니다…… 이슬람화된 아프리카는 세계 무대에서 저항할 수 없는 힘이 될 거요. 그런 날이 올 거요……

거의 은밀한 생기가 다시금 그의 얼굴을 스쳤다. 거의 알아볼 수 없을 정도로…… 그러나 바이타리는 피 속에서는 열정이 들끓고 있는데도 살갗은 아무런 표정도 드러내지 않는, 감쪽같이 자신을 숨기는 이런 얼굴들을 잘 알고 있었다. 냉혹한 광신자의 얼굴이었다. 아니면 종교적 광신도였거나. 그는 하비브가 한 말의 타당성을 더는 의심하지 않았다. 이슬람연맹은 와해되었지만 아프리카자유연맹은 본질적으로 종교운동으로 남아 있었던 것이다. 묵주알들이 다시금 그 섬세한 손가락 사이에서 규칙적으로 움직였다.

— 지금으로서는 자제할 줄 알아야 합니다. 적도 너머로 우리 신앙이 퍼져가는 데 기독교 선교사들이 당황해하고 있으니…… 회교

학교는 투쟁의 전위대요. 나머지 것은 저절로 따라오는 겁니다. 당신이 보인 최근 행동이 이제 겨우 시작일지라도 여하튼 반향을 불러일으켰으니 우리도 다른 각도에서 사태를 고려해볼 수 있으리라는 말을 꼭 덧붙이고 싶소. 현재 우리가 할 수 있는 한계 내에서 말이오······

— 신문은 읽고 계시지요?

바이타리는 자신의 약점을 감추기 위해 목소리를 높여 물었다. 상대방이 그 약점을 알고 있다고 느꼈던 것이다.

그는 다시금 살짝 미소를 짓더니 천천히 고개를 끄덕였다.

— 읽고 있지요. 가지고 다니기도 합니다······ 보시오.

그는 책상 위에다 한 뭉치의 영어 신문과 불어 신문을 늘어놓았다. 바이타리도 자기 방에 가지고 있는 것들이었다. 하지만 그가 생각한 건 아랍 신문이었다. 그는 자기 자신에게 화가 치밀었다. 그것은 그가 마지막으로 끄집어냈어야 했을 얘기였기 때문이다. 신문에는 온통 모렐에 관한 얘기밖에 없었다. 그는 제목만 훑어보는 시늉을 했다. "차드의 기인 행방 묘연", "세계에서 가장 기이한 모험 — 프랑스령 적도 아프리카 특파원이 전하는, 사냥꾼들로부터 코끼리를 보호하려는 어느 프랑스 인의 광적인 시도에 관한 이야기." 그는 화를 감추지 못했다. 민중의 합법적인 고귀한 열망에 대해서는 무관심한 신문들의 값싼 선정주의가 모렐을 이용하려는 그의 모든 노력을 헛되게 만들고 있었던 것이다. 모렐은 세상의 시선으로부터 바이타리를 가리는 연막이 되었다. 바이타리로서는 그 연막을 가능한 한 빨리, 그리고 무슨 수를 써서라도 거둬야만 했다. 그는 신문들을 경멸하듯 밀어젖혔다.

— 식민지주의자들의 신문이 사태를 이런 각도에서 보는 것은 당연하죠.

그가 말했다.

— 그렇소. 그리고 아랍 신문이 당신에게 유리한 각도로 그 사건을 소개하는 것도 당연하지요. 우리가 당신에게 정신적 지지를 보내지 않은 적은 없소.

바이타리는 문득 자신이 길을 잘못 접어들었음을 깨달았다. 결국 그로서는 무기와 '자원군'을 얻는 게 문제가 아니었다. 그보다는 자신에 대한 얘기가 나오게 하고, 자신을 알리고 이름을 국제무대에 드러내는 것이 관건이었다. 그것이 그가 지금 기대할 수 있는 전부였다. 그가 프랑스령 적도 아프리카에서 몇 차례 일시적인 기습을 벌이는 일도 마찬가지였다. 획기적인 사건을 벌여 그의 이름을 드러내고, 외부세계에 중요한 인물이 되는 것, 빼놓을 수 없는 협상 상대가 되는 것, 이것이 현재로서 가능한 유일한 목표였다. 그는 자신의 개인적인 입지가 아직 확고하지 않은 더 넓은 아프리카 연방과 별개로, 가까운 미래에 차드를 독립된 나라로 변모시키는 일이 불가능하다는 걸 누구보다 잘 알았다. 자기네 관습이 인정되는 한 여러 부족들은 자기들 마음대로 살게 해주는 자유에 오랫동안 만족할 수 있었다. 조만간 붉은 군대가 유럽 전역을 휩쓸 테고 미국과의 충돌이 눈에 띄게 임박해진 냉전시기에는 완전히 새로운 예측, 말하자면 무한한 예측들이 가능해서 그는 독립을 찬성하는 입장에 서 있었다. 불화가 있었지만 그는 그때 기일을 정하고 장래의 정복자가 누가 되든 간에 자기가 그 승리자와 담판하는 상대로 나서야 되겠다고 생각했었다. 아마도 그가 잘못 판단한 게 틀림없었다. 영국인들이 말하듯

"타이밍"을 잘못 맞춘 것이었다. 너무 일렀던 것이다. 이제 그가 할 수 있는 것은 자신의 비중을 확보하는 일뿐이었다. 자신이 아프리카의 정치판에서 특출한 인물이라는 것을 외부세계에 드러냄으로써, 그 누구도 민중의 지지나 실제적 가능성이라는 가치 측면에서 그가 어떤 의미를 갖는지를 묻지 않고, 다만 그의 재능과 달변, 그리고 그의 목소리에서 퍼져나오는 확신의 힘이 어떠한 것인지만을 묻는 국제 연단에 올라서야만 했다. 그것이 정치적인 고독, 고독 자체에서 벗어날 수 있는 유일한 방법이었다. 위기의 순간에 로비 활동에서 쓰이는 국회의 특수용어를 빌리자면, "자리를 잡아야만" 했다. 국제 무대에 "자리를 잡아야" 했던 것이다. 그는 말을 하기 시작했다. 그리고 오랫동안 말했다. 대화가 프랑스어로 행해진 게 그로서는 퍽 다행한 일이었다. 프랑스어는 그가 아주 훌륭하게 말해낼 수 있는 유일한 언어였기 때문이다. 말을 끝내고 나서도 무기도, 돈도, 의용군도 얻어내지는 못했지만 그는 이 면담의 결과에 아무런 의심을 품지 않았다. 그의 면담 상대 둘은 힘찬 목소리와 아프리카의 정열에 프랑스의 논리로 짜인 옷을 입은 사나이가 아프리카 정계에 등장한 새로운 일꾼이라는 확신을 가지고 떠날 것이 아닌가. 그는 잠시 이마의 땀을 닦으며 소파에 앉아 있었다. 그는 그가 일으켰을 효과에 대해 자신만만했다. 그러나 불행히도 그 두 사람은 그가 감동시켜야 할 청중 가운데 아주 미미한 일부에 지나지 않았다. 문제는 그대로 남아 있었다. 제1차 식민지민족대표회의가 반둥에서 곧 개최될 예정이었는데, 대회 조직 책임자들은 그를 초대하는 것이 좋겠다고 판단하지 않았다. 그는 그런 누락, 그런 모욕이 앞으로 또 일어나서는 안 되게 할 참이었다. 무엇보다도 먼저 필요한 비중을 얻어야만 했다.

그래서 일시적이고 실제적인 영향력은 없을지라도 테러리즘이야말로 국제무대에 필요불가결한 정치적 토대를 마련해줄 수 있을 유일한 행동으로 남아 있었다. 추장들과 주술사들이 그에게 적의를 표명하고, 무지와 미신, 그리고 원시적인 종례라는 뛰어넘을 수 없는 방책 때문에 그와 분리되어 있는 종족들의 분노를 자극하는 것은 생각할 수 없는 일이었다. 여하튼 그를 먼저 감옥문으로 들어가게 했다가 장관의 응접실로 들어가게 해줄 특종감의 제목들을 두서너 번 신문에 제공하기만 하면 충분할 것이다. 그는 항상 이렇게 원점으로 되돌아왔다. 자기에게 관심을 갖게 하려면 어떻든 무기를 입수해야 했고, 값비싼 자원군을 모집해야 했고, 프랑스령 깊숙이 기습을 몇 차례 감행해야만 했다. 그러자면 돈을 마련해야만 했다. 그래야만 아프리카 대륙과 세계 도처에서 각축을 벌이고 있는 복잡한 세력권 내에서 그의 입지가 나아질 것이었다. 그는 그 점에 대해서는 추호도 의심하지 않았다. 어쩌면 자신의 운명에 대해 의심해본 적이 없었기 때문인지도 몰랐다. 그는 그 운명을 그의 목소리의 힘, 그의 손아귀의 힘, 그의 고독의 규모 자체에서 느끼고 있었다. 그 고독에는 오직 절대적인 권력만이 충분한 대답을 제공해줄 수 있었다. 때때로 밤새도록 그를 깨어 있게 하는 무한한 열망은, 추억이며 동시에 의지였다. 그의 태생이기도 한 울레 족의 십 대에 걸친 추장들에 대한 추억이요, 전 아프리카를 어두컴컴한 부족생활에서 벗어나게 해서 그가 있는 곳까지 올려놓으려는 의지였다. 그가 "자기 별자리를 믿는" 건 아니었다. 그는 그런 미신 따위는 믿지 않았다. 그는 자신에게서 느끼고 있는 지적·심적·육체적 힘을 믿었다. 그는 불쑥 일어나서 계단 쪽으로 향해 갔다. 그때 보이가 그를 조용히 잡더니 은쟁반 위에 놓인 명함을 그에게 내밀었다. 그는 자만심에 찬 전율을 감출 수가 없었다. "로베르 다종, 국회의원", 그는 명함을 쥔 채 한순간 아무 말 없이 미소를 짓고 있었다. "프랑스 정부가 드디어 움직이기 시작했군" 하고 그는 생각했다. 우방기에서 보낸 것은 아니더라도 카르툼으로 그에게 그런 밀사를 보낸 것만도 이미 주목할 만한 일이었다. 그는 보이의 뒤를 따라 보이가 가리키는 이층 방으로 갔다.

34

다종은 잠옷 바람으로 그를 맞이했다.
— 우리가 함께 있는 게 눈에 띄는 걸 자네가 꺼릴 것 같아서……
바이타리는 의원들이 쓰는 친근한 반말을 다시 듣고 감격했다. 문득 간이식당이며 로비, 긴 야간회의, 그리고 그것이 끝나고서 파리의 레알로 가서 먹던 양파 수프에 대해 진한 향수가 느껴졌다. 그는 적의에 가까운 냉정함을 과장해서 갑자기 밀어닥친 그 추억들과 싸웠다. 다종은 전쟁 후에 국회에 나오게 된 우방기의 전직 의사로, 견실한 사람이었다. 두 사람은 예전에 같은 당에 속했었고, 함께 식사를 했고, 투표도 했고, 함께 정치 시찰도 했었다. 그는 아프리카 문제에 대한 심오한 식견 덕에, 그리고 때때로 화를 내면서까지 국토의 이익과 개발 촉진을 격렬하게 옹호한 사실 덕에 의회에서 존경을 받았다. 바이타리는 그를 성실하지만 지적으로는 그저 평범하고, 장애물을 무시하고 선의만 고집하기 때문에 별 효과를 거두지 못하는 수완 없는 사람이라고 판단했다.

— 친구로서 왔네.

바이타리는 가볍게 미소 지었다.

— 그러리라 믿네.

그들은 악수를 했다.

— 앉게.

그는 침대 위 선풍기 아래에 앉았다. 바이타리는 소파를 피해서 의자에 앉았다.

— 파리에서 자네 부인과 아이들을 봤네.

— 정기적으로 소식을 받고 있지. 고맙네.

다종이 말을 가로챘다.

— 자네가 여기 있다는 것을 알고서 이리로 왔네. 내 자의로 말이야. 가보라고 한 사람은 없네. 아무 위임장도 없어. 정부도, 당도, 지사도, 그 누구도 날 보내지 않았어. 자네가 다른 생각을 한다면 이 대화는 필요 없는 것이 될 걸세.

— 난 아무 생각도 안 하네. 자네가 여기 있으니 좋군. 그래서 할 말은?

바이타리가 말했다.

— 다 버리고 우리에게 돌아오게.

— 저런? 당에서 보낸 게 아니라더니……

— 당이 아니야. 우리 모두와 함께하자는 거지. 함께 뭔가를 세워보려고 애쓰는 프랑스 인과 아프리카 인들 말이네.

바이타리는 한순간 주저했다. 그저 심장이 뛴 것뿐이었다. 정말 아무것도 아니었다. 추억의 힘…… 그는 얼굴에 아무것도 드러나지 않았음을 확신했다.

— 너무 늦었어.

그가 말했다.

— 모렐 건 때문인가? 그건 별일 아니야. 잘 처리될 거야……

그는 웃었다.

— 사냥 법규도 개정할 수 있을 거고……

바이타리는 신경질적으로 어깨를 으쓱했다.

— 그게 문제가 아니네. 모렐은 미친 놈이야. 그놈은 전혀 중요하지 않아. 하지만 자네들은 마차를 이미 놓쳤어. 기차는 떠났어. 이젠 따라잡을 수 없게 되었어.

다종은 살짝 위축되었다. 그가 아프리카에 온 지 이십 년이 넘었지만 정치 개혁이 문제될 때마다 "너무 이르다"와 "너무 늦었다"라는 두 가지 소리밖에 듣지 못했던 것이다.

그가 불쑥 말했다.

— 다 지어낸 이야기야. 저널리즘이 만들어낸 거야…… 절제와 중도를 찾는 데 너무 늦는다는 건 없네. 진보가 일어나는 곳은 바로 그 지점이지. 중도 말이네……

바이타리가 말했다.

— 미안하지만, 진보가 결코 일어나지 않는 곳이 바로 거기야. 아마 그곳에서 끝날 거야. 몇 세기의 역사가 흐른 후에 말이네. 여하튼 거기서 시작되는 것은 아니네. 나는 삼 년 동안이나 자네들과 같이 지냈어. 거의 임기 내내……. 그런데 아프리카 인에게 장관직을 주는 게 문제가 될 때마다 자네들은 보당고를 선택했어.

— 다카르는 시옹빌보다 정치적으로나 경제적으로 더 중요해. 거

기에 개인적인 이유는 없었네. 자네도 알겠지만.

바이타리가 소리 높여 말했다.

— 개인적인 질문을 하는 게 아니네. 그러니까 말하자면, 프랑스령 적도 아프리카의 대중 정치 교육을 위해 자네들이 무얼 했지?

다종이 말했다.

— 이보게, 자네도 나처럼 그 문제의 여건들을 잘 알잖나. 경제, 문화, 그리고 사회 발전이 동등하게 병행되지 않으면 정치 교육이고 대중 교육을 제대로 밀어붙일 수 없다는 것 말이네. 엘리트와 취업 돌파구를, 노조와 공장을 동시에 창출해내야 하네. 어느 한쪽이 없으면 민중의 불행을 위해 일하는 꼴이 되지. 정치적인 해방은 경제적인 해방과 동시에 이루어져야 하네. 그렇잖으면 결과는 처참하지. 우리는 천천히 나아가지 않을 수 없었네. 이 두 문제를 한꺼번에 추진할 수 있는 국가적, 혹은 국제적 자원은 원자시대 이전에도 없었고, 아직도 없네. 그렇지만 최소한의 생활 수준에는 도달했잖은가. 어떤 나라들은 이미 '자립'했다고 말할 수 있을 정도네.

— 소련 사람들은 원자라는 기적을 기다리지 않고도 자기네들끼리 그걸 달성했잖나.

바이타리가 말했다.

— 그렇지. 하지만 어떤 대가를 치렀나? 우리도 시도했었지. 콩고-오세앙 철도〔대서양과 콩고 강을 잇는 510km에 이르는 긴 철도로 1921년 프랑스 식민지 통치하에서 건설되었으며 많은 인명이 희생되었다〕 말이네…… 우리는 위생 문제와 영양 문제, 그리고 출산율에 노력을 기울였지. 출발 디딤돌은 놓은 셈이지. 그것만 해도 큰 거야.

— 콩고-오세앙 철도는 인간에 대한 죄악이었네. 명령하는 것은

자네들 유럽인들이었고, 우리 아프리카 인들은 고생하다가 수천 명씩 죽어갔으니.

바이타리가 조용히 말했다.

— 그 철로 건설을 결정한 것이 아프리카 인들이었다면 희생이 배가 되었더라도 문명과 진보의 산물로 곳곳에서 갈채를 받았을 것이네.

다종은 멍하니 입을 벌린 채 그를 바라다보았다.

바이타리가 말했다.

— 문제는 아프리카를 그 원초적인 상태에서 건져내는 것인데, 아프리카 인들만이 자기 민중들에게 그런 노력을, 희생될 수백 만의 생명을 요구할 권리를 갖고 있네. 아프리카를 암흑 같은 부족생활에서 건져내려면 원자력으로도 대치할 수 없는 강력한 손아귀의 힘이 필요하지. 그런데 자네들은 이 힘을 명예롭게 소유할 수가 없어. 그러니까 자네들과 함께하면 지지부진할 수밖에 없네. 관례와 풍습, 인간적인 생활을 존중한다는 핑계를 댈 수 있겠지만…… 지지부진할 수밖에 없어. 그러니 내 손을 자유롭게 놔두게……

그는 그의 억센 손을 내보였다.

— 관례와 풍습, 주술사, 북소리, 쟁반을 머리에 인 흑인 여자들…… 이런 것들이 내던져지는 걸 자네들은 보게 될 거야…… 나는 그들을 시켜 길과 광산과 공장과 방책을 세우게 할 작정이네. 나는 할 수 있어. 내가 아프리카 인이기 때문이고, 필요한 게 무엇인지를 알고, 그리고 어떤 대가를 치러야 하는지를 알기 때문이지. 나는 그 대가를 치를 준비가 되어 있네. 소련에서도 그 값을 치렀잖나. 오늘날 그들을 좀 보라고……

다종은 얼굴이 벌게졌다.
— 아프리카 농민들에게 그런 노력을 요구할 권리를 갖기 전에 먼저 여기 사람들의 몸 자체를, 그리고 영양 체계를 바꾸어야 하리라는 걸 자네도 잘 알잖나…… 기후에 대해서는 말하지 않더라도 말이야. 그렇잖으면 파리 떼처럼 죽어갈 테니까……
— 흑인 노예들이 미국의 남부를 세웠지. 그런데 내 할아버지의 말을 들어보니 우리가 아주 허약한 놈들만 거기다 팔았다 하더군.
바이타리가 말했다.
— 허, 거기야 하는 일이 농장 일이었지. 공장이나 댐이나 광산이 아니었잖나…… 스타하노프 운동은 더더욱 아니었지……
— 자네 말에선 인종차별주의자의 냄새가 나서 재미있군.
바이타리가 냉소적으로 말했다.
— 그러니까 흑인들은 현대적 건설 노력에 적응할 수 없다…… 러시아 인들은 할 수 있지만, 흑인은 안 된다는 말인가? 물론 죽어가겠지. 하지만 러시아 인들도 죽었어. 한 민족의, 한 대륙의 온 미래가, 위대한 미래가 달린 거라면 그것 때문에 망설일 수는 없지……

다종은 잠자코 있었다. 그는 그와 같은 권력의지 아래 감춰진 심리적인 욕구 불만과 고독이 어느 정도일까를 생각했다. 아마 울레 대추장의 후손으로 물려받은 유전적 기질도 잊어서는 안 될 것이다. 그는 이 모든 것 뒤에 인간의 존엄성, 인간에 대한 존중이라는 잊혀진 개념이 있다는 것을 말하고 싶었다. 그런데 혀가 묶인 느낌이었다.

마침내 그가 말했다.
— 여하튼 난 자네가 뭘 기다리며, 그리고 누구한테 그걸 기대하는지 모르겠네.

바이타리는 일어섰다.
— 어쨌든 자네들한테는 아니지. 집에 안부나 전해주게.
그는 선풍기 아래 푹 꺼진 듯이 앉아 있는 다종을 남겨두고 문 쪽으로 걸어갔다.

그는 자기 방으로 돌아와 웃옷을 벗고 침대에 누웠다. 다종의 제의는 순전히 개인적인 것이었다. 분명했다. 게다가 그가 꼭 할 만한 일이었다. 그는 협상을 통해 모든 걸 해결할 수 있으리라는 그 알량한 선의에 가득 차 있었다. 중도라니…… 그는 짜증난 몸짓을 했다. 이제 그쪽에서는 아무것도 기대하지 말아야 했다. 그는 시계를 들여다봤다. 다섯시에 하비브를 만나기로 되어 있었다. 하비브는 중동의 모든 무기 암거래상을 알고 있으니 어쩌면 외상을 얻을 방법이 있을지도 몰랐다. 그런데 불행하게도 그는 무슨 담보물을 그들에게 줄 수 있을지 찾지 못하고 있었다. "자원병"들도 훗날 지급한다는 어음을 받고 입대하진 않을 게고…… 그는 화가 나서 벽에 걸린 기마 판화를 바라다보았다. 곧 수단에는 영국인들이 지나간 흔적만 남게 될 것이다…… 그의 얼굴에 뿌루퉁한 표정이 떠올랐고, 베개 위에 올려놓은 손이 침대의 틀을 세차게 움켜잡았다. 그가 초조해서 죽을 것 같은 느낌에 사로잡히는 것은 바로 이런 순간들이었다. 그가 자신의 가능성에 대해 품고 있는 생각과 정치적으로 고립된 그의 처지는 이처럼 대조적이었고, 그것을 그는 점점 더 견디기 힘들어하는 것 같았다. 그의 모든 의지는 절망과 싸우는 데 쓰였다. 프랑스만이 그를 이해하고 제대로 평가해줄 수 있을 것 같았는데 이제 그는 주술사와 물신이 범람하는 아프리카 한복판에서 길을 잃은 것 같은 느낌이었다. 그는 자신이 99퍼센트의 프랑스 인들보다 더 똑똑하고 더 재능 있고 더 교육을 많이 받았다는 걸 알고 있었다. 법학 박사에 문학 학사 학위도 갖췄고, 주목 받는 저작물들의 저자이기도 했다. 그런데 그는 일부러 프랑스를 떠났다. 처음에는 계산 착오 때문이었고, 나중에는 무엇보다 프랑스 정치체제며 제도며 그 보수주의적인 전통이 그의 야심과 권력욕, 역사에 길이 이름을 남기고 싶은 그의 의지와 맞지 않았기 때문에 떠났던 것이다. 하지만 그는 프랑스와 고립된 것만큼이나 아프리카의 여러 부족들과도 고립되어 있었다. 그가 그들 선조들의 풍습에 대한 위협을, 다시 말해 혁명을 상징하기 때문이었다. 그러니 아프리카 편에서는 아무것도 기대할 수 없었다. 간접적으로 세계 여론을 일으키는 수밖에 없었다. 그러나 그가 모렐의 몰지각한 행동에 정치적 의미를 부여하기 위해 그것을 이용하려고 시도했을 때, 유럽과 미국의 대중은 이 우스꽝스러운 아프리카 동물 보호 얘기를 진지하게 받아들이고, 코끼리 보호에만 열을 올렸으며, 그와 그가 구현하고 있는 아프리카 독립이라는 대의는 줄곧 무시했다. 무슨 수를 써서라도 모렐과 그의 인도주의적인 신화를 끝장내고, 그를 세계 앞에 아프리카 폭동과 혁명의 진정한 선동자로 부각시켜야 했다. 그의 생각이 여기까지 이르렀을 때 노크 소리가 들렸다. 땅에서 살 줄 아는 자에게 땅이 베풀어주는 무한한 자원에 대한 자신만만한 확신을 가는 곳마다 내뿜고 다니는 하비브를 그는 유쾌하게 맞아들였다. 하비브의 확신은 사물과 인간에 대해 오래전부터 익숙해 있다는 인상을 주었다. 하비브가 사람들을 쳐다볼 때면, 그들은 그와 오래전부터 알던 사이이고, 만나기도 전에 그들에 대해 그가 모든 것을 다 알고 있다는 인상을 받았다. 그렇다, 그는 카이로 위원회 대표와의 면담이 부정적인 결과로 끝났다는 것을 이미 알고 있었다. 이 실패를 지나치게 심각하게 받아들이면 안 됩니다. 거기에 대해 얘길 좀 나눕시다. 실질적인 결과를 얻을 수 있다는 것을 그들에게 보여주면 될 겁니다. 마침 해결할 방도가 있습니다. 내 친구 드 브리가 병원에서 무료해하다가 그 천재적인 머리로 생각해낸 조그만 계획이 있어서 온 겁니다. 네, 그 친구는 신의 보살핌 덕택에 지금 완전히 회복되었지요. 지금이야말로 순풍이 우리가 향하는 방향으로 불어주는 절호의 기회요. 우리를 위해 하늘이 개입한 겁니다. 이건 그냥 하는 말이 아니에요. 비가 늦어져서 동부 아프리카 전체가 고통받고 있는 혹심한 가뭄과 관계된 일이니까 말입니다…… 운만 조금 따라준다만 이천만은 얻을 수 있을 겁니다. 그 지역을 아주 잘 아는 드 브리의 도움을 얻어 파견단을 꾸밀 준비가 되어 있어요. 나는 친구에게는 도움을 줄 준비가 늘 되어 있지요. 이십 퍼센트의 수수료만 준다면 말입니다. 보통 때보다 십 퍼센트가 많지만 그만큼 위험이 따르는 일이니까요. 필요한 수송방법과 사람을 구하는 일은 내가 책임지겠어요. 내 권위만으로도 사람들에게 선불을 요구하지 않도록 할 수 있을 거요. 그가 즐거움을 명백히 드러내며 말했고, 비록 수수료를 강조하긴 했지만, 단순히 본능적인 돈욕심보다는 진정한 모험가로서의 천성이 그에게 있다는 것을, 또한 여기서 벌어지고 있는 일의 이상주의에 작은 교훈을 주려는 거의 악마적인 기쁨이 그에게 있다는 것을 바이타리는 느꼈다.

바이타리가 말을 가로챘다.

— 자, 자, 서두는 그만하고…… 우린 아주 오래전부터 아는 사이잖나. 어쩌자는 거요?

하비브는 주머니에서 지도를 꺼내더니 침대 위에 펼쳤다.
— 여기.
그가 두툼한 손가락으로 파란색 얼룩을 짚으며 말했다.
— 여기가 쿠루라는 곳입니다…… 호수지요. 이 지역을 통틀어 아직도 물이 있는 유일한 곳이오.

바이타리는 침대에 걸터앉아 담배를 피우며 주의 깊게 그의 말을 들었다. 그는 이 레바논 인이 그곳에 파견대를 보내 얻어낼 수 있다고 말한 굉장한 이익에 대해서는 곧장 의심을 품었으나, 그건 부차적인 문제였다. 결국 하비브가 그에게 제안한 일은 프랑스 영토 깊숙이 기습하자는 것이었고, 그것은 그가 오래전부터 꿈꾸어오던 일이었다. 그것은 곧 모렐과 끝장낸다는 의미였다. 모렐과, 그리고 그의 코끼리 신화를 영원히 끝장낼 수 있는 유일한 기회였다. 때때로 모렐이 식민주의 현실과 반란 기도에 이상주의적이고도 인도주의적인 연막을 치는 일을 특수임무로 부여받은 프랑스 정보국 소속의 정보원은 아닌가 하고 의심될 정도로, 그 코끼리 신화가 대중의 눈을 가려 아프리카 혁명을 못 보게 만들고 있었다. 손에 무기를 들고 농장을 불태우는 등, 이 모든 것이 여론에는 아프리카 동물을 보호한다고 선봉에 선 한 인간혐오자의 광태로 비쳤던 것이다. 만일 하비브의 제안이 이런 오해를 깨끗하게 사라지게 하고 바이타리와 그가 구현하고 있는 대의를 세계 여론이 못 보게 가리고 있는 연막을 걷게 할 수만 있다면, 이것만으로도 시도해볼 만한 가치는 충분히 있었다. 게다가 몇백만을 얻을 수도 있으니, 지금 형편으론 무시할 일이 아니었다. 게다가 운만 조금 따라준다면 프랑스 군과의 교전을 기대해볼 수도 있고, "수단 변경에 산재한 반란군"이라는 제목으로 오레스의 공식보도 형식을 띤 긴급기사를 신문에서 읽게 될지도 몰랐다. 그런 '홍보'를 얻을 수만 있다면 그는 감옥에라도 갈 용의가 있었다. 그를 초대하지 않은 반둥 권력층의 기억 속에 그의 이름을 되살리게 하는 데는 그것이 가장 좋은 방법이었다. 그는 담배를 비벼 껐다.

그리고 무심한 투로 말했다.

— 흥미롭네. 하지만 미리 말하겠는데 내겐 겨우 호텔비 낼 돈밖에 없어.

35

6월 22일 열두시경에 비행기 한 대가, 암벽 서쪽에서 시작하여 사구와 바위와 갈대밭이 이백 평방킬로미터에 걸쳐 펼쳐져 있는 쿠루 호수 수면 몇 미터 위를 비행하고 있었는데, 거기에 탄 미국 기자 에이브 필즈는 호수로 모여든 엄청난 코끼리 떼 사진을 찍고 있었다. 비행기는 오전 내내 그 지역을 떠돌다가 바르 엘 가잘 남쪽에 있는 엘 가라니까지 휘발유를 가득 채우러 갔다가 돌아와서 다시 비행을 계속했다. 필즈는 기수에 납작 엎드린 채 그의 생애에서 가장 극적인 르포 가운데 하나를 한 장 한 장 찍어나갔다. 호수 동쪽의 메마른 전 지역이 죽어가는 짐승들로 덮여 있었다. 짐승들은 쿠루 호수의 물가에 다다르려고 여전히 분투하고 있었다. 모래 때문에 반쯤 파묻힌 그 유일한 길, 백오십 킬로미터에 걸친 그 "물 없는 길"에는 해골이 여기저기 나뒹굴고 있었고, 비행기가 땅을 스칠 듯이 내려오면 수백 마리의 독수리들이 비행기 항로를 따라 날아오르다가 다시 힘없이 무겁게 내려앉곤 했다. 밀집한 물소 떼는 비행기가 지나가도 고개조차 들지 않고 황사 속에 오랫동안 꼼짝 않다가는 다시금 움직이기 시작했다. 물소 떼가 움직일 때마다 매번 더 이상 무리를 따를 수 없을 정도로 기진맥진한 녀석들이 남았다. 남은 녀석들은 다리를 경련하듯 움직이며 여전히 일어서려고 애를 썼지만 그 경련은 이미 임종을 떠올렸다. 길은 움직이지 않는 맹수들로 뒤덮여 있었다. 건기에 동물들이 대개 몰려들던 지역인 바르 살라마 못마저 말라버린 뒤에는 각 지역으로 흩어진 코끼리들이 따로따로 무리를 지어 쿠루 호수로 몰려들거나 혹은 힘이 다 빠져서 그 자리에 갑자기 멈춰 서곤 했다. 아직 걷고 있는 동물 떼들 때문에 일어나는 이 지역의 유명한 황사는 때때로 태양이 반사될 정도로 짙어서 사진촬영을 아주 어렵게 만들었다. 필즈는 아프리카 동물에 대해서는 물소와 맥을 구별하지 못할 정도로 아무것도 몰랐지만, 대중이란 항상 짐승들이 고통을 당하는 것을 보면 아주 감동한다는 사실을 알고 있었기에 이것이 멋진 특종이 되리라 확신하고 들떠 있었다. 쿠루 호수를 향한 이 짐승들의 기상천외한 집단 이동 이유를 독자들에게 더 잘 설명해주기 위해 그는 주변 호수들의 하상을, 맘문 호수와 이로 호수의 갈라진 바닥을, 수십 킬로미터에 걸쳐 지질층을 그대로 드러내고 있는 바르 살라마 못을 연신 찍어댔다. 꼭 다른 행성을 떠올리는 광경이었는데, 그런 것을 대중은 언제나 매우 좋아했다. 바닥에 납작하게 말라붙었거나 뒤집어져 있는 백여 마리의 악어 사진을 찍을 수 있도록 비행사는 말라빠진 바르 엘 딘 호수 위로 꽤 낮게 비행했다. 호수의 하상은 악어들이 죽어가면서 남긴 흔적으로 주름져 있었다. 쿠루 호수도 바깥쪽의 굴곡진 곳에는 물이 한 방울도 남아 있지 않았고, 단지 중앙만이 흙과 갈대로 덮인 붉은 바위 주위로 이십 평방킬로미터에 걸쳐 물이 반짝이고 있을 뿐이었다. 수백 마리의 코끼리 떼가 물과 갈대 사이에 꼼짝 않고 서 있었고, 아직 물기가 남아 있는 북쪽으로 펼쳐진 못의 진흙밭은 새들이 엄청나게 몰려들어 북적댔다. 그러나 그 광경을 사진으로 찍기란 불가능했다. 비행기가 내려갔다가 서둘러 벗어나지 않으면 프로펠러가 부러질 위험이 있을 정도로 살아 있는 구름 속에 감겨들기 때문이었다. 필즈는 이백 미터 고도에서 찍은 사진으로 만족할 수밖에 없었다. 거기에서 내려다보면 새들은 거대한 농장처럼 보였다. 에이브 필즈는 한평생 많은 것들을 사진 찍었다. 기관총이 쏟아지는 프랑스 거리에서부터 카리브 해에서 만난 아젤 태풍이 휩쓴 폐허에 이르기까지, 그리고 노르망디 해안, 인도차이나에서 지뢰를 밟고 튀어오르는 프랑스 군인들까지 찍었지만 이런 광경은 처음 보았다. 그렇지만 그는 자신이 느끼는 감동에 대해 착각하지 않았다. 그 감동은 그가 아무 경쟁자 없이 만들고 있는 르포의 독특한 성격에서 기인하는, 아주 직업적인 것이었다. 오래전부터 그는 다른 식으로는 반응하지 않았다. 그는 너무도 많은 것을 보았기 때문에 만약 그가 이미지 사냥이라는 일을 하면서 찍은 모든 것에 눈을 통해서가 아니라 보다 내밀한 방식으로 참여해야 했더라면, 아마 오래전에 술독에 빠져 있었을 것이다. (필즈는 스스로 술을 너무 많이 마셨다는 걸 누구보다 먼저 인정하는 그런 사람이었다.) 그러나 그는 스스로 터득했다고 판단하는, 온갖 시련에 대한 저항력 덕에 이제는 자기 직업에서 정상의 자리를 지킬 수가 있었다. 냉혹할 정도로 전문적인 손과 단련된 눈을 가진 사람이 많이 포진한 직업이었음에도 그랬다.

필즈는 작달막하고 날렵한 사나이였다. 이 일을 시작했을 무렵에는 퍽 고생을 했다. 스페인 내전 때는 죽어서 그곳에 뼈를 묻던지, 아니면 정말로 센세이셔널한 르포를 가지고 돌아오리라는 단호한 결심을 하고서 스페인으로 갔다. 과달라하라의 첫 공격 때 기관총 사격에 맞아 공화당원들이 쓰러지는 것을 몇 미터 거리에서 보고 두 장의 사진을 찍는 데 성공했고, 그 사진들은 아주 유명해졌다. 그렇게 그는 알려지기 시작했다. (그도 팔에 한 방 맞았으나 흥분한 나머지 아무 것도 느끼지 못했다.) 그 이후로 그가 사진 찍는 데 성공하지 못한 유일한 사건은 폴란드에서 일어난 그의 가족 몰살 사건이었다. 그 일에 대해서도 그의 적수들은 그건 그의 잘못이 아니다, 그는 거기 없었으니까, 라고들 말했다. 그는 근시였는데, 카메라 렌즈와 똑같은 감수성을 가지고 세상을 바라보기로 단단히 결심한 슬픈 눈초리를 하고 있었다. 얼마 전부터 그는 운이 없었다. 북아프리카에서 일어난 최초의 학살 사건을 놓쳤던 것이다. 그래서 모렐에 관한 르포를 만들 셈으로 차드에 왔지만, 포르라미에서 교대해가며 근무하고 있던 스무 명의 다른 기자들 이상의 성과를 거두지 못했다. 그다음엔 이집트와의 통합을 지지하는 자들과 반대하는 자들 간의 분규로 반란이 준비되고 있다는 정보를 믿고 카르툼으로 갔으나 그가 도착했을 땐 이미 반란군들이 체포된 뒤였다. 그는 가뭄에 대해 들어서 알고는 있었지만 머릿속에 구체적인 영상은 전혀 떠오르지 않았다. 갈증을 견디다 못해 모잠비크 해안의 바닷물에 뛰어드는 코끼리 떼의 죽음, 마지막으로 물이 남아 있는 곳으로 동물들이 떼지어 이동한다는 사실, 그가 그런 얘기를 들은 것은 카르툼에서였다. 그는 그 얘기에서 뭔가 흥미로운 냄새를 맡고서 현장으로 갈 결심을 했다. 그리고 비행기를 하나 빌렸다. 첫 비행 때부터 그는 거기에 특종 광맥이 있다는 것을 깨달았다. 이제 그는 맹활약 중이었고, 이 횡재에 대해 하늘에 감사하고 있었다. 그가 찾아낸 유일한 비행기는 영국인들이 쓰다 버린 낡은 블렌하임이었는데, 그 소유주인 옛 영국 공군 대위 데이비스는 그걸 타고 중동의 모든 분쟁 때마다 '자원병'으로 활약했던 것이다. 그는 비행기도 빌리고 조종사도 빌렸다. 빌린 비행기는 비행장 활주로를 도는 것 외에 다른 일을 할 수 있을 것 같아 보이지 않았지만 그는 누구보다 먼저 도착해야만 했다. 따라서 안전에 대해서 생각할 여유는 없었다. (필즈는 사고를 겁내지 않았다. 종종 사고 덕에 최고의 사진들을 얻을 수도 있었다. 게다가 그는 자신이 사고로 죽지 않을 것이며, 전립선암이나 항문암 따위로 죽을 것이라는, 이상하지만 확고한 믿음을 갖고 있었다. 어디서 그런 확신이 생겼는지 말하기는 어려웠다. 아마 인간 조건에 대해 그가 품고 있는 생각 때문이 아닐까?) 그는 다시 몇 장의 사진을 찍고 조종사 곁으로 와 앉았다. 그는 조종사에게 말을 걸기 위해 마스크를 썼다.

그는 말했다.

— 내가 이해할 수 없는 것은…… 저 동물들이 뭘 먹을까 하는 거요. 물론 물은 있지만 주위의 땅들은 완전히 비어 있잖아요.

데이비스가 말했다.

— 갈대들을 먹겠지요. 갈대는 널렸으니까요. 어쨌든 코끼리들은 그걸 좋아합니다……

데이비스는 전쟁 때 두드러진 활약을 보였다. 그러다 영국 공군의 승무원으로 계속해서 복무하기에는 너무 나이가 들었고, 그렇지만 비행하지 않고서는 살 수가 없었던 그는 비행을 계속하기 위해서라면 무엇이든 할 각오가 되어 있는, 고도 천 피트 이상이라면 어디든지 가는 퇴역 비행사 가운데 한 사람이 되었다. 1945년 이후로 그는 알렉산드리아에서 카르툼에 이르는 모든 술집을 전전했다. 뺨에는 붉은 반점이 있었고, 목소리는 여전히 컸으며, 그가 쓰는 비행 속어는 시대에 뒤떨어진 것이었고, 수염은 자전거 핸들 모양이었다. 그리고 무엇보다 그는 비행에 대해 깊은 향수를 품고 있었다. 독일군의 진군 때까지 그는 이집트 공군의 교관으로 있었다. 그다음엔 트리폴리타니아와 수단으로 무기를 수송했고, 마침내 그가 행복한 시절을 보낸 고든즈 트리 비행장 곁의 땅에서 손님들을 태우는 벤치크래프트 한 대와 블렌하임 한 대를 가지고 일하게 되었다. 그리고 비행 수업 이외에도 신중한 운송 비행기들은 착륙하기를 겁내어 꺼리는 위험한 곳들을 비행했다.

— 코끼리들은 갈대를 먹죠. 갈대도 뿌리를 먹으면 맛있나 봐요.

왼쪽 모터가 연기를 내뿜기 시작하더니 비행기가 흔들렸다. 동시에 오른편 모터가 딱 멈추었다. 필즈는 필름 통을 쥐고는 재빨리 그것을 목에 건 두 대의 카메라에 매달았다. (필즈는 비행기 고장과 강제 착륙에 길들어져 있었고, 항상 그럴 준비가 되어 있었다.) 그 순간 그들은 동물 떼의 오 미터 상공에 있었다. 데이비스는 동물들이 없는 모래톱을 찾았다. 그리고 바로 앞에서 하나를 보았다. 새들이 떼 지어 날아오르기 시작했다. 보험금을 타면 그는 쓸 만한 비행기 두 대는 살 수 있을 것이다. 비행기는 물속에 서 있는 코끼리 떼 위를 아슬아슬하게 지나갔다. 그러나 착륙하려는 순간, 물속에 반쯤 몸을 담그고 비스듬히 누워 있던 두 마리의 짐승이 왼쪽 날개 아래에서 갑자기 일어섰다. 비행기는 빙그르르 돌았고, 꼬리가 땅에 닿으면서 반으로 쪼개졌다. 필즈는 동체 밖으로 내동댕이쳐져서 모래 속에 파묻혔다. 필름 통과 카메라는 기적적으로 무사했다. 그는 곧 일어나서 안경을 쓴 뒤 렌즈를 맞춰 코끼리를 배경으로 한 비행기 사진을 찍었다. 그리고 가슴을 조종간에 박고 쓰러져 있는 데이비스의 사진을 몇 장 찍었다. 이어서 주위를 돌아다보았다.

땅에서 보는 호수는 한층 넓어 보였고, 동물 떼도 더 많아 보였다. 코끼리들이 사방에서 그를 에워싸고 있었다. 필즈는 겁이 덜컥 났다. 그러나 동물들은 너무도 기진맥진해서 그들 사이로 비행기가 떨어졌는데도 아무런 반응도 보이지 않았다. 새들만 놀라 날아올랐을 뿐이다. 그 새들 가운데서 필즈는 황새만 겨우 알아보았다. 포르라미의 호텔 창에서 매일 아침 볼 수 있었기 때문이다. 새들은 벌써 내려앉고 있었다. 그 중에 작은 섭금류들은 코끼리의 등과 옆구리에도 내려앉았다. 동쪽에는 거대한 붉은 절벽에 기댄 채 꼼짝 않는 살아 있는 맹수 무리도 있었다. 필즈 생각에는 영양인 것 같았는데, 대기와 물과 붉은 바위가 번쩍이며 빛을 반사하는 가운데 녀석들은 전혀 움직임이 없었다. 필즈는 이런 상태라면 물속에 뛰어든다 해도 별 위험이 없으리라고 판단했다. 호수는 그 앞 약 백 미터쯤 떨어진 곳에서 끝나고 있었는데, 호수가 끝나는 모래언덕 위로 반쯤 허물어졌거나 거의 내버려진 듯해 보이는 오두막 몇 채가 보였다. 오두막들은 거의 이 킬로미터나 되는 길이의 모래언덕 여기저기에 산재해 있었다. 모래언덕 북쪽 끝, 갈대의 벽에 막혀 모래언덕이 끝나는 지점에서 그는 그를 향해 달려오는 사람의 그림자를 보았다. 그는 필름 통과 카메라를 머리 위로 들고 조심스럽게 그를 향해 걸어갔다.

그러나 곧 물의 깊이가 어느 곳이나 일 미터도 채 못 된다는 것을 알아차렸다. 그는 아무 일 없이 모래언덕에 다다랐고, 곧 그를 향해 달려오던 사나이와 맞닥뜨렸다. 붉은색 머리털을 가진 키 큰 백인 사내였다. 붉은 땡땡이 무늬의 흰 손수건을 목에 매고 있었다. 주근깨로 뒤덮인 그의 얼굴은 어딘지 친근한 인상을 주었다.

— 같이 탄 사람이 누가 또 있었소?

— 그렇습니다만 죽었어요.

형편없는 프랑스 어로 필즈가 대답했다. 그는 이 얼굴을 어디서 봤던가를 생각해내려고 애썼다. 그는 셔츠 주머니에서 담배를 꺼내 무의식적으로 담뱃갑을 내밀었다. 주근깨 덮인 얼굴에 기쁜 표정이 활짝 피어났다. 필즈가 담배 피고 싶은 욕망에 대해 알고 있는 정도를 훌쩍 뛰어넘는 기쁨이었다.

— 미국 담배군요! 마지막으로 본 게 언제였더라……

필즈는 더 이상 그의 말을 듣고 있지 않았다. 그는 주근깨를 알아보았다. 그 주근깨는 한국전쟁 당시 치욕의 징표로서 미국 신문의 전면을 마치 돌출물처럼 장식했었다. 그러고는 오랜 기간 동안 완전히 사라졌다가 다시 신문의 전면에 나타났는데, 이번에는 그 성격이 달랐다. 필즈가 파리에서 차드로 떠나던 무렵, 주근깨는 거의 영웅이 되어 있었다. 바로 그 순간 필즈는 행운이 그를 어디로 인도했는지를 깨달았다. 스무 명의 신문기자가 여러 달 전부터 포착하려고 기를 썼지만 허탕 친 것을 하늘이 도운 비행기 사고가 그의 카메라 앞에 가져다준 것이다.

— 담배는 가지세요. 그 상표가 당신한테 그 나라에 대한 나쁜 추억을 떠올리지만 않는다면 말입니다……

포사이드는 곤혹감을 감추려고 웃어 보였다. 그들은 모래언덕 위에 선 채 비행기 사고 상황에 대해 몇 마디를 주고받았다. 그들 주위로는 수천 마리의 새와 물소와 코끼리들이 마치 열기에 매몰된 듯 떨리는 대기 속에 꼼짝 않고 있었다. 신기루 때문에 동물 떼는 무한히 많아 보였다. (필즈가 이곳에 도착하면서 쿠루 호수에 모인 코끼리 수를 어림잡아 계산했을 때는 천 내지 이천이었는데, 찍은 사진을 현상해서 보니 사고가 일어나던 날 아침 호수에 있었던 코끼리 수는 약 오백 정도밖에 되지 않았다.) 그는 뒤로 약간 물러나 포사이드의 사진을 찍었다. 그리고 그들은 오두막들을 향해 모래언덕을 따라갔다. 훗날 필즈는 이 순간부터 머릿속에는 온통 한 가지 생각밖에 없었다고 말했다. 모렐을 찍겠다는 생각이었다. 그는 카메라를 준비해두고 있었고, 무릎이 떨릴 정도로 감격해 있었다. (그는 속으로 이 르포가 그에게 가져다줄 금액을 최소한 오만 달러로 추산했다.) 동시에 그는 더 깊고 더 절실한 또 다른 감정에 맞서 싸웠는데, 그 감정의 본질이 무엇인지를 자세히 탐구해보지는 않았다. 모렐의 성명서는 그의 마음속 비밀스런 선을 건드렸었다. 이십 년 동안이나 세계의 시사문제들을 바로 코앞에서 보다 보면 "진영을 바꾼 사람"의 분노와도 같은 분노가 당신 가슴속에 이미 준비된 토양을 만나게 되지 않을 수 없는 것이다. 그는 또한 진정으로 불안을 느꼈다. 모렐이 카이로나 소련, 아니면 둘 다를 위해 일하는 아주 수완 좋은 정치선동가에 불과할지도 몰랐기 때문이었다. 필즈는 의심과 희망 사이를 오가고 있었다. 이것이 극도의 흥분으로 표현되었다. 그는 팔에 소총을 낀 채 불쑥 하늘을 등지고 나타날 것 같은 거대하고 신화적인 그림자를 찾아 사방을 둘러보았다. 그러나 그의 눈에 들어온 것은 수많은 코끼리 떼뿐이었고, 그것은 이제 그다지 그의 흥미를 끌지 못했다. 그는 포사이드의 질문에 되는 대로 대답했다. 직업적인 시각에서 본다면 이것부터 그가 범한 이상한 과오였다. 포사이드는 미국에서 강렬한 호기심을 불러일으키고 있었다. 그러나 포사이드에 대해서라면 필즈는 그가 어떤 처지에 있는지 알고 있었다. 그는 사건의 핵심을 알고 있었다. 그런가 하면 모렐은 모든 게 아직 알아내야 할 것으로 남아 있는 지평선을 열고 있었다. 그 지평선에는 어쩌면 그의 마음과 아주 가까운 열망이 있는지도 몰랐다. 어쨌든 그는 포사이드에게 시옹빌 습격이 있은 후 그도 잘 알고 있는 사실, 즉 그가 미국의 대중에게 오늘의 영웅이 되었으며, 데이비 크로켓, 린드버그, 비행접시와 뒤얽혀 있으며, 모든 것이 순교자라는 후광에 휩싸여 부각되고 있다는 사실을 확인해주었다. 그것은 대중이 흔히 보여주는, 그렇기에 필즈는 이미 오래전부터 놀라지 않게 된 여론의 급변 가운데 하나였다. 그렇다, 이제 사람들은 그의 한국 얘기를 그에게 변명거리를 찾아주기 위해서만 들먹였다. 미 공군이 한국에 독파리를 풀었다고 적이 제공한 '증거물'의 진정성을 그가 전혀 의심하지 않았다는 사실을, 사람들은 그의 영혼이 순수했기 때문이라고 설명했다. 그가 한 라디오 연설에 대해서는 미국의 이상주의자 청년이 불현듯 조국의 군대가 세균 무기를 사용했다는 '증거'를 접했을 때 느꼈을, 충분히 이해할 만한 분노를 못 이기고 한 행동일 뿐이라고들 말했다. 그러다 결국 그 비열한 속임수를 알게 되고서 그는 너무도 혐오감에 사로잡혀 더는 아무런 공통점도 갖고 싶지 않은 종족에 맞서 손에 무기를 들고 코끼리와 더불어 살기 위해 아프리카 밀림 속으로 떠났던 것이다. 아주 낭만적이고 감동적인 이야기여서 사람들은 그 가련한 남자를 위해 뭔가를 해주고 싶어 했다. 달리 말하자면 확실한 특종 광맥이었던 것이다.

— 그 후로 '그들'은 당신의 모험에 열광하게 된 거요. 그가 당신을 위해 그러진 않았다 하더라도 당신은 오르난도에게 감사해야 할 겁니다. 그는 대중을 부침개 뒤집듯이 뒤집는 걸 좋아하죠. 그것은 그가 대중에 대해 품고 있는 증오의 한 표현 방법이지요. 어쨌든 그들은 완전히 당신 편입니다.

필즈는 '그들'이 누구인지는 말하지 않았다. 그에게는 자세히 밝힐 필요가 없는 말이었다. 그는 직업 감각을 완전히 되찾았고, 거의 다 익은 르포가 자기 손 안에 있다는 걸 상기했다. 그는 다시 포사이드의 사진을 한두 장 더 찍고 질문을 던지기 시작했다. 포사이드는 신경질적으로 대답했다.

— 당신도 알겠지만 난 중국에 머물러 있기를 거부했고, 본국으로 송환해달라고 청원했소…… 그런데 내가 어떤 대접을 받았는지도 아시겠죠. 내 사진에다 당신이 알고 있는 그런 해석을 붙여서 실지 않은 신문은 하나도 없었어요. 나는 굴욕적으로 군대에서 쫓겨났고, 잊히기 위해 숨어 살려고 차드로 왔소. 그것도 멕시코를 통해 밀입국해야만 했죠. 나를 내친 내 나라가 국경을 넘는 데 필요한 여권 발급을 거절했기 때문이오. 나는 거의 늘 술에 취해서 지냈어요. 통상적인 모든 단계를 밟은 전형적인 타락이었다고나 할까요…… 거기에 대해선 더 얘기하고 싶지 않소. 아버지는 앞으로 내 얘기가 들리지 않게 하라는 조건으로 나에게 적은 금액의 연금을 주었어요. 남부에서는 명예를 천금같이 여겼죠. 포르라미에서도 상황은 그다지 좋지 못했어요. 한번은 내게 "잊는 걸 도와주겠다"며 술 마시길 권한 놈의 주둥아릴 까버렸소. 그런데 그놈이 또다시 내게 한 잔 돌린 날,

난 아무 말 없이 미소만 짓고 잔을 받아들였어요. 필요한 양의 알코올을 구할 만한 돈이 내게 없었던 거요. 친절한 건 흑인들뿐이었소. 그들은 웃었지만 나를 보고 웃는 것이 아니라, 그것이 세상을 보는 그들의 방식이었던 거요. 간단히 말하면 나는 엉망으로 살고 있었어요. 그때 모렐이 청원서를 가지고 나를 찾아왔지요. 난 서명했소! 아마 세상 어떤 놈도 그의 말을 나보다 잘 이해할 수는 없었을 거요. 나를 속인 것이 공산주의자들이니 공산주의에서 벗어나야 한다는 식으로 말하는 건 너무도 쉬운 일이니 말이오. 한국에서는 세계적인 명성을 가진 학자들, 온갖 나라 출신에 온갖 연령의 백여 명의 사람들로 구성된 위원회가 스물다섯 살의 보잘것없는 비행장교에게 그의 조국이 민간인에게 페스트와 콜레라를 퍼뜨렸다는 걸 엄밀하게 증명했지요. 선생, 그 증거물로 오염된 파리들이 여기 있소…… 인간적인 주름살과 눈길을 가진 정직하고 단정한 얼굴들이 나를 쳐다보며 그 죄악을 고발함으로써 인간으로서의 임무를 다하라고 내게 요구했어요…… 오! 문제는 분명 공산주의, 파시즘, 또는 민주주의, 아니면 내가 알지 못하는 그 무엇이지요…… 그들은 사람들이었소…… 나는 라디오에다 사람들이 원하는 대로 말했어요. 그리고 내가 미국에 되돌아왔을 때 사람들은 그 모든 것이 하나도 진실하지 않다고 하나부터 둘까지 엄밀하게 증명해주더군요. 그게 다 선전이었고…… 냉전이라는 거요…… 나는 내가 속한 군대가 그렇게 비열한 짓을 할 리가 없다는 사실을 알았어야만 했다는 거요…… 또다시 근엄하고 그럴듯한 인간의 얼굴들, 세계적인 평판이 있는 학자들, 국제적인 회의가 있었지요…… 그러나 이상하게도 그 모든 일이 내게는 전혀 중요해 보이지 않게 되었어요. 미국인들이 죄가 있느냐 없느냐, 공산주의자들이 죄가 있느냐 없느냐도 전혀 중요하지 않았소. 인간은 완전히 발바닥에서 머리끝까지 더럽혀진 채 진흙탕 속에 있었소. 그런 소리들은 멀리서 왔고, 계속되었지만 마우마우나, 유태인을 학살한 히틀러보다 더 좋을 것도 나쁠 것도 없었어요. 똑같은 사건, 인간의 사건이 계속되고 있었던 거요…… 그렇소. 나는 이 모렐이라는 친구가 무엇을 그들에게 큰 소리로 외치려는지 아주 잘 이해했어요. 그래서 그를 도왔소. 그의 청원서가 가져온 결과를, 다시 말해 모두가 그것을 무시한다는 사실을 알고서 우리는 무기를 모았지요…… 그다음은 아시는 바와 같소. 우리는 여기 이렇게……

필즈는 이해했다는 것을 표시하기 위해 고개를 끄덕였다. 그는 온 주머니를 뒤져 담배를 찾다가 포사이드에게 그걸 주어버렸다는 것을 기억해냈다. 필즈는 한 대 달라고 청했다. 필즈가 아무런 논평도 하지 않았기 때문에 포사이드는 그가 자기 말을 듣거나 했는지 자문할 정도였다. 그는 필즈에 대해 본능적인 존경을 느꼈다. 이 조그만 사나이는 방금 끔찍한 비행기 사고를 당했는데도 침착하게 안경을 쓰고 카메라를 들고, 마치 횡단보도라도 지나가듯 코끼리 사이를 걸어다니지 않았던가. 아마도 그의 직업이 그렇게 그를 단련시켰을 것이다. 얼마나 많은 것을 본 사나이인가. 그는 필즈의 얼굴을 슬쩍 훔쳐보면서 그의 눈에서 번득이는 무언가를 보고 필즈가 유대인이라고 단정했다. 그는 문득 처음부터 모렐 곁에 유태인이 없었다는 사실에 놀랐다. 그는 그들이 부카부의 아프리카 맹수 보호 회담에 세계의 이목을 끌려는 목적에서 실행한 시옹빌 습격 이후 쿠루에 왔다고 필즈에게 말했다. 그리고 1947년의 홍수 때에 쓸려나간 카이 어촌의 버려진 오두막에서 살고 있다는 것도 말했다. 호수 서쪽 끝, 고지 위에 자리 잡는 걸 사람들이 도와주었소. 모렐은 이틀 전에 국경 건너편, 차드와 수단 사이의 낙타길 교차로인 그파트로 떠났소. 그곳의 유일한 상인이 라디오를 갖고 있다고 해서, 얼마 전 끝난 회담의 결과에 대해 알아보려고 간 거지요.

— 그들이 필요한 조처를 취할 것이라고 그는 확신하고 있소. 그리고 그렇게 되면, 감옥에 들어갈 생각을 하고 있지요…… 그는 당당하게 파리 재판소에서 무죄를 선고받으리라고 확신하고 있어요. 거기에 대해선 난 모르겠소.

그는 말을 끊었다가 다시, 가능하다면 자기는 미국으로 되돌아갈 작정이라고 약간 거북해하는 흔적을 내비치며 덧붙였다. 이번에도 필즈는 아무 말도 하지 않았다. 그들은 모래언덕 건너편에 이르렀다. 필즈는 오두막 뒤에서 말 곁에 서서 그들을 기다리고 있는 한 여인을 멀리서 알아봤다. 그는 멈춰 서서 가까이 가기 전에 사진을 한 장 찍었다. 그는 차드 사람들이 때때로 미나에 대해 하는 말을 들었고, 그녀를 찍어 의기양양하게 전시한 여러 아마추어 사진들을 호기심 있게 본 적이 있다. 그녀는 그의 상상력을 아주 자극했었다. 그런데 이제 실제로 보니 조금 실망한 느낌이었다. 그녀는 꽤 예뻤지만, 평범하게 예쁜 얼굴이었다. 오직 입만이, 밋밋하면서도 육감적인 그녀의 입만이 약간 감동적이면서도 고통스러운 무언가를 지니고 있었다. 어쨌건 그로서는 이 여자에게 "인류의 적"이라고 불리는 사람에게 무기와 식량을 가져다줄 만큼 충분한 원한과 인간혐오의 기질로 뭉쳐진 힘이 있으리라고 상상하기가 힘들었다. 그녀는 필즈에게 사고 순간에 모래언덕에 있었지만 가까이 갈 용기가 없었다고 말했다. 비행기에 탄 사람은 그 자리에서 모두 죽었을 것이라고 믿었다는 것이다. 그녀는 믿을 수 없다는 표정으로 정말 다친 데가 없는지 확인하려는 듯이 필즈를 쳐다보며 고개를 저었다. 비행사는 죽었지만 자기는 무사하다고 필즈는 그녀에게 말했다. (그러나 나중에 포르라미 병원에서 찍은 엑스레이 사진을 보니 그는 갈비뼈 세 대가 부러져 있었다.) 그는 사진 찍기 좋은 각도를 눈으로 찾으며 그녀에게 독일어로 말했다. 그는 그녀에게 쓰고 있는 펠트 모자를 벗어달라고 청하고는 사진을 한 장 찍었다. 사진 배경에는 신기루와 갈대가 삐죽삐죽 솟아 있는 바위, 흰 섭금류들이 담겼다. 이거 괜찮을 것 같은데, 필름을 갈아 끼우면서 그가 말했다. 그가 사진을 찍는 동안 그녀는 아주 진지하고 생생한 공감을 드러내 보이며 동물들이 겪고 있는 비참한 상황에 대해 얘기했다. 그래서 필즈는 그녀가 이 태초의 풍경 속에서 그들이 묘하게 만난 것에 대해, 그리고 그의 모험이 도처에 불러일으키는 호기심에 대해 의식이나 하고 있을까 생각했다. 훗날 그는 한순간도 자기가 테러리스트들 사이에 끼어 있다는 느낌을 받지 않았으며, 자기 직무에만 전념하는 몇몇의 평화로운 과학 사절단 사이에 끼어 있는 느낌이었다고 말했다.

— 내가 당신 친구를 돌보러 가는 게 좋을 것 같소. 이렇게 더우니. 포사이드가 말했다.

필즈는 사진을 몇 장 더 찍은 뒤에 그를 돕겠다고 약속했다. 그는 모델을 찍고 싶어서 조바심이 났지만 참아야만 했고, 미나가 페르크비스트를 만나보지 않겠느냐고 묻자 그는 서둘러 승낙했다. 그 유명한 고약한 성질과 인간혐오 기질로 이번에는 시위운동을 하기 위해 코끼리를 핑계 삼은 이 덴마크 자연주의자에 대해 사람들이 그에게 말해줬던 모든 것을 그는 떠올리려고 애를 썼다. 그에 관한 의견은 퍽 분분해서, 어떤 이들은 존경 받는 노인인 그의 머릿속에 이름을 알리고 싶어 안달하는 희극배우의 넋이 감춰져 있다고 했고, 또 어떤 이들은 그가 성실하기는 하지만 미쳤다고도 했다. 또 다른 사람들은 그가 핵무기 금지를 위한 스톡홀름 호소문에 서명한 중요한 인사들 가운데 하나였으며, 스페인 전쟁에도 개입했고, 히틀러에 의해 투옥당했다는 사실을 상기시키곤 했다. 이런 자들은 그를 세계에 공산주의를 심으려는 음모를 위한 공작원에 불과하다고 보았다. (필즈는 나중에 스톡홀름 호소문에 서명한 것에 관해 페르 크비스트에게 몇 가지 질문을 할 기회가 있었다. 자연주의자는 그가 서명을 하게 된 건 오직 맹수와 식물에 미치는 원자 방사선의 가공할 만한 결과 때문이었다고 대답했다. 전쟁무기만이 문제가 아니라, 평화적으로 사용되는 원자로의 '폐기물'도 문제였다. 그것은 대기와 바닷물 속에 무한히 남아서 바다 생물과 새들에게도 위험이 된다는 것이었다.)

덴마크 인의 오두막을 향해 모래언덕을 걸어가면서 필즈는 그들이 서로 떨어져서 생활하고 있다는 사실에 주목했는데, 그것이 그에게는 아주 기이하게 느껴졌다. 걸어가면서 미나는 그에게 가뭄이 얼마나 심한지 증발 속도가 조수와 맞먹을 정도라고 말했다. 매일 아침 갈대와 모래언덕과 바위들이 밤 사이 커진 것처럼 보여요. 동물들이 기진맥진한 상태로 쿠루에 도착해서 며칠 동안 먹지도 않고 탈진 상태에 있는 것만 봐도 다른 곳에서 일어나는 일을 충분히 상상할 수 있어요⋯⋯

— 끔찍해요. 너무도 끔찍해요.

그녀가 말했다.

필즈는 상황에 적절한 말을 몇 마디 했다. 그는 동물에 대해 특별한 애정을 품고 있다고 말할 수는 없었다. 개를 한 마리 사고 싶다는 생각이 들 때는 있었지만, 떠돌아다니는 직업을 가진 그로서는 불가능한 일이었다. 한번은 멕시코에서 투우를 보는 동안 투우사의 죽음을 열렬히 원했던 적이 있었다. 그만큼 그는 황소가 찔려 죽는 걸 보는 데 역겨움을 느꼈던 것이다. 그는 살면서 온 마음을 다해 어떤 사람이나 어떤 사물의 편을 드는 일이 거의 드물었는데 그때는 그랬다. 그는 황소 편이었다. 그건 직업 때문에 생각이 삐딱해져서가 아니었다. 그는 물론 카메라를 가지고 있었지만 눈을 감아버렸다. "저 사람 눈감는 것 좀 봐!" 옆에 있던 누군가가 영어로 말했다. "이봐요, 황소는 서 있는 고깃덩이일 뿐이에요!" 필즈는 그자를 차갑게 살펴보았다. 얼룩덜룩한 셔츠와 시가만큼이나 잘 어울리는 텍사스 모자를 걸치고 있지만 멍청이로구먼. 그는 이렇게 판단했다. "서 있는 고깃덩이가 어디서 시작해서 어디서 끝나는지 도무지 알기 힘들군요." 그는 적대적인 의도를 그대로 드러내는 어조로 응수했다. 하지만 에이브 필즈는 동물에 대해 어떤 특별한 애정을 품고 있지는 않았으므로 이 여자가 아프리카 맹수의 운명에 대해 마치 그것만이 중요하다는 듯이 말하는 얘기를 듣고 약간은 놀랐다. 그것은 그의 도덕 감각에 거슬렸다. '자유'라는 말이 아무런 의미를 갖지 못할 정도로 인류의 60퍼센트가 굶어 죽어가는 세상에서 자연보호운동보다 더 시급한 일이 있지 않겠는가. 그런데 이 마지막 생각이 그의 머릿속에서 문득 전혀 기대하지 않았던 반응을 일깨워서 여자와 모렐에게 아주 놀라운 어떤 속셈이 있는 게 아닐까 하는 의문이 들었다. 그들이 그토록 열심히, 그리고 집념을 가지고 주장하고 있는 자연보호에는 고통받고 감내하고 죽어가는 모든 것에 대한 너그러운 애정이 감춰져 있지 않을까? 그리고 그것은 그들이 추구하는 목적의 표면적인 단순성을 훨씬 뛰어넘는 것이 아닐까? 어떤 특출한 주제를 좇고 있다고 느낄 때마다 찾아오는 갑작스런 전율을 그는 느꼈다. 그는 그 직업적인 흥분을 억누르려고 애를 썼다. 그가 진실의 낌새를 알아챘다 하더라도, 사진에 담을 수 없는 것이기에 그에게는 그다지 중요하지 않았다. 그리고 아마도 아주 무식할 것 같은, 전형적인 베를린 나이트클럽 출신의 이 가련한 여자가, 꽤 평범하고 심지어 약간 상스럽기까지 한 미모에, 언제나 조금 상처 받은 듯하고 고집스러워 보이는 푸른 눈길이 돋보이는 이 여자가 가장 오래된 것이면서 가장 시급한 문제와 관련된 그렇게 불확실한 일에 뛰어들 수 있으리라고는 정말이지 생각할 수가 없었다. 그녀가 그러한 것들을 이해할 수 있으리라고 생각하기란 정말 무리였다. 그녀는 아마 순진하게 그 프랑스 인이 살과 뼈로 된 실제 코끼리들을 보호하고 있다고만 믿었을 것이다. 그리고 어쩌면 그에게 그저 반한 것인지도 몰랐다. 그러나 그녀가 잠시 멈춰 서서 벌써 거의 분홍빛으로 물든 석양 아래 모래톱과 갈대 위에 앉아 있는 수백 마리의 새들을 바라볼 때, 그는 그녀의 얼굴 표정에서 아주 짙은 행복을 읽고서 본능적으로 카메라를 들었다.

— 여긴 어떻게 오게 되었어요?

그는 불쑥 생각나는 대로 물어보았다. 그는 항상 급작스러운 것을 좋아했다.

그녀가 눈을 돌렸다. 필즈는 그 행동이 약간 조롱기 섞인 웃음을 감추기 위한 것이라는 인상을 받았다.

— 그게 놀라운가요? 난 전쟁 동안 그리고…… 그 후로 퍽 많은

것을 알게 되었어요……

— 그게 무슨 상관인지 모르겠군요.

— 그래요, 물론 모르실 거예요. 난 포르라미에서 모렐 씨가 돌린 청원서를 읽었죠. 그래서 나도 자연보호를 위해 뭔가를 해야겠다는 생각이 들었지요. 당신에겐 아마 좀 놀라운 일일 거예요. 왜냐하면 내가 독일 여자라 당신 생각에는……

— 나는 아무 생각도 하지 않아요. 나는 당신이 독일 여자라는 사실에서 무얼 찾아내야 하는지도 모르겠소. 머릿속에 코끼리를 보호하겠다는 생각밖에 없는 범법자에게 무기와 식량을 날라다주는 위험을 당신이 왜 택했는지 그것으로는 설명이 안 되오……

— 난 베를린에서 왔죠.

그녀가 고집스럽게 말했다.

— 베를린에서 많은 것들을 봤지요…… 오! 이걸 어떻게 당신에게 설명해야 할지 모르겠군요. 느끼는 사람이 있고, 느끼지 못하는 사람이 있지요. 어느 순간 난 지긋지긋하다는 느낌이 들었죠. 갑자기…… 다른 것이 필요했어요.

그녀는 어깨를 으쓱했다. 물론 그렇겠지, 하고 필즈는 생각했다. 그도 그걸 알고 있었다. 다른 것이라…… 다른 어떤 것, 그것은 신문 편집자들이 계속해서 그에게 요구하는 것이었다. 그들이 옳았다. 이건 반드시 해야 할 근사한 사진 르포가 될 거야…… 그들은 모래 언덕 끝에 이르렀다. 미나는 다른 오두막들과 약간 떨어져 있는, 그 마을의 마지막 오두막을 그에게 가리켜 보였다.

— 저기예요.

그들은 그 오두막에서 땅에 이불을 깔고 눈꺼풀을 반쯤 연 채 열은 잠을 자고 있는 덴마크 인을 발견했다. 필즈는 그를 만난 적은 없었으나 그에 관한 기사들은 자주 읽었다. 잡지들도 자주 그의 사진을 싣곤 했다. 그를 보고 전혀 놀랄 일이 없었다. 그는 사진 그대로였다. 노화와 어떤 금욕적인 엄격함이 최대한 표현된 그런 얼굴이었다. 어쨌든 유럽인에게서는 찾아보기 힘든 얼굴이었다. (필즈는 중국인과 인도인들에게서 그와 비슷하거나 더한 얼굴을 본 적이 있었다. 비교를 할 수 있을 유일한 백인 얼굴이란 일부 아시아 선교사들의 얼굴이었는데, 그 선교사들은 결국 유럽인의 특성을 모두 잃고 나중에 가서는 아시아인들처럼 찢어진 눈매를 갖게 되었다.) 필즈는 허리를 굽혀 잠자는 사람 곁에 놓여 있는 책을 보았다. 성경이었다. 이런 얼굴을 가진 사람이라면 명함 같은 건 정말 필요 없겠군. 그는 책이 잘 보이도록 해서 사진을 한 장 찍었다. 덴마크 인이 눈을 뜨더니 그들을 뚫어지게 쳐다보았다. 그러나 필즈는 그가 아직 잠이 덜 깼으며, 꿈속을 헤매고 있다는 느낌을 받았다. 필즈는 그에게 비행기 사고를 설명한 뒤, 자기가 누구라는 것과 그곳에서 무엇을 하고 있었는지를 말했다. 그들은 얘기를 주고받기 시작했다. 미나는 두 사람만 남겨놓고 나갔다. 페르 크비스트는 그가 아는 한 이 같은 가뭄은 일찍이 없었으며, 아프리카 땅에 미치는 그 결과란 끔찍한 것이라고 말했다. 그 말을 하면서 그가 창백한 눈동자에 거의 광적인 광채를 띠며 아주 흥분했기 때문에 필즈는 자연주의자로서 느끼는 단순한 불안 이상의 연민 같은 것을 느꼈다.

덴마크 인이 잠시 침묵을 지키다가 말했다.

— 그렇소. 하늘이 갑자기 대지의 가장 건실한 뿌리를 뽑아버릴 작정을 한 것처럼 보이는 이런 때가 있죠.

필즈는 뭐라고 모호한 말을 중얼거렸다. 그는 신자가 아니었다. 그는 사진을 몇 장 찍도록 허락해주겠느냐고 물었다. 그러자 이상한 오해가 생겼다. 필즈는 당연히 그 노모험가 자신의 사진을 찍게 해달라는 것이었는데, 그는 다르게 이해했던 것이다.

그는 마치 주인처럼 너그러운 몸짓을 보이며 말했다.

— 물론이오. 얼마든지 찍으시오. 지금까지 사람의 눈으로 본 것 가운데 가장 많은 수의 새가 모였으니까요. 나중에 당신 사진을 덴마크로 보내주실 수 있다면 고맙겠소. 내가 사진을 수집하고 있어서 말이오.

필즈는 기꺼이 약속했다. 나가기 전에 덴마크 인은 성경을 집어 주머니 속에 넣었다. 모래언덕 위를 걷는 동안 필즈는 어떤 상황에서 모렐과 인연을 맺게 되었느냐고 물었다.

— 그 사람 곁에서 일을 하게 된 것은 코펜하겐 자연사 박물관 때문이라고 할 수 있겠소. 박물관이 나를 그의 곁으로 파견했으니 말이오.

눈에 장난기를 띠며 덴마크 인이 말했다.

그는 공식기관들을 그다지 좋아하는 것 같지 않았다. 필즈는 계속 캐물었고, 페르 크비스트는 결국 그에게 자신이 모렐의 청원서의 첫 수신인 가운데 한 사람이었다고 설명했다. 모렐은 내게 코끼리를 위하여 스칸디나비아의 여론을 일으켜달라고 요청해왔소. 청원서를 첨부한 편지에서 모렐은 "자기 나라에선 부분적으로 자연보호 문제를 해결했으니, 이제 세계 각지에서 그것을 결정하도록 도와주어야 할" 나라로 덴마크와 스웨덴, 노르웨이와 핀란드를 언급했소. 페르 크비스트는 잠시 침묵했다.

— 어떤 면에서는 그가 옳소…… 나 같으면 자기 자신에 대해 지나치게 만족하고 있는 내 나라 사람들에게 그런 말을 할 생각은 꿈에도 안 했을 거요. 난 아첨하는 것은 질색이오. 하지만 우리 나라 사람들이 자연과 관계된 모든 선언에 본능적인 존중을 표한다는 사실은 의심할 여지가 없소……

그는 모렐의 청원서를 받고서 우선 제네바의 위원회에 호소했다. 신중하게 고려해야 할 유보사항이라는 결과밖에 얻지 못했다. 더구나 그는 그들과 사이가 틀어져 있었다. 아주 최근에도 북극을 향해 이동하는 수천 마리의 희귀종 새들의 유일한 숙영지인 남태평양의 두 섬에 원격조정 장치가 달린 미사일 기지를 설치하는 것을 그가 반대했을 때도 그들은 도와주길 거절했다.

— 그들은 정치문제에 휩쓸려들었다고 비난당할까 봐 겁이 났던 겁니다……

결국 그는 참지 못하고 비행기를 탔다. 모렐은 그때까지 포르라미에 남아서 통계수치로 가득 찬 가방을 들고 여기저길 돌아다니고 있었다.

— 그는 나에게 자기 계획을 설명했소…… 내가 그의 기를 꺾었다고 말할 수는 없소. 나도 비슷한 투쟁을 오십여 년간 해온 사람이오. 나도 이런 경우엔 우선 대중의 호기심과 관심을 일깨워야 한다는 것을 알고 있었소. 게다가 모렐은 쉽게 좌절하는 사람이 아니오. 그렇지만 난 어려움에 대해 강조해서 말했소. 그는 말하더군요. "오, 전 습관이 돼 있어요. 벌써 이런 종류의 일을 한 적이 있습니다…… 내가 평생 벌인 싸움 가운데 가장 무시무시한 싸움은 풍뎅이를 위한 거였지요."

페르 크비스트가 모렐의 풍뎅이 얘기를 시작하려 하자 필즈는 슬그머니 원래의 화제로 다시 말을 되돌렸다. 풍뎅이와 태평양의 두 섬 이야기에는 그다지 흥미가 동하지 않았던 것이다. 노인은 확실히 허튼소리를 늘어놓는 버릇이 있었다. (몇 년 뒤 그 자연주의자가 죽기 얼마 전, 스웨덴의 우프살라에서 페르 크비스트를 만났을 때 추억에서 벗어날 수 없었던 그가 결국 그에게 풍뎅이 얘기를 했다. 그제서야 필즈는 자신이 아주 근사한 사진을 찍었음에도 불구하고 모렐에 관한 르포를 얼마나 망쳤는지를 깨달았다.) 필즈가 아주 교묘하게 말을 끊자 페르 크비스트는 말을 멈추고 그를 냉소적으로 쳐다보았다.

그가 말했다.

— 내가 당신 시간만 뺏은 것 같소. 당신은 여기에 사진 찍으러 왔지 내 설명을 들으러 온 것은 아니니까…… 게다가 모렐에게 직접 물어볼 수도 있을 테니까. 그는 곧 돌아올 거요.

필즈는 갈대 뒤로 물이 배까지 차는 곳에서 카이 어부들이 길게 줄을 지은 채 벌거벗은 등에 바구니를 메고 두 발짝 옮길 때마다 앞으로 투창질을 하며 나아가고 있는 것을 보았다. 그들은 헐떡이면서 박자에 맞춰 노래를 부르고 있었다. 팔을 움직일 때마다 소리를 지르는 바람에 리듬이 끊기곤 했다. 페르 크비스트는 그들이 때때로 투창질 한 번으로 메기를 세 마리나 잡기도 한다고 그에게 설명했다. 처음에 그들은 기진맥진한 코끼리들의 힘줄을 끊으려 했다. 그것은 수단의 크라이히 족이 말을 타고 용감하게 벌이는 사냥 방식이었다. 크라이히 족은 그런 식으로 봉고에서 벌채용 칼로 코끼리 떼를 공격했다. 그러나 모렐이 온 이후로 그들은 그런 사냥을 하려는 욕망을 버리게 되었다. 그들이 갈대밭을 돌아가는 순간, 필즈는 빽빽하게 밀집한 새 떼가 날아올랐다가 다시 내려앉는 걸 보았다. 마치 말을 타고 빨리 달리면 색색의 흙덩이들이 솟아올랐다가는 다시 내려앉는 것 같았다. 곧이어 서로 꼭 붙어 선 다섯 마리의 코끼리가 먼지 구름을 일으키며 나타났다. 갈대가 녀석들 옆구리를 스쳤다. 녀석들은 물속에 들어가서는 서로 흩어졌고, 그러자 가운데 두 마리는 말 그대로 무너지더니 옆으로 누운 채 꼼짝도 않았다. 그러는 동안 나머지는 계속해서 더 깊은 물속으로 들어갔다.

— 쓰러진 코끼리들을 저 녀석들이 부축해온 거요.

페르 크비스트가 말했다.

— 얼마나 오랫동안 저렇게 걸어왔는지는 신만이 아시겠지요. 우리가 여기 온 이후로 매일 쉰 마리에서 백 마리에 이르는 코끼리들이 오고 있소……

필즈는 코끼리 떼가 올 때 사진 찍는 걸 놓쳤으므로 카메라를 다시 내려놓았다. (그는 석 달 전에 한 미국 잡지와 이미 독점계약을 해두었다. 파리에다 자기 사무실도 열어두었다. 쿠루에 관한 그의 르포는 지금껏 사진 르포에 지불된 금액 중 최고의 금액인 십만 달러 이상을 받게 될 것이다.) 그는 늪 바닥을 뒤덮고 있는 수만 마리의 새 떼를 찍느라 두 시간을 보냈다. 흰색, 검은색, 붉은색, 회색의 느릿느릿한 움직임, 때로는 얼룩덜룩하고 때로는 여러 개의 획일적인 큰 얼룩으로 나뉘기도 하는 새 떼는 그야말로 살아 움직이는 농장 같았고, 하늘에서 내려왔다기보다는 땅속에서 솟아오른 것 같아 보이는 수생동물 같았다. (필즈는 아름다움에 대해 늘 어떤 적대감을 느꼈다. 아름다운 것 앞에서 자신이 한층 더 고립된 것처럼 느끼곤 했다. 성격이 온화한 편인 그에게는 조화와 일치가 필요했다. 그래서 그는 우주적인 조화 한가운데서 자신이 틀린 음처럼 느껴지는 걸 좋아하지 않았다. 한번은 카르파치오의 벽화에 대한 르포를 만들어야 했던 적이 있었는데, 병이 들어서 돌아왔다. 그는 장엄한 풍경 앞에서도 같은 반응을 보였는데, 그래서 그런 풍경보다는 자기 집에 있는 것 같은 느낌을 주는 담배연기로 가득 찬 조그마한 바를 더 좋아했다.) 그가 일하는 동안 페르 크비스트는 주인처럼 자부심을 드러내보이며 동물들의 이름을 가르쳐주었지만 필즈는 그걸 기억하려고 애쓰지 않았다. 그는 주의를 딴 데로 돌리고 싶지 않았다. 일단 찍은 뒤에 전문가에게 이름을 가르쳐달라고 사진을 맡기는 편이 더 간단했다. (뉴욕의 자연사 박물관의 한 전문가는 스물아홉 종의 새를 식별해냈고, 그 가운데 상당수가 유럽에서 온 것임을 알아냈다.) 그는 몰래 덴마크 인의 사진도 몇 장 찍었다. 새 떼로 뒤덮인 물가에서 남아프리카 특유의 커다란 모자를 쓰고, 쏘아보는 듯한 눈초리로 총을 들고 선 이 늙은 수호자의 모습은 그가 살면서 보아온 것 중에서 이상할 만큼 가장 감동을 주는 광경 가운데 하나였다. 페르 크비스트도 이 신문기자가 일에 임하는 열성과 속도에 좋은 인상을 받은 것 같았다. 돌아오는 길에 그는 좀더 상냥한 태도를 보였다. 그래서 필즈는 자신이 약간은 그에게 인정을 받은 모양이라고 느꼈다. 그는 그 틈을 타 크비스트가 자연보호를 위해 싸워온 투쟁에 대해 몇 가지 질문을 던졌다. 덴마크 인이 자신이 보호해온 종을, 거의 모든 생물을 다 포함한 것 같은 종 내역을 길게 늘어놓더니 갑자기, "그리고 도처에 자유를!" 하고 결론 짓듯 외치고는, 지나간 모든 투쟁을 회상이라도 하는지 음울한 침묵 속으로 빠져드는 바람에 그는 아주 놀랐다.

필즈는 상대방의 기분을 알 것 같았고, 그래서 그의 몽상을 깨지 않으려고 아주 조심했다. 그들은 아무 말 없이 미나가 식사 준비를 하고 있는 모래언덕 끝까지 걸어갔다. 포사이드가 선 채로 그녀와 농담을 나누고 있었다. 그는 미제 통조림 속에 든 것을 단도로 찍어 입에 넣을 때만 말을 멈췄다. (필즈는 모렐이 세심하게 그리고 아주 오랫동안 사전 준비를 했다는 것을 곧 확인하게 되었다. 갖가지 통조림류의 음식물, 군수물자 상자, 응급물자 그리고 야영물품 외에도 그들의 장비를 보면 흔히들 쉽게 말하듯이 "거만한 놈"이 벌인 "순간적인 행동"이 아니라 기초적인 준비를 다한 흔적을 확인할 수 있었다. 실제로 재판 때 이 조직의 토대는 바이타리의 작품이었다는 것이 밝혀졌다. 바이타리는 반란세력에 가담하기 얼마 전에 쿠루에다 미래의 아프리카 독립군 훈련기지를 설치하기 시작했던 것이다. 프랑스령 적도 아프리카에 이 기지가 있다는 사실은 그 시기에도 종종 신문에 보도되었으나 정부 측에서는 부인하였다. 바이타리는 제3차 세계대전이 아주 임박해 보였던 1948년부터 그의 "지하단체"를 위한 거점을 준비하기 시작했다. 그때 그는 프랑스령 적도 아프리카의 대의원으로서 마지막 순회를 다니고 있었다. 그가 카이로로 도피하여 라디오에다 저 유명한 프랑스와의 결별 연설을 하기 전이었다. 그는 하비브의 도움을 받아 장차 지하단체가 될 핵심체 셋을 만들 수 있었다. 아직 배아 단계였지만, 후에 대규모로 살을 붙일 작정을 하고 있었다. 그 후 그가 공식 권력기관에 있을 때는 그의 말을 잘 들어주던 부족장들이 당국에 이 은신처를 고발해버렸다. 쿠루 호숫가에 있는 한 마을의 추장이자, 수단 변경에서 가장 존경 받는 밀수입자 가운데 한 사람인 갈리티 노인만은 예외였다.) 호수는 벌써 어두컴컴하게 회색으로 변해가고 있었다. 초저녁의 신선한 공기에 약간 생기를 되찾은 코끼리들이 우는 소리가 들렸다. 필즈는 열이 나기 시작했다. 옆구리가 아파왔다. 이날의 감동으로 축적된 온갖 피로가 일시에 그를 내리누르는 것 같았다. 미나가 식기에 담아 그에게 건네준 통조림과 밀가루를 씌워 튀긴 생선요리에 그는 손을 대는 둥 마는 둥했다. 그러고는 양해를 구하고 모래 위로 가서 누웠다. 한 가지 생각이 그를 잠 못 들게 했다. 그렇게 있다가 모렐이 해 떨어지기 전에 돌아오면 사진을 찍겠다는 생각이었다. 그러면서도 그는 페르 크비스트에게 부카부 회담에서 많은 것을 기대하고 있는지 물어보았다.

— 그들은 결국 결정을 내릴 것이오. 전세계가 그들에게 합의하라고 요구하고 있으니까…… 당신도 아시다시피 구경거리가 될 만한 방법으로 우리는 그들의 토론에 여론이 관심을 갖도록 환기시켰잖소……

잠시 후, 포사이드가 그의 비행사에 대해 말해주었다.

— 동체 내에 그대로 놔둘 수가 없었어요…… 물속에 넣어두었다가 나중에 어떻게 하는 게 가장 좋은 방법일 것 같소……

그는 필즈가 준 담뱃갑을 도로 내밀었다.

— 나는 그 사람 것을 가져왔어요.

필즈는 당황했다. 그사이 완전히 데이비스를 잊고 있었던 것이다.

— 코끼리들에게 짓밟히지 않도록, 수심 이 미터 되는 곳의 바위 사이에다 고정시켜놓았소. 그 사람의 개인 소지품은 저기 당신 오두막 속에 갖다놨어요. 혹시 당신이 그걸 그의 가족에게 보내고 싶어 할지도 몰라서.

— 난 그를 잘 모르는 처지였어요.

필즈가 말했다.

그 말을 끝내자마자 그는 모래언덕 꼭대기에 말 탄 사람 세 명이 나타난 것을 보았다. 그들 중 한 사람은 백인이었다. 필즈는 펄쩍 일어나서 카메라를 잡았다. 피로의 흔적은 어느새 사라졌고, 그는 모렐을 본 지 삼십 초도 채 되지 않아 모렐의 첫번째 사진을 찍었다. 그는 오륙 분 후면 햇빛이 사라지리라고 판단해서 그 시간을 최대한 활용했다. 오래전부터, 정확히 말하자면 파리 해방 이후부터 그는 그러한 직업적인 초흥분 상태를 맛본 적이 없었다. (필즈는 프랑스 인들은 별로 좋아하지 않았지만 파리는 무척 좋아했다). 그는 필름의 반을 모렐과 개인적으로 접촉하기 전에 써버렸다. 모렐과 같이 있던 두 명의 아프리카 인은 경계의 눈초리로 그를 쳐다보았지만, 모렐은 포사이드가 몇 마디 설명을 해주는 동안 유쾌한 표정을 짓고 있었다. 그는 그를 따르던 흰 아프리카 옷을 입은 청년에게 말고삐를 맡기고, 모래 위에 자리 잡고 앉아 왕성한 식욕으로 먹기 시작했다. 필즈가 사진을 찍도록 호의를 갖고 내버려두었다. 두 명의 아프리카 인 중에서 키가 더 크고 더 나이가 든 친구는 매부리코와 입술 위아래에 드문드문 난 회색 털 때문에 꽤 눈에 띄는 아랍인의 얼굴이었다. 필즈는 포르라미에서 오래전부터 죽었다고 세상에 알려진, 프랑스령 적도 아프리카에서 최고의 추적자 가운데 한 사람이 모렐 곁에 있어서 당국의 눈을 쉽사리 피한다고들 말하던 것을 떠올렸다. 아마 저 친구인 모양이군. 다른 친구는 약간 음울하지만 주의깊은 얼굴의 청년이었다. 청년의 얼굴에는 강렬하면서 비밀스런 무언가가, 굳은 표정 아래 격렬함이 감춰져 있어, 보자마자 필즈의 호기심을 끌었다. 감춰진 열정, 지성, 무심하려 애쓰지만 곧 드러나고 말 의지가 서려 있었다. 그러나 그가 쿠루에 도착한 후 연이어 일어난 극적인 경험들은 곧 그 청년을 잊게 만들었고, 그는 재판 때에야 그 청년이 모렐의 모험에서 수행한 결정적 역할에 대해 알게 되었다. 그리고 그때에도 이 프랑스 인이 시련을 물리치고 승리자가 되었는지, 아니면 인간적 충실성에 대해 그가 가지고 있던 기분 좋고 평온한 확신이 적도의 밀림 속으로 그를 이끌어 결국 개미밥이 되고 말았는지는 누구도 확실하게 말할 수가 없었다. 먹으면서 모렐은 딴 사람들에게 그 파트에 갔던 일의 결과에 대해 말했다. 그곳 상인은 웃긴 놈이었고 솔직하지 않더군요. 라디오를 갖고 있긴 했지만, 내가 들을 수 있었던 브라자빌의 두 방송은 아프리카 맹수 보호에 관한 회담에 대해 아무런 언급도 하지 않았소. 그렇지만 담배와 몇 가지 물건, 그리고 셔츠와 반바지는 샀어요. 제일 먼저 해야 할 일은 카르툼에 있는 바이타리와 만나는 일이오. 회담에 참석한 열강이 필요한 조치를 취하면 좋고, 안 되면 투쟁을 계속해야 합니다. 어쨌건 쿠루에만 머물러 있으면 어디로 나아가야 할지 방향을 정할 수가 없소. 여론이 얼마나 열렬하게 우리의 투쟁을 지지하는지를 판단해야 하오. 사정을 완전히 알고 난 뒤에야 해야 할 일을 결정할 수 있을 겁니다. 그의 말에 조심스럽게 귀를 기울이고 있던 필즈는 당혹스런 느낌이 들었다. 모렐에게는 단순하고 직접적이고 전혀 복잡하지 않은 무엇이, 양식(良識)과 실천적 정신이 있음을 암시해주는 무엇이 있었다. 그것은 그가 받은 인상에 불과했으나 필즈는 그런 스냅 사진을 믿는 습관이 있었다. 모렐의 표정에는 해야 될 일을 조용히 해내고 있는 자의 확신이 어려 있었다. 약간 변두리 냄새를 풍기는 그의 맑은 목소리, 곧은 선을 그리는 얼굴에서 필즈는 파리의 변두리를 떠올렸다. 그래서 아프리카의 코끼리들 사이에서 그를 보고 그의 말을 듣고 있는 상황이 퍽 이상하게 여겨졌다. 그의 얼굴에서 두드러지는 특징은 고집이었다. 이마와 입에서 드러나는 고집이었다. 그럼에도 눈 속에는 냉소

섞인 쾌활함이 깃들어 있었다. 마침내 필즈는 온종일 머릿속으로 준비해온 몇 가지 질문을 그에게 던지기로 마음먹었다. (필즈는 인터뷰에는 익숙지 못했다. 르포에 기사가 필요할 때면, 그의 경우에는 드문 일이었지만, 신문사에서 그에게 누구를 붙여주곤 했다. 그것은 아무도 하고 싶어 하지 않는 일이었다. 왜냐하면 그는 항상 기사를 죽여버리는 사진을 가지고 온다는 평판이 나 있었기 때문이었다.) 그는 모렐에게 수십만 명의 서명으로 뒤덮인 그의 청원서와 그라는 인물이 세계 곳곳에 불러일으킨 호기심에 대한 말부터 끄집어냈다.

— 당신에게 정치적인 속셈이 있다고들 하고…… 코끼리가 당신에겐 아프리카 독립의 상징이라고 하던데…… 민족주의자들은 공공연히 그렇게 말하고, 당신을 지지대로 삼는데……

모렐은 고개를 끄덕였다.

— 알고 있소. 모두들 코끼리를 끌어들이는 걸 교활하다고 여기는데…… 하지만 코끼리를 위해서 무언가를 하는 사람은 아무도 없소. 저마다 코끼리를 자기 자신에게 맞는 것과 연결시킨다면, 난 그럼 된 거요. 나머지야 뭐, 그들이 공산주의자건, 티토주의자건, 민족주의자건, 아랍인이건, 체코 인이건 상관없소. 그런 건 관심 없어요. 그들이 합의만 한다면 난 된 거요. 내가 옹호하는 것은 여지요. 난 여러 국가들, 정당들, 여러 정치체제가 자리를 촘촘히 줄여서, 위협 받아서는 안 되는 것을 위해 자리를 남겨주었으면 하는 거요. 여기서 우리는 구체적인 일을 하고 있지요. 자연의 가장 큰 자식들부터 시작해서 자연보호를 하려는 거요. 그 이상 멀리서 찾아서는 안 되오.

— 당신이 지하운동단체를 이끈 지 여러 달 됐는데, 당신이 항상

당국의 눈을 쉽게 피한다는 사실을 어떻게 설명하시겠습니까?

모렐은 흥겹게 웃었다.

— 모두들 내가 잘되길 바라거든요……

— 당신은 사냥꾼들을 다치게 하고 농장을 불태웠어요. 그런데 사람을 죽이지는 않았는데, 우연인가요?

— 난 최대한 조준했소.

— 죽이지 않으려고요?

— 죽이면 그 사람에게 아무것도 못 가르쳐주게 되지요. 오히려 다 잊게 만들 뿐이오, 그렇잖소?

그는 자기 말에 흐뭇해하는 것 같았다.

— 당국과 사냥꾼들은 당신의 주장과는 반대로, 코끼리들이 멸종할 위협이 전혀 없다고 주장하고 있어요. 필요한 모든 보호 조처를 하고 있다고 합니다.

— 그러니 계속해서 죽일 수 있다고 하던가요?

필즈는 할 말이 없었다.

— 벌써 멸종된 지역들이 있어요. 모두들 그 지역들을 알고 있소. 지도 위에 있으니까요. 꽤 넓은 영역이오…… 그리고 심각하게 위협 받는 지역들도 있소. 보호구역이 있다는 건 나도 아오. 하지만 그 보호구역을 자랑하고만 있자면 다른 곳에서 일어나는 일에 대해서는 할 말이 없는 거요. 프랑스보다 다섯 배, 여섯 배 더 큰 멸종지역을 당신에게 보여줄 수 있소. 거기선 이 대에 걸쳐 더 이상 코끼리들을 볼 수가 없어요. 그런데도 지방 행정청은 태연하게 코끼리들이 도처에 있으며 자유롭게 번식하며 살고 있다고, 그리고 당신이 믿지 못해서 코끼리들을 보지 못하는 거라고 말할 거요……

처음으로 그의 목소리에서 분노의 음색이 들렸다. 필즈의 심장이 뛰기 시작했다. 그는 자신이 그의 수준에 미치지 못하고 있다고 느꼈다. 또한 사건의 핵심이 거기, 손만 뻗으면 닿을 곳에 있다는 것을, 적절한 질문을 던지면 된다는 것을 알았다. 그러나 결국 그가 찾아낸 말은 이것뿐이었다.

— 민족주의자들과 당신과의 관계의 성격에 대해 다시 한번 말해주셨으면 좋겠어요…… 미국에서는 이 문제에 특히 관심이 집중되어 있어요.

— 나를 도우려 하는 사람들은 누구든 환영합니다. 아시겠지만 민족주의란…… 백인 사냥꾼이든 흑인 사냥꾼이든, 고대인이든 현대인이든 자연보호에 필요한 조처를 취하는 모든 사람과 난 함께할 거요. 인종, 계급 혹은 국가 따윈 난 무시합니다…… 프랑스가 아프리카를 떠나면서 코끼리 보호를 보장한다면 프랑스가 아프리카에 영원히 남게 되겠지만…… 과연 그럴까 싶소. 두고 봐야겠지요.

그는 지나가는 말처럼 덧붙였다.

— 난 점령 당시에 레지스탕스에 가담했소…… 그러나 꼭 독일로부터 프랑스를 보호하기 위해서가 아니었어요. 사냥꾼들로부터 코끼리를 보호하기 위해서였지.

필즈는 카메라를 손으로 꽉 쥐었다. 긴장이 되었던 것이다. 사진 찍을 생각은 전혀 없었다. 게다가 너무 어두웠다. 모렐이 잘 보이지도 않았다. 모래 위에 앉은 그림자밖에 보이지 않았다. 그는 근시인 눈으로 별을 보려고 애쓰고 있었다. 필즈도 다리를 펴고 모래 위에 앉아 있었다. 그는 햇볕을 덜 받으려고 머리 위에 수건을 대고 네 귀를 묶고 있었는데, 그것을 벗는 것조차 잊고 있었다. 모렐의 모습은 이제 잘 보이지 않았지만 말소리는 잘 들렸다. 그도 별을 바라보기 시작했다.

— 난 정치를 좋아해본 적이 없소. 정치적인 파업조차도 항상 반대였어요. 르노 회사의 노동자가 파업을 하면 그건 정치적인 이유 때문이 아니라 인간답게 살기 위해서인 거요. 따지고 보면 그 노동자는 자연을 옹호하는 셈이오.

그는 잠시 입을 다물었다.

— 민족주의란 오래전에 축구 경기에나 필요한 게 돼버렸소……내가 여기서 하고 있는 일을 난 어느 나라에서도 할 수 있을 것이오……

그는 웃기 시작했다.

— 어쩌면 스칸디나비아 나라들에서는 아닐지도 모르겠군요. 그쪽도 언제 한번 가까이서 보러 가야겠소. 그 나라들은 따로 떨어져서 무리를 이루고 있으니……

필즈는 해야 할 질문을 계속 찾고 있었다. 몇 마디만 던지면 모든 걸 다 말할 거라고 그는 느끼고 있었다. 그 말들이 혀끝에서 뱅뱅 맴돌았다…… 하지만 그는 자기 프랑스어가 그 수준에 미치지 못한다고 생각했다. 어휘가 부족했다. 그게 적어도 그가 스스로에게 할 수 있었던 변명이었다. 어쩌면 말로 표현하기엔 너무 모호하고 어려운 질문이었는지도 모른다. 필즈는 명확한 문제로 방향을 돌렸다.

— 당신은 특히 유럽인 사냥꾼들, 농장주들, 사파리 애호가들을 공격하는 것 같은데, 포르라미에서 듣자 하니 코끼리를 도살하는 것은 누구보다 원주민들이라고 하던걸요……

모렐은 고개를 숙였다.

— 그렇소. 콩고에서만도 작년에 거의 오천 마리가 도살되었소. 공식 숫자가 그러니 아마 적어도 그 두 배는 될 거요. 거기다 나머지 지역들도 있으니……

그는 담배를 꺼내면서 필즈를 쳐다보았다.

— 다만 흑인들에겐 숭고한 변명이 있소. 그들은 허기를 제대로 채우지 못하고 있어요. 그들에겐 고기가 필요하오. 그건 누구의 혈관에도 흐르고 있는 욕구이니 어쩌겠소. 그래서 그들은 배를 채우기 위해 코끼리를 도살하는 것이오. 전문용어를 쓰자면, 단백질의 필요 때문이라는 거지요. 이 이야기가 주는 교훈은? 그들이 코끼리를 존중하는 사치를 누릴 수 있으려면 충분한 단백질을 그들에게 제공해야 한다는 것이오. 우리들 자신을 위해 우리가 하고 있는 것을 그들을 위해 해야 되오. 따지고 보면 나한테도 정치적인 계획이 있는 셈이오. 아프리카 흑인의 생활수준을 향상시킨다는 것, 이건 자동적으로 자연보호의 일부분을 이루지요. 그들에게 충분하게 먹을 것을 주고 나야 코끼리를 존중하는 게 무엇인지를 그들에게 설명할 수 있을 거요. 배가 부르면 그들도 이해할 거요. 코끼리가 땅 위에 남아 있고, 이 세상이 존속하는 한 코끼리들이 우리와 함께 남아 있기를 원한다면 사람들이 굶어 죽는 것부터 막아야 하오…… 이건 함께 가는 문제요, 존엄성의 문제요. 어때요, 분명하지 않소?

그는 일어나더니 별들 가운데 실루엣만 남기고 멀어져갔다. 필즈는 이제 이 사건에 대해 아주 명확한 생각을 갖게 되었다. 그러나 그가 이 모든 걸 글로 써낼 수 있을까? 몸을 움직이자 다시 옆구리의 통증이 느껴졌다. 긴장이 풀렸던 것이다. 그는 벌써 사진과 인터뷰 기사를 파리에 있는 그의 사무실에 어떻게 하면 가장 빠르고 가장 확실하게 전할 수 있을지 그 방법에 대해 고심하고 있었다. 그는 손안에 쥐고 있는 르포의 상업적 가치 때문에 아주 흥분해 있었고, 버릇대로 필름 통에 무슨 일이 일어나지나 않을까 하는 두려움에 사로잡히기 시작했다. 가장 좋은 해결책은 카르툼으로 다시 가는 것이었다. 모렐도 그럴 생각을 하고 있었지만 언제 갈지는 몰랐다. 그래서 필즈는 곧 떠나는 것이 좋겠다고 느끼고 있었다. 포사이드가 대상(隊商)을 만나 엘 파사르 도로까지 얻어 타고 갈 수 있을 것이라고 한 그파트 샘이라고 불리는 곳까지 가는 데도 오십 킬로미터를 달려가야 하기에, 그러자면 벌써 악화될 조짐을 보이고 있는 통증이 더 심해져서 견디기 힘들어지기 전에 당장 떠나는 게 좋을 것이다. (필즈는 전에 말을 타고 제대로 달려본 적이 한 번도 없었다.) 그런데도 그는 남을 결심을 했다. 이 결정이 직업적인 성격을 띤 게 아님을 그는 너무도 잘 알고 있었다. 모렐과 헤어지는 일이 고통스럽게 느껴졌던 것이다.

36

트럭들은 천천히 길을 따라가고 있었다. 그 느린 속도가 그들이 하려는 일의 어려움과 열기와, 바르 엘 가잘의 끝없이 펼쳐진 풍광을 한층 부각하는 것 같았다. 돌멩이 높이 정도로 짧게 자란 가시덤불들, 메마른 덤불들, 그곳에서는 하이에나 한 마리가 비스듬히 달아나며 일으키는 먼지구름조차 하나의 사건이 되었다. 길 자체가 바이타리에게는 허상 같아 보였다. 덤불이 조금만 없어져도 풍경은 완전히 달라졌다.

— 비가 오기 시작하면 좀 나아질 텐데.

그가 말했다.

— 관상대에서 비 얘기는 없더군요. 그렇지만 잘될 겁니다, 알라신 덕택에!

하비브가 말했다.

드 브리는 열네 시간째 운전을 하고 있었다. 바이타리는 착 달라붙은 머리털, 길을 뚫어져라 쳐다보고 있는 푸른 눈 아래로, 선이 거칠고 살집이 있어 난폭해 보이고, 이목구비가 축소되어 보이는 그의 또렷한 옆얼굴을 바라다보았다. 두 사람 사이에는 하비브가 입에 다 꺼진 시가를 문 채 앉아 있었는데, 그 식은 담배 냄새가 바이타리의 속을 뒤집어놓고 있었다. 비 오듯 쏟아지는 땀이 위안이 될 만큼 트럭 안은 더웠다. 트럭이 덜컹거리는 바람에 그는 기진맥진했고 불안했다. 그리고 그가 적응력을 완전히 잃어버린 사막의 햇빛 때문에 눈이 부셔서 눈을 뜨지 못했다. 색안경을 가져올 생각을 못한 자신에 대해 그는 화가 났다. 그래서 드 브리를 쳐다볼 때마다 어떻게 그가 저렇게 지글지글 끓고 있어 자갈 사이로 어렴풋이 짐작할 수밖에 없는 길에서 저 창백한 눈을 몇 시간이고 떼지 않을 수 있을까 생각했다. 목적지에 가까워질수록 그는 과연 성공할 수 있을지 점점 의심스러웠다. 그는 그 방면의 전문가로 자처하고, 그 지역을 잘 아는 것 같아 보이는 드 브리의 확언만을 믿고 있었다. 하비브의 낙관주의도 믿고 있었지만, 사실 그에게 그런 낙관적 태도는 제2의 천성이었다. 이제 와서 머뭇거리기에는 너무 늦어버렸다. 다시 한다 하더라도 아마 그는 똑같이 행동했을 것이다. 이것이 상당한 액수의 돈을 얻을 수 있는 유일한 방법이었으니까. 행여 이 파견이 물질적으로 실패가 되더라도 프랑스 파견대와 만날 기회가 남아 있었다. 트럭에 타고 있는 군복 차림의 무장한 마흔 명의 사람들과 '우리 군이 반란군 무리를 공격했다'는 유형의 공식 성명을 발표할 수 있다면 그것만도 사실 대단한 일이다. 무슨 수를 써서라도 피해야 할 것은 수단 국경을 넘은 '약탈자들'로 취급되지 않도록 하는 일이었다. 그가 여기 온 것은 사태를 명확히 바로잡기 위해서였고, 그렇게 되면 나머지는 카이로 방송이 알아서 해줄 것이다. 그런데 불행히도 그는 이런 육체적인 고초의 습관을 잃어버렸다. 몇 번의 선거 유세를 제외하면 이십 년 전부터 그는 도시에서 살아왔다. 그래서 가혹하리만큼 도시가 그리웠다. 그가 무엇보다 좋아한 것은 토론과, 스스로 그 힘을 잘 알고서 그의 목소리를 들려줄 수 있는 공중집회와, 그리고 민주주의의 옥좌인 좌담회였다. 그는 파리와, 아내가 준비해주던 식사와, 그의 검은 얼굴이 즉각 주목의 대상이 되곤 하던 정치집회 분위기에 대한 향수를 느꼈다. 어쩌면 그가 실수를 저질렀는지도 모른다. 그러나 주사위는 이미 던져졌다. 그가 결정을 내리던 순간에는 새로운 세계 분규가 곧 일어날 듯이 급박해 보였다. 그러니 그가 틀렸다고 말할 수도 없었다. 다만 상황이 그를 배반한 것뿐이었다. 극좌파와 가까워지기 위해 회기가 끝나기 이 년 전에 자기 당을 떠났다는 이유로 어쨌건 그는 선거에서 떨어졌다. 그래서 국회의원의 권한을 다시 가질 수가 없었다. 이제 남은 건 국제적인 명성뿐이었고, 지금 그는 그것을 얻을 수 있는 아주 빠른 길을 밟고 있었던 것이다. 더구나 관건은 아직도 주술사와 물신숭배만을 주장하고 있는 울레 족의 민족의식을 활용하는 것보다는 미국과 인도, 아시아의 민족의식을 활용하는 것이었다. 심지어 프랑스 국회에서도 그가 대표했던 것은 결단코 울레 족의 민주주의 이념이 아니었고, 프랑스 인들이 민주주의에 대해 품는 열망에 대한 의식이었다. 어쨌건 진보가 걸린 일이라면 그건 외국이 걸린 일이다. 따라서 아주 멀리서도 들릴 수 있게 하려면 그저 크게, 그리고 폭발력 있게 목소리를 높여 떠들어야만 했다. 팔레스타인 지도자들처럼 직접, 그리고 대등한 입장에서 세계라는 연단과 국제적인 모임에 서는 것이 관건이었다. 인종차별적 성격과 종교적인 성격이 근간을 이루는 국제적 민족주의자라는 지휘권을 얻기 위해서는 무조건 아프리카라는 단계를 건너뛰어야 했다. 그다음에는 명성에서 생겨나는 권위를 가지고 아프리카 대중을 향해 그 높은 곳에서 다시 내려와야 할 것이다. 울레 족의 민족적 열망을 기대해야 한다면, 후대를 염두에 두고 말하는 편이 나을 것이다. 다시 말해 모든 개인적인 운명은 포기해야 했다. 울레, 마사, 고에는 '국가'라는 말이 없었고, 부족 사이의 장벽 역시 거의 변하지 않은 채 남아 있었다. 말의 장벽도 마찬가지였다. 국가적 선전과 화합에 필요불가결한 침투 방법을 마련하기 위해서 그는 방언들을 말살하고 프랑스어 교육을 고무하고 보급하는 정치활동을 펼치지 않을 수 없었다. 그것이 대중을 교육하고 권리를 요구하는 정신을 일깨우는 유일한 방법이었다. 지금까지 그가 일깨우는 데 성공을 거두어서 울레 족이 권리 요구를 하게 된 유일한 것은 고기에 대한 욕구였다. 아프리카 인의, 아니 그저 고기에 대한 인간의 오랜 욕구 말이다. 그것은 국가 조직에 대한 열망보다 훨씬 뿌리 깊고 직접적인 욕구였다. 젊었을 때 그는 마을 사람들이 잡은 짐승에 달려들어 해치우는 것을 자주 보았다. 아주 허기진 사람들은 단번에 고기를 십 파운드까지 먹어치우곤 했다. 차드에서 케이프에 이르기까지 기근으로 인해 영원히 채워지지 않은, 아프리카 사람들의 고기에 대한 욕구는 아프리카 대륙에 무엇보다 강렬하게, 그리고 사이좋게 퍼져 있는 공통점이었다. 그것은 꿈이요 향수였고, 한결같은 열망이었다. 그것은 성적 충동보다 더 강하고 더 열광적인, 인체의 생리적 부르짖음이었다. 고기를 달라! 이것이야말로 인간의 가장 오래되고 가장 현실적이며 가장 보편적인 열망이었다. 그는 모렐과 코끼리 생각을 떠올리고 쓴웃음을 지었다. 백인들에게 코끼리는 오랫동안 단지 상아를 의미했지만, 흑인들에게는 오직 고기였다. 독 바른 투창을 한 번 잘 던지기만 하면 얻을 수 있는 거대한 양의 고기였을 뿐이다. 코끼리의 '아름다움,' 코끼리의 '고귀함'이라는 생각은 배부른 사람, 레스토랑을 드나드는 사람, 하루 두 끼를 먹는 사람, 추상 미술관에 다니는 사람의 생각이었다. 아름다움이라는 고고한 구름 속에 앉아, 마주할 능력 없는 추악한 사회적 현실들 앞에서 도피하고, 오직 순수하게 시적인 태도만이 역사가 그들에게 채택하도록 허락한 유일한 태도이기 때문에 '미(美)'니, '고귀함'이니, '우애'니 하는 모호하고 퇴색해가는 개념에 탐닉하는 엘리트주의 정신의 관점인 것이다. 부르주아 지식인들은 오직 자신들의 파멸을 피하려는 희망에서 퇴폐적인 그들 사회가 코끼리를 받아들이기를 요구하는 것이다. 그들은 자신들이 이 선사시대 동물들만큼이나 무정부주의적이며 성가신 존재라는 것을 알고 있었다. 그것은 단지 살아남기 위해 자신들을 불쌍히 여겨달라고 소리치는 방식이었다. 모렐의 경우가 바로 그랬다. 전형적인 경우였다. 코끼리에 구체적인 내용을 부여하여 정치적으로 표현하는 것보다는 그것을 자유와 인간 존엄의 상징으로 삼는 것이 훨씬 더 편리했다. 그랬다, 정말이지 편리했다. 진보의 이름으로 코끼리 사냥을 금지할 것을 주장하고, 모든 사람에게 존엄을 찾게 해주었다는 평온한 마음으로 지평선에 보이는 코끼리들을 다정하게 바라보며 감탄하면 되었으니. 행동은 피하고 몸짓 속에 피신하면 되는 것이다. 그것은 서구 이상주의자의 고전적인 태도였고, 모렐은 그것의 완벽한 예였다. 그러나 아프리카 인에게 코끼리는 고기 무게 이외의 다른 아름다움을 가질 수 없는 것이었고, 인간 존엄이란 무엇보다도 배가 불러야 하는 존엄을 의미했다. 어쨌건 배가 불러야 인간 존엄도 시작되는 것이다. 아프리카 인의 배가 부르게 될 때 그때는 어쩌면 코끼리의 미적 측면에도 관심을 갖게 될 것이고, 일반적인 자연의 아름다움에 대해 기분 좋은 명상을 할 수 있게 될 것이다. 지금으로서는 자연은 그들에게 코끼리 배를 가르고, 거기다 이빨을 박고 물어뜯으라고, 멍멍해질 때까지 먹고 또 먹으라고 부추기고 있었다. 또 언제쯤 고기가 생길지 모르기 때문이다. 그런데 지금 문제가 되고 있는 건 공개적으로 말할 수 없는 일들이었다. 지금으로서는 마르크시즘 자체도 누리기 힘든 사치였다. 새로운 민족주의도 부르주아지를 샅샅이 해부하는 역사적 유물론의 토양보다는, 오히려 '사유의 아름다움'이 때때로 결정적인 논거가 되는 퇴폐적인 부르주아 감상주의의 토양으로 옮아가야 득이 되는 형편이었다. 그래서 그가 코끼리 보호와 '존중', 모렐의 모든 행동과 합병하려고 애를 썼던 게 아닌가. 그런데 서구 대중의 감상주의는 그가 알고 있는 수준을 훌쩍 뛰어넘는 것이었다. 그래서 세상 사람들이 바이타리 자신의 중요성을 보지 못하도록 가리고 있는 모호함을 끝장내야 했던 것이다. 그리고 믿음직한 조직체를 준비하는 데 필요한 기금을 마련해야만 했다. 석대의 트럭에는 무기와 장비를 갖춘 스무 명의 사내가 타고 있었다.

그들 가운데 누구도 아직 돈을 받지 못했다. 이 파견이 실패로 끝나버린다면 그는 출구 없는 상황에 처하게 될 판이었다. 그에게 미리 돈을 당겨주는 데 동의한 카르툼의 한 상인 덕에 그가 대금을 지불할 수 있었던 유일한 물건은, 영국 군대에서 잉여물자로 유출된 군복뿐이었다. 그의 운명은 완전히 하비브와 드 브리의 손에 달려 있었다. 어떻게 해서 역사상 온갖 위대한 시도들이 어떤 순간엔 상스런 불량배들 손에 달려 있게 되는 건지 참으로 이상한 일이었다. 무기상, 간첩, 선동자, 석연치 않은 돈의 출자자 같은 이들이 인간의 가장 고귀한 성공들과 긴밀하게 연결되어 있었다. 불행하게도 그렇다고 해서 그들이 우리 곁에 있다는 사실이 성공을 보장해준다는 뜻은 아니었다.

그는 하비브 쪽으로 몸을 돌렸다가, 그가 무릎 위에 올려둔 군모를 하비브가 빈정거리는 눈초리로 쳐다보고 있는 것을 알아챘다. 그것은 부족들에게 위신을 과시하려는 이유로 그가 항상 소중히 간직해온, 프랑스 군대 예비역 중위의 낡은 푸른색 군모였다. 거기다 그는 중위 견장을 떼버리고 별 다섯 개를 붙였다. 프랑스식 금별이 아니라, 하늘색 바탕에 검게 수놓은 별이었다. 저 비웃는 눈길은 물론 군대 없는 장군이라는 의미겠지, 하고 그는 생각했다. 그렇지만 나의 군대는 인도와 아시아와 미국에, 심지어 프랑스에도 있지. 그들을 부르려면 목소리만 좀 높이면 돼.

그가 말했다.

— 난 군대가 필요 없네. 이념은 군대를 필요로 하지 않네. 그건 그것 나름의 길이 있지. 다만 교전이 있을 때는 진지한 공식성명을 낼 수 있게 유니폼을 차려 입어야 하지.

하비브는 바이타리가 자신의 감탄 어린 눈초리를 완전히 오해했다고 생각했다. 그는 검은 별이 달린 푸른 군모에 매혹되어 경탄 섞인 눈초리로 계속해서 곁눈질하고 있었다. 그는 그가 가는 길에 온갖 고귀한 보배를 풍요롭게 심어준 생에 다시 한번 무한한 감사의 감정을 느꼈다. 그것은 완벽한 프랑스 군모였고, 중위 견장 대신에 꿰매 붙인 다섯 개의 자그마한 검은 별들은 그 의미를 잘 말해주고 있었다. 특히 인간들이 자기 고독 속에서 어디까지 나아갈 수 있는지를 말해주었다.

— 그렇고 말고요.

하비브가 말했다.

그는 군복 입기를 완강히 거부하고 요트 모자만 쓰고 있었다. 그는 항상 항해해왔다. 적어도 그의 생각으로는 그랬다. 그리고 여전히 항해를 하고 있다고 생각했다. 그는 어떤 명분에도 집착하지 않는 타고난 모험가였다. 그의 마음을 끄는 이상이 있다면 그것은 다만 인생의 모든 찬란한 가능성과 동일선상에 놓인 이상이었다. 이번 경우에는 젊고 흥미로운 그의 친구에게 그의 나이에 필요성을 절감하게 되는 스포츠 오락을 즐기게 해주고, 동시에 그가 자연에 개인적인 앙갚음을 할 수 있게 해주고 싶었다.

드 브리가 말했다.

— 교전은 없을 거요. 난 이곳을 잘 알지요. 하나뿐인 초소는 국경에 있소. 북쪽 이백 킬로미터 지점에…… 여섯 명이 있지요……

— 비가 올 것 같지는 않군요. 나만 믿으십시오. 난 운이 좋으니까요.

하비브가 덧붙였다.

포사이드는 초조해지기 시작했다. 그는 쿠루를 떠나는 데 대해 모렐이 공공연히 혐오감을 드러내는 것을 이해할 수가 없었다. 호수에 그냥 머물러 있어서 득이 될 건 하나도 없어 보였다. 모렐은 동물들이 이제는 그 지역을 다 떠나 버렸다고 그가 원하는 대로 떠벌릴 수도 있었다. 그런데 부주의하게도 밀수 대상(隊商)의 통행로로 널리 알려져 감시를 받고 있는 그파트에 모습을 드러내었다. 그들이 적절한 시기에 호수를 떠났더라면, 그래도 아무 문제가 없었을 것이다. 하지만 포사이드는 그들이 여기 있다는 소문이 세상에 파다하게 알려졌으리라는 데 내기라도 걸 정도로 확신하고 있었다. 그들은 그렇게 멍청히 체포될 위험을 무릅쓰고 있었던 것이다. 포사이드 자신도 이제 미국으로 돌아가서 자기 삶을 다시 시작할 꿈을 꾸고 있던 바로 그 순간에 말이다. 콩고 회담의 결과가 카르툼에 알려졌으리라는 것은 분명했고, 모렐도 그다음에 무얼 할지를 결정하기 전에 카르툼으로 가야 한다는 사실을 인정했다. 부카부의 사절단이 만장일치로 필요한 결정을 내렸다 하더라도, 모렐이 남은 생애 내내 동물 주위를 계속 서성거리리라고 포사이드는 확신하고 있었다. 돈 한 푼 없는데다 일시적인 명성마저 잃게 되면 이제 그는 흔히 보는 아프리카 낙오자들 가운데 한 사람이 될 판이었다. 그가 불쑥 술집에 나타나면 사람들이 목소리도 낮추지 않고 동정 어린 웃음을 띠며 이렇게 중얼거릴 것이다. "저런, 저 사람이 모렐이야. 오래전에 죽은 줄만 알았는데. 한때는 이름깨나 날렸지. 그래, 저 사람에게도 영광의 시절이 있었지." 그렇게 되면 듣는 사람에게 흐릿한 메아리를 불러일으키는 긴 얘기가 이어질 테고, 연민을 담아 당사자에게 흥미로운 시선을 다시 던지며 말할 것이다. "아, 맞아, 이제 기억난다…… 코끼리를 보호하겠다던 그 사람이지……" 포사이드는 쓴웃음을 지었다. 그는 이 모든 것을 아주 잘 알고 있었다. 그리고 모렐을 좇아 그렇게 추락하고 싶은 마음이 없었다. 물론 그는 이들을 남겨두고 혼자 떠날 수도 있었다. 하지만 한국에서 겪은 경험 때문에 그는 거의 병적일 정도로 충실성에 대한 욕구를 간직하고 있었다. 게다가 미나도 있었다. 그는, 그가 그녀에게 말하는 모든 것에 대해 그녀가 보이는 무심한 태도를 이해하려고 애썼지만 헛일이었다. 그녀는 웃기만 했고, 그게 전부였다. 게다가 그들은 잘 만날 수도 없었다. 참으로 이상한 일이었다. 그들 네 사람은 따로 떨어진 오두막에서 제각기 살면서 그녀가 마련해주는 식사가 끝난 뒤에는 거의 말도 하지 않고 지냈다. 동지들끼리 어울려 살려는 본능이 아주 강해서 친구가 필요했던 포사이드는 결국 그것 때문에 화가 났다. 서로 자주 보며 부대끼며 살기를 거절하는 네 명의 끔찍한 고독. 이드리스와 유세프까지도 둘이 떨어져 살고 있었다. 그들도 서로 떨어져 지내며 거의 말도 하지 않았다. 모렐은 한나절 내내 호수에서 코끼리들과 더불어 지냈다. 페르 크비스트는 늪지로 가서 한 마리라도 없어지지 않았나 하고 수만 마리의 새를 세고 있는 게 틀림없었다. 미나는 혼자 모래언덕 물가에 앉아, 거의 행복에 가까운 기쁜 표정을 짓고 코끼리들을 바라보았다. 그걸 보며 포사이드는 화가 났지만 존중해주지 않을 수 없었다. 그는 다시금 혼자였다. 전 같으면 그도 이 모든 걸 아주 당연하게 여겼을 것이다. 그 역시 사람 얼굴이나, 사람과 함께 있는 것에 특별히 끌리지 않았던 것이다. 하지만 지금은 다른 세 사람과의 심리적 연결 고리마저 끊어져 있었다. 그가 보기에 모렐, 페르 크비스트, 그리고 미나의 집념은 인간의 한계를 벗어난 것 같았고, 그들의 강경함과 요구는 점점 한없고 불가능한 성향을 띠기 시작하는 것 같았다. 그리하여 그들은 이미 지상의 것이 아닌 영역에서 완전히 길을 잃고, 어느 곳에도 도달하지 못할 것만 같았다. 어느 날 아침, 그는 그들이 잘못 들어선 이 '무인지대'에서 계속 서성거릴 수는 없다고 미나를 설득하려 했다. 그는 보기만 해도 속이 울렁거리는 생선요리를 매일 아침 가져다주는 두 사람의 카이 인과 그녀가 얘기하고 있는 모습을 보았다. 그는 그들이 무엇에 대해 얘기하고 있는지 알지 못했다. 그들은 서로 이해 못하는 언어로 말하고 있었다. 미나는 독일어로 말했고, 그들은 알았다는 듯이 머리를 끄덕이거나 몸짓을 해가며 카이어로 말하고 있었다. 이것은 매일 십오 분쯤 계속되었고, 그런 후엔 겉으로 보기에 서로 흡족한 표정으로 활짝 웃으며 떠나는 것이었다. 그는 그녀에게 그들이 여기 머무를 아무런 이유도 없게 되었으며, 이젠 상황이 위험하게 되었다는 것, 그리고 모렐과 코끼리를 위해 그들이 할 수 있는 모든 것을 했으니 이제 자기는 카르툼으로 돌아갈 작정이라고 말했다. 놀랍게도 그녀는 즉각 동의했다.

그녀가 말했다.

— 그파트에 가면 트럭을 만날 수 있을 거예요. 때때로 지나다니는 것 같더군요.

— 당신은?

그가 화를 내며 물었다.

— 네? 나요?

— 당신은 안 가겠소?

— 제가 어디로 가겠어요?

— 나와 같이……

— 포사이드 소령님, 당신과 함께 어디로 가길 바라세요? 저랑 결혼이라도 하실 생각인가요?

— 물론이오.

특유의 냉소적인 어조를 되찾으려고 애쓰면서 그가 말했다.

그리고 곧 덧붙여 말했다.

— 진지하게 하는 말이오. 당신도 알겠지만.

그녀는 아주 다정하게 웃으며 말했다.

— 고마워요. 하지만 갈 데가 없다는 이유 때문에 당신과 결혼할 수는 없어요…… 포사이드 소령님, 당신도 아시겠지만, 사랑이라는 게 있잖아요……

— 모렐?

그가 조용히 물었다.

그녀는 고개를 저었다.

— 아니에요. 모렐은 아니에요. 그이는 사랑 이상이지, 사랑은 아니에요…… 아녜요. 모렐은 아니에요…… 아무도 아니에요…… 지금은.

그녀는 갑자기 고개를 돌리더니 멀어져갔다. 포사이드는 갈대와 하늘이 만나는 곳을 향해 모래언덕을 걸어가는 그녀를 바라보았다. 그는 라미에서 들은 적 있는, 총살되었다던 러시아 장교와의 비극적인 사랑에 대한 얘기를 생각했다. 그거로군, 하고 그는 생각했다. 모래언덕 위로 멀어져가는 그녀의 뒷모습을 보면서 그는 온 마음으로 자신이 총살당한 러시아 장교였으면 하고 바랐다.

— 쿠루에? 거긴 이제 우리 관할이 아닌데……
지사가 되풀이해 말했다.

그러나 그곳은 '여전히' 그의 관할이었다. 그곳은 언제나 그의 관할이었다. 그는 온갖 성가신 일에 항상 권리가 있었다. 어떤 부족이 마법의식에 코끼리 불알이 없어서는 안 된다고 갑자기 결정하고, 그걸 마음껏 자르도록 허용해 결국 모든 걸 깨버리기 시작했다면, 그것은 코끼리들이 아직도 많이 남아 있는 차드가 아니라, 그의 관할인 울레 족일 것임에 틀림없었다. 인간 표범들이 오래전부터 관심의 대상이 되고 있지 못하다고 생각하고는 발톱으로 한 달 동안에 다섯 명의 마을 사람을 갈가리 찢어놨다면, 그것 역시 그의 관할 내에서 일어난 사건일 게 분명했다. 녹색, 청색, 황색으로 칠해지기 직전에 (애초에 이 의식은 시체를 만질 수 없게 하고 오래 기억할 수 있게 하려는 목적으로 행해졌다) 시체가 기이하게 없어지더니 뼈만 남은 채 발견된다면, 그것도 그의 관할 내에서 일어난 일일 게 분명했다. 그리고 마침 지나가던 신문기자가 거기 있어 그 일에 코를 들이밀 것도 틀림없었다. 비록 인육을 먹는 그런 풍습이 십오 년 만에 처음으로 일어났다 할지라도 말이다. 일반적으로 신문기자가 어떤 일에 참견할 때는 항상 그의 관할 내의 일이었다. 아프리카에 극심한 가뭄이 닥쳤을 때도 공식보도는 재난의 정도를 말하기 위해 그의 관할에 속하는 농장과 국립공원을 예로 들었다. 성난 인간혐오주의자가 "코끼리를 선택할" 결심을 한 것도 그가 놀랄 만한 업적을 이루어놓은 그의 수도, 그의 면전, 그의 관할 안에서였다. 그자는 숲이 울창하게 우거져서 다가가기도 힘든 뒤니아르크 관할에 갈 수도 있었을 것이고, 그 묵직한 엉덩이 밑에 아주 질 좋은(체체파리, 필라리아병, 아프리카 살무

사들이 우글우글한다는 것만 빼면) 십만 평방킬로미터의 땅을 갖고 있는 바르다시에의 관할지에 갈 수도 있었을 것이고, 혹은 행복에 필요한 모든 게 있는 방다랑 관할에 갈 수도 있었을 것이다. 그런데 아니었다. 하필이면 그의 관할에 와야만 했다. 더구나 그는 처음부터 그럴 줄 알고 있었다. 차드에서 모렐의 첫 무용담이 들려올 때부터 그는 썩 편안하지 못했고 불안하기까지 했다. 그는 중얼거렸다. "어? 내 관할이 아니네? 어떻게 된 일이지?" 물론 오해였다. 모렐이 그걸 알아차린 모양이었다. 그자가 도시 한복판에서 시위운동을 할 결심을 하면서 선택한 곳은 시옹빌이었고, 마음의 부담을 덜기 위해 누군가의 볼기를 칠 필요를 느꼈을 때 선택한 것도 하필 샬뤼 부인이었다. 물론 그녀 남편의 정치적 입지까지 고려해서 선택된 것이다…… 그 일은 오래 끌지 않았다. 그의 후임자가 벌써 비행기에 탔다는 말들이 떠돌았다. 하지만 울레 지사는 어떤 일이 일어나도 자기 자리와 관할 구역을 바꾸지 않을 작정이었다. 아프리카란 항상 그랬다. 항상 뭔가 새롭고, 예기치 못한 일이 생겨났다. 새로운 방향으로 아프리카를 부드럽게 몰아갈 수도 있을 것이다. 그래도 아프리카는 계속해서 당신들을 놀라게 할 것이고, 당신 눈앞에 뭔가 기이하고 완전히 상궤를 벗어난 일이 일어나게 할 것이다. 인간이 신화를 만들어낼 수 있는 땅이 아직도 있다면 그건 바로 이 땅이었다. 어쩌면 모렐이 그의 자리를 위태롭게 할지도 몰랐지만, 그를 원망하는 마음은 없었다. 모렐이 그를 괴롭히기 시작한 뒤로 그는 결국 이 광인에 대해 진심어린 애정마저 느끼게 되어버렸다. 미신, 설화, 터무니없는 얘기들과 잘 어울리는, 그야말로 아프리카에 걸맞은 모험가였다. 아프리카에는 아직 환상적인 것이 남아 있으므로, 모렐 뒤에도 백인, 홍인, 흑인, 황인 등의 다른 모험가들이 나타날 것이다. 그러나 모렐은 자기 마음이 말하는 것을 따르는 사람이었다. 그의 뒤를 이을 후임자는…… 아마 해결할 방법이 있겠지…… 그는 웃었다. 울레 지사는 혈색 좋고 원기 넘치는 얼굴의 젊은이였고, 쉽게 굴복 않는 성미였다. 그는 보뤼를 향해 몸을 돌렸다. 이 장교는 이 사건 때문에 일부러 차드에서 그의 곁으로 파견되어 왔다. 이제는 그의 관할 내에서 일어나고 있었으므로. 그는 처음부터 모렐을 담당해왔다. 이것은 우리가 이미 알고 있는 사실, 군인들이 공무원들보다 훨씬 시련을 잘 견뎌낸다는 사실을 입증해주는군, 하고 지사는 생각했다.

— 어떻게 됐나?

보뤼는 황급히 손가락으로 지도를 짚었다.

— 보고 계시는 이 조그만 푸른 점이 그파트 샘입니다. 지사님께서 말씀하신 것처럼 지사님 관할은 아니고 수단 영역입니다…… 흑인 매매 시절에 꽤나 중요했던 낙타몰이꾼들의 교차로이죠. 상품은 바뀌었지만 여전히 중요한 곳입니다. 엘 파세르 대로는 훨씬 북쪽을 지나갑니다만, 감시 받는 도로를 피해야 할 사람들에게 이 교차로는 값을 매길 수 없을 만큼 중요하지요…… 그곳에 한 사람을 심어놓았습니다. 그는 그곳에 있을 만큼 있을 것입니다. 왜냐하면 조만간 영국군도 떠나고, 연합 계획이…… 그 때문에 그는 퍽 까탈스럽게 구는데, 그럴 만한 가치는 있지요…… 나흘 전에 모렐이 그의 상점에 나타났답니다. 사막에서 불쑥 솟아나기라도 한 듯 흑인 둘을 대동하고 들어왔답니다. 두 사람 가운데 하나는 이드리스 같았다는데, 그래서 알아보라고 했습니다. 이드리스는 오래전에 죽은 게 분명하

거든요. 모렐은 곧장 라디오 쪽으로 가더니 다섯 시간 동안이나 뉴스를 들었답니다. 모든 과대망상증 환자들이 그렇듯이 그자도 사람들이 자기에 대해 무어라 말하는지 알아보고 싶은 욕망을 억제할 수 없었던 모양이지요……

지사는 곰곰이 생각했다. 그는 얼마 전에 일 년에 두 번 브라자빌에서 열리는 회합에 참석했는데, 거기서 그는 빈정거리거나 동정 어린 눈초리밖에 접하지 못했다. 뚱뚱하고 겉보기에만 마음씨 좋아 보이는, 생리대 같은 이름의 상텍스란 놈도 "그래, 당신이 보호하는 그자는 어떻게 되었소?" 하고 말하며 어깨를 치기까지 했다. 그의 동료들도 그를 중증 환자나 깨지기 쉬운 물건 대하듯 했다. 그들 중에는 계속해서 코끼리란 신화일 뿐이며 모렐은 외국 첩보원이라고 주장하는 자들도 있어, 그가 그게 아니라고 주장했더니 모두들 그에게 반대하고 나서는 것이었다. 그들은 전세계가 믿고 있는 이 허구를 깨뜨리지 않도록 주의해야 한다는 데는 의견이 일치했다. 하지만 대부분이 실제적인 영향력이 전혀 없는 범아프리카 민족주의자들의 기도가 숨어 있다고 확신하고 있었다. 그들이 말하듯 여론이 '움직이고 있다'는 것, 그리고 모렐과 그 코끼리를 대중이 믿기 시작했다는 건 확실했다. 그의 편을 드는 전보와 탄원서가 세계 곳곳에서 수천 통씩 밀려들고 있었다. 그들에게는 모렐이 국가나 정치적 이데올로기와는 아무 상관없는 신조를 가진 영웅이었다. 그 신조는 아프리카와도 상관없고, 사람들 내면에 감춰진 응어리를 건드릴 뿐만 아니라 그리고 무엇보다, 모두들 언젠가는 인간 조건의 어려움을 극복하게 되기를 다소간 막연하게나마 꿈꾸고 있기 때문에 그들 내면 깊은 곳을 건드리는 것이었다. 그들은 인간성의 여지를 주장하고 있었다.

그들은 그걸 믿고 있었다. 그리고 지사 자신도 그걸 믿고 있었다. 인간이 수백만 년 전 처음으로 나타난 곳이 아프리카였으니 인간이 자기 자신에 대해 가장 격렬하게 항의하기 위해 다시 나타난 곳도 아프리카인 게 당연했다……

— 좋아, 그러고 나서는?

— 골루아즈 담배 몇 갑과 우리 관할지역 낙타몰이꾼들을 위해 싸구려 담배 백 갑을 샀다더군요. 그리곤 쿠루로 다시 떠났죠. 제가 말씀드린 그 친구가 길까지 뒤쫓아가 봤답니다. 그 점에 대해선 의심의 여지가 없습니다.

— 차드에서는 무슨 조치라도 했나?

— 그들은 아프나 낙타부대를 파견했습니다. 쉴세르가 같이 있습니다.

— 쿠루에 낙타부대를?

— 저도 압니다만…… 사방 오백 킬로미터 반경엔 다른 부대가 없으니까요…… 시기가 좋지 않습니다…… 수단 국경의 감시 체제를 재정비하기 위해 검토 중인 계획이 있습니다…… 사십 년도 넘게 영국군이 그곳에 주둔했죠. 그래서 경찰이 하나가 아니라 둘이 된 겁니다. 부가 남쪽을 기습해서 상아를 약탈해가는 크라이히 족만 신경 쓰면 되었는데 이제는…… 새롭게 천삼백 킬로미터의 국경을 더 감시하게 된 겁니다……

대령은 손가락으로 지도의 한 선을 짚어 보였다.

— 중요한 것은 그가 수단으로 도피하지 못하게 막는 일입니다. 그 후엔 체포만 하면 되는 거죠…… 사십팔 시간 내로 끝날 일입니다.

— 그렇겠지.

지사가 말했다.

대령은 화가 난 것 같았다.

지사가 조금 더 다정하게 말했다.

— 이 일이 완전히 끝이 나야 내 마음이 놓이리라는 것을 자네한테 감추진 않겠네. 그자는 이제 너무 유명해졌어…… 감방에 가더라도 편지를 읽으며 시간을 보낼 수 있을 거야. 그 후엔 아마도 무죄판정을 받을 거라 생각되네. 그건 그렇고 내 후임자가 임명되었다는 걸 자네는 아나?

보뢰는 적당히 머리를 끄덕였다.

— 사야그…… 그자가 무엇 때문에 이리로 오는 건지 모르겠네.

— 그자는 큰 사냥꾼입니다. 적어도 일 년에 한 번은 사냥하러 아프리카에 옵니다.

보뢰가 말했다.

지사가 솔깃한 얼굴로 말했다.

— 총을 잘 쏘나?

— 아, 세계적으로 유명하죠. 전문적인 큰 상아 사냥꾼 가운데 한 사람이었습니다. 이삼십 년 전에 말이죠.

지사의 얼굴이 환히 밝아졌다. 그는 보뢰를 문까지 다정하게 배웅했다. 대령은 파면될 사람의 얼굴빛이 더 좋아진 경우를 지금껏 본 적이 없었다. 그가 떠나자 지사는 옆 사무실로 들어가 비서실장을 불렀다.

— 말해보게. 이곳에 아직 신문기자가 남아 있나, 아니면 다 떠났나?

— 두서너 명 남아 있습니다. 조금 전에 같이 점심을 먹었습니다.

— 좋아, 사야그를 아는가?

— 지사님 댁에서 작년에 본 적이 있습니다. 사냥하러 왔었죠……

— 그렇군. 기억나네. 그 사람이 내 자릴 대신할 모양이네. 신문기자에게 말해도 좋아. 비밀이 아니니까. 신사분이라고, 아프리카를 잘 아는 분이라고 말하게…… 매년 정기적으로 이곳으로 사냥하러 온 사람이라고 말야. 기자들의 호기심을 끌도록 해봐. 프랑스에서 제일 위대한 코끼리 사냥꾼인 것 같다고 하게. 적어도 오백 마리의 코끼리는 잡았을 거라고…… 자, 가보게. 그 사람이 지사직을 맡으면 누구보다도 관광사냥에 새로운 활기를 불어넣을 것이라고 설명하게…… 내 말 이해하겠나? 그가 활기를 불어넣으면 케냐는 사파리 마을로 변할 수 있을 것이라고 말하란 말이지…… 그렇네. 내 말을 제대로 알아들은 것 같군. 가보게……

그는 집무용 책상으로 가 앉더니 잠시 생각에 잠겼다. 그러고는 웃음을 터뜨렸다.

*

제일 좋은 때였다. 덥지도 않았고, 동물 떼 위를 날아다니는 새들은 새벽 빛깔을 띠고 있었다. 황새 같은 수많은 섭금류들이 모래언덕과 바위 위로 짐승 주변을 날아다니고 있었고, 펠리컨들은 날아오를 자리도 못 찾고 있었다. 아침마다 황토가 점점 더 늘어나는 것을 볼 수 있었다. 보통 때는 덤불과 갈대로 덮인 바위들은 보통 물밖으로 나올 듯 말 듯한 작은 섬에 지나지 않았는데, 이제는 이편 절벽과 저편 절벽 사이로 바위와 흙이 오 미터나 보였다. 걸어서 물에 젖지 않고도 호수를 건널 수 있게 된 것이다. 수많은 동물들이 여전히 밤새 모여들었다. 늦게 도착한 동물들은 때로 이틀 동안이나 물에서 떠나지 않고, 온종일 탈진 상태에 빠져 있었다. 육체적으로 쇠진했을 뿐 아니라, 몇 주 동안 겪은 일 때문에 신경성 반응까지 나타난 모양이었다. 모렐은 코끼리들이 다른 동물들보다 더 늦게 심적 동요에서 벗어난다는 사실을 알고 있었다. 케냐에서부터 차드에 이르기까지 코끼리 떼와 더불어 이십오 년을 보낸 하스는, 코끼리에 관해 쓴 기사에서 그에게 새끼들을 빼앗긴 암코끼리 한 마리가 몇 시간 동안 화가 나서 새끼들을 찾으러 뛰어 다니다가, 때때로 갑자기 기력을 몽땅 잃고 다른 코끼리들이 이마로 그 코끼리를 일으켜 세우려고 애를 써도 소용없이 내내 무기력하게 누워 있는 모습을 본 적이 있다고 말했다. 그는 동료 코끼리들이 지쳐 떠난 후에 기진한 암코끼리에게 다가가 코를 쓰다듬었는데 아무런 저항도 없었다고 주장했다. 코를 쓰다듬는다는 건 그 놀라운 사람이 쓴 표현이었다. 그렇다고 그가 감금 상태로 동물원에 보내기 위해 새끼코끼리를 빼앗는 일을 그만둔 것은 아니었다. 감금 상태, 감금 상태의 코끼리…… 모렐은 피가 얼굴로 솟구치는 걸 느꼈다. 세상의 모든 사냥꾼에 대한 완전하고도 격렬한 증오심에 사로잡혀 그는 기관단총을 꽉 거머쥐었다. 결국 그가 하스의 궁둥이에 한 방 쏘아주었을 때, 그는 자신이 헛되이 살지 않았다는 느낌이 들었다. 그러고 나서 그는 어떻게 됐는지 보려고 그 네덜란드 인 가까이 다가갔다. 아카시아 나무 밑에 소년들이 상당한 거리를 두고 서 있었다. "난 당신이 사냥에 관해 쓴 기사를 읽었소." 모렐이 말했다. "그래서 당신 인세에 좀 보태줘야겠다는 생각을 했소." 짤막한 폭소가 하스 몸을 뒤흔들었다. 그러더니 곧 고통의 표정이 이어졌다. 하스는 한쪽 팔꿈치를 짚고 몸을 일으켜 세우며 말했다. "손 좀 잡아주시오. 내가 역겹지 않다면 말이오."

코끼리는 왼편으로 누워 있었는데, 오른편 옆구리엔 물이 닿지 않아 사막의 붉은 먼지가 말라붙어 있었고, 코끼리 다리 사이로 왜가리 두 마리가 돌아다니고 있었다. 처음에 모렐은 코끼리가 죽은 줄 알았는데, 갈대밭에서 나올 때 코끼리 귀가 살짝 흔들거리는 것을 보았다. 위험에 대한 반사작용의 시작이었다. 그리고 곧 코끼리의 눈이 움직이다가 그를 응시하는 게 보였다. 그는 손가락으로 먼지를 만져봤다. 코끼리는 제 몸에 물을 끼얹을 힘도 없었다. 늪의 물은 삼십 센티미터도 채 되지 않았고, 진흙 표면은 도처에서 끓고 있었다. 그는 계속적으로 퍼덕거리는 메마른 소리에 둘러싸여 있었다. 퍼덕거림은 쉬지 않고 이어졌다. 흙탕 속의 고기들이 꼬리지느러미로 튀어 오르며 호수를 떠나는 소리였다. 낮에 물고기들이 이동하는 소릴 듣는 건 처음이었다. 대개 물고기들은 밤을 기다려서 이동했다. 그는 어디로 가려고 저럴까, 왜 저렇게 오랫동안 기다렸을까 하는 생각을 했다. 물고기들은 그렇게 튀어서 수십 킬로미터나 갈 수 있었다. 그러나 이번에는 그 정도로 충분치 못했다. 그렇지만 진흙 속에 물고기가 죽어 있는 건 아주 드물게 눈에 띄었다. 그는 무릎 위에 기관총을 내려놓고, 썩어가는 식물과 진흙 냄새를 맡으면서, 곤충들이 지그재그로 기어가는 것을 보며 바위에 앉아 있었다. 그는 이놈처럼 외따로 떨어져 있는 짐승의 힘줄을 자르려는 카이 부족 사람들을 덮친 적이 있었다. 그가 벌을 준 이후로 그들이 다시는 그러지 않으리라 생각했지만, 그로서는 보초를 서는 일밖에 달리 할 일이 없었다. 어쨌건 그가 여기 온 것은 이 일 때문이었다.

— 그렇지, 그래야지. 절망해선 안 되지. 오히려 미쳐야 돼. 땅 위에서 살려고 폐도 없이 물 밖으로 배를 내놓고, 어떡해서라도 숨을 쉬어보려고 애썼던 최초의 파충류도 미쳤던 거지. 어쨌건 그래서 인간이 생겨나게 되었지. 항상 할 수 있는 한 최선을 다해야 하는 거야.

그가 말했다.

그는 자기가 속으로 생각만 한 건지, 아니면 크게 소리를 쳤는지 자문해보고는 유세프 쪽으로 몸을 돌렸다. 함께 지낸 지도 일 년이 지났으니 이 녀석도 이젠 아마 어떤 일에도 놀라지 않겠지.

— 그 안에 서 있지 마. 악어들이 있어.

그가 말했다.

청년은 천천히 갈대밭에서 나왔다.

— 유세프!

— 네, 선생님!

— 네가 대장이 되더라도 코끼리는 보살펴야 돼.

— 물론이죠, 선생님.

그러나 그는 동물에 관심이 없었다. 그는 동물을 쳐다보지도 않았다. 모렐은 그가 동물을 경멸하고 있다는 느낌마저 받았다. 그렇지만 그는 아프리카 맹수 보호를 위한 이 운동에 자발적으로 합류했다. 어느 날인가 싸움이 막 시작될 때에, 그는 아무 말도 없이 숲을 빠져나갔다. 그 후로 그는 손에 기관총을 들고 검은 수호천사처럼 가는 곳마다 그를 따라다녔다. 모렐은 때때로 유세프에 대해 갖가지 생각이 들었다. 그는 지금처럼 그때도 유쾌하고 친근한 눈초리로 청년의 얼굴을 찬찬히 뜯어보았다. 그의 얼굴에서는 노예근성이라곤 찾아볼 수 없었고, 눈에는 깊은 열정과 진중함이 담겨 있어 모른 체하기가 힘들었다. 그들은 거의 일 년 가까이 같이 붙어서 먹고 자고 했다. 한번은 청년이 자면서 잠꼬대하는 소리를 모렐이 들었다. 사헬의 청명한 밤이었다. 그날 그는 푸른빛 가운데 몇 발짝 걷다가 땅에 얼굴을 대고 모로 누워 자고 있는 유세프 곁에 멈춰 섰다. 청년이 갑자기 몇 마디를 지껄였고, 그래서 모렐은 그가 무엇에 집착하고 있는지를 알았다. 아프리카의 영혼을 두고 싸우고 있는 세력들을 이해하는 데는 그 몇 초도 충분했다. 그는 망설임 없이 그 세력들 가운데 최고의 세력을 신뢰했다. 그 후로 유세프의 존재는 내걸린 쟁점의 중요성을 매순간 일깨웠다. 그 쟁점이 단순히 그의 목숨만 의미하는 건 아니었다.

— 내 뒤만 따라다니는 게 지겹지 않나?

— 아닙니다, 선생님.

— 넌 나에게 잘해주려고만 하는구나.

그의 얼굴에 불안의 흔적이 얼핏 떠올랐다가 금세 사라졌다. 모렐은 어느 새 입을 열고 자신이 짐작하고 있는 바를, 자신이 무엇을 알고 있는지를 말하려다가 때맞춰 멈췄다. 그래봤자 아무 소용없을 거야. 지름길이란 없어. 이 아이가 스스로 터득하도록 내버려두는 수밖에 없지. 성공하건, 실패하건. 그는 청년을 믿었다. 그가 실패할 이유가 없었다. 그는 청년에게 웃어 보였다.

— 나에게 무슨 일이 닥칠까 겁이 나나?

청년은 눈을 내리깔았다. 그의 얼굴에는 갈등의 흔적이 역력했다. 콧구멍 모양만이 초기의 아랍 정복자의 혈통을 말해주었다.

— 난 어디든지 너랑 같이 가겠어.

페르 크비스트는 아프리카의 지고한 신뢰를 말한 적이 있었다. 바이타리는 그것을 온정주의라는 다른 이름으로 불렀다. 주인에 대한 노예의 충성심…… 그는 몸을 숙여 코끼리의 무기력한 코를 만졌고, 주름살 사이로 그를 쳐다보는 눈을 보고 웃어주었다.

그가 코끼리에게 말했다.

— 걱정 말고 가거라. 모두들 갖게 될 거야. 백인도, 흑인도, 회색인도, 황인도, 홍인도. 모두들 갖게 될 거야. 진흙탕이란 한때뿐이야. 거기서 나오게 될 거야. 넌 보게 될 거야. 마침내 그들에게 폐가 생겨나 숨을 쉬게 되는 것을.

37

미나가 준 이부자리 속에 몸을 만 채, 필즈는 오두막에서 두번째 밤을 보냈다. 잠이 잘 오지 않았고, 옆구리가 쿡쿡 쑤셔왔다. 두번이나 일어나서 토하러 가야만 했다. 꼭 옆에 여자가 있는 것 같아 세번이나 깨어 놀란 가슴으로 벌떡 일어났지만, 아프리카의 밤이 베일을 쓴 여자의 모습을 하고 있었을 뿐이다. 그는 감정을 진정시키려고 애를 쓰면서 한참 앉아 있었다. 여자에 대한 욕구는 너무도 내면 깊은 곳에서 오는 것이어서, 그는 결코 고독에 익숙해지지 못할 것 같았다. 아주 피곤하거나 혹은 병들었을 때 그 욕구는 강박관념이 되곤 했다. 어둠 속에 앉아서 그는 담배를 피워 물고, 이건 단순한 생식 본능일 뿐이니 속아넘어가서는 안 된다고 스스로를 설득하려고 애썼다. 그러나 이런 생각은 그가 오래전부터 고독과 맞서 싸우고 있는 이 싸움의 절망적인 성격을 부각시킬 뿐이었다. 그는 또한 이처럼 곁에 누군가가 있었으면 하는 욕구를 여자가 과연 충족시켜줄 수 있을까 싶었다. 어깨를 감싸주는 누군가의 두 팔이 우리를 고독에서 빠져나오게 할 수 있다고 생각하는 것은 우스꽝스러운 일이었다. 게다가 그는 수많은 여자와 잠자리를 같이한 경험이 있었다. 그런 문제가 아니었다. 거기에도 어떤 착각이 있었다. 그는 웃으며 모래에 담배를 비벼 껐다. 그에게 필요한 것은 때때로 앞발을 내밀어오는 착한 개였다. 새벽 두시였다. 어둠 속에서 코끼리들의 울음소리가 소란스럽게 아주 가까이서 들려왔다. 그는 저 거구의 짐승들이 오두막을 짓밟고 짓이기러 오는 것을 막을 수 있는 것은 아무것도 없다는 생각이 들었다. 그러다 다시 잠이 들었고, 거의 곧 다시 깼다. 사실 그는 세 시간을 곤히 잤다. 잠에서 깬 건 총소리 때문이었다. 그는 자신이 여전히 밤이면 찾아오는 그 습관적인 강박관념에 사로잡혀 있는 모양이라고 생각하며 잠시 귀를 기울였다. 그 소리는 노르망디 해변의 총격전이나 상륙 닷새째, 안지오 다리에서 벌어진 총격전처럼 일정한 간격을 두고 들리지만 세차게 쏟아붓는 총소리였다. 그는 자신의 기억을 믿지 못했다. 그러나 꿈을 꾸고 있는 것은 아니었다. 모렐이 경찰대에 급습을 당해 방어하는 중이라는 게 가능한 유일한 설명이었다. 그것으로도 이토록 심한 총격전이 설명되는 것은 아니었다. 그는 카메라와 필름 통을 쥐었다. 그리고 언덕으로 달려갔다. 그 순간, 손대지 않은 필름 한 통이 남아 있었고, 쓰던 것은 반이 있었다. 그러나 그는 여분으로 남겨둔 필름은 셈에 넣지 않았다. 사건이 아무리 급박하다 해도 필름 한 통은 여유분으로 남겨두는 것을 항상 원칙으로 삼았던 것이다. 그 덕에 어떠한 상황에서도 냉정한 정신을 간직할 수 있었다. (필즈는 자신이 찍고 있는 르포와 관련 없는 센세이셔널하고 거의 기적적인 엄청난 사건이 카메라에 필름이 남아 있지 않을 때 일어날 것 같다는 생각에 사로잡혀 있었다.) 불면증과 졸음이 뒤섞인 흐릿한 눈으로, 그는 무슨 일이 일어나고 있는지 알지도 못한 채 첫번째 사진을 찍었다. 명료한 통찰력을 닮은 아침 공기 속에서는 모든 풍경이 가까이 있는 것 같았고, 바위를 덮고 있는 황토와 풀과 갈대의 둔덕 위에서 배를 깔고 엎드린 사람들이 코끼리들을 향해 총을 쏘고 있었다. 총소리는 사방 곳곳에서 호수 쪽을 향하고 있었고, 필즈는 도처에서 바위 위에 선 사람들을 보았다. 그들은 아랍 두건 위로 반짝이는 햇살을 받으며 쉬지 않고 총을 쏘고 있었는데, 그 두건은 전쟁 때 사막에서 싸우던 영국 군인들의 두건을 상기시켰다. 당황한 짐승들의 울음소리가 거대한 소음이 되어 총소리를 점차 뒤덮고 있었다. 백여 마리쯤 되는 코끼리들이 밀집한 잿빛 덩어리가 호수 한가운데, 폭발 때문에 생겨난 버섯구름 속에서 꼭 붙어 서 있었다. 바위 위에 엎드린 사냥꾼들이 코끼리들의 다리 사이에다 다이너마이트를 던졌던 것이다. 필즈는 힐끗 훑어만 보고서도 이 같은 장면이 쿠루 호수 곳곳에서, 그리고 북쪽의 습지에서까지 일어나고 있다는 것을 금세 알아챘다. 북쪽 습지에서는 세상의 온갖 새들이 갑자기 하늘을 틀어막아 버린 것 같았고, 첫 바위 봉우리에서 삼백 미터 떨어진 가장 깊숙한 장소인 서쪽의 거대한 마지막 절벽 밑에 여러 무리의 짐승들이 모여 있었다. (나중에 필즈는 자신이 받은 첫인상으로는 무장한 사람들이 밤사이에 쿠루 호수에 포진한 것 같았다고 말했다.) 그는 서 있던 자리에서 여섯 장을 찍었고, 바위에서 오 미터도 안 되는 지점에 대고 마구 갈겨대는 자동소총의 질풍사격 아래 서서히 쓰러지고 있는 일곱 마리의 코끼리를 '클로즈업'해서 찍기 위해 물에 들어가려고 했다. 그러나 총알 한 방이 귓전을 스치는 소리를 듣고는, 물속에 빠져 못 쓰게 될 우려가 짙은 귀중한 필름을 가지고 괜한 모험을 하지 않기로 마음먹었다. 그래서 그는 언덕 꼭대기를 향해 물러나서 어떻게 찍어야 가장 좋은 사진이 될지 갈피를 잡으려고 했다. 필즈는 오직 거기에만 마음을 쏟았다. 기진맥진한 코끼리를 조직적으로 학살하는 이유가 무엇인지를 생각하느라고 시간을 허비하지 않았고, 냉정하게 필름에 기록하려고만 했다. (필즈는 훗날 바이타리의 설명을 인용한 해설을 붙여서 이 사진들 가운데 하나를 발표했다. "우리는 코끼리 전설을 끝장내버리려고 했다. 사람들은 소위 자연보호 투쟁이라는 연막 아래 독립을 위한 우리의 투쟁을 감추려고 애쓰고 있다. 거창한 말과 거창한 휴머니즘의 원칙 아래 추악한 현실을 감춰버리려 하는 것은 서구의 전통적인 술책이다. 이따위 술책을 끝장내야만 했다. 이제 그 일은 이루어졌다.") 필즈는 카메라를 내려놓고 모렐의 오두막을 향해 달리기 시작했다. 그 순간 그는 하나뿐인 사진을 놓쳤다. 그는 달리면서 멋진 코끼리 한 마리가 거대한 상아를 하늘로 치켜들고 바로 코앞에서 그를 향해 쏘아대는 총탄을 받으며 바위 중턱을 기어오르는 걸 보았다. 필즈가 카메라 렌즈를 갖다 대려는 순간에 코끼리는 코로 사냥꾼을 붙든 채 같이 물속으로 떨어졌다. 필즈는 0.5초 때문에 그 장면을 놓쳤다. 사냥꾼의 몸뚱이가 코끼리 때문에 보이지 않게 되었기 때문이다. 소란한 소리에도 불구하고 그는 분명히 사람의 울부짖음을 들었다.

필즈는 쿠루에서 죽은 동물 수를 완전히 잘못 추산했다. 그는 포르라미에 돌아온 뒤 총격전이 계속된 이틀 동안에 죽은 코끼리의 수가 거의 사백에 가깝다고 제시했다. 사냥 감독기관의 보고에 따라 차드 당국이 영국 정부에 보고하고, 신문에도 실린 공식 숫자는, 죽은 동물이 이백칠십 마리였고, 그중 이백 마리가 상아를 갖고 있었다. 필즈의 오류는 그 당시 그가 처해 있었던 직업적인 극도의 흥분 상태로도 설명이 되고, 호수 중앙에서 일어났던 것을 토대로 쿠루 지역 전체를 추정해서 계산했다는 사실로도 설명된다. 그가 제시한 숫자도, 그리고 공식보도에 인용된 숫자도 대사냥의 전문가들이 보기에는 믿을 수 없는 것이었다. 드 브리가 밤새 쿠루 절벽에 마흔다섯 명을 아무도 모르게 배치할 수 있었다 치더라도, 동물 떼의 기진맥진한 상태를 감안한다 치더라도, 한 사람당 평균 일곱 마리 이상을 사냥한다는 건 불가능한 일이었다. 1910년에 우방기에서 일어난 코끼리 도살 때도 스무 명이 일흔 마리밖에 죽이지 못했다. 그것도 코끼리들이 방두의 늪에 거의 매몰되다시피 해서 너무도 느리게 움직여 사냥꾼에게 충분한 시간이 있었기 때문이라는 것이다. 사냥이 계속된 이틀 동안에 수많은 동물들이 총격전이 시작될 때 달아났다가 다시 되돌아왔다는 필즈의 주장에도 전문가들은 의혹을 표명했다. 그 동물들의 수에 대해서도 쉴세르가 부인할 수 없는 증거를 가지고 돌아온 후에조차도 왈가왈부 말이 많았다. 아랍 방송은 유럽 신문이 발표한 학살 보고서를 아프리카 민족주의 운동에 반대하는 선전술의 대표적인 예로 인용했다. 필즈는 뽑힌 상아의 수효를 토대로 계산하고, 부상당한 채 호수에서 도망쳐 나가 죽은 코끼리들은 참작하지 않은 쉴세르의 숫자를 의심했다. 수는 막대할 게 틀림없었다. 사수들이 정확한 사격을 가했다기보다는 마구 갈겨댔던 만큼 더욱 그랬다. 좋은 병사의 자질이 반드시 좋은 사수의 자질을 뜻하진 않는다. 게다가 하비브는 4월에 반란을 일으킨 뒤 조심스럽게 위장한 소단위 부대로 다시 모여, 독립이냐 통합이냐를 결정하는 국민투표 때 혹시 필요할지도 몰라 도시에서 대기하고 있던 수단 부대의 탈주병들 가운데서 부하 대부분을 뽑았다. 또한 외인부대가 수에즈를 통과할 때 타고 가던 배에서 뛰어내려 탈주한 자들도 몇 명 있었고, 그들 중의 일부는 카르툼에서 사건이 일어나기를, 그리고 약속된 임금을 받게 되기를 목이 빠지게 기다리고 있었다. 더구나 파견은 군대 파견의 모양새를 띠었다. 군복을 갖춰 입은 건 말할 것도 없었다. 수많은 동물들이 기관단총의 질풍사격에 쓰러졌고 또 일부는 폭발물에 머리가 떨어져나갔다. 급강하하는 폭격기와 로켓탄, 네이팜탄만 없었을 뿐이다.

필즈는 오두막에서 얼굴에 피를 흘리며 동료들과 함께 땅바닥에 앉아 있는 모렐을 발견했다. 그는 총격전이 시작되자 모렐이 기관단총을 쥐고 호수로 달려갔으며, 모래언덕에 잠시 멈춰 서서 총질을 하다가 물속에 뛰어 들어가 사방에서 우왕좌왕하는 코끼리 떼 속에서 무릎까지 물에 빠진 채 서서 계속 총을 쏴댔다는 것을 나중에 가서야 알았다. 모렐은 세번째 사격에 부하 하나를 맞혔고, 다시 총을 쏘려는 순간 몽둥이로 목을 얻어맞고 쓰러졌다. 그러기 얼마 전 포사이드와 미나가 자다가 놀라서 깼을 때, 언덕 끝, 코끼리 곁에서 이불을 둘러쓰고 잠자고 있던 모렐은 이미 보이지 않았다. 하비브가 그를 찾았지만 헛일이었다. 그때 갑자기 모렐이 동물 떼 사이에 나타나 총을 쏘아대는 게 그의 눈에 들어왔다. 미나를 제외하곤 모두들 손이 등 뒤로 묶여 있었다. 두 명의 수단 인이 그들을 향해 기관단총을 겨누고 있었다. 그들 가운데 한 남자가 서 있었는데, 필즈는 전에 본 적이 없었는데도 곧 그가 누구인지 알아볼 수 있었다. 섬세하면서도 잊기 힘든 남성미와 거의 고전적인 엄격함이 엿보이는 새카만 흑인의 얼굴이었다(그를 본 필즈의 첫 반응은 열등감이었다.) 그렇지만 그를 매혹시키는 얼굴은 아니었다. 그는 그 검은 시저의 머리를 덮고 있는 군모에서 눈을 뗄 수가 없었다. 한가운데에 장군의 표시로 다섯 개의 별을 단 프랑스 기병장교의 청색 모자였다. 그 별들은 금색이 아니라 검은색이었다. 필즈는 입을 멍하니 벌린 채 그것을 쳐다보았다. 소름 끼치면서도 비장한 느낌이 들었다. 그가 한 번도 본 적이 없는 가장 아름다운 망상증 중 하나였던 것이다. 본능적으로 그의 손은 카메라를 쥐었고, "신문기자요, 신문기자……"라고 소리치며 사진을 한 장 찍었다. 그것이 그가 살아서 찍을 수 있는 마지막 사진이라고 확신하고서. (일 년 전 뉴욕에서 필즈는 아크라에서 온 흑인 작가 조지 펜을 만난 일이 있었다. 조지 펜이 그에게 말했다. "검은 아프리카에는 역량 있는 정치인들이 여러 명 있소. 아크라에는 은크루마가 있고, 나이지리아에는 아지키베가, 이앙바에는 아볼루바가, 그리고 탕가니카 감옥에 있는 케냐타가 있소. 그런데 흑인과 백인을 통틀어서 내가 만나본 사람 가운데 가장 특별한 사람이 한 사람 또 있소. 프랑스령 적도 아프리카의 바이타리요. 아프리카에 대해 무슨 얘기를 제대로 듣게 될 때면 정말로 이 이름을 듣게 될 거요. 그 사이에 프랑스 인들이 그를 국무총리로 임명하지 않는다면 말이오. 그들은 아주 영악해서 그런 일은 안 할 테지만.") 바이타리 뒤에는 입에 물고 있는 담배처럼 그 장면을 음미하고 있는 것 같아 보이는 사내가 한 명 서 있었다. 그는 선원 모자를 쓰고 푸른 천으로 된 셔츠와 바지를 입고, 흰색과 검은색이 섞인 구두를 신고 있었다. 그의 얼굴은 아주 천박해 보여서, 아프리카의 심장이나 시대를 초월한 오래된 갈등을 떠올리기보다는 지중해의 작은 항구에서 친구들끼리 밀수를 상의하는 모습을 떠올리게 했다. 페르 크비스트는 고개를 푹 숙인 채 오두막 한쪽 구석, 이드리스 곁에 앉아 있었다. 포사이드는 피를 내뱉고 있는 걸 보니 아주 심하게 저항한 모양이었다. 그는 처음에 옆구리에 발길질을 하여 그를 깨운 사람들의 군복에 속았다. 프랑스령 적도 아프리카 당국과 결탁하여 수단의 정규 경찰대가 그들을 체포하러 온 줄로 알았던 것이다. 바이타리와 하비브를 보고서야 그는 무슨 일이 일어났는지를 깨달았다. 그때까지도 잘 모르다가 호수에 대고 총질을 해대는 걸 보고서야 완전히 깨달았다. 그때 그는 자기를 끌고 가던 군인들에게 덤벼들었고, 그래서 심하게 얻어맞았던 것이다. 유세프는 거기 없었다. 미나는 카키색 윗도리가 찢어져 있었고, 얼굴은 거의 발작이라도 하듯 떨고 있었다. 이빨을 드러내고 웃으며 그녀의 어깨를 억세게 붙들고 있는 수단 인의 손아귀에서 벗어나려고 울며 발버둥 치고 있었다. 필즈가 오두막에 들어서자 놀란 기관단총들이 일제히 그를 향해 방향을 돌려 그를 맞이했다. 잠시 힘겨운 머뭇거림의 순간이 있긴 했지만 그는 미국 기자라는 직책을 밝히고 카메라를 쥐었다. (필즈는 자기의 운명에 대해 아주 확고한 생각을 갖고 있었다. 자신이 언젠가 전립선암이나 항문암으로 죽게 될 거라는 그 확신은 그가 경쟁자들 곁에서 내보일 수 있었던 용기의 원천이 되었다.) 그가 그 순간 느꼈던 유일한 불안의 대상은 카메라와 필름이었다. 그것을 몰수당할 거라고 예상했던 것이다. 그러나 바이타리는 그가 있다는 사실에 오히려 반가워했다. 감추려고 애를 쓰고는 있었지만 모든 태도에서 만족감과 호의가 드러났다. 노련한 필즈는 대번에 그러한 정치인들의 태도를 알아보았다. 그리고 곧 안심했다. 그는 올레의 옛 의원이 미국에서 자기 얘기를 해주기를 바란다는 것을 알아차렸다. 바이타리는 어쨌든 모렐을 완전히 잊어버린 것 같았고, 필즈에게 정중하게, 그리고 그를 매료시키려 애를 쓰며 이야기했다. 그것은 그가 신문기자라는 직업에 부여하고 있는 중요성을 잘 드러내주었다. (훗날 필즈는 그와 얘기하면서 계속 프랑스 지식인을 대하고 있다는 인상을 받았다고 말했다.)

그가 말했다.

— 당신이 우리에 대해 제대로 된 기사를 써주면 좋겠군요.

(필즈는 그가 처음에는 약간 허풍조로 말하더니 그 말투는 어느새 사라지고 대신 은근한 격렬함, 확신에 찬 격렬함을 드러냈다고 기록했다. 필즈는 처음부터 그가 전적으로 진지하며 자기 자신을 믿고 있다고 확신했다. 그는 위대한 선동 정치가와 진정한 웅변가의 비밀인, 뭐라 규정할 수 없는 태도로 주의를 끄는 법을 알고 있었다. 필즈는 순수하게 연설적인 측면엔 속지 않았다. 신문기자에게 말할 때 대중을 잊는 정치인을 그는 만나 본 적이 없었다. 하지만 그는 도량에는 민감했다. 아마도 자기 자신에게 도량이 완전히 결여되어 있다는 사실을 의식했기 때문인지도 몰랐다. 그리고 바이타리의 도량은 약간은 화나게도 하고 약간 부럽다는 느낌도 들게 하는 신체적인 위엄 때문에 더욱 탄탄해 보였다.)

— 당신이 여기 있는 게 나로서는 오해를 일소시킬 좋은 기회라 생각됩니다. 아프리카의 자유라는 우리 투쟁의 진짜 목표를 가려버리고 모렐이 퍼뜨리도록 임무를 맡은 저 파렴치하고 우스꽝스럽고 모욕적인 주장으로 대치시키려는 식민주의 언론의 행태에 대해 우리 독립투사들이 얼마나 화가 나고 얼마나 분노에 사로잡혔는지 이루 말로 다할 수 없을 지경입니다. 우리는 누가 그에게 돈을 주고 있는

지, 왜 그가 그렇게 오랫동안 당국의 눈을 피할 수 있었는지 잘 알고 있어요. 그의 캠페인은 우리의 민족적 열망을 가리기 위한 연막입니다. 우리는 마천루와 자동차에 싫증이 나서 원시 속에 몸을 담그고, 우리의 벌거벗은 모습과 동물 떼에 감동하러 오는 서구인들의 눈요기 노릇을 하는 데, 세계의 동물원 노릇을 하는 데 진력이 난 만큼 더더욱 능욕당한 기분입니다. 우리는 화가 머리 끝까지 치밀어 더 이상 참을 수가 없을 지경입니다. 이 점을 강조해주길 바랍니다. 우리는 아프리카를 야만에서 벗어나게 하고 싶어요. 그리고 당신네 한가한 관광객들이 그렇게 찬탄하는 기린 목보다 공장 굴뚝이 우리가 보기에는 천 배나 더 아름답다고 단언할 수 있습니다. 우리는 이런 오해를 종식시키려고 이곳에 왔어요. 또한—이건 덜 중요하다는 걸 알아주시오—가능한 한 많은 상아를 손에 넣어 그것을 판 돈으로 새로운 무기를 살 작정입니다. 우리에겐 항상 무기가 부족합니다. 개인적으로 말하자면 난 사냥에는 취미가 없어요. 심지어 난 우리 민족이 수렵 민족이었다는 사실을 잊어주기를 바랍니다. 왜냐하면 그것이 우리가 기필코 벗어나려고 하는 원시시대와, 낡아빠진 시대와의 연결을 의미하기 때문이지요. 그러나 우리의 운동에는 돈이 필요합니다. 우리가 여기 왔다는 사실은 우리가 어느 누구의 돈도 받지 않고 있음을 입증하는 겁니다. 나는 카이로에 원조를 청하라는 조언을 수없이 들었지만, 거절했어요. 그러나 무기상들은 돈 안 받고 물건을 주지 않아요. 값을 지불해야 하지요. 당신 나라의 여론은 코끼리를 불쌍히 여기면서 아프리카 민중의 운명에는 관심도 없고 알지도 못하지요. 난 그들의 주의를 끌 작정입니다. 그래서 당신이 직업의식을 발휘해 우리 운동의 진실을 밝혀주리라고 기대하고 있어요. 우리의 목적을 이루기 위해 아프리카의 코끼리를 모조리 희생시켜야 한다면 우린 주저 없이 그럴 겁니다……

필즈는 수년 전부터 파리에서 살고 있었지만, 그렇게 유창하게 프랑스어로 즉석 연설을 하는 사람을 본 적이 없었다. 그가 선전 유세 때에는 프랑스령 적도 아프리카의 여러 부족들에게 어떤 언어로 말했을까 하는 생각이 들었다. (나중에 알아봤더니 바이타리는 울레 방언만 완전히 알고 있을 뿐이었다. 거의 스물일곱 가지나 되는 다른 방언들은 그에게 완전히 외국어였다. 그는 1945년 이후부터 모든 부족들이 프랑스어를 쓰도록 하고, 점차적으로 토착 방언을 없애자는 캠페인을 가장 열성적으로 펼친 사람들 중 하나였다. 그 이유를 짐작하기란 쉬웠다. 주술사와 족장들이 언어의 장벽 뒤에서 자신들의 권능을 지켜오고 있다는 것이다. 바이타리에게 프랑스어의 사용은 곧 해방과 통합과 선전의 주된 무기였고, 전통과 싸우는 유일한 방법이었다. 울레 방언에는 "국가"라는 말도, "조국"이라는 말도, "정치"라는 말도, "노동자, 일꾼, 프롤레타리아"라는 말도, "민족자결권"이라는 표현도 없고, 그것들은 그저 적에 대한 울레 부족의 승리라는 말로 표현될 뿐이다. 따라서 민족주의자 바이타리가 프랑스어 사용을 주장하는 강경한 투사가 될 수밖에 없었던 그 표면상의 모순은 쉽게 설명됐다.) 바이타리가 말을 하는 동안에도 호수에서 총격전은 계속 되고 있었다. 그가 한 말에 대한 실제적 증명이었다. 대부분의 그의 동포들처럼 필즈도 특별히 철학적 명상 쪽으로 발달한 정신을 갖지 못했으며, 더욱이 이곳에 정착한 이후부터는 더더욱 추상적인 것에 취미가 없었다. 그는 추구하는 목적의 위대함보다는 사용되는 방법, 만질 수 있는 것들, 그리고 사진 찍을 수 있는 것들에 훨씬 민감했다. 호수에는 그런 것들이 숱하게 널려 있을 것이다. 검은 선동가가 그

앞에서 떨리는 목소리로 산업화되고, 전력화되고, 정글과 원시적인 전통에서 해방된 아프리카의 미래라는 이미지를 떠올리고 있는 동안에도 필즈는 무엇보다 바깥의 총격전에 신경이 쓰였고, 자신도 모르게 머릿속으로는 쓰러진 코끼리의 수를 추산하고 있었다. (흥분된 감정으로 인해 그 수는 크게 과장되었다.) 무성한 갈대밭의 희끄무레한 빛을 받으며 다리를 꼬고 손이 등 뒤로 묶인 채 앉아 있는 모렐, 포사이드, 페르 크비스트, 그리고 이드리스의 사진을 그는 다시 한 장 찍었다. 이 패배자들의 모습에는 뭐라 형용할 수 없는 영원이 깃들어 있었다. 그들 곁에서 찢어진 옷차림의 미나가 때때로 손으로 얼굴을 가리며 조용히 울고 있었다. 훗날 필즈는 그의 동포들과 만나는 걸 즐겨하던 파리의 한 조그마한 카페에 앉아 이렇게 말했다. "내가 아직 믿고 있는 혁명이란 생물학적 혁명이야. 언젠가는 인간을 만드는 것도 가능하게 될 거야. 진보는 점차 생물학 실험실로 퇴각하고 있어." 모두들 가운데 모렐이 가장 침착했다. 그는 놀라지도 않았고 화내지도 않았다. 살아오면서 전에도 이런 일을 겪었던 게 분명했다. 무엇에 매달려야 할지도 알았고, 그 무엇도 그를 좌절시킬 수 없다는 것도 알고 있었다. 코끼리 학살이 계속되던 시간 내내 무엇을 생각했느냐고 나중에 필즈가 짓궂게 물어봤을 때, 그는 조소의 빛을 띠고 조용히 대답했다.

— 유세프 생각을 했지요. 그에게 달린 일이었으니까. 그가 이해해야 할 문제였으니…… 그가 선택할 테지요.

(지나다니면서 필즈는 말을 돌보고 있는 유세프를 여러 차례 보았다. 그 청년은 다리를 꼬고 모래 위에 앉아 있었다. 무기는 감춰졌거나 아니면 빼앗긴 모양이었다. 하지만 나이가 어려 하비브의 부하들이 그냥 자유롭게 내

버려둔 게 틀림없었다. 필즈가 몇 마디 말을 걸자 청년은 눈을 들더니 대답도 않고 쳐다보기만 했다. 아마 정말 그를 보고 있는 게 아니었는지도 모른다. 필즈는 항상 무표정하던 그의 얼굴에서 지독한 고통의 흔적을 보고 깜짝 놀랐다. 그의 입술은 떨리고 있었고, 눈은 고통스럽게 번득이고 있었으며, 얼굴 윤곽은 평소의 단호함을 잃고 탄식과 망설임과 내적 갈등을 드러내 보이고 있었다. 필즈는 그 원인을 알려고 애를 썼지만 소용없었다. 청년은 천천히 고개를 숙였다. 거역하지도 않고, 그렇다고 필즈가 던진 다정한 질문에 대답도 하지 않은 채.)

바이타리가 연설(그 열정적인 긴 대사를 달리 뭐라고 부를 수 있겠는가)을 계속하는 동안 모렐이 표면상의 무관심에서 벗어난 건 단 한 번뿐이었다. 울레의 옛 의원이 분개해서 던진 말에 모렐은 쓴웃음을 지으며 동조하는 몸짓을 했던 것이다.

— 물론, 사람들은 나더러 공산주의에 동조하는 자라고 비난합니다. 그렇게 말하는 게 편리하겠죠. 하지만 인간의 모든 자유 가운데 가장 소중한 것은 조국의 독립이라고 외친 사람은 공산주의자들이 아니라 프랑스의 극우작가 샤를 모라스요……

이 대면에서 필즈에게 약간의 위안을 준 유일한 사람은 선원 모자를 쓴 사내였는데, 물들인 게 분명한 새카만 수염 한가운데에 꽂힌 시가가 어딘지 불쾌해 보이는 그는 때때로 조용히 미소를 지으며 즐거움을 표시하고, 아주 즐기며 그 장면을 음미하고 있는 것 같았다. 포사이드는 때맞춰 되찾은 것 같은 조소 어린 미소를 띤 채 귀를 기울이고 있었다. 페르 크비스트만이 사이사이에 끼어들려고 애를 쓰고 있었다. 그는 몇 번씩이나 바이타리에게 초조한 눈길을 던지더니 마침내 분노로 중간 중간 끊기는 목소리에 길게 끄는 듯한 스칸디나비아 억양으로 그의 말을 가로막고 나섰다.

— 콩고-오세앙 철로 건설 때 희생된 수만 명의 흑인들의 죽음도 당신이 아프리카에 제안하고 있는 것에 비하면 아무것도 아니오. 당신은 가장 잔인한 식민지 건설자 가운데 한 사람이 될 거요. 아프리카에는 가장 낯선 이방인이 될 거요. 당신의 피부 색깔은 아무 쓸모도 없소. 당신은 서구의 전형적인 산물, 우리의 가장 멋진 산물 가운데 하나요. 흑인들은 노예상과 식인풍습, 식민지 지배와 마우마우 테러집단을 겪었지만, 그것은 당신들이 아프리카의 새로운 독재자들이 될 때 당신들과 더불어 겪게 될 것에 비하면 아무것도 아니오. 살아남을 사람들을 생각하니 가슴이 아프오……

바이타리는 웃었다. 그의 목소리는 거의 상냥하기까지 했다.

— 페르 크비스트, 당신 같은 백인이 아프리카에 거의 남아 있지 않다는 게 유감입니다. 남아 있었다면 우리 일이 훨씬 쉬웠을 텐데요. 우리에게 가장 위험한 인물은 소박한 성실성과 흰 아마천에 만족하는 자들이 아니라, 뭔가를 세워보려고 애쓰는 유럽인들입니다…… 당신은 유럽에서도 유명한 무정부주의자이니까 당신을 설복하려 해봤자 소용없겠지요. 당신은 이미 과거요. 이젠 중요하지 않은 인물입니다. 모렐의 이상한 인간혐오적 기질, 인간의 손길에 대한 혐오, 그의 뜻과 맞지 않는 그 기질은 전형적인 부르주아 계층의 신경병입니다. 거기에 신경 쓰다가는 우리마저 미쳐버릴지도 모르지요. 내가 우리네 주술사들처럼 신경병이 초자연적인 악이 존재한다는 증거라고 생각하지 않게 된 건 이미 오래전 일입니다…… 우리 친구인 포사이드가 여기 있는 건 그 나름의 이유 때문이고, 이드리스는 아프리카의 가장 뒤떨어진 과거를, 자유 상태의 맹수들, 사

자, 표범, 코끼리 그리고 무소 들이 지평선 끝까지 뒤덮고 있는 그 과거를 옹호하고 있어요. 내가 깊은 우정을 느끼고 있는 이 젊은 여인이 여기 있는 건 사람이 싫어서죠. 개를 친구로 삼고 만족했어야 했을 여자죠. 당신들은 모두 균형 잃은 사회의 전형적인 산물들입니다. 이 말은 당신 개인에게가 아니라, 우리의 운동을 위해 많은 것을 할 수 있는 아메리카 여론의 대표자에게 하는 겁니다. 그리고 페르크비스트, 다시 한번 말하지만 난 당신을 아주 좋아합니다. 당신이 나를 즐겁게 해주기 때문이지요. 그리고 난 어떤 비밀스런 꿈이 당신을 활동하게 만드는지 알고 있어요. 나도 백인 신부들에게서 배웠어요. 에덴동산의 시대는 영원히 흘러갔어요. 흑인들은 미신과 초자연계에 대한 욕구 때문에 너무 고통을 당해서 당신들이 당신들의 미신을 덧붙이려 왔을 때조차 환영했지요. 파르그 신부나 이곳의 유명한 몇몇 선교사들처럼 당신도 아직 신비스러운 목자를 꿈꾸고 있어요. 밤이면 당신은 베들레헴의 별을 찾지요. 여자가 나귀를 타고 사막을 지날 때마다, 그녀가 베일 아래로 갓난아기를 안고 있지 않은지 당신들은 살피지요. 그러니 기계와 프롤레타리아와 생존조건이라는 거친 현실과 대면하게 될 때면 당신들이 화가 나서 미칠 지경이 되는 건 당연합니다. 그래서 당신들은 당신들 친구 생드니처럼 종교의식과 주술사의 아프리카, '마법'의 아프리카로 도피하거나, 혹은 성서시대를 꿈꾸게 하는 코끼리 떼 사이로 숨어버리고, 당신들에게서 그 아편 같은 꿈을 빼앗아버리려는 이 버려진 땅의 젊은이들을 결코 용서하지 않으려는 겁니다. 하지만 노인장, 그 대가가 어떤 것인지 압니까? 그 대가는 무지요 문둥병이요 열대병이고 상피병이며 사상충병입니다. 이런 것들이 "초자연계"에 속하는 겁니다. 어린아이들의 죽음과 수천만 명의 만성 영양실조 또한 그 대가이고요. 이것이 당신들의 도피 욕구 때문에, 당신들이 존중하는 코끼리 떼 때문에 우리 민족이 지불해야 할 대가요. 우리는 마지막 코끼리까지 없어지는 걸 기꺼이 바라볼 겁니다. 노아의 방주는 없을 겁니다. 페르 크비스트, 당신은 코펜하겐에 있는 당신네 박물관으로 돌아가는 게 좋을 겁니다. 거기 가면 당신은 표본으로서 그야말로 적절한 자리를 찾게 될 겁니다……

그는 필즈 쪽으로 돌아섰다.

— 당신은 조금 있다가 봅시다. 난 아프리카로 눈을 돌리고 있는 세계 여론 앞에서 모든 오해를 일소하고 싶어요. 정직하게 나를 도와주기를, 공정하게 당신의 직무를 수행해주기를 부탁하오.

그의 목소리에는 조소의 흔적이라곤 전혀 없었고, 오히려 기품과 감동이 느껴졌다. 필즈는 당황하지 않았다. 이런 일에는 꽤 탄탄한 이력을 쌓아두었다. 이 흑인도 "자유"니 "정의"니 "진보" 따위의 말을 기치로 내세우며 수많은 사람을 강제로 싸움터에 몰아넣거나, 임무를 수행하다가 죽게 만드는 다른 혁명 선동가들과 다르지 않았다. 그를 원망할 순 없었다. 사명에 너무도 짓눌려 있었던 것이다. 여러 세기가 흐르면서 서서히 축적되어 영원히 뒤처지게 된 그 사명은 결국 어마어마하게 커지고 말았다. 그렇다. 필즈는 이 모든 것을 알고 있었다. 중요한 일은 좋은 사진을 찍는 것이며, 딴 일에는 관여하지 않는 것이다. 그는 다시 바이타리의 사진을 한 장 찍었다. 필름을 갈아야만 했다. 그는 이제 필름이 부족하지나 않을까 하는 공포 속에 살게 되었다. 시옹빌의 옛 의원이 오두막을 나가자 선원 모자를 쓴 사람이 모렐 곁으로 다가가더니 주머니에서 담뱃갑을 꺼내어 담배를 한 대 말아 입에 물려주고는 불을 붙였다. 모렐은 그가 하는 대로 가만히 있다가 연기를 들이마셨다. 그는 그 사내에게 호감을 갖고 있는 것 같았다. 이데올로기나 이해관계가 얽힌 동기라곤 전혀 없는 단순한 용병에 지나지 않았기 때문이었으리라. 누런 두건 밑으로 번들거리는 얼굴을 드러내고 있는 두 명의 병사는 위협적이라기보다는 오히려 불안에 사로잡힌 표정으로 포로들에게 기관단총을 겨누고 있었다. 그 불안 때문에 그들이 더욱 위험해 보였다. 필즈는 특별대우에 곤혹감을 느꼈고, 바이타리에게 모렐과 그의 동료들을 풀어주라고 말해보면 어떨까 생각했다. 필즈가 나중에 가서야 하비브라는 이름의 모험가라는 사실을 알게 된, 그 선원 모자를 쓴 사내는 모렐의 어깨를 다독거리고 있었다.

— 당신에게 운 좋은 날이 아닌 것 같군요.

그가 다정하게 말했다.

— 당신이 알고 있는지 어쩐지 모르겠소만, 아프리카 맹수 보호에 관한 회담은 당신의 코끼리에 대해 아무런 결정도 내리지 않은 채 사흘 전에 연기되었소. 현행 수렵법규는 약간 변경되었지만 본질적으론 변한 게 없소……

그는 꺼진 시가에 불을 다시 붙였다. 모렐은 쿠루에서 벌어지고 있는 일보다 이 소식에 더 충격을 받은 것 같았다. 그의 얼굴에 깊은 주름살이 파이더니 고개를 숙였다. 필즈는 많은 사람들이 거만한 놈이나 미친놈으로 취급하는 이 사내가 맞서 싸움을 걸고 도전한 사람들의 양식과 관대함을 어느 정도로 믿고 있었는지 느꼈다. (나중에 필즈는 부카부 회담의 대표단 중의 몇 사람과 회견할 기회를 가졌다. 그들 가운데 한 사람은 다음과 같은 방식으로 사태를 설명했다. "우리들의 임무는 아프리카 맹수 보호 법규를 재검토하는 일이었습니다. 특히 멸종될 위험이 있는 표본들과 관련된 법규들 말입니다. 우리는 대사냥의 도덕적인 측면을, 다시 말해 그것이 적격한지 또는 부적격한지를 말하려고 소집된 것도 아니고, 모렐과 그의 기호물에 관여하려고 소집된 것도 아닙니다. 일부 지역에서 아프리카 코끼리의 수가 감소되고 있는 것은 분명하지만, 그건 숲이 줄어들고 경작지가 늘어나는 것과 마찬가지 현상입니다. 전반적으로, 또는 아프리카 전역에 걸쳐 코끼리가 멸종되어가고 있다고 말하는 것은 전적으로 잘못된 얘기입니다. 코끼리들이 감소하고 있긴 하지만, 그렇다고 멸종되고 있는 것은 아닙니다. 종족을 보존하는 데 꼭 필요한 동물의 수를 보호하기 위해 법규를 수정할 시간은 언제라도 있을 것입니다. 지금은 개간지에 심각한 위협이 될 정도로 수가 많습니다. 한없이 넓은 공간을 요구하는 이 성가신 거구들이 극심하게 줄어들어야 할 때가 숙명적으로 찾아올 것입니다. 그 순간은 아직 오지 않았습니다. 그러나 올 것입니다. 상상해보십시오. 예를 들어 벨기에와 같이 산업화된 국가에서 수많은 코끼리 떼를 자유롭게 내버려둔다고 상상해보십시오. 인도에서 성스러운 소들을 없앨 수만 있다면 네루가 어떤 대가를 지불할 각오를 했을지는 신만이 아실 겁니다. 어쨌든 우리는 단순히 한 편집증 환자 때문에 아프리카 코끼리를 신성불가침의 것으로 만들 수는 없습니다.") 그의 동료들도 포사이드만을 제외하곤 모두 놀란 것 같았다. 포사이드는 훗날 필즈에게 자기는 부카부 회담의 결과에 대해 별로 환상을 품고 있지 않았다고 말했다. (이 사건이 있고 나서 포사이드는 세상을 자꾸 조소하게 되는 그런 정신적 위기상태를 다시 드러냈다. 그는 여러 번이나 환멸을 느낀 듯한 미소를 띠며 필즈에게 말했다. "난 아래도 저래도 마찬가지요. 다 때려치우겠소. 내가 원하는 거란 그저 내 집에 돌아가는 거요. 결국 자기 집에 조용히 머물러 있는 게 모두에게서 등을 돌리는 가장 좋은 방법이잖소." 그러나 이런 태도는 몇 시간 가지 않았다. 그는 건강함의 표시인 화난 얼굴을 금세 되찾는 것 같았다). 하비브는 즐거운 표정을 지으며 모렐의 반응을 관찰했다. 그는 무슨 시합에서 이기기라도 한 듯한 얼굴이었다. 아니면 그저 담배 맛을 즐기고 있었던 걸까? 모렐은 갑자기 눈을 치켜뜨며 포사이드를 쳐다보았다.

― 잭, 절벽 위에 있던 그자…… 내가 첫번째로 쏜 그놈 말이야…… 내가 그놈을 죽인 건가?

― 호수로 떨어지는 걸 봤어요. 일어나지 않던걸요. 게다가 코끼리들이 그 위로 지나갔으니.

그러자 그는 하비브에게 말했다.

― 난 처음부터 이게 당신 친구 드 브리의 생각이라는 것을 잘 알고 있었소. 이런 짓을 생각해낼 수 있을 만큼 이 지역을 충분히 아는 것은 그자뿐이니까…… 내가 그자에게 미리 예고했지. 당신한테도 예고했고. 다시 한번 코끼리 떼 근처에 얼씬거리면 죽여놓겠다고 말했었지. 그래서 쏜 것이오.

하비브는 순간 당황했다. 얼굴은 새하얘졌고, 이빨은 담배를 꽉 깨물었다. 얼마 후 얼굴이 풀어지더니 비웃는 듯한 웃음이 되살아났다. 그는 고개를 젓더니 우람한 손가락으로 시가를 쥐었다.

― 그게 사실이라면, 그 친구는 내 손아귀에서 빠져나가버렸군. 두세 번 그를 붙잡아두는 데 성공했는데, 뭐 어쩌겠어, 어차피 일어날 일인걸.

그는 거의 유쾌한 듯 말했다.

― 두세 번 그를 잡는 데 성공했는데 그렇게 돼버렸군. 알라 덕분

에! 곤경에 처한 다른 친구를 골라야 될 모양이군.

그는 땅바닥에 담배꽁초를 내뱉더니 몽상에 잠기는 것 같았다. 그러다 호탕한 웃음을 터뜨렸는데, 전혀 타격을 입은 것 같아 보이지 않았다.

— 자! 그렇다고 항해를 못할 내가 아니지!

나중에 가서 하비브와 드 브리를 연결시켜준 관계의 본질을 알았을 때, 필즈는 억센 장딴지를 가진 이 건달의 배짱과 용기, 그리고 처음 봤을 때 잘못 판단한 포용력에 대해 찬탄하지 않을 수 없었다. (필즈는 몇 년 뒤에 묵었던 이스탄불의 힐튼 호텔 바에서 하비브를 다시 만났다. 마르티니 한 잔을 놓고 샐쭉한 얼굴을 하고 있을 때 호탕한 웃음소리가 들리더니 웬 커다란 손이 그의 어깨를 붙들었다. 하비브였다. 물들인 지 얼마 안 된 수염에, 중앙아메리카 어느 나라 상선의 선장 복장을 하고 있었는데 썩 잘 어울려 보였다. "오렌지를 싣고 가고 있답니다. 선생, 믿으시겠소? 이번에는 진짜 오렌지요, 맹세하죠!" 필즈는 튀르키예와 그리스가 긴장 상태에 있을 때 이스탄불로 왔던 것이다. 무슨 사건이 일어나기를 기다리던 참이었는데, 하비브가 몇 가지 흥미 있는 사실을 그에게 알려주었다. (영국 전투함으로 사이프러스를 봉쇄해도 무기 밀수입을 막을 수 없었다는 것이었다.) 그는 정보를 아주 많이 알고 있는 것 같았다. 그러고 나서 그들은 모렐 사건과 그들이 쿠루에서 만났을 때의 얘기를 했다. "그때가 기억나십니까, 당신이 모렐을 보며 그를 위해 뭘 해줄 수 있겠느냐고 물어봤을 때 말입니다. 웃음이 나오더군요. 왜 그런지 아십니까? 당신이 그 사람 목숨을 살렸는데 그런 질문을 하니 우습지요. 무슨 소린지 설명해드릴까요? 바이타리의 세 젊은 부하들 있잖습니까. 마줌바와 은돌로, 그리고⋯⋯ 세번째 사람의 이름은 기억이 안 나는군요. 여하튼 아주 잘 생겼었는데⋯⋯ 그자들은 모렐을 배반자로 처단하기로 결정했었소. 카르툼에서 셋이서 재판 같은 걸 해가지고는 쿠루에 가기 전에 그를 배반자로 판결하고 처형선고를 내렸단 말입니다. 모렐이 시옹빌 습격 때 그들을 속였고, 그들이 신조로 삼는 이념적 동기는 전혀 언급하지 않았던 모양이오. 아프리카 독립에 대해선 한마디도 없었다는 거죠. 지방신문에 실렸던 선언서 기억나십니까? 그 선언서에서 그는 자기 행동엔 정치적인 성격은 전혀 없다고 말했죠. 그것 때문에 그들은 분개했던 겁니다. 그들로서는 그것 때문에 모인 것이었으니 말이오. 그래서 화가 잔뜩 나서 카르툼에 왔고, 엄숙하게 그를 판결하여 죽음을 선고했소. 쿠루에 도착하자 그들은 바이타리 곁에서 자신들의 판결을 집행하게 해달라고 졸라댔죠. 당신이 없었으면 모렐은 쥐새끼 꼴이 됐을 거요. 그러나 그 자리에 유명한 미국 신문기자가 있었으니 바이타리로서도 말도 안 되는 소리라고 그들에게 설명하는 데 힘이 들진 않았지요. 그가 아주 황급히 오두막에서 나가던 것 생각나십니까? 세 청년들을 잘 다독이러 가기 위해서였지요. 그런데 당신은 모렐에게 무얼 해줄 수 있겠느냐고 묻고 있었으니…… 참 어처구니가 없었소. 아! 그때가 정말 좋은 때였다고 하지 않을 수 없군요. 진정으로 즐길 기회를 주는 모렐 같은 사람을 매일 만날 수 있는 건 아니지요…… 안타까운 일이오. 즐길 기회란 그렇게 자주 오는 게 아닌가 봅니다……" 그는 한동안 조용히 이빨 소제를 했다. "뭐, 그게 인생이지요. 알라신에게 감사해야죠!" 그는 아쉬운 듯 그렇게 결론지었다.)

필즈는 잠시 오두막에 더 머물러 있었다. 아무도 말이 없는 그곳에서 그는 뭔가 힘이 될 만한 말을 애써 찾았다. 결국 그가 상상해낸 말은 미국 여론의 반응에 대한 그다지 설득력 없는 모호한 지적이 전부였다. "미국 여론이 이 사건에 열렬한 관심을 보이고 있으니 코끼리 보호를 주장하게 될 것입니다." 이 말에 포사이드는 조소 섞인 눈길을 던졌다. 모렐은 전혀 관심을 기울이지 않았다. 미나는 한숨을 깊이 내쉬고 눈을 닦았다.

— 할 수 있는 한 계속할 겁니다.

페르 크비스트가 말했다.

모렐은 그저 이렇게 물었다.

— 무슨 무기로?

그러곤 필즈 쪽을 돌아보며 말했다.

— 조금 전에 우리를 위해 당신이 뭘 해줄 수 있는지 물었지요. 바이타리를 설득해서 우리에게 무기와 군수품을 남겨달라고 해주시오. 결국 그의 관심사는 아프리카 소요에 대한 얘기가 쏟아져나오는 것이니까 거절할 이유가 없을 거요……

필즈는 모렐이 부카부 회담이 실패로 돌아간 사실을 안 이후로 잠시도 쉬지 않고 장래의 투쟁에 대한 계획을 세우고 있었다는 것을 문득 깨달았다. 자신이 모렐을 위해 뭔가 해줄 수 있다는 데 안도감을 느꼈다. 그래서 곧 그러겠다고 약속하고, 신문기자라는 신분을 남용해야 할지라도, 밤에 훔쳐내는 한이 있더라도, 모렐을 위해 무기와 군수품을 구해줘야겠다고 확고히 마음먹고 오두막을 나왔다. 그는 바이타리가 모래언덕 아래에서 그의 말에 반대하는 것 같아 보이는 두 젊은 흑인과 열을 내며 토론하고 있는 모습을 보았다. 세번째 흑인은 좀 떨어져서 당혹스럽고 난처한 표정을 짓고 있었다. 바이타리의 목소리엔 화난 기색이 실려 있었다. 그가 다가가자 토론은 곧 끝났고, 두 청년은 상냥하게 그를 쳐다봤다. 바이타리는 신문기자의 부탁에 놀라고 당혹해하는 듯 보였으나, 잠시 생각하더니 그러겠다고 수락했다. 그러곤 모렐에 대해선 완전히 무관심한 것 같았지만,

그의 말과 이 사건이 필즈에게 미친 효과에 대해서는 알고 싶어했다. 울레의 옛 의원에게 자신이 소중한 대상임을 느낀 필즈는 신중하게 말을 아끼고, 이 모든 것에 대해 심사숙고할 여유가 없었다고만 대답했다. 그러고 나서 그는 호수로 가서 사진을 몇 장 더 찍었다. 총격전은 뜸해지긴 했지만, 외곽의 구불구불한 길과 갈대밭에서 계속되고 있었다. 그는 어떤 종류의 사람들을 바이타리가 끌어모았는지 알아보려고 애썼다. 그래서 그들이 거의 모두 남수단 인들이며, 모두들 영어는 조금씩 아는 모양이고, 약간 군대식으로 그에게 영어로 "서(Sir)"라고 말한다는 것을 알아냈다. 그러나 그가 질문을 던질 때마다 그들은 이빨을 드러내놓고 크게 웃을 뿐, 대답하지 않았다. 그들 가운데서 네 명의 백인을 보고 그는 아주 놀랐다. 외인부대에서 탈주한 독일인 두 명과 발트 인 한 명, 그리고 한 명의 슬로바키아 인이었는데, 그들은 "누구에 반대한다거나 누구 편에 선다거나" 하는 문제에 대해선 이미 오래전부터 완전히 초연했다. 그저 직업적인 복무에 대한 보수가 제대로 지급되기만을 바랄 뿐이었다. 보아하니 외인부대에선 그렇지 못했던 모양이었다. 그리고 그것은 그들이 계약기간과 더불어 외인부대에 대해 비난하는 몇 가지 사안 중의 하나였다. 그들은 먹는 동안 사진을 찍어도 가만히 있었다. 익명을 지키고 싶게 만들 모든 관계에서 벗어난 사람들 같았다. 그들은 "군대 복무를 하는 사람들처럼" 총질을 해대는 수단 인들에 대해 불평을 늘어놓았는데, 금발의 건장한 슬로바키아 인의 입을 통해 나오는 그 불평은 아주 심한 욕설 같아 보였다. 아주 잘 훈련받은 사격수들이 쏘는데다 코끼리들이 처음엔 반응하지 않았으니 소총으로도 평균 일곱에서 열 마리는 맞힐 수 있었으리라고 그들은 추산했다. 그들에게 카르툼으로 가서는 무얼 했는지 필즈가 물었을 때 그들은 훨씬 말을 조심했다. 결국 독일인이 간단하게, 그저 "기다리고 있었다"고, "대기중이었다"고만 말했다. 필즈는 이 파견이 요리사와 비축식량까지 갖춘 군대 조직의 모양새를 띠고 있다는 사실에 주목했다. 그들이 들려준 유일한 불안은, 돌아가는 길에 다른 일 때문일지라도 수단 경찰이 그들을 검문하면 어쩌나 하는 것이었다.

  더위가 최고조에 달했다. 사방에서 독수리들이 날아와 호수 주위를 맴돌고 있었다. 그는 어디서 달려왔는지 알 수 없는 흑인들이 단도를 가지고 물속에서 고기를 베어내고 있는 걸 보고 또 놀랐다.

  필즈는 첫날 죽은 코끼리 수를 세어보려고 애를 썼지만 할 때마다 계산은 달라졌다. 그가 죽은 코끼리 수에 각별한 관심을 보인 것은 이번 파견에서 바이타리가 얻을 수 있는 이득과 그것으로 살 수 있는 무기 수효를 대략이라도 추산해보고 싶었기 때문이었다. 그는 첫째 날이 저물 무렵 다음과 같은 잠정적인 숫자에 이르렀다. 사살 백오십 마리, 그 가운데 상아 있는 코끼리가 여든네 마리. 한 쌍의 상아를 평균 사십 파운드로 잡는다면 이집트 파운드로 최고 삼천오백 파운드는 될 것이고, 톰프슨 기관단총이 지금 중동에선 오십 파운드, 스물네 개들이 유탄 한 상자엔 백 파운드, 권총이 나라에 따라 십 내지 십오 파운드, 베레타 소총이 이십 파운드였다. 이 금액들은 시장의 규모와 정치 상황에 따라 오십 퍼센트 정도는 수시로 변하는 것이었다. 그리고 외인부대 탈주병은 한 달에 오십 파운드만 주면 끌어들일 수 있다. 필즈는 이 파견에서 얻는 이득으로 바이타리가 석 달 동안 이십여 명의 "지원병"들은 유지해 나갈 수 있겠다고 추산했다. 그것은 분명히 그의 야심에는 못 미치는 수준이었고, 아프리카에서 가장 평화롭고 가장 치안이 잘된 지역의 질서를 흩뜨리기에도 충분치 못했다. 아마 바이타리에게는 코끼리 신화를 끝장내고, 아프리카 혁명의 진정한 지도자로서 자신을 세상에 드러내 보이는 게 무엇보다 중요했으리라. 그는 꽤나 갑작스럽게 바이타리에게 그 질문을 던졌다. 바이타리는 조용히 고개를 끄덕이며 자신도 물론 그 점에 대해 오래 생각했다고 말했다.

— 나도 지금 같은 상황에서 엄청난 투쟁을 일으킬 수 있으리라고는 전혀 기대하지 않았어요. 부족들을 선동할 수 있으리라고는 더더욱 생각지 못했지요. 부족들은 족장과 왕과 주술사들이 애써 원시 상태에 붙잡아 매고 있어 안타깝지만 이런 종류의 시도를 따를 준비가 되어 있지 않아요. 당국의 배려에 힘입어 그저 '풍습'이나 보존하려고 신경 쓰고 있지요. 지금으로선 지엽적인 결과라도 획기적인 사건을 내는 것으로 만족합니다. 이 운동이 존재한다는 걸 알려야 하죠. 아직은 대중 운동이 아니라 자기표현을 할 수 있는 엘리트만의 운동이긴 합니다만. 솔직히 말하자면, 그 외엔 무엇보다 우리 말에 기꺼이 귀를 기울일 외국 여론을 일으켜야 하지요. 그러려면 코끼리 신화를 끝장내야 합니다. 위대한 구호의 시대는 흘러갔어요. 나는 내 목소리를 눌러버리려는 온갖 술책을 극복하고 내 목소리가 곳곳에서 들리게 하려고 애를 쓰고 있는 겁니다. 더군다나 케냐타는 감옥에 있고, 은크루마는 나오자마자 권력을 쥐었으니…… 언제가 될지는 모르지만 반둥에서 열릴 예정인 식민지 민족 회담을 주최한 자들이 나를 초대하는 걸 필요 없다고 판단했다는데 어떻게 놀라지 않겠어요? 오늘날 감옥은 장관이 되기 위한 대기실입니다. 내가 하려는 일은 스무 명으로도 충분하지요……

필즈는 이해했다는 표정을 지었지만, 직업상의 일에서 자기 감정을 드러내는 법이 없던 그가 이 솔직한 말에는 거북한 듯, 어쩌면 조금 충격받은 듯 보였다. 바이타리의 얼굴에 거의 고통스러운 표정이 떠올랐다. 처음으로 필즈는 마침내 문제의 핵심에 다가가게 되리라는 느낌을 받았다.

― 내 말에 충격을 받은 모양인데, 그리고 내가 흑인 마키아벨리 역할을 하려 한다고 믿는 모양인데…… 하지만 완전히 진화한 흑인 ― 이런 말을 못할 이유가 없겠지요? ― 의 입장에, 아직도 저 꼴인 나라에서 자기 내적 힘과 능력을 의식하는 흑인의 입장에 한번 서 보시지요……

그는 그들이 있는 곳에서 이십 미터쯤 떨어진 물속에 있는 코끼리의 시체를 향해 팔을 내밀었다. 완전히 발가벗은 흑인 둘이 짐승의 갈라진 배에 걸터앉아 이를 드러내놓고 내장을 씹고 있었다……

― 네, 카메라를 쥐어도 좋아요…… 하지만 우리는 매일 보는 광경입니다……

그는 그 방향으로 손을 뻗은 채 잠시 그대로 있다가 필즈에게 등을 돌리더니 멀어져 갔다. 얼굴에 마지막으로 나타난 슬픈 표정 때문에 감동적인 위엄마저 느껴졌다.

얼마 후에 바이타리는 다시 그 주제로 되돌아오게 되었다. 하비브는 부하들에게 짐승 떼들이 밤에 조용해지면 용기를 내어 다시 돌아올 수 있도록 사격을 중지하라고 명령을 내려두었다. 필즈는 완전히 기진맥진하기도 했고, 옆구리의 통증도 가라앉힐 겸 숨을 반쯤 죽이고서 물가 모래 위에 앉아 있었다. 그는 허약한 편이었고, 천성적으로 저항력도 약했다. 하지만 직업과 관련된 일을 할 때는 종종

운동선수처럼 인내심을 발휘했는데, 그것은 좋은 주제를 포착했을 때 그를 사로잡는 일종의 "신들린 상태," 즉 신경질적인 초흥분 상태에서 기인하는 것이었다. 일상생활에서는 완전히 자취를 감추는(도핀 광장에 있는 그의 육층 아파트를 올라가는 데도 숨을 헐떡일 정도였다) 그 신비스러운 에너지의 원천 덕에 그는 밤낮으로 뛰어다니며 일을 할 수 있었다. 낮 내내 무엇보다도 잊어버릴까 겁이 나는 카메라와 필름 통을 들고 모래언덕과 물속을 계속 뛰어다녔다. 이제는 필름이 반 통밖에 남아 있지 않았다. 그러다 갑작스레 신경쇠약이 찾아와 드러눕게 될 것 같은 느낌이 들었다. 그 어느 때보다 알코올과 담배 한 갑이 필요해지는 순간이었다. 또한 옆에 여자가 있었으면 하고 바라는 순간이기도 했다. (게다가 여자는 예뻐야 했다.) 이제 공기는 선선하다 못해 춥기까지 했다. 찌는 듯한 더위 뒤에 찾아온 이러한 갑작스런 날씨 변화는 그를 완전히 기진맥진 상태로 몰아넣었다. 황혼녘 모래 위에서 고개를 숙인 채 그는 그렇게 앉아 있었다. 눈을 들 때마다 하늘이 연한 청색에서 황색으로, 그리고 다시 보랏빛으로 바뀌더니 마침내 어둠 속으로 녹아들었다. 그것은 배 주변에 우윳빛 나는 야광 플랑크톤이 떠 있던 멕시코만을 생각나게 했다. 그는 멕시코만에 무엇을 하러 배를 타고 갔던지 기억해내려 애쓰다가, 땅과 하늘과 바다, 동물들과 사람들에 관한 특집호들을 쉬지 않고 출간하던(언젠가는 천연색 사진이 실린 하느님에 대한 특집호도 출간되리라고들 말했다) 잡지 때문에 바다의 생태에 관한 천연색 사진을 찍으러 갔었다는 것을 기억해냈다. 그는 밤하늘을 가득 채우는, 부상당해 죽어 가는 짐승들의 울음소리를 듣지 않으려고 애썼다. 그가 찍은 마지막 사진은 마을 사람들이 거기서 칠 킬로미터나 떨어진 길 위에 있는 트력으로 하나하나 운반하던 상아 더미 사진이었다. 상아 뿌리들은 아직도 피로 뒤덮여 있었다. 요컨대 세상의 모든 도살장에서 벌어지는 일과 다를 바가 전혀 없었다. 아마도 피로 때문인지 필즈의 생각은 그가 쓸모 없다고 규정한 방향으로 빠져들었다. 어린 시절의 기억 가운데 가장 먼저 떠오른 것은 어머니의 웃음이었다. 그것은 어린아이를 매혹시켰던 수많은 금관의 광채처럼 빛나는 웃음이었다. 그가 의기소침해졌을 때마다 이 추억은 가스실과 화장터에서 희생된 사람들에게서 나치들이 "회수한" 금니들과 금관 더미와 더불어 되살아났다. 그는 당시의 신문에 실린 이 무더기 죽음을 찍은 사진들을 바라보며 몇 시간씩 보내곤 했다. 그는 거기서 어머니의 웃음을 찾고 있었던 것이다.

그의 생각이 그쯤 이르렀을 때, 그림자 하나가 청명한 청색 밝은 빛 가운데 그를 향해 걸어오고 있는 게 보였다. 바이타리였다. 그들은 몇 마디 말을 주고받았다. 호수에서 들려오는 소리와 울부짖음이 놀랄 만큼 다양하다고 필즈가 말했다. 특히 메마른 늪지 옆에서 거의 계속적으로 파다닥거리는 둔중한 소리가 그랬다. 바이타리는 그것이 물에 더 가까이 가기 위해 메마른 장소를 떠나려고 애를 쓰는 물고기들이 내는 소리라고 말해줬다. 꼬리지느러미로 계속 튀어오르는 바람에 때로는 물에서 십 킬로미터나 떨어진 곳에서도 물고기들을 볼 수 있었다.

— 참 경이로운 땅입니다!

필즈가 말했다.

바이타리는 잠시 침묵했다.

— 그렇습니다. 그러나 이 모든 것과 끝장을 내야 할 시간이 올

겁니다. 선사시대와 끝장을 낼 시간이. 당신네 관광객들이 오직 관심을 갖는 동물들을, 얼마 없는 우리네 도로 가장자리에서 볼 때면 내가 무얼 느끼는지 아십니까? 수치감입니다, 수치감. 그 "아름다움"이란 우리 흑인들의 벌거벗은 엉덩이와 매독, 나무 위 생활, 미신, 그리고 지독한 무지와 함께 가는 것이기 때문입니다. 각각의 사자, 각각의 코뿔소, 각각의 자유로운 코끼리, 이 모든 것은 아직도 기다려야 한다는 걸 의미합니다. 야만과 원시를 의미합니다. 우리 어깨를 툭 치며 "보시다시피 아직 당신들은 우리들 없인 살지 못해"라고 말하는 백인 "기술자들"의 우월감 섞인 웃음을 의미하지요. 그러나 우리는 선사시대의 코끼리나 우리 마을로 아직도 어린애들을 잡아먹으러 내려오는 사자와 동시대인 물신숭배의 암흑 속에 잠긴 대륙을 원하는 게 아니라, 진보하는 대륙을 원합니다. 우리에게 정글은 처치해야 할 해충이지요. 당신들은 멋지다고 말하지만, 현재의 우리 상태를 떠올리는 그 짐승들을 사살하는 데 나는 아무런 가책도 느끼지 않아요. 아프리카의 마지막 거대한 동물 떼가 멸종되는 날이 아프리카로서는 위대한 날이 될 겁니다. 우리 손자들이 과거가 어땠는지 알고 자랑스럽게 우리가 걸어온 길을 판단할 수 있도록 몇몇 표본들은 우리 속에 남겨둘 겁니다. 우리의 땅을 다른 곳보다 조금 더 오랫동안 경이로운 것이 남아 있던 곳이라고, 그곳 주민들은 바나나 하나, 섹스 한 번, 코코아 열매 하나면 행복해한다고 생각지 않게 해야 합니다. 난 세계에서 가장 문명화된 나라인 프랑스에서 교육을 받았어요. 그리고 여러 해 동안 프랑스 의회의 의자에 앉아 있었어요. 여기서 내가 느끼는 고독이 어떠할지 상상할 수 있겠어요?

  그의 목소리는 떨리고 있었다. 그는 청명한 밤을 향해 손짓을 했다.

— 나의 고독을, 또 다른 사람들의 고독을 상상할 수 있겠냐고요? 아프리카는 세계 동물원 노릇을 그만둘 때에야 자기 운명에 눈뜨게 될 겁니다. 사람들이 이곳으로 뚱뚱한 여자 흑인을 보러 오는 게 아니라, 오로지 우리들을 위해 개발된 천연자원과 마을들을 보러 올 때에야 말입니다. 사람들이 우리를 '무한한 공간'과 '사냥꾼과 농부와 전사'로 이루어진 민족으로 여기는 한 우리는 언제나 당신들 처분에 달려 있을 겁니다. 혹은 더 나쁜 경우, 누군가를 맹종하고 있을 겁니다. 아메리카는 들소와 무소가 사라지면서 변방에서 벗어나게 되었어요. 늑대들이 러시아 스텝에서 썰매를 뒤쫓던 시절, 농민들은 불결함과 무지로 죽어갔어요. 아프리카에 사자도 코끼리도 없게 될 때에야 민중은 자기 운명의 주인이 될 겁니다. 우리 젊은이들, 몇 안 되는 우리 엘리트들에게 자유로운 코끼리들이란 메워야 할 지체 정도를 재는 계량기일 뿐입니다…… 이 낙후된 상태를 메우기 위해 우리는 코끼리뿐만이 아니라 우리 목숨까지도 희생할 각오를 하고 있어요……

기진맥진한데다 왼쪽 옆구리에서는 통증이 느껴지고, 게다가 몽롱한 상태였지만 필즈는 시옹빌의 옛 의원이 그를 설득하려고 애쓰던 그 열정을 온전히 헤아렸다. 때때로 그런 식으로 그를 설득하려는 사람들이 있긴 했지만, 그렇게 열의 있게, 그렇게 은근한 격정을 품고, 남성미 넘치는 목소리로 마음을 흔들며 그를 설복하려 한 사람은 없었다. 게다가 한 가지 오해가 마음에 걸렸던 그는 그 오해를 풀려고 시도했다.

— 아시겠지만 난 사진 기자일 뿐입니다. 평생 뭘 펴낸 일이 없습니다. 글이라곤 써본 적 없다는 얘깁니다. 그저 카메라로 말할 뿐이

지요. 당신의 동기에 대해서는 잘 알겠습니다. 하지만 당신이 말한 것처럼 그렇게 명확하게 써내지는 못할 것 같소……

그는 망설이다 말했다.

— 그러자면 그 방면의 전문가가 필요하지요.

바이타리는 잠자코 있었다. 그가 말을 꺼냈을 때는 거의 분노에 가까운 불신의 흔적이 실려 있었다.

— 아무것도 설명하지 않고, 사살된 코끼리 사진만 발표할 작정이란 말입니까?

— 글을 쓰는 건 내 직업이 아닙니다.

— 그렇게 되면 당신 르포는 전적으로 편향적인 것이 될 겁니다. 사진은 사건의 일면만을 보여줄 테니까요…… 내가 그걸 없애버릴 수도 있어요.

— 알고 있습니다.

— 보세요, 미국에서 내 얘기가 떠돌아야만 합니다. 당신 나라에는 세상에서 가장 진보된 흑인들이 있어요. 가장 동화된 자들이지요.

그는 "동화된 자들"을 찬사처럼 말했다. 필즈는 이 프랑스 인보다 놀라운 프랑스 인은 본 적이 없다고 생각했다.

— 나를 대상으로 삼은 암묵의 음모를 당신은 상상조차 못할 겁니다…… 라디오와 아랍 신문은 아무 할 얘기가 없을 때만 내 얘길 하지요. 신문기자로서 당신의 의무란 내 얘기를 알리는 겁니다……

— 글로 된 성명서를 하나 주십시오. 그러면 내가 할 수 있는 데까지 해보겠소. 난 아무 재주도 없어요. 난 그저 훑어볼 뿐입니다. 많은 재능이 필요하지요, 이 모든 걸……

그는 "이 모든 걸 정당화하려면"이라고 말하려다가 그만두었다.

— 당신이 떠나기 전에 필요한 모든 자료를 넘겨드리죠. 카르툼까지 같이 가겠어요? 그러면 첫 비행기로 당신 르포를 송고할 수도 있을 텐데.

— 아닙니다. 난 모렐과 같이 남아 있을 생각입니다.

— 공감 때문입니까? 아프리카 민족의 운명보다 그자가 더 당신의 관심을 끌리라고는 믿기지 않는데…… 당신 독자들의 마비된 미각을 더 자극할 만한 소재가 될 거라 생각한 모양이군요……

— 그게 아닙니다.

— 어떤 다른 이유가 있는지 모르겠군요.

— 카르툼에 가봤자 찍을 사진이 없을 것 같습니다. 내겐 필름 반 통이 남아 있어요…… 그걸로 난……

그는 마치 자기를 설득하기 위해서인 듯 불쑥 말했다.

— 모렐 사건의 끝을 보고 싶습니다……

바이타리는 즐거운 표정이었다.

— 그렇다면 오래 기다릴 것도 없을 겁니다. 내가 없으면 그자도 그다지 멀리 가지 못할 테니.

— 바로 그래서 여기 남으려는 겁니다.

바이타리는 일어섰다. 앉아 있던 에이브 필즈에게는 밤의 불빛에 비친 그가 거의 거인 같아 보였다. 그의 어깨가 별들을 가리고 있었다.

— 필즈 씨, 당신은 철저한 직업인이군요.

— 직업인, 그렇지요.

— 내일 아침에 내 '이력서'와 성명서와 나에 관한 모든 자료를 드리지요. 그 속에 황금 같은 소재가 있다는 사실을 잊지 마시오. 아프리카에서 흑인 콤플렉스로부터 벗어나려고 애를 쓰는 당신네 나라에

는 그야말로 황금 같은 소재지요.

바이타리는 그에게 남아 있는 가장 아프리카적인 것인, 유연한 걸음걸이로 멀어져갔다. 필즈는 그의 마지막 말까지도 프랑스 인의 말이라고 생각했다. 그는 동료 신문기자들을 통해 "프랑스 식민주의"에 반대하는 미국 언론의 캠페인에 화가 난 프랑스 인들이 그런 말을 하는 걸 수천 번도 더 들었다. 그는 갑자기 바이타리가 아프리카 민족주의자라기보다는 프랑스 인들의 분열을 보여주는 새로운 본보기라는 생각이 들었다. 그 다음날, 자신의 목적과 행동의 '의미'를 설명해주며 바이타리가 그에게 넘겨준 '이력서'도 뿌리 깊이 프랑스적이었다. 중고등학교, 자랑스럽게 기록해둔 장학금, 법학박사, 발표된 연구논문들, 그가 속했던 여러 그룹과 정당들, 그리고 계속된 여러 번의 사직, 의회활동 등, 무엇 하나 빠진 게 없었다. 미국에는 그와 같은 단계를 밟고 그 정도로 동화되었다고 내세울 만한 흑인이 단 한 사람도 없었다. 바이타리는 프랑스제 걸작이었고, 이 걸작의 유일한 결점은 너무 잘 만들어졌으며, 외따로 떨어져 있다는 것이었다. 그의 야심은 그의 고독과 비례했다. 울레 족에도, 프랑스령 적도 아프리카 전역에도 그의 위대함에 상응할 만한 자리란 없었다. 그의 학력은 그를 정상에 있도록 선고 받은 사람으로 만들었다. 필즈는 그의 친구인 흑인 작가 조지 펜이 아크라에서 돌아오면서 시옹빌의 옛 의원에 대해 했던 말을 다시 떠올렸다. "정말로 아프리카에 대해 무얼 듣게 될 때엔 이 이름을 듣게 될 거요. 그 사이에 프랑스 인들이 그를 국무총리로 임명하지 않는다면 말이오. 그들은 아주 영악해서 그런 일은 안할 테지만." (필즈는 약속을 지켜 바이타리의 성명서와 설명을 최대한 퍼뜨렸다. 그러나 그 결과는 시원찮았다. 미국 여론은 포사이드와 모렐에겐 열성이었지만 그들의 행동 뒤에 숨은 정치적 동기를 보고 싶어 하지는 않았다. 미국 대중은 늘 그렇듯이 이데올로기적 성찰을 필요로 하는 것보다는 감수성을 자극하는 것에 더 민감하게 반응했다. 쿠루에 관한 필즈의 르포, 가뭄과 고통 받는 동물들에 관한 사진들을 통해, 이미 잔혹함이 부각된 그런 조건에서 총에 맞아 죽은 코끼리들의 사진은 엄밀히 말해 그러한 파견을 정당화해줄 수 있는 정치적 동기보다는 훨씬 더 직접적으로 대중의 감수성을 자극했던 것이다. 동물과 관계된 모든 것이 대중에게 불러일으키는 직접적인 동정과 관심은 얘깃거리 없는 시기에 신문 편집장들이 마음 놓고 사용하는 무기였다. 이 점에 관해서 필즈는 다음과 같은 일화를 즐겨 인용했다. 전쟁 전에 그는, 발행 부수가 많은 한 잡지에 물이 부글부글 끓고 있는 대야에 산 채로 집어 던져서 통조림으로 만들어지기 전 발딱 뒤집혀 있는 거대한 거북을 찍은 사진 르포를 실었는데, 이것이 나온 후에 잡지 판매 부수가 오 퍼센트 증가했다는 것이다. 거북 통조림 판매에 그의 르포가 어떤 영향을 미쳤는지에 대해서 필즈는 전혀 알지 못했다. 다만 아마 예전 그대로였으리라고 추측했을 뿐이었다.)

38

쿠루에 머물러 있는 동안 내내 필즈는 바이타리에게 모렐과 그의 동료들에 대한 대우를 개선하기 위해 그가 할 수 있는 모든 것을 했다. 그들이 당하고 있는 '고문'에 대해 애초부터 감정과 분노를 실어 아주 격렬하게 항의하자, 바이타리는 미국인들은 편안하지 않은 모든 것을 '고문'으로 생각하려는 경향이 있다며 경멸 섞인 어조로 내뱉듯 말했다.

— 당신네 나라 포로들이 한국에서 돌아온 뒤 "공산주의식 고문"이라고 말한 건 몇 세기 전부터 아시아 대부분의 인민들이 견디어온 생활 조건입니다. 그걸 몇 달만 체험시키면 그런 말을 하죠……

— 아마 그렇겠죠. 하지만 문제는 당신의 운동에 대해 당신이 미국 대중의 공감을 불러일으키길 원하는지, 혹은 그 반응이 당신에게는 아무 상관 없냐는 겁니다. 현재 그 대중은 당신을 알지 못합니다. 그러나 모렐의 모험에 대해선 열광적이지요. 그런데 당신은 무얼 하고 있죠? 민족자결권과 자유의 이름을 내걸고 당신이 시작한 것은 미국 신문 독자들에게는 약간 지나칠 정도로 이론적이고 이데올로기적인 이유로 코끼리를 학살한 것입니다. 옳건 그르건 간에 신문들이 모렐을 거의 전설적인 대중의 영웅으로 만들어놨는데, 당신은 그와 그의 동료들을 이틀 전부터 손발을 묶은 채 찌는 듯한 더위 아래 방치하고 있습니다. 당신이 미국의 여론을 일으켜보겠다고 진지하게 생각하고 있는 것 같아서 하는 말입니다. 우매하다는 건 알지만, 우리나라 사람들은 이데올로기보다 감수성을 자극하는 모든 것에 더 반응을 보이지요. 두 눈으로 본 모든 것을 본 그대로 말하는 것이 내 직업입니다. 난 사진 기자니까요.

바이타리는 초조해하다가 나중에는 거의 화를 내며 그의 말을 잘랐다.

— 당신한테 한두 가지 질문을 하는 게 좋을 것 같은데.

— 그러시지요.

— 당신은 아프리카 민족의 자유에 찬성이오? 반대요? 당신은 식민주의에 찬성하는 거요? 반대하는 거요? 당신은 여기 있는 유일

한 신문기자요. 우리가 하고 있는 일을 악의적인 관점으로 보여주기란 너무도 쉬운 일일 겁니다.

에이브 필즈는 화가 나서 식식대기 시작했다.

그가 목소리를 높여 말했다.

— 선생, 내 말 좀 들어보시지요. 난 확실히 식민주의엔 반댑니다. 그리고 모든 사람의 자유에 찬성하고요. 프랑스 인들의 자유까지도 말이지요. 그렇지만 특별히 프랑스 인만 열렬히 좋아하지는 않습니다. 그 누구라도 마찬가지입니다. 난 다만 이십오 년 전부터 세기의 대사건들을 담은 사진을 찍어왔어요. 그러다 결국 코끼리에 대한 우스꽝스러운 호감을 당신에게 표명한 셈이 되었네요. 수백만의 세상 사람들이 모렐에게 공감을 느끼고 있다고 말해도 과언은 아닐 겁니다. 아마 당신도 이 점은 의심하지 않을 것 같군요. 이 사실을 염두에 두어야 할 것입니다. 그래야 제대로 된 전략이 될 겁니다……

— 선생, 당신은 정말이지 서구의 대변인이군요.

바이타리가 말했다.

야유였다. 그러나 필즈는 프랑스 지성인의 습관을 갖고 있었다.

— 모르겠어요. 이를테면 소련 대중이 어느 정도로 모렐 사건을 알고 있는지 난 모릅니다. 알고 있다면 하루 여덟 시간을 볼트 나사를 죄느라 고생하고, 남은 시간은 더 열성적으로, 더 빨리, 더 많은 볼트 나사를 죌 필요성에 대한 연설을 듣는 소련 노동자들이 모렐과 그가 구하려고 애쓰고 있는 것에 더 큰 공감을 느끼리라고 생각됩니다만……

이 면담은 바이타리가 사령부로 개조한 오두막에서 이루어졌다. 그는 책상 구실을 하는 군수품 상자 앞에 앉아 있었다. 그 지역의 지도가 그의 손 밑, 담뱃갑과 라이터, 그리고 검은 별이 다섯 개 달린 그의 모자 옆에 펼쳐져 있었다. 누런 모자를 쓴 수단 인 하나가 오두막 앞에 서 있었다. 울레의 옛 의원 오른편에는 그가 가는 곳마다 따라다니는 한 젊은이가 가죽혁대에 매달린 권총에 손을 댄 채 군대식으로 뻣뻣하게 부동자세를 취하고 있었다. 에이브 필즈는 아주 세심하게 윤을 낸 그 혁대를 이따금 곁눈질했다. 그는 혁대를, 가죽이라면 모조리 끔찍이도 싫어했다. 가죽과 폭력 사이에는 여러 세기의 밑바닥에서부터 나오는 내적인 결합이 있었다. 젊은 아프리카 인은 어깨가 떡 벌어지고 얼굴이 냉혹했으며, 카메라맨의 완전히 개인적인 관점에서 본다면 냉혹해서 아름다웠다. 이 모든 장면은 계산된 것이 아니었기 때문에 그만큼 더 당혹스러웠지만, 명백히 어떤 깊은 심리적 욕구와 상응하고 있었다. 그것은 필즈에게 고통스러운 추억을 되살려주었다. 에이브 필즈는 아마도 세상에서 가장 극렬한 가죽 반대주의자이리라. 그것은 진짜 공포증이 되어 있었다. 오두막으로 들어서면서부터 그는 이 적의의 감정과 싸웠다. 그는 '당 사무실', 혹은 '사령부'의 분위기가 새로운 가죽의 시대가 준비되고 있다는 표징이 아니라, 하나의 소속이나 조직이나 행동의 유대관계에 대한 환상을 품으려고 애를 쓰는 사람의 고독을 말해주는 표징이라고 생각하려고 애썼다. 이 아프리카 인은 프랑스 군대의 위대한 전통에 너무 깊이 빠져 있어 그것과 견줄 꿈을 꾸지 않을 수 없는 모양이었다. 검은 별이 달린 청색 군모는 프랑스에 바치는 비극적인 마지막 봉헌이었다. 프랑스 인들이 지나간 곳마다 어느 정도로 정복에 성공했는지 놀라운 일이라고 필즈는 생각했다. 이 흑인은 곧 잔 다르크와 라파예트, 레지스탕스와 샤를 드골, 그리고 혁명을 표방할 것이다. 밖에서 총소리와 죽어가는 코끼리 울음소리가 들려오지 않았더라면 필즈는 아마도 이 고통스런 '역사적' 분위기에서 완전히 벗어났을 것이다.

— 당신은 아무것도 모르는군요.

바이타리가 말했다.

그는 담뱃갑에서 담배를 한 대 집었다. 그는 세 개의 문자반을 갖춘, 아주 복잡한 금시계를 손목에 차고 있었다. 그것은 분명히 현대적 정교함의 극치였다. 필즈는 또한 손의 아름다움에도 민감했다. 사람의 손이 어느 정도로 아름다울 수 있는지를 보는 것은 감동적이기까지 하다고 그는 생각했다.

— 아시다시피 이해하려고 애쓰고 있습니다.

— 곤경에 빠진 프랑스 부르주아지는 모렐과 같은 사람을 이용해 이상주의적이고 인도주의적인 연막 뒤로 수많은 추악한 현실을 은폐하고 있어요. 그 연막이란 허울 좋은 말이요, 자유니 평등이니 우애 따위의 허울 좋은 말을 앞세우는 거창한 선언이고, 무엇보다도 먼저 아프리카 맹수를 보호해야 하겠다는 고결한 걱정이오. 모렐의 코끼리가 바로 그렇습니다. 추악한 현실은 식민주의이며, 생리학적인 궁핍이며, 정치적 해방이 늦어지도록 이억의 사람들이 빠져 있는 지독한 무지를 그대로 방치하는 겁니다. 나는 이 연막을 없애려고 애쓰고 있는 중이오. 보다시피 내가 할 수 있는 모든 방법을 동원해서 말입니다. 당신의 표현을 빌리자면 "대중의 영웅"을 우리 가는 길에 거치적거리게 만들고, 이 모든 무질서가 오로지 사냥꾼들에게서 코끼리를 보호하는 데만 전념하는 한 미치광이 때문이라고 주장하는 건 아주 편리하고도 교활한 짓입니다. 여론을 가라앉히기 위해 교활하

게 만들어낸 멋진 신화지요. 하지만 현실은 그렇게 호락호락하지 않아요. 우리는 공상이나 신화에나 나옴직한 구름에 더는 가려져 있지 않을 거요. 사람들이 우리를 봐야 하고, 아프리카의 현실을 봐야 합니다. 그 모든 상처와 더불어 말이오. 게다가 당신이 말한 "대중의 영웅"은 아마도 혼란을 일으키라는 명목으로 식민주의자들에게서 돈을 두둑이 받았을 겁니다……

— 정말 그렇게 믿습니까?

— 당국이 그에게 이상하게도 호의를 베푸는 걸 달리 어떻게 설명하겠어요? 그렇더라도 모렐이 자기가 하는 일을 정말로 믿는, 계시 받은 사람이라고 칩시다. 나의 의무는 그 점에 관한 모든 오해를 제거하는 겁니다. 중요한 것은 아프리카의 독립이지 코끼리가 아니란 말입니다……

그는 갑작스럽게 손을 움직였다.

— 진지해집시다. 아프리카 민족들의 운명이 우리에겐 그 멋진 설화보다 훨씬 소중합니다. 모렐이 정보국의 정보원이라는 것이 아니라, 충분히 그럴 만한 인물이라는 겁니다. 우리는 연막을 걷고 있어요. 사람들이 우릴 보려고 하지 않아도 보게 될 겁니다.

필즈는 그가 얼마나 많은 "나"를 이 "우리" 속에 집어넣었을까 하는 생각을 했다.

— 그러니까, 우리가 여기 있는 동안 당신의 영웅이 얌전히 있고 아무것도 하지 않겠다고 약속만 하면 풀어줄 수도 있어요. 난 세 사람이나 그자를 지키게 놔둘 사치를 누릴 형편이 못 됩니다. 다른 곳에도 사람이 필요해서.

필즈는 모렐이 이 조건을 수락하리라는 생각은 한시도 해보지 않았다. 그러나 놀랍게도 그는 쉬이 받아들였다. 그는 자기가 패한 이 싸움이 자기가 시도해온 싸움의 한 양상에 불과할 뿐이라고 생각하는 게 분명했다. 그는 그 싸움의 부침(浮沈)을 모두 미리 받아들였다. 낙담도 절망도 하지 않는 것 같았다. 믿을 수 없을 만큼 더러웠고, 뺨은 털로 새까맣게 뒤덮였고, 손은 등 뒤로 묶여 있었으며, 외양간 냄새를 풍겼고, 초조해하는 한 수단 인이 그들을 향해 겨누고 있는 기관단총의 총신 아래 있었지만, 믿기 힘들 만큼 질긴 어떤 신념, 물리칠 수 없는 어떤 고집이 그를 지탱하고 있는 듯했다. 절망할 줄을 모른다는 것이 바로 그의 광기였다. 프랑스어로 '바보로구먼', 하고 필즈는 생각했다. 꼭 들어맞는 말이었다. 그는 명백한 사실에 굴복하길 거부하는 행복한 바보였다. 증거가 널렸음에도 말이다. 호수에서 죽어가는 코끼리들의 울음소리뿐만 아니라, 대사냥 법규를 개정하지 못한 채 해산해버린 아프리카 맹수 보호 회담의 실패도 있었다. 전처럼 사람들은 코끼리를 쏠 것이다. 진보와 집약적 산업를 내세우며, 혹은 고기가 필요하다는 명목으로, 혹은 총질의 멋 때문에. 그러나 모렐은 그런 일을 잘 모르는 듯이 행동했다. 분명히 그는 사는 법을 전혀 배우지 못한 모양이었다. 그의 목소리엔 슬픈 기색이 엿보이긴 했지만 거의 감지할 수 없을 정도였다.

그가 중얼거렸다.

— 특별 주사를 만들어야 할 거요. 아니면 알약이나. 언젠가는 그게 나올 거요. 난 항상 낙관적이었소. 진보를 믿고 있지요. 언젠가는 알약으로 된 인간성을 시장에서 팔게 될 게 분명하오. 밖으로 나가 사람들을 만나기 전에 아침마다 식사 전에 물과 함께 먹게 될 거요. 그렇게 되면 그 덕에 일이 재미있어질 거고 정치까지도 할 만하

게 될 거요. 우릴 풀어놔주더라도 오두막에서 움직이지 않겠다는 약속을 바란다고요? 그러지요, 그가 떠날 때 우리에게 무기와 말을 남겨준다면.

— 그건 약속했습니다.

— 좋소. 그자는 우리가 무얼 할 거라고 생각하는 거요? 무기도 없는데. 그들 낯짝에 침을 뱉을 수야 있겠지만 그래봤자 아무 소용 없는걸. 난 소용 있는 걸 좋아하오. 정확하고, 계획이 서 있고, 가능한 일을 좋아하오. 그래서 여기 와 있는 것이오……

그는 거의 웃고 있었다. 필즈는 그의 셔츠 위에 조그만 로렌 십자가가 꽂혀 있는 것을 처음으로 발견했다. 그것은 지난 전쟁 때, 오늘날은 은둔해 있는 장군, 샤를 드골과 더불어 패전을 인정하길 거부했던 몇 안 되는 프랑스 인들이 차고 다니던 배지였다. 샤를 드골 역시 코끼리를 믿는 사람이었다. 그 조그만 배지가 사태를 명확히 설명해주었다. 어쨌건 그가 보여준 자신만만한 태도만큼은 설명해주었다. 그의 동료들도 그 감정에 전염되어 있는 것 같았다. 그가 전염성이 있다는 걸 에이브 필즈는 조금도 의심하지 않았다. 그 자신도 전염된 걸 느끼기 시작했던 것이다. 그의 가슴은 거의 상스럽다 싶을 열정으로 타올랐고, 스스로 의식하면서도 입술에는 아주 바보 같은 웃음이 떠올랐다. 페르 크비스트는 호기심 가득한 눈으로 신문기자를 바라보고 있었다. 그의 한쪽 회색 눈썹은 눈꺼풀 위까지 내려와 있고, 다른 쪽 눈썹은 짓궂고 차갑게 치켜 올라가 있었다. 그러나 사람들은 이 노모험가의 점잖은 겉모습 아래 아주 가혹한 익살이, 그리고 관심의 대상이 되려는 강한 욕망이 숨겨져 있다고들 말했다. 그가 그곳에 와 싸움의 소용돌이에 깊이 휘말려 있는 건 아주 당연한 일이었다. 그의 이름은 오십 년 전부터 맹수와 식물보호를 위한 모든 투쟁과 밀접히 관련을 맺고 있었기 때문이다. 그는 자기 할 일을 했고, 자신의 명성을 지켰다. 하지만 몇몇 동료들이 대놓고 말하듯이, 그에게는 그가 옹호하고 있는 종만큼 명성도 소중한 건 아닌지 생각해볼 수는 있을 것이다. 어느 누구도 자기에게서 뺏어갈 수 없는 어떤 것을 마침내 얻게 된 듯이 자부심과 흥분, 그리고 거의 행복감을 드러내 보이며 모렐 곁을 지키는 이 여자, 이 독일 여자에 대해선 뭐라고 말해야 할까? 그녀는 한낱 가련한 접대부였고, 그래서 그녀 역시 어떤 깊은 확신을 보여주기 위해, 굴복하여 절망하지 않겠다는 걸 증명하기 위해 이 모험에 뛰어들었다고 상상하기란 힘들었다. 또한 온갖 환상들을 그대로 품은 채, 자연의 찬란함에 대해 고집스런 열정을 간직한 채 나치 독일에서, 베를린의 폐허에서, 정복자 군인들의 손아귀에서 벗어나올 수 있었으리라고 상상하기도 힘들었다. 단순한 추종자로서 이곳에 왔다고 상상하는 편이 훨씬 더 쉽고 그럴 듯했다. 게다가 모렐은 꽤 '잘생긴 사내'였던 것이다. 목을 가다듬는 딱한 습관이 있긴 했지만, 조소할 때는 영원의 냄새를 풍기는 아주 프랑스적인 입술, 비죽이 치켜선 머리털, 갈색 눈, 멋진 턱을 가졌던 것이다.

(필즈는 종종 모임을 가졌던 파리의 한 조그마한 미국 바에서 동료들에게 모렐에 대해 얘기를 하게 될 때면 되살아나는 공감의 열정에 맞서 싸워야 했다. "지금은 누군지 모르겠는데 포르라미에서 누군가가 모렐에게 아주 썩 잘 어울리는 별명을 하나 붙였지. '에스페라도'라고 말야. 치욕 한복판에서 영예스럽게 솟아난 새로운 유형의 인간인 거지. 내가 그렇지 못하다는 건 말할 필요가 없겠고. 그렇지만 모든 것을 무릅쓰고 자신의 길을 똑바로

가는 사람이 어디엔가 있다는 걸 알게 되는 건 기분 좋은 일이야. 그 덕에 우린 편안하게 잠들 수 있지.")

포사이드 자신도 다른 사람들만큼이나 그 즐거운 감염에, 어떤 상반된 사실도 잠식할 수 없을 것 같은 희망의 과격주의에 물들었다. 부어오른 그의 얼굴에는 멍 사이로 주근깨가 널리 퍼져 있어 마치 기뻐서 인상을 쓰는 것 같아 보였다.

그는 필즈에게 말했다.

— 두고보면 알겠지만, 잘될 겁니다. 당신이 말한 대로라면 서양은 지금 우리들에게 박수갈채를 보내는 중이오. 대중 민주주의를 기다리기만 하면 되오. 사람들은 우리 주변으로 뭉칠 거요. 난 이제나 저제나 하고 중국과 한국의 내 '취조자들'로부터 전보를 기다리고 있소. "과거의 오해에 대해 심심한 사죄를 전함. 코끼리 보호 조치 즉각 취함. 미군이 세균무기를 사용했다고 위증한 학자위원회가 그들 활동이 엉터리에다 선동적이었다고 인정함. 위원들 영구 강제 노동형 선고. 자연보호를 위해 우애 있게 뭉친 사람들 간의 우정 만세." 내 분명히 말하지만, 절망할 이유가 없소.

에이브 필즈는 카메라를 살펴보고는 아주 멋진 사진을 한 장 찍었다. 오두막의 메마른 풀 사이로 스며드는 빛줄기를 받아 붉게 물든 머리칼, 목에 맨 붉은 땡땡이 무늬 손수건, 휴식 시간의 권투 선수 같은 입, 그리고 웃통을 벗어젖힌 그의 사진을. 다른 이유 때문이 아니라 그에게까지 밀어닥치는 그 전염의 물결에서 벗어나려고 사진을 찍었던 것이다.

모렐이 거듭 말했다.

— 내가 약속하더라고 그러시오. 우리가 계속할 수 있도록 무기

와 말을 남겨둔다는 조건으로 말이오.

그는 다정스런 눈초리로 에이브 필즈를 뒤따랐다. 저 키 작은 사진 기자는 용감한 친구야. 겉으론 무관심한 체해도 선의로 부글부글 끓으며 당신들을 돕고 싶어 하는 용기 있는 친구야. 카메라를 기관단총으로 바꾸라고, 위협받는 코끼리들을 돕는 데 결연히 나서라고 너무 몰아붙이지 말아야 할 것이다. 그는 볼품없고 허약하며 근시에다 유태인의 머리털과 코를 가지고 있다. 그가 인정하려 하지는 않지만 사고 때문에 코가 더 망가진 게 틀림없다. 불후의 신념을 위해 달려갈 준비가 다 된 사람이라는 게 느껴졌다. 게다가 그가 여기 있게 된 것도 행운이고, 그가 좋은 사진을 많이 찍은 것도 중요한 일이었다. 그것이 여론을 일으킬 테니 꼭 필요한 일이었다. 패배주의와 감수(甘受)의 세기에 인간이라는 이름의 명예를 위해, 그들의 혼란스런 희망에 새로운 열정을 부여해주기 위해 인간들이 계속 싸우고 있다는 것을 여론은 알아야만 했다. 그들을 사로잡고 있는, 이 말로 표현되지 않은 열정이 조만간 자유로이 길을 개척하고, 형태를 갖추고, 의기양양하게 꽃을 피우듯이 표면으로 터져 나올 것이다. 바이칼 호에서 그라나다까지, 피츠버그에서 차드까지, 뿌리 깊이 은폐된 채 생명을 부지하던 지하의 봄이, 연약하고 더듬거리는 듯한 수십억 개 싹들의 그 저항할 수 없는 힘으로 대지 표면에 모습을 드러낼 것이다. 자유로운 공기와 빛을 향한 그 느린 걸음 소리를, 그 수줍고 은밀한 소리를 그는 거의 들을 수 있었다. 천여 년 이어져온 '감수(甘受)'의 두꺼운 두께를 뛰어넘고 새 길을 개척하려 애를 쓰는 그루터기들의 들릴락 말락 하는 기괴망측한 그 작은 삐걱거림을 알아듣기란 아주 힘들었다. 하지만 그는, 이 오래되고 까탈스런 봄이 일

밀리미터씩 일 밀리미터씩 느릿느릿 온 지구의 표면 위로 올라오는 것을 뒤쫓을 줄 아는, 아주 밝고 훈련이 잘된 귀를 가지고 있었다.

*

소련 영화?
소련 대중이 소련 영화에
기대하는 것이
우리 소련 영화가 나아가야 할 길이야.

두 남자가 모스크바의 프라우다 사옥에서 나와 종종걸음으로 시가 철도 쪽을 향해 걸어갔다. 하나는 큰 키에 깡마르고 허리가 긴데다 사무실에서 시간을 많이 보낸 탓에 등이 굽었다. 그는 코에 안경을 걸치고 뒷짐을 진 채 걷고 있었다. 새카만 염소수염을 한 그의 이름은 이반 니키티치 투치킨이었다. 다른 사람은 더 작고 덜 말랐다. 그는 꽤 편안해 보이는 둥근 얼굴에, 이름은 니콜라이 니콜라이에비치 리아프치코프였다. 그의 친구가 한 걸음 걸을 때마다 나란히 걸으려면 그는 두 걸음을 걸어야 했다. 이 때문에 그는 종종대고 서두른다는 느낌을 주었다. 두 사람은 이십 년 전부터 신문 문서실의 같은 구석에 놓여 있는 같은 책상 양편에 앉아 한 번도 떨어져본 적이 없었다. 거기서 두 사람은 하나는 영어, 하나는 프랑스어로 번역일을 하도록 고용된 것이다. 그들은 콤스몰스크에 있는 방 세 개짜리 아파트를 나눠서 각각 가족과 함께 살고 있었다.

— 맞아……
이반 니키티치 투치킨이 소리를 냈다.

그는 항상 이 동의를 표현하는 소리로 대화를 시작하곤 했다. 그럴 때마다 그의 친구는 쳐다보지도 않았다. "맞아…… 월 스트리트의 백만장자들은 민중을 위협하고 있는 경제위기와 전쟁 준비로부터 미국 대중의 주의력을 다른 데로 돌리기 위해 무얼 해야 할지를 잘 모르는 것 같아. 사냥꾼들로부터 코끼리를 보호하려고 중앙아프리카로 갔다고 하는 그 프랑스 인의 모험에 몇 주째 신문 일면을 할애하고 있는 걸 보면. 아마도 다 지어낸 얘기일 텐데 말야. 매일 독자들에게 그따위 걸 지적 양식이라고 내주다니. 그러다 보니 아주 사소한 세부사실까지 속속들이 보게 되었지 뭐야…… 이젠 피곤하기까지 하네. 밤에 그 사건에 관한 꿈을 꾸는 일도 있어. 니콜라이 니콜라이에비치, 생각해봐, 어느 날 밤엔 코끼리 떼가 자유로이 정글을 가로질러 앞으로 나아가면서 모든 걸 때려 부수고 짓밟는 바람에 땅까지 흔들리는 걸 보았어……

그의 동료가 말했다.

— 그래, 이반 니키티치, 자네가 자면서 한숨 쉬는 걸 들었어. 그걸 듣고 생각했지. 아! 우리 이반 니키티치가 좋은 꿈을 꾸나 보군.

— 자네가 맡고 있는 언어권에서도 그렇지? 니콜라이 니콜라이에비치. 프랑스 신문에선 뭐라고 떠들고 있어?

— 거기에 대해 뭐라고 의견을 말하기가 퍽 힘들어. 파리의 진보파 신문들은 처음엔 그 사건을 호의적인 관점에서 다뤘지. 그래서 처음엔 그게 반식민주의 선언인가 보다 생각했지. 코끼리 사냥은 서양의 독점상인들이 아프리카 자연자원을 착취한 대표적인 예니까 말이야. 그런데 지금은 이 모렐이란 자가 반란 책동의 임무를 띠고 아프리카로 파견된 프랑스 정보국의 요원이라는 거야. 세계 여론의 방

향을 아프리카 민중의 혁명과 그들의 합법적인 열망이 아닌 다른 곳으로 돌리려고 한다는 말이지…… 이 모든 걸 보면 서구 진영이 얼마나 혼란스러워하는지 분명히 알 수 있어……

— 맞아……

이반 니키티치 투치킨이 소릴 냈다.

두 친구는 잠시 말없이 걸었다. 조금 후면 그들은 만원 전차에서 자리를 잡으려고 애를 쓸 것이고, 음식을 사려고 상점 앞에 줄을 설 것이며, 방에 들어가 자기들에게 주어진 반 시간 동안 부엌을 차지하기 위해 순서를 기다릴 것이다. 하지만 그런 일에는 습관이 들어 있었다. 두 사람은 마흔 살밖에 되지 않았다. 부친들은 제정 러시아 행정부에서 그다지 좋은 급료를 못 받던 하찮은 서기들이었다. 그들은 일요일마다 들로 산보를 나갔고, 함께 보트놀이를 하며 어깨를 펴곤 했다. 그럴 때면 이반 니키티치 투치킨은 안경을 벗었고, 니콜라이 니콜라이에비치 리아프치코프는 소매를 걷어 올렸다. 그들은 웃으면서 서로 쳐다보았다.

— 됐나?

— 됐어!

노를 쥐고 그들은 열심히 저었다. 이를 악물고 눈에 불을 켠 채 때때로 욕설을 내뱉어가며 얼굴까지 시뻘개져서 힘을 몽땅 다 써버릴 때까지. 다음날 아침 여덟시면 그들은 다시 사무실에 앉아 있었다. "맞아……" 이반 니키티치가 한숨을 내쉬었다. "이봐, 니콜라이 니콜라이에비치, 코끼리는 재미있는 동물이야. 소련 영화가 자유스런 환경에 있는, 자유로운 처지에 놓인 코끼리들을 볼 기회를 좀 더 자주 주지 않는 게 아쉬워. 니콜라이 니콜라이에비치, 코끼리란

주의 깊게 연구해볼 만해. 동물원에 두 마리가 있는데, 이따금 조카들을 데리고 가지. 그 애들이 배우게도 하고, 그리고 코끼리가 어떻게 생겼는지 보게 말이야. 그런데……."

그는 말을 끝마치지 못하고 한숨을 쉬었다.

— 작년 겨울에 본 서커스에 멋진 코끼리 조련 종목이 있었지. 니콜라이 니콜라에비치, 자네도 생각나는지 몰라.

이반 니키티치가 중얼거렸다.

— 맞아……

— 능숙하고 대담한 조련사가 그렇게 크고 그렇게 힘이 센 동물들에게 별별 것을 시키는 걸 보니 정말 놀라웠어…… 꼭 양 같았어. 춤추는 놈들도 있고, 뒷발로 일어서거나 옆으로 드러눕는 놈들도 있었어. 그 위로 걸어갈 수도 있었지…… 정말 근사했어. 우리나라의 조련이 세계 제일인 것 같아.

그들 주위로는 모스크바가 강렬한 생명력으로 웅웅거리고 있었다. 새로운 건물들, 위생시설들, 산업시설들이 볼 때마다 땅에서 솟아났고, 차와 교통수단들의 수가 시시각각 늘어났으며, 모두가 물질적 풍요를 누리고 있었다. 그런데 이반 니키티치 투치킨은 계속해서 열렬히 찬란한 자연을 꿈꾸었다.

— 맞아…… 언젠가 철창에 갇힌 코끼리 두 마리를 본 적이 있어. 그놈들이 불쌍해졌어. 참 안타깝다는 생각이 들었지. 코끼리들은 그렇게 살려고 태어나진 않았으니까. 그놈들에겐 공간이 필요해. 그놈들은 자유롭게 살려고 태어난 거야. 그렇게 멋진 짐승들인데 존중 받아야 돼……

— 내 생각도 그래. 나도 여러 번 그런 감정을 느꼈어.

— 물론 어린아이들 교육용으로 거기 있는 거겠지. 우리나라 학생들도 코끼리가 어떻게 생겼으며, 어떻게 태어나는지, 어떻게 사는지 알아야 할 테니까. 물론 꼭 필요한 일이야. 그러면 자연과학에 대한 아이들의 지식도 깊어질 거야. 그렇잖으면 나중에 가선 그런 게 있는지 어쩐지도 모르게 될 테니까……

니콜라이 니콜라이에비치는 친구의 목소리에 슬픈 기색이 실린 걸 보고 놀랐다. 그는 줄을 서기 위해 전철 정거장을 향해 평소 걸음으로 걸어가고 있었다. 그러나 그의 시선은 몽롱해 보였다. 그는 뒷짐을 진 채 여전히 찬란한 자연을 꿈꾸고 있었다.

— 있잖나, 철창 뒤에도 자리는 있어. 새장이 아니니까 말야…… 하지만 그거론 안 돼. 사무실에서 나와 자연을 바라보며 머리를 식힐 필요가 있을 때엔 특히나 그래. 바로 이 점 때문에 난 소련 영화가 부족하다고 생각해…… 참기 힘들 때도 있지! 영화계 동무들이여, 우리가 필요로 하는 것을 보여주오! 동무들이여, 자유로운 코끼리 떼를 보여주오! 백 마리, 백오십 마리, 천 마리의 코끼리를…… 빌어먹을!

— 제발, 이반 니키티치, 소리치지 말게…… 자네 말이 맞아…… 그렇지만 길거리에선……

이반 니키티치는 인도 한가운데 멈춰서더니 그를 향해 몸을 돌렸다. 행인들이 흥미롭다는 듯이 그를 쳐다봤다.

— 자넨 이렇게 말하겠지. 이반 니키티치, 미안하지만 우리나라에선 그게 불가능해. 우리 러시아 땅에서는 자유로운 코끼리 떼를 본 적이 없거든. 내 말이 바로 그거야. 영화? 동무들은 뭐하는 거야? 우리 소련 영화가 어떤 쓸모가 있나? 난 묻고 싶어. 우리에게

필요한 걸 주지 않고 뭘 그렇게 기다리는 거지? 응? 대체 뭘 기다리는 거지?

— 이반 니키티치, 제발 소리치지 말게······

— 난 소리치지 않아. 내 생각을 말할 뿐이야. 난 소련 영화를 책임지고 있는 자들에게 말하는 거야. 이건 너무해! 영화계 동무들, 이건 바꾸어야 해요! 우리 영화계에선 왜 아프리카로 촬영팀을 보내지 않는 거요? 거기에는 아직도 자유로운 코끼리들이 있는데, 그걸 우리에게 보여달라고. 우리 화면에 그걸 담아오라고. 죽기 전에 단 한 번이라도 볼 수 있도록······

그는 흥분해서 손짓을 해댔다. 그들 주위로 사람들이 몰려들었다. 사람들은 흥미롭게 그의 말을 듣고 있었다. 니콜라이 니콜라이에비치는 친구의 소매를 신경질적으로 잡아끌었다. 그러나 이반 니키티치는 저항할 수 없는 감정 폭발에 몸을 내맡겨버렸다.

— 영화계 동무들, 툭 트인 넓은 공간을, 수많은 새들이 떠 있는 하늘을, 기린이 있는 초원을, 영양을, 사자를 보여주오······ 소련 영화계 동무들, 사자를, 자유로운 사자를 보게 해주시오! 힘센 코뿔소를, 야생의 오랑우탕을, 제각기 다른 옷을 입고, 제각기 제 나름대로 노래를 부르고, 자기만의 색깔, 자기만의 깃털, 자기만의 보금자리, 자기만의 습관, 자기만의 환상을 가진, 하늘 도처에 널린 수많은 종류의 새들을 보게 해주시오! 소련 동무들이여, 무엇보다 코끼리를 보여주오! 모든 걸 지나가고, 모든 걸 넘어뜨리고, 모든 걸 부수고, 모든 걸 뽑아버리는, 아무것도, 그 무엇으로도 막을 길 없는 한 떼의 코끼리를! 대지가 흔들리고 숲이 길을 터주는 것, 동무들이여, 바로 이것이야말로 우리가 소련 영화에 기대하는 것이오.

소련 인민에게는 자기 나라 영화가 자기들이 필요로 하는 것을 보여주어야 한다고 주장할 권리가 있단 말이오! 소련 영화는 소련인의 깊고 거역할 수 없는 욕망과 열정을 충실히 반영해야만 해……

누군가 그의 팔을 붙들었다. 이반 니키티치 투치킨은 흘러내린 안경을 고쳐 썼다. 스무 명쯤 되는 사람들이 그 주위에 바짝 붙어 서서 흥미롭게 그를 지켜보고 있었다. 일부는 웃고 있었지만 웃지 않는 사람들도 있었다. 그의 어깨에 손을 댄 사람은 거역할 수 없을 정도로 권위 있는 어조로 그에게 말을 했다.

— 동무, 사람 끌어모으지 말고 그만 가시오……

— 하지만……

— 하지만은 무슨 하지만! 경찰서까지 따라가고 싶소?

— 난 친구에게 새로운 소련 영화가 어떻게 나아가야 할지 내 의견을 말하던 참입니다……

그는 군중 속에서 절망적으로 니콜라이 니콜라이에비치의 얼굴을 찾았지만 그는 없었다. 이반 니키티치 투치킨은 떨리는 손을 이마 위로 가져갔다.

— 미안합니다. 제가 감기가 걸렸나 봅니다……

그가 더듬거리며 말했다.

한층 더 구부정해진 어깨를 하고 그는 쓸쓸히 줄을 서러 갔다.

프랑스 국회의원 장 뒤보르는 외투 단추를 풀고 목에는 머플러를 맨 차림으로, 생제르맹 거리에 있는 카페 계산대 앞의 의자에 앉아서 코끼리를 보호하러 아프리카로 간 기인에 대해 자기 관점을 말하는 바텐더의 소리를 무심히 듣고 있었다. 저녁 신문에는 온통 그 애기밖에 없었다. 의원은 자기 생각에 몰두해 있었다. 그는 자신이 어떤 정치 조직에 속하고 있는지 기억해내려고 애를 썼다. 그의 당은 두 개로 분열되어 있었다. 각 분파의 극렬분자들은 그들대로 또 다른 세 개의 조직으로 얽혀 있었다. 그 조직들은 중앙 주변을 빙빙 돌면서 그 자리를 차지하기 위해 움직이고 있었고, 중앙은 중앙대로 구심적 분자들은 좌로, 원심적 분자들은 우로 기울고 있었다. 국회의원 장 뒤보르는 너무도 혼란스러워 애국자로서 의무를 다하자면 자신이 과감하게 새로운 조직을 형성해야 할 것인지 말아야 할 것인지를 고심하고 있었다. 주변 세력을 규합한 일종의 중앙-좌우 핵으로, 변하기 쉬운 대다수 의원들을 내부적으로 연결하고 있는 경첩과는 별도로, 안정성 있는 축을 제공해줄 수 있을 그런 새로운 조직. 그 조직의 주된 정치적 프로그램은 바로 경첩 역할에서 벗어나 축 역할을 하는 것이다. 어쨌건, 그 혼란 속에서 갈피를 잡을 수 있는 유일한 방법이란 자신의 그룹을 갖는 것이었다. 그는 바텐더를 향해 갑자기 당혹스런 눈길을 던졌다.

그가 말했다.

— 자네의 그 코끼리 얘기의 진정한 의미를 말해주지. 그건 반의회주의 운동이야.

바텐더는 화들짝 놀란 얼굴이었다.

— 어째서죠?

— 모호한 속마음, 민중의 분노, 거역할 수 없는 힘, 대중…… 따위 얘기야 뻔하지. 모든 걸 짓밟고 뒤엎어버리면서 복수하는 코끼리들, 이게 무슨 의미인지 이해 못하면 바보지. 힘으로 현 체제를 무너뜨리자는 거야.

바텐더가 말했다.
— 죄송하지만 의원님, 한 친구가 아프리카로 가서 코끼리 떼와 같이 살며 사냥꾼들로부터 코끼리를 보호하겠다는 것이 현 체재와 무슨 상관이 있다는 건지요?
— 그건 전체적인 운동을 새롭게 펼치기 위한 속임수야. 당신이 말하는 모렐이란 자는 그런 작자야. 처음엔 코끼리들이 위협 받는다는 얘기부터 시작하다가 나중에 가선 국회를 짓밟게 하지. 한 달 전부터 보수신문들은 모렐과 코끼리 떼 얘기만 하고 있는데, 뻔한 속임수지. 우리에 반대하여 민중을 봉기시키려는 거야. 게다가 "구세주"니 "보호자"니 하고 있으니…… 우리에 반대하여 대중을 자극하려는 거지.
그는 의자에서 미끄러지듯 내려가더니 찻잔 받침접시 위에 백 프랑을 놓고 떠났다. 신문을 구겨넣은 주머니에 손을 찌르고 목에 머플러를 쓸쓸하게 늘어뜨리고…… 비행기표를 사서 차드로 가는 건 쉬운 일이다. 그러나 다시 그곳에 가서 무얼 하자는 건가? 은밀하게 모렐과 접촉할 수 있을 가능성은 극히 희박했다. 그와 합류하는 건 더더욱 어려웠다. 그 주위엔 성급한 공무원들로 방책이 세워졌을 테니, 이런 조건이라면 모렐에게 다가가 악수조차 하기도 힘들 것이다. 그는 고개를 숙인 채 담배를 질근질근 씹으며 어쨌든 아프리카 맹수 보호에 관해 대정부 질문을 해야 되지 않을까 생각하며 거리를 걷기 시작했다.
뇌이이의 사립병원에서 한 사내가 복도로 나오더니 멈춰 섰다. 그는 회색 외투를 어깨에 걸치고 있었다. 의사가 거의 곧장 그 뒤를 따라 나와 몇 마디 위로의 말을 건넸지만 그는 듣지 않았다. 그는 젊은 사람이었는데, 아내가 말기 자궁암으로 조금 전에 죽은 것이다. 그들은 일 년 전에 결혼했고, 남자는 아내를 열렬히 사랑했다. 아주 기이한 점은 그가 특별히 자기만 불공평하게 희생당했다고 느끼지 않는다는 것이었다. 그에게 닥친 불공평함이란, 이를테면 뉘른베르크 법과 같은 일부 인간 법률처럼 저속하고 추악하고 냉소적인 생리학적 법칙의 단순한 적용에 지나지 않았다. 그것은 폐지될 수 없고, 다만 방향을 바꿀 수 있을 뿐인 법칙이었다. 실험실에서 사람들은 그 법칙과 적당히 타협하기 위해 그것을 더 잘 알려고 애를 쓰고 있었고, 전 세계 학자들도 타협점을 찾으려고 고심하고 있었다. 의사는 그의 어깨에 손을 올린 채 계속해서 용기를 북돋워주고 있었다. 그는 슬픔의 심연에서 문득, 타협을 거부하고, 적당히 손잡기를 거절하고, 불공평함과 화해하지 않는 사람이 어디엔가 있다는 것을 떠올렸다. 그는 의사를 바라보았다.

— 오늘 신문 안 가지고 있습니까?

의사는 영문을 알지 못했다. 젊은 아내가 방금 죽었고, 지난 이틀 동안 이 사내는 아내 이상으로 고통 받는 것 같았는데, 갑자기 오늘 신문을 찾다니······

— 가지고 있어요.

의사는 흰 가운 밑 주머니를 뒤져 석간신문을 내밀었다. 남자는 그것을 받아 황급히 펼쳤다. 그의 눈이 급히 여러 페이지를 넘기더니 드디어 멈췄다······

— 그가 계속 저항하고 있군요.

그는 흡족한 얼굴로 말했다.

— 그들이 생각하는 것처럼 그렇게 쉽게 끝장나진 않을 겁니

다…… 며칠 전부터 난 불안해지기 시작했는데…… 그런데 이 사람은 계속 버티고 있군요.

그는 놀란 의사에게 신문을 돌려주고는, 눈꺼풀은 빨갛게 부어 있었지만 단호한 걸음걸이로 머리를 꼿꼿이 들고서 웃으며 복도를 걸어 나갔다.

모렐이 곧 체포될 거라는 소문이 포르라미에 퍼지더니 곧 전 세계 신문에 실렸다. 이따금 마음속으로 은근히 흡족해하며 그를 생각하는 사람들은 그들 내부에 내재해 있는, 실패하고 망치고 받아들이고 감내해버린 모든 것을, "언젠가 저들에게 내가 생각하는 바를 말하고," "이 모든 것으로부터 벗어나고," "저들에게 보여주고," "끝장내고" 싶은 그 모호하면서도 격렬한 욕구를 대변해줄 임무를 암묵적으로 그에게 맡기기라도 한 것 같았다. 이제 더는 참기 힘들다고 느끼는 모든 사람들, 모렐이라는 그 하찮은 이름이 지금 상황에서 얼마나 무한히 커 보이는지 잘 깨닫지도 못한 채 그들을 대신해 표현된 수락과 감내에 대한 그 거부행위에서 복수했다는 느낌을 받고, 그들을 개인적으로 겨냥하지 않는 것으로 보이는 경멸과 혐오감의 표현에 은밀히 기분 좋아하는 모든 사람들(더구나 이들은 칼슨 선장이 먼 바다에서 표류물에 매달린 채 사흘이나 버티고 살아남았을 때도 기뻐했던 사람들이다), 뭔가를 시도했다가, 이를테면 목 좋은 곳에 가게를 열었다가 오래전에 좌절하고 가게 뒷방에서 문 닫을 시간이나 기다리며 견디는 걸로 만족해하는 모든 사람들, 훨씬 먼 데서 오는 원한을, 종의 피와 더불어 그들 혈관 속을 흐르고 있는 원한을 하찮은 물질적 근심들에 잘못 쏟아붓고 있는 모든 사람들, 이들은 모두 화가 나고 분한 마음을 느꼈다. 운명에서 벗어나고, 운명을 뛰어넘고, 다른 것이 되고자 하는 불가능한 열망을 너무도 잘 표현한 자가 감옥 벽에 구멍을 뚫은 하찮은 탈옥수처럼 수갑을 찬 채 헌병들에게 붙잡혀 갈 거라는 생각에 화가 났던 것이다. 물론 그렇지 않은 사람들도 있었다. 애초부터 "살면서 체념할 줄을 알아야 한다"고 말했듯이 "할 게 아무것도 없었기"에 아무것도 시도하지 않은 것이 옳았다고 생각하며 안도의 한숨을 내쉬고는 히죽거리면서 식사 전 마시는 술이나 마시러 돌아가는 사람들도 많았다. 이런 사람들은 스스로에게 지혜와 절제의 인증서를 수여하고, 직업 활동에 아주 중요한 정신의 평화를 되찾았다. 유통경로 속에 들어 있다는 출석표가 아닌, 다른 삶을 갈망하는 모든 사람들에게 코끼리를 선택한 남자의 체포 소식은 망연자실한 반응을 불러일으켰다. 그걸 털어놓는 사람은 아무도 없었다. 아무리 그래도 자신의 현재 모습이 만족스럽지 못하다고 털어놓지는 못했던 것이다. 술주정이나 더러운 셔츠나 닳아빠진 신발만큼이나 실패가 눈에 띄어 더 이상 아무것도 감출 게 없게 된, 널리 알려진 파산자들만이 모든 게 질서를 되찾고 모든 게 새로이 감내의 베일을 쓰게 되리라는 생각에 낙심하고 화를 내는 사치를 부릴 수 있었다.

오트 사부아 지역의 한 요양소에는 자연에 대한 기본적인 존중을 주장한 사람에 관해 신문과 라디오에서 발표한 뉴스들이 현관 게시판에 붙어 있었다. 이제 곧 그 범법자가 체포될 것 같다는 프랑스 통신사(A.F.P.)의 뉴스가 게시판에 나붙자 환자들이 낙담하고 망연자실하는 바람에 주임의사가 공보 붙이는 것을 금지했다. 대부분의 폐결핵 환자들은 한창 희망에 부풀어 있다가 충격을 받은 젊은이들이었다. 한쪽 폐에는 구멍이 생겼고, 나머지 폐마저 감염된 한 소녀는 게시판을 바라보며 울음을 터뜨렸다. 요양소에 들어온 이래 그녀가 운 것은 이때가 처음이었다. 모렐의 저항 캠페인 소식을 게시하기로 결정한 것은 환자회의였기에, 주임의사는 그걸 포기시키느라 단단히 애를 먹었다. 한 학생이 의사에게 한마디를 던졌는데, 그 말이 모렐 사건과 무슨 관계가 있는지 의사에겐 도무지 수수께끼 같기만 했다. "저항하지 않고 가만히 있어야 할 아무런 이유가 없어요."

거의 같은 시기에, 백인 여자가 지나갈 때 휘파람을 불었다는 이유로 열네 살 난 흑인 청소년이 백인들에게 맞아 머리가 깨졌고, 러시아 전령 비둘기 부대가 수소폭탄을 터뜨렸고, 대영제국보다 더 큰 영토를 쑥대밭으로 만들 수 있을 대륙간 탄도유도탄을 준비했다. 마우마우들은 신생아의 뇌를 물약과 섞어 민족자결권이라는 대의에 충성을 바치겠다고 서약하기 위해 그걸 마셨으며, 그와 같은 사고방식으로 건설부 장관은 얼마 전 프랑스 빈민굴에서 얼어죽은 아이의 장례식에 참석해 아이의 부모와 악수를 했다. 북아프리카 부족들은 달리 남성적인 힘을 표현할 통로를 찾지 못하자 자유의 이름으로 여섯 살 난 아이들을 강간했고, 프랑스 여성들의 자궁을 칼로 도려냈다. 그러는 동안, 학자들은 계속되는 원자탄 시험으로 인해 사람들 인체에 흡수된 상당량의 방사능낙진이 천재의 세대를 낳게 할지, 천치의 세대를 낳게 할지를 알기 위해 심각하게 토론하고 있었고, 그러는 동안, 프랑스에서는 정부가 알코올 생산을 공식적으로 장려하고 있었다. 그것도 하나의 해결책인 건 분명했다. 매일 아침 신문에서 이런 소식들을 보는 모든 사람들은 자연보호를 위한 투쟁을 악착스럽게 계속하고 있는 사람의 소식을 읽을 때만 안도의 한숨을 내쉴 기회를 가졌었는데, 이제 곧 그가 체포될 것이라는 소식에 경악하고 거의 화를 내기까지 했다. 게다가 아직은 그 소식을 믿지 않았다.

6월 22일, 포르라미에 마지막까지 남아 있던 신문기자들이 기다린 대가를 드디어 얻고서(사건의 "임박한 결말"에 대한 정보를 비밀리에 전해 들었던 것이다) 소환을 기다리며 차디앙 테라스에 앉아 있었을 때, 아프리카 인 두 명과 백인 세 명이 말을 타고서 골라 남동쪽에 위치한 억세고 평평한 덤불숲을 천천히 가로질러 가고 있었다. 땅에 누운 자귀나무의 회색 그림자들이 죽어가고 있는 것처럼 보였고, 메마른 관목과 흰 개미집들, 납작하게 눌린 나무들과 불탄 풀들로 이루어진 풍경은 빛 속에서 희미하게 사라져가고 있는 것 같았다. 한 달 전부터 프랑스령 적도 아프리카에서, 수단에서, 우간다에서, 콩고의 몇몇 지역에서, 케냐, 탕카니카의 몇몇 지역에서 모든 스포츠 사냥이 금지되었다. 가뭄 때문에 동물 떼가 감소하고 있어, 회복하려면 십 년에서 십오 년이 필요할 것이라고 추정되었던 것이다. 목축과 경작지의 피해 때문에 도처에서 국가의 개입이 요구되고 있었다. 남쪽에서는 주술사들이 부족회의에 자기네 옛 자리를 돌려주지 않으면 가뭄이 계속되게 하겠다고 위협했다. 흑인 농부들은 떼를 지어 그 타격 입은 대지를 떠나갔다. 목화 수확에 생긴 차질은 대부분의 판매인들을 폭삭 망하게 했다. 공기에서는 사헬 냄새가 아니라 사막 냄새가 났다. 마지막 습기의 흔적이 사라져버린 대기 속에서 하스는 캄신이 불 때 콧구멍의 점막마저 메말라버린 것을 알았다. 사막의 가뭄에 대처하도록 되어 있어 모든 게 건조한 기후를 잘 견디는 티베스티 변경에서조차 본 적이 없는 풍경에 그는 아주 놀랐다.

차드의 악취 나는 습기에 익숙해 있던 그는 우선은 공기에 악취가 없어 위생적이라는 데 만족해서 담배를 씹어댔으나, 점차 생명력의 거의 완전한 고갈 때문에, 드물게 눈에 띄는 여윈 짐승들의 고통 때문에, 지나다 마주친 마을 사람들의 슬픈 눈초리 때문에 결국 우울해져서, 파리가 들끓는 썩은 시체를 볼 때마다 욕설을 늘어놨고, 정말 향수에 젖어 모기를 생각하게 되었다. 그리고 곧, 지금까지 썩어빠진 진창이라고 생각해온 차드 호수를 고맙게 여기게 되었다. 그 호수는 아직까지도 물이 많아 모든 갈증을 달래주었고, 많은 것을 용서해줄 만큼 이점을 많이 가지고 있었던 것이다.

파리의 어느 큰 주간지 특파원인 장 드 퐁살베르는 이 비극적인 풍경에 그다지 민감하지 않았다. 그로서는 처음으로 중앙아프리카에서 체류하게 된 것이어서 비교할 대상이 없었다. 그는 오직 한 가지에만 신경 쓰고 있었다. 모렐을 만나는 첫번째 신문기자가 되겠다는 생각이었다.

하스는 이십오 년 전부터 차드에서 코끼리들과 더불어 살아왔다. 동물원에 팔려고 코끼리들을 잡아왔다. 정확히 말하면 1914년 전쟁 때부터였는데, 그 전쟁 동안 하스는 그곳에 숨어 지냈던 것이다. 양심의 가책도 있고 해서, 그는 모렐을 찾아서 안전한 장소로 옮겨놓을 목적으로 파견대를 꾸몄다. 그를 화나게 한 것은, 사람들이 아주 무자비하게 사냥해대는 코끼리에 대한 사랑 때문에 모렐이 그런 행동을 하는 것이 아니라, 뭔가 정치적인 목적을 감추고 있다는 식으로 말하는 바보들이 있다는 사실이었다. 차드의 그 고독한 노인에게 그러한 회의적인 태도는 즉각 분노를 불러일으켰다. 그는 코끼리에 대한 사랑이 무엇이며, 또한 숨어 지내면서부터 인간혐오라는 게 어떤 것인지 잘 알고 있었기 때문이다. 어쨌건 그는 사태를 명확히 할 결심을 했다. 그 모험가가 진지하다면, 그가 아무것도 숨기지 않는다면, 그가 그저 그 멋진 짐승을 사랑하는 것이라면 안전한 장소로 데려갈 결심을 한 것이다. 그렇지 않고 뭔가 정치적이건 다른 무엇이건 추잡한 일이 걸려 있다면, 선전의 속임수에 지나지 않는다면, 그의 주둥이를 깨놓고 갈대밭으로 되돌아올 작정이었다.

그들을 따라온 베르디에로 말하자면, 하스가 뽑은 사람이었다. 그가 모렐에게 공감하고 있다고 보는 사람마다 말했고, 그리고 무엇보다 카메룬에 버려둔 농장을 가지고 있었기 때문에 뽑았던 것이다. 카메룬에 가게 된다면 그 농장이 이상적인 피신처가 될 수 있을 것이다. 하스는 베르디에의 떠들썩한 수다에 전혀 주의를 기울이지 않았다. 그는 오래전부터 프랑스령 적도 아프리카의 웃음거리가 되어 있었다. 그는 차드의 프랑스 인 모임을 주관했고, 전쟁 때는 연합군 영역의 집결에 참여했으며, 드골 장군에게 미친 사람이었다. 그는 하스가 코끼리에 대해 갖고 있는 애착과 거의 동일한 애착을 드골에 대해 품고 있었다. 배가 불룩한 이 뚱보 친구는 모렐에 대해 우스꽝스럽고도 단순한 생각을 갖고 있었다. 그것은 곧 그 자신의 강박관념들의 이미지였다.

— 제가 말씀드리죠.

그는 신문기자에게 호의를 내보이며 거만하게 말을 꺼냈다.

— 드골 장군의 글을 참고해보시면 우리 모험가에 대한 설명을 발견하시게 될 겁니다. 전 그 부분을 외고 있지요. "살면서 나는 프랑스에 대해 어떤 생각을 점차 품게 되었다. 감정도 이성과 마찬가지로 나에게 그런 생각을 고쳐시켜준다. 내 안의 감정적인 부분은

자연스럽게 프랑스를 동화에 나오는 여왕처럼, 혹은 특별하고 예외적인 운명을 타고난, 벽화 속의 성모 마리아처럼 생각하게 만든다. 본능적으로 나는 하느님께서 프랑스를 완벽한 성공이나 모범적인 불행을 위해 창조했다는 인상을 받는다. 그럼에도 프랑스가 보이는 행동과 태도들이 범상할 경우가 있다면, 그것은 조국의 천성 탓이 아니라 프랑스 인의 잘못 탓이라고 할 수 있을, 사리에 어긋나는 변칙이라는 느낌을 받게 된다." 자! 선생, "프랑스"라는 말을 "인류"라는 말로 바꿔보십시오. 그러면 모렐이 됩니다. 그는 인간이 동화에 나오는 여왕이나 벽화 속의 성모 마리아처럼, 본보기적인 운명을 타고 났다고 생각하고 있지요. 인간이 그를 실망시키면, 그는 그것이 인간이라는 종의 천성 탓이 아니라 사람들의 잘못 탓이라고 할 수 있을, 사리에 어긋나는 변칙이라고 느끼는 겁니다. 그래서 화를 내고 사람들에게서 어떤 관대함과 존귀함의 메아리를, 자연에 대한 존중을 억지로 뽑아내려고 애를 쓰는 거지요. 그것이 그 사람입니다. 뒤늦은 드골주의자이지요. 내가 보기엔 분명합니다.

  하스는 턱수염을 이용해 얼굴에 경멸을 잔뜩 드러내 보이며 그의 말을 듣고 있었다. 확실히 사람들은 누군가가 그들에 대해, 그들의 관점에 대해, 그들의 냄새에 대해 진저리를 칠 수 있다는 것을, 그래서 세상에 그보다 더 나은 동반자가 없기 때문에 코끼리와 더불어 살러 갈 결심을 할 수도 있다는 것을 이해 못할 정도로 자기 자신에 도취해 있었다.

39

필즈는 오두막에서 나오면서 커다란 먹구름이 동쪽에 몰려 있는 것을 보았다. 그리고 하늘이 곧 경이롭게 갈라질 것이라고 알려주는 것 같은 수평선의 먹구름에 놀랐다. 태풍의 위협을 받는 배의 선교에 선 선장처럼 모래언덕 위를 서성거리던 하비브도 수평선이 부풀어 오르는 것에 강한 인상을 받은 게 역력했다. 그는 늙은 선원이 자연에 대해 느끼는 경외감으로 그걸 바라보고 있었다.

그가 필즈에게 말했다.

— 이제 곧 쏟아질 모양이오. 이번 기상통보를 믿는 게 내가 뭘 믿는 것으론 마지막이 될 거요. 어쨌든 우리가 지나갈 시간은 있었으면 좋겠군.

그는 메마른 늪지 끝, 호숫가에까지 몰고 온 트럭에다 상아를 나르고 있던 흑인들에게 소리를 질렀다. 비가 오면 트럭은 내년까지 거기에 있어야 할 판이었다. 필즈는 그 광경을 사진 찍을 수만 있다면 어떤 값이라도 치를 태세였다. 그러나 레바논 인은 여전히 낙천적이었다. 대머리를 일부 드러낸 채 모자를 걸치고 다 꺼진 담배꽁초를 입에 물고는 땅딸막한 다리로 왔다갔다 했다. 때때로 짐꾼들에게 욕설을 퍼부을 때면 그는 담배를 입에서 뗐다. 그 욕설에 짐꾼들은 호탕한 웃음으로 답했다. 필즈가 유심히 그를 지켜보고 있는 걸 보고서 그가 말을 던졌다.

— 필요할 때면 내가 지상 작전 명령도 내린다는 걸 보셨죠?

그는 미국인의 어깨를 우정 어린 몸짓으로 툭 쳤다. 그리곤 트럭을 출발시키기 위해 그가 친구로 삼은 것 같아 보이는 금발의 키 큰 외인부대 병사와 함께 멀어져갔다. (총애하던 친구인 드 브리 외에 하비브는 작전 수행 중에 두 명을 더 잃었다. 한 사람은 코끼리가 바위에서 낚아채 박살을 냈고, 또 한 사람은 무질서한 총격전이 시작되었을 때 잘못 날아든 총알에 맞아 숨졌다.)

필즈는 모래 위에 앉아 숨을 가다듬었다. 옆구리가 점점 더 아파 왔다. 그래서 그는 과연 모렐을 따라갈 수 있을지 자문했다. 새들은 호수 위 죽은 동물 옆구리에 붙어서 재빠르게 부리로 몇 번 찍어대다가는 고개를 들고 옆을 살펴보다가, 다시 향연을 계속하곤 했다. 필즈는 자신이 제일 싫어하는 게 뭔지를 모르고 있었다. 새들의 둥근 등인지, 머리를 흔들거나 주위를 바라보는 방식인지 알지 못했다. 죽은 코끼리들이 호수 곳곳에 무덤을 이루고 있었다. 무덤마다 등이 구부정한 회색 보초들이 세워져 있었다. 웃음소리와 고함 소리가 물에서 들려왔다. 마을 여자들과 어린애들이 고기를 잘라 등에 메고 온 바구니에 집어넣고 있었다. 그들이 다가갈 때마다 새들은 부리를 흔들며 다른 쪽으로 달아났다가 겨우 마지막 순간에야 자리를 양보하고는 가장 가까이 있는 시체 위로 옮아가기 위해 둔하게 날아올랐다. 코끼리 몇 마리가 벌써 물 쪽으로 되돌아왔고, 멀리서 들려오는 울음소리가 대기를 가득 채웠다. 필즈는 그 중에서 부상당한 동물을 판별하려고 애를 썼다.

갈대밭 위로 마지막 햇빛이 비치자 뿔을 돛대처럼 펼쳐든 함대가 이동했다. 영양들이 물을 마시러 되돌아온 것이다. 서쪽 아주 멀리에서, 햇빛을 머금은 먼지 구름이 새로운 동물 떼가 오고 있음을 알리고 있었다……

그는 첫날 새벽에 수많은 물소들이 전날에는 새밖에 없었던 장소에서 날카로운 이빨의 숲을 이루는 것을 보았다. (필즈가 포르라미에서 쿠루 호수의 물소 떼에 대해 말했을 때 모두들 믿지 못했다. 그런 일은 본 적이 없었다는 것이다. 그러나 실제로 있었다. 그것도 백여 마리쯤. 필즈는 그 증거로 사진을 내놓았다.)

네시쯤 바이타리는 호수를 떠날 준비를 마치고 필즈에게 얘기할 게 있다는 전갈을 보내왔다. 멀리 모래언덕 꼭대기, 소나기가 쏟아질 것 같은 하늘 아래, 새들이 있는 늪지 위로, 페르 크비스트와 처음 만났던 장소에 그의 그림자가 나타났다. 내내 함께 호수에 있으면서 신문기자에게 아무 말도 하지 않았던 세 명의 청년들이 그를 둘러싸고 있었다. 그는 검은 별이 붙은 푸른 군모를 쓰고 있었고, 군복 차림에 혁대에 권총을 찬 부관들을 동행하고 있어 지금까지 본 중에서 가장 강렬한 인상을 안겼다. 그 모습은 인류가 가장 많이 사용한 상투적인 그림 가운데 하나였다. 그렇지만 그는 예의상 사진을 한 장 찍었다. (필즈는 항상 카이사르의 생애에 있어 최대의 드라마는 브루투스의 단도질이 아니라 사진 기자의 부재였다고 주장했다. 조각품들을 가지고 그 드라마를 찍었지만 전혀 같은 것이 아니었다. 중요한 것은 카이사르의 생애가 너무 일찍 허비되어버렸다는 점이다.) 세 명의 청년은 적의를 드러내 보이며 굳은 듯이 서 있었지만 바이타리는 손을 내밀었다.

— 작별인사를 하고 싶었어요.

필즈는 친절하게 대답했다.

— 분명히 또 보게 될 텐데요. 앞으론 당신네 얘기가 많이 들리게 될 겁니다.

울레의 옛 의원은 만족의 웃음을 감추지 못했다.

— 두고 봐야죠. 돌아가는 길에 진압하러 오는 병력과 접전이 있

었으면 하고 바라고 있어요. 그게 없으면 여기서 계획한 우리 임무의 일부분은 달성 못한 셈이 되니까요…… 나는 감옥에 갈 수밖에 없을 거요. 혹시라도 자살하지 않으면……

— 다시 보게 되리라 믿습니다.

필즈가 되풀이해 말했다.

— 그럴지도 모르죠. 어쨌든 당신과 미국 신문을 믿겠어요.

필즈는 인사치레로 몇 마디를 했다. 놀랍게도 바이타리는 예상했던 것보다 더 감동한 것 같았다. 야심이 어떠하든 간에, 그 역시 고독했던 모양이었다. 모래언덕 아래에서 드넓은 하늘을 배경으로 아래에서 위로 찍은 사진은 그 옆에 쓰이게 될 기사보다 더 많은 걸 말해줄 것이다. 기사를 무용하게 만드는 것, 그게 그의 일이었다.

바이타리가 말했다.

— 아프리카는 지고 다니기엔 너무 무겁습니다. 게다가 그 짐을 지기에는 우리는 너무 수가 적고요……

당신이 등 뒤에 지고 있는 것이 아프리카보다 훨씬 더 무겁군요, 라고 필즈는 생각했다.

— 케냐타는 감옥에 있어요. 은크루마는 나오자마자 권력을 잡았고. 나의 길은 보시다시피 이미 짜여 있어요. 하지만 지금 내 주위엔 완전히 믿을 수 있는 청년 네 명밖에 없습니다…… 나는 당신의 직업적 성실성을 믿고 있어요. 우리가 누구이며, 무얼 하려는지를 잘 설명해주시오……

필즈는 더듬거리는 프랑스어로 기다랗게 말을 늘어놓아, 자신의 서툰 억양과 어휘 부족 때문에 신념의 결핍이 드러나지 않기를 바라며 그에게 필요한 확신을 주려고 애썼다. 그가 바이타리를 돕기 싫어서 그랬던 건 아니다. 논쟁하길 좋아하는 프랑스 인을 그가 별로 좋아하지 않는다는 게 오히려 정확했다. 그러나 프랑스는 아주 좋아했다. 오랫동안 프랑스를 떠나 딴 곳에서 사는 게 이제는 불가능할 정도였다. 그는 또한 빅토르 위고, 잔 다르크, 모리스 슈발리에, 라파예트 같은 일부 프랑스 인들을 사랑했다. 어쨌건 바이타리는 예외였다. 그가 다른 사람들과 비슷한 프랑스 인이라고 말할 수는 없었다. 그가 야심과 의지를 펼치기에는 프랑스가 전통과 법률, 제도와 여론에서 이미 너무도 한정되고 완숙된 나라였다. 그에게는 신선한 땅, 황무지의 주민과 거창한 임무가 필요했다. 그에게는 스스로 느끼고 있는 힘과 비교될 만한 행동의 자유와 능력의 자유가 필요했다. 그래서 그는 프랑스 의회를 떠나 아프리카 정복에 나선 것임에 틀림없었다. 아마 그는 성공할 것이다. 아프리카를 식민지로 만들고, 새로운 세계를 세울 것이다. 강력한 개척과 정복의 시기가 이제 막 시작되고 있었다. 내적 식민화는 결코 온화하지도 않을 것이며 결코 이해관계를 떠난 것도 아닐 것이다. 이 모든 것에 대한 대답은 아직 주어지지 않았다. 모렐은 옳지만 그에게는 감언이설이 부족했다. 따라서 미래의 검은 독재자에게 행운을 빌어주는 수밖에 없었다. 필즈가 최선을 다해 한 행동도 그것이었다. 바이타리가 마침내 트럭을 향해 떠나고, 세 명의 청년이 그에게 고개조차 까딱 않고 그 뒤를 쫓자 그는 안도감마저 느꼈다. 어떤 사람이 지푸라기에 매달리려고 애쓰는 것을 볼 때, 그리고 자기 자신이 그 문제의 지푸라기일 때 그 상황을 견디기란 매우 힘든 일이다. 그는 어떤 연민을 품고서, 그리고 꽤 슬픈 마음으로 그가 멀어져가는 것을 바라보았다. 아프리카의 광막한 하늘 아래 선 그는 단지 군대 없는 수장, 채울 희망 없는 권력 의지, 울레 출신의 프랑스 지성인, 원시림에 반대하는 한 아프리카 인이 아니라, 한 사람의 고독한 인간이었다. 나머지는 아무것도 아니었다. 그렇지만 그는 그들이 멀어져가는 모습을 사진 찍는 걸 잊지 않았다.

오두막으로 돌아왔을 때 그는 모렐이 모래언덕 위에 서서 페르 크 비스트와 포사이드와 열띤 토론을 벌이고 있는 걸 보았다. 그는 그들더러 카르툼으로 돌아가라고 설득하고 있었다. 거기서 각자 제 나라를 존중해가며 그들에게 쏟아지는 대중의 관심을 이용해서 코끼리 보호를 위한 투쟁에 새로운 활기를 불어넣으라는 것이었다. 미나는 턱을 손으로 괴고 모래 위에 앉아서 호수를 바라보고 있었다. 듣고 있는 것 같지 않았다.

— 여하튼 비가 오면 움직일 수 없게 돼요. 당신들이 밖에서 소리를 내주는 게 더 유익할 것 같소. 토론회와 집회를 열고 라디오에 나가시오. 큰 소리로 떠들어대시오…… 그러면 사람들이 귀를 기울일 거요…… 난 여섯 달 동안 작은 산에 피해 있겠소. 그들에게 내가 계속 여기 있다고, 내가 눈을 부릅뜨고 있다고 말하시오. 새로운 토론회가 이번에는 콩고가 아니라 잘될 만한 곳, 실패할까 겁낼 만한 곳, 예를 들면 제네바 같은 곳에서 열리도록 압력을 가하시오……

그들은 그날 나머지와, 밤 한때와 다음날 아침을, 갈대밭에서 고통 받고 있는 부상당한 코끼리를 찾아 끝장을 내주는 데 보냈다. 모렐은 딱 한 번 좌절한 것 같아 보였다. 그가 필즈를 뒤에 동반하고서 썩는 냄새가 진동하고 파리 떼가 웅웅거리며, 그들이 다가가도 독수리들이 마지막 순간에서야 무덤을 뜨는 그곳을 걷고 있을 때였다.

— 저런, 도무지 변하지 않을 모양인가? 이 일이 시작된 게 언제

인데 …… 정말이지 특별 알약이라도 만들어야 할 것 같군…… 인간성의 알약, 존엄성의 알약 말이오. 그래서 강제로라도 먹게 해야 할 모양이오. 그러면 모든 걸 버리고 독일에 가 살고 싶은 생각이 들 거요.

— 독일에 가서 뭘 하려고요?

뼈만 앙상한 무릎까지 바지를 걷어올리곤 기관총을 물 위로 들고 그들 곁에서 첨벙대며 걷던 페르 크비스트가 으르렁거렸다.

— 추억에 잠기죠. 그러면 나아질지도 모르겠군요…… 어쩌면 나치들이 우리에 관해 아주 솔직하게 진실되게 말했는지도 모르겠군요. 그걸 잊어서는 안 되오. 그들이 바로 진실인지도 몰라요…… 나머지야 번드르르한 거짓부렁이죠. 내가 여기서 하려고 애쓰고 있는 것도 거짓말하는 방법인지도 모르죠……

— 푸!

덴마크 인이 화를 내며 침을 뱉었다.

모렐이 이런 말을 하는 걸 들었을 때 에이브 필즈는 아주 불행한 기분이 들었다. 존엄성의 알약이 시장에 나타날 때까지 기다리지 않고 화가 난 눈으로 손에 기관총을 들고 선 이 프랑스 인의 모습을 보는 게 그는 좋았다. 게다가 어쩌면 인체가 그 알약을 견디어낼 수 없을지도 몰랐다. 그의 기분이 어떠하든 간에 코끼리를 보호하는 데 미친 프랑스 인 곁에서 카메라를 가지고 걸을 때만은 행복하다는 느낌이 들었다. 이때만큼은 부상당한 옆구리도, 피로도, 인간에 대한 오랜 경험도 잊고, 그가 벌써 대의명분을 잃어버렸다고 알고 있는 모든 것을 잊을 수 있었다. 심지어 마침내 자기도 뭔가 할 수 있으리라고 믿기까지 했다. 수줍어하면서 그는 그 감정을 순전히 직업적 열정이라고 생각하려 애썼다. 아직 필름이 반 통이나 남아 있다고 생각하려 애썼던 것이다. 그가 울레 족의 한 동굴에서 모렐과 여섯 달을 보내야 한다면, 그 필름으론 부족할 게 분명했다. 그렇지만 그는 모렐이 아프리카 맹수 보호를 위한 미래의 투쟁계획과 초안을 짠 걸 듣자 기분이 좋았다.

— 인내심을 갖고 언론 캠페인을 잘 조절하면 좋은 결과를 얻을 것이라 생각하오…… 그렇기 때문에 당신 둘이 그곳에서 불을 지피는 게 중요한 겁니다…… 불이 붙을 거요…… 이제는 각 정부에 압력을 가하는 일만 남았으니까.

그는 결국 모렐에게 차드까지 동반하게 해달라고 말했다. 포르 라미에 가서, 거기서 사진을 보낼 작정이었다. 같이 가는 게 좋잖아요, 라고 그가 말했다.

(필즈는 직업적인 것이 아닌 다른 동기로 모렐을 뒤따를 작정이었다고 맹렬하게 변명하곤 했다. 범죄자들에 가담해서 그들을 도와주었다고 생각해서 처음에는 그의 비행기 사고 얘기를 믿지 않았던 차드 당국과 문제가 생겼을 때, 포르 라미에 그때까지 진을 치고 있던 신문기자들의 분노에 찬 항의 덕에 그는 석방되었다. 프랑스 당국의 이러한 비난은 그의 동료들에게 폭소를 자아내게 했는데, 센세이셔널한 르포 때문에 대가를 톡톡히 치르지 않을 수 없었던 것 만큼, 그는 그 폭소에도 오랫동안 희생양이 되었다. 지하운동가가 된 에이브 필즈, 정신착란증에 걸려 모든 것을 무릅쓰고 손에 무기를 들고 코끼리를 보호하러 나선 에이브 필즈, 이해관계를 떠난 이상주의자 에이브 필즈, 이것이 그해에 가장 널리 퍼진 농담 중의 하나였다. 심문 기간에 그가 차디앙 테라스에 나타날 때마다 사방에서 환호성이 그를 맞이하곤 했다. 필즈는 그것을 잘 받아넘기지 못했다. 그 때문에 사람들의 반응

은 더욱 커졌다. 경찰서에서 심문이 계속되는 동안 그는 이전에 알던 모든 유명인사들을 생각나는 대로 끌어댔다. 사파타〔멕시코 부패권력에 저항한 농민들의 우상〕를 따라다닌 톰슨, 판초 비야〔멕시코 혁명가〕를 따라다닌 스트라우스, 그리고 기울리아노〔시칠리아 분리주의자〕가 시칠리아 섬에서 난동을 부리고 있을 때 그를 찾아간 모든 신문기자를 끌어댔다. 쿠루 호에서 사고 난 비행기를 보고 돌아온 쉴세르 덕에 그는 결정적으로 그 사건에서 벗어났다. 그 말이 났으니 말인데, 그의 머리에서 완전히 벗어나 있던 한 가지 세부 사실이 되살아난 것은 경찰에서 사고 실황을 진술했을 때였다. 그의 비행사였던 공군 대위 데이비스에 관한 일이었다. 포사이드가 더위 때문에 시체가 빨리 부패하는 것을 막기 위해, 기독교식으로 매장할 수 있게 되길 기다리며, 우선 물 속 두 바위 사이에 그를 안치해두었던 일이 생각났던 것이다. 그 후론 계속된 사건 때문에 아무도 그 생각을 하지 못했다. 그 불쌍한 친구는 계속 그곳, 코끼리들 사이에 끼어 있어야 될 모양이었다. 필즈는 영국 전투 영웅에게는 코끼리들이 기분 나쁜 동반자는 아닐 거라고 생각하며 자신을 달랬다.)

그가 따라가게 해달라고 청하자 모렐은 빙그레 웃었다.

— 사진 찍으려고 그러시오?

필즈가 뭐라 대답할 말을 찾아내기도 전에 그가 덧붙였다.

— 당신들 대기자들은 특별한 후각을 갖게 되어 좋은 순간을 놓치지 않는 모양이오……

필즈는 슬픔에 젖은 그의 어조에 깜짝 놀랐다. 필즈는 모렐이 어쩌면 자신이 느낀 예감을 그의 것처럼 표현한 건 아닐까 생각했다.

(필즈는 예감을 믿지 않았으며, 그때는 아무 예감도 느끼지 못했다. 또한 신문기자가 특별한 후각이 있어 "좋은 순간을 놓치지 않는다"는 것도 믿

지 않았다. 그가 찍어낸 가장 훌륭한 사진 르포는 대부분 우연의 소산이었다. 간디가 살해당하던 날에도 그는 어느 마하라자〔인도 왕에 대한 존칭〕집으로 호랑이 사냥 사진을 찍으러 가려고 비행기를 갈아타기 위해 기다리고 있었다. 살인 사건이 일어난 직후에 그가 찍을 수 있었던 석 장의 사진은 그에게 만오천 달러를 가져다주었다. 그가 일이 일어날 만한 길목에 있었던 것은 달리 할 일이 없었기 때문이었다. 허리케인이 예레미아를 덮쳤을 때에 그는 아이티에 휴가차 나와 있었는데, 그 덕에 휴가비용을 완전히 뽑았을 뿐만 아니라, 파리의 일 년치 집세까지 지불할 수 있었다. 모렐이 관계된 일만 하더라도, 그가 거의 혼자서, 무기도 없이 가게 되면 그다지 멀리 못 갈 것이라고 느꼈고, 그리고 같이 있다 보면 미국 대중을 흥분시키고 있는 이 모험이 끝장날 순간을 포착할 수 있게 되리라고 아주 단순하게 생각했던 것이다.)

모렐은 가능한 한 밤에 많이 이동하기 위해 석양녘에 출발하기로 결정했다. 이드리스와 유세프가 모래언덕으로 말을 끌고 왔다. 모렐은 구름이 검은 바위 떼처럼 사막 위로 올라오고 있는, 부동의 하늘을 주의 깊게 바라보았다. 그러고는 이드리스 쪽으로 몸을 돌리며 말했다.

— 자, 말해보게! 비가 올 것 같은가, 안 올 것 같은가?

이드리스는 고개를 저었다. 푸른 옷과 머리에 두른 흰 터번, 코에서 입에 이르는 두 개의 야생적인 주름, 턱에 드문드문 난 회색 털 때문에 그의 예보는 필즈에게 뉴욕 관상대만큼이나 신뢰감을 주었다. (필즈는 카메라를 쥐고 태풍이 올 거라고 예고된 지역에서 여러 날 밤을 지새운 일이 있었는데, 그때 태풍은 예기치 않았던 지역을 강타하러 유유히 가버렸다.)

— 그랬으면 좋겠어. 횡단하려면 이틀은 걸릴 텐데……

필즈는 출발 전의 마지막 순간을, 늪지와 새 사이로 작별인사를 하러 돌아다니는 페르 크비스트와 함께 보냈다.

— 이젠 다시 이런 걸 못 볼 거요.

그가 말했다.

에이브 필즈는 특별히 자연을 관조하는 걸 좋아하는 사람은 아니었지만 찬탄하지 않을 수가 없었다. 새들이 까마득하게 늪지를 뒤덮고 있는 광경은 경이롭고 감동적이었다. 움직이지 않고 그저 내리누르고 있는 구름 아래로, 보다 더 가깝고 생생하고 수를 헤아릴 수 없는 또 하나의 하늘이, 다른 하늘의 모든 공허를 이겨낸 듯한 하늘이 펼쳐져 있었다. 새들이 땅 가까이에 손에 잡힐 듯한, 닿을 수 있을 것 같은 하늘을 만들어놓았던 것이다. 어떤 종류의 새들은 필즈에게 아주 친근해서, 아프리카 사막 변경에 그것들이 있다는 사실이 어떤 비극적인 오류의 결과처럼 생각될 정도였다. 제비, 황새, 왜가리, 갈매기, 초가집과 항구 위를 날아다니는 모든 유럽 새들이 이곳으로, 바르 엘 가잘의 거대한 자비루〔황새의 일종〕, 황새, 펠리컨과 이름을 알 수 없는 수많은 새들 사이로 피신 온 것 같았다. 페르 크비스트는 그들 눈앞에서 계속 수를 놓고 다시 수를 놓는 빛나는 양탄자처럼, 색깔이 변했다가, 날아올랐다가 다시 내려오고, 흩어졌다가 다시 모이는 이 살아 있는 양탄자가 닐 계곡과 수단의 바르 엘 가잘 늪지로 날아오는 수백만의 철새들 가운데 도중에 떨어져나온 미미한 일부에 지나지 않는다고 그에게 말했다. 덴마크 인은 거의 기도드릴 때의 열정으로 그 말을 했다. 그가 마침내 돌아설 때 필즈는 늙은 자연주의자의 눈이 젖어 있는 것을 보았다. 그는 모르는 척하고 늪지의 사진을 찍는 체했다. 하지만 이미 컬러로 온갖 사진을 찍어둔 곳이었다. 페르 크비스트는 자기에게 사진을 보내주겠다는 약속을 지켜달라고 다시 당부했다.

(필즈는 약속을 지켰다. 그는 사진을 하나도 빠뜨리지 않고 그의 이름으로 정성껏 코펜하겐 박물관에 보냈는데, 그것은 '수취인불명'이라는 딱지가 붙은 채 되돌아왔다. 필즈는 이 대답이 걸작이라고 생각했다. 그는 그 사진을 제네바에 있는 맹수식물보호국제위원회로 정성껏 다시 보냈다. 그런데 이번에는 "이곳 소속이 아님"이라는 말과 함께 되돌아왔다. 필즈는 그때 기막힌 생각을 해냈다. 그는 아주 단순히 "덴마크, 페르 크비스트"라고 적어 사진을 발송했다. 그러자 며칠 후에 잘 받았다는 전갈이 왔다.)

그들이 모래언덕으로 돌아왔을 때 다른 사람들은 벌써 준비가 다 되어 있었다. 필즈는 불안한 마음으로 자신이 탈 말 가까이 다가갔다. 그는 자신이 여행을 견디어낼 수 있을까 생각했다. 호수는 숨죽인 듯 조용했다. 여자들과 아이들은 귀중한 바구니를 등에 메거나 혹은 머리에 이고서 황혼이 내리기 전에 마을로 되돌아갔다. 진흙 냄새에 다른 냄새가 점점 더 섞여들었다. 필즈는 애써 못 느끼는 척해보았지만 소용없었다. 코끼리들은 물 쪽으로 되돌아왔다. 다른 동물들은 아직 갈대밭을 배회하고 있었다. 녀석들의 울음소리가 도처에서 들려왔다. 필즈의 귀는 그 소리에서 부상당한 짐승의 울음소리를 식별해내는 듯했다. 모렐은 그의 안장에 가죽가방을 잡아맸고, 그리고 부싯깃으로 담뱃불을 붙였다. 그는 면도를 했고, 깨끗이 빤긴 머릿수건을 목에 감고 있었다. 조그만 로렌 십자가도 가슴에 달려 있었다. 그는 침착해 보였고, 필요한 만큼 오랫동안 계속할 준비가 되어 있는 것 같았다.

(여러 해 뒤 필즈는 페르 크비스트가 종족 보존에 관한 마지막 강연을 하기로 되어 있는 스웨덴의 우프살라 대학에서 크비스트를 만났는데, 그를 사로잡았던 비밀스런 힘은 정말 설명하기 힘든 것이었다. 추억에 사로잡힌 노인은 그의 과거 얘기를 하며 한밤을 지샜다. 그때 그는 필즈에게 모렐과 풍뎅이 얘기를 들려주었다. 에이브 필즈는 그제서야 사건의 핵심을 진실로 알게 되었다. 그는 조용히 듣기만 했다. 그러다가, 별마저도 떨고 있는 것 같던 그 눈 내린 고요한 밤에 그는 밖으로 나가 새롭게 신념에 찬 가벼운 마음으로 걷기 시작했다. 모렐을 다시 만나 그에게, '나, 에이브 필즈도 당신을 적극 믿고 있다'고 말할 수만 있다면 무슨 짓이라도 할 것 같았다.)

하지만 아직 필즈는 새빨간 눈과 얼굴을 하고 햇빛에 견디기 위해 수건을 머리에 쓴 채 말 위에 올라타, 필름도 얼마 남지 않았고, 결국은 감옥행이 아니면 일사병으로 쓰러지고 말 범법자를 도대체 무엇 때문에 백 킬로미터나 되는 사막지대를 건너 따라가려고 애를 쓰고 있는지 생각하며 자신의 처지가 불행하다고 느끼고 있었다. 포사이드는 벌써 말고삐를 쥐고, 아마 작별인사를 피하려는지 모래언덕의 반대편 끝으로 가 있었다. 그는 미나가 모렐을 쫓아가지 않도록 하기 위해 할 수 있는 모든 노력을 다했다.
— 견뎌내지 못할 거요……
— 이미 한 번 경험했는걸요.
— 같은 조건이 아니오. 말들도 겨우 서 있는 상태요…… 차드에 도착한다 하더라도 체포될 거요. 남자 혼자라면 벗어날 수 있겠지만, 여자의 몸으론……
— 포사이드 소령님, 여자들도 견디어낼 수 있다는 것을 아셔야

겠어요. 그 점에 관해서라면 제가 해줄 얘기가 많지요……

— 잘 생각해요. 우리들은 시위운동을 하고, 많은 사람들이 느끼는 혐오감과 항의를 우리 식으로 보여주고 싶었던 것이고, 기대 이상으로 성공했소. 온 세계가 우리들을 지켜보고 있소. 우리를 둘러싸고 있는 관심과 공감을 이용해 다른 방법으로 투쟁을 계속해야 할 때요. 우리가 애써 모은 청중을 망쳐버릴 순 없소. 모렐의 경우는 다르오. 그는 체포된다 하더라도 그의 소송은 엄청난 반응을 일으킬 것이고, 대중의 공감에 새로운 활력을 불어넣을 것이오. 그는 아마도 의기양양하게 무죄 선언을 받을 것이오. 그러길 바라며 그는 자기 목숨을 내걸고 있소. 그런데 당신이 그러는 건…… 그건 미친 짓이오.

— 포사이드 소령님, 왜 갑자기 그렇게 논리적이 되셨나요? 당신 나라로 드디어 되돌아갈 수 있다는 소식, 당신도 이제는 당신 나라에서 영웅이 되었다는 소식, 그것 때문이죠? 미국 군대가 포사이드라는 이름을 웨스트포인트 한 기(期)의 이름으로 부여할지 누가 알겠어요?

그는 웃음을 참지 못했다.

— 그렇게 된다면 여하튼 코끼리에겐 영광스런 날이 될 거요…… 그건 그렇고, 당신은 우리나라 군대 전통에 대해 이상하게도 잘 알고 있군요!

— 꽤 많은 미국 장교들과 잤으니까요……

— 나와 같이 가고 싶지 않거든, 페르 크비스트와 함께 덴마크로 가시오.

그녀는 고개를 저었다.

— 그와 같이 있겠어요.

— 이제는 그를 돕는 다른 방법, 더 효율적이고 더 시급한 방법이 있다는 것을 알아야 해요…… 우리가 하려는 게 바로 그것이오. 우리가 그를 버렸다고 생각하오?

— 그런 건 아무래도 상관없어요. 당신이 뭘 하시건 난 여기 있고 싶어요. 그뿐이에요.

— 왜요?

그녀가 웃으며 말했다.

— 포사이드 소령님, 베를린 사람 하나 정도는 그와 함께 있어야 되지 않겠어요?

그녀는 그에게 등을 돌리고는, 남자바지 때문에 어색하면서도 한층 더 여성적인 걸음걸이로 모래언덕 위로 멀어져갔다. 그는 입가에 조소를 머금고 눈으로 그녀를 뒤쫓았다. 그는 그녀를 다시 보게 되리라 확신했다. 기다리기만 하면 돼. 언젠가, 기회가 올 거야. 다른 건 없지만 공통된 기억으로 얽매어 있으니까 언젠가는 돌아오게 될 거야. 모렐이 결국 그녀의 그런 희생에 넘어가지 않는 한, 감옥에서 나오면 그가 그녀와 결혼해서 아이를 갖고 함께 아프리카의 어느 도시에서 자리 잡고, 여행자를 위해 상아를 파는 조그만 상점을 열지 않는 한. "모렐도 보러 가보세요. 그 사람은 그 지방의 진귀한 구경거리지요. 한때 엄청나게 유명했던 사람이래요. '코끼리를 보호하는 사나이'라고들 불렀죠. 그 사람이 지금은 관광객용 상아를 파는 기념품점을 하고 있죠. 그렇죠! 어쩌겠어요, 살아야 하는걸. 늘 그렇게 끝나게 마련이지…… 뭘 사기만 하면 쉽게 사진도 찍을 수 있어요."

그는 팔을 들어 그녀에게 작별인사를 했다. 그녀가 응답했다. 그는 덴마크 인이 오길 기다렸다가 두 사람은 그파트 대로를 향해 말머리를 돌렸다. 그들은 늪을 가로질러 가야 했다. 그들이 지나갈 때 새들이 날아올랐다. 황새, 마라부, 왜가리들의 흰 날개가 황혼 속에서 작별인사를 하는 것 같았다. 페르 크비스트는 모자챙을 얼굴 위로 내리고, 하늘 속으로 멀어져가는 다섯 그림자 쪽으론 단 한 번도 돌아보지 않았다. 모렐을 돕는 가장 좋은 방법이, 그와 함께 아프리카에 남지 않고, 그가 일으켜놓은 대중의 공감을 이용하여 그가 주장하고 있는 자연보호와 인간적 여지에 대한 존중을 위해 확고한 조처가 내려질 수 있도록 애쓰는 것임을 알고는 있었지만, 어쨌든 버린 것 같은 느낌이 들어 그는 자책하고 있었다. 특히 만일 모렐이 — 아마 거의 피할 수 없는 일이겠지만 — 체포되어 재판을 받는다면, 거기에 대해 대중의 여론을 일으켜 그 압력으로 그의 무죄를 확정지어야 할 것 아닌가. 그런데도 그는 기진맥진하고 불행한 느낌이 들었고, 그래서 유감스런 마음을 가라앉히고 피로를 잊기 위해 미래의 투쟁계획을 큰 소리로 떠들어대기 시작했다.

— 위원회를 다시 모으고 청원을 재개해야 할 것이고, 중요인사들을 끌어모아야 할 거야. 스웨덴의 구스타프 노인이 죽은 게 유감스럽군. 친구였으니 도와줄 텐데…… 카이 뭉크 목사도…… 독일군에게 총살당했고. 위대한 작가였는데…… 베르나도테…… 악셀 문테…… 너무 오래 살면 결국 아는 사람이 하나도 남지 않게 된단 말이야……

포사이드는 아무 말도 하지 않았다. 미래를 뒤에 남겨두고 떠나면서 미래의 계획을 짠다는 건 어려운 일이었다.

40

처음 몇 시간 동안 필즈는 말이 움직일 때마다 아픈 옆구리에 가해지는 충격을 잠시도 더 참을 수 없을 것만 같았고, 그 후에는 더위와 황토에 반사되는 햇빛, 돌 그리고 말들 때문에 이는 먼지를 견뎌낼 수 없을 것 같았다. 철조망 같은 가시덤불에 눈을 긁히기도 했다. 그렇지만 그는 마치 집념에 사로잡힌 사람처럼 아주 강하고 기괴하기까지 한 힘을 보이며 이 모든 걸 견뎌냈다. 그의 집념이란 사진 한 장을 찍기 위해 그의 모험이 결판날 때까지 모렐을 뒤쫓는 것이었다. 그것이 전부였다. 그는 자기의 집념 속에서 다른 어떤 것, 즉 가담이나 지지 또는 개인적인 연민을 보려 하지 않았다. 그는 다만 자신의 직무를 수행할 뿐이었다. 그는 거기서 다행히도 특이한 소재를 붙잡을 수 있었고, 그의 손에 필름 조각이 남아 있는 한 그것을 놓치고 싶지 않았다. 그를 아는 사람들은 그가 무엇에 대해서도 환상을 품지 않으며, 고귀한 분노나 인도주의적인 열정도 갖고 있지 않고, 오직 가진 것이라곤 필름과 항상 준비된 카메라 렌즈뿐이라는 것을 알고 있었다. 그는 일단 사진을 찍고 나면 세상이 어찌 되든지 상관하지 않았다. 그는 아라비아제 안장머리에 매달리다시피 하고 있었고, 머리에 덮은 수건은 매듭을 네 개 만들어 뿔처럼 허공에 드러내놓고 있었다. 그는 코를 풀거나 부채처럼 쓸 때는 물론이요, 목이며 얼굴, 눈을 닦을 때도 똑같이 그 수건을 사용했다. 그는 마의를 입힌 말 위에 앉은 채 몸을 질질 끌다시피하며 사막의 초원을 가로질러 구름 같은 모래먼지가 피어오르는 바위를 넘어 모렐의 뒤를 쫓아갔다. 갈증과 분노를 느끼며 이를 악문 채 목에는 카메라를 걸고 끈덕지게. 그의 끈기에 모렐도 빙그레 웃으며 탄복하는 것 같았다.

— 그래, 사진 기자 양반, 견뎌낼 것 같소?

필즈가 싸움이라도 하듯이 대답했다.

— 물론이죠. 도대체 날 어떻게 보시는 겁니까? 나는 리비아에도 갔었고, 안치오, 레이테 섬, 노르망디와 코레지도르 해변에도 갔었습니다. 당신에겐 이런 이야기가 무의미할지 모르지만, 파리해방에 참여한 군인과 동등한 자격으로 레지옹 도뇌르 훈장까지 받았소.

— 좋아요, 좋아, 그 모든 게 오로지 사진을 찍기 위해서였단 말이지요?

— 그렇소.

— 그 이외엔 아무래도 좋소?

— 그렇소.

— 다 굶어죽어도?

— 물론이오.

모렐은 눈웃음을 지었다. 햇볕에 달아오른 서구제 펠트모자, 갈색의 쾌활한 눈, 로렌 십자가, 붉은 모래투성이의 카키색 머릿수건 때문에 그는 얼핏 보면 군인 같은, 꼭 식민지 주둔 기병 같은 인상을 풍겼다. 전형적인 프랑스 인 얼굴이야, 하고 필즈는 뻐딱하게 생각했다. 웃지 않을 때도, 말을 하지 않으면서 그저 다정하게 쳐다볼 때도 조소가 어려 있는 그의 입술도 그렇고, 가는 곳마다 안장에 묶어서 가지고 다니는, 청원서와 격문, 성명서와 호소문 따위로 터져 나갈 듯한 낡은 손가방은 말할 것도 없었다. 신문에 발표된 그에 관한 모든 이야기와 실제의 그는 너무도 달랐기에, 에이브 필즈는 있는 그대로의 그를 독자들에게 보여주기 위해 그에 관한 훌륭한 사진들을, 기사도, 전설도, 주석도 덧붙이지 않은 사진들을 가져가는 것이 진실로 자신의 가장 엄밀한 의무라고 느꼈다. 있는 그대로의 그, 말하자면 완전히 균형 잡히고, 태연스럽게 자신감에 차 있고 증오나 원한의 흔적을 보이지 않는, 필요한 만큼 정색하고 사람을 비웃으며, 오래전부터 했어야 할, 대상이 확실하고 내용이 제한된 일, 코끼리와 아프리카 맹수의 보호라는 평범한 일을 최선을 다해 하고 있는 그를 보여주는 것이다. 필즈는 그와 오래 함께 있으려면 필름을 매우 아껴 써야 될 때인데도 불구하고 참지 못하고 또 한 장 그의 사진을 찍었다.

— 사진 기자 양반……
— 네.
— 당신은 결심을 단단히 한 모양인데, 혹시 당신도 코끼리에 마음이 끌려본 적이 없었소? 몇 번이라도?
— 난 당신 코끼리에게는 별 관심이 없습니다. 내 일을 할 따름이오.
— 화내지 마시오, 절대 화를 내선 안 되오! 내가 화내는 것 봤소?
— 아닙니다, 물론 아니지요. 당신이 결코 화를 내지 않는다는 건 모두들 알고 있지요.
— 당신도 파리해방에 참가했었다면서요?
— 그렇습니다.
— 나는 거기 없었소. 그럴 수가 없었지. 멋있었소?
— 나중에 사진을 보여드리죠.
— 스페인전쟁 때 데뷔했다고 그랬죠?
— 그렇습니다.
— 나도 그렇소. 우린 아마 여러 번 만났을지도 모르겠군요.

— 그럴지도 모르겠군요.

— 거기엔 아주 아름다운 코끼리들이 있었소. 스페인은 코끼리로 유명하니까.

— 그래요.

— 러시아에는 가봤소?

— 아직.

— 아니 어떻게?

— 비자가 없어서.

— 갖게 되겠지요. 사진 찍을 코끼리들이 생겨나면 비자를 얻게 될 거요. 그들이 당신을 모시려고 화려한 사륜마차를 보낼 거요. 코끼리들을 데리고 새로운 세계를 만드는 일은 가능할 것 같지 않군요. 녀석들은 거추장스럽고 시대에 뒤떨어진 잔재인가 보오. 내 생각이 그런 것은 아니고, 사람들 말이 그렇다는 거요. 바로 그래서 당신과 내가 하는 일이 아주 중요한 거요……

— 내가 하는 일이 아니라 당신이 하는 일이 그렇죠. 난 사진을 찍을 뿐이니까요.

— 당신은 코끼리의 운명에 관심이 없소?

— 다른 걸 생각할 때도 있습니까?

— 있소. 하지만 슬픈 일이오.

— 그래도 그런 시도를 해야 할 겁니다.

— 난 미쳤소, 이 말 못 들었소?

— 물론 당신은 미쳤어요. 모두들 미쳤죠. 간디는 비폭력 저항과 단식에 미친 거고…… 당신네 드골은 프랑스에, 그리고 당신은 코끼리에……

그리고 그는 입을 꽉 다물고 사나운 표정을 지은 채 길을 계속 갔다. 눈꺼풀은 타고 입술은 부풀었다. 붉은 모래는 음험하게 그를 밑바닥부터 갉아먹으면서 그의 콧속으로, 목구멍 속으로, 귓속으로, 그의 전립선 속으로까지 스며들었다. 그는 확실히 그것을 느꼈다. 때때로 그는 아연한 시선으로 주위를 둘러보았다. 수백 마리의 붉은 영양들이 힘 없이 뿔을 늘어뜨린 채 땅바닥에 누워 있는 게 보였다. 영양들은 옆구리에 독수리라는 회색 파수병들을 달고 있었다. 이런 재난은 도무지 당할 것 같지 않은 덩치 큰 물소 떼도 보였는데, 가까이 다가가면 몇몇은 아직도 일어나려고 경련하듯 버둥거렸다. 멀리 동쪽 지평선을 뒤덮고 있는, 엉겨붙어 꼼짝 않는 구름 떼가 보였는데, 죽어 쓰러져 있는 코끼리 떼였다. 그 주위를 윙윙거리는 파리들, 슬그머니 꽁무니를 빼는 하이에나들이 보였고, 또한 먼지와 바위가, 가시덤불 아래로 개미집들이 보였으며, 또 1940년에 마이크에 대고 전쟁을 포기하지 않겠다고 악을 쓰던 처칠의 얼굴이 떠올랐다. 그 당시 필즈는 카메라를 가지고 옆방에서 그를 기다리고 있었다. 또 한번은 그의 말이 배가 갈라진 채 창자에서 벌레들이 우글대는 사자의 시체에 부딪쳤다. 냉담하고 침울한 유령 같은 이드리스가 사자의 시체 앞에서 믿지 못하겠다는 듯이 멈춰 섰다. 그는 가장 뛰어난 적에게만 내보이는 존경심을 아무 말 없이 내보였다. 에이브 필즈는 죽은 사자를 보자 자신에 대해 측은한 마음이 생겨 거의 눈물을 흘릴 뻔했다. 이드리스는 그와 그의 카메라를 혐오스럽다는 듯이 흘겨보았다. 그러고는 기자가 모렐에게 카메라를 돌릴 때마다 그 늙은 추격자는 보라는 듯이 침을 뱉곤 했다. 이드리스는 여러 번 그를 "우드야나 가" 또는 "우드야나 바가"라고 불렀는데, 모렐은 그 말이 "예언을 하는 새" "흉조(凶鳥)"를 뜻한다고 친절히 통역을 해주었다. 모렐은 웃으며 말했다. 그러나 짜증날 정도로 기진맥진한 상태에 있던 필즈는 말할 수 없이 감정이 상했고, 화가 났으며, 굴욕감을 느꼈고, 격분했다. 고개를 숙인 채 그는 오랫동안 그 말에 대해 생각했다. 결국 그는 이드리스가 반유태주의자라고 생각해버렸다. 한번은 독수리가 날개를 펴고 반쯤 썩은 동물의 시체 위에 천천히 내려앉는 것을 보고 그는 자기가 바로 독수리라고, 카메라를 갖고 언제나 신선한 희생물을 향해 달려들 준비가 된 독수리에 지나지 않는다고 생각했다. 그는 그와 독수리와의 육체적인 유사성, 특히 코와 근시인 눈이 닮은 것까지 발견했다. 그는 이드리스에게 독수리들이 빙빙 돌고 있는 하늘을 가리키며 그 모든 걸 영어로 설명하려고 했다. 동료들이 저마다 자기와 속도 경쟁을 하려고 하고, 자기가 입에 물고 있는 빵을 뺏으려고 한다는 것을. 내 잘못이 아니오, 현장에는 제일착으로 도착해야만 하오, 내 직업이 그렇게 요구하는 거요, 하고 그는 설명했다. 이드리스는 침을 뱉고 난처해하는 것 같더니 모렐에게 뭔가를 알리러 갔다. 사람들은 가시나무 위에 편 담요의 그늘 아래 필즈가 눕도록 도와주었고, 미나는 젖은 수건으로 그의 이마를 닦아주면서 곁에 앉아 있었다. 그는 다시 정신을 좀 차리고 독일 여자의 기진한 얼굴, 모두를 괴롭히는 풍경과는 걸맞지 않은 그 여인의 모습을 뚫어지게 처다보았다. 알아볼 수 없을 정도로 일그러진 얼굴이었는데, 턱 밑으로 잡아매어 목뒤로 젖힌 커다란 펠트모자 아래로 보이는 금발과 순결할 정도로 맑은 두 눈만은 흐트러지지 않고 여전했다.

— 당신은 왜 다른 이들과 같이 수단에 가지 않았습니까? 그를 사랑합니까?

— 필즈 씨, 잠을 좀 청해보세요.
— 그를 그렇게나 사랑하오?
— 그 얘긴 둘 다 좀더 편해지면 합시다. 나 역시 지칠 대로 지쳤어요. 나는 이질에 걸려 있거든요.

그녀의 얼굴에 드리운 그림자가 윤곽보다 더욱 두드러져 보였다. 저것이 사랑이구나, 하고 필즈는 생각했다. 한 번도 사랑을 받아보지 못한 사람으로서 그는 사랑이 어떤 것인가를 깊이 깨달았다. 사실 저 여자는 코끼리를 아주 경멸하고 있을지도 몰라. 여자들이란 어떤 이념 때문에 이런 걸 견뎌내지는 못하거든. 어쨌든 난 여자들을 알고 있어. 여자는 한 남자를 사랑할 때에만 자기에게 닥칠 수 있는 모든 것에 대해 저렇게 용감하고 집요하며 무심할 수가 있지, 하고 필즈는 의기양양하게 혼잣말을 했다. 나는 여자들을 알지. 그들을 잘 안단 말이야. 줄곧 그들 생각을 하니까. 마음속으로 그는 계속해서 여자 생각을 했다. 그는 마음속으로 그 시대를 통틀어 가장 아름다운 연애 사건을 몇 번 경험했고, 몇 번은 놀랍고 눈부신 정복을 이루어냈다. 마음속으로 그는 한 여자에게 그와 같은 사랑과 헌신을 불러일으키기 위해 얼마나 많은 코끼리를 희생시키면 될까 생각했다. 어느 사이에 그는 코끼리 종 자체를 모두 희생해도 좋다는 생각에 이르렀다. 그녀는 나머지 모든 것을 잊게 해주는, 질병과 불타는 듯한 대기, 극도의 피로를 말끔히 씻어주는 상큼한 미소를 지으며 그 위로 몸을 숙였다. 즉석에서 임시로 만든 텐트 아래 몸을 뻗고, 숨막히는 열기 속에서 원한에 차고 코피를 흘리며, 필즈는 자신의 부모가 아우슈비츠의 가스실에서 죽었기에, 자신이 독일 여자에게 그러한 사랑, 그러한 헌신을 불러일으키길 특별히 바랐던 건 아닌가 생각했다. 그랬더라면 인간은 받아줄 만한 존재라는 게 입증되었을지도 몰랐다⋯⋯ 하지만 인간이란 그저 단순히 악덕한지도 몰랐다⋯⋯

— 당신은 그를 사랑하고 있어요⋯⋯ 그건 두말할 것도 없어요. 부정하지 마시오. 당신이 코끼리 때문에 이러고 있다고 말해야 소용없어요⋯⋯

— 필즈 씨, 저는 아무 말도 하지 않았어요. 당신은 쉬셔야 될 텐데 너무 말을 많이 하시는군요.

— 사실대로 말해주시오⋯⋯

— 필즈 씨, 코끼리를 보호하기 위해 무엇인가를 해야 된다는 것, 그것만이 진실이에요. 모두들 이제는 그것을 깨닫고 있어요. 똑똑하지 못한 저까지도⋯⋯ 다만, 저는 전쟁 동안 이런 일을 가까이서 보았어요⋯⋯ 베를린에서 말이에요⋯⋯ 그렇지만 다음에 이 모든 걸 설명해드리겠어요.

에이브 필즈는 말 그대로 분노와 경멸감으로 씩씩댔다.

— 내 말을 무시하는군요!

— 좀 자도록 해요. 당신 손수건을 눈 위에 올려드릴게요.

허무주의자들, 이게 저들의 정체야. 아마도 무력으로 미국 정부를 전복시키려고 하는 허무주의자와 무정부주의자들일 거야. 이렇게 필즈는 생각했다. 나 같으면 절대로 미국 비자를 내주지 않겠어. 그 비자를 얻으려고 내가 얼마나 고생했는데. 이 모든 일은 유럽식 퇴폐주의와 무정부주의의 대표적인 사례이며, 인간의 존엄성이 각 분야에서 아무런 문제도 일어나지 않을 정도로 철저히 보장되고 있는 미국에서는 생각조차 할 수 없는 전복 기도였다. 그가 바라는 것은 오직 하나, 미국으로 돌아가서 그의 사진들을 출판하고, 프랑스와 독일 지식인들의 허무주의를 고발하는 것이었다. 그러나 지금 당장은, 급조된 텐트 아래, 먼지 가득한 선인장과 가시나무 사이에 꼼짝달싹 못하고 끼어 있어, 고통스러운 눈꺼풀을 억지로 열어 돌과 가시나무와 모래로 이루어진 일종의 죽은 자연만을, 그리고 다시 돌아오게 되면 코끼리 보호를 위한 캠페인을 자기 인생의 목표로 삼으려고 하는 세계취재기자, 에이브 필즈의 발만을 볼 수 있을 뿐이었다. 더구나 이번 것이 그의 마지막 르포가 될 것이다. 그는 사진 기자를 그만둘 작정이었다. 누구도 이 결정을 번복하게 하지는 못할 것이다. (나중에 필즈는 이 단호한 결심을 그 당시 그가 빠져 있던 육체적·정신적 허탈 상태의 징표라고 종종 말했다.)

말과의 마찰 때문에, 삶에서 손에 잡힐 듯한 어떤 매력을 발견하고 삶에 매달리려는 욕망 때문에, 또한 머릿속에 떠오른 에로틱한 장면에 사로잡혀 필즈는 거의 행복한 마비 상태에서 사막에서 맞이하는 마지막 열두 시간을 보냈다. 그래도 사진 찍는 것만큼은 잊지 않았다. 한번은 미나가 눈을 반쯤 감고 몸을 바위에 기댄 채 모래 위에 앉아 있었을 때, 그는 그녀가 손을 뻗더니 안장 주머니를 열고 립스틱을 꺼내 입술에 바르는 것을 보았다. 필즈는 믿지 못하겠다는 듯이 그녀를 쳐다보았다. 그녀는 화장을 고치는 중이었다. 무척이나 놀란 필즈가 몸을 일으켜 카메라를 쳐들었으나 그녀는 이미 끝낸 후였다. 그러나 이때부터 그는 계속해서 그녀를 살폈다. 그가 후세에 남기고 싶었던 인간의 경박함을 표현하는 장면이 바로 거기에 있었던 것이다. 그는 열에 들떠 렌즈의 먼지를 닦아 내고 카메라를 준비했다. 그는 그 사진을 꼭 찍어야겠다고 생각했는데 결국 성공했다.

그는 그녀가 다시 한번 발을 멈추고 가방을 열어 먼지와 고통과 땀으로 뒤범벅된 얼굴을 닦고 입술 위에 립스틱을 바르는 장면을 놓치지 않았다. 틀림없이 더위 때문이겠지만, 그때 그는 늘 하던 생각 가운데 하나를 떠올렸다. 아우슈비츠에서 가스실로 가는 도중의 어머니를, 거기서 죽어간 모든 젊은 여자들을 떠올렸던 것이다. 그는 사람들이 가끔씩 화장을 고치고 다시 기운을 내어 길을 걸어가는 모양이라고 생각하며 냉소를 지었다. 특별히 그런 일에 쓸모 있도록 임명된 남자 위인들도 있다. 바로 분장사들이다. 그 일로 그들은 노벨상을 받는다.

쿠루를 떠난 지 사흘째 되던 날, 그들은 오그라들고 헐벗은 차드의 조그만 숲으로 접어들었다. 거기엔 그늘진 곳도 없었고 개미집들은 신발로 살짝 건드리기만 해도 먼지가 되어 날았다. 모렐은 몸을 숨기려고 조금도 애쓰지 않고 골라 마을을 지나갔으며, 사람들이 바라보는 것에 아랑곳하지 않고 멈춰 서곤 했다. 로스니에 나무의 널 따란 잎을 땅에 펴고 그 위에 카사아버를 말리던 여인들이 그가 지나가는 것을 보려고 고개를 들었다. 백 살은 되어 보이는 반신불수의 왕이 흰 깃발들에 얼굴이 거의 가려진 채 두 사람의 부축을 받고 마른 진흙으로 된 오두막 문턱에 서서 그들을 바라보았다. 벌거벗은 어린애들이 그 뒤를 쫓아왔고, 도공들은 붉은 술병을 굽다 말고 그를 보러 달려왔다. 천으로 몸을 감싼 기병들은 그가 지나가도록 길에서 비켜섰다. 그때 필즈는 "우바바지바"라는 모렐의 별명을 처음으로 들었는데, 모렐은 모든 차드 사람에게 그 별명으로 알려져 있었다. 모렐은 그것이 "코끼리의 조상"을 뜻한다고 자랑스럽게 말했다. 사람들은 그에게 신성하거나 초자연적인 특성이 있다고 믿었다.

그는 그들에게 존경 어린 두려움을 불러일으켰다. 어쩌면 단순히 감염의 두려움을 불러일으켰는지도 모른다. 이를테면 그의 속에 살고 있는 악마가 아마도 가끔 귀를 통해 나와, 사람들이 너무 가까이 가면 콧구멍을 통해 그들 속으로 미끄러져 들어간다는 식의 두려움 말이다.

— 체포될까 겁나지 않습니까?

— 당국이 그렇게까지 나를 체포하려고 안달하지는 않소. 그들이 나를 체포하면 재판에 회부해야 할 텐데, 만일 프랑스의 법률이 코끼리를 보호했다고 어떤 사람을 재판한다면 그 꼴이 뭐가 되겠소?

그는 분명 자기가 모든 것으로부터 보호를 받는다고 믿는 모양이었다. 그의 진정한 광기는 바로 그 점에 있다고 필즈는 단정했다. 그는 자기가 지지를 받고 인기가 있다고 믿고 있었다. 아마 그 사실 속에는 어떤 절망적인 냉소가 깃들어 있을지도 모르겠지만 필즈는 그렇게 생각지 않았다. 모렐은 사실 자신만만하고 무심해 보였다. 필즈는 그가 그들의 말을 돌봐주는 제철공과 함께 웃고 농담할 때 셔터를 눌러 그가 가장 좋아하는 사진을 찍었다. (필즈가 기억하는 바로는 그들이 길을 떠났을 때 가지고 있었던 일곱 마리의 말 가운데서 둘은 사막의 초원을 횡단하던 도중에 죽었으며, 그들이 골라의 첫번째 마을에 다다랐을 때 말들이 하도 지쳐 있어서 두 시간 동안 꼬박 멈춰 있어야만 했다. 이드리스는 새 말을 사느라고 흥정하는 데 하루를 보냈다.) 그는 이 프랑스인의 힘이 어디에 비축되어 있다가 다시 솟아나는 것일까 자문해 보았지만, 그 점에 대해서는 신앙에서 힘을 얻는 사람들에 관해 사람들이 하는 얘기를 떠올릴 수밖에 없었다. 그 자신도 한 장의 사진을 찍기 위해 어디까지 갈 수 있는지 잘 알고 있었다. 그것은 사명의 문제였다. 그러나 그녀는 기진맥진해 있었다. 커다란 펠트모자 아래의 얼굴은 나날이 작아지고 까칠까칠해졌으며, 햇볕 때문에 살갗이 벗겨지고 창백해지는 것 같았다. 얼굴의 윤곽도 바뀌어 점점 날카로워졌다. 어느 날 밤, 갈비뼈 통증 때문에 누워 있을 수가 없어서 필즈는 숨을 들이쉴 때마다 갈비뼈의 뾰족한 끝이 왼쪽 허파에 박히는 것 같은 감각을 느꼈지만 그래도 바람을 쐬려고 오두막을 나왔다가 나무에 기대어 토하고 있는 그녀를 발견했다.

— 필즈 씨, 그에겐 아무 얘기 마세요.

— 그만두는 게 좋겠소. 당신은 더 계속할 수가 없어요. 나도 그렇고. 우린 둘 다 병원에나 가야 하는데…… 나는 아마 하루이틀 더 견딜 수 있을지 모르지만 당신은……

— 내일 더 견디어보겠어요. 그를 혼자 내버려둘 수는 없어요, 필즈 씨. 당신도 알다시피……

그녀는 도전적인 웃음을 띠었다.

— 나는 베를린 사람 누군가가 끝까지 그와 함께 있었으면 해요.

— 이 일과 베를린이 무슨 상관이 있는 겁니까?

— 필즈 씨, 나같이 베를린의 폐허에서 빠져나와서, 아주 많은 것을 경험한 누군가가……

— 우리는 모두들 많은 것을 겪었소. 세계 인구 중 육십 퍼센트는 기아로 죽어가고 있어요.

— 언젠간 당신에게 얘기해드릴 수가 있을 거예요……

— 알고 있소. 포르라미에서는 당신 이야기를 많이 하니까. 하지만 그게 이유가 되지는 않아요……

— 서 있을 수 있는 한 그와 함께 남아 있겠어요.

그녀가 말했다.

— 이 짓로 죽지 않고서도 한 남자를 사랑할 수 있잖소.

그녀는 화를 내며 펄쩍 뛰었다.

— 당신은 아무것도 모르는군요. 하기야, 난 한낱 접대부이고 배운 것도 없는 여자니까요. 필즈 씨, 나는 순전히 나를 위해서 여기 있는 거예요. 나는 병사들에게 욕을 당했어요. 그리고……

— 러시아 병사들이었죠. 그리고 전쟁 탓이기도 하고요. 그것 때문에 코끼리를 위해 죽어갈 순 없어요.

— 러시아 병사들이 아니었어요, 필즈 씨. 제복은 아무 상관없어요. 그걸 아셔야 해요. 왜 한 남자가 그렇게 악착스레 자연을 보호하려고 하기 시작했는지 당신이 제일 먼저 이해하셔야 할 것 같아요. 요전 날 당신은 당신 가족이 아우슈비츠의 가스실에서 죽었다고 제게 말씀하셨죠……

— 그래요. 그래서? 그렇다고 사진만 찍어선 안 된다는 법은 없어요. 이 모든 것에 관해 많은 자료를 수집해야 합니다. 그게 우리가 할 수 있는 전부요. 당신은 무엇에 반대하는 겁니까?

그녀는 그의 말을 듣고 있지 않았다. 그녀의 목소리에서는 거의 신경질적인 억양이 느껴졌다. 그러나 그게 극도의 피로와 병 때문인지, 또는 전에도 그랬는지 알기는 힘들었다. 균형 잡힌 몸매, 금발, 그리고 커다란 눈을 가진 육체와는 아주 다른 이 놀라운 아가씨가 어느 날 차드의 나이트클럽을 조용히 떠나, 무기와 군수품이 가득 실린 지프에 올라타곤 코끼리를 보호하고 있는 사내에게 가담했다는 것은, 정말로 그녀 자신의 주장대로 "자신을" 위해 인간의 존엄성이라는 절대로 실현불가능하고, 과장되고, 우스꽝스럽고, 그리고 받아들일 수도 없는 관념을 위하여 자기 몸을 던져 시위하는 것이라고 납득하기란 참으로 힘들었다. 그럴 만큼 그녀가 지성적인 것 같지는 않았다. 그녀는 남자들에게 그녀를 이해하려는 욕망보다는 그녀의 옷을 벗기려는 욕망을 더 일으키는 육체와 얼굴을 가지고 있었다. 그것이 그녀의 운명이었다. 어쩌면 그녀는 그런 운명에 대해서도 항의하는지 모른다. 지성인에 관해서라면 에이브 필즈도 나름의 생각을 갖고 있었다. 어떤 극단적인 여성성은 직관과 공감을 내포하고 있어, 그가 알기로는 무엇보다 진정한 천재성에 가까웠다. 그런데 그는 어느 여자에게서도 그런 여성성을 발견한 적이 없었다. 때로 그는 무시무시한 부르짖음의 형태로 자기 스스로가 그것을 지니고 있다는 느낌이 들었다. 아카시아 나무에 기댄 그녀의 얼굴은 땀과 눈물에 젖어 번들거렸고, 견디겠다는 의지 외에는 다른 모든 것이 다 빠져 나가버린 것 같았다. 그녀는 매우 진지했고, 괴롭게도 독일인답게 유머가 없었으며, 모렐의 빈정거리는 조소 같은 것과는 너무도 멀어 보였으나, 그런데도 그녀보다 더 그를 이해하는 사람은 없었다.

— 내일 더 버텨보겠어요. 나는 그가 무엇을 바라는지 전혀 몰라요. 하지만 그게 문제가 되지는 않아요…… 전에 의약품과 식량과 탄약을 넣어두고 지내던 동굴이 군대에 발각됐어요. 내일 내가 그에게 짐이 된다는 걸 알게 되면 길을 멈추겠어요. 그에게 혼자 계속하라고 말하겠어요. 이미 나 때문에 가장 쉬운 길을 택하고 있는 걸요…… 그는 도로를 따라가고 있어요. 어제 이드리스는 그가 장교클럽의 의무병들이 있는 마을을 피해 갔으면 했지만, 그는 그저 내가 하룻밤 쉴 수 있도록 하기 위해서 아무것도 알려 하지 않았어요.

— 그건 당신 때문이 아니오.

필즈가 말했다.

— 그는 자기에게 아무 일도 일어날 수 없다고 진정으로 믿고 있어요. 아프리카뿐만 아니라 전세계로부터 공감을 받고 있다고 생각하는 게 그의 우스꽝스런 버릇이지요. 러시아 노동자들이 공장에서 그를 위해 기도를 한다고 그가 믿더라도 놀랄 게 없지요…… 그게 그의 광기요.. 내 생각에 그는 프랑스 당국이 자기를 은근히 보호한다고 생각하고 있소. 당국이 그를 자랑스럽게 여긴다고 믿고 있단 말이오. 게다가 그는 프랑스를 믿고 있어요. 살짝만 부추겨주면 그는 당신에게 프랑스의 정신적 사명은 코끼리를 보호하는 것이라고 말할 겁니다. 그는 그런 사람이에요. 어쩔 수가 없지요. 그게 그의 진짜 광증이오. 인도에서라면 아마 성인이라고 불릴지도 모르지요. 그렇지만 그가 계속한다면 몸에 총알이 박힐 거요. 그런 일이 일어난다면, 그 시기가 그렇게 늦지도 않을 거요. 나는 현장에 있고 싶어요. 사진을 찍기 위해 말이오. 늘 그렇게 끝나게 마련이지요.

모렐의 믿음이 당황스럽기도 하고 약간은 혼란스럽기도 하지만, 전염성이 있는 것도 사실이었다. 그래서 필즈는 자기도 모르는 사이에 모렐에게 아무 사고도 일어날 수 없다고 믿게 되어버렸다.

— 어이, 기자 양반, 피곤하오?

— 피곤하지요.

— 너무 기력을 소모하지 마시오. 아직 끝나지 않았으니. 이 일은 결코 끝나지 않소. 당신은 사건이 벌어지고 있는 곳이면 어디에나 다 가봤으니 뭘 좀 알겠군요…… 아직도 찍을 사진이 많이 있을 거요.

— 그러길 바라지요.

— 필름을 아껴두시오.

웃느라 그의 얼굴엔 주름살이 펼쳐졌다. 생기 있고 다정한 갈색 눈 주변으로 마치 친근한 작은 곤충들이 달려가는 것 같았다. 그는 엄숙한 표정을 유지하려고 애썼다.

— 좋은 순간을 포착하기란 매우 힘들지…… 아무도 아직까지 아주 근사한 사진을 찍지 못했으니.

필즈는 그에게 자기가 한두 번 멋지게 성공했다고 말할 뻔했다. 백분의 일 초의 스냅들, 하나의 섬광, 순식간에 지나가는 것, 깜짝 놀랄 순간, 그리고 때로는 생명이 막 사라져버린 얼굴 위에 한순간 남아 있는 섬광 같은 인간의 위엄을 찍은 것. 그 표정으로 영원히 굳어 버린, 그리하여 대지와 은밀하게 일체가 된 얼굴들도 있었다. 그러나 그는 함정에 빠지지 않을 것이다. 그는 사진사의 냉정하고 무관심한 시선을 모렐에게로 향하고 그를 관찰했다. 모렐은 하늘색 골루아즈 담배를 늘 입에 물고, "그 자식들을 혼내줄 거야"라고 입버릇처럼 말하며, 질질 끄는 듯하면서도 깊은 목소리를 내고, 공사현장에서 파업 피켓과 요구사항이 적힌 종이를 든 행동대원의 전투적인 풍모를 띤 전형적인 프랑스 인이었다. 필즈는 어떤 점 때문에 그를 전형적인 프랑스 인이라 생각하게 되었는지를 알아내려 애썼다. 그러고는 그것이 어떤 둔중한 쾌활함 때문이며, 냉소와 분노의 중간쯤에 자리한 그 입가의 주름 때문이라고 생각했다.

— 아메리카에는 아직 코끼리가 많이 남아 있소?
— 신생대 제3기 이후로 아메리카에는 코끼리가 존재하지 않아요.
— 그럼 이젠 없단 말이오?

필즈는 이를 악물었다.

— 아뇨, 아직 있긴 있지요.

— 살아 있는 놈 말이오? 아니면 그림으로?

— 살아 있는 것들이오.

— 어떻게 된 거요?

— 그 일에 관심이 있는 대통령이 한 사람 있거든요.

— 그가 코끼리를 위해서 뭔가를 했소?

— 네, 예를 들면 동물의 격리를 폐지……

그는 말을 중단했다. 그렇게 순순히는 안 되지. 그는 속아넘어가기를 거부했다. 모렐은 머리를 뒤로 젖히고 얼굴에 아프리카의 태양을 한껏 받으며 웃었다.

— 그거 잘한 일이군요. 프랑스에서는 코끼리를 위해 많은 일을 했소. 프랑스가 결국은 코끼리가 되어버릴 정도로까지 말이오. 그리고 이제 프랑스는 코끼리들처럼 멸종의 위협을 받고 있어요. 말해보시오. 사진 기자 양반, 당신은 여전히 내가 미쳤다고 믿소?

— 네.

— 당신이 옳소. 미쳐야 되오…… 학교는 다녔소?

— 네.

— 고생대 초기에 진흙에서 최초로 기어 나와, 없는 폐가 생기기를 기다리며 폐 없이 숨을 쉬면서 자유로운 대기 속에서 살기 시작한 선사시대의 파충류 동물을 기억하오?

— 기억이 나진 않지만, 어디선가 읽은 적이 있어요.

— 좋아요. 그런데 그놈 역시 미쳤다오. 완전히 머리가 돌았지. 그 때문에 그렇게 애쓴 거지요. 그놈은 우리 모두의 조상이오. 이걸 잊어선 안 됩니다. 그놈이 없었더라면 우리가 이렇게 있지도 못할 거요. 그놈은 아마 간이 부었을 거요. 우리도 시도를 해봐야 하오.

그게 진보라는 거요. 그놈처럼 여러 번 해보면 아마도 우리는 결국 필요한 기관, 예를 들면 존엄이나 우애 같은 기관을 갖게 될 거요. 그런 기관은 정말 사진 찍을 만할 거요. 그걸 위해 당신에게 필름을 남겨두라고 말한 거요. 혹시 모르잖소······

— 나는 항상 만일을 위해서 필름을 남겨두지요.

필즈가 말했다.

그는 유세프와 말을 해보려고 몇 번 시도했으나 거의 적의 어린 침묵에 부닥치곤 했다. 그들이 쿠루를 떠난 후, 그 청년은 어떤 말 못할 걱정으로 괴로워하는 것 같았다. 그는 이상하게 신경질적으로 모렐을 감시했고, 절대로 무기를 내려놓지 않았으며, 밤이면 잠든 프랑스 인 가까이에 오래도록 앉아 기관총에 몸을 기대고 별빛 속에서 그를 바라보곤 했다. 그는 깊은 고뇌와 싸우고 있는 것 같았지만 필즈가 아무리 그 이유를 알아내려 해도 소용이 없었다. 그는 결국 그 청년이 그들의 멋진 모험에 결말이 가까워오고 있음을 깨달은 모양이라고 생각했다. 필즈는 또 이드리스에게도 질문을 시도했다. 사람들은 이드리스가 아프리카에서 가장 뛰어난 추적자라고들 했다. 그의 행동 뒤에 숨어 있는 이데올로기적인 동기가 있으리라고 생각하기란 정말이지 힘들었다. 필즈는 야성적인 머리와 드문드문 난 회색 턱수염에 이르기까지 가느다란 칼자국처럼 주름이 팬 매부리코, 늘 긴장해 있는 콧구멍, 오직 아프리카의 발자국만을 주의 깊게 살피는 눈을 갖고 있는 그의 사진을 멋지게 찍어두었다. 필즈는 그로부터 몇몇 단음절의 대꾸밖에 끌어내지 못했다. 그런데 그에게 말을 걸려고 술책을 있는 대로 다 부렸을 때 가시덤불과 짐승들 사이에서 일생을 보낸 그 사나이는 난폭하다고 느껴질 정도로 갑자기 목구멍

안쪽에서 나오는 소리로 필즈에게 내뱉었다.

— 코끼리가 있는 곳에는 자유가 있소……

아마도 그는 단지 자기를 고용하고 있는 백인의 마음에 들려고만 애를 쓰는 것 같았다. 필즈는 이 기품 있고 원시적인 사람 역시 관념에 오염될 수 있으리라는 생각을 단호히 거부했다. 그러나 문제된 곳이 프랑스령 아프리카라는 것, 프랑스 인들은 얼마든지 이곳 사람들의 머릿속에 자신들의 관념을 집어넣을 수 있다는 것을 잊어서는 안 되었다. 식민주의자들은 아무것도 존중하지 않는다. 그들은 원시적인 아름다움을 지닌 늠름한 사람들, 무지 가운데 평온하고, 소박함 가운데 기품 있는 사람들을 잡아다가 이데올로기와 정치의 틀에다 집어넣고 저들 마음대로 뒤바꿔버린다. 식민주의를 완전히 끝장내고 아프리카에 그 본연의 모습을 되돌려주어야만 했다. 앞으로도 나아가면서 동시에 신성한 코끼리를 보호하려는 어리석은 생각을 가진 사람은 한 사람의 프랑스 인뿐이었다. 코끼리가 우글거리기를 바란다면 어떻게 진보의 길로 늠름하게 전진할 수 있단 말인가. 그것은 분명히 양립할 수 없는 것이었다. 에이브 필즈는 말 위에서 흔들거리며 줄곧 손짓을 하거나 큰 목소리로 때때로 뭐라고 말을 하여 모렐을 즐겁게 하고 있었다. 그러다가 어느 순간 그는 완전히 머리가 돌더니, 말을 멈추고 코끼리들에게 명령했다. 사진을 찍을 수 있도록 앞으로 나오라는 것이었다! 코끼리들더러 존재하지 않는다고 욕을 해댔고, 자유주의자들과 지식인들이 지어낸 허구이며 신화라고 비난했으며, 자기를 죽게 만들어 경쟁자들을 기쁘게 만들 구실일 뿐이라고 비난했다. 사람들이 그를 말에서 끌어내려 길가 나무 밑에 눕혔다. 미나가 간신히 그에게 알약을 먹였다. "아! 인간의 존엄성이란 알약이군!" 하고 필즈가 말했다. 그는 억지로 약을 자기 입 안에 넣었다고 화를 냈다. 그는 자기가 이십 년 전에 귀화함으로써 진흙에서 기어나와 편안히 숨을 쉴 수 있는 폐를 얻게 된 미국인이라고 말했다. 그는 한 시간 동안 잠을 잔 뒤 다시 안장에 올랐다. 살아 있는 최고의 르포 기자인 자신도 못 견뎌내는 것을 저 독일 여자는 어떻게 견뎌내고 있을까, 씁쓸하게 속으로 생각했다. 그는 혼수 상태에서 깨어날 때마다 그녀가 자연에 대한, 좀 우스꽝스럽지만 경이로운 사랑 때문에 기진하지 않고 모렐 곁에 붙어 있는 것을 보았다. 그러나 숙영지에서 이드리스와 유세프의 도움을 받아 조심스럽게 말에서 내린 뒤 전립선 대신 백 킬로그램쯤 되는 무거운 추라도 달린 것처럼 다리를 벌린 채 몇 발짝을 떼어놓으면서, 그는 그녀 역시 극한 상태라는 사실을 알았다. 그녀의 얼굴은 땀에 절어 회색빛이었고 눈에는 육체적인 고통의 표정이 역력했다. 필즈는 다른 사람이야 뭐라 하건 간에 육체적 고통이야말로 정말 견딜 수 없는 고통이라고 생각했다. 그녀는 가장 기본적인 수치심에 있어서까지도 여성스러움을 포기해버렸다. 하루에 스무 번씩 멈춰 서서 그녀가 이드리스의 부축을 받아 말에서 내리면 우리는 그녀를 보지 않기 위해 고개를 돌려야만 했다. 그녀는 외진 곳으로 갈 힘조차 없었던 것이다. 이 가련한 암컷 파충류는 그때까지 용감하게 진흙 밖으로, 베를린의 폐허 밖으로 기어나왔지만, 이미 그녀에게 엄청난 고통을 안겨준 그녀의 육체가 다시 한번 그녀를 이기고 말았던 것이다.

(필즈는 언제나 정부들이 생물학 연구소를 위해서 충분한 지원을 하지 않으며, 너무나 정치에만 몰두하여 생화학의 발전에 대해서는 충분한 관심을 보이지 않는다는 의견을 갖고 있었다. 생물학에 있어 아인슈타인 같은

학자가 스무 명쯤 잇따라 나온다면 쉽게 우리를 그 같은 상황에서 벗어나게 할 수 있으리라 그는 생각했다. 그는 문득 희망이 차오르는 걸 느끼고 콧노래를 부르기 시작했다. 그는 그의 주변에서 동조의 표시로 머리를 끄덕이는 파충류들을 분명히 보았다. 후일 필즈는 그 당시 자신이 가뭄과 알코올의 결핍 때문에 오는 섬망증의 온갖 증세를 보였으며, 입을 크게 벌리고 숨쉬는 연습을 하고 있는, 온통 비늘로 뒤덮이고 자기 키만 한 파충류들의 우정 어린 무리에 둘러싸여 있는 자기를 보았다고 말했다. 그 역시 최선을 다했지만 부러진 갈비뼈가 매번 허파를 찌르는 것 같아서, 당시 그의 유일한 꿈은 그가 태어난 진흙 속으로 다시 돌아가 신선한 진흙 웅덩이 속을 기어다니고 공처럼 뒹굴면서 아예 인간의 존엄을 찾으려는 소망이랑 모조리 팽개치고 거기 남아 사는 것이었다. 그렇지만 선구자 에이브 필즈, 최초의 인간 에이브 필즈, 의기양양하게 존엄성을 획득하러 진흙을 빠져나온 최초의 파충류 에이브 필즈…… 그건 멋진 사진감이었다. 그의 경쟁자들은 그런 사진을 찍고 싶어 안달했다…… 퓰리처상, 퓰리처상…… 그는 희망에 넘치고 감격해서 울음을 터뜨렸다.)

그러나 열이 떨어졌을 때, 그는 미나의 얼굴을 보면서 고통과 집요하게 버티어보려는 의지로 눈을 동그랗게 뜨고 모렐을 따라 그가 가는 데까지 가겠다고 기를 쓰는 그 여자의 노력에 감동하지 않을 수 없었다.

— 비오포름을 좀 구할 수만 있으면 좋을 텐데요.

— 그 상태로 길을 계속할 순 없어요. 그가 혼자 가도록 해야 합니다. 이건 미친 짓이에요. 아무 의미가 없소.

필즈가 말했다. 그 역시 길가에 서서 팔로는 나무를 얼싸안고 두 다리는 사람들이 그를 말에서 내려놓았을 때와 똑같이 그대로 벌린 채, 조금만 움직여도 전립선이 터져버릴 것 같다고 생각하고 있었다.

— 언덕까지만이라도 버티고 싶어요.

— 그리고 나서는요?

— 그땐 아무래도 좋아요. 내가 죽어야 된다면 저 아래가 좋겠어요.

— 그 뒤엔 어떡할 거요?

필즈가 침착하게 물었다.

그녀는 처음엔 놀란 것 같았으나 골똘히 생각을 하며 대답을 찾는 것 같았다. 물론 찾지 못하겠지, 하고 필즈는 흡족해하며 생각했다. 그녀에게는 그녀를 떠나지 않는 우습고 끈질긴 저 용기, 진짜 독일 사람의 고집밖에 없었다.

— 그래요. 그렇지만 괜찮아요. 시도는 해봐야죠.

그녀가 말했다.

— 뭘 해본단 말이오? 무엇을 위해? 왜 그런단 말이오? 제기랄, 이런 처지에 이 모든 게 다 무슨 소용이란 말이오? 당신은 정확히 누구에게 호소하는 겁니까?

현실을 바라보려 하지 않는 그 어리석은 고집에 몹시도 화가 난 필즈가 소리쳤다.

그녀는 비탈에 앉아 있었다. 얼굴은 거의 회색빛의 땀으로 번득였고 무릎에 모자를 놓고 그 위에 손을 힘없이 얹고 있었다. 그러나 그녀는 그를 향해 눈을 치떴고, 그는 그 눈길에서 번번이 그를 화나게 만드는 무엇을 보았다. 저 몹쓸 모렐에게서 옮은 게 틀림없는 도전적이며, 쾌활하기까지 한 눈빛을 본 것이다. 광대뼈가 불거져 더욱 말라 보이는 공허한 얼굴, 아주 단순한 표정만을 짓고 있는 그녀의 얼굴에서 본 그 눈빛은 그 자신도 곧 감염될 것처럼 느껴져서 더

더욱 참기 힘들었다. 그는 자기의 웃음소리를 들었다.

그는 말했다.

— 됐어요, 됐어. 무슨 얘기를 하려는지 잘 압니다. 그렇지만 코끼리들을 위한답시고 어리석게 이질로 죽지 않고서도 코끼리들을 사랑할 수 있잖소.

그녀는 고개를 저었다.

— 당신도 아시겠지만, 난 그걸 믿고 있어요.

— 무엇을?

필즈가 소리쳤다.

그녀는 눈을 감더니 웃으며 고개를 저었다. 적절한 단어를 찾아내지 못하는 무능함인지 아니면 거부인지 모를 그녀의 이 태도를 필즈는 훗날 재판 중 마지막 심문이 진행되고 있을 때 떠올리게 되었다. 그녀가 수단으로 피난하기를 거부하고 울레의 언덕에서 우기를 지낸 후에 활동을 계속하겠다는 모렐 곁에 남기로 결정했다고 막 시인한 순간이었다. 재판장은 지극히 흡족해하는 것 같았다.

— 그러니까 당신은 그를 돕기로 작정했단 말이지요?

— 그래요.

방청석에서 가벼운 수군거림이 일었다. 그녀의 변호사는 팔을 쳐들지 않을 수 없었다. 방청석 구석에 앉은 파르그 신부도 조심스럽게 소리 죽여 투덜거렸으나 온 장내에 그 소리가 들렸으며 그리고 아마 밖에서도 들렸을 것이다. 붉은 모자를 쓴 두 흑인 배석 판사도 깜짝 놀란 것 같았다. 이제 그녀에게 무죄를 선언하기는 힘들게 되었던 것이다. 기자석에서, 유명한 시카고 극우파 기자인 마스탈이 중도파로 알려진 유명한 여자 특파원에게 몸을 기울이며 말했다.

— 저 여자의 증오는 극단에 이르렀군…… 저 여자를 저렇게 만든 건 러시아 인들이야. 베를린 점령 당시 몇 번이나 강간당했는지 모를 정도니까.

피고석 첫줄에는 바이타리가 멸시하는 태도로 앉아 있었으며, 페르 크비스트는 머리를 끄덕여 근엄하게 시인했고, 포사이드는 그녀에게 격려의 몸짓을 해보였다. 그들 뒤에 앉은 마줌바와 은돌로와 엥겔레는 초조해하며 화가 난 듯 보였다. 엥겔레는 구류 기간의 절반을 병원에서 보냈는데 좌절한 것 같았다. 그들 위쪽 마지막 긴 의자에 앉아 하나도 놓치지 않고 보려고 계속 목을 내밀고 있는 하비브만은 솔직한 기쁨을 있는 대로 드러내 보이고 있었다. 그는 거기 있는 게 행복한 것 같았다. 필즈는 더위 때문에 몹시 불편한 자세로 의자에 웅크리고 앉아 있었는데, 그런 자세는 신경의 긴장을 육체적인 긴장으로 바꾸어놓는 데 도움이 되었다. 그는 증인 자격으로 참석했는데 그 때문에 심각한 피해를 입었다. 카메라를 버려둔 채 멀거니 기분 나빠 하며 자기 경쟁자들이 환희에 차 일하는 것을 구경할 수밖에 없었기 때문이다. 그는 자기 앞에 있는 미나, 흰 블라우스에 면 스커트를 입고 재판관 앞의 칸막이 좌석에 서 있는 미나, 자신을 이해시키려고 애를 쓰는 벙어리의 눈처럼 웅변적이고도 고집스런 눈을 하고, 거의 어깨까지 내려오는, 짧을 때보다 훨씬 더 그녀에게 잘 어울리는 금발의 미나의 사진을 한 장 찍을 수만 있다면 어떤 값이라도 치렀을 것이다. 그녀는 지나치게 여성적이어서 둔하고 서툴러 보였다. 그는 그녀에게로 향하는 방청객의 시선도 찍고 싶었다. 그 시선들은 그녀의 얼굴에만 멈추지 않았으며, 오로지 진실만 찾는 것도 아니었다. 그때서야 비로소 그는 왜 그녀에 대해서 잘못 생각하기가 그렇게 쉬운지, 왜 자기도 처음에는 잘못 생각했는지를 깨달았다. 이 여자의 운명은 남자들에게 십중팔구 순전히 육체적인 관심만을 불러일으키는 것이었다. 그 나머지를 위한 자리는 별로 남아 있지 않았다.

— 그러니까 당신은 처음에 진술한 것과 정반대로, 모렐이 자수하도록 설득할 의사가 전혀 없었고, 오히려 그가 테러 활동을 계속하는 것을 도우려 했단 말이지요?

— 저는 그와 함께 있고 싶었어요.

— 무슨 이유로?

그녀는 자신을 설명하려고 애를 썼다. 처음에는 눈으로. 그러나 그녀는 그게 소용없다는 것을 금세 깨달았다.

— 모르겠어요. 아마 제가 독일 여자이기 때문인지도 몰라요······ 제 말은 사람들이 우리에 관해 하는 말들을 듣고, 아! 그중에는 올바른 말들도 많이 있었지만요, 그런 말들을 듣고 저는 생각했지요······

— 말하시오.

— 전 이렇게 생각했죠. 우리나라 사람 중의 누군가가 그와 함께 있어야 된다. 베를린 사람 누군가가.

— 그게 무슨 상관이 있소? 설명해보시오.

— 글쎄요. 제가 말하고 싶은 것은 우리도 이 모든 것을 믿고 있었다는 거지요.

— 무엇을 말이오?

— 모렐이 하려고 했던 것이죠······ 그가 옹호하던 것 말이에요······

— 코끼리들 말이오?

— 그래요. 자연보호 말이에요……

— 그게 전부요? 그러니까 당신은 짐승을 보호하기 위해 당신의 자유를 내걸었단 말이오? 병들어 있었던데, 목숨까지도 내걸었단 말이오? 그걸 믿으라는 거요?

— 그것만은 아니에요.

— 그러면 뭐요? 당신 생각으론 모렐이 정말로 보호하려 한 것이 무엇인지, 이 법정에서 말해주기 바라오.

— 그녀는 다시 한번 거의 절망적으로, 눈으로 그것을 설명하려 했을 뿐 말로는 대답하지 못했다.

— 아프리카 민족주의입니까? 아프리카 독립입니까?

— 그건 아니에요……

— 그럼 뭡니까?

— 모르겠어요…… 뭐라고 말해야 될지 모르겠어요.

— 독일어로 해도 괜찮소. 통역이 있으니까.

— 독일어로도 못할 거예요.

— 내가 생각한 그대로군요.

재판장은 만족스러운 듯 말했다.

전립선이 너무 눌리지 않도록 안장머리를 움켜쥐고 필즈는 인도 주의자들이야말로 아무리 생각해도 가장 참기 힘든 최후의 귀족주의자들임에 틀림없다고, 그들은 아무것도 이해하지 못하고 무엇이건 잊어버린다고, 화가 나서 혼자 중얼거렸다. 그들은 계속해서 자연의 장려함에 감탄하고, 앞으로 나아가는 게 얼마나 어려운지 상관 않고, 절망하지 말고 자연을 존중하라고, 절망하지 말고 인간적인 여유를 지키라고 부르짖는다. 몇 세기 전부터 강제노동수용소나 민족주의 따위는 아랑곳 없이 자유와 우애를 부르짖었던 것처럼 말이다. 그들 주위로 쌓여가는 상아 무더기에는 조금도 주의를 기울이지 않고 코끼리 보호를 부르짖었다. 그러나 옛날 미국에서 들소와 물소들이 사라졌듯이 새로운 세계, 새로운 아프리카가 세워지는 날에는 이 후피 동물들도 사라지게 되어 있었다. 그것은 돌이킬 수 없는 과정이어서, 공산주의를 탓하는 것은 미국 자본주의를 탓하는 것만큼이나 어리석은 일이었다. 식민주의도 사라져가고 있지만 더 강력한 억압이 생겨나 그걸 대체하게 될지 모르는 일이었다. 모렐의 시위가 무의미한 것은 그의 조난신호에 응하는 자가 없기 때문이었다. 이 사람의 비극은 자기 자신 외에는 대화 상대자가 없다는 것이었다. 우리를 이 상황에서 벗어나게 할 수 있는 것은 생물학적인 혁명뿐인데, 그 분야에서도 과학 탐구는 다른 길로 접어들어 헤매고 있지 않는가…… 하고 필즈는 생각했다. 유감스런 일이야. 용기가 부족한 것도 아니고 비상한 의지가 부족한 것도 아닌데…… 거기에 대해 확신을 가지려면 생리학적 비참에 굴복하기를 거부하고, 쉴 때마다 20세기에도 코끼리들이 들끓을 수 있다고 믿는 남자 곁에 머물러 있곤 하는 저 여자를 보기만 하면 되지. 황금빛 먼지 속에 금발을 휘날리고 있는, 아무리 지쳐 있어도 육체의 선만큼은 여전히 부드러운 그녀는, 그가 항상 앞에 두고 보고 싶은 그림이었다. 필즈는 이따금 두 사람이 뭔가를 얘기하기 위해, 혹은 조소 어린 공모의 미소를 나누기 위해 서로를 돌아다보는 걸 보았다. 그럴 때마다 그는 미칠 듯 화가 치밀었다. 그것은 이제 고집도 아니었고, 선천적이고 전염성 있는 우둔함이었다. 그들은 정말로 찬란한 미래를 향해 나아가고 있다는 확신을 지닌 것 같았다. 그리고 길을 가면서 그들은 풍경의 아름다움에 감탄하는 오만함마저 보였다.

— 기자 양반, 저 오고 평원을 보시오. 그리고 그 뒤의 언덕들을 보시오…… 아름답지 않습니까? 저런 걸 컬러사진으로 찍어야 될 텐데.

— 마지막 필름을 낭비할 생각은 없습니다. 더구나 컬러필름은 이제 없어요.

필즈가 투덜거렸다.

— 안타깝군요. 정확히 무엇을 위해 남은 필름을 아끼는 거요? 내가 체포될 때를 위해서요?

그가 키득거리며 웃었다.

— 당신은 잘못 생각하고 있소…… 내겐 아무 일도 안 일어날 거요.

그들은 대나무숲이 시작되는 울레 산맥의 첫번째 지맥에서 몇 킬로미터 떨어지지 않는 마을에서 멈춰 섰다. 온 마을 사람들이 그들이 지나가는 것을 바라보았다. 이드리스는 팔에 흉터가 있는, 키 작고 쪼글쪼글한 남자와 오랫동안 이야기를 나눴는데, 그는 이드리스가 삼십 년 전 직업적으로 사냥을 하던 그 위대한 시절부터 알던 사람이었다. 그의 손가락들은 죽어 있었고, 팔과 손에 난 흉터들은 1936년 우다이에서 브뤼노 드라보레를 죽인 사자의 발톱이 남긴 것이었다. 그들은 그를 통해 울레 산의 동굴에서 무기와 생필품, 군수품 등의 저장물들이 발견되어, 곧장 쉰 명으로 편성된 파견대가 두 대의 트럭과 한 대의 지프에 나눠 타고 파견되었으며, 파견대가 이 지역에 있다는 사실을 알게 되었다. 이드리스는 군대와 만나지 않기 위해 길을 벗어나서 잠시 동안은 바로 산으로 갈 생각을 버리고 며칠 동안 숲에 숨어 있자고 모렐을 설득하려고 애썼다. 필즈는 그가 때때로 손가락으로 길을 가리키며 열심히 이야기하는 것을 보았다. 그들은 1세기 전부터 마을 노인들의 모임장소로 쓰였음직한 광장의 큰 나무 아래에 서 있었다. 그들은 아프리카의 모든 마을에서 영원히 천민 대접을 받는 비참한 누런 개들에 둘러싸여 있었다. 녀석들은 킹킹거리며 그들 주위를 뛰어다녔다. 그러는 동안 집 밖으로 나온 마을 사람들은 어린애들을 붙잡고 멀리서 그들을 바라보았다. 유세프는 무슨 생각을 하고 있는지 알 수 없는 얼굴로 팔에는 기관총을 꼭 끼고 말없이 말 위에서 꼼짝하지 않았다. 조금만 움직여도 나무 사이로 쏟아지는 빛과 그림자가 그들 위에서 흔들렸다. 이드리스는 수다스럽게 말과 몸짓을 섞어가며 무엇인가 열심히 주장하고 있었다. 그가 손을 쳐들 때마다 팔 위로 옷소매가 흘러내렸다. 모렐은 주의 깊게 그의 말을 듣고 있었으나 고개를 가로저었다. 이드리스가 그를 설득하려고 애쓰는 동안 한두 번 그는 미나를 흘끗 쳐다보았다. 그녀는 땅바닥에 주저앉아 무릎을 세워 턱을 받치고 있었다. 그녀는 그런 자세로 어쩔 수 없이 보게 되는 것을 감추려고 애를 썼다. 한계에 달했다는 걸 감추려 했던 것이다. 입가의 땀방울은 더위 때문에 생긴 것이 아니라 극도의 피로 때문에 생긴 식은땀이었다. 필즈도 마치 물에 푹 젖은 걸레처럼 기운이라곤 없었지만 필름 끄트머리가 남아 있는 한 자신은 견딜 수 있으리라는 것을 알고 있었다. 그러나 그 지경에 처해 있는 여자에게 대나무숲의 바위길을 걸어서 올라갈 수 있겠느냐고 물어볼 수는 없었다. 이드리스는 다시 한번 힘주어 집게손가락으로 길 끝을 가리켜 보이더니 마침내 입을 다물었다. 모렐이 동의하는 몸짓을 했다.

모렐이 말했다.

— 우리가 지금 그리로 똑바로 가고 있다는 걸 나도 잘 알고 있소. 그렇지만 그들 역시 우리가 지금쯤 여기 있다는 것을 알고 있을 거요. 내가 잘못 생각하는 게 아니라면, 그들은 우리와 마주치지 않도록 은밀히 도로를 벗어나려고 할 거요. 우리가 지나가도록 내버려 둘거요. 그게 그들이 받은 명령일 거요. 아니, 명령을 받지 않았다 해도 마찬가지요. 우리를 체포하지 못할 거요. 빌어먹을, 요컨대 그자들은 프랑스 병사란 말이오. 그들은 코끼리를 알지요. 항상 코끼리들을 보호해왔고, 또한 코끼리를 보호하러 아프리카에 왔단 말이오……

그의 내부에는 항거할 수 없는 신뢰와 확신이 자리 잡고 있었다. 그들은 조수에 서서히 잠기듯 그것에 전염되어가는 것을 느꼈다. 그의 갈색 눈 속에서 가느다란 한 줄기 쾌활한 빛이 감돌았지만 그것은 항상 거기 있었을 테고, 아마도 그의 눈동자 속에 있는 좀더 밝은 색깔의 점에 불과할 것이다. 그는 그 생각은 나중에 다시 하기로 하고 덮어두었다. 당장은 너무도 피곤해 그저 따라가는 것도 힘들었다. 그는 미나가 일어서는 것을 보았다. 두 사람은 유세프 뒤로 가서 다시 무리에 끼어들었다. 유세프가 아주 모렐 가까이 붙어 다녔기 때문에 두 사람이 탄 말의 옆구리가 이따금 스쳤다. 땀에 젖은 그의 무표정한 얼굴은 고뇌의 빛을 띠고 있었으며, 그는 장전한 총기를 팔꿈치에 꼭 낀 채 나무들 사이로 곧게 뻗어 있는 텅 빈 길을 눈으로 살폈다.

유세프는 가슴속에서 점점 더 격앙되는 분노를 느꼈다. 하지만 그것은 바이타리와 한 패거리가 되도록 부추기던 그 감정과는 별 관련이 없는 것이었다.

숲이 시작되는 나무들 사이로 뻗은 이 도로 위, 그들 앞쪽 어디에선가 당장이라도 파견대가 나타날 것만 같았다. 모렐이 뭐라고 얘기하건 간에 군인들은 모렐을 체포하라는, 그것도 모렐이 우스꽝스러운 코끼리들에 대한 진실을 전세계 앞에서 공표할 수 있도록 생포하라는 명령을 받았을 것임을 그는 알고 있었다. 그러나 그의 격앙 상태는 그것을 알기 때문은 아니었다. 그는 모렐의 일거일동을 감시하고, 특히 당국에 생포되지 않도록 처음부터 바이타리가 모렐 곁에 심어놓은 사람이었다. 전세계의 눈이 그에게 쏠려 있을 재판에서 자기가 야기한 소동에 사실 아프리카 맹수의 보호 이외의 다른 목적이 없으며, 역사의 압력과 좇고 있는 목표야 어떻든 간에, 인간들의 가장 잔인한 투쟁 가운데서 인간적인 여유를 존중할 것을 요구하고, 오직 코끼리들을 보호하기 위해서 이 무모한 싸움을 이끌어왔다고 공언하는 것만은 무슨 수를 써서라도 막아야 했다. 그가 경찰에 생포된다면 그가 사람들에게 자신의 본질적인 진실을 외쳐대는 것을, 즉 자기가 옹호하는 것에 대한 존중을 보장하는 한에서만 아프리카 독립에 관심이 있으며, 정치적인 목적이라곤 조금도 없고 오직 인도주의적인 목표만을 갖고 있을 뿐이며, 또한 단지 어떤 인간성의 개념을 옹호할 뿐이라고 확언하는 것을 막을 도리가 없을 것이다. 분명 그는 어떤 성격이건 간에 모든 민족주의에 대한 고발을 이야기 중에 섞을 것이기 때문에, 그가 아프리카 민족주의라는 대의를 손상시키지 못하도록 막아야 했다. 그는 기회가 있을 때마다 그래 왔다. 시기 적절하게 그를 제거하여 숲속의 어느 외진 구석에서 식민주의 암살자들에 의해 쓰러진 아프리카 민족주의의 영웅으로 내세워야만 했다. 유세프가 받은 명령은 단호했다. 그런데 신문기자가 나타나는 바람에 처음부터 일이 꼬였다. 기자는 처음 말과는 달리 포르라미로 돌아가지 않고 떠날 의사가 없다는 듯이 끈덕지게 모렐을 뒤쫓았다. 그러나 이렇게 일이 복잡하게 된 것도 유세프를 괴롭히는 불안에 비하면 아무것도 아니었다. 그의 내부에서 자라고 있는 것은 복종에 대한 거부와 아주 흡사한 감정이었다. 법과 대학생으로 민족주의 이념에 충실했던 그는 바이타리에게 복종하기 위해 하수인으로 가장해야만 했다. 그리고 일 년이 지나도록 이렇게 모렐 곁에서 살아왔다. 그러다 보니 이 프랑스 인으로부터 퍼져나오는 신뢰와 희망이 그에게 전해질 때가 종종 있었으며, 프랑스 대학에서 교육을 받은 그로서는 모렐이 옹호하려는 것이 얼마나 중요하고 절박한 것인지 쉽게 이해할 수 있었다. 고등학교와 대학교에서 배운 친숙한 관념들, 암기되고 암송되는 텍스트들, 말들이 이 모든 것에 섞여 있었기 때문이다. 물론 그저 단순한 말들이었지만 이 프랑스 인은 그러한 말들에 처음으로 진실의 억양을 부여했다. 목적이 수단을 정당화하는지 아닌지를 가리는 것도 이제는 문제가 되지 않았다. 더구나 그는 한 번도 그걸 믿어본 적이 없었다. 인간이 진정한 우애를 가질 수 있는지, 또는 인간이란 어쩔 수 없이 가짜로 남아 있어야만 하는지를 아는 것도 문제가 되지 않았다. 아프리카의 독립을 포기하는 것도 문제가 아니었다. 하지만 이제 그에게는 아프리카 독립이 훨씬 더 중요하고 더 위협받고 있는 목표와 연결되어 있는 것 같았다. 그러나 그가 받은 명령은 확고했다. 어떤 대가를 치르더라도 모렐이 산 채로 당국의 수중으로 넘어가지 못하도록 막아야만 했다. 민족운동에 대한 그의 충성은 여전했으나, 그것이 그가 막연하게 기대하고 있는 것과 양립할 수 있을지 의문을 갖게 되었다. 분명 거기에는 등 뒤에다 대고 기관총 사격을 하는 것과는 양립하기 꽤 어려운 어떤 것이 있었다. 하지만 그 일은 민족운동이 명백한 논리와 절대적인 필요에 따라 그에게 요구하는 것이었다. 역사 속에 참여하려는 아프리카 민족의 의지 이외의 다른 일에 마음을 쓸 권리가 그에게 있던가? 그가 내세울 수 있는 유일한 변명은 아주 성가신 증인인 신문기자의 존재였으나, 만약 파견대가 도로 끝에 나타난다면 그에게는 선택의 여지가 없게 될 것이다. 그래서 그는 냉정한 얼굴로 총기에 장전은 하고 있었지만, 모렐을 향해 솟구치는 공감에 맞서 싸우느라 마음은 온통 혼란스러워 전혀 각오를 다지지 못하고 있었다. 오래전부터 모렐을 뒤따라온 그는 모렐이 영원히 두 개의 불 사이에 있도록 운명 지워졌다고 보았다. 모렐은 여전히 그토록 전염성이 있는 낙관주의와 믿음을 가지고 하나의 신념을 옹호했으나, 세상은 그 신념을 전혀 받아들일 의향이 없었다.

도로는 오르막길로 곧게 펼쳐져 있었다. 길은 서서히 높아져서는 하늘 속으로 사라지고 있었다.

그들은 작은 덤불숲을 벗어났다. 처음 나타난 나무들이 비탈 양쪽으로 점점 더 무성해지며 늘어서 있었다. 아마도 한국과 말레이시아에서 정찰대와 함께 겪었던 경험 때문인지, 주위의 정적과 한적함이 필즈에게 사람이 숨어 있을 거라는 확신을 갖게 했다. 숲이 이렇게 조용할 수는 없어.

그는 그들 일행이 복병의 함정에 빠져 들어가고 있다는 사실에 내기라도 걸 정도로 확신이 들었다. 그러나 정적은 계속해서 이어졌고, 길에는 여전히 인적이라곤 없었다. 다만 비비 원숭이들이 이따금 떼를 지어 수풀 밖으로 나와서 그들 앞을 뛰어다녔다. 물을 찾다가 우물 속에 빠져 죽거나 조밀을 훔치려다 항아리 속에 빠진 채 항아리 뚜껑에 깔려 질식한 비비들은 무더기로 볼 수 있었다. 하늘에는 솜털 같은 구름이 끼어 있었고 흐릿했다. 필즈는 렌즈를 살펴보고 광선 조절기와 노출 시간을 조절했다. 그는 자기 혼자만 불안해하며 신경을 쓰고 있는 것이 아님을 알았다. 유세프가 자기 주위와 모렐에게 가끔씩 던지는 시선을 여러 번 느꼈다. 유세프의 총 끝은 거의 모렐의 몸에 닿아 있었다. 필즈는 탄창이 끼워져 있는 것에 주목했다.

반대 방향에서 도로를 따라 그들을 찾아오고 있는 상디앵 중위의 파견대는 그때 그들 앞 삼십 킬로미터 지점에 있었다. 중위는 지프차의 앞좌석에 앉아 있었고, 우방기의 저격병들을 실은 두 대의 트럭이 그 뒤를 따랐다. 그는 막 구름이 걷힐 것 같은 잿빛 하늘 아래서 전속력으로 달리고 있었다. 성인식 축제 때면 매년 그렇듯이 난동이 발생한 울레 지방에서 돌아오는 길이었다. 성인식 축제는 끝났고, 부족은 상디앵에게 복종과 뉘우침의 표시로 더운 황소 피 여섯 부대를 바쳤다. (제1차 세계대전이 일어나기 몇 년 전만 해도 그 의식은 사람의 피로 치러졌다.) 상디앵 중위는 그 지역에 모렐이 있는 것을 몰랐다. 모렐과 관계된 마지막 명령을 그가 받은 것은 시옹빌 사건이 있기 전이었던 것이다. 그 명령은 그 지역의 다른 지휘관들에게 내려진 것과 마찬가지로, 모든 수단을 동원하여 그 거만한 친구를 체포하라는 것이었다. 그러나 그는 그 모험가가 수단으로 피신했으리라고 믿고 있었다. 그는 키가 크고 금발에 스포츠맨의 풍모를 지였으며, 생시르 군사전문학교의 수석 졸업생 중 한 사람이었고, 한국에서 부상을 당한 적이 있었다. 그는 후일 필즈에게 변명이라도 하듯 후회와 곤혹감이 섞인 목소리로 이렇게 말했다.

— 모렐이 그 길 위, 바로 내 코앞에 있으리라는 건 꿈에도 생각 못했습니다. 그래서 아무런 경계 명령도 내리지 않은 상태였지요. 무기에는 탄약도 들어 있지 않았고, 나는 지휘용 권총만을 지니고 있었으며, 지프차 내 뒷자리에 앉은 중사만 장전된 총을 갖고 있었지요. 우리가 당신들을 만난 것은 정말 뜻밖이었습니다. 처음에는 소풍 나온 농부들이려니, 생각했으니까요. 당신도 아시다시피 그래서 그때 그렇게 놀랐고, 또 시간을 지체했던 거지요. 유감스런 일이지요⋯⋯ 나는 엄청나게 욕을 먹었습니다. 그러나 어쨌든 그 때문에 무엇이 뒤틀어졌다고는 생각지 않습니다. 그래도 유감스러운 일이긴 합니다만. 그는 놀랄 만한 사람인 게 확실해요. 이 시대에 모든 역경 속에서도 한 남자가 코끼리에 대해 그 정도로 열성일 수 있다는 것은 여하튼 놀라운 일이지요⋯⋯

유세프는 방아쇠에 손가락을 걸고 모렐 뒤에 일 미터가량 떨어져 있었다. 필즈는 흰옷을 입고 있는 그 검은 얼굴, 고뇌와 망설임 때문에 땀이 방울져 흐르고, 얼굴의 선마다 거의 육체적인 고통이 드러나 보이는 그 얼굴을 죽을 때까지 잊을 수 없을 것 같았다.

그러나 양편으로 나무들이 늘어선 도로는 조용하고 한적하기만 했다. 필즈의 귀에는 피가 뛰는 소리만이 들렸다. 그러나 그의 노련한 직업적 본능은 그에게 위험이 다가왔다고, 비극적 결말이 눈앞에 다가왔다고 소리치고 있었다. 그는 모험의 끝은 바로 저기, 그들 앞 몇 걸음 떨어진 곳이라고 점점 더 확실하게 느끼면서 긴장해서 몇 초 간격으로 카메라의 렌즈를 살폈다.

쉴세르는 장티 대위의 측량반이 누비아 기병들에게 살해당한 장소인 수단 국경에서 오십 킬로미터 떨어진 엘 가라자 화강암 협곡에서 바이타리의 트럭들을 기다리고 있었다. 그는 모렐을 체포하려고 쿠루로 행진하던 중 그파트에서 보내온 통보를 라미를 통해 전해받고서 수단 반란군들이 이미 국경을 통과했다는 사실을 알게 되었다. 그런데 부하를 스무 명밖에 데리고 있지 않았다. 그는 낙타들과 부하들을 숨길 수 있는 유일한 장소에서 돌아오는 밀수업자들을 체포할 작정을 했다. 모렐이 위험을 무릅쓰고 감시가 심하기로 이름난 교차로를 지나갈 것 같지는 않았으나 그파트 도로에 열두 명의 부하를 데리고 남아 있는 뒬뤼 중위와 무선 연락을 취하고 있었다. 그는 수단 군대의 탈주병들이 쿠루에서 무슨 짓을 했을지 의문스러웠다. 대부분의 탈주병들은 남부 정글 속으로 은신했거나 항복을 했다. 이집트와의 관계가 개선되고 독립이 가까워오자 민족운동연합체의 마지막 유격대원들이 벌이는 모든 활동이 쓸모없는 것이 되어버렸던 것이다. 아마도 그들은 일상 통행로에 대한 경계를 분쇄하기 위해 보통 때보다 더 남쪽에서 군사 행동을 취하는 몇몇 무장 밀수업자들일 것이다. 6월 23일 오후 세시, 멀리 서쪽에서 모래 기둥이 이는 것이 놀랍도록 또렷이 보여 쉴세르는 트럭 석 대를 확인하기까지 삼십 분이나 기다려야 했고, 타이어를 사격하라는 명령을 내리기 전에 또다시 십오 분을 기다려야만 했다. 트럭 두 대는 즉각 정지했으나, 마지막 트럭은 왼쪽으로 빙그르 돌더니 돌더미를 덮쳤다. 돌멩이들이

요란한 소리를 내며 튀어올랐다. 그 트럭은 적재한 상아의 무게에 눌려 전복되었는데, 그러자 쇨세르가 어리둥절해하며 내려다보는 가운데 땅 위로 상아들이 쏟아졌다. 두번째 트럭으로부터 기관총 사격이 시작되었고, 사람들이 밖으로 뛰어내리더니 저항하기 위해서라기보다는 몸을 숨기기 위해 배를 깔고 엎드렸다. 그러나 트럭으로부터 쏟아지는 기관총 사격은 부질없이 바위만 두들기면서 계속되었다. 그러다 한순간 완전히 조용해지더니, 카키복 차림에 경기관총을 든 세 사람이 뛰어내려 바위 위로 총을 갈기면서 달려들었다. 그들 가운데 한 사람이 내달리던 중 돌연 길고 날카로운 비명을 내질렀다. 쇨세르는 오래전부터 울레 부족이 싸울 때 내는 소리를 알아보았다. 그 소리를 지른 법대 학생은 그렇게 본능적으로 자기 부족이 전쟁할 때 보이던 가장 오래된 반응을 되찾았다. 그 세 명의 청년 민족주의자들은 죽기를 각오했으며, 그것을 별이 총총한 인류의 길 위에 남겨질 또 하나의 명예로운 투쟁으로 여기는 게 분명했다. 우리의 위대한 전통들과 역사책과 우리가 그들에게 가르쳐준 모든 것에서 영감을 받은 행동이군, 하고 쇨세르는 생각했다. 아직 인간적인 우애를 믿을 때 그런 행동을 할 수 있기에 그는 서글픔을 느꼈다. 그러나 쇨세르의 늙은 낙타 기병들은 바위 뒤에 몸을 가린 채 서로 웃기만 할 뿐 발포는 하지 않았다. 청년들은 탄창을 다 비우고 나서는, 평범한 그들 삶과 그들 희망의 고독에 몸을 내맡긴 채 팔을 내렸다. 첫번째 트럭의 문이 세차게 열리더니 손 하나가 선원 모자를 흔들어댔다. 그 더러운 모자 안쪽은 부득이한 경우에 백기로 쓰일 수 있었다. 하비브는 팔을 들고, 갑작스런 제동으로 차 앞창 유리에 부딪혀 찌그러진 담배를 여전히 이 사이에 문 채 차에서 내렸다. 그 뒤로 푸른 수평선 색깔의 군모 아래 잘 생긴 아프리카 인의 얼굴이 나타났다. 쉴세르는 무기를 내버리고 웃으면서 손을 공중으로 쳐들고 있는 수단 인들을 끌어모았다. 그 가운데는 백인도 세 사람이 있었지만 나중에 조사하기로 하고 그는 바이타리와 하비브에게 다가갔다. 레바논 인은 살짝 파랗게 질린 얼굴을 하고서도 조용히 웃고 있었다.

— 맹세코 하는 말이지만, 나는 이 일과 아무 상관없소. 그저 지나가던 길이었을 뿐입니다.

그가 말했다.

바이타리가 멸시의 눈초리로 그를 쏘아보며 말했다.

— 우리는 제복을 입은 군인입니다. 우리는 정식 군인으로 대우받기를 요구합니다.

쉴세르는 검은 별을 단 푸른 색깔의 군모로부터 눈을 떼기가 힘들었다. 하늘 어디에도 그 별들보다 더 외롭고 쓸쓸한 별은 없는 것 같았다.

— 안녕하십니까? 의원님.

쉴세르가 말했다.

— 그 직을 떠난 지 오래됩니다. 그리고 당신도 그걸 잘 알 텐데. 나는 아프리카 독립군 투사로서 여기 있는 것이니 당신 직무나 수행하시지요.

바이타리가 말했다.

쉴세르는 그 대장 뒤에 선 세 청년들을 흘끗 보았다. 한 사람은 프랑스 본국 지식인 같은 얼굴을 하고 있었고, 또 한 사람은 특히 주먹을 쥔 게 눈에 띄었으며, 세번째 청년은 온순하고도 슬픈 얼굴을 하고 있어, 그는 분노와 안타까움을 느끼며 외면하지 않을 수 없었다. 엘리트들보다는 먼저 대중을 만들어놓아야지. 그렇지 않으면 좌절한 사람들만 만들게 되지, 하고 그는 생각했다.

— 울레 족 중에 저들 같은 젊은이가 몇이나 됩니까? 몇이나 당신 뒤를 따를 각오가 되어 있습니까?

바이타리가 말했다.

— 나는 세계의 여론에 호소하고 있어요. 아직 울레 인들에게는 호소하지 않았어요. 세계의 여론이 나의 군대요, 쉴세르 씨. 당신 임무나 수행하시고 절대 내게 훈계를 하려 들지는 마시오. 나는 사막의 낙타들 사이에서 생활한 낙타부대의 보잘것없는 장교보다는 좀더 풍부한 정치적 경험을 갖고 있다고 생각합니다. 내가 무슨 일을 하는지는 잘 알고 있어요. 나는 자수하겠습니다. 내일 당신들 신문은 아프리카 독립군이 최초의 전투를 가졌고, 그 대장이 투옥당했다고 전세계에 알려야 할 겁니다. 내겐 그것으로 족합니다. 지금으로서는 말이오.

쉴세르가 말했다.

— 오해가 하나 있는 것 같군요. 당신은 당신네 트럭이 말 그대로 상아를 터질 듯이 싣고 있다는 걸 모르시는 모양이군요……

그는 빙그레 웃음이 나는 걸 억누르지 못했다.

— 그러니 내 보고서에는 우리 옛친구들인 크라이히 족이 좀더 남쪽에서, 훨씬 덜 완벽한 방법으로 저질렀던 것과 그리 다르지 않게 코끼리를 습격한 후 돌아오던 도중에 발각된 상아 약탈자들에 대해서만 언급될 겁니다. 거기에 당신 이름이 끼게 되어 유감입니다.

바이타리가 말했다.

— 적어도 이 상아의 일부는 우리 무기의 대금으로 지불되도록

되어 있어요. 이 사실은 당신 주장과는 반대로 내가 아무에게도 고용되어 있지 않으며, 세계 여론 이외에는 아무런 기댈 것이 없다는 것을 증명합니다. 어쨌건 아프리카에서 일어나고 있는 최근의 소요가 오로지 코끼리의 보호를 요구하는 한 미친 친구 때문이라고 주장하지는 못할 겁니다. 더 이상 그렇게는 안 될 겁니다. 결국 진실은 알려질 거요…… 나는 법정에서 그것을 더 잘, 그리고 더 분명하게 말할 겁니다.

— 내가 당신만큼 정치적 경험이 없다는 점은 인정합니다. 그러나 이 상아를 실은 트럭들은 프랑스 당국에 의해 중도에서 정지당했으며, 그것이 당신의 신망을 떨어뜨리게 될 거라는 점은 분명히 말씀드리고 싶습니다……

쉴세르가 말했다.

바이타리는 어깨를 으쓱하고는 등을 돌렸다. 하비브는 완전히 냉정을 되찾고서 말했다.

— 맹세하지만 나는 그저 차를 얻어탔을 뿐입니다.

쉴세르는 하비브로부터 모렐과 그의 의도에 대해 알고 싶은 모든 정보를 얻었다. 그는 뒬뤼 중위와 무선 연락을 취했는데, 중위는 그에게 서른여섯 시간 전에 국경을 통과하려던 포사이드와 페르 크비스트를 체포했다고 알려왔다. 그는 보좌관에게 지휘권을 넘기고 여섯 명과 쓸 만한 트럭을 골라 남아 있는 휘발유를 모아 바로 출발했다. 쿠루에는 몇 시간밖에 머물지 않았다. 그는 모렐을 뒤쫓을 생각이었는데 골라에서 쉽게 그가 지나간 흔적을 발견했다. 시간 맞춰 도착하기에는 삼십 분이 부족했다.

모렐이 코란 학교의 울타리 앞을 지나갈 때 회교 율법학자 압두르는 두건 달린 망토를 입고 아카시아 나무 그늘 밑에 앉아서 그를 조심스럽게 쳐다보았다. 율법학자는 보란 듯이 학생들에게 코란을 해설하고 있었다. 북부 지방에서 들은 성전(聖戰) 이야기들을 양념처럼 섞어가면서. 열두 살에서 열네 살 사이의 스무 명쯤 되는 학생들이 아라비아 이야기꾼의 온갖 화술을 물려받은 듯한 남자 앞에서 온 정신을 팔고 있었다. 암탉들이 울타리 안에서 꼬꼬댁거렸고, 누런 개 두 마리가 서로 물어뜯을 듯이 짖어대고 있었다. 그러나 학생들은 마을에서 가장 아름다운 아카시아 나무의 그늘 아래서 다리를 꼬고 앉아 입을 헤벌린 채 멀리서 흘리는 이야기를 가지고 나타나곤 하는 사람의 말에 귀를 기울이고 있었다. 이교도들은 전지전능하신 알라신의 노여움 앞에서 달아났으나 어디에나 계시고 오직 한 분이신 그분으로부터 피할 길은 없었노라. 위풍당당하시고 지고하시며, 하비 렐 카용, 스스로 존재하시는 유일자이신 그분의 분노는 아름다운 계절처럼 어디서나 나타났노라. 학생들은 사막의 모래알들이 무기를 든 기병들로 변해서 항거할 수 없는 파도처럼 이교의 도시로 밀려드는 것을 보았다. 그래, 가련한 무신앙자들은 어째서 사막에 그렇게 물이 없고 모래알들이 많은지를 깨닫지 못했던 거야…… 압도 압두르는 부족의 다른 전도자들과 함께 매년 가던 무소로 대학을 떠나온 이래로 이 이야기를 수없이 되풀이했다. 그는 이야기하면서 꿈꾸듯이 주위를 둘러보았다. 하품을 하지 않도록 주의하며, 진리에 대한 열광에 젖은 눈을 하고 때때로 회색 수염을 긁으면서, 그러면서도 풍경 속에서 눈요깃거리를 찾고 있었다. 이때 그는 모렐이 먼지를 뒤집어쓰고 보통 걸음으로 지나가고, 한 여자와 세 남자가 그 뒤를 따라가는 것을 보았다. 세 남자 중 하나는 백인이었다. 그는 곧 모렐을 알아보았다. 모렐에 관한 정보를 이미 여러 번 제공했던 것이다. 그는 또한 팔꿈치에 기관총을 끼고 모렐에 바싹 붙어 뒤따르는 젊은이도 알아보았다. 그는 모렐의 얼굴을 보고 놀랐으며, 코끼리의 조상 "우바바지바"가 곧 죽게 되겠구나, 하고 생각했다. 그 뒤를 따르는, 무슨 생각을 하고 있는지 알 수 없는 청년의 단호한 얼굴을 보자 그가 받았던 인상이 더욱 분명해졌다. 오래전부터 운명 지워진 일이 결국 막 벌어지려 하고 있었다. 압도 압두르는 아주 노련한 밀정이었다.

포르라미에서 지사는 소파에 앉아 몸을 뒤척이며 뭔가 할 말을 찾았다. 그는 열두 시간 전부터 무선 연락을 기다리고 있었다.
— 어찌된 셈인지 알 수가 없군…… 쇨세르는 오늘 아침부터 쿠루에 가 있기로 되어 있는데…… 어쨌든 더 늦어지면 곤란할 텐데. 그를 생포하여 데려오면 좋겠는데. 그래서 그자가 직접 설명할 수 있으면 좋겠어.
— 그럴 수 있을까 싶네.
에르비에가 말했다.
자기 관할구의 상황을 보고하러 온 그를 지사가 사흘 전부터 이런저런 구실로 붙들어두고 있는 참이었다. 그들은 삼십 년 지기 친구였는데, 운이 다르고 승진이 달라 떨어져 있었다. 한 사람은 정상에 올랐으나, 또 한 사람은 중간에서 멈춰버렸다. 아마도 영원히 그 자리에 머물게 될 것이었다.
— 그럴 수 있을까 싶다고?

에르비에는 입에서 파이프를 뺐다. 저 친구가 어디서나 저걸 물고 다니는 건 잘못이야, 하고 지사는 생각했다. 그것은 커다랗고 휘어진 노란색의 해포석 파이프였는데, 그는 공식적인 파티나 모임마다 그걸 물고 나타났다. 그것은 그의 독특하고 기이한 혈통, 오래전부터 "식민지 밀림 속에서 살아온 조상"의 혈통을 부각했다. 그 혈통은 한시 바삐 아프리카가 현대적인 하부구조나, 새로운 정신으로 약동하는 환경을 갖추도록 해야 한다는 이야기를 하는 사람들 틈에 끼면 조금도 자랑거리가 되지 못했다. 지사는 오래전부터 그에게 그 이야기를 하려 했으나 잘 아는 친구의 기분을 상하게 할까 봐 감히 그러지 못하고 있었다. 파이프 모양을 한 그 우스운 물건이 에르비에에게는 아마도 친구가 되어버린 모양이었다. 또한 두 사람의 퇴임이 몇 년 남지 않았으므로 그의 경력에 대한 사후(死後) 평가를 내리기에는 너무 늦기도 했고 동시에 너무 이르기도 했다.

— 그가 생포당하도록 가만히 있을 것 같지 않은걸…… 나는 모렐이 우리 같은 조건에서 살고 싶어 하리라곤 생각지 않아. 우리의 생물학적 조건 말일세.

지사는 어깨를 으쓱했다. 그는 늙고 슬퍼 보였다.

그가 말했다.

— 공식적인 보고서에 그런 말을 집어넣기는 어려워. 중대한 문제들이 생기면 곧 방패막이로 삼을 수 있는 그런 형이상학적인 지침이 없단 말이야. 생기겠지. 그동안 나는 그를 이리로 데리고 와 그의 얘기를 듣고 싶어. 파리 사람들은 코끼리 얘기를 점점 덜 믿게 되었지. 그 사람들에게는 명백하거든. 정치적 선동이라는 거지. 하지만 곧 알게 되겠지. 그가 우리에게 얘기하겠지……

그는 빙긋이 웃었다.
― 자넨 놀랄지 모르지만 어떤 면에서 나는 그를 믿고 있어. 그는 멍청해 보이지. 하지만 난 그자가 순수한 놈이라고 생각하네. 물론 미친놈이고 괴상한 놈이지. 그래도 진지한 사람이야. 진력이 난 친구야. 우리에 대해, 우리의 손과 마음과 한심한 머리에 대해, 인간 조건에 대해서 말이야. 물론 말을 타고 손에 무기를 들었다고 거기에서 벗어날 수 있는 것은 아니지. 그렇지만 그는 겁 없는 친구야. 그는 돌았지. 이건 우리끼리 이야기지만 때때로 그가 이해가 갈 때가 있어…… 한마디로, 나는 그자가 여기 와서 이 의자에 앉아 자기 해명을 해주었으면 해. 나머지 것들은…… 자네도 알다시피 지금 상태에선…… 내 할 일은……

그는 두 손을 들었다. 에르비에는 웃었다. 한 사람은 지사로서 퇴임하게 될 것이고, 또 한 사람은 일급 행정관으로서 은퇴할 참이었다. 그러나 에르비에는 아프리카와 그 주민을 너무도 좋아했기에 높은 곳에서 내려다보지 못한 걸 결코 아쉬워하지 않았다. 위에서 내려다보면 아마도 아름답겠지만 먼 전망이 될 것이다. 그는 거대한 파노라마보다는 친근한 풍경들을 더 좋아했다. 그는 오래전부터 바닥을, 땅을, 흑인 농부들을 택했고, 거기에 단단히 매달려 살아왔다. 결코 꼭대기를 꿈꾸어본 적이 없었다. 그는 조용히 말했다.

― 그 친구는 인간에 대해 지나치게 숭고한 관념에 사로잡혀 있어. 그런 요구는 결코 충족될 수 없지. 그 관념만 가지고 살 수는 없어. 이건 정치나 이데올로기 문제가 아냐. 그가 보기에 우리에게는 훨씬 더 중요한 어떤 것, 어떤 기관(器官)이 없는 거야. 꼭 필요한 것이 없단 말일세. 그는 생포당하도록 가만히 있지 않을 걸세.

차디앙 테라스에는 주베르 말고는 아무도 없었다. 그는 이 사건에 대한 마지막 자료를 발송한 후 거기에 나와 앉아 있었다. 아마도 문제가 무엇인지를 잘 말해주는 풍경을 보며 원기를 회복할 필요를 느꼈기 때문인지도 몰랐다. 주변을 둘러보기만 해도 이해할 수 있었다. 난간 너머로 달빛에 표면을 비늘처럼 번득이며, 마른 풀포기들 사이로 완만하게 흐르는 강물은 시간 자체의 흐름마저 느리게 만드는 것 같았다. 그 풍경 속에서 포르푸로의 외딴 종려나무는 마치 가족 대부분을 잃어버린 것 같았다. 모렐의 반항이 그를 매혹시키는 점은 그것이 최초의 반항이 아니라는 점이었다. 다른 항거들이 있었다. 예컨대 동로마 제국의 통치를 받던 이집트에서 군중이 거리로 나와 신전을 에워싸고 사제들을 위협해 공포에 떨게 만든 적이 있었다. 사천 년 전의 이집트 군중은 빵을 달라는 것도 아니고 평화나 자유를 달라는 것도 아니었다. 그들은 불멸을 요구했다. 사제들에게 돌을 던지며 불멸을 요구했던 것이다. 모렐의 시위도 거의 그만큼은 성공할 기회가 있었다. 아프리카의 구름 위에 서서 그는 몸짓을 했고, 고래고래 외치며 항의했고, 응답이 없을 수밖에 없는 신호들을 보내왔다. 근본적으로 인간 조건은 정치적 해결을 받아들일 수 없으며, 불의가 너무도 커서 인간적 혁명으로는 그것을 바로잡을 수 없는 것이다.

피에르 퀴리 거리에 있는 생물학 연구소에서 바세르는 마지막으로 그날의 성과를 정리해보았다. 그는 한 달 전부터 거의 목표에 도달한 느낌이 들었다. 축적된 관찰 내용들은 분명히 가능한 하나의 방향을 잡아가기 시작했다. 처음부터 그는 암이 바이러스에 의해 유발되는 병이 아니라, 유기체가 정상적 생존 조건을 갖지 못하게 될 때 바이러스에 생기는 질병이며, 바이러스의 영양실조일 것이라는 예감이 들었다. 달리 말하면, 바이러스와 싸울 것이 아니라 반대로 그것과의 생리적 화해를 이룰 정상적인 조건을 탐색하고 결정해야 하는 것이다. 생각이 온통 연구에만 몰두해 있어서 그는 밤에 네 시간씩밖에 자지 못했고, 누가 그에게 일러줄 때에만 식사를 했다. 그는 학생용 간이식당에서 식사를 하고 친구들이 준 옷을 입고 다녔으며, 개인 기업체를 위한 연구는 어김없이 거절했다. 그가 정말 아무런 욕심이 없었던 건 아니었다. 그건 그도 알고 있었다. 그것은 자존심과 존엄성의 문제였다. 인간 존재가 처한 현재의 생물학적 조건이 그에게는 말도 안 되는 불의로 보였다. 그가 인간 존엄성에 대해 품고 있던 관념은 수백만의 사람들이 단순히 신조를 잘못 선택해서 한창 나이에 죽어가는 것을 보는 굴욕과 양립될 수가 없었다. 그는 최선을 다해 투쟁했다. 그의 생각에는 우리가 자연이 오십만 년 전에 인간에게 만들어준 생리학적 조건에 만족해야 할 이유가 없었다. 이렇게 많은 시간이 지난 후에도 인간이 본질적으로는 명백한 불구 상태로 남아 있다는 것을 그는 받아들일 수가 없었다. 그는 진보를 믿고 투쟁의 선두에 나섰다. 연구소를 나오면서 그는 신문을 사서, 인간에게 주어진 조건 앞에서 굴복하는 데 대해 그가 느끼는 거부와 분노를 그렇게 분명하게 공유하고 있는 사내의 소식을 찾았다. 그는 인간혐오자라는 비난을 받는 이 반항인에 대해 완전한 공감을 느꼈다. 그자가 인간 조건에 대한, 불구의 조건에 대한, 굴복의 거부를 그토록 놀랍게 표현한 것에 그는 깊이 감동했다. 그는 그 사내를 돕고 싶었으나 과학적 탐구에는 많은 인내가 요구되며, 실험실에서 마술지팡이로 뚝딱 인간을 바꿀 수는 없는 일이었다. 그자는 너무 성급했다. 긴 시간의 인내와 연속적 발견, 종합과 탐구, 특히 사분의 삼이 아직 사용되지 않은 채, 미래의 어떤 기능을 위해 신비롭게 남겨진 뇌에 대한 탐구가 필요했다. 미래는 아마도 거기 있을 것이다. 거기 이름 없는 비밀 속에 파묻혀 있는 세포들 속에. 신문에서 모렐의 체포가 임박했음을 알리는 기사를 보았으나 그는 믿어지지 않았다. 수많은 공범들로 둘러싸인 그 호인을 상상하기란 어렵지 않았다. 그는 신문을 주머니 속에 넣고 유유히 지하철을 타러 갔다.

말 뷔토르는 자기 생애에서 가장 힘든 일을 완수하는 중이었다. 그의 주인은 그 말을 은겔레의 백인 신부 전도관에서 쉬도록 내버려 두었고, 그 말은 거기서 당연한 보상으로 얻은 휴식을 즐기고 있었는데, 그때 프란체스코회의 수도사가 씩씩대며 다시 나타나더니 그에게 올라탔던 것이다. 잔뜩 화가 나고 흥분해서 탔기 때문에 그의 몸무게는 여느 때보다 무겁게 느껴졌다. 아마 그가 안장 위에서 조바심을 내며 줄곧 몸을 움직여댔기 때문인지도 모르겠다. 파르그 신부는 아연실색해서 시뻘겋게 달아오른 얼굴을 하고 있었고, 흥분할 때면 언제나 그렇듯이 숨을 헐떡였고 투덜거리며 한숨을 내쉬었다. 그에게 던질 질문거리를 틀림없이 가지고 있을 신과의 대면을 앞두기라도 한 것처럼 땀을 뻘뻘 흘렸다. 그는 혼자가 아니었다. 평화롭게 기도를 올리고 있는 도중에 그가 끌어낸, 날씬하고 혈기에 찬 백인 신부 둘이 수노새를 타고 근심스럽게, 그러나 단호한 태도로 그의 뒤를 따르고 있었다. 그 단호한 태도는 나병 환자들의 선교사가 이날 아침 그들에게 늘어놓은 불쾌한 말 때문은 아니었다.
　이날 아침 파르그는 두 신부를 전도관 문을 향해 힘껏 밀면서 소리쳤던 것이다.
　— 당신들은 전쟁 중 대독 협력자들을 잘도 감춰줬지. 그러니 우리 인간 조건에 대한 진짜 반항자도 숨겨줄 수 있겠지! 좋아, 좋아, 아무 말 말게나. 나한테 교리를 가르칠 생각은 말게. 틀림없이 그자는 오만하고 불경한 친구야. 주먹을 휘두르는 대신 무릎을 꿇고 기도를 드려야 할 작자지. 그렇지만 그게 전적으로 그의 잘못은 아니야. 그자는 충분히 날아오르질 못했어. 그뿐이야. 그 친구는 가슴속에 너무도 많은 열정을 지니고 있었기 때문에 충분히 날아오를 수가 없었어. 너무 무거웠던 거야. 그래서 코끼리에게 마음을 쏟은 거지. 아마 멋지게 발로 엉덩이를 걷어채이고 나면 날아오르는 데 필요한 힘을 얻게 될지도 모르지. 그자가 권력을 쥔 사람들을 이해시키고, 청원서를 갖고 그들에게 호소할 시간도 갖지 못했는데, 미친개처럼 길바닥에 뻗어버리는 걸 나는 원치 않아. 그러니 필요한 만큼 그때까지 그를 전도관에 은신시키구료. 그에게 힘을 불어넣는 일은 내가 맡지, 안심들 하게. 내가 그에게 어려움을 어떻게 겪어야 되는지를, 어떻게 코끼리의 보호를 주장해야 되는지를 가르쳐줄테니. 그를 곤경에서 벗어나게 해야 돼. 내가 그 일을 하러 가겠어. 어떻게 시작해야 할지는 알고 있네. 자, 가세.
　— 지금까지 선교단이 당국과 말썽을 일으켰던 적은 한 번도 없습니다.
　가장 젊은 신부가 약간 조소 어린 어조로 말했다.
　— 그렇지. 그러니 이제라도 시작해야지.

파르그 신부가 흐뭇한 어조로 말했다.

그녀는 그것이 열과 극도의 피로 때문에 생긴 일시적인 실신이었는지, 그보다 더 심각한 무엇, 다시 말해 이젠 그녀가 저항할 용기와 기운이 없었기 때문에 마침내 그녀에게 강요된 진실이었는지 알지 못했다. 그러나 그가 팔로 그녀의 어깨를 감싸고 그녀의 얼굴을 쓰다듬고 그녀를 꼭 껴안아주는 것만이 중요하게 느껴지던 순간들이 있었다. 그 순간에는 다른 모든 것들은 더 이상 존재하지 않았다. 그냥 일시적인 피로일 뿐이라고, 육체적 상태에서 비롯된 애정에 대한 갈증이라고, 쉬고 싶은 욕구일 뿐이라고 그녀는 확신했다. 그녀는 재판 때에도 계속해서, 단호하고 비장하게 그것을 부인했다. 그러나 그들은 모두 그녀가 스스로의 결심으로 그곳에 갔을 수도, 그녀 역시 무언가를 믿을 수 있다는 것을, 코끼리를 위한 자리를 남겨줄 인간적인 여유를 그렇게 끈덕지고 충실하게 옹호할 수도 있다는 사실을 이해하려 들지 않았다. 그런 이야기는 그들을 웃게 만들었으며, 코안경을 끼고 침울하고 근엄한 표정을 짓고 있던 재판장 역시 빈정거리고 재미있어 하는 것 같았다. 그는 양피지처럼 쭈글쭈글한 피부를 갖고 있었음에도 여자들과 어린 여자애들을 잘 알고, 그리고 여자들 마음을 움직이게 하는 동기들도 잘 알 만큼 많이 겪어본 남자라는 인상을 풍겼다.

— 자, 이제 우리에게 진실을 이야기해보시오. 처음에 당신은 그를 다시 만났을 때(그자가 무기와 탄약을 지녔다는 걸 잊지 맙시다) 자수하도록 설득할 생각밖에는 없었다고 진술했지요. 이제 당신은 그가 테러 활동을 계속하는 것을 돕기 위해 그와 함께 남았다고 고백하는

군요. 당신이 우리에게 거짓말을 했다면 지금 그걸 고백하시오. 그러면 참작하겠소.

— 전 거짓말하지 않았습니다. 포르라미에서는 모두들 그가 사람들을 싫어하고, 절망한 남자이며, 인간혐오자라고 말했어요…… 나도 그런 줄 믿었어요…… 그가 몹시 불행하고…… 몹시…… 몹시…… 외롭다고요…… 그리고 어쩌면 내가 뭔가 할 수 있겠다고 생각했죠……

— 그의 생각을 바꿀 수 있으리라고 말입니까?

— 네.

— 당신은 그를 사랑했나요?

— 그게 아니에요…… 그건 아무 상관도 없어요.

— 그는 당신에게…… 말하자면 매우 호의적이었죠?

— 네.

— 그리고 당신은 그의 생각을 바꾸게 하려고 애쓰지 않았지요?

— 사람들이 그에 관해 말한 것은 사실이 아니었어요. 그는 그렇지 않았어요!

— 그렇지 않았다니요?

— 그는 절망하지 않았어요. 그리고 조금도 사람들을 싫어하지 않았어요. 그러기는커녕 오히려 사람들을 신뢰했고, 잘 웃고 쾌활한 남자였죠…… 그는 삶과 자연을 사랑했고, 또……

— 또 코끼리들 말인가요?

그녀는 대답이 없었으나 반쯤 지은 미소가 대답을 대신했다.

— 그러니까 당신은 그저 그와 함께 있었던 겁니까?

그녀는 그 이야기를 못 들은 것 같았다. 그녀의 눈과 미소는 딴 곳을 향하고 있었다. 그녀는 빠르게 말을 했다.

— 그는 회담이 실패로 돌아갔을 때에도 낙담하지 않았어요. 그는 즉시 또 다른 회담이 있을 것이고, 그들은 필요한 보호 조치를 취하게 될 거라고 말했어요. 그러나 일이 저절로 되는 것은 아니었기에 계속해서 선언문을 발표해야 했고, 그런 결과를 얻기 위해서는 항상 싸워야 했어요. 모두들 가만히 있었기 때문이고, 특히 사람들을 격려하고 소식을 알릴 필요가 있었기 때문이죠. 그래서 그것이 가능하다는 것을 증명하고, 사람들을 일깨우고, 사람들이 최악의 상황을 믿지 않게 하고, 아무것도 할 일이 없다고 생각지 않게 하고, 낙담하지 않게 하기 위해, 그에게는 투쟁을 계속하는 것이 그다지도 중요했던 거예요……

그때 법정에서 작은 사고가 벌어졌다. 때맞춰 일부러 차드의 갈대밭에서 내려온 하스가 모렐이 코끼리 보호를 포기하지 않았으며, 투쟁을 계속하고 있다는 생각에 너무도 마음이 놓이고 의기양양해져서 갑자기 일어서더니 온 힘을 주어 오른쪽 주먹으로 왼쪽 손바닥을 치며 "좋았어!" 하며 외쳤던 것이다. 그 때문에 그는 바로 퇴장당했다. (그럼에도 일주일 전 그는 타덴제 동물원을 위해 세 마리의 새끼 코끼리를 생포했다.) 문 옆에 있던 트럭 운전수 상드로는 확실히 그녀가 십팔 개월 전에 자기와 함께 잤던 그 여자라는 사실에 확신을 가질 수가 없었다. 그 때문에 그는 갑갑했고, 왜 그런지는 몰랐지만 스스로 보기에도 자기가 한심스럽게 느껴졌다. 그는 이 재판에서 무엇인가 잃어버린 것 같은 우스꽝스런 느낌이 들었다. 그는 자기가 그녀와 함께 잤다는 것을 모두들 알고 있었기 때문에 일부러 옷을 한껏 차려입고 나와 더욱 거북스러웠다. 그는 사람들의 시선이 자기에게로 향해질 것을 기대했으나 재판이 시작되고부터 아무도 그를 거들 떠보지 않았다. 그래서 그는 자기가 존재한 적이 없었다는 느낌이 들었다.

— 당신은 그래서 생각을 바꿔 그를 돕기로 했소?
— 나는 그를 도울 수 없었어요. 오히려 나는 그이에게 거추장스러운 존재였고…… 장애물이었죠…… 나는 끝까지 그와 함께 남고 싶었어요.
— 당신은 그가 당장이라도 체포될 수 있으리라는 것을 알고 있었소?
— 네…… 골라에서 들은 사람들 말로는 울레로부터 우리를 체포하러 내려오고 있는 파견대가 우리와 같은 길에 있다는 거였어요.
— 그래도 당신은 그를 따라갔소?
— 네.
— 당신은 그를 사랑하고 있었죠?
— 그건 아무 상관 없는 일이에요.
— 당신은 그의 정부였죠?
— 그건 상관없는 일이라니까요!

그녀는 버럭 소리쳤다.

— 당신은 그에게 몸과 마음을 바쳤죠?
— 그래요.

재판장은 잠시 사이를 둔 뒤 말을 이었다.

— 신문에서는 당신이 소송이 끝나는 대로 포사이드 소령과 결혼할 의향이라던데, 그건 맞소?

포사이드가 고개를 약간 쳐들었다.

― 네.

― 그렇지만 당신은 모렐이 체포당할 것이 거의 확실한데도 불구하고 서슴지 않고 그와 함께 남으려 했을 만큼 그에게 깊은 애착을 가졌잖소?

― 그래요.

필즈는 그가 무엇을 노리고 있는지 잘 알고 있었다. 저 존경스런 법관이 어떤 해석으로 심문을 끌고 가고 싶어 하는지 잘 알았다. 처음부터 그가 이 사건 주위로 만들어놓고자 애썼던 것은 바로 이런 분위기였다. 그들이 확실한 목표도 없고, 원리 원칙도 없으며 윤리도 신앙도 없는 허무주의자요 무정부주의자 패거리라는 것, 그리고 그녀가 산적이나 무뢰한들의 뒤꽁무니에서 언제나 볼 수 있는 여자, 대장에서 부관에 이르기까지 그때그때의 사정에 따라 뭇남자들과 잠자리를 같이 하는 창녀에 지나지 않다는 걸 증명하는 것이 그의 목표였던 것이다. 필즈 자신도 처음엔 그렇게 오해할 뻔했다. 그래서 그로서는 분개하기가 멋쩍었다. 그러나 그는 재판관의 주둥이를 보기 좋게 주먹으로 한 대 갈기고 싶어 미칠 지경이었다. 보통 때 같으면 사진이나 한 장 찍어두는 것으로 참았겠지만 이때는 카메라를 가지고 있지 않았기 때문에 참기가 무척 힘들었다.

― 그것이 당신에게는 아주 자연스러운 일로 보이나요?

그녀는 이상하다는 듯이 법관을 살피더니 잠시 생각을 해본 뒤 마치 곤란한 지경에 처한 사람을 도와주는 듯한 친절한 태도로 말했다.

― 포사이드 소령과 저는…… 추억을 함께 공유하고 있어요.

아마도 그녀는 "똑같은 추억"이라고 말하고 싶었던 모양이었다.

― 아주 강렬한 추억들이죠…… 그리고 우리는 함께 계속해나가

려고 해요. 우리는 모렐 씨에게 그것을 약속했고, 우리가 함께 계속하려는 것은……
 그녀는 입을 다물었다.
 — 아마 코끼리를 보호하는 것이겠지요!
 재판장이 빈정거리는 어조로 말했다.
 그녀는 모렐을 떠올렸다. 그는 약간 짧은 듯한 두 다리로 떡 버티고 서서 담배를 말면서 가끔씩 볼 수 있는, 스스로를 대견스러워하는 듯한 얼굴을 하고, 짓궂은 표정을 짓고 있었다. 그녀의 귀에는 그의 목소리가 들리는 것 같았다.
 — 당신도 알다시피 학교에서도 우리는 배웠지요…… "인간의 친구들"이라 불리는 동물들이 있다는 것 말이오. 또 그것들을 보호해야 되고, 그럴 필요가 있다는 것을 배웠죠. 인간의 친구들…… 그것들은 어떤 동물학 교본에도 나와 있어요…… 어쨌든 우리가 배울 때는 그랬지요. 의미를 제대로 담은 말이오……
 방청객들은 왜 그녀가 웃고 있을까 하고 의아해했다. 재판장이 말했다.
 — 자, 이 법정에서 선고될 판결을 예측하는 것이 내 소관은 아니지만, 나는 얼마 동안은 공공질서를 문란하게 흩뜨릴 기회가 당신에게 주어지지 않게 되기를 바랍니다.

 나뭇가지들이 그녀의 머리 위에서 빙빙 돌기 시작해서 현기증을 이겨내려고 눈을 감지 않으면 안 되었을 때, 그녀가 버티고 길을 계속하도록 도와준 것은 무엇보다 그가 싫어하지나 않을까 하는 의구심, 그가 생각하는 것만큼 강해 보이지 않으면 어쩌나 하는 두려움이었을 것이다. 두 사람의 말이 언덕을 향해 똑같이 느린 걸음으로 나란히 걷고 있을 때, 그가 그녀에게 근심스럽게 물어보면 그때마다 그녀는 여전히 꽤 용기를 내어 쾌활한 체하며 그에게 대답하곤 했다.

— 당신 괜찮소?

— 모렐 씨, 제 걱정은 마세요…… 저는 농군의 혈통을 물려받은 튼튼한 독일 여자예요.

— 두 시간 후면 언덕에 다다를 거요. 거기에 이런 경우를 대비해서 위치를 파악해둔 동굴이 한두 개 있소. 물론 의약품도 없고, 아무것도 없소. 하지만 구할 수 있을 거요.

— 제 걱정은 마세요.

그는 그녀가 오직 독일 여자이기 때문에 필요하며, 이 사건에 개입된 그녀의 존재는 그에게 독일 민족에 대해 절대로 절망해서는 안 된다는 것을 훌륭히 증명해주고 있다고 스스로를 설득하려고 애썼다. 그들이 코끼리를 위해 무언가를 해야 될 차례야. 아우슈비츠 일도 있었으니 이제 그들 역시 자연에 대한 사랑을 표시할 수 있을 때이고, 그들 역시 인간적인 여유를 얻기 위해 나설 때이며, 역사의 진보에 따라 더욱더 커져야 하고 인종과 국가와 이데올로기를 초월해서 우리 모두를 포용해야 할 이 여유를 확실하게 옹호해야 할 때야. 그는 언제나 모든 형태의 생명에 대해 집요한 열정을 품고 있었다. (그는 '생태학'이라는 용어를 페르 크비스트를 통해 알게 되었다.) 자연의 적들은 가는 길마다 늘 그와 마주쳤다. 그러니 가장 크고 가장 위협받는 살아 있는 생명을 옹호하는 것보다 더 자연스런 일이 어디 있겠는가? 거추장스럽고 시대착오적인 코끼리들의 존재가 새로운 세계의 건설을 어렵게 만든다면 그것은 그 건설이 인간적인 사업이라는 것을 증명할 뿐이다. 그는 이제 곧 부분적일지언정 결과를 얻을 결말에 이르게 될 것이라고 느꼈다. 조금만 더 여론을 일으키면 꼭 필요한 구원 조치를 얻지 못할 이유가 전혀 없게 될 것이다. 그러고 나면…… 그는 또다시 그녀를 향해 몸을 돌리지 않을 수 없었다.
— 저기 봐요, 벌써 언덕들이 보이네요.
— 그렇군요.
— 좀 있으면 닿을 거요. 드디어 쉴 수 있겠군요.

유세프는 무기를 들지 않은 팔의 소매를 걷고 이마의 땀을 닦았다. 도로 끝에는 여전히 아무것도 없었지만 이렇게 마지막 순간을 기다리면서 그는 엄청난 위험을 무릅쓰고 있는 중이었다. 그렇지만 그에게는 미국 신문기자의 존재라는 그럴싸한 변명이 있었다. 신문 기자가 보는 앞에서 모렐을 처치할 수는 없었다. 그랬다간 민족운동에 막대한 피해를 가져올 위험이 있었다. 그는 모렐이 혼자 있게 될 때까지 기다리라는 지시를 받았다. 그런데 기자는 겨우 말에 매달려 있었으므로 그가 떨어지지 않도록 이드리스가 붙잡아주어야만 했다. 때때로 그는 말을 멈추고 길가에 가서 혼자 앉아 있곤 했다. 만약 그럴 때 명령을 실행하지 않는다면 그는 동지들로부터 반역자로 낙인이 찍힐 것이다. 목적이 수단을 정당화하지 않는다고 생각해봐도 소용없었다. 그건 그저 머뭇거리는 방식일 뿐이었다. 그 문제는 이론적인 관점에서 볼 때 이미 오래전에 해결이 되었다. 그리고 적어도 이 땅에서는 머뭇거리면 안 되었다. 만약 그가 최후의 순간에 가서도 방아쇠를 당기지 않는다면, 그가 알고 있는 유일한 우애, 다시 말해 당의 우애를 저버리게 될 것이다. 총신이 뜨거워 손이 타는 듯했기 때문에 그는 계속 손을 문질러야만 했다. 신문기자가 그들과 함께 있다 해도 그에게는 생포되기를 원하지 않는 모렐의 명령을 실행에 옮긴 것뿐이라고 말할 수가 있다. 그는 눈앞에 반점들이 나타날 정도로 뚫어져라 길 끝을 노려보고 있었는데, 그때마다 그는 그 반점들을 그가 지키고 있는 트럭들로 착각했다.

그 순간 상디앵 중위의 파견대는 그곳에서 전방 약 십 킬로미터 지점, 트럭으로 십오 분 정도면 닿을 수 있는 지점에 있었다.

울레 지사는 모렐이 골라와 울레 사이의 도로상에 있다는 첫 통보를 골라의 원주민 족장으로부터 받자마자 전속력으로 자동차를 몰아 시웅빌을 떠났다. 군의 파견대가 그날 아침 언덕을 포위했을 것이기 때문이었다. 지사는 모렐이 프랑스 병사들과 마주쳐 살해당하는 것을 무슨 일이 있어도 저지하기로 작정했던 것이다. 그것은 모렐이 코끼리들에게 살해당하는 것만큼이나 순리에 어긋나는 일일 것이다. 여러 세기를 두고 그들은 공동의 적과 싸웠고, 그 무엇도 그들을 갈라놓을 수는 없었다. 지사는 전날 자기 직무를 확고히 실행할 수 있도록 해준 전보를 받았으며, 그는 절망하기를 거부하는 이 프랑스인을 구하기 위해서라면 되찾은 그의 모든 권한마저도 걸 각오가 되어 있었다.

골라 남쪽 이십오 킬로미터 지점, 도로가 목화 재배지를 가로질러 곧장 울레 산으로 이어지고 있는 곳에서 그들이 지나가는 것을 본 유일한 백인은 종케라는 이름을 가진 키 작은 우라늄 탐사원이었는데, 그는 여섯 주 전에 유럽에서 왔다. 그때 그는 그 근처의 한 농장 소유자에게 자기의 탐사에 흥미를 갖게 해보려고 애쓰다 헛수고만 하고 지프차로 돌아가는 중이었다. 그의 표현을 빌리자면 "재정 후원자가 필요했기" 때문이었다. 그는 농장으로부터 본 도로에 이르는 길을 막 빠져나오다가 그들을 피하느라고 급정거를 해야 했다. 그는 그들이 지나가는 것을 보았지만 모렐은 그에게 조금도 주의를 기울이지 않았다. 종케가 이 예기치 않은 만남에 대해 털어놓은 이야기는 간단하면서도 말해주는 바가 많았다.

— 나는 무법자의 시대는 끝났다고 믿었지요. 아프리카에서조차도 말이지요. 더구나 모렐은 무장을 하지 않고 있었어요. 그러나 그의 뒤에는 말하자면 두 사람분의 무장을 한 젊은 흑인이 있었습니다. 나는 막 아프리카에 도착한 뒤니까 아직 무감각해지지 않았지요. 기관단총을 들고 나를 똑바로 쳐다보던 그 청년과, 특히 훨씬 더 나이 많고 푸른 두건이 달린 망토에 터번을 쓰고 정말 야성적인 얼굴을 한 또 한 사람의 흑인이 내겐 정말 심상치 않아 보였습니다. 마을 꼬마들이 그들 뒤를 조금 떨어져 쫓아가고 있었지요. 모자도 안 쓰고 먼지투성이로 목에는 카키색 스카프 같은 것을 맨 모렐이 앞장서서 왔는데, 내가 생각했던 것과는 딴판으로 미치거나 흥분한 것 같지도 않았어요. 그러나 그는 미친 사람임에 틀림없겠죠. 그렇지 않고서야 대낮에 농장 지대의 한복판을, 요사이엔 트럭들까지 지나다니는 한길로 지나갈 리가 없죠. 그게 아니라면 그는 그런 것쯤은 대수롭잖게 여기거나 고위층의 비호를 받고 있다고 생각해야겠죠. 꼭 그렇다는 얘기가 아니라, 혹시 그렇지나 않을까 의문을 가져보는 것뿐입니다. 가장 인상적이었던 사람은 여자였어요. 그 여자의 얼굴은 정말

지저분했어요. 예뻤을 거라는 건 짐작할 수 있었지요. 두 눈은 푹 꺼지고 눈언저리가 퍼렇게 물들었으며 땀에 젖은 피부밖에는 남아 있지 않은 얼굴이었어요. 그녀는 채 일 미터도 더는 못 갈 것 같았습니다. 그리고 또 목에 카메라를 걸고 어깨엔 가죽 가방을 멘 미국인 신문기자도 있었어요. 그런데 그는 완전히 돈 사람 같았습니다. 손수건 네 귀퉁이를 조그만 뿔처럼 매듭을 만들어 머리 위에 얹고…… 험상궂은 인상에…… 눈은 불쑥 튀어나왔더군요. 그런데 이 모두가 코끼리를 위해서라니! 정말이지 더 이상 아무것도 믿지 말아야 됩니다. 난 이미 다 봤어요. 자유주의자들, 무정부주의자들 말이오. 그런데 이건 말이에요, 이건 너무 심하더군요. 정말이지 사람들을 증오해야 하고 사람들에게 침이라도 뱉어야겠더군요…… 정말 놀랐어요. 하지만 난 그들을 약간은 이해합니다. 우리 모두 우리 속에 그런 것을 조금씩은 갖고 있죠. 하지만 그 정도는 아닙니다. 나는 적어도 위안 삼을 거리가 있지요. 우라늄광을 찾겠다는 희망이 있어요. 그래도 무엇인가는 믿어야 하지 않겠어요? 나는 그 사람들 만난 얘기를 하려고 곧장 농장으로 되돌아왔어요. 루보를 찾아가서 그 얘길 했죠. 지금 생각해보면, 내가 그때 그에게 무엇을 기대하고 얘기한 건지는 정확히 모르겠지만, 그저 그 이야기를 누구하고 같이 나누고 싶었던 겁니다. 그는 말없이 내 얘기를 들었습니다. 그를 아시죠? 그 침울한 뚱뚱보 말이에요. 그는 말하더군요. "그래. 모렐이 이리로 지나갔다고, 응. 그래서? 내가 알 바 아냐. 난 그에게 반감 같은 건 없거든. 자네에게 충고하네만 잠자코 있게." 이게 우리가 처한 오늘의 현실입니다. 나는 이걸 인간혐오라고 부르죠. 그가 내 탐사에 끼려 하지 않는 것도 놀랄 일이 아니지요. 루보는 아무것도 믿지 않는 녀석입니다. 우라늄이라고 해서 믿을 것도 아니죠. 나는 모렐이 그의 농장에 숨어 있는 것을 발견한다 해도 그리 놀라지 않을 겁니다.

미나가 일 미터도 더 갈 수 없으리라고 종케가 단언한 것은 잘못이었다. 그녀는 여러 번 멈춰 서긴 했지만 오 킬로미터나 더 견디었다. 완전히 정신을 잃고서야 그녀는 그를 놓았다. 정신이 들어 눈을 뜨면서 그녀는 근심스런 우정이 담긴 얼굴을 하고 그녀 위로 몸을 기울인 그를 보았다. 그녀는 애써 미소를 지으려 했다. 그것이 그들을 가장 깊게 결합시키는 것이었기 때문이었다. 그도 미소를 지어 대답했다.
— 가엾은 사람. 이번엔 당신이 이겼소.
그가 말했다.
— 이젠 더 어떻게 할 수가 없군요(Ich kann ja nicht mehr)⋯⋯
그녀는 독일어로 말했다.
그는 그녀를 품에 안았다. 그녀는 그를 향해 눈물로 범벅이 된 얼굴을 들었는데, 그녀의 얼굴에는 여전히 미소가 먼지와 땀범벅 가운데 떨고 있었다. 그는 거기서 수용소의 체험을 통해 이전부터 잘 알고 있던 극한의 피로를 보았다. 파리 한 마리가 그녀의 이마와 뺨 위를 기어다녔다. 그녀는 그것을 쫓을 힘조차 없고, 아마도 파리를 느끼지도 못하는 듯했다. 그녀의 몸에 달라붙기 시작하는 파리, 그는 그걸 잘 알고 있었다. 그는 그녀의 모자를 벗긴 후 두 손으로 머리를 감쌌다. 입술은 도톰한 기복을 잃었고, 거의 잿빛으로 생기마저 잃었다. 그는 사람들의 공감이나 이해심을 기대하고서, 또는 프랑스인들의 자기네 전통에 대한 충실성을 믿고서 왕래가 빈번한 도로를 따라간다든지, 군인들이 분명 그들을 향해 오고 있을 길을 따라가는 등 행로를 단축시키려고 갖은 위험을 무릅썼으나, 분명한 사실은 그녀가 더는 계속 갈 수가 없다는 것이었다. 그 자신도 이제는 어디로 가야 할지 몰랐다. 울레 지방의 동굴은 이미 발각되었다. 다른 동굴들이 있기는 했으나 남은 의약품도 없었고, 무기와 식량도 바이타리가 그들에게 남겨준, 겨우 며칠분밖에 없었다. 그래도 계속 가야만 했다. 사람들이 그가 항상 아프리카의 어디엔가 살아 있다고 알아야만 했다. 사람들이 그토록 이야기를 하는 것은 바로 그것, 이 프랑스인이 살아 있다는 사실이었다.

— 한두 시간 쉬면 좀 괜찮을까? ……좀 멈춰도 되겠지.

그녀는 아무 대답이 없었으나 그는 그녀를 설득하려고 애쓰지도 않았다.

— 좋아, 당신을 마을까지 데려다주겠소. 아마 보건소가 하나 있을 거요. 어쨌든 저기 농장이 하나 있으니까…… 내가 가서 찾아보겠소.

— 혼자 가겠어요.

— 당치도 않은 소리.

— 당신이 나 때문에 멈춰 서서는 안 돼요. 제발 부탁이니 가세요. 계속하세요. 저를 위해 그렇게 하세요.

그는 잠시 주저했다. 그러나 애원하면서도 강한 의지가 담긴 그 눈길을 거부하기란 어려웠다. 길을 계속하는 것만이 그가 그녀를 위해 해줄 수 있는 전부였다. 그녀를 위해, 그리고 우정이 너무도 필요한 다른 수백만의 사람들을 위해 그는 시위를 계속해야만 했고, 체포당하지 않아야 했고, 술책을 써서 몸을 숨겨야 했으며, 최악의 역경 속에서도 끊임없이 인간적 여유를 간직해야 했고, 알려지지 않게 정글 깊숙이 어딘가에 마지막 남은 코끼리들과 더불어 하나의 위안, 하나의 약속, 꺾이지 않는 하나의 신뢰로 우리 안에, 그리고 우리 미래에 남아 있어야만 했다. 무엇보다 살아 있을 필요가 있었다. 총에 맞더라도 그가 발견되지 않고, 그를 필요로 하는 사람들이 항상 그가 살아 있다고 믿을 수 있도록 숲속 어두운 구석까지 죽으러 몸을 끌고 가야만 했다. 등에 총을 맞고 죽어야 된다면, 이 같은 시도의 오래된 전통에 따라서 그가 전설적 인물이 될 수 있도록, 또 그 전설이 불후의 그의 존재에 대한 소문을 곳곳에 퍼뜨려 그가 가장 예기치 않은 순간에 불쑥 나타날 모양이라고 사람들이 믿도록 그 사실이 알려지지 않아야 했다.

— 알았소.
— 당신에게 무슨 일이 일어나면 안 돼요.
— 내겐 아무 일도 일어나지 않을 거요. 나한테는 친구가 엄청나게 많아요. 당신한테는 전부 말하지 않았지만, 그들이 나를 도울 테니 안심해요.

그는 그녀가 그의 말을 믿는지 안 믿는지 알 수 없었다. 하지만 그는 그녀와 그들 모두를 안심시키려고 애를 써야만 했다. 사람들이 그가 늘 살아 있다고 믿는 것이 매우 중요했다.

— 패배주의자들의 소문을 듣게 되더라도 믿지 말아요. 내가 살해당했다거나 또는 이런 저런 얘기들 말이오…… 그들에게 그런 말을 믿지 말라고 말해주시오. 놈들은 절대로 나를 잡을 수 없을 거요.

무엇보다 우스꽝스런 것은 그 자신도 그것을 거의 믿고 있었다는 점이다. 그는 무기도 식량도 거의 없이 무엇을 할 것이며, 어디로 가야 할지 알지 못했지만, 동조자들을 찾게 되리라는 것만은 확신하고 있었다.

— 어쩌면 한동안 나에 대한 얘기를 듣지 못할지도 모르오. 나는 저 속에 숨어 있게 될 거요.

그는 숲을 가리켰다.

— 그러나 다시 돌아올 것이오.

그의 눈은 다시 냉소적인 공모의 빛을 띠었다.

— 회담을 다시 열게 만들 거요. 어쩌면 나더러 오라고 요구할지도⋯⋯ 결국엔 우리에게 필요한 여유를 남겨주게 될 거요. 반대하는 놈들은⋯⋯ 놈들을 혼내줘야지.

에이브 필즈는 코웃음을 쳤다. "놈들을 혼내줘야지." 그는 영영 되돌아오지 않은 프랑스 병사들의 입에서 수없이 들었던 이 말에 심한 반감을 느꼈다. 필즈는 다시 열이 오르는데도 아랑곳 않고 자기가 일인당 국민 소득이 세계에서 가장 높은, 다시 말해서 초창기부터 최고로 안락한 생활수준을 가진 현실주의적인 미국인이라는 데서 자부심을 느꼈다. 태고의 대양 속에 서식하는 파충류들은 미국에 대해 자부심을 가져도 좋았고, 최초로 자기가 태어난 진흙 밖으로 비늘을 움직여 기어나온 선조는 편안히 잠들 수 있었다. 그는 성공했기 때문이다. 그의 이름은 모든 학교에서 존경을 받아야 할 것이다. 왜냐하면 그는 자유로운 시도와 독창적인 정신과 모험과, 오늘날 미합중국의 경이로운 물질적 발전을 특징 짓는 모든 것의 진정한 개척자요 아버지이기 때문이다. 그는 의기양양한 눈으로 주위를 둘러보았다. 그러자 그의 주위에 엎드려 있던 모든 도마뱀들이 그에게 박수 갈채를 보내기 시작했다. 그래서 에이브 필즈가 손짓으로 그들에게 답례를 하려 했기 때문에 이드리스가 재빨리 손을 쓰지 않았다면 분명히 말에서 떨어졌을 것이다.

— 당신, 농장까지 버틸 수 있을 것 같소? 10킬로미터나 되는데.
— 필즈 씨가 도와줄 거예요.
— 어림도 없지. 그를 봐요. 그는 지칠 대로 지쳐서 눈이 툭 불거져 나왔는걸. 그는 이제 제정신이 아니오. 어이, 사진 기자 양반.

필즈는 카메라를 움켜잡았다.

— 당신, 미나와 함께 갈 수 있겠소?
— 나는 당신과 함께 길을 계속하고 싶소.
— 저런, 당신한테 이젠 필름도 없다고 생각했는데?
— 상관없어요. 알아서 하죠.
— 사진들을 어떻게 찍을 셈이오. 엉덩이로?
— 난 당신을 돕고 싶소.
— 저런, 저런. 난 당신이 코끼리 따위엔 관심 없는 줄 알았는데?
— 내 가족은 전부 아우슈비츠의 가스실에서 죽었소.
— 아, 그래요, 미리 말할 것이지. 그렇지만 나는 당신을 데리고 갈 수 없소.
— 왜요?
— 그건 옳지 않은 일이오. 당신은 이제 당신이 하고 있는 일이 무엇인지도 모르오. 그런 상태라면, 당신한테 누구라도 친절하게 요구하기만 하면, 미국 정부를 무력으로 전복하려고도 들거요.
— 나는 미국 시민이고, 코끼리가 위협 받고 있는 곳이라면 어디서나 그들을 보호할 권리가 있소! 제퍼슨도, 링컨도, 아이젠……

필즈가 고함쳤다.

— 그래, 그래, 알겠소.
— 나는 모든 사람들과 마찬가지로 코끼리를 보호할 권리가 있소.
— 그래, 다른 모든 사람들처럼 코끼리를 보호하러 가보시오.
— 난 코끼리를 위해 죽고 싶어요……!

필즈가 외쳐댔다.

— 조사위원회 앞에 끌려갈 친구가 또 하나 생겼군……
— 미국 병사들은 유럽에 있는 저주 받은 코끼리들을 보호하러 왔단 말이오! 우리가 없다면……

필즈는 여전히 고함을 질렀다.

왼쪽 늑골의 극심한 통증이 그를 입 다물게 만들었다. 그는 두 손을 옆구리에 갖다 대고 고통스러워 얼굴을 찡그렸다.

— 당신 둘은 되돌아가시오. 몇 킬로만 가면 농장이 있소. 당신, 내 이야기 듣고 있소?
— 그때까지 견디어낼지 모르겠소. 늑골이 허파를 자꾸 찔러서.
— 그래도 견뎌보시오…… 무슨 일이지?
— 지프 한 대와 트럭들입니다.

유세프가 소리쳤다.

유세프는 뜨거운 땀이 얼굴과 목줄기를 타고 흘러내리는 것을 느꼈다. 꼭 피를 흘리는 듯한 느낌이었다. 팔꿈치 밑으로 무기를 어찌나 꼭 끼고 있었던지 팔을 펼 수 없을 지경이었다. 지평선 위에서 점점 커져가고 있는 검은 점들에서 눈을 떼지 않은 채 그는 깊은 숨을 들이마셨다. 도로를 떠나서 이십 분이나 반 시간 후면 그들은 울레산과, 바위 사이로 엉클어져 뒤덮인 대나무숲에 다다를 것이다. 거기에 이르면 그는 거추장스런 목격자 없이 모렐과 이드리스하고만 같이 있게 될 것이다. 그는 각오가 되어 있고, 일은 간단하리라고 애써 생각하며 옷소매로 얼굴을 문질렀다. 기관총 세례와 더불어 모렐은 이제 영원히 전설 속으로 들어가게 될 것이다. 그는 아프리카 민족주의의 영웅이 될 것이고, 반박 받지 않을까 하는 불안감 없이 의기양양하게 언제나 근거로 제시할 수 있을 것이다. 그가 우스꽝스런 코끼리를 데리고 와서 거치적거리게 할 위험 없이 그의 이름을 회담과 강연회와 미팅에서 활용할 수 있을 것이고, 청중들이 기립박수를 보내며 열광하고 감동하게 만들 수 있을 것이다. 그는 흑인 민족주의를 위해 생애를 바친 최초의 백인으로 영원히 남게 될 것이다. 그는 이제 영원히 여론 앞에 의연히 맞서 항의하거나 자기의 집요한 생각을 소리 높이 외쳐댈 수도, 또 사람들 앞에서 자기가 옹호하려는 것은 무엇보다 인간 존엄성에 대한 어떤 관념이라고 선언할 수도 없게 될 것이다. 마침내 위험 없이, 실질적 목표 안에서, 우리가 원하는 온갖 광채를 그의 이름에 부여하는 정확한 결과를 겨냥하고, 이 행복한 바보가 어디선가 갑자기 나타나 화를 내며 서투르게 주먹질을 해대며 자신이 고집하는 진실을 외쳐대지나 않을까 하고 두려워할 필요 없이 그의 이름을 사용할 수 있게 될 것이다. 이제는 결코 그가 탄원서와 호소문을 쑤셔넣은 손가방을 들고 늘 그러듯 영원한 전사처럼 헝클어진 머리를 하고 어느 회담에 나타나 그를 이용하려는 사람들의 노력들을 허물어뜨리며 이렇게 고함지르는 것을 보게 될 위험을 겪지 않게 될 것이다. "난 아주 단순하오. 내가 옹호하고자 하는 것은 오직 자연일 뿐이오…… 이것을 어떻게 부르든 좋소. 자유라든지, 존엄성이라든지, 인간성이라든지, 생태학이라든지…… 나는 인간의 친구들을 위해 이 모든 것을 행하는 것이오. 그것이 무엇을 의미하는지는 학교에서 우리에게 가르쳤소. 그 이외의 것은 내가 알 바 아니오." 살아 있는 한 이 서투른 자는 바퀴 사이에 낀 막대기로 남게 될 것이다. 일 년 가까이 그와 함께 지낸 터라 유세프는 그를 잘 이해하고 그의 습관을 너무나 잘 알고 있었으므로, 그로부터 퍼져나오는 전염에 맞서, 사람들에 대해서 그가 품고 있는 평온한 신뢰에 맞서 싸우기 위해서는 그를 죽이는 것 외엔 실제로 다른 도리가 없다는 걸 잘 알았다. 적들이 그렇게 교묘하게 그들에게 한 방울씩 떨어뜨리는 독약을 몇 방울도 마시지 않은 채 적들의 학교와 대학에서 십사 년간의 시간을 아무 탈 없이 지낼 수는 없는 것이다. 수단을 정당화하지 않는 목적이라든지, 이데올로기와 악착스런 투쟁이 어떠한 것이건 간에 존중해야 할 인간적인 여유라든지 하는 것들이 그 독소였다. 거기에는 말밖에 없다는 것을, 역사적 진보나 계급투쟁과는 양립될 수 없는 구시대의 자유주의적 유물밖에는 없다는 것을 알아봤자 소용없다. 한 번의 기관총 사격으로 우리가 받은 모든 교육으로부터 벗어나기란 어렵다. 그리고 무엇보다 화가 치미는 일은, 가끔 모렐이 몸을 돌려 자기 쪽을 향하고 있는 기관총을 바라볼 때면 유세프는 모렐이 속고 있는 것이 아니라, 다 알고 있다는 확신이 든다는 점이었다. 그럴 때 그의 눈길 속에는 조소하는 듯한 빛이, 거의 도전적인 빛이 깃들어 있어서 그의 극심한 광기를 말해주었다. 그 눈길은 마치 "하지만 하늘에 맹세코 너는 그짓을 못할걸," 하고 말하는 것 같았다. 그것은 참기 힘든 일이었다. 그는 우리 안에 비밀스런 싸움을 부추겨놓고, 그가 우리를 믿기 때문에 그 싸움에서 이길 거라고 느끼고 있는 것 같았다. 유세프는 그에게 그가 어떤 인간인지 큰 소리로 말해주고 욕설을 퍼붓고 그를 갈겨버리고도 싶었다. 그가 마음속에 지니고 있던 인간에 대한 어처구니없는 신뢰를 그에게서 완전히 뽑아버리고 싶었고, 또 자기는 어떤 다른 근심이나 고려나 존엄성도 아프리카의 자주독립보다 더 중요하게 생각지 않으며, 그러한 목적을 달성하기 위해서 수단 방법을 가리지 않을 것이라고 그에게 소리쳐주고 싶었다. 그러나 그 정도로 사람들을 신뢰하고, 그 정도로 인간의 손이 깨끗하다고 믿는 사내를 없애버려야 한다면, 그가 그것에 대해 아무것도 모른 채, 적어도 그런 신뢰를 그대로 가진 채 죽을 수 있는 것이 더 나으리라. 유세프의 내부 갈등은 이따금 병사들을 향해 달려가서 총질을 하고, 자신도 총에 맞아 죽고 싶다는 욕망을 느낄 정도로 괴로운 것이었다. 그의 신경과민을 느낀 말이 뒷발로 일어서서 먼지를 일으켰는데, 그 먼지는 트럭들이 있는 곳에서도 보였을 것만 같았다. 이드리스는 병사들이 늘어서 있는 쪽으로 집게손가락을 휘두르고 단호한 몸짓을 해가며 성난 소리로 말하기 시작했다. 모렐은 드디어 마음을 정했다.

— 자, 지금 가지 않으면 다시는 기회가 없을 거요.
— 당신은 어디로 갈 생각입니까?

필즈가 소리쳤다.

— 언제나 친구들은 있는 법이오.

에이브 필즈는 마지막으로 그를 바라보았다. 그의 맨머리, 곱슬곱슬한 머리털과 청년 같은 표정을 보았고, 또 가슴에 달린 작은 로렌 십자가와 갈색 눈 깊숙이 어린 조소하는 듯한 기색, 비웃는 듯한 입가의 주름살, 그리고 말안장에 비끄러맨, 선언문과 탄원서로 가득 찬 그 영원한 투사의 손가방을 보았다. 갑자기 에이브 필즈에게 어떤 생각이 떠올랐다.

그가 모렐에게 외쳤다.

— 잠깐만, 정글 속에서 그 하잘것없는 종이 쪽지들을 가지고 무얼 하려는 거요? 나무에다 핀으로 찔러두려는 겁니까? 내게 주시죠. 내가 보관할 테니.

— 그렇군.

모렐이 말했다.

— 여기 있소, 친애하는 사진 기자 양반, 이걸 당신에게 맡기겠소.

그는 가방을 풀어 길 한복판으로 던졌다.

— 잘 간직하시오…… 해야 할 일을 하시오. 언젠가 당신에게 셈을 받으러 가겠소. 잘 가시오, 동지여!

그는 비탈 쪽으로 말머리를 돌렸다. 그 뒤를 이드리스와 유세프가 따랐다. 세 사람은 길을 벗어나 숲으로 들어가버렸다. 십 킬로미터만 더 가면 나무숲에 이어서 수풀이 드문드문 있는 무성한 대나무숲이 울레 산의 첫 잿빛 바위들에 이르기까지 이어질 것이다. 그 사이에는 산더미 같은 돌무더기 속에 웅크리고 있는, 지붕들이 뾰족뾰족한 마을과 다시 대나무숲과 대초원이 펼쳐져 있었는데, 이 지역은 면적이 십만 평방킬로미터나 되어 어떤 몰이사냥꾼이라도 그들을 찾아내지는 못할 것이다. 거기서 좀더 남쪽으로 가면 화석을 발굴하고 있는 타생 신부가 있었는데, 우기 동안 그가 그곳을 떠나 있을지라도 버려진 오막살이를 그들에게 내주는 친절을 거부하지는 않을 것이다. 어쩌면 그는 적극적으로 그들을 도우려 할지도 모를 일이었다. 그는 인류의 기원과 관계 있는 것이면 무엇에나 흥미를 갖는다고 했다. 또한 카메룬과 차드 호로 다시 거슬러 올라가서 하스에게 피난처를 청할 수도 있을 것이다. 그 사람 역시 위협 받는 코끼리의 친구였다. 차드의 형사들도 다가오는 우기에는 수색작업을 하지 않을지도 모른다. 어쨌든 그는 지켜보다가 마음을 결정할 시간적 여유가 있었다. 선의의 사람들과 공모자들, 그리고 후원자들은 많았다. 지금은 길에서 벗어나야만 했다. 그 길은 열 달 전에 행정관 에르비에와 마주쳤던 곳이다. 그는 화가 나 있던 정직한 그 얼굴을 기쁜 마음으로 떠올렸다. 항상 최선을 다하는 사람의 얼굴이었다. 피로가 그의 몸을 바위처럼 짓눌렀다. 언제나 그렇듯이 힘의 한계가 느껴질 때면 추억은 한층 강렬하고 집요해졌다. 그는 신문들이 자기에 대해 이야기한 모든 것들을 생각했다. 신문들은 그의 희망이니 반항심이니 은밀한 원한이니 인간혐오주의적인 기질을 운운하며 제멋대로 떠들어댔다. 그들에게 해명을 해보았자 소용없는 일이었다. 도무지 어쩔 도리가 없었다. 그들은 계속해서 그에게 복잡한 동기들을 갖다 붙였다. 그러나 진실은 단순했고, 그는 주저하지 않고 그것을 그들에게 이야기했다. 그는 자연을 사랑하고 있었다. 그것이 전부였다. 그는 자연을 사랑했고 자연을 보호하기 위해 늘 최선을 다해왔다. 그런 이유로 그가 생전에 치른 가장 힘든 투쟁은 풍뎅이들을 보호하기 위한 것이었다. 미소가, 에이브 필즈가 그토록 경계하던 그 미소가, 그의 입술에 떠오르더니 사라지지 않았다. 몸이 아프거나 기력이 한계에 도달한 것 같은 때면 언제나 그는 놀랄 만큼 정확하게 그 싸움을 떠올렸다. 그 추억은 그때마다 그가 계속 버티어나갈 수 있도록 도와주었다.

그것이 그에게는 일생에서 가장 힘든 싸움이었다.

그 풍뎅이 사건은 수용소에서 한 해를 보낸 후, 오월에 일어났다.

그는 최초의 선동자였고, 풍뎅이를 도우러 나서서 그 운동을 처음 시작한 사람이었다.

그들은 볼트 해 연안의 외펜 채석장에서 새로운 파라오들을 위해 오래 견딜 수 있는 거대한 작품을 만드는 데 필요한 시멘트 부대를 나르고 있었다. 그들은 짐 밑에 깔려 넘어지는 실수가 없도록 애쓰면서 천천히 일렬 종대로 걸어가고 있었다. 거기에는 정치범들과 일반 죄수들이 있었는데, 모두들 20세기의 관례에 따라 강제노동을 통한 재교육 제도를 따르고 있었다. 그러는 동안 친위대원들은 해가 뜨자마자 벌써 벌겋게 달아오른 얼굴을 하고 입에 꽃을 문 채 거드름을 피우며 풀밭에서 쉬고 있었다. 폴란드 피아니스트 로트시타인과 프랑스 비밀 출판업자 르벨이 있었는데, 르벨은 턱수염이 하도 빨리 자라서 때로는 말총 매트리스처럼 온통 털북숭이가 되곤 했다. 그는 변소 치는 고역이라도 치를 때면 그 악취와 싸우느라 큰 소리로 말라르메의 시를 암송하곤 했다. 역시 폴란드인인 츠바벡은 농산물 경진대회에서 일등한 자기 집 암퇘지의, 온통 구겨진 사진 한 장을 몸에 지니고 있었는데, 자신이 과거에 꽤 이름 있는 사람이었음을 증명해 보이려고 의기양양하게 사람들 앞에 그 사진을 내보이곤 했다. 에밀 말을 듣자 하니, 프랑스 국유 철도원이었던 프레보는 어느 날 기관차 기적 소리를 듣고 훌쩍거리기 시작했다고 한다. 또 뒤랑이라는 녀석도 있었다. 축제 때마다 빠지지 않는 뒤랑은 해방이 되어 처음으로 슈미트라는 이름을 가진 사람을 만나게 되면 어떻게 해야 할지를 이야기하는 것으로 세월을 보냈다. 해방 후 그는 주머니에 권총을 넣고 외펜의 슈미트 의사 집에 나타났다. 그러나 잠시 머뭇거리다가 결국 그 의사와 악수만 하고는 달아나버렸다. 또 쥘리앵이라는 종군 사제가 있었는데, 그는 수용소 생활 이 년에도 별로 여위지 않아서 사람들은 그가 그의 신으로부터 남몰래 식량 보급을 받는 모양이라고 비난했다…… 그 밖에 다른 사람들, 도중에 죽어서 이제는 그 이름들이 전혀 무의미해져버린 많은 사람들이 있었다. 그들은 짐에 눌려 허리를 구부린 채 걷고 있었고, 반면에 감시병들은 풀밭에서 바지를 벌려놓고 햇볕의 애무를 받으며 초봄의 온기를 만끽하고 있었다.

그때 갑자기 모렐은 무언가가 볼에 부딪혀서 발밑에 떨어지는 것을 느꼈다. 그는 몸의 균형을 잃지 않으려고 애쓰면서 조심스레 시선을 아래로 돌렸다. 그것은 한 마리의 풍뎅이였다.

풍뎅이는 뒤로 나자빠져 발을 버둥거리며 몸을 뒤집으려고 힘겹게 애쓰고 있었다. 모렐은 발을 멈추고 발밑의 벌레를 유심히 바라보았다. 그즈음 그는 수용소에 있은 지 일 년째였고, 석 주 전부터 허기진 채 매일 여덟 시간씩 시멘트 부대를 나르고 있었다.

그러나 거기에는 그가 지나쳐버릴 수 없는 무엇이 있었다. 그는 어깨 위 짐을 떨어뜨리지 않으려고 조심하면서 무릎을 굽히고 집게손가락을 움직여 그 벌레를 바로 놓아주었다.

그는 짐을 내려놓을 곳까지 가는 도중에 다시 두 번을 더 그렇게 했다. 그의 뒤에서 걷고 있던 출판업자 르벨이 제일 먼저 무슨 일인지를 알았다. 그는 투덜거리면서도 자기 발밑에 떨어진 첫번째 풍뎅이를 도왔다. 곧 피아니스트 로트시타인도 그렇게 했다. 그의 몸은 너무도 가냘퍼서 마치 그의 가느다란 손가락을 닮으려는 것만 같았다. 이때부터 거의 모든 정치범들이 풍뎅이 구조에 나서게 되었고, 일반 죄수들은 욕설을 퍼부으며 그들 곁을 지나가곤 했다. 그들에게 허락된 이십 분의 휴식 시간 동안 정치범들은 누구 하나 피로에 지쳐 쓰러지지 않았다. 하지만 보통 때 같으면 땅바닥에 털썩 주저앉아 꼼짝도 않고 호각 소리가 날 때까지 그대로 머물러 있곤 했다. 그런데 이번에는 새로운 기운을 찾은 것 같아 보였다. 그들은 눈을 땅에 박고서 도와줄 풍뎅이를 찾아 이리저리 돌아다녔다. 그것은 오래 계속되지 못했다. 그뤼버 중사가 그곳에 나타났기 때문이었다. 그자는 그저 짐승 같은 놈은 아니었다. 그는 교육을 받은 사람으로, 전쟁 전에 슐래츠비히 홀스타인에서 교사로 일했다. 대번에 그는 무슨 일인지를 알아차렸다. 적을 알아본 것이다. 그는 모든 걸 빼앗긴 제로 상태의 인간들에게는 허락될 수 없는 도전, 공공연한 신념 선언, 존엄성의 선포를 마주 대하고 있었던 것이다. 그는 즉각 사태를 파악하고, 새로운 세계의 건설자들에게 던져진 이 도전의 중대성을 충분히 알아차렸다. 그는 싸움에 뛰어들었다. 우선 죄수들에게 달려들었다. 그러자 아직 무슨 영문인지 확실히 모르지만 일만 생기면 두들겨줄 준비가 되어 있던 감시병들도 그를 따랐다. 그들은 총개머리와 장화발로 골고루 후려쳤다. 그러나 그뤼버 중사는 그 시위자들의 마음을 적절한 방향으로 움직이게 하는 데 필요한 것은 그런 것이 아님을 곧 알아챘다. 그래서 그는 혐오스러우면서도, 겨냥한 목적을 달성할 수 없었다는 점에서 비장하기까지 한 행동을 보였다. 풀밭으로 달려가 땅을 내려다보더니 풍뎅이가 눈에 띄는 족족 장화발로 짓이겨버리는 것이었다. 그는 사방으로 뛰어다니며 빙빙 돌기도 하고, 풀쩍 뛰어올랐다가 발을 들어 뒤축으로 땅바닥을 내려쳤다. 마치 우스꽝스런 춤을 추는 듯했다. 그 쓸모없음으로 인해 거의 애처로운 춤이었다. 왜냐하면 그는 수감자들을 쏘아 죽여버릴 수도 있었고,

풍뎅이를 짓이겨버릴 수도 있었으나, 그가 노리는 것은 그의 힘이 미치지 못하는 곳에 있어 도저히 없애버릴 수 없는 것이었기 때문이었다. 결국에 가서 그는 그 사실을 알아차렸다. 그는 어떤 군대나 경찰이나 국민군이나 정당이나 조직도 성공할 수 없는 일을 시도했던 것이다. 어쩌면 마지막 한 사람까지 지상에 있는 인간을 모조리 쏘아버릴 수 있어야 했는지도 몰랐다. 그러고도 물리칠 수 없는 자연의 미소와 같은 어떤 흔적이 그들 뒤에 남게 될지도 몰랐다. 물론, 그뤼버는 그 패배의 대가를 그들에게 톡톡히 치르게 했다. 그날 그는 그들에게 두 시간 더 일을 시켰고, 이 두 시간은 인간 힘의 극한과 그것을 넘어서는 것과의 차이가 어떤 것인지를 분명히 느끼게 했다. 이날 저녁, 그들은 그렇게 기진맥진한 상태를 자신들이 견뎌낼 수 있을지, 또 다음날을 위한 힘이 조금이라도 남아 있을지 의심스러웠다. 로트시타인은 누구보다 쇠진해 있었다. 그는 쓰러지듯 침대에 가로로 몸을 뻗었다. 그들은 그에게 몸을 숙여 풍뎅이에게 하였듯이 그의 몸을 바로 해주고 싶었다. 그가 날아가도록 도와주고 싶었다. 그러나 그를 도울 필요는 없었다. 그는 매일 저녁 혼자서 날았던 것이다.

— 이봐, 로트시타인! 로트시타인!

— 응.

— 자네 아직 살아 있나?

— 그래, 방해하지 마. 난 음악회를 열고 있어.

— 뭘 연주하나?

— 요한 제바스티안 바흐.

— 자네 미쳤군. 독일놈인데?

— 바로 그래서야. 균형을 이루도록 말이야. 독일이 영원히 자빠져 있게 내버려둘 순 없어. 몸을 뒤집도록 도와줘야 해.
— 우린 모두 자빠져 있는걸. 태어날 때부터 말이야.
르벨이 투덜거렸다.
— 조용히 해. 내 연주 소리가 안 들려.
— 오늘 저녁엔 청중이 많아?
— 그럭저럭.
— 예쁜 여자들도 있나?
— 오늘 저녁엔 없어. 오늘 저녁엔 그뤼버 중사를 위한 연주야.
슐레지엔 사람인 오토가 구석에서 신음소리를 냈다. 그는 꿈을 꾸고 있었다. 그들은 그 꿈이 무언지 알고 있었다. 그 꿈은 항상 같은 것이었다. 그는 강간을 하려다가 한 과부를 죽였는데, 매일 밤 그 여자가 그에게 혀를 내미는 꿈을 꾸다가 소스라쳐 깨곤 했다.
— 이머 디 알테 쉬크제(Immer die alte Schickse).
하고 그가 중얼거렸다.
— 그 여자가 늘 네게 혀를 내밀다니 참 이상한 일인걸.
에밀이 말했다.
— 이상할 것 없어. 내가 그 여자의 목을 졸랐거든.
— 아, 그래. 그러면 그 여자가 네게 엉덩이를 보이는 날엔 너를 용서한다는 뜻이겠구나.
에밀이 말했다.
환기창 틈을 통해 감시탑과 아래를 향하고 있는 기관총이 보였다.
— 저기, 이봐. 내일도 녀석들이 떨어지면 어쩌지?
— 떨어지지 않기나 바라야지.

쥘리앵 신부가 말했다.
— 아니야. 난 떨어지길 바라. 그렇게 되면 적어도 우린 우리 생각을 말할 수가 있잖아. 그게 좋아.
— 무슨 말이야! 로트시타인을 좀 보라구.
에밀이 말했다.
— 이봐 신부.
— 왜?
— 하느님은 대체 뭘 하는 거지?
— 빌어먹을. 하느님은 가만히 내버려둬. 하느님이 무슨 상관이야?
쥘리앵 신부가 말했다.
— 아무 상관없지. 늘 그렇듯이.
— 아마 그도 자빠져 있는지 몰라. 발을 버둥거려보지만 일어나지 못하고 있는지도 몰라.
— 제기랄, 빌어먹을, 빌어먹을.
사제가 소리쳤다.
— 그건 사제가 쓸 말이 아니야.
— 에밀!
— 응.
— 자넨 공산주의자인가?
— 그래.
— 그렇다면 풍뎅이 때문에 애쓸 것 뭐 있어? 그건 마르크시즘도 아니고 당의 노선에 맞는 것도 아닌데.
— 그렇지만 사람에겐 때로 마음 내키는 대로 행동할 권리가 있어.

에밀이 말했다.
― 에밀!
― 응.
― 자넨 공산주의자랬지?
― 됐어, 그만둬.
― 그렇다면 자네, 소련에서는 수용소 안에서 풍뎅이를 뒤집는 데 시간을 보내도록 내버려둘 거라고 생각해?
― 절대 그럴 리 없지.
― 그러면?
― 소련엔 강제노동수용소란 게 없어.
― 아, 그렇군.
― 우리만 불쌍하지.
― 내가 이해 못할 것은, 왜 녀석들이 늘 자빠져 있느냐는 거야.
― 그것은 자연의 이치야. 왜 우리는 여기에 있지?
― 그렇담 그건 아직 덜 완성되었군.
― 뭐라고? 뭐가 말야?
― 자연 말이야.
― 그건 딴놈들이 다 알아서 할 테니 걱정 마.
― 에밀.
― 또 뭐야?
― 왜 자넨 풍뎅이 때문에 그짓을 하지?
― 기독교적 자비심이야.
― 좋아. 대답 한번 잘했어.
쥘리앵 신부가 말했다.

— 이봐, 신부, 당신 입 닥쳐. 당신은 신용이 없어. 체면을 잃었단 말이야. 당신 이젠 할 말이 없어.

— 사실이야.

누군가가 말했다.

— 당신 하느님은 우릴 위해 손 한 번 쓰지 않아! 그는 남을 도울 줄 몰라.

— 이봐, 내 말 들어봐. 난 할 수 있는 데까지 하고 있어.

쥘리앵 신부가 말했다.

— 그렇겠지, 그렇고말고.

— 당신들 날 안 믿나?

— 믿지, 믿어.

— 그래도 하느님이라면 우릴 도울 수 있을 것 아냐. 사람이 나자빠져 있는데 그걸 못 볼 리 있어?

— 맹세하지만 난 최선을 다하고 있어.

신부가 말했다.

— 우리도 마찬가지야. 풍뎅이들을 위해 무언가를 할 방법을 찾고 있어.

— 자네들은 풍뎅이들을 조롱하고 있는 거야.

신부가 말했다.

— 자네들은 자만심에서 그짓을 하는 거야. 만약 자네들이 수용소에 있지 않았다면 풍뎅이들이 있는지도 모르고 짓밟고 지나갈걸. 자네들은 머릿속으로만 그러는 거지 진심으로 그러는 게 아냐. 오만하기 짝이 없어.

누군가 말했다.

— 오만이 아니야. 그건 다른 거야……
— 유세프.
— 네, 선생님.
— 그 "선생님" 소리는 집어치워. 이젠 그럴 필요 없어. 난 다 알고 있어.

그들은 단둘이서 말고삐를 잡고 숲 깊숙한 곳, 가시나무 아래 있었다. 가시나무 잎들이 그들의 너덜너덜한 옷을 뒤덮고 있었고, 그들 머리 위로는 노란 대나무숲이 펼쳐져 있었다. 그들 중 한 사람은 장전된 무기를 들고 꼿꼿한 자세로 있었고, 또 한 사람은 추억에 잠긴 채 웃음을 띠고 자기 자신을 경멸하는 것인지 과신하고 있는 것인지 알 수 없는 표정을 짓고 바위 위에 앉아 있었다. 트럭 소리는 그쳤고, 벌레 소리 외에는 아무 소리도 들리지 않았다. 유세프는 사격을 기다리고 있는 것 같아 보이는 사내의 등을 보고 있었다. 때때로 그가 머리를 움직일 때면 약간 조소하는 듯한 그의 옆얼굴이 찢어진 갈색 펠트 모자 아래로 드러났다. 이드리스는 가시덤불 속에서 통로를 찾느라고 그들에게서 떨어져 있었고, 그들은 단둘이서 대나무숲의 노란 빛을 받고 있었다.

— 자, 뭘 기다리고 있나? 어서 하게.

땀으로 뒤덮인 학생의 얼굴은 무표정하고 거의 텅 빈 것 같아 보였다. 그는 잠긴 목을 푸느라 힘겹게 말을 꺼냈다.

— 어떻게 알았어요?

……하얀 형체가 어두운 사막의 모래 속에서 움직였다. 모렐은 졸고 있는 청년 앞에서 잠시 걸음을 멈추었다. 그 얼굴은 푸른빛을

받아 엄숙하고 거의 슬퍼 보였다. 그때 청년의 입술이 떨리며 무슨 말을 했는데, 모렐은 한동안 꼼짝 않고, 자신이 의지할 수 있었던 유일한 확신을 꿈속에서조차도 버리지 못하는 그 고집스런 머리 위로 몸을 숙이고 있었다.

— 너는 프랑스 말로 꿈을 꾸곤 했어. 자면서도……

— 제가 뭐라고 하던가요?

모렐은 다른 곳을 바라보고 있었다. 먼 곳을. 그것은 순순히 잡히도록 가만히 있을 눈길이 아니었다.

— 너는 인간의 존엄성이라는 문제에 대해 뭐라고 횡설수설했어.

그는 조소하는 듯한 입술보다는 선량한 눈길에서 흘러나오고 있는 것 같은 근엄한 미소를 띠고 청년 쪽으로 몸을 돌렸다.

— 그런데, 정확히 너는 누구냐?

— 저는 유세프 라노토라고 하고, 파리 법과대학에서 삼 년을 공부했습니다.

— 그러고는?

— 바이타리가 당신을 감시하라고 저를 보냈습니다.

— 그로서는 아주 잘한 일이지.

— 당신이 당국의 손에 잡혀서는 안 되니까요. 그렇게 되면 당신은 당신 행동의 유일한 목적이 코끼리 보호일 뿐이라고 끝까지 주장할 테니까요.

— 그건 사실이지.

— 시옹빌 사건이 있은 후, 우리는 당신에게 사형을 언도했어요. 당신은 우리의 도움을 저버리고 우리 운동의 진정한 정치적 목적들을 숨겼으니까요! 그런데 미국 신문기자 때문에 판결을 집행할 수

없었지요.

— 알고 있어.

— 그가 떠나면 제가 당신을 죽이기로 되어 있었어요. 우리끼리만 있게 될 때.

— 지금이 그렇군.

모렐이 말했다.

— 그래요. 지금입니다.

씁쓸한 목소리였다.

— 나중에 그들은 틀림없이 당신을 아프리카 독립을 위해 생애를 바친 영웅으로 세상에 알릴 겁니다.

모렐은 고개를 약간 숙였다. 입술은 점점 더 주름이 지고 턱이 굳어지더니 다시 고집 센 표정이 되었다.

— 친절하군. 그게 나를 위해서가 아니라는 점만 빼놓으면 말이야. 말도 안 되는 소리지. 민족주의자들이 내세우는 알리바이가 어떤 건지 난 잘 알고 있고, 아주 신물이 나네. 히틀러에서 나세르에 이르기까지 민족주의가 숨기고 있는 것이 무엇인지 너무나 잘 알게 됐지. 가장 아름다운 코끼리 무덤들은 바로 그네들 나라에 있는 것이야. 하지만 자네가 그 일을 하길 원한다면 나는 동의해. 난 좋아. 하게나. 당신들이건 우리건, 황색 인종이건 흑인이건 우익이건 좌익이건, 왕당파이건 간에 나는 아무래도 좋아. 나는 언제나 동의할 것이야. 그러나 한 가지 조건이 있어. 왜냐하면 나한테는 중요한 것이 꼭 하나 있기 때문이야.

그의 목소리는 갑자기 온통 노기를 띠었다.

— 나는 사람들이 코끼리들을 존중해주기를 바라.

— 알고 있어요.

유세프가 부드럽게 말했다.

모렐은 다시 한번 총신을 바라보았다. 거의 희망에 찬 눈으로. 아마도 그는 일을 계속하기에 앞서 잠시 쉬고 싶었으리라. 피로로 지친 순간이었을 뿐, 그 이상은 아니었기에, 그 점에 대해 그는 전혀 부끄럽지 않았다.

— 그러니까 자네는 나를 죽여야 했군. 무엇이 자네 행동을 막았는지 알 수 없군. 하지만 지금도 자넨 해치울 수 있어. 또 지금이 제일 좋은 때이기도 하고.

— 전 그럴 의사가 없습니다.

— 저런, 왜 그렇게 되었지?

유세프는 다정하게 그를 바라보았다. 그는 모렐이 옹호하고 보호해야 할 사람으로 느껴졌고, 저항할 수 없는 그의 신념을 정당화해 주고, 그를 지상에 남은 마지막 소금처럼 지켜줘야 할 것처럼 생각되었다.

— 우린 조금 더 함께 길을 갈 수 있을 것 같군.

그가 말했다.

에이브 필즈는 길 가운데 선 채로 가죽 가방을 물끄러미 바라보고 있었다. 성명서, 선언문, 호소문이 가득 든 가방은 흙먼지를 뒤집어쓰고 있었다. 그것은 좌절된 희망들로 묵직했다. 그는 몸을 굽혀 그것을 집어들었다. 그는 감정을 억누르기 위해 빈정거리는 불만의 소리를 내려고 애쓰면서, "이것 가지곤 충분치 않아" 하고 생각했다. 필요한 것은 선언문이나 탄원서가 아니라 경이로운 생물학적 노력이야. 믿을 만한 견해에 따르면 우리는 제대로 된 길을 걷고 있다는 거야. 어쨌든 영국 정부의 과학기술 고문관이라는 공식적인 인물이 최근에 한 언명은 이 점에 있어 명백히 고무적이었지. 그 탁월한 친구는 원자력 이용 때문에 생기는 방사능이 서서히 축적되어 오랜 시간을 두고 인간의 유전자에 영향을 끼쳐 후대의 인간들 가운데 약 구십 퍼센트의 백치와, 그리고 어쩌면 십 퍼센트의 천재를 만들어내게 될지도 모르며, 그 천재들이 인류 앞에 훨씬 더 위대한 진보와 번영의 시대를 열어줄 것이라고 단언했던 것이다. 에이브 필즈는 무한한 격려를 받은 것처럼 느끼면서 웃기 시작했다. 그러면서 그는 가방을 움켜 쥐고 독일 여자를 향해 돌아보았다. 그녀는 모렐과 그의 두 동행자가 숲속으로 사라져 간 그곳을 바라보면서 흐느끼고 있었다. 에이브 필즈는 그녀의 손을 잡았다.

— 울지 말아요. 그에겐 아무 일도 안 일어나요.

그는 그녀에게 독일어로 말하려고 했는데, 그만 유대어가 튀어나왔다.

예수회 신부는 아침부터 언덕 허리에 나 있는 오솔길을 따라가고 있었다. 사색을 하고 원고를 쓰면서 다가오는 계절을 발굴지에서 지내려고 가벼운 마음으로 집으로 돌아가고 있었다. 그가 속한 교단은 유럽보다 아프리카 밀림 속의 지식을 더 애호했던 것이다. 그는 한 시대에 이름을 날리고, 때로는 자기 생각과 매우 다른 생각을 가져서 귀중한 반박으로 도움을 주는 여섯 명가량의 사람들과 편지를 주고받으며 지내는 이 유배생활이 전혀 고통스럽지 않았다. 하룻밤 불면의 피로에 한층 더 오래 되고 치유될 수 없는, 그리고 그를 슬프게 만드는 피로가 더해졌다. 그는 아침부터 돌아다닌 언덕들만큼이나 기복이 심하고 쓸쓸한 이 사건이 어떻게 변해갈지 더 분명히 예감하지 못한 채 인간의 모험과 결별해야 할 생각을 하니, 분노와 동시에 몹시 강렬한 호기심이 밀려왔다. 가장 열정적인 양상을 띠었을 때 참여해보지 못한 채 시합장을 떠나야 되는 것을 안타까워 할 정도로 그는 인간적이었다. 그는 약간 강압적인 이런 호기심에 지나치게 사로잡히지 않으려고 애썼으며, 그것의 과도함과 무절제를 거부해왔는데, 아마도 인생의 종말이 가까워짐에 따라 관찰의 대상이 점점 더 중요성을 띠게 되는 까닭인지 호기심은 나이가 들수록 더욱 커져만 갈 뿐이었다. 그는 여행에서 고무적인 소식을 가져오지 못한 것이 섭섭했으나, 워낙 참는 데는 이력이 나 있었고, 또한 너무 서둘러서도 안 될 일이었다. 그는 생드니가 말 옆에 선 채 밤의 마지막 불빛으로 아직도 타오르고 있는 것 같은 눈을 들어 그에게 마지막으로 했던 이야기를 떠올렸다. "신부님, 사람들은 신부님께서 발굴지 한 곳에 모렐을 숨겨주어 그가 행동을 계속하기에 앞서 잠시 숨 돌릴 여유를 갖고 있다고들 말합니다. 하지만 저는 신부님께서 어째서 스스로 자연의 옹호자로 자처하는 사람에게 그런 호감을 보일 수 있을지 잘 모르겠습니다. 그런 행동은 우리가 신부님의 교단이나 신부님의 저술을 통해 알고 있는 것과는 상반되는 것 같습니다. 제가 신부님 글을 잘못 읽지 않았다면, 신부님은 우리의 노력에 별 기대를 안 하시는 것 같고, 은총마저도 인간에게 스스로 바라는 대로 자신을 실현할 유기체적 수단을 제공해주는 생물학적 돌연변이쯤으로 생각하고 계신 게 아닌가 싶습니다. 그렇다면 모렐의 투쟁이나 반란 기도가 신부님에게는 희극적이며 하찮아 보일 것이고, 어쩌면 저한테서나 저랑 함께 회상한 추억들에서도 그저 하룻밤의 기분전환을 찾으셨던 건지도 모르겠군요. 그의 청원서며 선언문, 전단, 그의 자연보호 위원회들, 그리고 마지막으로 그의 조직적인 무장 저항군 등을 보면 그가 우리에게 변화를 요구하고 있다고 보입니다. 그 변화는 오랫동안 그저 희망의 노래로만 생각되어왔지요. 그러나 저는 이러한 회의주의에 굴복할 수가 없습니다. 그리고 신부님께서 우리의 인간 조건에 대한 존중을 하늘로부터 끌어낼 생각을 한 이 반역자에게 은밀한 공감을 느끼고 있다고 믿고 싶습니다. 여하튼 우리 인류는 수백만 년 전 진흙을 벗어났으니, 결국 어느 날엔가는 우리를 지배하는 혹독한 법칙을 극복하게 될 겁니다. 이 친구가 옳았지요. 이제 변해야 할 때라는 것은 명백합니다. 앞으로 우리가 가는 길에는 인간으로서 갖는 결함과 도전으로부터 또 하나의 허물만이 남게 될 것입니다."

예수회 신부는 고개를 끄덕였다. 그것은 수긍의 표시일 수도 있었고, 그의 말이 갑자기 움직인 탓일 수도 있었다. 얇지만 메마르지는 않은, 그리고 살짝 띤 조소로 인해 언제나 입가에 이르러서는 부드러워지는 입술, 날카롭고 엄격한 눈, 뼈가 불거진 큰 코를 가진 그의 옆모습은 수평선을 유심히 살피는 습관을 가진 브르타뉴 지방 선원의 옆모습이었다. 그의 적들은 그의 조상 중에 유명한 뱃사람들이 있다는 사실을 떠올리길 좋아했다. 그리고 그는 모험가적인 그 혈통에 대한 암시들을 싫어하지 않았다. 그 자신 역시 아무런 의혹 없이 환희에 찬 확신 속에서 한 인간이 지상에서 겪을 수 있는 가장 아름답고 감격적인 모험들 가운데 하나를 겪었던 것이다. 그는 이따금 활기차게 언덕 쪽으로, 또는 나무 그림자 쪽으로 고개를 돌리면서, 말의 움직임에 따라 천천히 몸을 흔들며 나아갔다. 나무 쪽을 향할 때마다 그는 수많은 나뭇가지들을 쓰다듬는 듯한 눈길로 바라보았다. 나무는 그가 오래전부터, 십자가보다 먼저 좋아한 기호였다. 그는 미소 짓고 있었다.

■ 옮긴이의 말

절망에 맞서는 법

로맹 가리의 작품 속에서 행복한 인간을 만나기란 어렵다. 작가가 그리는 현실이 결코 아름답지 않기 때문이다. 전쟁과 강간, 굶주림과 가난, 살육과 억압이 거의 어김없이 얘기되는 그의 작품 속 풍경은 대개 참담하고 암울하다. 인물들 역시 대부분 고통 받고 상처 입은 인간들이다. 이 책의 중심인물인 모렐과 미나 역시 그러하다. 미나는 전쟁 동안 러시아 군인들과 삼촌에게 능욕당하고, 한 러시아 군인을 사랑했으나 삼촌의 밀고로 이별하고, 튀니스의 카바레에서 스트립쇼를 하다가 차드의 바(bar)까지 오게 되는 독일여자이다. 모렐 역시 인간의 존엄을 철저히 짓밟는 강제수용소를 경험한 인물이다. 그런데 이들은 인간들로부터 치유되기 힘들 정도로 깊은 상처를 입었음에도 인간을 증오하거나 절망한 인물들이 아니다. 『유럽식 교육』에서도 "저들이 우리를 짐승처럼 살게 했지만 우리를 절망하게 만들 수는 없었다"는 외침을 읽을 수 있듯이, 로맹 가리의 인물들은 절망의 문턱에서 절망에 맞서는 법을 알고 있다. 수용소 시절, 견디기 힘든 극한 상황에 처한 모렐과 그의 수용소 동료들을 살아남을 수 있게 해준 건 상상 속의 코끼리다. 좁디좁은 감방 안에서 그들은 자유로운 아프리카 코끼리를 상상함으로써 절망에 빠지지 않고 수용소 생활을 견뎌낸다. 상상 속의 코끼리는 억압하는 자들이 도저히 짓밟을 수 없는 무엇, 좌절하지 않고 계속 살아갈 수 있게 해주는 마지막 "은신처"이자 "보호구역"인 것이다.

'상상의 코끼리'와 맥락을 같이하는 또 하나의 일화가 있다. 어느 날, 수용소에서 로베르라는 친구가 '보이지 않는 여자'를 상상해내고 마치 감방 안에 그 숙녀가 있는 것처럼 예의를 갖춰 행동하기 시작한다. 이 '존재하지 않는 숙녀'로 인해 수용소 생활은 완전히 달라진다. 인간으로서 존엄과 수치심을 몽땅 내던지고 자포자기한 생활을 하던 포로들이 이 '상상의 여인'을 의식해서 몸가짐을 추스르고 품위를 지키게 됨으로써 감방 안에 웃음이 피어나기까지 한다. 포로들의 사기가 향상된 이유를 알아차린 수용소 지휘관이 포로들의 정신마저 깡그리 짓밟기 위해 '존재하지 않는 여자'를 내놓으라고 협박한다. 그런데 로베르는 이 '없는 여자'를 독일군에게 넘기길 거부한다. 존엄을 위해 차라리 고통과 죽음을 택하는 것이다.

극한상황에서 인간으로서 마지막 존엄을 지키기 위한 이들의 투쟁은 '풍뎅이 사건'에서 한층 더 부각된다. 모렐은 자신이 생전에 치른 가장 힘든 투쟁이 풍뎅이 보호를 위한 투쟁이었다고 말한다. 어느 날, 허기진 배로 무거운 시멘트를 나르는 강제노역을 하던 중, 모렐은 발밑에 떨어진 풍뎅이 한 마리를 발견한다. 뒤로 나자빠져 몸을 뒤집으려고 버둥거리고 있는 풍뎅이를 그는 지친 몸을 구부리고 뒤집어준다. 그렇게 시작된 '풍뎅이 구하기'에 다른 포로들까지 가담한다. 포로들은 심지어 휴식시간에도 쉬지 않고 풍뎅이 구조에 나선다. 풍뎅이를 바로세우는 이 '하찮은' 행위는 허기와 극도의 육체적 피로, 죽음의 위협 앞에서도 굴하지 않고 존엄성을 선포하는 영웅적인 행위다. 이 '존엄성의 선포'는 독일군 장교가 수감자들을 몽땅 죽이거나 풍뎅이를 모조리 짓이겨 없애도 말살할 수 없는 도전인 것이다.

해방 후 수용소를 나온 모렐은 아프리카 차드로 가서 이번엔 진짜 코끼리를 보호하겠다고 나선다. 수용소라는 극한상황을 벗어난 그가 왜 또 코끼리를 위해 목숨까지 내거는 걸까. 작가가 서문에서도 밝히고, 또한 여러 인물들의 입을 통해서도 진단하고 있는 '수용소 밖 세상'은 수용소와 그리 달라 보이지 않는다. '자유'나 '인권'과 같은 정신적 가치들이 "거추장스럽고 낡아빠진 구시대의 유물"로 전락하고, 오직 유용성만을 따져 발전에 방해가 되는 코끼리따윈 말살하는, 그리하여 "강제수용소로까지 치달을"지도 모를 위험한 세상인 것이다. 밥콕 대령이나 생드니처럼, '존엄'과 '우애' 같은 낡은 가치들에 집착하는 인물들은 "흘러간 시대에서 살아남은 생존자"이며, "머지않아 사라지게 될 마지막 남은 개인들"이요, "서투르고 성가시고 시대에 뒤떨어지고 사방에서 위협을 받고 있지만 인생의 아름다움을 위해 없어서는 안 될" 코끼리 같은 존재들이다. 따라서 모렐이 코끼리라는 이름으로 구하려는 것은 오히려 인간이요, 인간의 존엄이다. 진보라는 허울 아래 학살되는 코끼리나, 뒤집혀서 버둥거리는 풍뎅이가 상징하는 것은 멸종 위기에 놓인 인간이며, 말살 위기에 놓인 인간의 존엄인 것이다. 그렇기에 모렐이 수용소 안에서나 바깥에서나 세상을 상대로 벌이는 건 인간의 존엄을 구하기 위한 "명예

전쟁"이다.

　프랑스인 모렐을 중심으로 한 다양한 인물들의 구성에도 주목해 볼 필요가 있다. 누구보다 모렐을 이해하고 끝까지 그와 함께 하려는 독일 여자 미나, 아프리카를 진정으로 사랑해서 백인들의 물질주의로부터 흑인들을 구하고 아프리카를 지켜내고 싶어 하는 백인 행정관 생드니, 낡은 정신적 가치들을 중시하는 영국인 밥콕 대령, 멋진 사진을 찍어 한몫을 챙길 생각을 품었다가 점점 모렐의 생각에 물들어가는 미국인 사진작가 에이브 필즈, 사는 것이 마냥 즐거워 보이는 무기 밀매상 레바논인 하비브, 한국 전쟁에 참전했다가 중공군에 사로잡혀 미군이 세균전을 펼쳤다고 자백해 미국 대중으로부터 배신자로 몰려 아프리카를 떠돌다 모렐의 무리에 가담하게 된 포사이드 소령, 아프리카 태생 흑인이지만 유럽의 물질주의적 사고방식을 가진 인물로, 모렐의 코끼리 보호를 민족주의 운동으로 왜곡시키기 위해 모렐을 죽일 생각까지 하는 아프리카 민족주의자 바이타리, 모렐을 죽이라는 바이타리의 명령을 받고 무리에 가담했으나 모렐의 생각에 점점 동화되는 아프리카 청년 유세프, 그밖에도 멀리서 신문을 통해 모렐의 소식을 듣고 공감하는 두 소련 노동자. 이렇듯, 작가는 온갖 국적과 갖가지 직업을 가진, 이념도 다르고 제각기 살아온 경험도 다른 각양각색의 인물들로 모렐의 투쟁을 둘러싼 구도를 그림으로써, 그가 벌이는 이 '명예투쟁'이 국적도 피부색도 이데올로기도 뛰어넘은, 온 인류에 호소하고 지구 전체에 선포하는 투쟁임을 말하고 있다.

　작가 로맹 가리는 그의 전 작품이 "본질적인 인간"에 대한 탐구라고 했다. 그의 관심은 온통 인간에 쏠려 있다. 온갖 추악한 행위로 인간의 명예를 추락시키는 것도 인간이며, 그 명예를 회복시키기 위해 목숨을 거는 것도 인간이다. 그는 언제나 인간이 만들어놓은 절망적인 현실을 그리지만, 결코 절망을 얘기하지는 않는다. 그의 눈길은 절망에 맞서 존엄을 지켜내는 인간을 향하고 있다. 그에게는 존엄을 잃은 인간이란 뿌리 뽑힌 나무처럼 죽은 인간이기에, 인간의 존엄은 "존엄성이라는 알약을 만들어내서라도" 지켜내야 할 무엇이다. 모렐과 같은 사람이 존재하지 않는다면, 생드니가 말하듯 신화로 "만들어내기라도 해야" 하는 것이다.

결말 부분에 이르러 모렐은 "선사시대에 물이 말라버린 진흙으로부터 나와, 힘겹게 숨을 쉬면서 없는 허파가 생기기를 기다렸던 최초의 파충류" 얘기를 한다. 모렐의 목숨 건 투쟁은 바로 이 '진흙탕을 기어 나온 최초의 파충류,' 물이 깡그리 말라버렸는데도 절망하지 않고 폐도 없이 물 밖에서 숨을 쉬어보려고 안간힘을 쓰는 물고기의, 처절하지만 웅대한 버둥거림과도 같다. 그는 말한다.

"절망해선 안 되지. 오히려 미쳐야 돼. 폐도 없이 땅 위에서 살아보려고 물 밖으로 배를 내놓고, 어떡해서라도 숨을 쉬어보려고 애썼던 최초의 파충류도 미쳤던 거지. 어쨌건 그래서 인간이 생겨나게 되었지. 항상 할 수 있는 한 최선을 다해야 하는 거야."

*

깨알 같은 글씨로 적힌, 여백이라곤 거의 없는 500여 쪽(folio판)

에 달하는 이 소설을 어느 프랑스 비평가는 점심 먹고 시작해서 밤까지 단숨에 다 읽었다고 한다. 작업을 끝내고 보니 원고지 2,500매가 훌쩍 넘는 분량이다. 이 책을 번역하고 교정보는 사이 두 해가 흘렀다. 그 사이 다른 작업을 하지 않은 건 아니지만, 그래도 작가 로맹 가리와 더불어 산 시간이 꽤 되는 셈이다. 그러고 보니, 청소년기에 눈물을 쏟으며 읽었던 『자기 앞의 생』부터 시작해서 긴 시간 간격을 두고 읽은 『새벽의 약속』, 『유럽식 교육』, 『새들은 페루에 가서 죽는다』, 『가면의 생』, 그밖에도 로맹 가리의 생애를 재구성한 전기작가 도미니크 보나의 『로맹 가리』까지 꼽아보면 오랜 세월을 함께한 작가였음을 새삼 깨닫게 된다. 사실 로맹 가리는 내가 개인적으로 아주 좋아하는 작가다. 번역 의뢰를 받았을 때 이런저런 이유로 받아들이기 힘든 상황이었지만 선뜻 맡았던 것도 바로 그래서다. 『하늘의 뿌리』를 읽기 전까지만 해도 작가의 작품세계 전반에 대한 조망이 그려지진 않았는데, 이제 작업을 끝내고 나니 여러 작품에 걸쳐 작가를 집요하게 사로잡았던 문제가 무엇이었는지 조금 알 것 같고, 그에 대한 애정도 한결 깊어진 느낌이다.

2007년 12월
백선희